De chocoladevilla

W0347559

boekerij.nl

Maria Nikolai

De chocoladevilla

Judith droomt van een carrière in het familiebedrijf,
maar haar vader heeft heel andere plannen

Deel 1 van *De chocoladevilla*-serie

BOEKERIJ

Eerste druk februari 2022
Vierde druk mei 2022

ISBN 978-90-225-9416-2
ISBN 978-94-023-1757-2 (e-book)
NUR 302

Oorspronkelijke titel: *Die Schokoladenvilla*, door Maria Nikolai
Vertaling: Jolanda te Lindert
Omslagontwerp: Bürosüd
Omslagbeeld: © Drunaa / Trevillion Images
Zetwerk: ZetSpiegel, Best

© 2018 Penguin Verlag, onderdeel van Penguin Random House Verlagsgruppe GmbH, München
© 2022 Nederlandse vertaling Meulenhoff Boekerij bv, Amsterdam

Deze uitgave kwam tot stand door bemiddeling van Marianne Schönbach Literary Agency B.V.

Niets uit deze uitgave mag openbaar worden gemaakt door middel van druk, fotokopie, internet of op welke andere wijze ook, zonder voorafgaande schriftelijke toestemming van de uitgever.

De verlokkingen van deze wereld

1

Chocoladefabriek Rothmann in Stuttgart
Eind januari 1903

Judith Rothmann liep de winkel van de suikerwerkfabriek van haar vader binnen, zodat het belletje aan de deur zijn vertrouwde getingel liet horen. Ze deed de deur zorgvuldig achter zich dicht en veegde haar natte laarzen vluchtig op de daarvoor bestemde mat. Het was echt afschuwelijk weer: wind en mist én regen, al dagen achter elkaar.

Maar bijna meteen nadat ze de onaangename buitenwereld had buitengesloten verbeterde haar stemming door de onmiskenbare geur van chocolade en suikerwerk die in de winkel hing. Snel liep ze door de winkel vol spiegels, gouden lijsten en decoratief stucwerk, terwijl ze haar blik geroutineerd over de uitgestalde artikelen liet dwalen.

Ontelbare uitgezochte lekkernijen waren tentoongesteld op de glanzend gewreven toonbank en in de wit gelakte vitrines langs de muren. Overal stonden schalen en etagères, glazen bonbonnières en fraai gevormde doosjes met verleidelijke inhoud. Pralines, in chocolade gedoopte gedroogde vruchten, en marsepein lagen naast met chocolade omhulde suikerstaafjes en verschillende soorten chocoladerepen en bonbons. Dit exclusieve assortiment Rothmann-lekkernijen, gepresenteerd op wit kant in fraai beschilderde houten doosjes, wachtte op aandacht.

Op deze donderdagmiddag was het druk in de winkel. Terwijl Judith rondliep en hier en daar een paar schalen verplaatste stopte ze stiekem een van haar favoriete pralines in haar mond en ze genoot van de bitterzoete smaak toen de pure chocolade met bessenvulling smolt. Ondertussen keek ze aandachtig naar de klanten.

Een heer in een chic pak had zijn hoed afgezet en was kennelijk op zoek naar een geschikt presentje voor een middagvisite. Misschien wilde hij zijn geliefde een plezier doen, want hij koos voor een selectie van uitgelezen pralines en een paar rood geverfde filigraan suikerroosjes. Naast hem stonden twee meisjes, bakvissen nog, die giechelend bij een zilveren schaal met een bonte mengeling suikerbonen stonden. Bij de toonbank ernaast lieten drie dames, alle drie in een duur zijden pakje, zich een selectie tonen van het beste dat het huis te bieden had. Ondertussen had een moeder er, ondanks de kordate hulp van de gouvernante, grote moeite mee de overdreven wensen van haar vier kinderen in te tomen.

Volgend jaar zouden we in de zomer ijs moeten verkopen, dacht Judith toen ze naar de uitgelaten kinderen keek. Ze besloot het er met haar vader over te hebben. Ze had kortgeleden een tweedehands receptenboek van Agnes Marshall gekregen en was gefascineerd geraakt door het verhaal over ijsmachines waarin je van melk, room, suiker en aroma's een koude crème kon maken. De vele ideeën van de Engelse vrouw voor het maken van ijs hadden haar eigen fantasie geprikkeld en in gedachten was de Firma Wilhelm Rothmann de eerste producent van kweeperen-, ananas-, vanille- en vooral chocoladeijs in Stuttgart. Misschien werd haar vader dan wel tot hofleverancier benoemd.

Judith was trots op alles wat haar familie had bereikt. En het bedrijf zat in haar bloed: zodra ze in de wereld van de chocolade was ondergedompeld stroomde ze over van enthousiasme en nieuwe invallen. Stiekem hoopte ze dat ze op een dag medezeggenschap zou krijgen over het lot van de fabriek, ook al had haar vader elke toespeling daarop afgedaan als onzinnig vrouwengeleuter. Hij was van mening dat vrouwen zich op de achtergrond moesten houden, de huishouding moesten organiseren en de kinderen moesten grootbrengen. Het was Judith echter niet ontgaan dat deze mening niet onherroepelijk hoefde te zijn. In steden als München en Berlijn eisten vrouwen steeds meer hun plaats op in bedrijven. Waarom zou dat niet ook in Stuttgart mogelijk zijn?

Ondertussen was ze doorgegaan met haar inspectieronde en ze wendde zich tot een van de drie verkoopsters, die, in een zwarte jurk en met een gesteven schort voor, de klanten bedienden. 'Antonia, vandaag moet je de nieuwe dunne, met pepermunt gevulde chocolaatjes absoluut aan de klanten aanbevelen. Leg de zakjes maar op de toonbank.'

'Natuurlijk, juffrouw Rothmann.' Het meisje voerde de opdracht meteen uit.

Inmiddels was de moeder klaar met haar aankopen. Ze maakte aanstalten om de winkel te verlaten, samen met de gouvernante en de kinderen. Bij de deur ontstond enig geharrewar, doordat de kinderen allemaal als eerste naar buiten wilden. Toen de gouvernante, die een heleboel kleine pakjes droeg, daarbij een duwtje kreeg liet ze er een paar vallen. Terwijl zij probeerde haar evenwicht te hervinden struikelde het jongste kind over een van de pakjes. Hij viel languit op de grond en begon meteen keihard te huilen. 'Wil je wel eens stil zijn!' snauwde de gouvernante, maar de moeder keek alleen even achterom en duwde onaangedaan haar andere kinderen naar buiten. De jongen, die nog steeds op de grond lag, begon nog harder te huilen en terwijl de gouvernante de pakjes opraapte siste ze opnieuw een waarschuwing.

Om te voorkomen dat de situatie escaleerde pakte Judith een kweeperenbonbon, gaf die aan de huilende jongen en hielp hem opstaan. Tegelijkertijd beval ze verkoopster Trude de gouvernante te helpen met het oprapen van alle pakjes en zodra iedereen buiten was deed ze opgelucht de winkeldeur dicht.

De andere klanten hadden het gedoe deels verbolgen, maar overwegend geamuseerd aangekeken en hielden zich nu weer bezig met hun eigen wensen. Judith nam met een kort knikje afscheid van het personeel en liep via de tussendeur naar het grote trappenhuis dat de winkel en de fabriek met elkaar verbond.

Hier bevond zich het pulserende hart van de onderneming, een sprookjeswereld van cacao, suiker en kruiden, waar Judith al van hield sinds ze als kind met gefascineerde verbazing voor het eerst in de chocoladefabriek was geweest.

Ze had een onaangenaam voorgevoel, want haar vader had tijdens het ontbijt aangekondigd dat hij die avond iets belangrijks met haar wilde bespreken. Vanaf dat moment had Judith zich afgevraagd waar het over kon gaan, want dergelijke vage zinspelingen waren heel ongebruikelijk voor hem. Omdat ze steeds onrustiger en nieuwsgieriger werd, had ze besloten hem in zijn kantoor op te zoeken. Misschien vertelde hij al iets, hoewel ze wist dat hij privébezoekjes onder werktijd niet op prijs stelde. Ze negeerde het vermanende stemmetje in haar hoofd en liep vastbesloten de trap op naar het kantoor op de bovenverdieping van het verkoopgebouw.

In het kantoor heerste zoals gebruikelijk een zakelijke stilte. Aan de lessenaars van gelakt eikenhout werkten meer dan tien heren in pak met stropdas. Ze waren geconcentreerd bezig met de boekhouding. Het rook hier naar inkt en papier, naar politoer, boenwas en de eau de cologne van de personeelsleden.

Toen ze Judiths aanwezigheid opmerkten, liep een van hen snel naar haar toe. 'Wat kan ik voor u doen, juffrouw Rothmann?'

'Is mijn vader in zijn kantoor?'

'Jazeker. Ik zal hem waarschuwen.'

'Dat is niet nodig. Is hij alleen?'

'Op dit moment is er niemand bij hem, juffrouw.'

Judith knikte en terwijl de man terugging naar zijn plaats, liep zij naar een afgescheiden vertrek aan de andere kant van het kantoor. Ze klopte op de met gekleurd glas versierde deur en liep naar binnen.

Haar vader stond voor het raam naar de straat voor de fabriek te kijken. Toen hij Judiths aanwezigheid opmerkte, draaide hij zich abrupt om alsof hij zich betrapt voelde. 'Judith!' zei hij bars. 'Wat doe jij hier?' Hij liep snel naar zijn imponerende, opgeruimde bureau, waar een opengeslagen kasboek op lag. 'Hebben je broertjes weer eens iets uitgehaald?'

'Nee, vader,' zei Judith met een behoedzame glimlach. 'Deze keer niet.'

'Dan kun je maar beter naar hen toe gaan, voordat er iets gebeurt.'

'Maak u geen zorgen. Robert houdt een oogje op hen, vader.' De huisknecht van het gezin maakte een boottochtje met haar drukke tweelingbroertjes. 'Ik wil u een voorstel doen.' Judith hoopte dat ze hem tijdens een onbevangen gesprek kon overhalen haar te vertellen wat voor belangrijks hij met haar wilde bespreken.

'Ik heb nu geen tijd!' Haar vader pakte een potlood. 'Je kunt maar beter meteen naar huis gaan, of meehelpen met het klaarmaken van de monsterpakketten voor de vertegenwoordigers. We praten vanavond wel.'

'Maar ik vind het belangrijk!' Zo gemakkelijk liet ze zich niet afwimpelen. 'U bent toch nog steeds op zoek naar nieuwe artikelen voor de verkoop?'

'En heb je daar alweer iets aan bij te dragen?'

Ze negeerde zijn geïrriteerde toon. 'Ja. Mag ik het u vertellen? Het is weliswaar nog een beetje vroeg, maar zoals u altijd zegt is voor veel zaken een goede planning nodig. Daarom vroeg ik me af of het niet goed zou zijn om in de zomer consumptie-ijs aan te bieden.'

Haar vader lachte spottend. 'En dat noem je belangrijk? Judith, laat mij mijn werk alsjeblieft doen. Hier loopt alles in het honderd, dus kan ik me nu echt niet met ijs bezighouden.'

Maar ze hield vol. 'Veel ideeën kun je niet uitstellen. Er waren net kinderen in de winkel en zij zouden zoiets heel graag willen. Dan moet er natuurlijk over allerlei zaken worden nagedacht, zoals de koelmogelijkheden en het transport, maar –'

'Hou je mond toch!' Haar vader werd ongeduldig. 'Je idee is misschien de moeite waard, maar het water staat me tot aan de lippen. Ga naar huis. Ik laat Theo wel komen, dan kan hij je naar huis rijden. Je hebt deze zomer sowieso wel iets anders te doen dan je bezighouden met de productie van ijs.'

Judith spitste haar oren. 'Ik begrijp u niet, vader?'

'Daar is niets aan te begrijpen.' Hij trommelde met zijn vingertoppen op zijn bureau. 'Jij weet waarschijnlijk het beste wat een vader van zijn volwassen dochter mag verwachten. Jij gaat je binnenkort bezighouden met het afmaken van je uitzet.'

Even hing er een gespannen stilte in het vertrek. Judith probeerde te begrijpen wat haar vader zojuist had gezegd. Na een tijdje vond ze met moeite haar stem terug. 'Betekent dit dat ik moet –'

'Je gaat trouwen. Dat betekent het inderdaad. Je bent eenentwintig, waardoor je daar dus echt oud genoeg voor bent. Eigenlijk wilde ik je dat vanavond laten weten, maar het zij zo. Nu weet je het!' Hij wijdde zich weer aan zijn werk.

'Maar met wie moet ik dan trouwen?' vroeg Judith ontzet. Ze kon bijna niet geloven wat haar zojuist was verteld, ook al had ze dat al een tijdje vermoed. 'Er is toch niemand?'

'Nog niet, maar dat zal niet lang meer duren.' Haar vader maakte een aantekening aan één kant van het kasboek. 'Ik zal het je tijdig laten weten. Je moet me maar een beetje vertrouwen.'

Judith stond met trillende knieën voor hem. Haar onbehaaglijke gevoel had haar dus niet bedrogen. Dát had hij haar dus willen vertellen. Ze moest trouwen, en dat zonder dat ze daar zelf iets over te zeggen had.

Met moeite onderdrukte ze de neiging iets te zeggen wat ongepast was, want een scherpe opmerking zou alles alleen maar erger maken. Ze balde haar vuisten, draaide zich op haar hakken om en verliet snel haar vaders kantoor. De hakken van haar rijglaarsjes tikten op de traptreden toen ze snel naar beneden liep en over haar gezicht stroomden tranen die ze eigenlijk helemaal niet wilde huilen.

Was het echt te veelgevraagd om nog even te wachten met trouwen? Tot ze zelf iemand had uitgekozen? Een man die ze aardig vond en die accepteerde, misschien zelfs waardeerde, dat ze hield van het werk in de chocoladefabriek en niet net als haar moeder thuis wilde wegkwijnen.

Judith trok haar mantel steviger om zich heen en ging naar buiten. Het was een natte middag, maar ze voelde de regen en de kou niet eens terwijl ze doelloos door de straten van Stuttgart liep. Opeens realiseerde ze zich dat ze op de Marienplatz stond, voor het station van de Zacke. Ze stapte in een van de wagons naar Degerloch, het kuuroord buiten de stad, waar hun gezin in een grote villa in de nieuwe Villenkolonie woonde. Tijdens de rit naar huis verdween haar wanhoop en kreeg ze haar vechtlust terug. Zo gemakkelijk mocht niemand over haar leven en haar toekomst beslissen, ook haar vader niet.

2

Fort Ehrenbreitstein bij Koblenz
Eind februari 1903

Het vale licht uit de nevelige ochtendhemel bereikte de aarde niet echt, zodat het de kou en de schaduwen van de afgelopen nacht niet verdreef. In de nevelige, met de rook van talrijke schoorstenen bezwangerde lucht verdwenen de kleuren en de stemmen, vervaagden de omtrekken van de citadel en leek zelfs de grote rivier te verstommen die sinds mensenheugenis aan de voet van de steil oprijzende rotswand samenvloeide met de Moezel.

Het vertrouwde geluid van de grendel van zijn celdeur die werd teruggeschoven verbrak de ochtendstilte. Victor, die voor het getraliede raam stond waardoor het daglicht het sobere vertrek binnenkwam, draaide zich om en knikte tegen de cipier die binnenkwam.

Het was tijd.

Nog een laatste keer dwaalde zijn blik door het vertrek met de eenvoudige houten meubels en het ijzeren bed, waar de blauw-wit geruite deken op lag die hij zorgvuldig had opgevouwen. Hij trok zijn versleten mantel aan, tilde zijn armoedige koffer op, pakte zijn hoed en liep achter de bewaker aan het fort uit en de nare ochtend in. Ze staken de binnenplaats over en liepen naar de hoge oostgevel. Toen ze voor de vier zuilen van de porticus bleven staan keek Victor nog één keer om zich heen naar de felgele gevels van het gebouw, waarvan de classicistische architectuur een spectaculair contrast vormde met het krijgshaftige uiterlijk van de rest van de vesting. Toen bracht de cipier hem naar het kantoor van de commandant van de vesting, op de eerste verdieping, boven het militaire hoofdkwartier.

Toen hij een half uur later weer naar buiten kwam, vroeg hij de cipier een moment voor zichzelf. De man knikte en bleef staan, terwijl Victor langs een groep exercerende soldaten over de enorme binnenplaats naar de halfhoge buitenmuur liep. Hij zette rustig zijn koffer neer en leunde over de massieve muur.

Op een heldere dag had je vanaf deze hoge positie een schitterend uitzicht op Koblenz en de beide rivieren die hier als een langgerekt lint aan hun gemeenschappelijke reis naar het noorden begonnen. Door de mist zag hij slechts schimmen van huizen, weilanden en akkers. De hoge toppen van de Vulkaneifel met de roerloze meren en donkere bossen waren helemaal niet te zien.

Victor zuchtte. Hij had zich deze eerste ogenblikken na zijn vrijlating anders voorgesteld. In gedachten had hij al ontelbare keren bij deze muur gestaan, als een vogel die zijn vleugels spreidt. Hij had deze enorme weidsheid in zich willen opnemen en vanaf een hoger punt naar de wereld willen kijken, voordat hij die opnieuw in bezit nam – en de wereld hem.

Door het nevelige zicht op deze klamme dag in februari kon hij minder van dit moment genieten, maar hij wilde niet klagen. Na de harde lessen van de afgelopen jaren moest hij dit gemiste uitzicht maar accepteren. Het was voorbij en dat was het enige wat belangrijk was. Hij draaide zich snel om, pakte zijn koffer en liet zich de laatste meters begeleiden.

De weg naar de vrijheid leidde door de poort in de rotsen naar het ervoor liggende Fort Helfenstein en daarvandaan naar beneden, langs verschillende wachtposten en nog meer poorten, naar Ehrenbreitstein.

Elke stap op het ruwe begroeide rotsgesteente vergrootte de afstand tussen Victor en de uitgestrekte en kennelijk onneembare vesting boven hem. Zijn dunne schoenzolen verloren regelmatig grip op de modderige ondergrond en hij was overdreven trots op het feit dat hij er elke keer weer in slaagde zijn evenwicht te bewaren. Hij rilde door de windvlagen die kille vochtigheid meebrachten. Toen hij de residentiestad eindelijk had bereikt, stond hij van vermoeidheid te trillen op zijn benen.

Bij de pontonbrug moest hij wachten tot de pontons achter een klein stoomschip weer gesloten waren. Daarna stak hij de Rijn over, betaalde de twee pfennig bruggeld en was uiteindelijk in Koblenz.

Het wolkendek was opgetrokken.

Victor aarzelde, maar toen keek hij nog een laatste keer achterom naar het reusachtige monument hoog op de rotspunt, waarvan de grove, niet-bepleisterde muren in het toenemende daglicht langzaam vorm kregen.

Twee jaar lang was Fort Ehrenbreitstein zijn gevangenis geweest; dit hoekige bewijs van de Pruisische macht in het westen van het rijk, met de uitgestrekte wirwar van uitgebreide gangen, bruggen en bevoorradingswegen, de slaapzalen van de soldaten, de woonkwartieren, werkplaatsen en verdedigingskazematten, en de metersdikke muren, grachten en poorten. Daar had hij geboet voor een duel dat hij graag had vermeden en waarvan de ongelukkige afloop hem bovendien een strafblad had opgeleverd. Hij had wel het voordeel dat hij deze erestraf mocht uitzitten in deze gevangenis bij Koblenz, ver weg van Berlijn en zijn nare herinneringen aan zijn geboortestad.

Hij hoorde geroep en gelach, een scheepstoeter, het geblaf van een hond. De wereld had zijn spraak teruggekregen en hij vond zelfs deze donkere winterse dag opwekkend. Hij liep stevig door, steeds sneller, en volkomen onverwacht stroomde er een geluksgevoel door zijn hoofd en zijn ledematen. Toch was hij zich er wel degelijk van bewust, ondanks al zijn euforische gevoelens, dat zijn pas verworven vrijheid niet alleen oneindige mogelijkheden bood, maar ook een onduidelijk gevaar. En met dezelfde wilskracht waarmee hij aan zijn toekomst wilde beginnen, zou hij zich met zijn verleden moeten verzoenen.

Toen was hij bij het station van Koblenz, een massief stenen gebouw van twee verdiepingen. Hij had het warm gekregen van de wandeling, ook al condenseerde de lucht na het uitademen meteen. Victor kocht een kaartje en ging op een bank in de wachtkamer zitten. Zijn trein zou pas over iets meer dan een uur komen.

In een hoek van het grote gebouw zag hij een automaat waar twee kinderen, vermoedelijk broer en zus, voor stonden. Een gouvernante zat er verveeld naast, verdiept in een boek. Zo te zien maakten de kinderen ruzie om de inhoud van de automaat, waarbij het meisje niet voor de jongen onderdeed. Even later had ze triomfantelijk een plat tabletje in haar hand. Chocolade, zag Victor geamuseerd. Met haar schat in de hand liep ze bij haar broer vandaan, die eerst ontevreden keek, maar daarna vastbesloten de achtervolging inzette.

Victor kon zijn nieuwsgierigheid niet bedwingen. Automaten hadden hem altijd al gefascineerd en deze was vrij nieuw. Hij stond op en liep er onopvallend naartoe. Stollwerck. Deze Keulse onderneming was al jaren heel creatief wat de verkoop van hun chocolade betreft. Inmiddels leverden ze wereldwijd door hen zelf ontwikkelde automaten waar je zeep kon kopen, en op stations ook treinkaartjes.

Deze automaat was van grijsblauw geverfd gietijzer, had goudkleurige versieringen en kwam ongeveer tot aan zijn kin. Achter een boogvormig ruitje lagen, goed zichtbaar, verschillende chocoladerepen. Daarboven was een gleuf waar de munten in konden en op een geëmailleerd paneeltje werd de werking van het apparaat uitgelegd. Tien pfennig kostte een reep. Victor rekende snel de waarde van de chocoladerepen in deze automaat uit en kwam tot de conclusie dat dit een winstgevend zaakje was voor Stollwerck. Hij kocht zelf geen chocoladereep, maar zijn fantasie was geprikkeld. Terwijl hij terugliep naar zijn plaats was hij in gedachten al bezig met eenzelfde soort constructie.

Zodra hij zich in zijn nieuwe woonplaats had gevestigd en een woonplek had gevonden, zou hij een dergelijk ontwerp proberen te ontwikkelen. Hij haalde een gekreukeld papiertje uit zijn broekzak waarop een naam en adres stonden: Edgar Nold, Silberburgstrasse, Stuttgart.

Victor was zelf nooit op het idee gekomen om zijn geluk na zijn vrijlating uitgerekend in Stuttgart te zoeken, maar nadat een medegevangene deze Zuid-Duitse stad serieus had aanbevolen was hij er steeds aan blijven denken. Stuttgart scheen zich te ontwikkelen, bood daardoor vermoedelijk goede kansen op een baan en was ver genoeg van Berlijn verwijderd om met een schone lei te beginnen. Niemand zou denken dat hij daar was.

Een paar dagen geleden had deze medegevangene hem nog het adres gegeven van Edgar Nold, een ver familielid, bij wie Victor zich na zijn aankomst kon melden. Daardoor zou het gemakkelijker voor hem zijn om voet aan de grond te krijgen in deze onbekende omgeving.

Victors trein arriveerde luid fluitend en kwam met gillende remmen tot stilstand. De stalen kolos was gehuld in stoom en rookflarden. De reizigers die uit de eersteklascoupés stapten waren gewikkeld in een warme omslagdoek of ze droegen een lange mantel. De heren trokken hun hoed ver naar beneden en een paar dames droegen een kostbare bontjas en hadden hun handen in een met bont bezette mof gestoken. Bedienden zorgden voor hun bagage en openden snel een paraplu om hun meneer en mevrouw tegen het onaangename weer te beschermen. Uit de andere wagons stapten de minder rijken; zij droegen met koude vingers hun eigen tassen en koffers en liepen snel naar de uitgang.

Victor verliet het stationsgebouw, stapte het perron op en wachtte geduldig tot de vele reizigers zich over de wagens hadden verspreid. In een derdeklascoupé borg hij zijn koffer op, ging op de houten bank zitten en keek door het beslagen raam naar het komen en gaan op het perron.

Na een tijdje gingen de deuren dicht. Met een schril fluitje zette de trein zich moeizaam in beweging.

Zijn nieuwe leven was begonnen.

3

Stuttgart, de stadsvilla van de familie Von Braun
Een avond in maart 1903

Het groene drankje glansde verleidelijk. In het schemerige kaarslicht creëerde de absint in de drie kelkvormige glazen op de tafel de unieke sfeer van een Frans *heure verte.*

Al even ontspannen was daardoor de stemming van de drie jonge mannen die deze avond bij elkaar waren gekomen voor een uitgebreid ritueel dat hen al lange tijd met elkaar verbond.

De slanke Edgar Nold had de eerste fles van dit bittere drankje meegenomen van een reis naar Parijs, omdat hij diep onder de indruk was geraakt van dit heerlijke drankje, waarmee de intellectuele Fransen hun 'happy hour' vierden. Sindsdien was zijn gevoelige kunstenaarsziel weg van de charme van dit kruidendrankje dat niet alleen een behoorlijke roes veroorzaakte, maar ook het gevoel dat hij op een vreemde manier boven alles zweefde, zonder boosheid of irritatie. Want daar had hij last van, zelfs als hij alleen al dacht aan het uitblijvende succes van zijn schilderwerk. Kostte het hem maar minder moeite om natuurgetrouwe landschappen op het doek vast te leggen of portretten te schilderen. Beide soorten schilderijen waren in trek bij de gegoede families van Stuttgart en voor beide soorten werd veel betaald, maar hij had geen talent voor het domweg naschilderen van de werkelijkheid of het maken van een flatterend portret van de met zichzelf ingenomen bovenlaag van de bevolking. Daarom had hij zich een tijd gewijd aan fijne patronen en speelse bloemmotieven die vrolijk en licht leken in plaats van zwaarmoedig en overdadig. Hij had daar amper geld mee verdiend, maar Edgar geloofde in zijn talent. Hij was een paar keer in München geweest; daar woonde een nieuwe generatie kunstenaars, had hij gelijkgestemden ontmoet en geprobeerd een baan als illustrator bij het tijdschrift *Jugend* te krijgen. Dit tijdschrift bestond al zeven jaar en was een populair forum voor esthetische kunst. Hij had het heel moeilijk gehad nadat hij een vriendelijke maar niet mis te verstane afwijzing had ontvangen: zijn schilderijen zouden te traditioneel zijn. Edgar begreep niets meer van de wereld. Voor Stuttgart was hij te modern en voor München te conservatief.

Een paar maanden geleden was hij opnieuw naar de Franse hoofdstad gegaan. Zijn vader had met tegenzin zijn treinkaartje betaald en Edgar beledigd door hem eraan te herinneren dat hij al bijna achtentwintig was en nog steeds afhankelijk was van zijn toelage. Maar juist deze reis was het beslissende puzzelstukje geweest. Eindelijk zag Edgar zijn toekomst duidelijk voor zich, want tijdens zijn lange wandelingen door Parijs had hij de vele reclameaffiches op muren en reclamezuilen bestudeerd die reclame maakten voor van alles en nog wat: sigaren of likeuren, een herenmodezaak, een boekhandel, opera, theaters of etablissementen voor licht amusement zoals de Moulin Rouge. In kunsthandels had hij zich affiches van voorgaande jaren laten tonen en was hij gefascineerd geraakt door de gereduceerde vormtaal van de al overleden Henri de Toulouse-Lautrec en de kleurrijke ontwerpen van mensen als Jules Chéret.

Toen hij na een paar vermoeiende dagen en nachten weer thuiskwam had hij een besluit genomen: zijn metier zou de affichekunst en verpakkingsvormgeving worden. Inmiddels had hij een exemplaar in handen gekregen van het *Leerboek van de moderne bedrijfspropaganda* van Bruno Volgers. Sindsdien probeerde hij de illustraties daarin na te maken en een eigen stijl te ontwikkelen, in de hoop op dat gebied van reclame voet aan de grond te krijgen en eindelijk een einde te kunnen maken aan zijn financiële misère. Ooit moest de doorbraak gewoon komen.

Een zacht gerinkel verstoorde zijn sombere gedachten en haalde hem terug naar de werkelijkheid. Hij streek snel met een hand door zijn lichtbruine haar en zag dat Max, die naast hem zat, een zilveren lepel op een glas had gelegd en daar een suikerklontje op legde.

De drie jonge mannen kenden elkaar al van kinds af aan. Hun vaders waren welvarende ondernemers en hun families gingen al jaren vriendschappelijk met elkaar om. Max, erfgenaam van de succesvolle machinefabrikant Ebinger; Albrecht von Braun, zoon van de meest invloedrijke bankier in Stuttgart; en hijzelf, de schilder en bohemien, wiens vader een zeepfabriek bezat die de laatste tijd niet meer zo goed draaide en die geen enkel begrip kon opbrengen voor de kunstzinnige ambities van zijn zoon.

Max gaf hem een knipoog. Ook Edgar trok zijn glas met de absintlepel naar zich toe en pakte een suikerklontje. Tijd om elkaar te pesten, als mannen onder elkaar.

'Juist, Ebinger. Ik hoorde dat je je pa binnenkort mag begraven?' vroeg hij zijn vriend, terwijl hij de zilveren lepel op dezelfde manier prepareerde.

'Nog in geen honderd jaar!'

'Dat niet, maar misschien over een half jaar?'

'Laat toch, Nold,' zei de joviale Albrecht, die ook met zijn absintlepel bezig was. 'We weten dat Max geen talent voor breimachines bezit. Bovendien zal zijn vader de fabriek pas in zijn kist verlaten.'

'Jij zou het je gemakkelijk kunnen maken, Ebinger,' zei Edgar. 'Laat een bureau voor je neerzetten en laat je vader doorgaan met het werk. Ondertussen duik jij het bed in met alle dienstmeisjes in Stuttgart.'

'Ach, die heeft hij allemaal al gehad!' Albrecht schoof zijn glas onder een van de vier metalen kranen van de glazen absintfontein die midden op de tafel stond.

'Allang!' zei Max ironisch.

'Dan moet je maar eens overwegen je geluk te beproeven in Berlijn of München,' opperde Edgar. 'Mij lijkt München geschikt voor je. Daar zijn de meisjes struis, forsgebouwd en gewillig.'

'Ik zou naar Italië willen,' zei Max.

'Voor de vrouwen?' vroeg Albrecht oprecht verbaasd.

'Natuurlijk voor de vrouwen!' zei Max sarcastisch.

'Italië, dat is echt interessant, Ebinger,' zei Edgar. 'Laat je pa je wel gaan?'

'Dat beslis ik zelf wel.'

'Hoelang ben je dan weg?'

'Dat weet ik niet. Een paar weken, of maanden.'

Edgar floot waarderend. 'Zozo, dat wist ik niet. Je vader vertelt iedereen nu immers dat jij in de bedrijfsleiding moet worden opgenomen. Hij heeft nooit iets gezegd over een lange reis.'

'Hij weet dat nog helemaal niet.'

Albrecht maakte een verbaasd geluidje.

Max schoof zijn glas nu ook onder de absintfontein en opende voorzichtig een van de kraantjes. IJskoud water druppelde op het suikerklontje en sijpelde door de gaatjes in de zilveren lepel in het kelkglas met absint dat eronder stond. De groene kruidenlikeur met het hoge alcoholpercentage veranderde daardoor in een melkwitte vloeistof.

'De Groene Fee wordt wakker!' riep Albrecht gefascineerd. 'Ze is echt heel mooi en ook heel vrouwelijk, Ebinger. Dat is echt jouw wereld!' Hij opende het kraantje boven zijn glas en keek genietend naar de Groene Fee die tot leven kwam. 'Toch moet je niet denken dat ik de hoop op een vrouw heb opgegeven, integendeel zelfs,' voegde hij er veelbetekenend aan toe. Hij keek de anderen aan.

'Kom op, vertel!' zei Edgar terwijl hij zijn kraantje dichtdraaide.

'Kennen wij de dame?' vroeg Max, opgelucht dat het gesprek niet langer over zijn toekomstplannen ging.

'De dochter van Rothmann,' zei Albrecht triomfantelijk.

'Judith Rothmann? Meen je dat nou?' Max keek Albrecht verbijsterd aan en schudde ongelovig zijn hoofd. 'Wie had dat gedacht?'

Tevreden nam Albrecht een slokje.

Edgar zei: 'Knap ding: goudblond haar en heldere blauwe ogen, een mix van kobalt en ultramarijn. En een geweldig figuur.' Met zijn handen maakte hij een golvend gebaar.

Max kon zich niet beheersen en zei vals tegen de niet erg aantrekkelijke Albrecht: 'Als het om geld gaat zijn de vrouwen niet kieskeurig.'

'Haar vader is zelf heel rijk, daar gaat het niet om,' zei Albrecht gekwetst.

'Daar gaat het altijd om,' zei Max.

Edgar zei verzoenend: 'Luister maar niet naar Ebinger.' Hij hief zijn glas. 'Zullen we met absint op dit nieuwtje proosten?'

'Met absint proosten we op onze vrijgezellenstatus, vrienden,' zei Max nadrukkelijk.

'Ja, het huwelijk is niets voor jou, Ebinger,' zei Albrecht, nog steeds een beetje beledigd. 'Jij zou hoogstens een week genoeg hebben aan één vrouw.'

'Nou ja, met die kleine Rothmann misschien wel twee,' zei Max grijnzend.

Albrecht snoof.

'Wanneer is het zover?' vroeg Edgar om de anderen te kalmeren.

'Dat is nog niet afgesproken.' Albrecht sloeg de inhoud van zijn glas achterover.

'Maar je hebt haar toch zeker al ten huwelijk gevraagd?' vroeg Edgar.

'Niet persoonlijk. Mijn vader heeft met haar vader gesproken, en daarmee is het besloten.'

'Goed, dan staat er niets meer in de weg. Wij zullen aanwezig zijn!' Edgar was oprecht blij voor zijn vriend.

'Heeft de bruid in deze zaak eigenlijk iets te zeggen gehad?' vroeg Max met een bijtende klank in zijn stem.

'Je bent toch zeker niet jaloers, Ebinger?' vroeg Edgar verbaasd. Hij keek de donkere, atletische Max en de kleurloze, gezette Albrecht afwisselend aan.

Max trok alleen een wenkbrauw op.

'Weet je,' zei Albrecht, 'zulke belangrijke zaken regelen de mannen. Dat is altijd al zo geweest. Een vrouw kan dat niet overzien, zij is niet in staat om zulke... vergaande besluiten te nemen.'

'Daar zou ik maar niet zo zeker van zijn,' zei Max.

'Judith Rothmann staat bekend als eigenzinnig en verantwoordelijk. Over dat huwelijk is het laatste woord echt nog niet gezegd,' voerde Edgar nu ook aan.

Albrecht, die het tweede glas absint al naar het hoofd steeg, schoot in de lach. 'Ach, vrienden. Deze keer ben ik aan de beurt, ook al denken jullie niet dat ik in staat ben die kleine Rothmann mee naar huis te nemen! Haar vader heeft zijn dochter vast de nodige gehoorzaamheid bijgebracht. En voor jullie blijven de andere vrouwen uit Stuttgart toch over. Voor jou, Max, natuurlijk een pittige Italiaanse, als je reisplannen echt doorgaan.'

Max roerde nog in zijn glas en deed alsof hij die opmerking niet had gehoord.

'Het is al goed, Albrecht. Max heeft waarschijnlijk geen belangstelling voor Judith Rothmann, hij heeft andere opties,' zei Edgar in een poging het gesprek weer in goede banen te leiden. 'Hij is echt niet zo dom om een maagd te na te komen, want dan bestaat de kans dat hij opeens getrouwd is. En dat is voor jou zoiets als het voorportaal van de hel, of niet soms, Ebinger?'

'Echt wel,' zei Max laconiek. Hij liet het vocht van de lepel druppelen en legde hem weg.

'Trouwens, ik heb sinds kort een huisgenoot,' vertelde Edgar om een ander onderwerp aan te snijden. 'Een ex-gevangene van Ehrenbreitstein.'

'Waar ligt dat?' vroeg Albrecht nieuwsgierig.

'Bij Koblenz aan de Rijn,' zei Edgar. 'Ze hadden hem opgesloten omdat hij had geduelleerd, maar heel precies weet ik het niet. Veel meer heeft hij niet verteld.'

'Als ze hem om een duel gevangen hebben gezet, zat hij vermoedelijk in het leger,' zei Max. 'Verder wordt er zelden nog geduelleerd, voor zover ik weet tenminste.'

'Zou kunnen. Hij komt uit Pruisen, zei hij,' zei Edgar peinzend. 'Hij had mijn adres gekregen van een van mijn ooms, die tegelijk met hem in Ehrenbreitstein gevangenzat. Dat kan alleen maar die getikte dichter zijn, een broer van mijn moeder uit Koblenz. Die man heeft altijd al gedichten geschreven. Mijn moeder is volgens mij de enige die hem af en toe nog schrijft.'

'Je hebt dus gewoon een voormalige gevangene in huis genomen,' constateerde Albrecht. 'Je hebt wel lef.'

'Hij kwam betrouwbaar over. En hij heeft al werk gevonden, bij brouwerij Dinkelacker. Ik denk niet dat hij lang bij me zal wonen,' zei Edgar.

'Hoe dan ook,' zei Albrecht goedmoedig, 'ik heb honger. Zullen we naar Degerloch rijden en bij de Löwen iets gaan eten?'

'En even bij de Rothmanns op bezoek gaan?' grapte Edgar.

Albrecht grijnsde.

Max dronk zijn glas leeg. 'We kunnen hier ook wel wat eten.'

'Ja, we kunnen beter hier blijven. Maar een stukje lopen in de frisse lucht zou niet verkeerd zijn. Wat vinden jullie van de Adler?' opperde Edgar.

'Prima.' Max stond op.

'Op het eten, het duel en de vrouwen,' zei Edgar grijnzend toen ze de bankiersvilla verlieten en vertrokken.

4

De villa van de familie Rothmann in Degerloch bij Stuttgart
Begin juli 1903

Het was een warme zomer geworden. Judith hield eigenlijk heel erg van dit seizoen, maar met de lange dagen waren haar zorgen teruggekeerd. Ze was bang dat haar vader zijn plan om haar uit te huwelijken binnenkort zou uitvoeren. Want hoewel dit onderwerp de afgelopen maanden nog maar zelden was aangeroerd, had hij onlangs tijdens het avondeten uitvoerig verteld over het huwelijk van een ver familielid en haar daarbij veelbetekenend aangekeken.

'Waarom moeten vrouwen eigenlijk zo nodig trouwen?' verzuchtte ze. In de spiegel van de kaptafel keek ze naar de bewegingen van haar kamenier die zoals gebruikelijk haar kapsel verzorgde. Het zonlicht dat door het raam naar binnen stroomde kriebelde in haar neus en ze onderdrukte met moeite een niesaanval om haar kapsel niet te ruïneren.

'Trouwen is toch eigenlijk niet verkeerd, juffrouw?' Dora pakte de verwarmde krultang van de kachel. 'Veel dienstmeisjes dromen dat ze ooit een eigen huishouden kunnen beginnen.'

'Veel dienstmeisjes? Jij ook, Dora?' Judith speelde met een potje crème dat voor haar op de kaptafel stond.

'Ik weet niet zo goed waarover ik zou moeten dromen, juffrouw Judith. Dat is namelijk het probleem met dromen, ze komen meestal niet uit.' Dora pakte voorzichtig een streng van Judiths heuplange haar, klemde de uiteinden tussen de ronde tangen en wikkelde ze eromheen. Op deze manier had ze al gelijkvormige krullen in de helft van Judiths haar gemaakt, een procedure die tijdrovend en gelukkig niet elke dag noodzakelijk was. Maar altijd als Judith haar haar de vorige avond met zeep en een azijnspoeling had gewassen, moest de krultang de verdwenen krullen weer herstellen. Toch was Judiths haar nooit helemaal steil. Als ze de natuur haar gang liet gaan, sprongen er vanzelf krullen in.

'Maar als ze wel zouden uitkomen, wat zou je dan wensen, Dora?'

'Ik zou heel graag willen reizen, juffrouw.'

Dit antwoord verbaasde Judith. 'Bevalt het je niet bij ons?'

'Natuurlijk bevalt het me hier! Maar het lijkt me leuk om een keer iets anders te zien.'

Judith dacht even na, met haar wijsvinger tegen haar onderlip gedrukt, een gewoonte die ze al had sinds ze klein was. 'Ja, dat begrijp ik heel goed! Ik zou graag een bezoek willen brengen aan mijn moeder bij het Gardameer. Wat ze daarover schrijft klinkt betoverend. Dat enorme meer en de bergen daar, dat zou ik heel graag met eigen ogen zien.' Judith deed even haar ogen dicht. 'Maar ik zou het het fijnst vinden om Maman weer te zien.' Haar stem klonk nu een beetje verdrietig.

'Ja, het is daar vast heel mooi,' zei Dora troostend. 'Mevrouw komt waarschijnlijk al heel snel helemaal hersteld terug naar Stuttgart.'

'Hopelijk. Ze is al zo lang weg.'

Dora maakte Judith duidelijk dat ze haar hoofd een beetje moest draaien en warmde de krultang weer op. 'Ze moet gewoon heel goed uitrusten. De dokter daar zal wel weten wanneer hij haar weer naar huis laat gaan.'

Judith begon over iets anders. 'Hoeveel jaar ben je nu al in ons huis, Dora?'

'Vier, juffrouw.'

'En daarvoor? Waar was je toen?'

Dora aarzelde. 'Ach, in een paar huizen, maar toen moest ik nog leren,' zei ze ten slotte vaag.

Judith besefte opeens dat ze maar heel weinig wist over de bedienden, hoewel ze met de meeste onder één dak woonde. 'Hoe oud was je dan toen je het huis uit ging?' vroeg ze voorzichtig, ook al voelde ze dat Dora daar liever niet over praatte.

'Vijftien. Niet zo jong dus. Babette moest al op haar twaalfde als dienstbode werken.'

Dora was klaar met de krullen en stak Judiths haar op in een eenvoudige wrong. Ze maakte een vlecht, toupeerde het overgebleven haar en liet het losjes hangen, zodat het Judiths gezicht met zachte golven omlijstte. Daarna maakte ze een knotje van de vlecht, die ze met spelden vastmaakte.

Judith keek tevreden in de spiegel. 'Dat heb je weer fantastisch gedaan, Dora.'

'Dank u, juffrouw,' zei Dora met een tevreden glimlach. Daarna vroeg ze peinzend: 'Mag ik vragen waarom u niet voor het huwelijk bent, juffrouw Judith? Ik bedoel, voor een vrouw is het toch goed als ze een man heeft die voor haar zorgt?'

'Ach, hoe moet ik je dat uitleggen... Ik denk dat het me vooral stoort dat ons vrouwen niets wordt gevraagd. Iemand anders besluit dat je nu moet trouwen, en het liefst ook nog met wie.'

'Maar misschien weet de vader van jonge vrouwen van uw stand inderdaad beter wie bij de familie past en wie u het leven kan bieden waar u aan gewend bent.'

'Soms is dat misschien wel zo, Dora. Maar ik wil zelf beslissen of en wanneer en vooral met wie ik trouw. Het gaat immers om mij en niet alleen om de familie en het geld. Bovendien lijkt me niets erger dan een echtgenoot die mij vertelt wat ik wel en wat ik niet mag doen.'

'Dat hoeft toch niet zo te zijn. De man heeft zijn werk en daar is hij degene die het voor het zeggen heeft. Maar het huis is dan uw taak als vrouw, dus daar kunt u alles zo organiseren als u dat wenst.'

'Voor jou is dat misschien wel zo, Dora. En voor veel vrouwen is dat zeker ook wenselijk. Maar ik vind het helemaal niet prettig om dag in, dag uit voor een huis en kinderen te zorgen, in elk geval niet alléén daarvoor. Ergens stel ik me voor dat ik –'

Op dat moment werd op de kamerdeur geklopt.

Judith en Dora keken elkaar even aan.

'Ja?' riep Judith.

Margarete, de huishoudster, kwam binnen.

Judith zag meteen dat de vrouw ongerust was.

'Neem me niet kwalijk, juffrouw. Ik moet Dora meenemen, want meneer heeft ons allemaal naar de vestibule laten komen.'

Dat voorspelde niet veel goeds. Want het was een gewone zondagochtend en als de bedienden nu nog voor de kerkgang naar de vestibule moesten komen, kon het niet anders of er was iets gebeurd.

'Vanzelfsprekend,' zei Judith. Ze knikte naar Dora, die snel een kniebuiging maakte en Judiths kamer samen met de huishoudster verliet.

Dit voorval liet Judith niet met rust. Nieuwsgierigheid was een slechte eigenschap, dat wist ze ook wel, maar ze suste haar slechte geweten door de gedachte dat ze zich moest bezighouden met het welzijn van haar kamenier, die bijna een vriendin voor haar was. Ze móést dus weten wat er in het huis gebeurde.

Ze sloop in haar kamerjas behoedzaam naar de overloop en keek door het trapgat omlaag naar de vestibule. Normaal was het niet eenvoudig om hierboven te horen wat beneden werd gezegd, maar de sonore stem van haar vader klonk luid en doordringend, zodat ze zijn woorden twee verdiepingen hoger ook nog kon verstaan.

'Diefstal is een ernstig vergrijp,' zei hij. 'Velen van jullie denken misschien dat het geen arme man is die is bestolen en dat er genoeg geld is om de schade probleemloos te vervangen.'

Judith liep voorzichtig een paar treden naar beneden om alles beter te kunnen zien. Haar vader stond voor de bedienden, maar hij keek naar Robert, de loopjongen. Hij had dus al een concrete verdachte.

'Maar geloof me,' zei hij, nog steeds met zijn blik op Robert gericht. 'Een dergelijke verwerpelijke daad wordt in huize Rothmann niet geduld en keihard bestraft. Wat dat betreft is er juridisch noch moreel speelruimte!' Normaal betekende een bewezen diefstal ontslag op staande voet voor de dader, zonder getuigschrift. Dat wist Judith uit ervaring, doordat zoiets af en toe voorkwam. Vaak deed de getroffen werkgever zelfs aangifte. En ondanks al haar kritiek op de rigide houding van haar vader had ze in dit geval alle begrip voor zijn woede en zijn harde reactie. Het was absoluut taboe om iets weg te nemen wat niet van jou was, ook al was de verleiding vaak groot.

Maar wie zou volgens haar een diefstal kunnen plegen? Zelf dacht ze ook alleen aan Robert. Dora deed zoiets zeker niet. Hun chauffeur Theo en kokkin Gerti werkten al jaren bij hen, dus Judith kon zich niet voorstellen waarom die opeens iets zouden stelen. Het dienstmeisje Babette was hier weliswaar nog niet zo lang, maar zij was zo schuchter dat Judith haar niet echt verdacht.

'Ik heb het niet gedaan!' zei Robert, al even luid als haar vader.

'Is dat zo?' zei de heer des huizes spottend. 'Dan zullen we straks in uw spullen op zoek gaan naar de ontbrekende manchetknopen, Robert. Wie zich als eerste meldt, is ook als eerste aan de beurt.' Hij pakte de loopjongen bij zijn kraag.

Judith had genoeg gehoord en wilde zich net weer in haar kamer terugtrekken toen ze achter zich een opgewonden gefluister hoorde. Ze draaide zich om, liep snel weer naar boven en joeg haar tweelingbroertjes bij de trap vandaan. 'Dat is niet voor jullie oren bestemd!' zei ze fel. 'Ga snel terug naar jullie kamer!'

'Maar Judith,' fluisterde Karl, de oudste van de twee. 'We moeten je iets vertellen.'

'Ja, dat is zo,' zei Anton, de andere blonde jongen. 'Het is belangrijk! Kijk maar!'

Anton liet Judith zijn gesloten vuist zien.

'Wat heb je daar, Anton?'

Anton zei niets, maar opende zijn hand.

'Anton!' Het kostte Judith moeite niet te schreeuwen. 'Hoe haal je het in je hoofd!?'

'Ik heb het niet gedaan,' zei de jongen.

Judith duwde de beide jongens snel terug in hun kamer, voordat iemand beneden merkte dat ze had meegeluisterd. Zodra ze de deur achter zich had gesloten vroeg ze streng: 'Wat is er aan de hand?'

'Weet je, Karl –' begon Anton, maar zijn broer viel hem meteen in de rede.

'Weet je, Anton vond het goed dat we soldaatje speelden,' verklaarde Karl gewichtig. 'En omdat soldaten altijd onderscheidingen krijgen –',

'... vond Karl het goed als we iets uitzochten wat op een onderscheiding lijkt,' zei Anton.

Toen zwegen ze allebei.

'Jullie hebben dus soldaatje gespeeld en zijn daarvoor op zoek gegaan naar iets wat op een onderscheiding lijkt. En hoe kwamen jullie in vredesnaam op het idee om de manchetknopen van onze vader te pakken?'

'Weet je, hij was in zijn werkkamer en toen dachten we: als iemand ergens een ridderorde heeft, dan is hij het,' zei Anton.

'Ja, inderdaad,' zei Karl, terwijl hij naar een merel keek die voor Judiths kamerraam heen en weer fladderde, 'maar we konden niet naar zijn werkkamer, daar was hij immers zelf, dus gingen we naar zijn slaapkamer. En omdat deze manchetknopen zo mooi glinsteren…' Hij keek Judith aan en wees toen naar de sieraden van goud met parelmoer in Antons hand. '… dachten we dat die ook heel geschikt zouden zijn.'

'Jij dacht dat!' verbeterde Anton hem.

'Je kunt ze heel goed door onze knoopsgaten steken en dan blijven ze ook zitten. Daarom dus.' Karl werd koppig.

'Weten jullie dat beneden een onschuldige wordt verdacht?' vroeg Judith streng.

Beide jongens keken bedremmeld naar de grond.

'We gaan het volgende doen: ik breng de manchetknopen terug naar de slaapkamer en jullie houden de vestibule in de gaten. Zodra iedereen weg mag, kom jij, Anton, meteen naar me toe om me dat te vertellen. Ik leg ze zo neer dat vader ze wel móét zien als hij voordat hij naar de kerk gaat zijn colbert ophaalt, maar niet op hun vaste plek. Als we geluk hebben denkt hij dat hij ze zelf op de verkeerde plek heeft neergelegd.'

De jongens knikten dankbaar, waarna Judith hen naar hun post stuurde. Daarna deed ze snel wat ze van plan was. Eigenlijk vond ze dat de jongens straf hadden verdiend, maar ze wilde deze zondag niet al op de vroege ochtend verpesten, daarom spaarde ze hen.

Een uur later stond ze in haar zondagse kleren samen met Karl en Anton in de vestibule. Toen haar vader zich bij hen voegde keken ze alle drie meteen naar de witte manchetten die uit de mouwen van zijn colbert staken.

En inderdaad, de verdwenen manchetknopen zaten op hun plek en hun vader keek bedrukt. Judith wist dat hij dit alles bijzonder pijnlijk vond.

'Judith!' zei hij meteen bars.

'Ja, vader?'

Hij schraapte zijn keel. 'Vanochtend was er… een probleem. Ik wil graag dat je na de kerkdienst naar mevrouw Margarete gaat en haar vertelt dat het probleem is opgelost.'

'Natuurlijk,' zei Judith gehoorzaam, maar ze kon zich niet beheersen en vroeg: 'Moet ik er nog iets aan toevoegen?'

5

Op de middag van dezelfde dag werd in de tuin van de villa van de Rothmanns nog een ambitieuze kwajongensstreek uitgevoerd.

'Heb je de lucifers?'

'O, nee, die ben ik vergeten!'

'Verdorie, Anton, wat ben je toch een stomkop.'

'Ik ga ze meteen halen!' Anton draaide zich om en sloop door de kelderdeur het huis weer in. Hij was al snel terug en liet zijn tweelingbroer een rechthoekig doosje zien.

'Geef op!' Karl griste het doosje uit zijn hand en stopte het in zijn broekzak.

'Maar ik heb ze opgehaald!' protesteerde Anton.

Karl was niet onder de indruk. 'Ik ben de oudste! En jij laat ze vast ergens vallen en dan vinden we ze niet terug!'

'Echt niet! En je bent trouwens maar tien minuten eerder geboren dan ik!' mopperde Anton.

'Twaalf minuten!' Karl pakte het linnen zakje waarin hij een paar dunne stukjes hout had verstopt. 'Kom nu mee, Anton! Anders lukt het vandaag niet meer met ons kampvuur! Heb je de geweren?'

'Natuurlijk!' Demonstratief schouderde Anton de beide houten geweren. Dit cadeau, dat ze ruim een maand geleden voor hun verjaardag hadden gekregen van hun vader, maakte hun uitrusting helemaal compleet.

Uitstekend uitgerust liepen ze naar het dorp. Ze waren groot en sterk voor hun leeftijd, waren zelden ziek en als ze dat wel werden waren ze ook algauw weer beter. Meestal wonnen ze de gebruikelijke vechtpartijen met de buurjongens. Hun vader maakte zich wel zorgen over het uitblijvende succes op school én over het gebrek aan discipline. Toch deed hij veel moeite daar verandering in te brengen met standjes, oorvijgen, geen avondeten of verbanning naar hun kamer of in een ernstig geval naar de kelder – geen enkele variant op deze straffen was de tweeling vreemd. Helaas hadden de sancties van hun vader even weinig effect als de lijfstraffen en bevelen van de schoolmeester.

Hun vader was uiteindelijk zo wanhopig geworden dat hij onlangs zijn toevlucht had gezocht tot een nogal revolutionaire methode. Hij had hun een boek gegeven van de auteur Karl May in de hoop dat de jongens zo gefascineerd zouden raken door dit verhaal dat ze in elk geval meer zouden lezen. Wat hij niet had vermoed was dat Winnetou, het grote indianenopperhoofd, de jongens er niet alleen toe bracht meer te gaan lezen, maar ook een onuitputtelijke bron werd voor verschillende avonturen.

Vandaag had Karl besloten om het tafereel op het voorplat van het boek na te spelen en een vuur te maken dat ten minste leek op het vuur op de tekening, maar liever met nog hogere vlammen. Anton, die veel voorzichtiger was, maar zich meestal door zijn broer liet meeslepen, had voor proviand gezorgd. Dus verheugden ze zich al op de heenweg op de knapperig gebakken plakken brood die ze met een dikke laag boter wilden besmeren. Dat brood was niet helemaal eerlijk in hun rugzak beland, maar dat vonden ze geen probleem. Waarom had de familie anders een kokkin?

Het was een warme zondagmiddag. Ze liepen door de Bahnhofstrasse en bereikten het overstapstation van de tandradtramlijn, een breed gebouw dat meestal vrij respectloos Hundehütte werd genoemd.

'We hebben geen drinken meegenomen,' zei Anton toen ze bij de spoorrails van de tandradtram waren, 'en ik heb dorst.'

'Eigen schuld. Natuurlijk ben je iets vergeten.'

Karl legde het zakje hout op de grond en Anton legde de geweren en de rugzak die hij had gedragen ernaast. Ze keken om zich heen.

Even later zei Karl: 'Volgens mij kunnen we beter een stuk achter de Hundehütte gaan staan. Er zijn wel een paar mensen op pad.'

'Wil je het vuur hier dan maken? We kunnen beter naar het einde van het perron lopen,' zei Anton. 'Anders roepen ze de brandweer en wordt ons vuur meteen geblust.'

'Ach, maar dat is saai. Bovendien zijn de jongens van Böpple daar en die kan ik vandaag niet gebruiken.'

Anton was het met hem eens en gaf zijn verzet dus snel op.

'Straks komt de trein uit Stuttgart eraan,' zei Karl. 'Schiet een beetje op!'

Ze raapten hun spullen weer op en liepen om de stationshal heen, tot ze dachten dat reizigers en passanten hen niet meer konden zien. Een beetje afzijdig, bij de toiletten, gingen ze aan het werk.

Victor was op station Talbahnhof in de Filderstrasse in de Zacke gestapt. Hij verheugde zich op de rit vanuit het keteldal, waar Stuttgart in lag en dat vol rook hing, naar het hoger gelegen Degerloch. Omdat hij zo veel over dit luchtkuuroord had gehoord, had hij besloten om daar zijn zondag door te brengen zodat hij zelf een indruk kon krijgen van de knusse weidsheid van de Filderebene.

Hij leunde naar achteren en liet het landschap aan zich voorbijtrekken, terwijl een stoomlocomotief de beide wagons puffend naar boven duwde. De bomen langs het steile tracé zaten vol groene bladeren. Hoewel er geen glas in de raamopeningen zat was de lucht in de wagon verstikkend, en de zweetlucht van de vele passagiers maakte het er niet beter op. Victor had de rit liever op een van de open platforms gemaakt, maar daar had hij geen plekje meer kunnen krijgen. Te veel inwoners van Stuttgart wilden deze zondagmiddag gebruiken om te ontsnappen aan het broeikasklimaat van de stad en wat frisse lucht op te snuiven in het Degerlocher Wald. Deze lucht werd geprezen als bijzonder 'welriekend' en zou allerlei kwalen verlichten of zelfs helemaal genezen. Hij was benieuwd.

Een paar identiek geklede jongens, zo te zien leden van een vereniging, zongen een zomers lied. Dit zal niet het laatste lied zijn, dacht Victor. Hij had gehoord dat er in Degerloch veel uitnodigende cafés waren die graag en uitgebreid werden bezocht door mensen die een uitstapje maakten. Als je de kletspraatjes moest geloven, zouden de laatste pimpelaars pas laat op de avond in een uitbundige stemming teruggaan naar Stuttgart.

Hij maakte zijn kraag los. Ze passeerden de brug over de gracht aan de Pfaffenweg en sloegen de Alte Weinsteige in. Hij vond het steeds veranderende uitzicht ontzettend mooi. Hij was nu ruim vier maanden in de stad en begon zich hier op een vreemde manier thuis te voelen. Dat kwam voor een groot deel ook doordat hij het Zwabische dialect steeds beter verstond. Dat was in het begin niet alleen onverstaanbaar geweest, maar hij had het zelfs primitief gevonden. Inmiddels vond hij dat de nasale uitspraak in combinatie met de hoogdravende manier van spreken perfect paste bij de mentaliteit van de mensen hier: gedisciplineerd, terughoudend en geneigd tot religieuze strengheid. Maar toch, alsof daarmee het gebrek aan wereldwijsheid kon worden gecompenseerd, bruiste onder de oppervlakte een verbeeldingskracht die bijna in tegenspraak was met de vaak op het oog gesloten blik. Stuttgart stond ongetwijfeld op het punt de economische achterstand op andere grote steden in het Duitse Rijk in te halen. Een achterstand die vooral was veroorzaakt door de ongunstige locatie, die de aanleg van een doorgaande verbinding met het wegennet en de spoorlijn had vertraagd. De stad had ook geen bevaarbare waterweg, zodat gebruik moest worden gemaakt van de Neckar, die een paar kilometer verderop lag. En dat betekende weer een extra drempel voor de aan- en afvoer van en naar het vlak bij Stuttgart gelegen Cannstatt. Maar als de Zwaben even halsstarrig en ambitieus bleven, zouden ze ooit de industriële productie domineren en zich niet langer van hun leidersrol laten verdringen. Daar was Victor van overtuigd.

Hij zette zijn hoed af en streek met een hand door zijn kortgeknipte donkere haar. Als iemand hem aan het begin van het jaar had gezegd dat hij in de zomer in de hoofdstad van Württemberg zou zijn, was hij in de lach geschoten. Maar nu het zo was, beviel het hem elke dag beter.

Vlak voor Restaurant zur Wielandshöhe had hij een bijzonder mooi uitzicht op Stuttgart en zijn vele torens. De locomotief floot vergenoegd en Victor had veel respect voor de prestatie die de ontwerpers en aannemers hier hadden geleverd. Want vanaf het station in het dal naar hier moest een hoogteverschil van bijna tweehonderd meter worden overbrugd, en het steile tracé langs hellingen vol weelderige boomgaarden en wijngaarden was zwaar, met stijgingen tot misschien wel vijftien procent. Er was kennelijk al een stroomnet voorbereid, maar de omschakeling naar deze moderne manier van aandrijving was nog niet uitgevoerd.

Uiteindelijk, de berg was bijna beklommen, reden ze met veel gerammel over een ijzeren brug. Victor zag een paar fraaie villa's, met daartussenin een slanke en ranke bakstenen uitkijktoren. Bij de volgende halte stapten veel passagiers uit. Victor bleef zitten, net zoals de leden van de vereniging, die hun muzikale optreden afsloten met grapjes en gelach. Even later verkondigde de conducteur dat ze het eindpunt hadden bereikt. Victor stond op en stapte uit, na de jongens, die, zoals hij al had verwacht, in het dichtstbijzijnde café verdwenen.

Hij keek belangstellend rond. Het eerste dat hij signaleerde was echter niet de frisse en heldere lucht die hij had verwacht, maar een sterke rookgeur. Hij leek de enige te zijn die dit merkte, maar zijn zintuigen waren tijdens zijn tijd in de vesting aangescherpt. Hij bleef staan om de bron vast te stellen. Terwijl de andere passagiers zich snel verspreidden, verliet hij langzaam het station en keek aandachtig om zich heen. Eerst viel hem niets ongewoons op. Hij liep om het lage vakwerkgebouw met het platte zadeldak heen, groette terloops de mensen die in hun zondagse kledij liepen te flaneren en bleef zoekend kijken. Toen hoorde hij een heldere jongensstem.

'O jee, Karl! Doe iets, snel!'

Een tweede jongen antwoordde, duidelijk geïrriteerd: 'Verdorie, Anton, jij kunt ook helemaal niets!'

'Maak het uit! Snel, anders brandt alles af!'

'Onzin, zo snel fikt die schuur echt niet af. Help me nu maar!'

Victor versnelde zijn pas.

'Wel waar, Karl! Hij staat in de fik! En hoe, hij is immers van hout!'

De paniek in deze woorden was duidelijk te horen en toen Victor om het tramwagendepot heen was gelopen en de achterkant van het gebouw had bereikt, zag hij twee jonge knapen die probeerden een onbeheersbaar geworden vuurtje te blussen. Terwijl de ene jongen de vlammen met een rugzak probeerde te doven, probeerde de andere jongen dat door ze onder een doek te verstikken. Ondanks al hun inspanningen bleven de vlammen aan het hout likken.

'Opzij, allebei!' riep Victor tegen de jongens, die hem ontdaan aankeken. Hij pakte de doek van een van de jongens af en sloeg daarmee krachtig op de vlammen. Een kleine brandhaard op de grond trapte hij uit met zijn schoenen. Daarna pakte hij de rugzak en smeet hem op het provisorische kampvuur in een nieuwe poging dat te blussen. 'Hoe halen jullie dit in je hoofd!' zei Victor op barse toon toen het gevaar was geweken.

De beide jongens stonden bedremmeld naast elkaar.

Victor moest ondanks zijn boosheid toch glimlachen. Wat een ondernemende tweeling, dacht hij. Toen hij hen aandachtiger bekeek, zag hij meteen dat ze wel op elkaar leken, maar een volkomen ander karakter hadden. De ene jongen stak zijn onderlip uitdagend uit, maar de andere keek opgelucht en dankbaar.

'We hebben een vuurtje gestookt.' Met tegenzin begon de stoerdere jongen aan een verklaring.

'Dat heb ik gemerkt,' zei Victor, iets vriendelijker. 'En dat leek jullie verstandig? Hout brandt nu eenmaal als een fakkel!'

'Ja, meneer. Eh, nee, natuurlijk niet, dat is...' stamelde zijn broer.

'Hou je mond, Anton!' snauwde de brutaalste van de twee. 'Op de prairie is overal droog gras en toch maken de indianen vuur!'

Victor begon de serieuze situatie nu toch amusant te vinden. 'Aha, jullie speelden indiaantje en dit is de prairie van Stuttgart.'

'Klopt!' Deze jongen zat nooit om een antwoord verlegen.

'Wat zou de sheriff van dit stadje volgens jullie hebben gedaan als zijn wagendepot was afgebrand?' Victor deed een beroep op hun gezonde verstand en de stilste, Anton, leek bereid tot een gesprek.

'Hij zou ons opsluiten als bandieten,' mompelde hij.

'En hij zou alles aan onze vader vertellen,' bromde de andere.

'Wat zou erger zijn geweest?' vroeg Victor.

'Onze vader!' riepen ze als uit één mond.

'Maar er is toch niets afgebrand,' hield Karl koppig vol.

Victor ging hier niet op in. 'Hoe heten jullie eigenlijk?'

Karl gaf Anton een stomp in zijn zij om hem ervan te weerhouden dat te vertellen, maar die zei op hetzelfde moment: 'Karl en Anton Rothmann.'

'Rothmann? Is jullie vader soms de eigenaar van chocoladefabriek Rothmann?'

'Inderdaad.'

Dat klonk interessant. Voor Victor was Rothmann-chocolade al een begrip geweest vóórdat hij naar Stuttgart was gekomen. 'Wonen jullie hier in de buurt?'

'Ja, het is maar –' zei Anton.

'Niet dichtbij,' zei Karl snel.

'Wat betekent dat, "niet dichtbij"?'

'Nou ja, het is wel even lopen.'

'Ik vind dat jullie je spullen maar moeten pakken, dan gaan we daarna samen naar jullie huis. Misschien kan ik bij jullie vader een goed woordje voor jullie doen. Ik heb als jongen ook vaak dit soort kattenkwaad uitgehaald,' zei Victor.

De jongens keken hem verbijsterd aan en zeiden voor de verandering niets meer.

Victor keek nog een keer naar de wand van de schuur. Veel was er niet gebeurd, maar de schade moest natuurlijk wel worden gemeld. Voor Rothmann zou het waarschijnlijk geen probleem zijn om de kosten te betalen; de fabrikant was rijk. De jongens zouden misschien wel een forse straf krijgen.

Bedeesd pakten de jongens hun spullen en daarna liepen ze met hem mee.

Nadat ze het stationsgebied hadden verlaten, hoorde Victor opeens een kreet en luid geratel en gekraak. Hij keek snel achterom, terwijl het lawaai luider werd.

Slechts een fractie van een seconde later reed op hoge snelheid een koets op hen af. De koetsier bleef met veel moeite op de bok zitten, terwijl hij uit alle macht aan de teugels trok en probeerde de beide op hol geslagen paarden te laten stoppen. Instinctief spreidde Victor zijn armen voor de tweeling om ze te beschermen. Anton stapte opzij, maar Karl struikelde. Victor sprong zonder erover na te denken naar hem toe en kreeg hem te pakken op het moment dat de koets langs hen heen raasde. Hij trok Karl in één ruk achteruit, maar kon niet voorkomen dat een van de panische paarden de jongen met zijn hoef raakte. Victor kromp ineen toen hij het knakkende geluid en Karls luide kreet hoorde. Meteen daarna zakte de jongen in zijn armen in elkaar.

De koets kwam een paar meter verderop eindelijk tot stilstand.

Heel even was het doodstil.

Anton stond ontdaan op de stoep, met zijn handen voor zijn mond geslagen. Om hen heen hadden zich al een paar mensen verzameld, zichtbaar geschrokken en nieuwsgierig. De koetsier probeerde de bezwete en snuivende paarden te kalmeren en keek ongerust naar hen.

Victor keek naar de jongen in zijn armen. Karl was lijkbleek en verroerde zich niet, zijn onderbeen stond in een onnatuurlijke hoek en in de open wond was het gebroken bot te zien.

Langzaam kwam iedereen uit zijn verdoving. Iemand riep om een dokter. Een ander riep om een handkar, waarna een van de buurtbewoners een kar bracht. Voorzichtig legde Victor de gewonde Karl erin, die langzaam bijkwam en begon te huilen van de pijn. Victor sprak hem geruststellend toe, trok zijn jas uit en legde hem onder Karls gewonde been.

De groep toeschouwers stapte achteruit toen Victor de trekstang vastpakte.

'Wacht toch tot de dokter er is,' zei een van de omstanders.

Victor ging er niet op in. 'Je moet me vertellen waar jullie wonen,' zei hij tegen Anton.

Deze keek naar zijn broer, knikte en liep langzaam voor hen uit. Hoewel Victor de handkar voorzichtig meetrok en schokken zo veel mogelijk probeerde te vermijden, leed Karl ondraaglijke pijn. Steeds opnieuw verloor de jongen het bewustzijn. Maar het was geen optie geweest om het kind te midden van toekijkende mensen aan de rand van de stoffige straat te laten liggen tot er een dokter kwam. Alleen al niet omdat het kennelijk niet erg ver was naar het huis van de beide jongens.

Ze kwamen inderdaad na een korte tocht langs met bomen omzoomde weilanden aan bij een groep moderne huizen in een weelderig groene omgeving. Anton bleef staan bij een relatief nieuw huis van drie verdiepingen met een hoge bakstenen basis. Hij draaide zich om naar Victor, gebaarde dat ze hun bestemming hadden bereikt en stormde vervolgens de paar treden naar de voordeur op.

Victor volgde hem, nog steeds met Karl in zijn armen.

6

Judith kon gewoon niet kiezen. Eigenlijk had ze al een jurk uitgekozen voor die zondagavond, maar nu twijfelde ze aan haar keus. Misschien was de versierde jurk toch een beetje te veel voor een muziekavond thuis. Dora had kritisch gekeken toen ze haar had gevraagd deze jurk klaar te leggen. Maar ja, hij was helemaal nieuw en ze kon bijna niet wachten hem te dragen.

Ze zuchtte.

Ongeduld was, net als nieuwsgierigheid, een slechte eigenschap. Dat was haar vaak genoeg ingeprent. In gedachten nam ze snel de sociale gelegenheden van de komende weken door en ze vroeg zich af bij welke daarvan deze jurk beter zou passen. Ze dacht aan het zomerbal bij de Von Brauns en ze zag zichzelf in gedachten al elegant de marmeren wenteltrap af lopen die van de salons op de bel-etage naar de tuin van de villa van de bankiersfamilie leidde. Als het mooi weer was werden de gasten daar begroet en zou iedereen haar dus kunnen zien.

Zou Max Ebinger dan ook komen? Toen ze aan de aantrekkelijke zoon van de vooraanstaande machinefabrikant dacht, begon Judiths hart sneller te kloppen. Max was lang en had donker haar. Ze vond hem heel leuk, te leuk. Ze had zich vaak afgevraagd wat ze ervan zou vinden als haar vader hém als haar huwelijkskandidaat in overweging zou nemen. Zou hij ook aan háár eisen voldoen?

Judith wist hoe er over Max werd gepraat: hij was onverantwoordelijk en zorgeloos, had altijd avontuurtjes en ging liever met zijn vrienden naar cafés in Stuttgart dan een serieuze baan te zoeken. Maar als erfgenaam van zijn geslaagde vader hoefde hij niet veel te doen en zijn levenspad was al uitgestippeld.

Hoe langer ze over hem nadacht, hoe meer ze tot de conclusie kwam dat ze Max helemaal niet kende. Ze wist niets van zijn interesses, voorkeuren of karakter. Ze vond hem aantrekkelijk, maar een knap uiterlijk alleen was niet voldoende. Tot nu toe had hij sowieso weinig belangstelling voor haar getoond. Zou een geslaagde entree in een verrukkelijke jurk daar verandering in brengen?

Ze riep zichzelf tot de orde. Hij was eigenlijk toch al een ongeschikte partij, want haar vader had al tientallen jaren een hekel aan de oude Ebinger, hoewel niemand wist waarom eigenlijk. De beide mannen konden elkaar gewoon niet uitstaan, dus was het zomerbal ook niet van belang.

Judith zuchtte en keek om zich heen in haar kamer. Op de kaptafel lag het nieuwste exemplaar van de *Illustrierten Frauenzeitung* en ernaast lag een reclamebrochure van warenhuis Breuninger. Ze pakte ze en liet zich op haar bed vallen. Misschien zag ze in deze tijdschriften iets wat haar inspireerde zodat ze wist wat ze vanavond kon aantrekken.

Ze verdrong de gedachte aan Max en verdiepte zich in de wereld van knippatronen en stoffen. Tegenwoordig vond ze vooral modellen met een fantasie- of bloemmotief mooi. Algauw kwam ze tot de conclusie dat haar donkerblauwe gebloemde zijden jurk voor vanavond voldoende was. Ze stond zwierig op, gooide de tijdschriften met een snelle beweging op een zijtafel en wilde Dora roepen, maar toen herinnerde ze zich dat haar kamenier een vrije middag had. Ze moest dus nog even wachten met omkleden.

Op de klok op de schoorsteenmantel zag ze dat het tijd was voor een ronde door het huis. Sinds het vertrek van haar moeder nam Judith de taken van de vrouw des huizes op zich. Dat deed ze nauwgezet, in de hoop dat ze daardoor de trouwplannen die haar vader voor haar had kon voorkomen of op z'n minst op de lange baan kon schuiven. Hij had haar nu immers nodig. Wie moest anders afspraken maken met Margarete de huishoudster, toezicht houden op de tweeling of als gastvrouw optreden? Ze ging er inmiddels van uit dat hij zijn plannen inderdaad had uitgesteld, want behalve zijn dubbelzinnige opmerking kortgeleden tijdens de avondmaaltijd had hij er niets meer over gezegd.

Judith dacht aan haar moeder Hélène, die de verantwoordelijkheid voor het huis en het gezin nooit graag op zich had genomen. Ze was meestal moe en uitgeput, was soms prikkelbaar geweest en had altijd hoofdpijn. Judith kon zich bijna geen vrolijke momenten met haar herinneren. Sinds de geboorte van de tweeling had ze nog meer geleden. Ze had de ene na de andere dokter bezocht of laten komen, tot een van hen uiteindelijk de diagnose neurasthenie of zenuwzwakte had gesteld, iets wat veel scheen voor te komen bij fijnbesnaarde vrouwen.

Daarop waren talrijke therapieën uitgeprobeerd, maar zonder dat er verbetering optrad. Haar vader had ook het advies van een luchtverandering ter harte genomen en kort daarna de villa in Degerloch laten bouwen. Haar moeder werd echter niet gezond, maar nog zieker, zodat een radicale verandering van omgeving werd overwogen. Als eerste was de keus gevallen op een openluchtzwembad in het Zwarte Woud, en haar moeder was inderdaad na een verblijf van drie maanden zichtbaar beter thuisgekomen. Maar in de weken daarna werd ze opnieuw melancholiek en voelde ze zich heel uitgeput.

Daarna volgde een periode van eindeloze discussies tussen haar ouders. Dat was altijd al zo geweest, maar Judith had nu het idee dat ze meer betekenden. De discussies gingen over een nieuwe behandelingsmethode die haar moeder wilde uitproberen, een soort natuurkuur; dat had Judith tenminste begrepen. Volgens haar vader was dit een overdreven mal idee van zijn vrouw. En toen hij hoorde hoe duur die zou zijn, was de zaak voor hem afgedaan.

Maar haar moeder had haar verzet niet opgegeven. Ze had wekenlang gediscussieerd met een verbazingwekkende kracht voor iemand in haar toestand, ze smeekte, huilde en pruilde. Uiteindelijk kwam ze met vage dreigementen, waardoor haar vader eerst heftige woedeaanvallen kreeg en uiteindelijk toegaf.

In mei was haar moeder eindelijk vertrokken naar haar kuuroord aan het Gardameer. Iedereen in huis had opgelucht ademgehaald. Judith miste haar moeder heel erg, maar ze verlangde niet terug naar de moeilijke perioden van het afgelopen jaar.

De doordringende toon van de koperen bel bij de voordeur rukte Judith uit haar gedachten. Iemand draaide de bel kennelijk steeds weer rond, zodat hij ononderbroken luid bleef rinkelen. Ze liep ongerust naar beneden. Het luide bellen hield pas op toen ze hoorde dat de voordeur werd geopend. Daarna hoorde ze een zachte kreet, en even later een mannenstem en een huilend kind. Geschrokken versnelde Judith haar pas.

Op de brede trap die van de privéruimtes van de familie eerst naar de bel-etage en daarna naar de begane grond en de vestibule leidde, kwam Babette haar tegemoet.

Ze leek volkomen ontdaan. 'Juffrouw!' riep ze ademloos.

'Rustig aan, Babette. Vertel maar wat er is gebeurd.'

'Juffrouw,' zei Babette hijgend, 'de jongens! Karl is gewond!' Ze wees naar beneden.

Zonder nog iets te zeggen tilde Judith haar rok op en liep snel de laatste treden af.

Toen ze de ruime vestibule had bereikt, rende Anton naar haar toe en hij drukte snikkend zijn gezicht tegen haar borst. Ze streek afwezig over zijn lichtblonde haar en keek stomverbaasd naar de onbekende man die met Karl in zijn armen langzaam naar haar toe liep.

'O mijn god, Karl! Dat ziet er verschrikkelijk uit! Wat is er gebeurd?' Ze werd misselijk toen ze de diepe gapende wond zag. En juist nu was vader niet thuis!

Babette, die haar was gevolgd, trok Anton naar zich toe die, nog steeds onbeheerst huilde, en nam hem gedecideerd mee naar de keukenvleugel.

'Kan ik hem ergens neerleggen? Hij heeft snel een dokter nodig!'

Judith keek op toen ze de diepe, doordringende stem hoorde van de onbekende man die haar broertje in zijn armen hield. Ze vermande zich. 'Ja, natuurlijk. Kom maar mee.'

Ze liep snel voor hem uit naar een salon vlak bij de vestibule en wees naar de canapé, waar de man Karl op legde.

Opeens stond Robert de huisknecht in de deuropening. 'Babette zei dat ik dokter Katz moet halen?'

'Ja, Robert,' zei Judith, 'loop naar hem toe, zo snel je kunt!'

'Het gaat om een open fractuur, zeg dat maar tegen de dokter,' zei de onbekende man.

Robert knikte en liep weg.

Judith knielde naast Karl en streelde zijn wang.

De jongen kreunde.

'We hebben schone doeken nodig en wat gekookt water. Dan begin ik de wond schoon te maken.' Hij keek haar aan. 'Maakt u zich maar niet te veel zorgen om hem, juffrouw Rothmann. Zo te zien is hij een taaie knaap.' Zijn stem had een zachte, geruststellende klank gekregen, zodat Judith begreep dat ze wel heel overstuur overkwam.

'Water en doeken, dat regel ik meteen, meneer...' Ze stond op en rechtte haar schouders.

'Rheinberger.' De man knikte. 'Victor Rheinberger.'

'Meneer Rheinberger, goed.'

Een half uur later was de dokter bezig met de fractuur, geholpen door Victor Rheinberger, die inmiddels had verteld wat er was gebeurd. Judith bleef erbij en hield Karls ademhaling en hartslag in de gaten.

Dokter Katz had de jongen verdoofd met ether, omdat Karl natuurlijk stil moest liggen voor de behandeling, maar ook omdat de pijn anders ondraaglijk zou zijn geworden. 'Hij moet zo weinig mogelijk bewegen,' zei Katz toen hij klaar was en zijn mondmasker afzette. 'U kunt hem het beste voorlopig in dit vertrek laten liggen.'

Judith knikte. 'Dat zal ik doen.'

'Het is goed mogelijk dat hij zich beroerd voelt als hij bijkomt, want ether veroorzaakt vaak misselijkheid. Misschien wordt hij ook een beetje onrustig. Geef hem dan een paar druppels valeriaan en zorg dat er iemand bij hem blijft. Hij mag in geen geval proberen op te staan.'

'Dank u wel, dokter,' zei Judith. 'Hoelang denkt u dat het zal duren voordat hij weer kan lopen?'

'Ach, hij is nog zo jong,' zei hij met een knipoog. 'Ik denk dat hij over twee tot drie weken met krukken kan lopen. Natuurlijk alleen als er geen complicaties optreden en hij dat been voorlopig ontziet. De fractuur is niet heel erg gecompliceerd.'

'Godzijdank,' zei Judith.

'Het leek erger dan het is. Op het scheenbeen zit weinig weefsel op het bot, daarom lijkt een wond daar algauw ernstig. Het enige wat absoluut moet worden voorkomen is een ontsteking. Daarom kom ik voorlopig elke dag langs om zelf het verband te verwisselen. Zodra we er zeker van kunnen zijn dat de genezing goed verloopt kunt u dat zelf doen, juffrouw Rothmann.'

'Ik ben u ontzettend dankbaar!' Judith was ongelofelijk opgelucht.

'Hij heeft een beetje bloed verloren,' zei de dokter nog. 'Zorg ervoor dat hij een vleesbouillon krijgt zodra hij weer iets kan eten.'

'Dat zal ik doen.'

'Dan ga ik nu maar, juffrouw Rothmann. Als er iets bijzonders gebeurt, dan laat u me maar meteen halen. Het is gelukkig niet ver.'

Judith wilde hem nog een keer bedanken, maar op dat moment werd de kamerdeur hardhandig opengeduwd.

'Hoe heeft dat kunnen gebeuren!' Wilhelm Rothmanns stem klonk kwaad maar ook ongerust. 'Judith! Jij zou toch op je broertjes passen!' Met drie grote stappen liep hij naar de bank en keek neer op Karl, die weliswaar bleek was, maar rustig sliep.

De dokter begreep meteen in welke toestand de vader zich bevond en vroeg: 'Kan ik u even spreken, meneer Rothmann?'

Rothmann keek van Judith naar Victor en van Victor naar dokter Katz. 'Kom maar mee naar mijn werkkamer, dokter,' zei hij, iets kalmer nu. Hij wees naar Victor en zei: 'En u wil ik ook graag spreken, over een minuut of twintig. Judith, jij gaat naar je kamer!'

'Als u het goedvindt, blijf ik hier bij Karl,' zei Judith behoedzaam.

De dokter knikte. 'U moet dat goedvinden, meneer Rothmann. Ze moet op hem passen.'

'Goed dan.' Rothmann keek weer naar Victor en zei: 'Wacht alstublieft in de vestibule tot ik u laat halen.'

'Natuurlijk,' beloofde Victor.

Judith zag dat hij onopvallend glimlachte, wat hem heel sympathiek maakte. Hij scheen begrip te hebben voor de bezorgdheid van haar vader.

Dokter Katz legde een hand op Rothmanns schouder en verliet samen met hem het vertrek.

Victor Rheinberger raapte zijn jas op, die hij achteloos op de grond had laten vallen. Toen hij hem wilde aantrekken zag Judith dat er verschillende bloedvlekken op zaten.

'Wacht!' Ze wilde naar hem toe lopen om de vieze jas van hem aan te nemen. 'Wij zullen ervoor zorgen dat uw jas wordt schoongemaakt. Dat zijn we u wel verschuldigd.' Ze keek hem met een dankbare glimlach aan.

'Dat is een bijzonder vriendelijk aanbod, juffrouw Rothmann. Maar ik neem hem liever mee, zodat ik hem zelf kan schoonmaken. Ik heb geen andere.'

Judith bleef staan en liet haar blik over zijn grote, sterke lichaam dwalen. Nu pas viel haar op dat zijn zondagse pak afgedragen was en niet goed paste. Hij had het kennelijk van iemand geleend of gekregen. De kraag van zijn overhemd was versleten, maar wel smetteloos schoon, net zoals zijn stropdas. 'Ik wilde u niet beledigen,' stamelde ze. 'Neem me niet kwalijk, meneer Rheinberger.'

Hij keek haar aan en alweer zag ze een geamuseerde blik op zijn gezicht. Snel streek hij met zijn hand door zijn korte donkere haar. 'Maakt u zich geen zorgen, juffrouw Rothmann. Mijn jas is vandaag uw minste probleem.' Hij wees naar Karl en keek nu weer ernstig. 'Belangrijk is vooral dat het snel weer goed met hem gaat.'

Judith knikte. Opeens kostte het haar moeite haar blik los te rukken van zijn fraai gevormde gezicht. Iets in hem trok haar aan.

Hij glimlachte en zijn blauwgroene ogen schitterden. 'U zult vast uitstekend voor uw broertje zorgen, juffrouw Rothmann. En ik zal in de vestibule wachten tot uw vader me laat roepen.' Hij liep langs haar heen naar de deur, waarbij hij per ongeluk langs haar bovenarm schampte. 'Anders overlaadt hij me straks meer met standjes dan met loftuitingen.'

7

Babette haalde Victor een half uur later op uit de representatieve vestibule om hem naar Wilhelm Rothmann te brengen. Victor had tijdens het wachten de houten betimmering met het inlegwerk en een paar kostbare schilderijen bekeken. Ook het kostbare tapijt op de lichte marmeren vloer en de verse boeketten in de porseleinen vazen waren hem opgevallen. Door de hoge spiegel van loodkristal leek de vestibule nog groter dan hij al was. De villa van de chocoladefabrikant was inderdaad indrukwekkend. Zo te zien ging het goed met deze familie.

In de gang kwam hij dokter Katz tegen, die net zijn hoed opzette en naar huis wilde gaan. 'U hebt bijzonder moedig gereageerd,' zei hij waarderend en hij bleef even staan. 'De kleine Anton heeft ons bijzonder opgewonden verteld hoe het ongeluk is gebeurd.'

'Dat was niet moedig, maar vanzelfsprekend,' zei Victor.

'Voor u en mij is dat misschien wel zo, maar niet iedereen zou voor twee op hol geslagen paarden springen om een jongen te redden die hij niet eens kent. Karl heeft veel geluk gehad.'

'Ik ben blij dat ik op het juiste moment op de juiste plek was,' zei Victor. 'Gelukkig zal hij gauw weer gezond zijn.'

Katz lachte. 'Als hij zich aan de spelregels houdt. Dat zal hij niet altijd gemakkelijk vinden.'

'Klopt. Hij lijkt bijzonder eigenzinnig. Hoewel we elkaar nog maar net kennen is me dat al wel opgevallen,' zei Victor grijnzend.

'Eigenzinnig is een beetje te zacht uitgedrukt. Nou ja, misschien leert hij van wat er vandaag is gebeurd.' Katz tikte ten afscheid tegen zijn hoed. 'Nog een goede dag!'

'Ik kom zo bij u,' zei Babette snel.

Katz schudde zijn hoofd. 'Dank je, maar ik loop zelf wel naar buiten.' Daarna beende hij met grote passen weg.

Babette en Victor liepen naar Rothmanns werkkamer. Ze klopte aan en nadat Rothmann 'Binnen!' had geroepen liet ze Victor naar binnen gaan en deed de deur achter hem dicht.

Wilhelm Rothmann zat aan een zwaar bureau van gelakt notenhout. In een marmeren schaal lagen een paar schrijfbenodigdheden, zoals een dikke vulpen met een gouden punt, waarmee hij alle belangrijke documenten altijd ondertekende. Ernaast stond een zilveren inktpotje.

'Ik ben zo bij u,' zei de ondernemer, terwijl hij een paar stukken ordende.

'Natuurlijk.' Victor stapte opzij.

Ook in dit vertrek ademde alles rijkdom uit, van de bureaulamp van wit opaalglas, waarvan de buik met gouden elementen was versierd, tot en met de inbouwkast voor twee muren met kasten, vitrines en boekenplanken. Victor zag de uit zeventien delen bestaande nieuwe jubileumuitgave van het *Brockhaus' Konversations-Lexikon,* naast honderden andere economische, historische en literaire werken. Demonstratieve eruditie, dacht hij, iets wat nog eens werd versterkt door het diffuse licht dat tussen de dikke gordijnen aan weerszijden van de hoge ramen naar binnen viel. Op de achtergrond tikte de pendel van een met houtsnijwerk versierde staande klok die net luidkeels het hele uur aankondigde.

Alsof hij op dit signaal had gewacht schoof Wilhelm Rothmann de papieren bij elkaar en ging rechtop zitten.

Even had Victor het gevoel dat hij werd getaxeerd, maar toen stond de fabrikant op en liep naar hem toe. 'Ik hoef me denk ik niet meer voor te stellen. Maar wilt u me uw naam misschien vertellen, meneer?'

'Victor Rheinberger.'

'U hebt vandaag waarschijnlijk het leven van mijn zoon gered, meneer Rheinberger.'

'Het was inderdaad op het nippertje.'

'Ik heb Anton al gevraagd wat de jongens op het station te zoeken hadden, maar dat kon hij me niet precies vertellen. Hij is natuurlijk nog helemaal van slag. Anton zei wel iets over een vuurtje dat hij samen met Karl had aangestoken en dat niet meer uit wilde.'

'Zo kun je het ook beschrijven. Ik heb de jongens geholpen het vuur te blussen. Toen we het station verlieten kwam het span paarden op ons af.'

'En u trok Karl voor de paarden weg. Hij had vertrapt kunnen worden.'

'Ik ben zelf heel dankbaar voor het feit dat het niet erger uitpakte. Toch zal uw zoon een hele tijd aan zijn misstap worden herinnerd. Zo'n fractuur doet pijn.'

'In dit geval heb ik maar weinig medelijden met hem. Hij is gewoon te wild. Hopelijk is dit een les voor hem.' Rothmann liep naar een klein dressoir. 'Mag ik u een cognac aanbieden, meneer? Of hebt u liever brandewijn? Peer, pruim of appel?'

'Heel graag. Perenbrandewijn, alstublieft,' zei Victor.

Rothmann schonk twee borrelglaasjes vol en gaf er eentje aan Victor. 'Mijn welgemeende dank, meneer Rheinberger.'

Ze proostten.

Victor genoot van het licht brandende gevoel van de alcohol in zijn keel en deed even zijn ogen dicht. Nu de spanning van hem afviel, voelde hij pas hoe moe hij was.

'Ga toch zitten.' Rothmann wees naar een van de twee leren fauteuils die met een bijzettafeltje in een hoek van het vertrek stonden.

Victor ging dankbaar zitten.

'U komt hier niet vandaan?' Rothmann ging in de stoel naast hem zitten.

'Nee.'

'Dat hoor ik aan uw accent, of eigenlijk meer aan het ontbreken van het Zwabische accent.'

'Ik kom uit Pruisen.'

'Kunt u de mensen hier dan wel verstaan?'

Victor lachte. 'Inmiddels wel, maar in het begin was dat niet eenvoudig.'

'Op de Schwäbische Alb zou u dat nog meer moeite kosten. In Stuttgart praten ze iets gedistingeerder.'

'Daar hebt u vast gelijk in, maar daar ben ik nog niet geweest.'
'Hoe bent u hier terechtgekomen, meneer Rheinberger?'
'Ik wilde iets nieuws proberen.'
'In Stuttgart? Waren Keulen of Hamburg dan niet interessanter?'
'Niet echt. Een vriend van me woont in de stad, wat de beslissing iets gemakkelijker maakte,' zei Victor, niet helemaal naar waarheid. Hij wilde niets over zijn verleden vertellen. 'Bovendien staat Stuttgart op het punt tot bloei te komen. Die dynamiek is fascinerend,' voegde hij eraan toe.
'Ja, dat verwacht eigenlijk niemand van de Zwaben,' zei Rothmann grijnzend. 'Naar buiten toe lijken ze kalm, vaak zelfs koppig. En dan opeens wordt de deur van een werkplaats geopend en komt er een nieuwe uitvinding naar buiten, waar de wereld absoluut niet meer zonder kan. Denk alleen maar aan Robert Bosch en zijn magneetontsteking.'
'Of Gottlieb Daimler en zijn vierwielige motorvoertuig.'
'U bent op de hoogte,' zei Rothmann waarderend. 'Jammer dat Gottlieb niet meer leeft. Maar zijn compagnon, Maybach, heeft het bedrijf voortgezet. Inmiddels bouwt hij continu iets voor die overspannen Oostenrijker, Emil Jellinek. Hebt u al eens van hem gehoord?'
'Nee, nog niet.'
'Hij kwam op een dag naar Maybachs werkplaats en liet hem niet met rust tot deze voor hem een tweezitsraceauto had gebouwd. Daarmee deed hij in 1901 mee aan de autoraces in Nice, die hij nog won ook. Sindsdien heten Maybachs auto's trouwens Mercedes, naar Jellineks dochter.'
'Mag ik vragen of u ook zo'n auto bezit, meneer Rothmann?'
'O, ja!' De ogen van de fabrikant lichtten op. 'Al twee jaar, een Mercedes 35 PS. Een van de eerste van die serie. Er is inmiddels immers de Simplex, maar die kost een vermogen.'
Victors aandacht was getrokken. 'Alles wat met techniek te maken heeft interesseert me, maar ik heb helaas nooit de kans gehad me die kennis eigen te maken.'
'Als u daar verstand van hebt zijn hier in de stad zeker mogelijkheden voor u, meneer Rheinberger.'
'Komt u uit Stuttgart, meneer Rothmann?'

'Ja. Ik ben hier opgegroeid. Ik heb wel twee jaar in Parijs doorgebracht, voordat ik in de chocoladefabriek van mijn vader ging werken. Iedereen die een bijzonder goede chocolade wil maken, moet in Parijs hebben gewerkt. Wilt u nog een glaasje?' Hij hief zijn lege glas.

Victor knikte en Rothmann schonk hem een tweede borrel in.

'Goed dan. Ik wil mijn dank natuurlijk niet slechts in woorden uitdrukken. Ik dacht aan een beloning van vierhonderd mark. Kunt u daar akkoord mee gaan?'

Victor verslikte zich in zijn borrel en begon te hoesten.

Rothmann klopte hem lachend op de rug. 'Dat hebt u zeker verdiend.'

'Dat is bijzonder gul van u.'

'Uitstekend, dan is dat geregeld.'

Victor schraapte zijn keel. 'Maar ik zou liever iets anders vragen.'

'Iets anders? Vierhonderd mark is evenveel als het halve jaarsalaris van mijn chauffeur!'

'Het gaat me niet om de hoogte van uw gift, die is bijzonder ruim.'

'Waar gaat het u dan wel om?'

'Ik zou graag voor u willen werken, meneer Rothmann.'

'Had u geen hoed bij u, meneer Rheinberger?' vroeg Babette toen ze Victor twee uur later weer naar de vestibule bracht.

Hij schudde zijn hoofd. 'Die ben ik kwijtgeraakt toen ik Karl van de straat trok.'

'Meneer zal hem zeker willen vergoeden,' zei ze.

Victor glimlachte alleen. De hoed was niet belangrijk; die was toch al behoorlijk aftands geweest.

Het dienstmeisje opende de voordeur en Victor, die moeite had rechtop te lopen, liep langzaam het korte trapje af. Het was niet bij de twee glaasjes gebleven en daarna had Rothmann hem ook nog eens uitstekende wijn aangeboden.

Op straat draaide Victor zich om en hij keek nog een keer naar de villa van de Rothmanns. Hij had verschillend gevormde ramen en hoekjes, talrijke erkers en uitsteeksels, gestuukt of van baksteen. In het zachte licht van de zomeravond leek het nog vrij nieuwe gebouw veel minder markant dan in de felle middagzon. Het was duidelijk te zien dat het huis met behulp van veel geld was ontworpen en gebouwd, maar toch vond Victor het lomp, afwijzend en blasé, hoewel hij dat binnen helemaal niet zo had ervaren.

Hoe dan ook. Als hij niet helemaal in het donker naar huis wilde gaan, moest hij vertrekken. Om zich de twintig pfennig voor de terugreis met de tandradtram te besparen, was hij van plan om door het bos en de wijngaarden naar Stuttgart te lopen.

8

Riva aan het Gardameer
Begin augustus 1903

Hélène ademde diep in, hield de lucht even vast en ademde met een zacht sisgeluid weer uit. Ze had haar ogen dicht en voelde haar adem en de warmte van deze zomerdag op haar huid en dacht aan een uitdrukking van de filosoof Heraclitus: *Panta rhei* – Alles stroomt.

Dat was zeker waar.

Er waaide een harde zuidenwind over het meer. Hij bracht het wateroppervlak in beweging en blies een verfrissend briesje door de kleine, door kurkeiken, slangendennen en oude moerbeibomen omgeven luchthutten aan de noordelijke oever.

Bijna twintig van deze houten gebouwtjes waar twee mensen konden verblijven stonden verspreid over het uitgestrekte park van het sanatorium Dr. von Hartungen, direct aan het Gardameer. Ze werden aanbevolen voor patiënten met luchtwegaandoeningen en hadden daarom grote raamopeningen zonder ruiten. Door deze uitstekende ventilatie was het goed uit te houden in de zomerse hitte, die op een andere plaats een broeiende hitte en loomheid zou veroorzaken.

Hélène was echter, net als nu, liever bij de stenen oever van het meer en genoot van de intense innerlijke rust die ze ervoer terwijl ze naar de wisselende blauwe tinten van het water aan haar voeten keek. De stroming leek haar zorgen mee te nemen en te vervangen door een opgeruimde kalmte. Het contrast met de machtige, ruige bergen achter haar vond ze niet angstwekkend, maar indrukwekkend en inspirerend. Hier de rust op de zuidelijke, warme akkers, daar een ontembare natuur met schrale, ontoegankelijke hellingen en met sneeuw bedekte bergtoppen. Hélène vond ze niet bedreigend, integendeel, ze voelde zich erdoor beschermd. Deze bergketens stonden schijnbaar onoverwinnelijk tussen het nu en het verleden, tussen haar toevluchtsoord hier en de boeien van haar leven ten noorden van de Alpen, die ze nu eindelijk bereid was te verbreken.

Ze had veel te lang geaarzeld en zich beklaagd over haar lot, maar had niet geprobeerd het te veranderen. Nu was ze echter begonnen met een andere blik, met haar eigen ogen, naar de wereld te kijken en deze in haar levendige schilderijen te verbeelden. Ze was zich niet bewust geweest van haar eigen scheppingskracht, die haar elke dag weer verraste. Het werk met penseel en kleuren gaf haar rust en een volkomen nieuw levensgevoel. Het was háár hand die iets creëerde, het spel van licht en schaduw vastlegde, stuurde en de compositie bepaalde. Wat een cadeau!

Ze spreidde haar armen, schudde haar donkere haar naar achteren en draaide langzaam om haar as.

'Niet te snel, mevrouw, anders wordt u helemaal duizelig!'

Hélène bleef glimlachend staan.

Georg Bachmayr, een kuurgast uit München, had zoals zo vaak een luchthut bij haar in de buurt betrokken.

Ze draaide zich naar hem om. 'Maar dat is toch juist de bedoeling van deze oefening, meneer Bachmayr!' zei ze vrolijk, waarna ze meteen weer om haar as draaide.

'Ga maar rustig door met rondjes draaien, ik vang u graag op!' zei hij met een vrolijke knipoog.

Hélène was in de weken van haar verblijf gewend geraakt aan de onconventionele levensstijl in het sanatorium en de relatief losse omgang tussen vrouwen en mannen daar. De zon wekte de levensgeesten en de zintuigen, en niemand stoorde zich aan de grotere en kleinere flirts tussen de kuurgasten. Dat kwam misschien door het publiek dat hier bij voorkeur naartoe ging. Auteurs, schilders en dichters – de artistieke en culturele elite – ontmoetten elkaar hier. Net als Hélène leden de meesten van hen aan een te geprikkeld zenuwstelsel en ze was blij dat ze een paar lotgenoten had gevonden. Thuis hadden ze haar klachten als vervelende kwalen beschouwd, maar niet begrepen. De diagnose neurasthenie, die verschillende symptomen samenvatte, van onrust tot hevige melancholie, was in Hélènes ogen niet meer dan een hulpeloze poging tot een verklaring. Mensen die hieraan leden, zo was haar verteld, hadden er moeite mee 'een evenwicht te vinden tussen productie en verbruik van de psychische weerstand'. Tja, zo kon je het ook verwoorden.

'Wat zegt u ervan, mevrouw, om met mij een uitstapje naar Torbole te maken?' Georg Bachmayr zette hun gesprek voort, ook al was Hélène alweer bezig met haar ademhalingsoefeningen.

Ze liet hem enige tijd op antwoord wachten. 'Ach, u weet toch dat ik het liefst achter de schildersezel sta, meneer Bachmayr,' zei ze toen. 'Ik ben niet in de stemming voor een uitstapje.'

'Een vergissing, mevrouw, een vergissing! De grote Johann Wolfgang von Goethe is in 1786 al in Torbole geweest. Voor u als kunstenares moet die indruk van het verleden even stimulerend zijn als het voor hem is geweest!'

Hélène vond Bachmayr aardig, maar vermoedde waar het op uit zou lopen als ze inging op zijn uitnodiging om samen dingen te ondernemen. Georg Bachmayr was nog maar een paar dagen in Riva en had meteen haar gezelschap gezocht. Zijn interesse deed haar weliswaar goed, maar ze wilde geen affaire beginnen. Aangezien ze tot nu toe weinig uitstapjes in de omgeving had gemaakt, had ze echt zin om het nabijgelegen Torbole te bezichtigen, maar ze moest haar leven op orde brengen en daarvoor had ze afstand en rust nodig en zeer zeker geen minnaar.

'Goethe heeft zijn indrukken in woorden gevat, maar de schilderkunst heeft andere impulsen nodig,' zei Hélène, die al moe was geworden door dit gesprek. Het zou nog heel lang duren voor ze weer helemaal op krachten was gekomen.

'Onzin!' Bachmayr veegde haar argument van tafel. 'Kunst is kunst.'

'In welke kunstvorm bent u goed thuis, meneer Bachmayr, dat u dat zo goed kunt beoordelen?' vroeg Hélène scherp.

'Nou ja, ik ben geen dichter, geen schilder en ook geen muzikant. Ik ben een criticus, oftewel een kunstkenner.' Zichtbaar tevreden over zijn eigen formulering streek Bachmayr over zijn weelderige grijze bakkebaarden, waardoor hij een beetje op de Oostenrijkse keizer leek.

'Mijn kunst kent u niet.' Hélène schrok van zichzelf, want beheerst blijven was een van de deugden die ze als kind al in haar hoofd hadden geprent, en deze opmerking was haar gewoon ontschoten. 'Neem me niet kwalijk, meneer Bachmayr. Ik wil me voor het avondeten nog graag terugtrekken, want ik ben nu lang genoeg in de buitenlucht geweest.'

'Ja, doet u dat, mevrouw,' zei Bachmayr alsof hij een kind een slechte grap vergaf. 'En dat met Torbole regelen we nog wel. Dat zult u zien!' Na deze woorden trok hij zijn kleren uit en dook naakt, zoals God hem had geschapen, in het koele water.

Hélène glimlachte om zijn zorgeloosheid. Hoezeer hij haar ook op de zenuwen werkte, toch moest ze ook vaak om hem glimlachen. De mannen hier gedroegen zich echt als kinderen: ze speelden bij voorkeur naakt in het meer, zwommen en doken, en bespatten elkaar met water. De vrouwen, duidelijk in de minderheid, hielden zich meestal voornaam in. Want net als overal gold ook op het privéstrand van het sanatorium een ongeschreven wet die vrouwen zedigheid en deugdzaamheid voorschreef, terwijl de mannen veel meer vrijheden hadden.

Hélène vond het prima. Ze was blij dat ze gemakkelijke jurken mocht dragen, die vreselijke korsetten niet aan hoefde en ook verder vrijwel alles kon doen en laten wat ze wilde.

'Het water is heerlijk,' riep Bachmayr en Hélène keek naar hem. Bachmayr spatte met een luide lach water in haar richting.

Als haar echtgenoot op de hoogte zou zijn van de gewoontes hier, zou hij erop staan dat ze onmiddellijk terugkeerde naar Stuttgart. Maar aangezien hij weinig belangstelling had voor iets anders dan zijn fabriek en zichzelf, had hij geen idee dat zijn vrouw op deze bijzondere plek was. Hij droeg alleen de kosten. Maar zijn overschrijvingen kwamen stipt op tijd, en meer vond Hélène op dit moment niet belangrijk. Ze kon eindelijk vrij ademhalen.

Bij de avondmaaltijd zag ze Bachmayr weer. Samen met een paar andere kuurgasten vormden ze een vast tafelgezelschap. Het was een gezellige en vrolijke groep, en Bachmayr stond galant op toen ze bij de ronde tafel kwam. Hij begroette haar, schoof haar stoel aan en ging pas weer zitten toen zij zat. Hélène, uitgerust en verfrist, bedankte hem. Het zachte gezoem van beschaafde gesprekken was te horen, beschaafd gerinkel van servies en bestek, en haar eetlust werd opgewekt door de geuren van deze lichte avondmaaltijd. In gevlochten manden lag versgebakken donker brood, ernaast stonden schalen met verschillende soorten kaas en verse vijgen. Tijdens het voorgerecht, een licht verteerbare gortsoep, ontspon zich een geanimeerd gesprek.

'Heeft Christl jullie ook al verteld dat hij vorig jaar met de gebroeders Mann op het Gardameer heeft geroeid?' vroeg een man van midden veertig. Hij hief zijn glas. De man had zich aan Hélène voorgesteld als Egon Leitz en had verteld dat hij een goed draaiende papierfabriek in de buurt van Berlijn bezat.

'Ook op uw gezondheid,' zei Bachmayr ietwat gepikeerd, om daar meteen verzoenend aan toe te voegen: 'Ik heb daar iets over gehoord, meneer Leitz. Ze hebben kennelijk hevige ruzie gemaakt.'

'Ja, dat klopt,' beaamde Leitz. Hij nam een grote slok van de gezonde *vino santo*. 'Een uitstekende wijn,' zei hij als reactie op Bachmayrs bedekte verwijt dat hij niet had geproost.

'Echt? Waarover ging het dan?' vroeg Bachmayr.

Het echtpaar Klock-Sander, dat schuin tegenover Hélène zat, spitste de oren.

Egon Leitz leunde samenzweerderig naar voren. 'Thomas Mann viel zijn broer kennelijk aan, verbaal natuurlijk, niet met zijn vuisten. Ze hadden een meningsverschil over... nou ja, laat ik het zo zeggen, bepaalde morele waarden. En hij beweerde dat Heinrich hem had geplagieerd.' Daarop leunde hij naar achteren en liet zijn woorden op hen inwerken.

Mevrouw Klock-Sander hapte hoorbaar naar adem en haar man hield zijn hoofd schuin om beter te kunnen horen. Bachmayr grijnsde.

Toen Leitz zeker wist dat hij ieders aandacht had vertelde hij verder, waarbij hij zijn stem iets liet dalen: 'Hij haalde zijn broer en diens boeken door het slijk. Hij zou zich hebben gedragen als de grote schrijver Thomas Mann.'

'Hij is inderdaad een groot schrijver,' zei Klock-Sander. '*De Buddenbrooks* is een meesterwerk.'

'Inderdaad. Maar dat geeft hem niet het recht om het werk van zijn broer volkomen zwart te maken. Ik heb *Die Göttinnen* gelezen en was diep onder de indruk. Daarmee heeft Heinrich Mann de wereld iets volkomen nieuws geboden.'

'Dat boek ken ik niet,' zei Klock-Sander, met volgens Hélène onderdrukte afkeer. 'De dokter adviseert trouwens om niet te veel te lezen.'

'Dat boek moet u toch echt lezen,' zei Leitz bewust vriendelijk. 'Hij beschreef drie sterke motieven in het leven van een hartstochtelijke vrouw. Dat schreef Heinrich Mann zelf in *Die Zeit:* vrijheid, kunst en liefde.'

'Klinkt niet verkeerd,' zei Bachmayr. 'Nietwaar, mevrouw Rothmann?'

Hélène, die gezien dit pikante gespreksonderwerp had gezwegen, sloeg haar blik neer.

Leitz merkte dat ze zich geneerde en hielp haar: 'U kent *De Buddenbrooks* zeker wel, vrouw Rothmann?'

Hélène keek Leitz dankbaar aan. 'Mijn man heeft dat boek gekocht, maar ik ben er helaas niet aan toegekomen het te lezen.'

'Ach, dat wordt toch een beroemd boek, dus dan hebt u nog genoeg tijd,' zei Leitz onbevangen.

'Maar ik weet,' zei Klock-Sander, 'dat Heinrich Mann ietwat lichtzinnig is.'

'Hij houdt er minnaressen op na,' zei Bachmayr, 'en niet te zuinig ook. Maar ja, hij is nu eenmaal een schrijver, een kunstenaar, vandaar zijn andere moraal.'

'Juist als kunstenaar zou hij het goede voorbeeld moeten geven!' zei Klock-Sander.

Zijn vrouw knikte heftig.

Bachmayr lachte zacht. 'Hij schijnt nu in Mitterbad te zijn, Heinrich Mann. Dat heb ik iemand bij het meer horen zeggen. Samen met die schilderes. Nu ben ik haar naam alweer vergeten… iets met Pruisen.' Hij streek door zijn baard.

'Hermione von Preuschen,' zei Leitz behulpzaam.

'Inderdaad! Zo heet ze!' zei Bachmayr.

'Ook al zo'n immorele vrouw,' zei Klock-Sander minachtend snuivend.

Hélène zweeg, maar was wel nieuwsgierig. Hier in het sanatorium was geen gebrek aan affaires; het leek wel of de nachtelijke activiteiten onderdeel uitmaakten van het therapieconcept. De verontwaardiging van Klock-Sander leek niet overtuigend en ze vermoedde dat deze gedistingeerde man zich maar al te graag aan de algemeen heersende onzedelijkheid zou overgeven – als zijn vrouw er niet was geweest.

Mevrouw Klock-Sander schudde afkeurend haar hoofd.

Haar man zei snel: 'Dat waren allemaal vrouwen uit de demi-monde, die Heinrich Mann het hoofd op hol hebben gebracht!'

Zijn vrouw keek hem gepikeerd aan.

'Hoe weet u dat eigenlijk?' vroeg Bachmayr minachtend.

'Dat weet iedereen toch zeker,' zei Klock-Sander afwijzend.

Leitz vond het tijd een ander onderwerp aan te snijden. 'Weet u, deze vino santo doet zijn naam eer aan. Volgens mij levert hij een wezenlijke bijdrage aan de gezondheid. Hij rijpt in vaten van kastanjehout en wordt altijd met Kerstmis geperst.'

'Welke druif?' vroeg Bachmayr.

'Trebbiano en Malvasia.'

Terwijl het gesprek nu weer over onschuldiger onderwerpen ging, dacht Hélène na over de motieven die Heinrich Mann kennelijk als basis voor zijn roman had gebruikt: vrijheid, kunst en liefde. Juist die zaken werden vrouwen normaal gesproken ontzegd. Niet alleen hun lichaam werd in een korset gedwongen, ze moesten met hun hele wezen voldoen aan maatschappelijke normen die nooit ter discussie werden gesteld. En Hélène, die naar de buitenwereld toe deed alsof ze er moeite mee had haar deugdzaamheid af te leggen, voelde dat ze vanbinnen een opwindende fascinatie voor deze volkomen nieuwe wereld ontwikkelde.

9

Chocoladefabriek Rothmann in Stuttgart
Een paar dagen later

Victor veegde met een zakdoek het zweet van zijn voorhoofd, stopte hem weer in zijn broekzak en legde een van de zware zakken met ruwe suiker die in grote hoeveelheden in het suikermagazijn lagen op zijn schouder. Hij liep om enkele pas afgeleverde vaten en kisten met dezelfde inhoud heen naar de ruimtes van de suikerraffinaderij van de fabriek een paar meter verderop.

Een verstikkende hitte sloeg hem tegemoet toen hij naar een van de grote, met water gevulde ketels liep en de zak leegschudde. Door de klamme plakkerige lucht brak het zweet hem alweer uit. Hij had nog een paar uur keihard werken voor de boeg. Want behalve dat hij de zakken ruwe suiker naar de ketels moest brengen, moest de ingekookte suikeroplossing naar de verdampingsinstallatie worden gebracht. Het was al bijna even zwaar om de zware metalen bakken de trap op naar een nog heter vertrek te dragen, zodat de inhoud in een half vloeibare bruinachtige massa kon veranderen die vervolgens in de centrifuge tot spierwitte suiker werd geslingerd.

Het was zwaar werk en het loon was hoogstens gemiddeld te noemen. Toch verrichtte hij zijn plakkerige werk vol trots. Als dit de plek was waar zijn toekomst begon, dan was dat maar zo.

Victor presteerde veel meer dan de andere mannen. En hij benutte elke kans om kennis op te doen, onthield de fasen van de raffinage en bestudeerde de machines. Hij wist waar welk stuk gereedschap lag en wie waarvoor verantwoordelijk was. Inmiddels haalden ze hem er steeds vaker bij als er iets gerepareerd moest worden. Zijn technische ideeën vonden bijval, werden getest en deels toegepast. Stukje bij beetje maakte hij zichzelf onmisbaar.

'Rheinberger!' Een van de ploegbazen liep heftig gebarend naar hem toe. 'Rheinberger, je moet naar kantoor komen. Snel!'

Victor keek de man vragend aan.

'Ik weet ook niet wat ze van je willen.' De man wees naar de deur van het trappenhuis. 'Ga maar gewoon.'

Victor gooide de lege suikerzak in een hoek, streek door zijn vochtige haar en trok zijn bretels recht.

De ploegbaas lachte. 'Je hoeft je niet netjes te maken, hoor. Daar zijn alleen maar mannen.'

'Toch laat ik mijn broek niet zakken,' zei Victor grijnzend terwijl hij naar de deur liep.

Victor liep van de productieruimtes naar het kantoor boven de verkoopruimtes in het hoofdgebouw. Hij hoorde de bekende geluiden: het continue geruis in de stoom- en koudeluchtbuizen, het geratel van de takels, het dreunende gezoem van de met riemen aangedreven transmissies en het lawaai van het ketelhuis met zijn enorme schoorsteen. Overal was een ondergrondse trilling voelbaar die de kracht liet vermoeden waarmee de stoommachines de voor het productieproces benodigde energie opwekten.

Stel dat alles elektrisch werd aangedreven, vroeg Victor zich af. Via een zijdeur stapte hij het hoofdgebouw binnen en daarna nam hij de trap naar de eerste verdieping. Eigenlijk verbaasde het hem dat Rothmann, in tegenstelling tot veel andere ondernemers in Stuttgart, nog niet in deze technologie had geïnvesteerd. Het elektrificeren ging onstuitbaar door, veroverde niet alleen fabrieken, maar ook woonhuizen. Zeker in welvarende families vervingen gloeilampen steeds vaker gaslicht en petroleumlampen. Volgens Victor was dat een van de fundamenten voor toekomstige ontwikkelingen, waardoor iedere ondernemer met een vooruitziende blik daar rekening mee zou moeten houden.

Hij had er nog altijd een beetje spijt van dat hij geen ingenieur was geworden. Als kleine jongen was hij al gefascineerd geweest door machines en mechanica, en hij had er geen enkele moeite mee hun complexe structuren te begrijpen. Hij had gedroomd van een technische loopbaan, maar toch had hij op bevel van zijn vader op de militaire academie gezeten en die studie met moeite afgemaakt. Tenminste, tot de dag van dat duel dat hij niet aan had willen gaan en waarvan de ongelukkige afloop hem achter de tralies had laten belanden.

Victor verdrong deze gedachten. Niemand kon het verleden veranderen. Het was veel belangrijker om naar de toekomst te kijken.

Inmiddels stond hij al voor de deur van het kantoor. Hij zette zich schrap, rechtte zijn schouders en klopte aan.

Een van de personeelsleden opende de deur. 'U wilt naar meneer Rothmann. Hij heeft u laten roepen, nietwaar? U moet even wachten, hij heeft nog bezoek.'

Victor moest alweer wachten, zoals meestal als hij bij Wilhelm Rothmann werd geroepen. Inmiddels kende hij het kantoor, een groot vertrek met aan de muren ontelbare kleine bakjes, gevuld met monsters van alle zoetwaren van het huis. Elk monster had een eigen nummer. Aan de lessenaars werkten mannen die voorraden controleerden, lijsten met bestellingen opstelden en rekeningen schreven. Twee van hen overlegden zacht met elkaar, terwijl een bode wachtte op brieven die hij mee naar buiten kon nemen. Victor hield van de rustige sfeer in het kantoor. Hierboven was het lawaai van de fabriek bijna niet meer te horen.

Een paar minuten later ging de deur van Rothmanns kantoor open. Een gedrongen oudere heer, elegant gekleed en met een wandelstok, bleef even in de deuropening staan, zette zijn zwarte vilten hoed op zijn bijna kale hoofd, keek op zijn gouden zakhorloge en verliet snel het kantoor.

De zachte gesprekken van de kantoormedewerkers waren verstomd toen de man binnenkwam. Maar zodra hij vertrokken was leek het alsof er een zekere opluchting door de rijen lessenaars ging.

Ten slotte kwam Wilhelm Rothmann zelf tevoorschijn. Hij wenkte Victor, liet hem binnen en zei: 'Neem plaats, Rheinberger.'

Victor ging op een van de vier met leer beklede houten stoelen zitten die aan een kleine vergadertafel stonden.

Rothmann liep naar zijn bureau en leek even na te denken, zorgelijk bijna. Maar toen schudde hij zijn hoofd alsof hij een vervelende gedachte wilde verdrijven, pakte een paar schetsen en nam ze mee naar Victor. 'Ik heb me over uw werk laten informeren, Rheinberger. Iedereen is uitermate tevreden over wat u presteert.'

'Dank u wel, meneer Rothmann. Maar het werk in het suikermagazijn is niet erg inspannend. Lichamelijk natuurlijk wel, maar de procedures zijn altijd gelijk.'

'Ik had het ook niet over het werk in het suikermagazijn, hoewel het een voordeel is als je weet wat dat werk inhoudt. Ik ben zelf ook in het suikermagazijn begonnen. En mijn zoons zullen daar ook niet onderuit komen.'

'Hoe gaat het nu met Karl?' vroeg Victor.

'Alweer veel te goed, als u het mij vraagt,' zei Rothmann grijnzend. 'De wond is heel snel genezen. Nu hinkt hij nog wel een beetje, maar dat zal snel voorbij zijn, volgens de dokter. Het volgende probleem zal niet lang meer op zich laten wachten.'

Victor lachte. 'Dat vrees ik ook. Maar ik ben blij dat het ongeluk geen ernstige gevolgen heeft gehad.'

'Dankzij u, Rheinberger. En daardoor kom ik op de echte reden waarom ik u heb laten roepen. Weet u, uw technische talent, waar u me tijdens onze eerste ontmoeting al over hebt verteld, is inderdaad opmerkelijk. En ik heb dringend een goede monteur nodig.'

'En toen dacht u aan mij?'

'Inderdaad. Ik zal eerlijk zijn: ik wilde eerst een goede indruk van u krijgen. Ik bedoel, u bent vrij nieuw in de stad. U vertelde over uw opleiding bij het Pruisische leger en dat u daar niet wilde blijven. Het leek me dus raadzaam even af te wachten voordat ik u een meer verantwoordelijke positie zou aanbieden.' Rothmann legde de schetsen op de tafel. 'Dit zijn technische tekeningen van onze belangrijkste machines: de roostermachine, cacaoboterpers, walsen enzovoort. Ik wil graag dat u alles leert over deze machines. Vanaf nu bent u de verantwoordelijke monteur voor alle machines die worden gebruikt voor de productie van zoetwaren en chocolade. Voorlopig nog met uitzondering van de stoommachines.'

Victor kon eerst geen woord uitbrengen. Toen liep hij naar de schetsen toe en bekeek ze. 'Dat is precies het werk dat ik altijd heb willen doen. Nu is het mijn beurt ú van harte te bedanken, meneer Rothmann.'

'Ik heb hoge verwachtingen van u, Rheinberger,' zei Rothmann. 'Vanaf nu hebt u twee ondergeschikten die u moet aansturen. Als u aan de verwachtingen voldoet, hebt u uitstekende vooruitzichten. Benut de kansen die u krijgt.'

'Dat zal ik doen,' zei Victor enthousiast. 'En nogmaals heel erg bedankt voor uw vertrouwen!' Hij stond op en liep naar de deur.

'Nog iets, Rheinberger.'

'Ja?'

'Vraag u tijdens uw werkzaamheden alstublieft af op welke manier we waar dan ook tijdens de productie kosten kunnen besparen. Noteer alle mogelijkheden die volgens u het overwegen waard zijn en leg ze bij de eerstvolgende gelegenheid aan me voor.'

'Dat zal ik doen, meneer Rothmann.'

10

Chocoladefabriek Rothmann
Medio augustus 1903

Het was nog vroeg op deze donderdagochtend. Theo, de koetsier en chauffeur van de Rothmanns, had Judith en haar vader deze keer met de Mercedes van Degerloch naar Stuttgart gebracht. Dat gebeurde niet vaak, want de auto werd weinig gebruikt, eigenlijk vooral voor korte plezierritjes naar de Filderhöhe. Judith wist niet waarom de auto juist nu werd gebruikt, maar hij had de weg omhoog naar Weinsteige goed kunnen nemen, ook al had Theo met veel kracht moeten sturen en remmen. Hopelijk zou hij straks even probleemloos weer naar beneden rijden. Theo had erg vaak pech met de auto, maar dat verminderde het enthousiasme van haar vader over zijn auto niet.

Hij wilde kennelijk indruk op iemand maken. Hij was uitgestapt voor de bank van Von Braun, zodat Judith het laatste stuk naar de Calwer Strasse alleen achter in de dure auto zat. Nog altijd keken voorbijgangers nieuwsgierig naar een automobiel en nog steeds voelde het vreemd om daarin te worden rondgereden. Toen Theo voor de chocoladefabriek stopte en haar hielp met uitstappen, stond ze een beetje wankel op haar benen doordat ze zo gespannen was geweest.

Even later liep ze de meisjeszaal binnen. Ze had net als de andere jonge vrouwen een wit kapje opgezet en een wit schort aangetrokken, want properheid was absoluut noodzakelijk bij het werk met de kwetsbare specialiteiten waar huize Rothmann alom om bekendstond.

Judith was graag in dit deel van de fabriek, waar door talrijke arbeidsters ingewikkelde delicatessen werden gemaakt. Hier heerste een geconcentreerde stilte die alleen werd verstoord door het opvallende geklik van de bakvormen waarin de vloeibare chocolademassa in de vorm van sigaartjes, flesjes of pijpjes werd geperst.

Nog stiller was het bij de door stoom verwarmde tafels, waar gevulde suikerstaafjes hun chocoladeomhulsel kregen. Een paar meter verderop goten de jonge vrouwen half vloeibare chocolade over gearomatiseerde balletjes fondant. Hun rokken ruisten zacht als ze heen en weer liepen tussen de beide ijskasten waarin de pralines op plankjes afkoelden tot het chocoladeomhulsel knapperig was geworden.

Ook vandaag nam Judith de tijd om naar de meisjes toe te gaan en hun werk te controleren. Dat deed ze regelmatig en ze had geconstateerd dat de jonge vrouwen zich serieus genomen voelden en werden gemotiveerd door haar belangstelling. Ondertussen hoorde ze niet alleen hier en daar over een persoonlijke probleem, maar leerde ze bovendien belangrijke details over het productieproces zodat ze, ook niet onbelangrijk, fundamentele kennis over de productie verkreeg.

De cheffin zwaaide even om haar aandacht te trekken. 'Juffrouw Rothmann!'

'Wacht even, Martha.' Judith stond gebukt bij twee meisjes die bedreven de suikerroosjes vormden die zo geliefd waren bij de klanten. Zelf had ze dat ook een paar keer geprobeerd, maar haar resultaten waren niet te vergelijken met de fijne kunstwerken die ze nu gemaakt zag worden. Daarom keek Judith nog een keer heel aandachtig toe toen de beide meisjes voorzichtig de rode suikermassa uit een papieren zak op een metalen staafje met een vlakke kop spoten en ondertussen zo handig ronddraaiden dat het ene na het andere bloemblaadje werd gevormd en uiteindelijk een tere roos ontstond. 'Prachtig,' zei Judith lovend. 'Die zou ik het liefst meteen opeten.'

'Vanmiddag maken we viooltjes,' zei een van de meisjes enthousiast. 'Een speciale bestelling.'

'Dat zou ik ook wel willen leren.' Judith ging weer rechtop staan. 'Zodra ik daar tijd voor kan vrijmaken.'

Ze keek waar de cheffin was die haar in de gaten had gehouden en nu naar haar toe kwam. 'Juffrouw Rothmann, een van de beide ijskasten lijkt niet meer goed te functioneren.'

'Dan moet je dat aan de werkplaats doorgeven, Martha. De monteurs kunnen vast snel helpen.'

'Ik heb Pauline al naar beneden gestuurd, maar ik dacht dat u het misschien wilde weten.'

'Dat is goed. Gebruik zolang de ene ijskast die het nog wel doet, haal alles wat nog in de kapotte kast ligt eruit.'

'Goed, juffrouw Rothmann.' Martha liep naar een van de twee heuphoge ijskasten. Judith bleef eerst even staan, maar liep toen achter haar aan omdat het leeghalen van de ene kast niet voldoende was. De inhoud moest tijdelijk in de koelcel worden gelegd, anders zou die bederven op deze warme zomerdag.

Samen zetten Judith en Martha de plankjes met de geglaceerde fondant op twee platte blikken. Ze waren daar nog niet helemaal mee klaar toen Pauline terugkwam, tot Judiths grote verbazing in gezelschap van Victor Rheinberger, de man die Karl indertijd thuis had gebracht. Ze wist dat haar vader hem als dank een baan had gegeven en dat Rheinberger sindsdien in het suikermagazijn werkte, maar ze had hem na Karls ongeluk niet meer gezien.

Toen hij haar herkende glimlachte hij, bijna alsof hij het fijn vond haar te zien. Judith voelde een onverwachte kriebel in haar buik, een gevoel dat ze niet kon plaatsen en dat sterker werd toen hij haar aankeek.

'Goedemorgen, juffrouw.' Zijn stralende blik toen hij haar begroette was haar de eerste keer dat ze elkaar zagen ook al opgevallen. En net als op de dag van Karls ongeluk leek hij ook nu op een rustige manier zelfverzekerd, vol positieve kracht. Hij straalde een natuurlijke autoriteit uit.

'O, goedendag, meneer Rheinberger,' zei ze een beetje verlegen. 'Wat een verrassing u hier te zien. Ik dacht dat Martha een monteur wilde laten komen.'

Victor keek haar vergenoegd aan. 'Dat komt goed uit, want toevallig heeft uw vader me die functie kortgeleden aangeboden.'

'Echt waar?' Judith glimlachte waarderend. 'Dan is hij dus erg tevreden over u. Dat verheugt me.' Ze wees naar de slecht functionerende ijskast. 'Wilt u dan even naar dit apparaat kijken, want het koelt niet meer.'

Daarna keek ze Martha aan, die inmiddels alle plankjes had verplaatst. 'Wil jij alles samen met Pauline zo snel mogelijk naar de kelder brengen, Martha? Ik blijf hier.'

Terwijl Martha en Pauline de bakblikken oppakten, knielde Victor voor de openstaande ijskast. Hij controleerde de temperatuur, voelde aan de porseleinen binnenwanden en stond weer op om de beide met bladzink beklede koelvakken die daarop lagen te bekijken. 'Er zit niet veel ijs meer in,' zei hij. 'Wanneer zijn ze voor het laatst bijgevuld?'

'Voor zover ik weet wordt het ijs dagelijks aangevuld,' zei Judith. 'En nu het zo warm is zelfs nog vaker. Misschien was daar vanochtend nog geen tijd voor. Dat zou ik Martha moeten vragen.'

Victor draaide het kraantje open dat onder aan de voorkant was bevestigd. Meteen stroomde er water in de kom die eronder stond. 'Juist, ik vermoed dat ergens in de bekisting scheuren zijn ontstaan.'

'Aha,' zei Judith ten slotte zonder er iets van te begrijpen.

Victor keek haar alweer glimlachend aan. 'Om de kou in de ijskast vast te houden zijn de wanden bekleed met hout of kurk. Op een bepaalde plek is deze laag niet meer in orde; misschien bij een van de beide deuren, dat zou het meest voor de hand liggen.'

Judith vond het prettig dat hij de tijd nam haar te vertellen wat zijn overwegingen waren, ook al was ze een vrouw die geen verstand had van techniek en die daar volgens de meeste mensen ook geen verstand van hoefde te hebben.

Victor deed zorgvuldig de beide kleppen van de ijsvakken en de deuren van de ijskast dicht. 'Ik zal iemand zoeken die me kan helpen dit ding naar de werkplaats te brengen. Het apparaat is te zwaar om alleen te verplaatsen en hier kan ik er niet aan werken. Anders kopen de klanten geen fijne Rothmann-chocolade maar grof Rothmann-zaagsel.'

Judith schoot in de lach en Victor glimlachte.

Terwijl hij vertrok om de benodigde versterking te halen, liep Judith door een brede tussendeur naar de verzendafdeling ernaast. Hier werden monsterpakketten gemaakt en monsterkoffers voor de handelsreizigers van het bedrijf gevuld.

Aan twee lange tafels maakten arbeidsters pakjes klaar voor de verschillende geadresseerden. Judith liep langs de tafels en controleerde de inhoud, die steeds anders was. Af en toe keek ze aandachtiger, ze pakte een van de kistjes van de tafel, maakte het open en controleerde de door kantpapier van elkaar gescheiden laagjes vanillechocolade, kweeperen- en ananasbonbons of viooltjesfondant met chocolade.

Ze waren allemaal perfect gevuld: elke lekkernij was foutloos en niet kapot, en goed beschermd door een laagje watten.

Een van de meisjes kwam met een paar mooie kistjes naast haar staan. 'Hier hebben we nog chocoladeamandelen en de nieuwe melkchocoladerepen, juffrouw.'

Judith pakte de kistjes aan. 'Dank je wel, Berta. Heel goed. Melkchocolade is erg in trek, dus onze handelsreizigers hoeven niet eens te vertrekken zonder de repen.'

'Ja, ze zijn heerlijk,' zei Berta glimlachend.

'Heb je ervan gesnoept?'

'Een van de repen was gebroken,' zei Berta een beetje verlegen en ze voegde er snel aan toe: 'Ik heb er natuurlijk weer een nieuwe in gelegd.'

'Goed, hoor, dat overkomt mij ook vaak,' zei Judith geruststellend. 'En ze zijn echt erg lekker.'

Berta maakte een lichte kniebuiging, draaide zich om en liep snel terug naar de meisjeszaal.

Judith keek haar na. Voor jonge vrouwen was er door de opkomst van fabrieken veel veranderd. Ze konden nu op een andere manier in hun levensonderhoud voorzien dan door als meid of dienstmeisje te werken. Zouden ze blij zijn met hun werk in de Rothmann-fabriek? Konden ze leven van het loon dat een arbeidster verdiende?

Ongeveer twee derde van het personeel was vrouw. Algemeen werd gedacht dat vrouwen geschikter waren om met levensmiddelen om te gaan dan mannen. Dat was misschien wel zo, maar het stoorde Judith dat de jonge vrouwen zelden verantwoordelijker taken kregen; op kantoor bijvoorbeeld. Bovendien verdienden ze veel minder dan de mannelijke arbeiders. Andere fabrieken namen al wel vrouwelijk kantoorpersoneel aan, dat wist Judith van haar tijd aan de handelsschool van Stuttgart.

Ze spitste haar oren toen ze mannenstemmen en andere geluiden hoorde. Ze legde de melkchocolade op de tafel en liep terug om te kijken wat er met de ijskast gebeurde.

Martha stond hevig gebarend bij Victor Rheinberger en een jonge knaap, die net een draagriem om het apparaat bevestigden om het beter te kunnen transporteren.

'Nee, je moet de riem verder naar binnen aanbrengen, net als ik heb gedaan,' zei Victor tegen zijn hulpje. 'En nu... optillen!'

'Wees alstublieft voorzichtig!' zei Martha met een ongeruste blik tegen de beide mannen.

'Meneer Rheinberger brengt de ijskast vast weer heelhuids terug,' zei Judith. 'Hij weet precies wat hij doet.'

Victor keek verbaasd naar haar.

Judith sloeg snel haar blik neer en vouwde haar handen voor haar schort. Het compliment was haar spontaan ontglipt en was waarschijnlijk ongepast geweest. De arbeidsters hadden het vast gehoord. Maar desondanks kon ze zich niet beheersen, zodat ze van opzij naar hem bleef kijken. Hij was heel knap, en innemend. Toen ze zijn verheugde blik zag, verscheen er onwillekeurig een hartelijke glimlach op haar gezicht.

's Middags ging Judith weer naar huis. Theo had de Mercedes teruggebracht en haalde haar op met de koets. Op de heenweg had hij Dora in de stad afgezet; zij moest een paar inkopen doen voor de huishoudster en later met de tandradtram terug naar huis gaan. Judith wist dat Dora heel graag inkopen deed; ze genoot van de drukte in de winkels en sprak meestal ook af met andere dienstmeisjes, zodat ze ondertussen wat konden kletsen.

Voor de bank van Von Braun stapte ook haar vader weer in. Het verbaasde Judith wel dat hij daar de hele middag was geweest, maar financiële zaken kostten waarschijnlijk veel tijd. De wereld achter de hoge vleugeldeuren van de bank was haar volkomen vreemd, maar fascineerde haar wel. Want iemand die genoeg geld had kon zijn leven zelf bepalen. Een heerlijk idee.

Terwijl Theo de paarden liet draven installeerde Wilhelm Rothmann zich naast Judith. Zijn bezoek was kennelijk geslaagd geweest, want hij keek haar met een tevreden blik aan.

Toen Judith hem vragend aankeek zei hij ongewoon vriendelijk: 'Ach, kind, jou en ons staat een heerlijk leven te wachten.'

'Mij en jullie?' vroeg Judith verbaasd.

'Absoluut. Ten eerste krijg je een fantastische bruiloft met een trouwfeest zoals Stuttgart al jaren niet heeft gezien en waarover de mensen even lang zullen blijven praten als over het huwelijk van hertog Ulrich.' Hij dacht even na. 'En dat was... volgens mij in 1511.'

'Vader?' Judith werd doodsbang.

'Maak je geen zorgen,' zei hij glimlachend. 'Je bruidegom is niet even oud!' Hij lachte luid om zijn eigen grapje.

'Mijn bruidegom?'

'Ja, kind, je bruidegom. De komende maanden zullen gevuld zijn met de voorbereidingen. Meteen vanavond zal ik je moeder schrijven. Zij mag de mooiste dag in het leven van haar dochter natuurlijk niet missen. Het wordt sowieso tijd dat ze weer thuiskomt.' Hij keek haar aan. 'Kom op, je hoeft niet bang te zijn. Het duurt nog wel even.'

11

Bediendevleugel van Villa Rothmann
Eind augustus 1903

'Waar is Babette eigenlijk?' Margarete, de huishoudster, wees boos naar de lege plaats naast haar.

'Voor wie te laat is, is gewoon niets meer over,' zei Gerti, de kokkin.

Op de tafel stond hun avondmaaltijd, een grote schaal dikke melk met hompen brood erin.

'Ze is nog naar het dorp gegaan,' zei Robert.

'Nu nog?' vroeg Dora.

'Maakt mij niet uit, ik heb honger.' Robert pakte demonstratief zijn lepel op.

'Anders gaat ze toch nooit zomaar weg! Het is niet eens zondag!' Gerti zette hoofdschuddend een kruik most op tafel en ging zitten. 'Ze moet straks nog werken!'

'Dit kan en zal ik niet accepteren!' zei de huishoudster. 'Maar daar hoeven jullie je niet mee bezig te houden. Laten we beginnen.' Ze boog haar hoofd, vouwde haar handen en sprak een kort tafelgebed uit.

'Maar,' zei Dora toen iedereen zijn lepel in de gestremde melk stak om er een stukje brood uit te vissen, 'ze gedraagt zich de laatste tijd vaak vreemd, ze is soms ver weg met haar gedachten. Volgens mij glipt ze ook af en toe stiekem het huis uit en is daarna gewoon een half uur onvindbaar. En dan is ze opeens terug.'

'Ze zal wel een man hebben die haar het hof maakt,' zei Theo in een poging een verklaring te vinden. De koetsier was al in de vijftig en daardoor de oudste bediende in huize Rothmann.

'Dat maakt het nog erger,' zei de huishoudster.

Maar Gerti zei sussend: 'Ach, ze is vast gauw terug.'

'Laten we het hopen,' bromde Robert ontstemd. 'Is dit alles wat er vandaag te eten is?'

De kokkin haalde haar schouders op. 'Ze hebben alles opgegeten, waardoor er geen restjes voor ons over waren.'

'Hij wordt steeds gieriger, die ouwe,' mopperde Robert, maar wel heel zacht.

De huishoudster trok bestraffend haar wenkbrauwen op.

'Gedraag je!' snauwde Theo. 'Beter dit dan helemaal niets.'

'Je mag ook niet vergeten dat we hier in elk geval om de week vrij zijn op zondagmiddag,' zei Dora.

'Dat is aan mevrouw te danken,' gromde Robert. 'Zij heeft ervoor gezorgd dat we vrij kregen. Maar meneer zou dat het liefst terugdraaien, dat weet ik zeker.'

'Nou, nou,' zei Gerti en Margarete keek hem nog een keer vermanend aan.

Robert zei niets meer, ook al bleef hij opstandig. Hij had er grote moeite mee dat men het zo vanzelfsprekend vond dat het personeel altijd onderdanig was.

Ondertussen maakte Dora zich nog steeds zorgen om Babette. 'Misschien is ze op zoek naar een andere betrekking. Een paar dagen geleden zei ze nog dat ze Parijs, of Londen, zo graag wilde zien. Een meisje uit haar dorp werkt kennelijk als dienstmeisje in Kopenhagen, en daar was ze diep van onder de indruk.'

'Veel bedienden zoals wij gaan naar het buitenland,' zei Theo.

De kokkin zei: 'Ik hoorde ook iets over Sint-Petersburg, daar schijnen ze graag meisjes van hier aan te nemen.'

'Ik verzoek jullie je in te houden!' zei de huishoudster fel. 'Dat wordt allemaal mooier voorgesteld dan het is. Niemand weet wat die jonge meisjes daar echt te wachten staat... Die onbekende taal. Om nog maar te zwijgen over die vreemde gebruiken.'

'Ja, maar die taal kun je leren en de gebruiken zijn vast niet heel anders,' zei Dora spontaan met een verlangende blik.

'Morgen komt de wasvrouw,' zei Margarete om over iets anders te praten. Ze stond op, waarmee ze de anderen duidelijk maakte dat de avondmaaltijd afgelopen was. 'Babette moet haar helpen.'

Iemand trok aan het belkoord, waardoor de bedienden wisten dat hun meesters iets wilden.

'De juffrouw,' verzuchtte Dora. 'Eigenlijk wilde ik me bezighouden met de zomen van mijn jurken, een paar moeten echt bijgewerkt worden. Ik vind juffrouw Judith heel aardig, maar soms werkt dat werk me gewoon op de zenuwen.'

'Misschien had je met mevrouw naar Italië moeten gaan,' zei Robert plagend. 'De plek waar ze nu is, schijnt goed te zijn voor de zenuwen.'

Dora keek hem minachtend aan.

De kokkin ruimde de tafel af en Dora ging naar Judith.

Robert streek met de rug van zijn hand over zijn mond en ging naar buiten om het brandhout voor de volgende dag klaar te leggen. Het was zomer, dus was hij daar algauw mee klaar. Heel anders dan 's winters, als niet alleen het fornuis, maar ook de woonvertrekken verwarmd moesten worden. Op de tweewekelijkse wasdag was echter altijd meer brandhout nodig. Morgenochtend, nog voordat de familie wakker werd, zou hij het vuur onder de wasketel al aansteken, zodat ze zodra de wasvrouw om zes uur kwam meteen aan de slag konden.

Terwijl hij de houtmand vulde dacht hij aan de tengere Babette en aan het zware werk dat ze morgen weer moest doen. Het was heel zwaar om de kokende was steeds te roeren en hij had altijd diep medelijden met haar, ook al genoot hij er stiekem van als een paar sliertente van haar blonde haar na een paar uur uit haar stijve knotje ontsnapten en vervolgens door de hete waterdamp heel mooi om haar gezicht dansten. Hij tilde de mand op en dacht aan haar geconcentreerde blik als ze de was boende en daarna uitspoelde, eerst met zeep en soda, en daarna nog een keer met gloeiend heet schoon water. Het wringen gebeurde tegenwoordig gelukkig met een machine.

En het zou nog minder zwaar gemaakt kunnen worden. Robert had gehoord dat mevrouw Rothmann met de gedachte had gespeeld om een van die moderne machines te kopen die de was bijna helemaal alleen wasten. Maar toen was ze ziek geworden en die ouwe koopman had die aanschaf natuurlijk te duur gevonden. Dus moest Babette op wasdagen nog steeds haar handen ruïneren; die waren 's avonds altijd rood, rimpelig en gebarsten, ook al probeerde de kokkin het ergste te verzachten met goudsbloemzalf. Het was gewoon oneerlijk dat mensen zoals hij en Babette of Dora en Gerti de hele dag en vaak de halve nacht klaar moesten staan om zelfs de onbelangrijkste wensen van de familie te vervullen. Voor een paar mark loon plus kost en inwoning. Wie verdeelde de wereld eigenlijk in mensen die de baas mochten zijn en in mensen over wie de baas gespeeld mocht worden? Bovendien woonde hij liever niet in het huis, want dan had hij tenminste een vaste vrije avond, net zoals de mannen en vrouwen die in de fabrieken werkten. Misschien moest hij daar zijn geluk eens beproeven door er te solliciteren. Sterke mannen zoals hij konden ze daar vast goed gebruiken. Terwijl hij dit allemaal dacht liep hij door het huis en legde stapels brandhout klaar. Er waren twee redenen voor dat hij toen hij klaar was toch tevreden glimlachte. Ten eerste het fijne vooruitzicht dat Babette zich morgenmiddag zou uitrekken als ze de uitgewrongen was aan de lijn hing. Op een onbewaakt ogenblik zou hij stiekem haar slanke lichaam en haar mooie borsten bewonderen die zich onder haar kleren en schort aftekenden. Bovendien hield hij van de geur van pas gewassen wasgoed dat buiten in de zon hing te bleken en te drogen.

12

Geneeskrachtige bron Mitterbad in Zuid-Tirol
Begin september 1903

Hélène was in een uitstekend humeur. Ze zat al een paar dagen model voor Hermione von Preuschen, die een paar naaktschilderijen van haar maakte. Hélène had het moeilijk gevonden om zonder kleding te poseren, ook al waren ze alleen in de kamer van de veelzijdige kunstenares in Villa Waldruhe. Maar inmiddels was haar verlegenheid verdwenen.

Hermione prees haar mooie slanke lichaam, haar stralende blauwe ogen die zo'n bijzonder en opwindend contrast vormden met haar donkere haar, en haar gracieuze houding. Hélène voelde zich op haar gemak nu ze naakt was.

Ze was nu al iets meer dan een week in Mitterbad, nadat dokter Von Hartungen had voorgesteld dat ze tijdelijk naar dit andere thermische bad van hetzelfde sanatorium in deze schilderachtige bergen zou gaan. Volgens hem zou een verandering van omgeving Hélènes gestel nog meer versterken.

Georg Bachmayr was onmiddellijk bereid geweest haar te vergezellen, en dus hadden ze de trein genomen die via Rovereto en Bozen naar Meran reed. Een koets had hen vervolgens naar Lana gebracht, waar ze één nacht waren gebleven. Door de drie uur durende rit te paard de volgende ochtend naar Mitterbad was de toch al vermoeiende reis nog zwaarder geweest. Gelukkig had het fantastische uitzicht op weelderig groene weilanden, beboste berghellingen en besneeuwde bergtoppen enige compensatie geboden.

Hélène had zich in Mitterbad meteen op haar gemak gevoeld.

Hier was alles stiller, landelijker en minder pretentieus dan in Riva.

Hermione werkte gestaag door. Haar potlood gleed zelfverzekerd over het papier en een zacht gekras begeleidde elke streek, elke arcering.

'Maak je vaak portretten?' vroeg Hélène.

'Af en toe,' zei Hermione. 'Ik schilder overwegend stillevens. Ongewone stillevens, daar sta ik om bekend.'

'Op welke manier ongewoon?'

Hermione hield haar hoofd scheef en kneep haar ogen geconcentreerd half dicht, terwijl haar blik van het papier naar Hélène en weer terug naar haar schets gleed. 'Mijn schilderijen zijn gebaseerd op historische voorbeelden. Vaak kies ik echter voor een ongebruikelijk formaat en een uitzonderlijke uitsnede.'

'Juist, interessant. Je hebt dus niets met die nieuwe stijl die tegenwoordig zo en vogue is?'

'Je bedoelt de jugendstil? O, nee! Dat is absoluut geen kunst, dat zijn kinderschilderijen,' zei Hermione minachtend.

'In Frankrijk noemen ze het art nouveau. Ik vind die nieuwe stijl erg interessant,' zei Hélène.

Haar linkervoet begon onaangenaam te tintelen. Ze zat nu al meer dan een half uur in dezelfde houding op een krukje met een smalle doek om haar heupen en haar benen op een onnatuurlijke manier over elkaar geslagen. Ze probeerde onopvallend een iets andere houding aan te nemen.

'Blijf stilzitten! Niet bewegen!' zei Hermione streng. 'Je bent Française, nietwaar? Je lichte accent verraadt je.'

'*Absolument!* Ik ben opgegroeid in Parijs. Mijn ouders hadden daar een chocoladefabriek.'

'Aha, hetzelfde beroep als je echtgenoot.'

'Ja, hoewel ons bedrijf lang niet zo groot was als dat van Rothmann tegenwoordig is. En we hadden altijd geldproblemen. Mijn echtgenoot heeft van mijn familie een bijzonder recept gekocht, waardoor hun geldzorgen verdwenen en hij hun dochter erbij kreeg.'

'Zo te horen was jij daar niet zo gelukkig mee, lieve schat,' zei Hermione vol medelijden.

'Nou ja,' verzuchtte Hélène. 'Wat is geluk eigenlijk voor ons vrouwen? We mogen al dankbaar zijn voor een representatief huis en gezonde kinderen.'

'Dat is waar,' zei Hermione peinzend. 'Maar we zijn het niet.' Ze stak haar kin in de lucht en zei bijna koppig: 'Ik heb me laten scheiden.'

Hélène keek haar aan. 'Wat moedig van je! Dat is een moeilijke stap.'

'Het is niet moeilijk als je echt van iemand houdt, en toen hield ik echt van iemand. Alleen niet van mijn toenmalige echtgenoot.' Er klonk verdriet door in Hermiones stem. Ze zuchtte. 'Zo is mijn leven: geweldig mooi of vreselijk naar. Wat was ik blij dat ik een einde kon maken aan die ellendige huwelijkstragedie. Mijn echtgenoot wilde me veranderen in een van de vele vrouwen die hun leven onzelfzuchtig aan hun gezin en vooral aan hun man wijden. Hij had niets met mijn kunst. Integendeel zelfs. Ik was niet meer dan zijn "schildervrouwtje", zoals hij me noemde. En hij probeerde mij op brute wijze te veranderen in de onberispelijke vrouw die hij graag wilde hebben. Ontzettend bekrompen.'

'Waar haalde je de kracht vandaan hem te verlaten?'

Nu glimlachte Hermione. 'Als vrijheid, plezier en avontuur je roepen, groeien moed en kracht. En natuurlijk wachtte de juiste man op mij. Helaas waren ons maar weinig jaren gegund.'

'Is hij gestorven?'

'Ja.'

'Wat verdrietig voor je.'

'Verdriet is een uitgestrekt meer.' Hermione werkte verder aan haar schilderij van Hélène. 'Maar ik wilde daar niet in verdrinken. Dus wijdde ik me aan mijn kinderen en aan het schrijven en het schilderen.'

'De kunst kan de man volledig vervangen,' constateerde Hélène nuchter.

'Niet helemaal.' Hermione keek Hélène aan. 'Liefde en passie horen bij het leven. Die stimuleren ons, ook al worden deze gevoelens veel te vaak beschouwd als verworvenheden of verkommeren ze in een gevangenis van moraal en eer. Er is bijna geen sterkere artistieke stimulans dan wanhopige overgave en intense liefde, maar ook het verdriet als onze begeerte wordt afgewezen.'

'Dan heb ik nog nooit van iemand gehouden,' constateerde Hélène peinzend. 'Ik was nog niet eens zeventien toen ik met een veel oudere man moest trouwen. Hij zette me in een zielloze woestenij met donkere meubels en marmeren muren. Inmiddels verafschuw ik hem.'

'En je hebt in al die jaren niemand ontmoet die je hart heeft geraakt? Of je zintuigen?' vroeg Hermione ongelovig. 'Dat je echtgenoot je onverschillig laat is niet ongewoon. Heel veel huwelijken worden met verkeerde verwachtingen gesloten. Maar er zijn toch ook andere relaties,' voegde ze er veelbetekenend aan toe.

'Toen ik naar Duitsland ging – moest gaan – was er in Parijs een jongeman die ik liefhad. Maar dat is lang geleden en toen wilde ik mezelf niet toestaan me over te geven aan dromen die me alleen maar ongelukkig zouden maken. Ik heb niet meer aan hem gedacht; in elk geval zo weinig mogelijk.' Hélène glimlachte weemoedig.

'Zie je wel! En ben je gelukkig geworden omdat je je die verlangens hebt ontzegd?'

Hélène kromp even ineen.

Hermione zag haar reactie, liet haar schetsboek zakken en keek haar met een begrijpende blik aan. 'Zo is het wel genoeg met de kunst. Zullen we vanmiddag een wandeling maken?'

'Aha, goedendag, dames!' Georg Bachmayr zat voor het badhuis op een bank in de middagzon en stond beleefd op toen Hélène en Hermione terugkwamen van hun korte wandeling door het bos.

'Goedendag, meneer Bachmayr. Waar bent u vandaag geweest?'

'Ik heb een lange wandeling door het bos gemaakt, precies zoals de dokter had aanbevolen.' Hij wees naar zijn wandelschoenen. 'Ziet u die sporen?'

Hélène keek glimlachend naar zijn stevige schoenen, waar een paar modderige dennennaalden aan plakten.

Bachmayr volgde haar blik grijnzend. 'Vandaag heb ik al heel vroeg meegedaan met watertrappelen. Brr, het was ijskoud. En alsof dat nog niet genoeg was, moesten we daarna douchen onder de waterval. Dat moet u eens proberen, mevrouw, ik heb me nog nooit zo verfrist gevoeld.'

'Dat geloof ik graag, meneer Bachmayr. Dat heeft dokter Von Hartungen mij ook aanbevolen, maar door een lichte verkoudheid heb ik dat nog niet kunnen doen.'

'Vanavond wordt er gedanst in het koffiehuis, meneer Bachmayr.' Met een verleidelijke knipoog voegde ze eraan toe: 'U neemt ons daar toch zeker wel mee naartoe?'

Het verbaasde Hélène dat de knappe, bijna vijftigjarige kunstenares zo ontspannen met Georg Bachmayr flirtte.

'Maar vanzelfsprekend, dames!' Bachmayr genoot zichtbaar van de aandacht en glimlachte, maar hij keek naar Hélène, die daar een onuitgesproken vraag in meende te zien. Maar voordat ze zich daar ongemakkelijk door kon voelen, stond hij al op. 'Juist, dan zal ik me toonbaar maken. Heinrich Mann is gelukkig al vertrokken, anders had ik concurrentie gehad. Tot vanavond!' Hij maakte een lichte buiging.

'Deze man heeft een oogje op je, lieve schat,' zei Hermione geamuseerd zodra Bachmayr in het badhuis waar hij een kamer had gehuurd was verdwenen. 'Geniet maar van zijn bewondering.'

Hélène keek haar verbaasd aan. 'Genieten?'

Hermione nam plaats op de vrijgekomen bank en maakte Hélène met een gebaar duidelijk dat ze naast haar moest gaan zitten. 'Weet je, je moet nog leren om te genieten van het leven, van je vrouwelijkheid. Wij vrouwen hoeven ons niet te schamen voor wie we zijn. Integendeel zelfs!' Ze trok haar rok recht. 'Geloof me, ik zwem al jaren tegen de stroom in. Dat is wel zwaar en kost veel kracht, maar ik kan niet anders.'

'En maakt dat je gelukkig? Altijd tegen de stroom in zwemmen?'

Hermione zuchtte. 'Het maakt me vrij. Niet altijd gelukkig,' bekende ze peinzend. 'Maar tevredener dan wanneer ik de voor ons vrouwen gebaande paden zou volgen.'

'Ben je altijd al zo...' Hélène zocht naar de juiste formulering. '...ongewoon geweest?'

Hermione keek naar haar handen en wreef over de verfresten die er nog op zaten. 'Iets jaagt me altijd op. Nu je het vraagt, ja, ik ben nooit gewoon geweest. Mijn kunst heeft schandalen veroorzaakt en een outsider van me gemaakt, maar me tegelijkertijd veel kansen geboden. Ik heb taboes doorbroken en ik heb mensen geschokt en gekwetst.' Ze glimlachte. 'Maar ik leef gepassioneerd, ik ervaar de grootste vreugde en het vreselijkste verdriet. Ik ben kennelijk niet in de wieg gelegd voor het gewone.'

'Ik vraag me vaak af waarvoor ik in de wieg ben gelegd,' zei Hélène peinzend. Ze streek een losse streng donker haar uit haar gezicht. 'Mijn leven heeft me ongelukkig en ziek gemaakt.' Ze keek omhoog en wees naar het lichte wolkendek dat door een briesje naar het oosten werd geblazen. 'Ik voel me nu net zoals deze wolken: licht en vrij. Maar als ik alleen maar dénk aan teruggaan naar Stuttgart krijg ik geen lucht meer.'

'Dan ga je niet terug.'

Hélène boog haar hoofd. 'Hoe zou ik niet terug kunnen gaan? Daar zal mijn man me toe dwingen.'

'Het is jouw beslissing. We hebben allemaal een vrije wil. Als je daarvoor kiest zal dat natuurlijk geen gemakkelijke weg zijn, maar wel jóúw weg. Denk daar maar eens over na.'

'Mijn kinderen...' zei Hélène.

'Die redden zich nu ook zonder jou. Je dochter is al een jonge vrouw. Misschien is ze wel onder de indruk als je zoiets besluit.'

'Mijn zonen zijn nog te klein,' zei Hélène nadrukkelijk.

'Hoe oud zijn ze dan?'

'Acht. Het is een tweeling.'

'Ook zij hangen niet meer aan je rokken. Zij moeten jonge mannen worden. Hun vader zal hun rolmodel zijn, of een kwajongen uit de buurt,' zei Hermione glimlachend. 'Weet je, uiteindelijk kan niemand een beslissing voor je nemen. Maar denk alsjeblieft goed na over de mogelijkheden die je hebt.'

'Mijn man betaalt voor mijn verblijf hier,' voerde Hélène aan.

'Natuurlijk, het is wel zeker dat je niet in het sanatorium kunt blijven. Maar je hebt misschien genoeg aan een kleine lichte kamer. Houd wat geld van je man achter om de winter door te komen en gebruik die tijd om te schilderen. Je hebt echt talent en als in de zomer al die mensen uit Duitsland en Oostenrijk naar het meer komen verkoop je je schilderijen.'

'De opbrengst zal nooit voldoende zijn!'

'Als je eenvoudig leeft wel. En als je iets wilt bijverdienen leid je de bezoekers hier rond. Laat je hun zien hoe mooi het hier is!'

Hélène knikte afwezig. Hermiones idee was ongehoord, gevaarlijk, maar ook griezelig opwindend. Zou een nieuw begin voor haar er zo uit kunnen zien? Of zou dat haar ondergang worden? Stel dat ze zonder een cent en ziek terugkwam in Stuttgart? Zou dat schandaal het bedrijf ruïneren, en daardoor de toekomst van haar kinderen?

Hermione raakte haar arm even aan. 'Je zult wel voelen wat het juiste voor je is. Tot die tijd genieten we van deze heerlijke septembermaand. Je beslissing komt vanzelf.'

13

Nills Tiergarten in Stuttgart
September 1903

De drie jonge vrouwen liepen vrolijk door de Wiederholdstrasse in het oosten van Stuttgart. Op deze tweede zondag van september was het warm en zonnig, perfect weer dus voor een bezoekje aan de dierentuin.

Judith liep arm in arm met haar vriendinnen Dorothea von Braun en Charlotte Wenninger. 'Waar zullen we het eerst naar kijken?' vroeg ze goedgehumeurd.

'Naar de apen natuurlijk!' antwoordde Charlotte. 'Die zitten niet erg ver van de ingang.'

Dorothea vroeg: 'Kun je Nill eigenlijk ook bekijken, hij woont toch bij de apen?'

Judith en Charlotte schoten in de lach. Adolf Nill, de eigenaar van de dierentuin, woonde boven het verwarmde verblijf van de mensapen.

Ze lachten nog steeds toen ze bij de kassa van de dierentuin stonden en ieder vijftig pfennig entreegeld uit hun handtas haalden.

Theo had Judith ongeveer een uur daarvoor met de koets naar de villa van de familie Wenninger gebracht, waar ze – officieel tenminste – de middag zou doorbrengen. Haar vader ging er daarom van uit dat ze daar met haar vriendinnen in de beschaduwde tuin zat en netjes converseerde, misschien alleen onderbroken door het een of andere balspel. Bezoeken aan de dierentuin beschouwde hij als een tijdverdrijf voor gewone stervelingen; misschien wel geschikt voor kinderen, maar zeker niet voor drie jonge vrouwen van zeer goeden huize.

Charlottes vader was een vooraanstaande architect en Dorothea de dochter van bankier Von Braun. Charlottes ouders, die iets minder streng waren, hadden geen bezwaar tegen het geplande bezoek aan de dierentuin. De bankiersfamilie Von Braun dacht er echter net zo over als Judiths vader, waardoor Dorothea hetzelfde verhaal had moeten opdissen om toch naar de dierentuin te kunnen gaan.

Maar nu waren ze er. Ze stonden voor een kraam waar dierenvoer werd verkocht, zoals hazelnoten, witbrood, vijgen, johannesbrood en fruit. Alles werd in papieren zakjes gestopt en mocht aan de dieren worden gevoerd. Judith en haar vriendinnen gaven nog een paar pfennig uit en sloegen een grote voorraad in, want niet alleen de dieren vonden al dit lekkers heerlijk.

Onderweg naar het apenhuis kwamen ze langs geiten, eekhoorns en een zeehond. Bij de beren bleven ze even staan.

'Die lieve Mascha,' zei Charlotte. 'Zij is een heel oude bruine beer die zeker vijftig beertjes op de wereld heeft gezet. Daar zaten zelfs kruisingen met een ijsbeer bij.'

'Meer dan vijftig?' riep Judith. 'Dat kan toch niet!'

'Jawel, echt waar,' zei Charlotte.

'Godzijdank ben ik geen bruine beer,' mompelde Judith.

Dorothea grijnsde. 'Ja, wat dat betreft heb je echt geluk gehad! Vijftig kleine kindertjes, dat zou niets voor jou zijn.'

Giechelend liepen ze door.

'Gelukkig is het vandaag geen "goedkope zondag",' zei Charlotte toen ze voor het traliehek van het apenhuis stonden. 'Anders was het hier nu vreselijk vol. Dan komen niet alleen inwoners van Stuttgart, maar alles wat benen heeft, van dichtbij en van ver.'

'Op zulke zondagen is de entree maar twintig pfennig,' zei Judith, terwijl ze een kapucijneraapje een stukje johannesbrood voorhield. Het aapje griste het lekkers uit haar hand en trok zich terug in een rustig hoekje om het op te eten. Judith was nog maar één keer eerder in de dierentuin geweest, jaren geleden alweer, als kind samen met haar moeder. Daarom genoot ze nog meer van deze dag.

Charlotte zei: 'Dat klopt. Op zo'n zondag zijn er al eens twintigduizend mensen geweest. Brrr. Mijn voer is ook op!' riep ze toen een klauwaapje tussen de tralies door de dadel uit haar hand pakte.

Dorothea was een stukje doorgelopen en lokte nu een van de mantelbavianen. Meteen liep een groot mannetje naar de tralies. 'Ik vind de bavianen helemaal niet zo mooi,' zei ze. 'De kleine aapjes zijn veel schattiger. Maar ze moeten allemaal wat krijgen.'

Even keken ze naar de apen die speelden, hingen, vochten en elkaar vlooiden. Daarna slenterden ze door, ze bewonderden de zangvogels, het aquarium en de grotere katachtige roofdieren, keken naar het voeren van de struisvogels en kwamen ten slotte bij de mensapen.

'Waar is Nill nu?' vroeg Charlotte grijnzend.

'Ja, waar is hij eigenlijk? Ik heb nog wat voer over,' zei Dorothea.

Weer giechelden ze alle drie.

Toen ze binnenkwamen zagen ze echter alleen de grote orang-oetan die in een hoekje zat te dutten. Toen hij na een paar minuten nog steeds niet bewoog, trok Dorothea haar vriendinnen mee. 'Het is hier saai! We kunnen beter naar de olifanten gaan kijken.'

Tegenover het verwarmde apenverblijf stond het in oosterse stijl gebouwde olifantenhuis. Toen de vriendinnen dichterbij kwamen liep het grote grijze dier nieuwsgierig naar het hek van het buitenverblijf.

Judith hield de olifant een appel voor.

'Dat is trouwens een olifantenmeisje,' zei Dorothea. Ze keek toe hoe de olifant de appel voorzichtig met haar slurf aannam en met een elegante beweging in haar bek stopte.

'Ja, ze heet Zella,' zei Charlotte, die niet ver van de dierentuin woonde en hier regelmatig kwam. 'Tot een paar jaar geleden woonde Peter hier nog, een mannetjesolifant. Toen hij ouder werd, werd hij steeds wilder en hij raakte op een nacht gewond door een van de ijzeren tralies in zijn hok. Dat was zo erg dat Nill hem moest doodschieten.'

'O, wat zielig!' zei Judith vol medelijden.

Charlotte knikte en nam haar vriendinnen mee naar de antilopen en de kleinere roofdieren. Ten slotte bleven ze staan bij een groot rechthoekig terrein. 'Dat is de grote Völkerwiese,' zei ze. 'Daar kun je ponyrijden en volkeren bekijken.'

Ze wandelden een stukje over het grote grasveld.

'Hoe is dat eigenlijk, om naar die volkeren te kijken?' vroeg Judith, die wel had gehoord dat de Völkerwiese voor menselijke voorstellingen werd gebruikt, maar ze nog nooit had gezien.

'Dan zie je andere volkeren,' vertelde Charlotte. 'Lappen bijvoorbeeld. Of Vuurlanders, die heb ik al eens bekeken. Dat is echt heel indrukwekkend. Dan bouwen ze alles precies zoals ze dat van thuis kennen. En ze dansen en zingen en laten zien hoe ze leven.'

'Echt? En vinden ze het niet vervelend dat iedereen naar hen kijkt?' vroeg Dorothea.

'Kennelijk niet,' zei Charlotte. Zachter zei ze: 'Veel volkeren zijn 's nachts zelfs naakt, als hier niemand is. Maar overdag mag dat niet, anders ontstaan er problemen.'

Judith sloeg een hand voor haar mond, en Dorothea keek haar met grote ogen aan.

Charlotte knikte. 'Echt, geloof me maar.'

Judith zei: 'Ik weet niet of ik naar zoiets zou willen kijken! Dat is toch vernederend.'

'Ik ook niet,' zei Dorothea.

Charlotte haalde haar schouders op. 'Ik vond het niet zo erg. Niemand is immers opgesloten en ze krijgen er geld voor. Maar ik hoef er ook niet nog een keer naartoe.'

Ze liepen terug naar het voetpad. Een paar seconden later schrok Judith zich een hoedje, want opeens zag ze Max Ebinger aan de overkant van de Völkerwiese arm in arm lopen met een knappe vrouw die druk tegen hem praatte. Judith had zich het liefst meteen omgedraaid om weg te lopen. Ze had hem al heel lang niet meer gezien, hij was bij geen enkele sociale gelegenheid of muziekavond aanwezig geweest, en tot haar grote teleurstelling was hij ook niet naar het zomerbal van Dorothea's ouders gekomen. En uitgerekend hier en vandaag kwam ze hem bijna tegen. Hem en de veel te kokette vrouw in zijn gezelschap.

'Maar dat is Max Ebinger!' Dorothea had hen ook gezien.

'Wat een knappe man,' zei Charlotte.

'Wie is die vrouw?' vroeg Dorothea. 'Ik ken haar niet.'

'Vermoedelijk geen nette vrouw,' zei Judith, die er moeite mee had haar frustratie te verbergen.

'Ja, Max neemt er altijd wel een op sleeptouw,' verzuchtte Dorothea. 'Dat is het probleem bij zulke aantrekkelijke mannen. Die zijn nooit alleen.'

Judith, die begreep dat Dorothea ook een oogje op Max had, reageerde onwillekeurig hooghartig. 'Waar ken je Max van?'

‘Hij is een vriend van Albrecht en komt vaak bij ons op bezoek. Maar hij heeft helaas nooit oog voor mij.’

Natuurlijk, dacht Judith. Max en Dorothea’s saaie broer Albrecht waren even oud en de families Ebinger en Von Braun waren al heel lang bevriend. Toen het stel langs hen heen liep lichtte Max beleefd zijn strooien hoed. De vrouw zei alleen kortaf ‘goedendag’, waarna ze hem met een bezitterige glimlach meetrok.

‘We hebben een beetje haast,’ zei Max verontschuldigend. Zijn witte tanden schitterden toen hij charmant glimlachte. ‘Nog een fijne dag allemaal!’ Daarna liepen ze door.

‘Dat wensen wij jullie ook,’ zei Judith zacht. Opeens voelde ze dat ze een beetje trilde van opwinding.

Dorothea keek haar begrijpend aan. ‘Aha!’

Charlotte keek van de een naar de ander. ‘Ik begrijp jullie wel, hoor,’ zei ze zuchtend.

Even zwegen ze alle drie. Toen besloten ze een einde te maken aan hun bezoek aan de dierentuin en onderweg naar de uitgang naar de kamelen te kijken.

Toen ze langs het omheinde kamelenterrein liepen, waar twee oudere dieren en een jong dier rondliepen, hoorden ze toevallig een gesprek tussen een moeder en haar dochtertje. Het kind vroeg: ‘Hoe kun je bij kamelen het verschil zien tussen een man en een vrouw?’

Judith zag dat Dorothea grijnzend bleef staan, en ook Charlottes mond vertrok verdacht.

‘Kijk maar eens, kindje,’ zei de moeder. ‘Die twee grote kamelen staan nu heel leuk bij elkaar. Zie je wel?’

Het meisje knikte heftig.

‘En nu moet je me vertellen wat je meteen opvalt,’ zei de moeder.

Het kind wees naar een van de dieren. ‘Dat die daar veel groter is dan die andere.’

‘Inderdaad. En dat is het antwoord op je vraag,’ zei de moeder tevreden. ‘De grootste kameel is altijd de man.’

De vriendinnen vonden deze indrukwekkende verklaring bijzonder amusant en Judiths slechte bui verdween. Zelfs toen ze allang op de terugweg waren konden ze gewoon niet stoppen met lachen.

14

Restaurant Zur Charlottenhöhe in Degerloch
Dezelfde middag

'Ik weet het niet, Karl, maar volgens mij is dit geen goed idee,' zei Anton hees. 'Wat moeten we doen als ze opeens allemaal naar buiten komen?'

'Verdorie, Anton, dat moeten ze toch!' zei Karl ongeduldig. Hij haalde een zelfgemaakte pijl uit de houten koker die hij op de grond had gelegd. 'Ga liever goed staan, zodat je ook goed kunt richten.'

'Hoe snel zijn ze dan?'

'Weet ik veel, sneller dan jij.' Karl spande zijn boog.

'En zeker weten sneller dan jij,' zei Anton beledigd, maar zijn eerzucht werd langzaam sterker dan zijn angst.

Karl glimlachte in zichzelf. Hij wist precies hoe hij zijn broer moest uitdagen. En dat was belangrijk. Want het effect als beide pijlen tegelijk doel troffen zou fantastisch zijn. Wat er precies zou gebeuren wist Karl ook niet, maar zijn nieuwsgierigheid en onderzoekingsdrang weerhielden hem ervan goed na te denken over mogelijke gevolgen.

Hij concentreerde zich en hield niet alleen het gat in de grond, maar ook Anton goed in de gaten. Hij zag dat zijn broer zijn boog met een pijl erin ook spande en fluisterde: 'Ik tel tot drie. De pijlen moeten tegelijk doel treffen.'

Opeens liet Anton zijn boog zakken.

'Wat doe je?' snauwde Karl.

'We kunnen niet tegelijk schieten,' zei Anton.

'Waarom niet?'

'Omdat onze pijlen elkaar dan uit de koers drijven,' zei Anton.

Karl liet zijn boog ook zakken en dacht na. 'Misschien wel. Goed, dan schieten we vlak na elkaar. Ik geef het commando!'

Anton knikte.

De jongens richtten hun pijl op het in het korte gras goed zichtbare muizenhol, waarin een volk graafwespen een nest had gemaakt.

Karl keek naar het gewriemel van de af en aan vliegende insecten op de grond. Anton keek voor de zekerheid nog één keer naar hun vader, die iets verderop naast bankier Von Braun op een bank zat. De beide mannen genoten van hun wijn en letten niet op hen. Hun vader had hem en Karl eigenlijk niet willen meenemen. Waarom hij er toch op had gestaan dat ze met hem meegingen kon Anton niet verklaren. Wilde hij zien hoe goed Karl inmiddels kon lopen? Zijn ongeluk had meer dan twee maanden geleden plaatsgevonden en het ging alweer vrij goed met hem. Zelfs dokter Katz zei dat Karl veel geluk had gehad en bovendien een onverwoestbare gezondheid had.

Een wandeling op zondag met hun vader was veel erger dan huisarrest, omdat hij de tijd gebruikte om al hun misstappen van de vorige week op te sommen en hun meteen de straffen mee te delen. Om niet nog een straf te krijgen waren ze zonder morren meegegaan; tegenstribbelen was toch zinloos geweest.

Vandaag leek hun vader afwezig, zodat het hem eerst niet eens was opgevallen dat ze allebei stiekem hun boog en pijlenkoker hadden meegenomen. Toen hij dat uiteindelijk zag, waren ze al zo ver van huis dat hij het erbij had gelaten. Maar hij had wel aangekondigd dat hun bogen meteen na thuiskomst een hele week achter slot en grendel zouden worden gezet. Niets ging ooit zonder straf.

Hun moedige actie had dus niets opgeleverd, want ze mochten hun speelgoedwapens niet gebruiken. Hij had hun verboden ermee te schieten en met nieuwe straffen gedreigd als ze dat toch deden. Ze liepen dus somber achter hun vader aan, tot de situatie door de aanwezigheid van de voorname bankier opeens veranderde. De man stapte, met zijn wandelstok met zilveren knop in de hand en een zwarte vilthoed op zijn hoofd, vlak bij Charlottenhöhe uit zijn koets en begroette hun vader met een handdruk. De mannen hadden kennelijk met elkaar afgesproken, want meteen daarna gingen ze in de tuin van het gasthuis zitten.

En opeens waren zijn zoons overbodig. Hun vader stuurde hen

met een snel gebaar weg. Aangezien Anton en Karl niet goed wisten hoe ver ze zich mochten verwijderen zonder opnieuw een straf te riskeren, hadden ze wat rondgelopen door de tuin en de speeltuin van Charlottenhöhe, op zoek naar een geschikte plek voor een paar stiekeme schietoefeningen. Maar aangezien het restaurant helemaal vol zat met voorname lieden die op deze mooie zondag een uitstapje maakten, hadden ze dat toch niet durven doen.

Pas op het weiland naast de stallen had Karl het graafwespennest gezien, waar ze nu dus met hun gespannen boog voor stonden.

'Ik tel tot drie!' zei Karl nog een keer zacht.

Anton knikte.

'Eén, twee... drie!'

Robert liep in gedachten verzonken door de Kirchheimer Strasse. Hij was helemaal opgewonden en zelfs de beide kroezen koud bier die hij net in café Hirsch had gedronken hadden zijn opwinding niet kunnen dempen.

Zijn lieve Babette ontmoette een man! Dat had hij zelf gezien, verborgen achter een struik. Maar dat was niet alles. Want hoewel de middag al gevorderd was, was ze samen met die man in de Zacke naar Stuttgart gestapt. Wie weet wat ze daar met hem wilde doen. Maar de kokette glimlach waarmee ze haar begeleider had aangekeken toen deze haar hielp instappen en daarbij zijn hand op haar rug had gelegd, was veelzeggend genoeg geweest.

Robert had het al geruime tijd vermoed, maar tegelijkertijd gehoopt dat het niet zo was. Nu wist hij dus wat de reden was van Babettes continue verdwijnen en te laat komen, en van haar gedragsverandering van de laatste tijd. Haar afwezigheid tijdens de avondmaaltijd. De slordigheid waarmee ze haar werk deed. De manier waarop ze liep te dagdromen, iets wat ook de andere bedienden niet was ontgaan. En tot slot het feit dat ze zijn voorzichtige toenaderingspogingen zo bruusk had afgewezen.

Robert was verdrietig.

Hij had echt gedacht dat het iets kon worden, tussen hem en Babette. Niet meteen, maar over een paar jaar, als ze genoeg hadden gespaard voor haar uitzet en hij een goede baan in de fabriek had. Veel dienstmeisjes trouwden op een bepaald moment.

Maar vanmiddag was al zijn hoop de bodem ingeslagen. Die was in rook opgegaan toen hij zag dat Babette zich schaamteloos met een onbetrouwbaar sujet vertoonde. Als hun meneer dat hoorde, moest ze rekening houden met ontslag.

Hoe langer Robert over Babette nadacht, hoe duidelijker hij begreep dat ze hulp nodig had. Ze begreep kennelijk niet hoe gevaarlijk de hofmakerij van deze man was. Maar de manier waarop deze man zich gedroeg, zijn veel te chique kleding die een grote tegenstelling vormde met zijn door de drank rood aangelopen gezicht, beloofde niets goeds. Babette zou niet het eerste meisje zijn dat op heel jonge leeftijd van het platteland naar de stad was getrokken en de verboden verleidingen daar niet kon weerstaan. De verhalen over dienstmeisjes die in verkeerd gezelschap waren geraakt en uiteindelijk in de goot belandden werden regelmatig rondverteld onder de bedienden in Stuttgart.

Babette was pas begin dat jaar in huize Rothmann aangenomen en had daarvoor al een paar jaar voor een andere familie gewerkt. Ze kwam uit een arm arbeidersgezin in een van de dorpen rondom Stuttgart en had verschillende broertjes en zusjes. Bij haar thuis waren ze blij met elke mond minder die gevoed moest worden. Maar het ontwortelde meisje dat werd gedwongen als dienstmeid te werken en werd uitgebuit, was ongelukkig. Dat had Robert gevoeld. Een werkdag bij de Rothmanns duurde tussen de twaalf en veertien uur, elke dag van de week, en de bedienden hadden alleen om de week een zondagmiddag vrij. En sinds mevrouw niet meer thuis was, bedacht Rothmann 's avonds laat vaak nog een taak voor Babette, zoals een vlek in zijn pak die ze moest verwijderen of een kleinigheid te eten die ze hem moest brengen. Echt rust had ze pas na middernacht. Ze kon zelden meer dan vijf uur ongestoord slapen, net zo weinig als hij. Dora was de enige met wie het veel beter ging, want zij werkte voor de juffrouw en werd maar zelden aan het werk gezet door Rothmann.

Roberts ergernis over Babettes lichtzinnigheid veranderde in boosheid over hun ellendige leven als bedienden. Door zijn opgekropte woede versnelde hij zijn pas. Precies op het moment dat hij langs Charlottenhöhe liep hoorde hij vanuit de besloten tuin paniekerige kreten.

Hij bleef abrupt staan, keek in de richting waar de kreten vandaan kwamen en werd vrijwel meteen daarna bijna omvergelopen door een kleine opgewonden groep mensen. Vooral de dames sloegen uitzinnig met hun handen en parasols om zich heen, slaakten jammerende kreten en raakten verstrikt in hun rokken, terwijl de heren probeerden hen op de een of andere manier te helpen.

Robert bleef verstijfd staan en keek verward naar de opgejaagde groep mensen die via de Kirchheimer Strasse naar de lagergelegen tandradtram rende, tot de opwinding langzaam afnam. Ze zouden wel in de eerste de beste wagon van de Zacke stappen, die hen zou terugbrengen naar Stuttgart.

Maar daarmee was de rust nog lang niet teruggekeerd.

Toen Robert langs de met bogen overspannen ingang van Charlottenhöhe liep, zag hij in de tuin nog meer gasten rondrennen. Af en toe was er nog een kreet te horen, maar deze dames en heren leken zich met een concreet gevaar bezig te houden. Ze zwaaiden met kranten, hoeden en jassen, en parasols zwiepten met weinig elegante bewegingen door de lucht.

Roberts nieuwsgierigheid was sterker dan zijn onbehaaglijke gevoel. Hij liep de tuin in.

'Waar is de waard?' brulde een man. Robert herkende zijn stem meteen, dit was Wilhelm Rothmann.

'Hij is gestoken!' zei een vrouw opgewonden.

'Verdorie! Ga hem halen. Dit is zijn restaurant!' Alweer Rothmann.

Robert had zijn baas inmiddels ontdekt, samen met de bankier die de afgelopen weken zo vaak bij hen was geweest. Terwijl Rothmann met een rood aangelopen gezicht korte bevelen brulde, maar verder weinig deed, sloeg de bankier uitzinnig om zich heen. Omgegooide glazen lagen op de tafel, een wijnkaraf lag in scherven op een van de stoelen en rode wijn druppelde op de grond.

Het tumult bleef aanhouden, en er was een agressief gezoem te horen. Robert begreep meteen welk drama zich voor zijn ogen afspeelde: een zwerm wespen zwermde om de tafels en viel de gasten van Charlottenhöhe aan. Hij trok zich meteen een stukje terug om niet zelf het slachtoffer van de aanvallen van de zwerm insecten te worden. Maar terwijl hij zich nog afvroeg of hij misschien zo snel mogelijk moest verdwijnen, trok iemand aan zijn rechtermouw.

Een jongen vroeg met trillende stem: 'Robert, ga jij met ons naar huis?'

Verbaasd herkende Robert de kleine Anton Rothmann, met vlak achter zich zijn tweelingbroer Karl. Hun gezichten waren vertrokken van de pijn en zaten vol dikke rode bulten. Robert begon te begrijpen dat er een verband kon bestaan tussen de aanwezigheid van de kinderen en het drama dat zich hier afspeelde.

Hij grijnsde, maar had ook wel medelijden met hen. Wespensteken waren vreselijk pijnlijk. Dat de jongens zich zo beheersten wees erop dat ze een slecht geweten hadden en bang waren te worden ontdekt. Maar voordat hij kon antwoorden, zag hij dat Wilhelm Rothmann naar hen toe kwam.

'Karl! Anton!'

15

Wilhelm Rothmann wist één ding heel zeker. Het personeel kreeg nooit meer een zondagmiddag vrij zonder dat elk uur daarvan minutieus met hem was afgestemd. De huidige regeling dat bijna alle huisbedienden elke twee weken de zondagmiddag tussen twee en vijf uur naar eigen goeddunken konden besteden was per direct afgeschaft. Het kwam natuurlijk door Hélènes veel te grote en nieuwerwetse begrip voor de behoeften van de bedienden dat er in huize Rothmann überhaupt zo'n afwijkend gebruik was ontstaan. Met alle rampzalige gevolgen van dien.

Als er vanmiddag een betrouwbare oppas in het huis was geweest had hij niet zelf op de tweeling hoeven passen. Dat Judith vandaag bij een van haar vriendinnen was uitgenodigd en daardoor ook niet op haar broertjes kon passen, was hij gewoon vergeten.

Tot nu toe had hij zich nooit bovenmatig zorgen om zijn zoons gemaakt. Hij had hen meestal terloops waargenomen, vooral als ze een standje of straf moesten krijgen. Sinds Karls ongeluk had hij echter liever dat ze onder toezicht stonden van een volwassene. Toen hij begreep dat hij geen oppas had gedurende zijn afspraak met bankier Von Braun kon hij niets anders doen dan de jongens meenemen naar Charlottenhöhe.

Daar hadden ze op een normale manier de tijd kunnen doorbrengen, zoals gehoorzame kinderen de tijd gewoonlijk doorbrengen, terwijl hij met de bankier de voor hem van levensbelang zijnde band tussen hun beide families definitief zou vastleggen. Maar Karl en Anton gingen niet schommelen of met een bal spelen, maar ze hadden deze zwerm wespen opgejaagd en hem daardoor in een bijzonder onaangename positie gemanoeuvreerd.

Nu zat hij achter zijn bureau en speelde ongewoon nerveus met de zilveren inktpot die voor hem stond. Toen hij terugdacht aan de rampzalige afloop van deze middag kwam het zweet op zijn voorhoofd te staan.

Het hoorde niet dat iemand binnen zo korte tijd zo veel tegenslagen moest verwerken. Weerspannige zonen met alleen maar baldadigheid in hun hoofd, een dochter met eigenzinnige toekomstplannen en een echtgenote die naar het zuiden vertrekt en haar gezin aan zijn lot had overgelaten. En boven dat alles hing de dreigende wolk van het faillissement van zijn fabriek.

Dit laatste probleem zou binnen afzienbare tijd zijn opgelost, want Judiths huwelijk met Albrecht von Braun was nu een zekere zaak en daarmee zou eindelijk het geld binnenkomen dat hij dringend nodig had.

Hij krabde aan zijn hoofd.

Natuurlijk had hij het prettiger gevonden als het niet nodig was geweest om zo'n deal te moeten sluiten om zijn fabriek te redden. Maar door zijn financiële situatie had hij geen enkele speelruimte meer. Het afgelopen jaar had hij regelmatig de dag vervloekt waarop hij een stapel waardeloze vastgoedaandelen had gekocht, die hem waren aangeprezen als een bijzonder veilige geldbelegging met een hoog dividend, afgewikkeld via Von Brauns bank.

Zo veilig was het niet, dacht Rothmann, want deze investering had een groot deel van zijn privé- en zakelijke vermogen vernietigd.

Gelukkig was alles bijna in de allerlaatste minuut ten goede gekeerd. Misschien voelde Von Braun zich schuldig, dat kon je immers niet weten, en steunde hij daarom het huwelijk tussen hun kinderen. Judith had het in elk geval slechter kunnen treffen. De bank van Von Braun had een goede naam en nadat ze haar echtgenoot twee of drie kinderen had gegeven, had ze haar plicht gedaan en kon ze zich van hem losmaken en een tevreden rustig leven gaan leiden.

Hij hoefde zich dus echt niet schuldig te voelen.

De toekomst van de chocoladefabriek en daarmee de erfenis van zijn zonen was nu veilig, en Judith zou in een respectabele familie trouwen, zonder financiële zorgen. Daar was eigenlijk niets op aan te merken.

Maar dit alles was nog niet helemaal in kannen en kruiken, want zijn dochter wist nog niets over Albrecht. En toen hij dacht aan de manier waarop ze op deze mededeling zou reageren, begon hij zich ongemakkelijk te voelen. Want door haar afwijzende reactie op zijn subtiele hints over een huwelijk, verwachtte hij serieus verzet. Dat kende hij maar al te goed van zijn vrouw Hélène.

Op dat moment viel zijn blik weer op de envelop die gisteren was afgegeven en die hij eerst terzijde had gelegd. De afzender was Friedrich Ebinger, uitgerekend Ebinger, zijn persoonlijke vijand bij wie het geld zonder dat hij er iets voor hoefde te doen binnenstroomde. Hoewel hij vandaag ook geen zin had de envelop open te maken, speelde hij er even besluiteloos mee, maar pakte toen toch zijn briefopener en sneed hem open.

Aandachtig las hij het kaartje dat erin zat. Zijn gezicht lichtte op.

Opeens was er een geraffineerde manier om Judith op de hoogte te brengen van zijn besluit, zonder dat haar koppigheid alle plannen zou verijdelen. Dankzij de oude Ebinger. Toch kon hij de man nog steeds niet uitstaan.

Iemand klopte op de deur.

'Ja!' riep hij energiek. Snel legde hij het kaartje weg en keek streng op.

De deur ging open, Babette duwde Karl en Anton naar binnen, deed de deur zachtjes dicht en bleef twee stappen achter de tweeling staan.

'Vader,' begon Karl berouwvol.

'Hou je mond!'

Zwijgend en met hun blik naar de grond gericht stonden zijn zonen voor hem.

Even welde er medelijden bij hem op, maar hij beheerste zich snel weer. Ze moesten gestraft worden. Alleen zo zouden ze opgroeien tot eerbare en gedisciplineerde burgers. En hij moest hun vooral hun kwajongensstreken afleren, zodat ze de noodzakelijke volwassenheid verkregen om later de fabriek te leiden.

Hij legde de eerste jongen over zijn knie en gaf hem een pak slaag op zijn blote billen.

'Karl kreunde en Anton gaf geen kik, maar de tranen stroomden over zijn wangen,' vertelde Babette toen ze Gerti hielp tijdens de voorbereidingen van de avondmaaltijd.

De familie mocht zich verheugen op koud gebraden varkensvlees met vers brood en een appelflap. Voor de bedienden was er een linzenschotel, helaas zonder spek. Rothmann was zuinig met vlees, sinds mevrouw in het sanatorium zat.

De deur naar de keuken vloog open. 'De ouwe... Meneer wil ons na de avondmaaltijd allemaal in de vestibule zien,' zei Robert buiten adem.

'Wat wil hij van ons?' vroeg de kokkin verbaasd.

'Ik heb wel een vermoeden,' zei Babette. 'Onze vrije middag wordt geschrapt.'

'Dat vermoed ik ook,' zei Robert.

'Ik hoorde dat hij dat tegen zijn dochter zei,' vertelde Babette. 'Zodat de jongens niet meer zonder toezicht zijn.'

'Zelf heeft hij immers geen opvoedkundig talent,' zei Robert boos.

'Robert!' zei de kokkin waarschuwend. 'Geen kritiek op meneer!'

Robert liep naar het grote gietijzeren fornuis en trok aan de banden van Babettes schort. 'Wat is er voor lekkers?'

Babette duwde hem weg. 'Laat me met rust, anders krijg je niets!'

Robert lachte. 'Ik heb het al geroken. Lekker.' Hij keek Babette met een liefdevolle blik aan.

Maar zij keek hem alleen kwaad van opzij aan.

Hij deed nog een poging en zei voor de grap: 'Je zou me toch nooit honger laten lijden, Babette. Want dan zou je geen beschermer meer hebben!'

Nu ging ze rechtop staan en ze keek hem aan met een woedende schittering in haar groene ogen. 'Als ik één ding niet nodig heb, is dat wel een beschermer zoals jij. Je loopt constant achter me aan!' Luider en vinnig voegde ze eraan toe: 'Ik heb je niet nodig. Ik vind je niet eens echt aardig. Laat me dus met rust!'

Robert kromp ineen.

Gerti schraapte luid haar keel. 'Nou, ik vind helemaal niet dat Robert achter je aan loopt.' Ze zette een mand met brood op de lange houten tafel waar de bedienden straks omheen zouden gaan zitten. 'Hij maakt zich alleen maar zorgen. Net als ik.'

Ze had dit rustig gezegd, maar Babette gooide de houten pollepel in de pan met linzen en verliet zonder nog een woord te zeggen de keuken.

Robert bleef roerloos staan en de kokkin zuchtte. 'Ik weet echt niet waar het heen moet met Babette.'

'In elk geval de verkeerde kant op,' zei Robert gefrustreerd. Zijn bezorgdheid vermengde zich met woede. 'Maar als we vanaf nu niet meer weg mogen, wordt ze misschien wel wat rustiger.'

'Wat bedoel je?' vroeg Gerti, maar op dat moment kwam Theo, gevolgd door Dora, de keuken binnen.

Theo riep: 'Aha, dat ruikt heerlijk! Ik heb net de juffrouw opgehaald uit Stuttgart. Zij was in een uitstekende bui!'

'Dan heeft ze een leuke middag gehad,' bromde Gerti, die de pollepel uit de linzen viste.

'Ze rook vreemd,' zei Theo. 'Naar een stal of zo.'

Dora ging aan de tafel zitten en zei snel: 'Ach, dat zullen vast de knollen voor de koets geweest zijn, niet de juffrouw zelf.' Ze wist van Judiths bezoek aan de dierentuin en wilde haar beschermen.

'Nu moeten jullie gaan zitten, het eten is klaar!' De kokkin haalde de pan van het fornuis en bracht hem naar de tafel.

Theo haalde zijn schouders op en ging zitten.

Op dat moment kwam de huishoudster binnen. Met een snelle blik op haar personeel zei ze: 'Waar is Babette nu weer?'

Even zweeg iedereen bedremmeld, maar toen zei Robert: 'Ze voelde zich niet goed en is vermoedelijk naar haar kamer gegaan.'

Margarete zei streng: 'Dat moet geen gewoonte worden. Er zijn vaste etenstijden waar iedereen zich aan moet houden. En nog iets: de tweeling krijgt de komende dagen geen avondeten. Bevel van meneer.'

'Wat?' zei de kokkin geschrokken. 'Maar het zijn nog maar kinderen, die moeten genoeg eten!'

De huishoudster wees haar terecht: 'Meneer heeft daar zijn redenen voor die we niet ter discussie horen te stellen.' Daarna ging ze aan het hoofd van de tafel zitten.

Tijdens het eten mocht niet luid worden gepraat. Robert had echt honger, maar het smaakte hem niet. Wat zou hij voor Babette kunnen doen? Iets tegen Rothmann zeggen? Die zou haar meteen ontslaan en dan was ze echt verloren.

Nee, hij zou op Babette moeten blijven passen, ook als dat betekende dat ze zich nog meer voor hem afsloot. Een andere mogelijkheid was er niet.

16

Er waaide een straffe wind. Hij blies om het huis, trok aan de dakpannen en rammelde aan de deuren. Donderslagen kondigden een van de laatste onweersbuien van de zomer aan, bliksemschichten staken af tegen de nachtelijke hemel en verlichtten met onregelmatige tussenpozen Judiths kamer. Toen vielen de eerste dikke regendruppels die algauw met veel lawaai tegen de ruiten sloegen. Judith sliep heerlijk en weigerde in eerste instantie om wakker te worden van het onweer, maar toen hoorde ze buiten luid gerinkel. Geïrriteerd trok ze de zachte deken van haar voeten, liep naar het raam en duwde de zware gordijnen opzij om te kijken of er iets was gebeurd.

Buiten was het pikdonker en de regen die langs het raam stroomde ontnam haar het laatste beetje zicht, zodat ze onmogelijk iets kon zien. Het enige wat ze zag, waren de vage omtrekken van de bomen die door de wind heen en weer werden geblazen.

Judith bleef even roerloos staan en luisterde gespannen of het geluid zich herhaalde, maar op het kabaal van de wind na bleef het rustig. Met een gefrustreerde zucht liet ze het gordijn zakken en ging weer in bed liggen. Misschien was het glas van een straatlantaarn kapotgegaan, of ze had het gewoon verkeerd gehoord.

Ze was net weer in slaap gevallen toen ze opnieuw werd gewekt, deze keer door het vertrouwde geklik van haar kamerdeur. 'Anton?' Ze ging rechtop in haar bed zitten.

Ze hoorde een paar snelle zachte voetstappen en even later stond een van haar broertjes naast haar bed.

'Judith?' fluisterde hij.

Ze stak een hand naar hem uit. 'Kom maar bij me zitten, Anton. Ben je bang? Het is maar onweer.'

'Nee, maar Karl heeft zo'n honger.' Hij pakte haar hand vast en trok eraan. 'En ik ook!'

Judith glimlachte, maar ze was ook boos op haar vader. Haar broertjes konden zoals zo vaak als ze voor straf geen avondeten kregen niet goed slapen. Ze stond weer op en zei: 'Ik maak wel warme chocolademelk voor jullie.'

'Graag! Dat zal Karl fijn vinden!'

'En jij vast ook,' zei Judith zorgzaam. 'Ga zolang maar weer naar bed, Anton.' Bij een luide donderslag sloeg ze instinctief haar armen om haar broertje heen en ze voelde dat hij trilde. 'Je bent wél bang!'

'Nee, ik ben niet bang!'

'Haal Karl maar op, dan gaan we samen naar de keuken.'

'Maar als vader dat merkt? Het is zo'n herrie!'

'Dat is juist goed. Hoe meer lawaai er buiten is, hoe minder goed hij ons kan horen. Opschieten, jij. En zachtjes!'

Terwijl Anton wegliep om zijn broer te halen, trok Judith een kamerjas aan over haar nachthemd. Ze stak een kaars aan die in een met vrolijke bloemen versierde kaarsenstandaard op haar nachtkastje stond. Toen ze even later gefluister en het geklepper van blote voeten hoorde, zette ze snel een trekglas voor de vlam en liep naar de overloop.

'Judith! Ik wil veel suiker in mijn chocolademelk!' Karl botste bijna tegen haar op.

'Verdorie, Karl! Ssst!' zei Anton waarschuwend. 'Anders hoort vader ons en krijgen we nog meer straf!'

'Anton heeft gelijk,' zei Judith. 'We sluipen heel zachtjes naar de keuken, als indianen op oorlogspad! Ook zij mogen door niemand worden ontdekt, anders worden ze gevangengenomen.'

Zo stil mogelijk liepen ze achter elkaar naar de vestibule twee verdiepingen lager, terwijl buiten het onweer woedde. In het licht van de bliksemschichten had het huis iets griezeligs, en Judith voelde de mengeling van onderdrukte angst en zin in avontuur waarmee haar broertjes haar volgden. Haar kaars flakkerde.

Judith liep net als de jongens blootsvoets en genoot van de verschillende texturen van de vloer onder haar blote voeten, eerst van de zachte traploper, toen van het zijdeachtig koele oppervlak van de marmeren vloer in de vestibule en daarna van de hardere kilte van de tegels in de bediendevleugel.

Ze opende de deur naar het domein van de kokkin, met de tweeling vlak achter zich.

'Misschien zijn er nog ergens koekjes.' Karl ging er meteen naar op zoek op de planken.

'O, ja, vast wel,' fluisterde Anton, die zijn broer wilde gaan helpen.

'Daar zullen jullie zeker niets vinden.' Judith zette de kaars op de houten tafel waar de kokkin en de keukenhulpen overdag aan werkten. 'De koekjes zijn goed verstopt. Bovendien vindt Gerti het helemaal niet prettig als jullie hier rondlopen en alles door elkaar leggen.' Judith kwam vaak in de keuken en wist dat de kokkin strooptochten door haar domein niet kon waarderen. Daarom zat de voorraadkamer met zijn verleidelijke inhoud altijd op slot.

Met een geroutineerde greep haalde ze de juiste sleutel achter een bakvorm die aan de muur hing vandaan. Ze stond op het punt om het rijk vol heerlijkheden te openen toen de keukendeur kraakte. Niet heel luid, maar wel zo luid dat Judith zich meteen omdraaide en Karl van schrik een blikken melkkan liet vallen, die met veel kabaal op de grond terechtkwam.

Op de drempel stond een tengere gestalte, ook met een kaars in de hand, die fluisterde: 'Wie is daar?'

'Wij zijn het.' Judith stapte in het lichtschijnsel van de kaars.

'Ach, juffrouw Judith! En de tweeling! Komt het door het onweer dat jullie naar beneden zijn gekomen?'

Judith lachte zacht. 'Nee, Dora. Ik ga warme chocolademelk voor de jongens maken.' Ze wees naar de kinderen, die zachtjes ruziemaakten over wie de melkkan moest oprapen. Karl zei dat Anton hem een duw had gegeven en dat hij de kan daarom dus niet meer had kunnen vasthouden. Anton ontkende dat hij er ook maar iets mee te maken had.

'Dat is een goed idee,' zei Dora met een veelbetekenende blik op de jongens. 'Met een lege maag slaap je niet goed.'

'En jij, heb jij ook honger, Dora?'

'Nee, niet echt. Ik hoorde gerinkel, daar werd ik wakker van. Daarna ben ik gewoon door het huis gelopen om te kijken of alles in orde is.'

'Ja, ik hoorde net ook iets. Ik dacht dat het van buiten kwam,' zei Judith. 'Jongens, nu even stil!' siste ze tegen haar broertjes, die naast de melkkan die nog steeds op de grond lag met elkaar stoeiden.

'U hebt vermoedelijk gelijk, juffrouw Judith. Maar niemand kan nu naar buiten, met die wind en die regen. Dan ga ik maar weer naar boven.'

De kamers van Dora en de andere bedienden bevonden zich onder het mansardedak van de grote villa.

'Blijf maar even, dan kun je samen met ons chocolademelk drinken, Dora,' zei Judith.

Dora werkte al een paar jaar in huize Rothmann en ze werkte inmiddels vooral als kamenier voor Judith en voor haar moeder, als zij thuis was.

'Chocolademelk? Ja, heel graag, juffrouw.' Dora zette haar kaars naast die van Judith.

Judith beende met drie stappen naar de vechtende kinderen en pakte ze bij de kraag. 'Nu stil zijn! Jullie maken iedereen nog wakker. Het onweer is niet zo luid dat het jullie overstemt!'

Karl en Anton probeerden zich los te maken uit haar greep, maar hielden zich toen rustig. Anton raapte de melkkan op en zette hem weer op de plank.

'Zie je wel,' zei Judith tevreden. 'Het kan dus wel. Eigenlijk heeft vader gelijk: jullie zouden inderdaad een hele nacht echt honger moeten hebben. Zonder straf worden jullie niet verstandig.' Ze zuchtte. 'Karl, neem die kan mee en ga melk halen!' Ze draaide zich om naar de deur van de voorraadkamer.

'Misschien is er een ruit gebroken,' opperde Karl. 'Ik bedoel, als er buiten gerinkel te horen was.'

'Wat rinkelde buiten?' vroeg opeens een mannenstem.

Deze keer was het Dora die zich geschrokken omdraaide. 'Robert! Lieve help, je maakte me aan het schrikken!'

De jongeman grijnsde. 'Jij hoort op dit tijdstip niet in de keuken te zijn, Dora.'

Judith zei: 'Maar jij ook niet, Robert!'

Robert kreunde en keek langs Dora heen naar het licht van de kaarsen. 'Goedenavond, juffrouw. En de heren Karl en Anton. Neem me mijn brutaliteit alstublieft niet kwalijk,' zei hij een beetje schertsend.

'Het is al goed,' zei Judith verzoenend. Ze mocht Robert heel graag, ook al vond haar vader hem een potentiële onruststoker.

'Ik hoorde ook een geluid, gerinkel of zo,' zei Robert. 'Ik ga liever nu even kijken, want in dit weer kan er zomaar iets kapotgaan.'

'Klopt, Dora en ik hebben het ook gehoord. Fijn als jij je daarmee bezighoudt.' Judith draaide de sleutel van de voorraadkamer om.

'Wacht maar even, juffrouw, dan maak ik de chocolademelk!' Dora ging snel naast Judith staan.

'Nee, Dora. Ik doe het wel!' Judith glipte naar binnen.

'Wacht even, juffrouw Judith, daarbinnen is het pikdonker! U kunt helemaal niets zien!' Robert pakte een van de draagbare petroleumlampen van de wandplank en stak hem aan. Zodra het licht was in de keuken gaf hij de lamp aan Dora. 'Hier, zo kun jij haar bijlichten. Ik ga nu eerst naar buiten, maar als ik terugkom wil ik ook warme chocolademelk! Als een bedankje, zeg maar.' Hij knipoogde tegen Dora.

Dora schudde lachend haar hoofd. 'Je bent heel brutaal, Robert!'

Ze pakte de lamp en zette hem zo neer dat de keuken en de voorraadkamer een beetje werden verlicht. Terwijl Robert zijn jas steviger om zich heen trok en naar de deur liep, draaide zij zich om naar het met tegels beklede grote fornuis dat nog wat restwarmte afgaf. Hierdoor was het ook op hete zomerdagen dag en nacht onaangenaam warm in de keuken. Aan de andere kant was de keuken in de winter juist gezellig en was het fornuis altijd heet genoeg om warme chocolademelk te maken. Dora zette een geëmailleerde pan op de grote donkere plaat, terwijl Judith twee witte blikken uit de voorraadkamer haalde. In het ene blik, waar een jonge vrouw op was geschilderd die tussen bloemen danste, zat cacao en op het andere stond met krullerige letters het woord 'SUIKER'.

Karl had verse melk uit de kelder gehaald die Dora voorzichtig in de pan schonk.

'Ga je gekruide chocolademelk maken, Judith?' vroeg Anton aan zijn zus.

Naast het fornuis hing een plank met allerlei keukengerei aan haken. Judith pakte daar een garde vandaan en zei: 'Het is nog lang geen kerst, hoor!'

'Maar gekruide chocolademelk is veel lekkerder dan gewone,' zei Anton.

Karl viel hem bij: 'Ja, dat vind ik ook, gewone smaakt saai!'

Judith keek Dora aan, die met een knipoog naar de jongens zei: 'Ik vind gekruide chocolademelk ook lekker.'

'Goed dan. Ga jij de kruiden halen, Dora?' Judith had inmiddels een kleine lepel gepakt, mat zorgvuldig het fijne cacaopoeder en de suiker af, deed het in de warme melk en roerde net zo lang met de garde tot het was opgelost.

Dora voegde een snufje gemalen kaneel, kardemom en anijs toe aan de melk, waarna het in de keuken onmiddellijk heerlijk rook naar exotische kruiden en chocolade. Judith snoof de verfijnde geur op, maar werd meteen weer teruggehaald naar de werkelijkheid.

'Er zit geen vanille in!' zei Karl.

'Ik heb geen vanillepeulen gevonden,' zei Dora. 'En we kunnen Gerti's keuken ook niet overhoophalen.'

'Het kan ook wel zonder vanille.' Judith gaf de garde aan Karl. 'Zo, nu moet je goed roeren tot de melk een beetje schuimt.'

Karl roerde stevig, tot de chocolademelk begon te dampen.

'Pak jij de bekers, Anton?' vroeg Judith.

'Vergeet niet ook een beker voor Robert te pakken!' zei Dora.

Onder het toeziend oog van Judith schonk Karl de hete chocolademelk voorzichtig in vijf stenen bekers met een oor.

De tweeling ging voor het fornuis op de grond zitten. Judith en Dora liepen door de open doorgang naar het vertrek ernaast en gingen aan de lange houten tafel zitten die de bedienden als eettafel gebruikten.

'Ze zijn zogenaamd nog steeds indianen,' zei Judith met een blik op haar broertjes. 'Ik ben benieuwd of ze daar ooit mee ophouden.'

'Mijn broertjes moesten op die leeftijd al meehelpen op de boerderij.' Dora nam een slokje. 'Naar de akkers, de dieren verzorgen of houthakken. Alleen in de winter was het beter, want dan was er minder werk en konden ze ook naar school.'

'Heb je veel broertjes en zusjes?' vroeg Judith.

'Vier broertjes, maar zij zijn mijn halfbroertjes. Mijn moeder is al vroeg gestorven en daarom is mijn vader hertrouwd.'

'Jij komt uit de bergen, nietwaar?'

Dora knikte. 'Ja, uit een klein dorp. Maar ik ben daar al heel lang weg. Mijn stiefmoeder behandelde me niet goed, en zo is het voor iedereen beter.'

'Ja, voor mij ook. Wie zou anders mijn haar moeten kappen?' zei Judith bemoedigend. Ze keek naar de deur. 'Volgens mij komt Robert terug.'

Hij kwam inderdaad binnen, met een vlaag vochtige lucht.

'En? Heb je iets gevonden?' vroeg Dora meteen.

Robert haalde glimlachend een gestreepte rode kat uit zijn jas. 'Ja, ik heb iets gevonden.'

'Vladimir!' Judith sprong op en nam de kater van hem aan. 'Was hij buiten?'

'Kennelijk.'

'Heeft hij dat kabaal gemaakt?' vroeg Dora.

'Nee, hij had zich verstopt in het tuinhuis en sprong bijna in mijn armen toen hij me zag. Het gerinkel werd veroorzaakt door twee van die hoge vazen in de tuin. Die zijn waarschijnlijk omgewaaid en kapotgevallen. Echt veel rommel. Daar zal ik me morgen wel mee bezighouden als de wind hopelijk een beetje is afgezwakt. Zo, en nu heb ik wel zin in een beker hete chocolademelk.' Robert liet zich op de bank aan de eettafel vallen.

Dora bracht hem zijn beker, die al klaarstond.

Judith ging weer zitten, met de kater op de arm. 'Vreemd. Die vazen zijn heel zwaar. Ze zijn nooit eerder omgewaaid tijdens een storm.'

'Als het licht is ga ik nog wel even kijken, juffrouw Judith,' zei Robert. 'Maar deze keer waaide het echt heel hard.'

'Hoe dan ook, ik vind het hier beneden bij jullie altijd heel gezellig,' zei Judith terwijl ze de kater aaide. 'Hete chocolademelk is veel lekkerder als je die niet met een uitgestoken pink en getuite lippen uit een kostbaar porseleinen kopje met gouden randje hoeft te drinken.'

Robert en Dora keken haar verbaasd aan. Toen schoten ze alle drie in de lach.

Opeens drukte Dora een vinger tegen haar lippen. 'Ssst. Volgens mij komt er iemand aan!'

Ze luisterden allemaal aandachtig. Karl en Anton staakten hun potje steen, papier, schaar. In de verte hoorden ze nog het laatste gerommel van het wegtrekkende onweer.

'Dat is vader,' fluisterde Anton geschrokken. 'En de huishoudster!'

'Vlug, naar de voorraadkamer jullie!' zei Robert tegen de tweeling. 'En neem jullie bekers mee! U moet daar ook naartoe, juffrouw Judith.'

Ze knikte, zette de kater op de grond en liep achter haar broertjes aan de voorraadkamer in.

'Ruim hier snel op en verdwijn dan naar je kamer,' zei Robert zacht tegen Dora. Daarna verliet hij de keuken en liep zijn meneer en de huishoudster tegemoet.

Hij zou hen terug loodsen naar de vestibule, uitgebreid vertellen over de ongewone geluiden en de kapotte vazen, en hopelijk voor genoeg afleiding zorgen. Het zou niet lang meer duren voor het licht werd. Voor die tijd moesten de juffrouw en haar broertjes weer in hun kamers zijn.

17

Stuttgart
Een paar dagen later

Judith stond op de grote overdekte binnenplaats van warenhuis E. Breuninger en verbaasde zich opnieuw over de elegantie van dit gebouw met zijn grote facetachtig gevormde glazen koepel. Het enorme nieuwe gebouw in de Münzstrasse was dit jaar pas geopend en bood de klanten een niet eerder vertoond assortiment. Alleen de buitenkant was al imponerend met de hoge, door hoekige zuilen onderbroken etalages met hun verleidelijke decoraties. Daar boven bevonden zich twee rijen symmetrisch geplaatste ramen, waarvan het eerste boogvormig was en het tweede klassiek rechthoekig. De gevel daar weer boven was uitbundig versierd met fraaie gestuukte ornamenten. Langs het schilddak zaten op gelijke afstand van elkaar koekoeken en speelse torentjes. En helemaal bovenaan stond een paviljoenachtige toren met op de spits een slank beeld. De ruime entree van het gebouw overspande een met stucwerk versierd gewelf dat de aandacht slim op het luisterrijke interieur van het warenhuis vestigde, waar alles in lichte kleuren was gehuld, open en uitnodigend. Het licht dat naar binnen stroomde accentueerde de smaakvolle inrichting en de tentoongestelde artikelen. Op de pijlers van de door pilaren van elkaar gescheiden verdiepingen stonden in grote letters de namen van de verschillende afdelingen.

Een dubbele wenteltrap leidde naar de eerste verdieping. Een tweede dubbele trap hing daar als een baldakijn boven en verbond de tweede en de derde verdieping met elkaar. Langs de smeedijzeren balustrades van de passages daaromheen stonden talrijke mensen naar de koopgrage klanten in de hoge ruimte te kijken.

Judith had het liefst met haar blik omhoog gericht net zo lang om haar as willen draaien tot al deze prachtige exclusiviteit voor haar ogen samensmolt tot een mondaine caleidoscoop. Maar ze beperkte zich tot een blik omhoog, waar de zonnestralen in de geraffineerd geslepen glazen ruiten werden gebroken.

Naast haar stond Dora, die onopvallend naar de afdeling Dameskleding wees. Judith wilde een nieuwe jurk uitzoeken, want de oude Ebinger, de machinefabrikant, had haar volkomen onverwacht uitgenodigd voor een dansavond. Dat had bij iedereen voor geïnteresseerde opwinding gezorgd, want de belangrijkste sociale gelegenheden waren eigenlijk afgesloten met het zomerbal van de Von Brauns. Daarna waren, zoals altijd hartje zomer, hete dagen aangebroken. Sommige families hadden de koelte aan het Bodenmeer of in het Zwarte Woud opgezocht, en ook dit jaar waren velen pas in de laatste week van augustus teruggekeerd naar Stuttgart.

En nu vond er dus eind september een chic feest plaats. Zelfs familieleden van de overleden Von Siemens, die in Degerloch een zomerresidentie hadden, kwamen er kennelijk naartoe.

Judith vermoedde dat er een concrete aanleiding voor deze uitnodiging was. In het ergste geval maakte de oude Ebinger de verloving bekend van Max met een of andere barones. Zoiets vreesde ze al sinds de schokkende ontmoeting met Max en de onbekende vrouw in Nills Tiergarten, want zo'n regeling was de man wel toe te vertrouwen. Misschien waren Max' vluchtige relaties hem een doorn in het oog. Bovendien wist iedereen dat hij een manier zocht om te worden opgenomen in de adellijke kringen. Met een geschikt huwelijk van zijn zoon zou hij dat snel, elegant en vooral onherroepelijk kunnen regelen. Want zodra Max gevangenzat in het web van een 'gewone' vrouw zou de wens van zijn vader in rook opgaan.

Judith mocht de oude Ebinger niet. Dat kwam misschien alleen doordat hij haar vader zo afwijzend behandelde en haar zodoende al bij voorbaat als een ongeschikte partij voor zijn zoon beschouwde. Max' moeder was echter een aardige vrouw, had altijd een glimlach op haar gezicht en een vriendelijk woord voor iedereen. Judith had bewondering voor haar betrokkenheid bij de Zwabische vrouwenvereniging, die jonge vrouwen hielp om een beroep te leren. Zelf had ze op de door die club gesteunde handelsschool voor vrouwen gezeten, waar ze belangrijke handelsbeginselen had geleerd voor het geval ze toch ooit vaste voet in de chocoladefabriek zou krijgen.

Haar vader was zoals ze had verwacht weinig enthousiast geweest, maar haar moeder had er indertijd zo lang op aangedrongen dat hij wel toestemming had moeten geven. Daar was Judith haar nog altijd dankbaar voor. Ze vond het ook ontzettend jammer dat ze niets van haar moeder hoorde, hoewel ze kortgeleden zelf twee brieven naar Riva had gestuurd waarin ze haar hart had uitgestort. Ze had geschreven dat haar vader haar voor een voldongen feit wilde zetten, maar toch geen woord over haar toekomstige bruidegom had gezegd. En over haar woede en haar angst voor zo'n huwelijk.

Ze probeerde deze sombere gevoelens van zich af te schudden en dacht weer aan Max Ebinger.

Hij had zijn donkere haar en knappe gezicht van zijn moeder. Maar anders dan deze vrolijke vrouw leek Max erg afstandelijk, arrogant bijna. Die indruk werd trouwens steeds onderuitgehaald door zijn ironische scheve glimlach. Als ze die zag verlangde Judith naar hem en voelde ze de onweerstaanbare behoefte deze man te veroveren. Ze zuchtte zacht.

Wat de aanleiding voor dit feest ook was, ze zou zich van haar beste en mooiste kant laten zien. Misschien was er nog een onvermoede, laatste mogelijkheid om onder de plannen van haar vader uit te komen.

'Juffrouw!' Dora trok zacht aan haar mouw, waarna Judith naar de exquise objecten keek die het warenhuis op tafels en standaards, in glazen vitrines en op planken tentoonstelde.

Ze liepen over de binnenplaats en keken naar de ontelbare balen zijden stoffen, tentoongesteld tafellinnen, fraai gearrangeerde handschoenen, zorgvuldig versierde zakdoekjes en ontelbare andere mooie artikelen die op kopers wachtten. Ze liepen de trap op naar de eerste verdieping. Paspoppen droegen verschillende mantelpakjes en toonden de mode van dit seizoen.

Judith had al eerder de modecatalogus van het Berlijnse warenhuis Wertheim, die naar haar huis werd gestuurd, uitgebreid bekeken en zich door de afgebeelde kleding laten inspireren. Deze keer zou ze een dure jurk nemen, waar haar vader, die anders zo zuinig was, verrassend gemakkelijk toestemming voor had gegeven. Ze hoopte maar dat zijn ongebruikelijke gulheid niet gepaard ging met andere verplichtingen. Hoe dan ook, hij had haar vraag met een afwezig gebaar ingewilligd en ze besloot zich geen zorgen te maken over zijn beweegredenen.

Dora keek haar glimlachend aan. 'We vinden vast iets heel moois!'

Een half uur later stond Judith in een aparte ruimte waar haar maten werden opgenomen.

'Draai alstublieft naar de spiegel, juffrouw.'

Judith had moeite geduldig te blijven, terwijl twee ijverige verkoopsters met lappen dunne stof van verschillende kwaliteit om haar heen draaiden en deze om haar schouders en heupen drapeerden. Een geschikt balkorset was al gevonden en voor het modieuze silhouet nam Judith op de koop toe dat haar taille strak werd ingesnoerd en haar lichaam in een onnatuurlijke s-vorm werd gedwongen. Het belangrijkste was dat de jurk als gegoten zat en de gewenste elegante coupe had.

Intussen was de naaister erbij gekomen, die zorgvuldig de wensen noteerde die Judith uit de catalogus van Wertheim had opgedaan. Daarna adviseerde ze over de coupe en de stoffen, waar een vermoeiende discussie over de huidige mode en deugdzaamheid op volgde. Uiteindelijk koos Judith een feestelijke avondjurk van fraai geborduurde lichtblauwe zijde met een ivoorkleurige onderjurk, waarvan de ruches speels onder de rijkelijk versierde sleep uit kwamen. De korte mouwtjes van glanzende tule waren bezet met roosjes van zijde.

Judith was tevreden en de naaister uiteindelijk ook, vooral doordat de hoge prijs zonder discussie was geaccepteerd.

Samen met Dora koos Judith een ivoorkleurige waaier uit die door de kanten applicaties en de ingeweven zilveren draden perfect bij haar baljurk zou passen. Een van de verkoopsters toonde haar een paar elegante balschoentjes van lichtblauw satijn. Judith liet ze inpakken, net als een met veren bezette kasjmieren pelerine.

'Ik kan bijna niet wachten tot ik deze avondjurk kan dragen,' fluisterde ze tegen Dora, die haar kleren klaarlegde en haar hielp met aankleden.

'Eerst moet de naaister daar dag en nacht aan werken,' zei Dora.

'Maar ze krijgt hem toch wel op tijd af?'

‘Ja, hoor,’ zei Dora glimlachend. ‘En daar zal ze zich goed voor laten betalen!’

‘Dat speelt geen rol. Deze keer niet.’ Judith trok haar buik in terwijl Dora het korset vastmaakte.

18

Berlijn, een etablissement in de Friedrichstrasse

In het gedempte licht van gaslampen leek de traag kringelende rook van exquise sigaren donkergeel. Het sentimentele spel van de pianist vormde de achtergrond voor schunnige opmerkingen en gefluisterde onwelvoeglijkheden. Schor gelach begeleidde het gerinkel van de champagneflûtes waar het steeds talrijker wordende publiek onophoudelijk mee proostte.

Het over twee verdiepingen verspreide, weelderig ingerichte en als amusementspaleis vermomde bordeel was al geruime tijd geliefd bij de heren van deze metropool. Verdeeld over verschillende vertrekken stonden hun uitgelezen amusement en verborgen hoekjes ter beschikking. En het waren niet alleen kunstenaars en rijk geworden leden van de burgerij die hier verbleven en een tijdlang hun leven van alledag veraangenaamden. Ook enkele van de voornaamste leden van het keizerlijke hof en van het Pruisische officierskorps kwamen hier regelmatig voor ontspannen gezelschap of om hun extravagante lusten te botvieren.

Een van de zeer chique maar schaars geklede jonge vrouwen stond op en slenterde met wiegende heupen naar de piano, keek even over de schouder van de pianist, kuste hem op de wang, draaide zich om naar het publiek en begon met een lage vibrerende stem te zingen.

Paul Roux liet zijn glas bijvullen door de vrouw met een diep decolleté die op zijn schoot zat. Zodra zijn glas was gevuld dronk hij het in één teug leeg. Daarna duwde hij de vrouw met een zacht en spijtig geluidje van zijn schoot.

Zijn bezoek was gearriveerd.

'O, wilt u nu al weg?' fluisterde de vrouw. Ze was zichtbaar verbaasd en greep met een geroutineerd gebaar naar zijn achterste.

Roux maakte zich los uit haar greep, trok zijn overhemd en kraag recht en pakte zijn colbert. 'Ik wil het niet, Lore, maar de plicht roept.' Hij drukte een kus op de blote aanzet van haar borsten.

'Ach, die stomme plicht!' zei Lore met een quasionschuldige glimlach.

Roux scande de mensen in de zaal op zoek naar de man die hij heel even had gezien. Toen Lore hem nog een keer wilde vastpakken sloeg hij haar hand ruw weg.

'Au!' riep ze beledigd, maar Roux had haar zijn rug al toegekeerd en beende door de drukke zaal in de richting van de dubbele deuren. Af en toe streek er een pauwenveer langs hem heen en twee keer versperde een in een kous gestoken vrouwenbeen hem de weg.

'Berlijn, o zo mooi, is jouw paradijs!' zong de vrouw bij de piano.

Roux had niets met muziek en kreeg de kriebels van de zwoele stem. Hij probeerde zijn omgeving buiten te sluiten en zich te concentreren op de man die een paar stappen in de danszaal had gezet, maar nu onzeker naar de vrolijke boel keek. Roux hief zijn hand om zijn aandacht te trekken, maar de man reageerde niet.

Toen iemand zijn schouder aanraakte draaide Roux zich vliegensvlug om. 'Wat wil je?'

'Een drankje?' vroeg een van de oudere meisjes van plezier, terwijl ze verleidelijk met haar rode boa langs zijn hals streek.

'Laat me met rust, Elli.'

'Ach, Paul, anders wijs je één uurtje met mij toch ook niet af?'

Roux keek aandachtig naar de deur en was opgelucht toen hij zag dat de man nog steeds op dezelfde plek stond. 'Vroeger had je een glad gezicht en een stevig achterste.' Hij duwde haar opzij. 'Die tijd is voorbij en nu moet je opzijgaan!'

Elli's rijpe maar nog altijd knappe gezicht vertrok gekwetst. 'Ga dan maar snel weg!'

Roux drong snel naar voren en stond ten slotte naast de man die hij vandaag voor de tweede keer tegen was gekomen. 'Luitenant Rheinberger?'

De man draaide zich om.

Roux wees naar een van de twee gangen die van de danszaal naar een paar zijkamers leidden.

Friedrich Rheinberger knikte en volgde hem.

Even later opende Roux de deur van een klein boudoir. 'Na u, meneer,' zei hij iets te vriendelijk.

Ze gingen naar binnen.

Roux deed de deur zorgvuldig dicht voor nieuwsgierige ogen en oren.

'Ik móét weten waar hij is,' zei Rheinberger meteen.

Roux haalde rustig een sigarenetui uit de binnenzak van zijn colbert. 'Hij heeft zijn straf in elk geval uitgezeten in Ehrenbreitstein, maar sindsdien is er geen enkele aanwijzing over zijn verblijfplaats naar buiten gekomen,' zei hij zakelijk.

'Ehrenbreitstein.' Rheinberger schudde zijn hoofd. 'Dus daar hebben ze hem naartoe gebracht. En niemand vond het nodig mij dat te vertellen.'

'Hij heeft vermoedelijk gevraagd om niemand te vertellen waar hij was.'

'En dat plezier hebben ze hem dus gedaan? Dat kan ik niet geloven.'

'Het was een erestraf en bovendien was hij een student van de militaire academie. Misschien had hij mensen die hem bijstonden van wie wij niets weten.'

'Zo zal het wel zijn geweest,' zei Rheinberger somber. 'Mijn enige zoon verdwijnt. Zomaar. Dat is onbegrijpelijk.'

'We moeten in twee richtingen onderzoek doen.' Roux pakte een sigaar en knipte de punt eraf. 'Ten eerste is er een kans dat hij slachtoffer is geworden van een misdaad.'

Roux zag dat Rheinberger even zijn ogen sloot. Hij streek een lucifer aan en stak de Paul Juhl-sigaar aan. 'Of hij is expres verdwenen.' Roux trok genietend aan zijn sigaar, blies de rook uit en keek naar de gloeiende punt. Nu pas bood hij Rheinberger ook een sigaar aan. 'U ook?'

'Nee, dank u.' Rheinberger schudde zijn hoofd en kwam meteen terug op het onderwerp. 'Het zou er slecht uitzien voor een student aan de militaire academie als hij zich zonder bericht aan zijn plicht zou onttrekken. Daar studeren alleen de besten, dat weet u ook, Roux!'

'Zeker. Goed, laten we eerst de gebeurtenissen van die tijd nog even doornemen. Misschien is er een nieuw aspect waardoor we onze zoektocht nauwkeuriger kunnen uitvoeren.'

'Prima.'

'Uw zoon werd uitgedaagd door een medestudent, omdat hij diens zus zou hebben lastiggevallen. Waar ging dat precies om?'

'Hem werd verweten dat hij het meisje had gevraagd onzedelijke handelingen te verrichten. Wat een onzin!'

'Waarop was die beschuldiging gebaseerd?'

'Op de verklaring van die vrouw en op die van haar broer, die het gebeurde kennelijk had gezien en op het laatste moment zou hebben ingegrepen.'

'En een duel was de enige oplossing?'

'In die situatie wel. Hij werd uitgedaagd en een weigering zou gelijkstaan aan een schuldbekentenis. De familie van dat meisje verkeert in de hoogste kringen.'

'En u wist daar niet van?'

'Nee. Ik hoorde dat pas toen ze mij het bericht over Victors arrestatie brachten.'

'Hij is pas een paar dagen na het duel opgesloten, dat vertelde u me tijdens ons eerste gesprek, luitenant. Nadat zijn tegenstander onverwacht aan een wondinfectie overleed, stond diens familie daarop. Klopt dat?'

'Ja, zo was het. Victor heeft de man geraakt en kreeg zelf een schampschot. Van tevoren was afgesproken dat er geen dodelijke schoten zouden worden afgevuurd en daar hebben beide mannen zich aan gehouden. Dat de wond ontstoken raakte, was een ongelukkig toeval. Maar verdriet en woede kunnen een ongelukkig verbond sluiten.'

'Dan is het dus mogelijk dat nu, jaren later, iemand uit de omgeving van de dode medestudent wraak wilde nemen, nietwaar?'

'Dat is in elk geval denkbaar, als deze wist waar hij Victor kon vinden. Maar, Roux…' Rheinberger liep inmiddels te ijsberen door het kleine vertrek. '… de militaire academie eist een verklaring. Als Victor nog leeft, kan hij zich niet zomaar onttrekken aan zijn officiersloopbaan. Het gaat om zijn eer. En om die van mij!'

Roux spitste zijn oren. 'Hoe is de verhouding tussen u en uw zoon?'

Rheinberger vroeg verbaasd: 'Vindt u deze vraag zelf niet ook iets te persoonlijk, Roux?'

'Hoe meer ik weet, hoe beter ik onderzoek kan doen. Was het mogelijk geweest uw zoon met de betaling van een borgsom vrij te krijgen?'

'Dat heb ik geprobeerd. Maar daar gaat het hier niet om, Roux. U moet Victor vinden en terugbrengen naar Berlijn.'

'Het eerste zal ik doen, maar het laatste hangt af van uw zoon, als hij nog leeft.'

Rheinberger snoof. 'Ik weet zeker dat hij nog leeft. En hij zal begrijpen wat de eer van de familie vereist.'

'Zoals u wilt.' Roux knikte terloops en dacht even na, terwijl hij de as van zijn sigaar afveegde aan een porseleinen schaal die op een bijzettafeltje stond. 'Ik zal zoals gewenst doorgaan met mijn onderzoek. Hebt u het afgesproken bedrag bij u?'

Rheinberger haalde een dikke envelop uit de binnenzak van zijn colbert. 'Achthonderd mark. Datzelfde bedrag krijgt u als uw onderzoek succesvol is.'

'Minstens. Vergeet de bonus niet, meneer.' Roux borg het geld op. 'Het contactadres blijft gelijk?'

'Ja.'

'Goed.' Roux legde zijn sigaar in de schaal, liep naar de deur en opende hem. 'U hoort van me!'

'Telegrafeer ten minste één keer per week,' beval Rheinberger terwijl hij het vertrek verliet. 'Bij elke ongewone of veelbelovende ontwikkeling brengt u mij natuurlijk onmiddellijk op de hoogte.'

'Vanzelfsprekend.'

Roux keek Friedrich Rheinberger na, die zich een weg terug door het bordeel baande en uiteindelijk via de uitgang verdween. Daarna pakte hij zijn colbert, liep terug naar de danszaal, pakte een van de heel jonge meisjes en duwde haar in een privékamer. Later had hij nog een andere bijzonder interessante afspraak. De zaak-Victor Rheinberger leek voor hem een zaak te worden die extra rendabel zou zijn, dus vond hij dat hij zichzelf alvast mocht belonen.

19

Stuttgart

Victor Rheinberger was die ochtend iets later dan normaal van huis gegaan. Hij woonde in een huurhuis in de Silberburgstrasse, een kleine tweekamerwoning die hij sinds hij in Stuttgart was gearriveerd deelde met Edgar Nold. Eigenlijk had hij allang een eigen onderkomen willen zoeken, maar zelfs kleine kamers in Stuttgart waren schaars en duur. Bovendien kon hij het uitstekend vinden met de beschaafde en gezellige schilder, zodat ze hadden afgesproken voorlopig te blijven samenwonen. Victor was er al aan gewend dat het altijd naar verf en gebrand email rook. Edgar had een tweedehands emailleeroven gekocht en maakte nu grote aantallen emaillen schilderijen met speelse motieven die erg in trek waren voor reclamedoeleinden en zodoende goed verkochten. Edgar was bijzonder tevreden en was al op zoek naar een kleine werkplaats om zijn productie nog een beetje te kunnen verhogen.

Victor liep snel door de met kinderkopjes verharde straat in de richting van de chocoladefabriek. Normaal kostte het hem iets minder dan een kwartier om naar de Calwer Strasse te lopen. Hij liep door de Silberburgstrasse en daarna door de Rotebühlstrasse met de brede trottoirs voor de vele voetgangers. Links en rechts stonden hoge huizen met markante gevels, sommige hadden wel drie verdiepingen en andere meer dan vijf. Op de benedenverdieping van bijna elk pand was een winkel gevestigd. Af en toe overstemde het luide bellen van de tram in het midden van de straat de levendige bedrijvigheid op deze mooie nazomerochtend. Naast de trams, die glanzend blauw en ivoorwit waren geverfd, reden vrachtwagens, koetsen en soms karren.

Toen Victor bijna bij de fabriekspoort was, zag hij Judith Rothmann, die schijnbaar besluiteloos op het trottoir stond. Steeds opnieuw keek ze naar de fabriek en dan weer naar de straat. Hij versnelde zijn pas, maar voordat hij haar kon aanspreken had ze zich omgedraaid en liep ze naar de ingang van de winkel van de familie Rothmann, een paar meter van de hoofdpoort van de fabriek.

Jammer. Hij had graag nog een keer met haar gepraat. Misschien kon dat in de loop van de dag nog. De ijskast was weliswaar allang gerepareerd en weer in gebruik genomen, maar een routinecontrole van het apparaat kon hij altijd verantwoorden.

Maar toen Victor even later de werkplaats binnenkwam, werd hij meteen naar het ketelhuis gestuurd, want inmiddels was hij ook verantwoordelijk voor de grote stoommachines. Voor de zoveelste keer was er weer een probleem met een stoomketel die al ruim twintig jaar in bedrijf was. De machine was de laatste tijd niet consequent met zout water doorgespoeld, met als gevolg dat er niet alleen corrosieschade aan de ketel zelf was, maar ook aan de stoomleidingen. Alles zat onder een laag kalk en bezinksel, waardoor de warmteleiding er slecht aan toe was, en er zelfs explosiegevaar bestond. Daarom had Victor dagen geleden al opdracht gegeven om de enkele centimeters dikke laag er met beitels af te hakken; een zware klus voor de arbeiders die dat moesten doen. Omdat hij niet helemaal tevreden was met het resultaat, had hij het de vorige dag opnieuw laten doen en opdracht gegeven met onmiddellijke ingang te zorgen voor de toevoer van voldoende vers water, maar vooral voor de afvoer van afvalwater.

Vandaag wilde hij zelf een paar leidingen vervangen. Hij had net alles wat hij nodig had klaargelegd toen de ploegbaas hem om hulp kwam vragen. Een van de twee was- en sorteermachines, die stenen en slechte cacaobonen selecteerden, functioneerde niet goed meer. Victor constateerde echter vrijwel meteen dat dit alleen kwam doordat de transportband was vastgelopen, zodat dit probleem snel kon worden verholpen.

Er ging zelden een dag voorbij zonder dit soort voorvallen, en voor Victor was het inmiddels zonneklaar dat de firma Rothmann een fundamenteel probleem had: op de sorteermachines na, die de moeizame klus van het handmatig selecteren hadden overgenomen, was het machinepark verouderd. Victor had al wat navraag gedaan naar de vele andere grote chocoladefabrieken in Stuttgart. En juist door de grote concurrentie vond hij het onbegrijpelijk dat Wilhelm Rothmann niet systematisch in nieuwe machines investeerde. Ooit zou dat ongunstig uitpakken doordat het inhalen van een achterstand vele malen moeilijker was dan proberen aan de top te blijven. De top bestond namelijk niet alleen uit fabrieken in Stuttgart, maar ook uit beroemde concurrenten uit andere steden in het land, en uit Zwitserland of Frankrijk.

Altijd als Victor hierover nadacht schudde hij zijn hoofd; deze chocoladefabriek was niet van hem. Rothmann moest ervoor zorgen dat het bedrijf een veelbelovende toekomst had. Voor hem maakte het immers niet uit hoe het verderging met de fabriek, want hij zou wel ander werk vinden. Hij droomde nog altijd van een baan in een van de vele succesvolle machinefabrieken in deze regio, hoewel hij niet kon ontkennen dat de chocoladeproductie hem al fascineerde.

En dat was niet alles.

Want als hij heel eerlijk was moest hij toegeven dat Judith hem meer deed dan zou moeten. Hij dacht steeds vaker aan haar. Aan haar ovale gezichtje met die ongelofelijk blauwe ogen en haar glanzende blonde haar. Aan haar betrokkenheid bij de jonge arbeidsters in de meisjeszaal die hem was opgevallen. Ze had ongeveer dezelfde humor als hij en een aanstekelijke levenslust die ze met veel moeite achter de sociale conventies verborg.

Maar hij kon hier niets mee. Er waren nu eenmaal bepaalde drempels die hij niet mocht overschrijden als hij in Stuttgart een toekomst wilde hebben. Een ondernemer als Rothmann zou het hem bijzonder kwalijk nemen als hij zijn dochter het hof zou maken.

Victor dwong zichzelf dus de noodzakelijke afstand te bewaren en probeerde zich weer op zijn werk te concentreren. Zelfbeheersing en discipline waren eigenschappen die hij zich dankzij de militaire academie jaren geleden al had eigen gemaakt.

Zo vlogen de uren voorbij zonder dat Victor een mogelijkheid vond om nog een keer naar Judith toe te gaan. Het was al bijna avond toen hij de fabriekspoort uit kwam en tot zijn grote verbazing zag dat Edgar Nold op hem stond te wachten.

'Wat is er, Edgar?' vroeg Victor plagend. 'Ben je soms bang dat ik niet meer weet hoe ik thuis moet komen?'

'Daarom ben ik hier inderdaad.' Edgar grijnsde, klopte op zijn schouder en zei meelevend: 'Je ziet er afgepeigerd uit.'

'Ach, ja, als je werkt, krijg je honger en word je moe,' zei Victor kortaf.

'Ik heb vandaag nog een verrassing voor je.'

'O ja?'

Edgar onderdrukte een glimlach. 'Wacht maar, je zult het leuk vinden!'

'Kun je niet iets duidelijker zijn?' vroeg Victor, die meer behoefte had aan een stevige maaltijd en een glas bier dan aan een twijfelachtige verrassing.

Maar Edgar liet hem niet met rust. 'Kom mee! We gaan straks wel naar de Adler, maar eerst moet ik ergens met je naartoe.'

Edgar liep samen met Victor door, ze staken de Königstrasse en het marktplein over en sloegen uiteindelijk de Hauptstätter Strasse in. Edgar bleef voor een smal hoekhuis staan en wees naar een bord met de tekst WERKPLAATS INSTRUMENTMAKER ALOIS EBERLE.

Opeens waren Victors honger en vermoeidheid verdwenen. Hij kreeg weer energie en keek Edgar met een brede glimlach aan. 'Je bent iets van plan. Laat me raden!'

Edgar lachte en zei: 'Je zeurt me daar al weken over aan mijn hoofd. Eigenlijk al sinds de dag dat ik je, ondanks je bijzonder twijfelachtige verleden, in huis heb genomen.'

Victors glimlach werd breder. 'Daar heb je goed aan gedaan. Met mij kost je woning nog maar de helft. Bovendien is dat wat je me vermoedelijk wilt laten zien echt geniaal.'

'Dat is zo. Daarom zijn we hier.' Edgar trok aan de bel.

Een paar minuten lang gebeurde er niets. Victor dacht al dat ze onverrichter zake moesten vertrekken toen er eindelijk sloffende voetstappen te horen waren. Even later ging de deur open.

'Wat is er?'

Victor schatte de man die in de deuropening stond op een jaar of vijftig. Hij droeg een werkbroek en een dikke blauwe stofjas en had een potlood achter zijn linkeroor geklemd. Hij had kort grijs haar, donkere ogen en droeg een bril met ronde glazen. Hij bekeek zijn bezoekers en zei toen: 'Aha, Edgar Nold! Heb je vandaag je bezoek meegenomen? Dat is goed.' Hij deed de deur helemaal open.

Victor en Edgar stapten de kleine hal in.

'Goedenavond, Alois,' zei Edgar vriendelijk. 'Was je nog in je werkplaats?'

'Zeker. Je weet toch dat ik vaak lang doorwerk. Kom maar mee.' Op dat moment besefte hij kennelijk dat hij Victor helemaal niet had begroet. Hij stak zijn hand uit en zei: 'Alois Eberle.'

'Victor Rheinberger. Goedenavond, Alois.'

'Je komt hier niet vandaan.' Alois wachtte niet op antwoord, maar liep voor hen uit naar een aanbouw achter het huis. De geboren en getogen Zwaab was geen man van veel woorden.

Victors hart ging sneller kloppen toen hij even later de uitstekend ingerichte en van elektriciteit voorziene werkplaats zag. Hij keek waarderend naar een hoekwerkbank met alle soorten en maten gereedschap: hamers, tangen, zagen, hevels, schroevendraaiers, klemmen en een paar met een riem aangedreven metaalbewerkingsmachines. Aan het type gereedschap kon Victor niet meteen zien welk vak de man uitoefende, want hij zag meubelmakers-, slotenmakers-, loodgieters- en instrumentmakersgereedschap. Maar wat hem vooral opviel was een elektrische boormachine.

Alois scheen zijn belangstelling te zien en liep naar het apparaat, dat op de werkbank lag. 'Deze is ontwikkeld door mijn vriend Fein. Houd maar eens vast, Victor. Hij weegt zevenenhalve kilo. Je hebt beide handen nodig en moet hem met je eigen gewicht in het metaal drukken.'

Victor nam de boormachine aan en bekeek hem van alle kanten.

'De oude Fein had twee gezellen, Heeb en Wahl,' vertelde Alois. 'De beide mannen wilden iets sneller gaten kunnen boren, dus monteerden ze de boorvoeding op een kleine elektromotor waarmee ze gaten in het staal konden boren. Toen mijn vriend Emil, de zoon van de oude Fein, dat zag heeft hij daar acht jaar geleden een echte boormachine van gemaakt.'

Alois kwam echt op dreef als hij over techniek praatte, merkte Victor. 'De ouwe Fein is kort daarna gestorven, maar Emil heeft de fabriek nog steeds. Ze maken daar echt unieke machines.'

'Bijzonder interessant.' Victor gaf hem de boormachine terug. 'Als je het goedvindt, wil ik hem graag eens uitproberen.'

'Prima.' Alois legde het apparaat voorzichtig neer. 'Maar vandaag is Edgar iets anders van plan. Toch?'

Edgar knipte met zijn vingers. 'Inderdaad!'

Met een scheef lachje slofte Alois naar de hoek tegenover de werkbank. Daar stond een hoger voorwerp dat was afgedekt met een dunne linnen doek.

'Ben je er klaar voor, Victor?' vroeg Edgar.

Victor knikte glimlachend.

'Goed dan, Alois, laat maar zien!' riep Edgar. 'Eén, twee... drie!'

Met een snelle ruk trok Alois de doek naar beneden.

Een paar seconden was het doodstil. Victor keek verbijsterd naar het nogal basale ontwerp van een apparaat dat wel iets op een chocoladeautomaat leek. Met veel goede wil herkende je een soort prototype, ruw in elkaar gezet met houten planken en beschilderd met een versiering die wel van Edgars hand moest zijn. Victor wist niet goed wat hij moest zeggen.

'Je dacht toch zeker niet dat we een kant-en-klaar apparaat voor je hadden gemaakt, wel?' grapte Edgar, die deze reactie van Victor kennelijk had verwacht.

Victor lachte. 'Echt wel. Dit hier is absoluut de meest geraffineerde chocoladeautomaat die ik ooit heb gezien.' Hij bekeek de constructie met een zogenaamd geconcentreerde blik. 'Vooral deze versieringen zijn door een meester gemaakt.'

Edgar grijnsde.

Alois Eberle stond met zijn handen op de heupen en keek van de een naar de ander.

'Volgens mij heb je het nu begrepen,' zei Edgar verzoenend. 'Jij en Alois gaan samen een chocoladeautomaat bouwen. Een automaat die Stollwerck het leven zuur maakt.'

Victor dacht aan de chocoladeautomaat van Stollwerck op het station van Koblenz. Vanaf het moment dat hij hem had zien staan, had hij steeds weer tegen Edgar gezegd dat hij ook zo'n apparaat wilde bouwen. Samen hadden ze de eerste ontwerpen getekend en de technische mogelijkheden besproken. En nu had Edgar nota bene iemand gevonden die hem daarmee zou helpen.

'Edgar Nold, daar krijg je nog wat mee te stellen,' zei Victor, zogenaamd dreigend om zijn opwinding te verbergen. 'Jij moet namelijk een heleboel door ons geproduceerde chocoladeautomaten met de hand beschilderen!'

20

Sanatorium Von Hartungen in Riva

Hélène staarde naar de drie brieven die ze netjes naast elkaar op de tafel in haar kamer had gelegd. Tot nu toe had ze geen van alle open durven maken. Het zwierige handschrift van haar dochter op twee van de enveloppen vormde een sterk contrast met het dicht op elkaar staande, keurige handschrift van haar echtgenoot op de derde envelop. Het effect van de inkt op de ivoorkleurige ondergrond was echter bij alle drie identiek: ze riepen bij Hélène afschuwelijke gevoelens op die haar er voorlopig van weerhielden de brieven te lezen. Als ze aan Judith dacht kreeg ze last van heimwee en een schuldgevoel, maar als ze aan haar man dacht werd ze bang.

Buiten was het zoals altijd gaan waaien, maar de temperatuur was ook nu het september was nog heel aangenaam. Hélène trok een dunne mantel aan, zette haar hoed op en verliet haar kamer in Villa Cristofero, een van de sanatoriumgebouwen. Voordat ze de brieven las, wilde ze iets regelen.

Ze liep snel naar Via Santa Maria in het centrum van Riva. Niet ver van de kerk Santa Maria Assunta stonden smalle huizen van vier verdiepingen stijf tegen elkaar aan. Hélène liep door een smalle steeg en had nummer 14 algauw gevonden. Ze klopte aan met de ouderwetse koperen klopper.

Op de bovenste verdieping werd een raam geopend en een vrouw riep: 'Goedendag, bent u mevrouw Rothmann? Wacht even, ik kom naar beneden!'

Even later werd de deur geopend door een kleine mollige vrouw.

'Anni heeft u gestuurd, nietwaar?' vroeg ze met een brede glimlach. 'Ik ben mevrouw Leitner. Kom toch binnen, mevrouw.' Haar Tiroler accent klonk erg sympathiek.

Hélène stapte naar binnen.

Mevrouw Leitner deed de deur achter haar dicht en nam haar via een smalle trap mee naar boven. Het huisje was oud, maar goed onderhouden, en het rook er naar boenwas. Zodra ze in haar woning waren vroeg ze: 'U wilt de kamer hebben?' Ze deed haar best zonder accent te praten.

'Ja, als hij nog vrij is?'

'Er zijn al een paar mensen geweest, maar ik heb hem nog niet verhuurd. Goed, zal ik u de kamer laten zien?'

'Graag.'

Mevrouw Leitner liep door de keuken naar een vertrek erachter. 'Dat is het enige nadeel, mevrouw. Je moet door de keuken, maar de kamer is echt heel mooi.'

Hélène keek om zich heen. De witgekalkte kamer was rustiek, maar smaakvol ingericht met eenvoudige houten meubels. Wat ze heel mooi vond was dat de beide ramen op het noorden uitkeken, want als ze wilde schilderen was indirect daglicht van cruciaal belang. Ze liep naar een van de ramen waardoor ze op de daken van de huizen eromheen kon kijken.

'Ja, dat is het voordeel hier boven,' zei mevrouw Leitner. 'Je hebt uitzicht, maar daar moet je de trappen voor op de koop toe nemen.'

'Ik vind de trappen geen probleem,' zei Hélène glimlachend.

Mevrouw Leitner liet haar ook de gemeenschappelijke badkamer zien, en wees naar het buitentoilet beneden.

'Wat kost de kamer, mevrouw?' vroeg Hélène.

'Ik vraag er negen mark per maand voor. En als u het goedvindt graag drie maanden vooruit. Daarna mag u mij het geld één keer per maand geven.'

Hélène had al uitgerekend hoeveel ze voor een kamer kon betalen en dacht niet langer na. 'Goed, mevrouw. Dan wil ik de kamer heel graag huren.'

Mevrouw Leitner leek even na te denken. 'Anni heeft u aanbevolen,' zei ze, meer tegen zichzelf.

Toch zei Hélène: 'Ja, ik ken juffrouw Anni van het sanatorium. Ze werkt daar bij dokter Von Hartungen.'

'Inderdaad. Weet u wat? Ik geef u die kamer, mevrouw. Anni weet wel wie ze naar me toe stuurt.'

Nadat Hélène haar de huur voor de komende drie maanden had gegeven en in ruil daarvoor de verzekering had gekregen dat ze haar eerste bezittingen al vanaf volgend weekend mocht brengen nam ze afscheid.

Opgewekt liep Hélène naar beneden. Nu had ze echt een eigen kamer en kon ze haar verhuizing voorbereiden. Wat een opluchting!

Ze zou nog maar twee weken in het sanatorium blijven, dus werd het tijd dat ze haar toekomst regelde. De afgelopen maanden daar waren belangrijk en koersbepalend geweest. Door een eenvoudig, natuurlijk dieet, rust, veel beweging in de frisse lucht en de grote afstand tot haar echtgenoot had ze weer plezier gekregen in het leven. De gesprekken met Hermione von Preuschen in Mitterbad hadden haar wakker geschud en ze had besloten inderdaad in Riva te blijven, zelfs als dat betekende dat ze voortaan gescheiden van haar kinderen woonde en zelf voor haar levensonderhoud moest zorgen.

In gedachten verzonken liep Hélène naar de haven. Daar lag een splinternieuwe plezierboot, de Zanardelli. Ze had bedacht dat ze misschien als gids op deze stoomboot kon werken. Het was vast een voordeel dat ze behalve Duits ook haar moedertaal Frans sprak en bovendien had ze sinds een paar weken ook Italiaanse les. Want hoewel Riva bij Oostenrijk-Hongarije hoorde, had de stad nauwe banden met Italië en was de grens niet ver. Hier in Riva, dacht Hélène, kwamen het noorden en het zuiden van Europa perfect samen.

Bij de Piazza Benacense aan de haven keek ze snel omhoog naar de torenklok van de markante Torre Apponale om te zien hoe laat het was.

'Ach, Hélène, wat leuk je weer te zien!'

Bijna botste Hélène tegen Hermione von Preuschen op, die samen met een jonge man over de piazza slenterde.

De schilderes zag er goed uit, ze straalde zelfs. Hélène keek onwillekeurig naar de knappe man naast haar en dat ontging Hermione natuurlijk niet. 'Mag ik je voorstellen aan Christl von Hartungen, lieve schat? Hij is de zoon van onze dokter.'

'Mevrouw.' Christl maakte een lichte buiging en nam zijn strohoed af.

Hélène knikte even.

'Christl, dit is mijn lieve vriendin Hélène Rothmann.' Hermione legde met een vertrouwelijk gebaar haar hand op Hélènes arm. 'Wij hebben deze zomer een heerlijke tijd met elkaar doorgebracht in Mitterbad.'

'Dat verheugt me,' antwoordde de jongeman kortaf.

Hélène kreeg de indruk dat hij de situatie een beetje onaangenaam vond.

'Ik wil niet onbeleefd zijn,' zei hij snel, 'maar ik moet nog iets belangrijks regelen. Als u me wilt verontschuldigen, mevrouw Rothmann.' Hij keek Hermione aan. 'Mag ik je nu alleen laten?'

'Maar natuurlijk,' zei Hermione welwillend. 'We zien elkaar weer tijdens het diner bij je ouders, nietwaar?'

'Inderdaad,' zei Christl zichtbaar opgelucht. Hij liep snel weg in de richting van de Via Gazzoletti.

Hermione keek hem dromerig na.

'Wat vriendelijk van hem om je naar de stad te begeleiden,' zei Hélène.

'O ja!' Hermione straalde. 'Hij is geweldig. Wat denk je, Hélène, zullen we in Hotel Central een kop koffie drinken? Hier in het zuiden kun je nu nog steeds ontbijten!'

'Graag!'

Het was maar een kort stukje naar het geliefde hotel vlak bij de aanlegsteiger van het stoomschip. Ze vonden een plekje in de zon op het terras aan de oever en bestelden twee *Kapuziner,* mokkakoffie met vloeibare room.

'Verrukkelijk,' riep Hermione na het eerste slokje. Toen keek ze Hélène aan en vroeg ronduit: 'Je verbaast je over mijn begeleider, nietwaar? Hij is ook iets verrukkelijks dat ik mezelf gun.'

Hélène verslikte zich bijna in haar koffie. Het leeftijdsverschil tussen de kunstenares en de jongeman was minstens twintig jaar!

'Ik weet wat je nu denkt. Hij is veel jonger dan ik, bijna dertig jaar.' Ze zuchtte. 'Maar ik wilde me er niet tegen verzetten. Hij doet me echt goed na mijn relatie met die belangrijke schrijver. Ik was zo eenzaam en zo teleurgesteld.'

'Die schrijver? Bedoel je Heinrich Mann?'

'Ja. Jij hebt hem in Mitterbad toch ook een keer gezien?'

'O ja, dat kan ik me nog vaag herinneren.'

'Hij en ik waren al heel lang goed bevriend. En zoals zo vaak verlangen wij vrouwen bij zo'n sterke innerlijke verbondenheid naar lichamelijke nabijheid.'

Hélène nam een slokje, tegelijkertijd gefascineerd en geschokt door wat Hermione haar zo openlijk vertelde.

'Maar hij ging er opeens vandoor. Hij vertelde me dat zijn kracht alleen in het artistieke scheppen lag en dat iemand met wie hij een nauwe band onderhield hem zou afleiden. Wat een armzalige smoes...' Hermione verzonk in gepeins. 'Hij is geen mens, maar een kunstwerkautomaat.'

Hélène zag het grote verdriet van haar anders zo zelfverzekerde en sterke vriendin. 'En nu... vind je troost bij de jonge Von Hartungen?' vroeg ze voorzichtig.

Hermione keek haar aan, en daar was het weer, die schittering in haar ogen. 'O ja! Hij heeft model voor me gestaan toen ik net terug was in Riva. Hij heeft prachtige ogen, Hélène, heel donker. Die veroverden mijn hart, terwijl hij prachtige poses aannam.'

'Je hebt hem geschilderd? Eh... zonder...?'

'Zeker. Hij heeft een goddelijk lichaam en ik raakte volledig in zijn ban, ik kon er niets aan doen.' Hermione zuchtte opnieuw.

'Ik gun het je!' zei Hélène spontaan. 'Echt. Van ganser harte!'

Hermione keek haar verbaasd aan en glimlachte. 'Ik weet wel dat Christl me het eeuwige geluk niet kan bieden. Ik ben een rijpe vrouw en hij is nog erg jong. Op een dag zal hij een knap meisje met een strak lichaam vinden dat hem kinderen zal schenken.'

Toen Hélène niet wist wat ze daarop moest zeggen, begon Hermione over iets anders. 'Maar nu even over jou. Ik zie, lieve Hélène, dat er ook veel in jou omgaat.'

Hélène knikte.

Hermione dronk haar kopje leeg. 'Dat vind ik fijn. Heb je al plannen voor de toekomst gemaakt?'

'Ik heb een kamer gehuurd, vlak voordat we elkaar tegenkwamen. In de Via Santa Maria.' Ze keek Hermione glimlachend aan. 'Voor onbepaalde tijd.'

'Dat is een goede beslissing. Het zal natuurlijk niet gemakkelijk worden, maar alle grote stappen brengen een zeker risico met zich mee. Maar wanneer je was teruggekeerd naar je man zou de onvrede je opnieuw hebben bedrukt. Je hebt jezelf gered, beschouw het maar zo. Ga je schilderen?'

'Ja, zeker weten. Maar daar zal ik niet genoeg mee verdienen. Zoals je me ook al had aangeraden wilde ik net op de Zanardelli vragen of ze een gids nodig hebben voor de toeristen. Belangstellende bezoekers meenemen naar de mooiste plekken aan het Gardameer, hun over de geschiedenis vertellen en het natuurschoon laten zien, uitstekende wijn of eersteklas olijfolie laten proeven... Dat zou iets zijn wat ik graag wil doen.'

'Dat klinkt fantastisch. Weet je wat, lieve Hélène? Het is nog niet eens middag. Laten we de eerstvolgende stoomboot nemen en een korte rondvaart maken. Dan krijgen we vast inspiratie en kunnen we de kapitein overtuigen van je vaardigheden. Zodat hij je aanbeveelt.'

Het was al laat in de avond toen Hélène eindelijk terugkwam in Villa Cristofero. Toen kon ze eindelijk de moed opbrengen om haar post te openen. Ze pakte de briefopener en sneed de envelop van haar man open.

Waarde echtgenote,
Na vele maanden van rusten, kuren en nietsdoen is het dringend noodzakelijk dat je naar huis komt. Je kunt je niet langer onttrekken aan je verplichtingen tegenover het huis en de kinderen.
Hier is bovendien sprake van fantastische nieuwe ontwikkelingen: Judith zal over een paar maanden trouwen en voor de voorbereidingen is de hulp van haar moeder onmisbaar. Opdat je gezondheid niet nadelig zal worden beïnvloed heb ik het tijdstip van je terugreis aangepast aan het einde van het seizoen in Riva.
Beschouw dit als een tegemoetkoming mijnerzijds. Bijgaand vind je het treinkaartje, gedateerd 29 oktober. Op diezelfde dag zal ik de betalingsopdracht voor het sanatorium en je persoonlijke toelage stopzetten. Theo zal je ophalen van het station.
In afwachting van je terugkeer – Wilhelm.

Stuttgart, 18 augustus 1903

Judiths brieven las ze niet meer. Die avond tenminste niet.

21

Villa Ebinger in Stuttgart
Laatste zaterdagavond van september 1903

De zon was al ondergegaan toen Theo met de koets van de Rothmanns aankwam bij het felverlichte huis van machinefabrikant Ebinger. Hij stopte achter de rij andere voertuigen die al stonden te wachten op de omhoog lopende Humboldtstrasse aan de voet van de Karlshöhe. 'Het zal wel een paar minuten duren, meneer,' zei hij tegen Wilhelm Rothmann.

'Hoeveel zijn er nog voor ons?'

'Zeven voertuigen.'

'Ik stap hier uit, Theo.' Rothmann opende het lage deurtje.

'Maar vader!' Judith begreep er niets van. 'Wilt u dan niet samen met mij –'

'Nee, Judith. Wees niet boos, maar ik heb nog een belangrijke afspraak voordat het bal begint.'

'Maar ik wil dit echt niet!' riep Judith, maar haar vader was al uitgestapt en weggelopen.

'Meneer zal er wel een belangrijke reden voor hebben,' zei Theo in een poging haar te troosten. 'Neem het hem maar niet kwalijk, juffrouw Judith.'

Een kwartier later stonden zij ook eindelijk op de ronde met lichtgrijze kiezels verharde oprit van Ebingers villa.

Theo sprong van de bok en hielp Judith uitstappen. Daarna moest hij snel doorrijden om plaats te maken voor de volgende koets.

Dus liep Judith alleen over de stenen bogengalerij naar de entree van de fraaie villa. In de ruime vestibule liepen twee brede wenteltrappen naar de bovenverdieping. Een dienstmeisje nam haar kasjmieren pelerine aan.

Judith tilde de rok van haar lange jurk met de schitterende sleep op en liep zo elegant mogelijk de trap op naar de bel-etage. Haar nieuwe avondjurk, die tot de grond reikte, omringde haar met een lichte, glanzende aura, zacht geaccentueerd door haar losjes opgestoken haar waar parelkettinkjes doorheen waren gevlochten. Ze droeg weinig sieraden, alleen een dun witgouden parelcollier en bijbehorende oorbellen. Ze wist dat ze er mooi uitzag, voelde de blikken die haar volgden en genoot van dit heerlijke moment.

Voor de ingang van de receptiekamer stonden meneer en mevrouw Ebinger hun gasten op te wachten. Het defilé was in volle gang en Judith wachtte geduldig tot zij aan de beurt was.

De oude Ebinger begroette haar erg kortaf, maar zijn vrouw verwelkomde haar oprecht vriendelijk. 'Juffrouw Rothmann, wat fijn dat u kon komen, veel plezier vanavond!'

Judith bedankte haar voor de uitnodiging, ook al vermoedde ze dat de heer des huizes deze met tegenzin had verstuurd om aan zijn sociale verplichtingen jegens haar vader te voldoen. Maar misschien ook om te kunnen laten zien dat zijn huis vele malen mooier was dan dat van de Rothmanns.

Dat vergat ze allemaal zodra ze de feestzaal binnenkwam, want ze was onmiddellijk gefascineerd door de prachtige inrichting. Een dergelijke overdaad was zelfs voor de hoogste kringen van Stuttgart uitzonderlijk. Vanavond kon huize Ebinger de vergelijking met een adellijke feestavond wel aan.

Om voldoende plek te hebben voor het grote aantal genodigden waren de deuren van drie achter elkaar gelegen vertrekken geopend. De ramen aan de kant van de tuin liepen door tot aan de grond en in het glas werd het licht van de vele lampen die de ruimte sfeervol verlichtten weerkaatst. Door de reusachtige spiegels aan de muren ertegenover leek de ruimte veel groter. Bovendien vingen ze het geschitter van de ontelbare kristallen die als watervallen aan de kroonluchters hingen, en weerspiegelden ze de luisterrijke avondjurken en fonkelende sieraden. Grote palmen in kuipen en smaakvolle bloemenslingers zorgden voor levendige accenten en versterkten de feestelijke sfeer. Een salonorkest speelde zacht muziek van Sibelius en Mozart.

De muziek vermengde zich met het geroezemoes van de gesprekken en het gelach van de gasten die in groepjes bij elkaar stonden en opgewekt met elkaar kletsten. Iedereen kende elkaar. De heren bespraken zakelijke onderwerpen, zoals de eerste auto van ene Henry Ford uit Amerika en de spectaculaire wielerwedstrijd genaamd Tour de France die in juli door heel Frankrijk was gehouden. De dames wisselden de nieuwste roddels uit, terwijl ze pronkten met hun dure baljurken van zijde, satijn, kant en andere kostbare materialen. Op dit soort avonden waren kleding en sieraden, en daardoor dus ook de smaak van degene die deze droeg, onuitputtelijke gespreksonderwerpen.

Te midden van al deze sprankelende drukte liep zo onopvallend mogelijk een hele schare bedienden, van wie de meeste speciaal voor deze avond waren ingehuurd. Ze droegen allemaal hetzelfde bediendekostuum, liepen rond met zware zilveren dienbladen en boden de gasten verfrissingen aan.

Judith nam een glas koele citroenlimonade. Het drankje smaakte heerlijk bitterzoet en prikte op haar tong. Ze keek om zich heen en was blij toen ze in een hoek haar vriendin Dorothea ontdekte, die opgewonden met een oudere dame stond te praten. Ze ging bij hen staan.

'Judith, lieve schat!' Dorothea straalde. 'Wat fijn dat je er eindelijk bent! Heb je Charlotte al gezien?'

'Nee, ik ben er net. Maar buiten staan de koetsen zo ongeveer in een dubbele rij, dus ze zijn er vermoedelijk nog niet doorheen gekomen.'

'De jonge dames willen me zeker wel verontschuldigen,' zei Dorothea's oudere gesprekspartner. 'Dan ga ik op zoek naar míjn vriendinnen.' Ze knipoogde vriendelijk.

'O, mevrouw Ebinger, wat onbeleefd van me!' riep Dorothea. 'Dit is Judith Rothmann, een van mijn beste vriendinnen. Judith, dit is de oma van Max. Zij is speciaal voor deze avond uit Ludwigsburg gekomen.'

'Goedenavond, mevrouw.' Judith maakte een kniebuiging, maar mevrouw Ebinger maakte een afwijzend gebaar. 'Ik weet echt wel dat jonge meisjes onder elkaar willen zijn, en natuurlijk naar de jongens willen kijken. Ik hoop dat jullie je vermaken!'

Toen ze alleen waren, zei Dorothea zacht tegen Judith: 'Ik kan bijna niet geloven dat deze aardige vrouw een zoon als de oude Ebinger heeft gekregen.'

Judith giechelde.

Op dat moment kwamen drie jonge mannen binnen en Judith kreeg slappe knieën toen ze Max herkende. Hij had geen pommade in zijn korte zwarte haar en ook geen kunstig gevormde baard zoals de mode was, maar zijn gezicht was gladgeschoren. Net als Victor Rheinberger, dacht Judith opeens. Tegelijkertijd bedacht ze dat Victor er op sommige dagen niet aan toe kwam zich te scheren en dan zag hij er een beetje roekeloos uit met zijn korte baardstoppels. Judith begreep niet goed waarom ze hieraan dacht en ze riep zichzelf tot de orde. Victor was niet meer dan een werknemer van haar vader, dus hoorde ze eigenlijk niet aan hem te denken. Maar ze droomde al heel lang over Max en nu was hij opeens heel dichtbij! Onopvallend keek ze naar zijn donkere rokjas en spierwitte overhemd met bijpassende stropdas, en ze vond dat hij er gewoon geweldig uitzag.

Op datzelfde moment fluisterde Dorothea 'Goddelijk!' in haar oor en Judith zag dat haar ogen schitterden. Ze nam aan dat bijna geen enkele vrouw vanavond niet met welgevallen naar de zoon van de gastheer keek.

Max was in gezelschap van Edgar Nold, de schilder. Judith kende hem niet goed, maar vond hem wel sympathiek. Hij bezat een zekere nonchalance. Albrecht von Braun kende ze wel, de laatste van de drie, die meteen haar blik zocht, wat haar een onaangenaam gevoel gaf. Hij keek haar regelrecht aan en dat was aanmatigend, zelfs voor de zoon van een bankier. Ze wendde snel haar blik af en ging iets achter Dorothea staan; hij moest maar naar zijn zus kijken. Judith kon zich niet voorstellen dat er op de hele wereld ook maar één meisje was dat Albrecht leuk vond. Hij was wel duur gekleed, maar zijn gezicht deed haar denken aan dat van een varken, en zelfs zijn verzorgde dunne snorretje en zijn overdadig gepommadeerde haar konden dat niet verhullen.

Opgelucht zag Judith dat Charlotte en haar ouders er nu ook waren. Ze stak haar hand op, maar haar vriendin had haar allang gezien.

'Lieve help, wat veel koetsen vanavond!' klaagde Charlotte toen ze eindelijk bij hen stond. 'Ik was al bang dat we helemaal niet meer naar binnen konden en genoegen moesten nemen met het gezelschap van onze koetsier.'

'Dat was bij ons ook zo,' zei Judith. 'Maar je bent er nu.'

Met z'n drieën flaneerden ze door de vertrekken, speelden koket met hun waaier, keken naar de gasten, bleven soms staan voor een praatje, genoten van het souper en snoepten aansluitend uitgebreid van het geraffineerd samengestelde dessertbuffet met fijn gebak op dunne porseleinen bordjes, vers fruit in zilveren kommen en uitgelezen pralines op geslepen kristallen schalen.

Bijzonder fanatiek wijdden ze zich aan hun balboekjes, die de meeste dames en heren die avond bij zich hadden, want ze hoopten dat hun balboekje snel vol zou staan. Judiths hart sloeg een slag over toen Max twee Weense walsen liet noteren. Dorothea schreef met vuurrode wangen de polka en de wals met hem op. Charlotte werd overladen met verzoeken van Edgar en gunde hem lachend verschillende dansen. Albrecht hield zich gelukkig op de achtergrond, maar een paar andere jonge mannen vroegen de meisjes ook om een dans. Terwijl Judith zich al enorm verheugde op de komende dansen liep ze wat rond met Dorothea en Charlotte. Tussendoor fristen ze zich op in een zijkamer.

Pas een half uur later zag ze haar vader weer, die ze sinds hun aankomst niet meer had gezien. Hij leek verdiept in een gesprek met bankier Von Braun, maar hij leek zijn aandacht er niet helemaal bij te kunnen houden, want steeds opnieuw keek hij op zijn gouden zakhorloge. Toen hij haar zag knikte hij even. Von Braun leek echter ontspannen, keek glimlachend naar Judith en zwaaide naar zijn dochter toen ze langs hen heen liepen. Judith kreeg een bedrukt gevoel, want haar vader leek de laatste tijd heel gespannen. En wat had hij eigenlijk steeds met Von Braun te bespreken?

Op dat moment zag ze Max opeens weer, die met een knappe jonge vrouw kletste die ze vaag kende. Even was ze jaloers, maar toen hij glimlachend tegen haar knikte versnelde haar hartslag weer. Ze verheugde zich erop dat ze straks twee keer met hem zou dansen. Misschien zou hij haar vanavond toch op een andere manier bekijken.

Opeens klonk er trompetgeschal.

De oude Ebinger ging voor de groep gasten staan. Iedereen hield meteen op met praten en het werd stil in de zaal. 'Zeer geëerde gasten,' begon hij. 'Mijn vrouw, mijn zoon en ik heten u allen van harte welkom op dit bal. Ik zal het kort houden en wens u een aangename avond. Ik kan u nu wel alvast vertellen dat er straks nog een bijzondere gebeurtenis zal plaatsvinden. Wacht maar!'

De mensen begonnen opgewonden te mompelen, maar Ebinger verklapte niets en zei alleen: 'Geëerde dames en heren, we openen met de eerste dans!'

Een van de muzikanten riep: 'Een wals!' Meteen daarna weerklonk het kenmerkende ritme van deze geliefde dans. Zoals het hoorde eiste Ebinger zijn vrouw op, en Max boog voor zijn oma. Daarna betrad het ene na het andere danspaar de dansvloer.

Judith, Dorothea en Charlotte hadden besloten de eerste dans over te slaan en stonden bij de raampartij. Ze keken naar de gasten, vooral naar de andere jonge meisjes, overwegend dochters van eerzame burgers van Stuttgart. Er was niemand bij die ze helemaal niet kenden, en vooral niemand van adel, zoals Judith opgelucht constateerde.

'Wat denken jullie dat er straks gaat gebeuren?' vroeg Dorothea.

'Geen idee,' zei Charlotte, en ook Judith haalde haar schouders op.

'Ik dacht, misschien gaat Max wel trouwen,' zei Dorothea met een onderzoekende blik op Judith. 'Dat zou tijd worden voor hem.'

'Voor je broer geldt hetzelfde,' zei Charlotte spottend.

Dorothea lachte. 'Voor het zover is moet Albrecht leren wat galanter te worden. Tot nu toe is zijn moeite steeds tevergeefs.'

'Toch is hij een uitstekende partij,' zei Charlotte verzoenend, maar ze liet het onderwerp verder rusten.

'Ik denk niet dat Max gaat trouwen,' zei Judith. 'Ik zou niet weten met wie.'

'O, maar ik zou wel iemand weten,' zei Dorothea veelbetekenend.

Judith voelde dat ze vuurrood werd.

'Ach, we moeten nog wat geduld hebben, dan weten we het,' zei Charlotte pragmatisch, die inmiddels geen limonade meer in haar glas had maar champagne. 'Laten we tot die tijd genieten van deze avond. Hebben jullie je balboekje bij de hand?'

De eerste wals was afgelopen en toen kort daarna opnieuw een wals werd aangekondigd zag Judith dat Max naar haar toe kwam, waardoor haar hartslag versnelde.

'Volgens mij is dit mijn dans, Judith?' vroeg hij beleefd.

Judith knikte en gaf haar glas aan Dorothea, die in gedachten verzonken glimlachte. Max bood haar zijn arm en ze liep met slappe knieën naast hem naar de dansvloer.

Toen hij haar de eerste keer rondzwaaide, kreeg ze een triomfantelijk geluksgevoel. Hij hield haar zelfverzekerd vast, leidde haar zeker en attent, en keek haar steeds opnieuw met een ondeugende glimlach aan. Judith liet zich meeslepen, snoof de subtiele geur van zijn scheerwater op en luisterde naar het prettige timbre van zijn stem als hij een complimentje in haar oor fluisterde. Hij was een uitstekend danser en gaf Judith het gevoel dat ze door deze wals zweefde. Ze was zielsgelukkig.

Twee dansen later was ze dan ook bijzonder ontdaan toen Albrecht opeens voor haar stond.

'Judith?' vroeg hij kortaf.

'Eh....' Judith schraapte haar keel. 'Je staat niet in mijn balboekje, Albrecht.' Ze haalde haar boekje tevoorschijn en liet het hem zien.

Albrecht grijnsde. 'Echt wel. Kijk maar!' Hij wees naar een paar letters waar ze niet echt goed naar had gekeken. 'Daar sta ik!'

'Maar...' stamelde Judith en ze staarde verward naar de afkorting 'AvB'.

'Edgar was zo vriendelijk dit voor mij te doen,' verklaarde Albrecht. 'Mag ik je dus verzoeken?'

Judith wilde geen ophef veroorzaken en volgde hem met tegenzin. Ze voelde zich misleid. Hij had natuurlijk geweten dat ze hem nooit een dans had gegund als hij het haar zelf had gevraagd. Wat misselijk van hem! En wat minderwaardig van Edgar dat hij zich voor zoiets liet gebruiken. Dat had ze niet van hem verwacht.

Op de dansvloer stond een gelukkige Dorothea stralend naast Max. Charlottes dans was voor Edgar. En uitgerekend nu was het, na de polka en de Schotse wals, weer tijd voor een Weense wals.

Meteen al toen ze zich opstelden kostte het Judith moeite niet te laten blijken hoe ontstemd ze was. Tijdens het dansen kwam daar ook nog eens een gevoel van afkeer bij. Door Albrechts dikke lichaam was ze niet in staat een beetje ruimte tussen hen te forceren. Stijf tegen hem aan gedrukt sleepten de minuten zich eindeloos voort. Algauw voelde ze een onaangename vochtigheid op alle plekken waar Albrecht haar aanraakte: haar schouder, haar hand... Ze zag het zweet op zijn voorhoofd en, nog erger, ze rook hem. De laatste toon had nog niet geklonken of ze verliet met een gemompelde verontschuldiging de dansvloer.

'O, dat was heerlijk!' riep Dorothea dwepend toen de vriendinnen even later hun dorst lesten met frambozenlimonade.

'Nou ja,' zei Judith verdrietig.

'Ach, Albrecht is niet echt een goede danser,' zei Dorothea. 'Maar zo erg kan het niet geweest zijn, Judith. Hij is op zich een aardige vent.'

'Hij is nu eenmaal je broer,' zei Judith iets vriendelijker. 'Natuurlijk vind jij hem aardig.'

Tegen negen uur stopte de muziek. Iedereen hield nieuwsgierig zijn adem in toen Ebinger opnieuw voor hen ging staan. Er werd champagne geschonken en twee bedienden droegen een grote schildersezel naar binnen waarop onder een glanzende witte doek een reusachtig schilderij stond. Een van de bedienden bleef ernaast staan.

Het was zo stil geworden dat je een naald kon horen vallen. Iedereen strekte zijn hals, voor zover dat kon zonder al te onbeleefd te lijken.

Max en Edgar leunden ontspannen tegen een deurpost. Albrecht had de zaal kennelijk verlaten en daar was Judith blij om. Misschien moest hij naar huis omdat hij zo bezweet was, dacht ze geamuseerd. Tegelijkertijd zag ze dat mevrouw Ebinger iets tegen Max zei, die daarop zichtbaar boos naar zijn vader liep.

Judith werd onrustig. Wat ging er gebeuren? Zenuwachtig tikte ze met haar waaier tegen haar handpalm.

Trompetgeschal.

'Geëerde gasten!' zei de oude Ebinger heel officieel. 'Velen van u hebben zich misschien afgevraagd wat de aanleiding was voor deze bijzondere balavond.' Hij laste een veelbetekenende pauze in.

Judith raakte in paniek. Wat zou hij gaan vertellen?

'Machinefabriek Ebinger is dertig jaar geleden ontstaan vanuit een kleine werkplaats,' vertelde Ebinger. 'Inmiddels is dit bedrijf uitgegroeid tot een indrukwekkende onderneming met duizenden werknemers. Onze breimachines zijn tot ver over de grenzen van het rijk bekend. En als oprichter wil ik het voortbestaan van de fabriek natuurlijk zeker stellen.'

Een kort, beleefd applaus onderbrak zijn toespraak en Judith haalde opgelucht adem. Het ging in elk geval niet om een verloving.

'Daarom heb ik nu al besloten om bekend te maken wie mijn opvolger wordt. Het is misschien ongewoon om daarvoor zo'n bijzondere gelegenheid te kiezen, maar ik wil een signaal afgeven.'

Hij gaf de bediende een teken, waarop deze met een zwierig gebaar de doek van het schilderij trok. De toeschouwers keken naar een levensgroot schilderij van de oude Ebinger. Het schilderij in een dikke goudkleurige lijst had wel iets van de portretten van de voorouders van een adellijk geslacht; er was ook een hond op afgebeeld en de kleuren waren gedekt gehouden. Opnieuw begonnen de aanwezigen opgewonden met elkaar te praten.

'Moge dit schilderij het begin zijn van de Ebinger-dynastie!' Ebinger moest zijn keel schrapen en leek zelf ontroerd door de choreografie die hij had bedacht. 'De volgende die deze eer gegund zal worden is mijn zoon Max, maar pas nadat hij zich in alle geledingen van onze firma verdienstelijk heeft gemaakt. Wat hij ook zál doen, daar twijfel ik niet aan. Hiermee verklaar ik dus officieel Max Ebinger tot compagnon en toekomstige eigenaar van machinefabriek Ebinger.'

Zijn laatste woorden werden bijna overstemd door luid applaus, en Ebinger genoot van dit moment.

Maar Judith zag de verraste blik op Max' gezicht toen hij begreep dat zijn toekomst zojuist – in het bijzijn van de hogere kringen van Stuttgart – was bepaald. Deze gang van zaken was kennelijk niet met hem besproken. Hij keek steeds kwader en toen zijn vader hem waarderend een klopje op de rug gaf balde hij zijn vuisten en schudde hij zijn hoofd. Max, dat was wel duidelijk, was helemaal niet blij met zijn rol in de pas gestichte Ebinger-dynastie.

Judith kon Max' opvallend afwijzende houding niet begrijpen. Zijn vader bood hem het bedrijf gewoon aan, maar in plaats van hem te bedanken staarde hij somber voor zich uit. Dit was niet de Max die eerder die avond zo onbekommerd met haar had gewalst. Deze kant van hem kende Judith niet, en ze vond die bijzonder verwarrend.

Het orkest speelde opnieuw een fanfare.

De oude Ebinger sloot zijn toespraak af alsof alles volkomen in orde was. 'En nu verzoek ik u naar de tuin te gaan. Daar worden we, zoals bij deze gelegenheid past, getrakteerd op een vuurwerk. Maar laten we voor die tijd proosten op machinefabriek Ebinger. En op de mooie dames hier in de zaal!' Tevreden hief hij zijn glas.

Toen de glazen leeg waren liet Judith zich te midden van de andere gasten meevoeren naar de tuin, die sprookjesachtig werd verlicht door fakkels en lantaarns. De maan stond hoog aan de hemel en wierp zijn bleke licht over het feestelijke gezelschap dat opgewonden wachtte tot het vuurwerk begon.

Charlotte en Dorothea, die ze even kwijt was geraakt, drongen tussen de menigte door naar haar toe en gaven haar een arm.

'Dat zal de ouwe Ebinger een lieve duit hebben gekost,' zei Dorothea goedgehumeurd. 'Laten we ervan genieten!'

Op dat moment begon het orkest aan Händels 'Feuerwerksmusik'.

22

Fluitend en dreunend, knallend en snorrend daalden de kleurrijke vonken naar beneden – knetterend, glinsterend, schitterend, fonkelend. Steeds nieuwe vuurwerkcreaties verlichtten de avondhemel boven Stuttgart. Het publiek keek er vol bewondering naar. Applaus en gejuich maakten de gastheer duidelijk dat dit een geslaagd hoogtepunt van de avond was.

'Wat mooi!' verzuchtte Charlotte. Ook Dorothea liet duidelijk blijken dat ze geboeid was door het vuurwerk.

Judith keek echter met ingehouden verrukking naar dit spektakel. Ze had tegenstrijdige emoties. Ze voelde opwinding als ze aan Max' aandacht en complimentjes dacht, maar ook een vage onrust doordat ze niet wist waar haar vader mee bezig was. Hij was de hele avond samen geweest met bankier Von Braun, iets waar zelfs Dorothea zich over verbaasde.

Toen het vuurwerk afgelopen was en alleen nog de bijtende geur van verbrand kruit in de lucht hing, liepen de gasten pratend en lachend weer naar binnen. Het orkest speelde dansmuziek. Veel gasten stonden bij het buffet, dat tijdens het vuurwerk was aangevuld met verschillende kazen en gebak.

'Waar is de zoon des huizes eigenlijk gebleven?' vroeg Charlotte.

'Voor het vuurwerk begon heb ik hem nog met twee flessen champagne zien lopen,' zei Dorothea giechelend. 'Ik dacht dat hij die misschien in de tuin wilde opdrinken.'

'Twee flessen?' zei Charlotte. 'Dan verbaast het me niet dat hij afwezig is. Hij is waarschijnlijk naar het tuinhuis gegaan.'

'En vermoedelijk niet alleen,' zei Dorothea lachend.

Judith kon de grapjes van haar vriendinnen niet waarderen. Ze keek of ze Max ergens zag, maar nee. Hij had nog een dans in haar balboekje genoteerd en eigenlijk verheugde ze zich daar heel erg op. Maar nu leek het erop dat deze dans niet doorging en ze had er moeite mee haar teleurstelling te verdringen.

'Je broer haalt in elk geval nog wat eten op,' zei ze sarcastisch tegen Dorothea toen ze tot overmaat van ramp Albrecht ook nog bij het buffet zag staan.

'Ach, ja, dat is echt iets voor hem,' zei Dorothea goedmoedig. 'Zodra het ergens naar eten ruikt, is Albrecht niet ver weg.'

'Kijk, Edgar is ook bij hem,' zei Charlotte blij.

Judith begon onrustig te worden. Waar was Max gebleven? Had hij het bal soms verlaten?

Een klein uur later leek het alsof er opnieuw iets bekendgemaakt zou worden.

'Wat gebeurt er veel vanavond!' riep Charlotte enthousiast. 'De mensen zullen hier nog maanden over praten!'

'Mijn vader staat met de oude Ebinger te praten,' zei Dorothea. 'Gaat hij zijn opvolger vanavond ook bekendmaken?'

Charlotte grijnsde. 'Waarom niet? Als zij iets in hun hoofd hebben...'

'Albrecht zou het in elk geval prima vinden,' zei Dorothea. 'Hij is bang dat vader hem passeert, omdat hij moeite heeft met rekenen.'

'Je moet ook wel kunnen rekenen als je een bank wilt leiden,' zei Judith, maar het lukte haar niet even luchtig te klinken als haar vriendinnen.

'Jouw vader komt er nu ook bij staan, Judith,' zei Charlotte stomverbaasd. 'Nu word ik pas echt nieuwsgierig.'

De drie vriendinnen liepen iets naar voren om beter te kunnen zien wat er gebeurde.

De oude Ebinger was inmiddels in gesprek met de muzikanten en bankier Von Braun haalde Albrecht erbij.

'Lieve Judith,' zei haar vader opeens. 'Wil je alsjeblieft met me meekomen?'

Judith verstijfde.

'Ga maar,' zei Charlotte argeloos. 'Misschien is dit een leuk gezelschapsspel.'

Dorothea keek echter sceptisch.

Ondertussen trok Judiths vader haar mee naar voren. Ze keek hem vragend aan, maar hij knikte geruststellend. 'Maak je maar geen zorgen, Judith. Dit wordt een heel bijzonder moment voor je, dat zul je zien.'

Judiths hart sloeg op hol. Wat was haar vader van plan? Wat had dit te betekenen? Ze was het liefst gewoon weggelopen, maar haar vader hield haar zacht maar stevig vast.

Daarna ging alles heel snel.

Trompetgeschal. De gesprekken in de zaal verstomden.

Eerst prezen Von Braun en Judiths vader de geweldige avond en ze bedankten Ebinger voor zijn gulheid. Daarna beschreven ze de bijzondere relatie tussen de families Von Braun en Rothmann.

Terwijl Judith zich stond af te vragen waarom de oude Ebinger het op deze avond die voor hem zelf zo belangrijk was goedvond dat haar vader en de bankier zichzelf zo op de voorgrond plaatsten, spraken de beide mannen opeens over de toekomst en een heuglijke gebeurtenis.

En toen stond Albrecht opeens voor haar. Als in trance zag Judith dat hij zwijgend haar hand pakte en met trillende vingers een ring om haar vinger schoof.

Weer trompetgeschal, gevolgd door applaus.

Opeens begreep Judith dat dit een verloving was. Haar eigen verloving. En dat haar bruidegom niemand anders was dan Albrecht von Braun.

Er werd opgewonden gefluisterd en alle ogen waren op haar gericht, terwijl Judith het gevoel had dat ze in een nachtmerrie verzeild was geraakt. Toen het orkest een langzame wals speelde, rukte ze zich los van Albrecht en haar vader, trok de zoom van haar jurk veel hoger op dan gepast was en vluchtte de zaal uit.

Terwijl ze doelloos door het enorme huis van de Ebingers dwaalde, zocht Judith wanhopig naar een uitweg. Ze zou nooit met Albrecht von Braun trouwen. Niemand kon haar daartoe dwingen!

Haar gedachten draaiden in een kringetje rond. Ze zou het liefst naar haar moeder gaan en zich bij het Gardameer verstoppen. Maar aangezien ze geen antwoord had gekregen op haar laatste twee brieven wist ze niet hoe haar moeder zou reageren als ze opeens voor haar neus stond. Ze kon maar beter stiekem met de trein naar Hamburg gaan, waar de emigrantenschepen naar de Nieuwe Wereld voor anker lagen. Er werd gezegd dat in Amerika iedereen de mogelijkheid had iets van zijn leven te maken. Misschien gold dat ook voor een vrouw. Ze zou in elk geval informatie inwinnen. Misschien had Dora een idee; zij praatte vaak over dienstmeisjes die in het buitenland gingen werken. Dan moest dat haar toekomst maar zijn. Ze vond het niet erg om hard te werken en alles was beter dan een leven aan de zijde van Albrecht!

Toen Judith de muziek en het geroezemoes van het feest bijna niet meer kon horen, bleef ze staan en ze haalde diep adem. Ze stond op de begane grond in een lange gang die naar een afgelegen vleugel van het gebouw leidde en slechts spaarzaam was verlicht. Niemand was haar gevolgd, haar vader niet, Dorothea en Charlotte niet, en Albrecht gelukkig ook niet. Alles was zo snel gegaan.

Ze voelde de gehate ring aan haar linkerhand en trok hem er woedend af. Vol verachting liet ze hem op de grond vallen, maar ze raapte hem toch snel op en stopte hem in haar baltasje. Hij was vast wat geld waard en ze had geld nodig als ze inderdaad besloot Stuttgart te verlaten. En zo'n sieraad kon ze vast en zeker goed te gelde maken.

Langzaam liep ze door. De gang eindigde voor een witgelakte cassettedeur. Judith drukte de koperen klink naar beneden en constateerde verbaasd dat de deur niet op slot zat. Ze glipte naar binnen, deed de deur achter zich dicht, leunde ertegenaan en sloot uitgeput haar ogen.

Een schuilplaats, in elk geval een tijdelijke schuilplaats. Hier zou ze eerst kalmeren en zich daarna afvragen hoe ze, het liefst ongezien, naar huis kon gaan.

'Goedenavond, Judith.'

Ze wist meteen van wie deze stem was. Haar hartslag versnelde.

'Heb jij ook genoeg van die poppenkast?' vroeg Max Ebinger.

Nu pas durfde Judith haar ogen te openen. Ze was in een muziekkamer die zo te zien zelden werd gebruikt, want veel meubels waren afgedekt met een witte linnen doek. Midden in het vertrek stond een grote zwartgelakte vleugel. Een staande lamp wierp een kleine lichtkring op de toetsen en op de man die aan de vleugel zat. De rest van het vertrek was in duisternis gehuld.

Terwijl Judith nog naar een antwoord zocht, begon Max te spelen. Een melodie die gevoelig, vragend en heel poëtisch was, en Judith erg ontroerde.

'Dat is Debussy,' fluisterde ze.

Max knikte.

'Wat prachtig,' fluisterde ze toen de melodie afgelopen was. Ze liep naar het grote gewelfde instrument en bleef staan.

'Ja, dat is zo. 'Clair de Lune'.'

Max keek haar even peinzend aan, maar toen stond hij op. Hij haalde twee glazen, pakte een fles champagne van een bijzettafel, schonk de glazen bijna helemaal vol en bood Judith een glas aan. 'Je wilt vast wel met me proosten op mijn plaats in de familiedynastie,' zei hij met een minachtende klank in zijn stem, 'en op dit geweldige feest.'

Judith aarzelde. Eigenlijk hield ze niet van alcohol. Maar op een avond als deze, waar op het ene moment haar leven ontspoorde en op het volgende moment Max Ebinger met een glas champagne voor haar stond, leek de goudgele sprankelende champagne opeens verleidelijk. Waarom zou ze haar zintuigen niet verdoven?

Ze nam het glas van Max aan en proostte met hem.

'Deze avond was niet alleen voor jou afschuwelijk, Max.'

Max keek haar vragend aan. 'Had mijn vader nog een verrassing in petto?'

'Niet jouw vader, maar de mijne.' Ze nam een grote slok. Het smaakte vreemd, iets minder zoet dan limonade, maar net zo sprankelend.

'Heeft je vader vanavond ook een dynastie gesticht?' Max' stem droop van sarcasme.

'Nee, dat niet, maar hij heeft me verloofd.'

'Nou, dan op je geluk!'

Judith was zo kwaad dat de tranen haar in de ogen sprongen. 'Je hebt geen idee! Ik moet met Albrecht von Braun trouwen. Ik ga nog liever dood.'

Max schoot in de lach. 'Wist je het dan niet?'

‘Wat had ik moeten weten?’ vroeg Judith verbijsterd.

‘Albrecht riep al maanden dat jij aan hem was beloofd. Een handeltje tussen jullie vaders.’

Ze keek hem stomverbaasd aan, dronk haar glas in één teug leeg en hield het hem weer voor.

Grijnzend schonk hij het weer vol. ‘Heeft niemand je dat verteld, echt niet? Het verbaast me wel dat mijn vader het goedvond dat op de avond waarop hij zijn dynastie stichtte de verloving tussen Rothmann en Von Braun bekend werd gemaakt. Maar voor een goede relatie met zijn bank laat zelfs een Ebinger zich in met een vuile koehandel. Je vader wilde je kennelijk voor een voldongen feit stellen, net als mijn vader mij. Wat ben je nu van plan?’

‘Wat ben je zelf van plan?’ vroeg Judith meteen. De champagne maakte haar tong los en ontspande haar.

‘Ik word architect. Met of zonder de toestemming van mijn vader.’

‘En ik wil heel graag de leiding van onze fabriek overnemen. Maar daar voelt mijn vader niets voor. Vreemd, vind je ook niet: wat jij verschrikkelijk vindt, zou voor mij een droom zijn. Maar ik ben nu eenmaal een vrouw, dus voor mij gelden andere regels.’

Max zei: ‘Ik kan het wel begrijpen van je vader. We leven nu eenmaal in een maatschappij waarin men bepaalde verwachtingen heeft. Maar wat ik niet begrijp is dat je vader je vanavond zonder dat je het wist heeft verloofd. We leven toch zeker niet meer in de middeleeuwen!’ Hij zette zijn glas op de vleugel, ging zitten en begon weer te spelen. ‘Rêverie’. Zijn vingers gleden bijna teder over de toetsen.

Judith kreeg het er warm van. Opeens leek de atmosfeer geladen met iets waar ze geen woorden voor kon vinden. Toen Max de klep van de vleugel sloot en haar aankeek kreeg ze vlinders in haar buik. En toen hij opstond, naar haar toe kwam en haar in zijn armen nam voelde dat allemaal helemaal goed. Hij streek met zijn lippen over haar voorhoofd, haar slapen en haar wangen. Met zijn rechterhand hief hij haar kin en daarna kuste hij zacht haar lippen. Bedreven en licht gleden zijn handen over haar rug, net zoals even eerder over de ivoren en ebbenhouten toetsen. Judith rilde heftig en werd overvallen door een wirwar van emoties: onzekerheid en nieuwsgierigheid, hoop en vertwijfeling. Ze nestelde zich tegen hem aan, op zoek naar begrip en troost. Tegelijkertijd rilde ze door het inzicht dat haar verlangen werd beantwoord.

Hij wekte uiterst teder nieuwe gevoelens bij haar op, trok haar mee in een nieuwe wereld die angstaanjagend, overweldigend, betoverend en verwarrend was.

Ze liet toe dat hij haar behendig ontkleedde, genoot van de ongewone reacties die dit in haar lichaam veroorzaakte en verzette zich voor de vorm toen hij haar op een bank duwde.

Het duizelde haar, heldere gedachten vervlogen. Zijn lenige lichaam bewoog in een eisend ritme en nam haar zintuigen mee op een reis die met een ongelofelijk intense en weldadige vermoeidheid eindigde in zijn armen.

23

Judith had het nooit voor mogelijk gehouden dat haar hoofd ooit zo zou bonzen. Ze had niet alleen ongelofelijke hoofdpijn, maar was ook ontzettend misselijk en hoewel ze in bed lag tolde de kamer zodra ze zich bewoog. Ze had beweerd dat ze migraine had om niet naar de kerk te hoeven.

De herinnering aan de afgelopen nacht was echter glashelder. Ze wist nog precies wat er tussen haar en Max was gebeurd. Ze schaamde zich vreemd genoeg niet en had ondanks haar vermoeidheid een licht triomfantelijk gevoel.

Ze had slechts vage herinneringen aan de manier waarop ze de vorige nacht was thuisgekomen, maar daar had Theo een belangrijke rol in gespeeld. Max had dat waarschijnlijk geregeld om haar de schande te besparen om haar vader en de andere gasten zo verfomfaaid onder ogen te moeten komen. Was zijn moeder er ook bij geweest? Misschien vergiste ze zich, maar ze dacht dat ze een vrouwenstem had gehoord.

Theo had haar in elk geval naar Degerloch en via een zij-ingang naar de keuken gebracht. Daarna had hij Dora opgehaald. Judith was toen allang elk gevoel voor tijd kwijt en was steeds opnieuw in slaap gevallen. Op een bepaald moment lag ze in haar bed. Dora had haar kennelijk uitgekleed en haar nachthemd aangetrokken. Als Dora al had gezien wat Judith was overkomen, had ze dat discreet genegeerd. Vanochtend had ze haar in elk geval al heel vroeg een kom vleesbouillon gebracht, maar Judith kon gewoon niets eten en was algauw weer in slaap gevallen.

Ze voelde zich nog slapjes toen ze later die ochtend, zoals ze al had verwacht, bij haar vader werd geroepen, maar ze vermande zich. Ze moest dit gesprek voeren en hoe eerder ze het achter de rug had, hoe eerder ze weer naar bed kon gaan.

Maar haar geduld werd op de proef gesteld. Hij liet haar ongeveer tien minuten voor zijn bureau in zijn werkkamer staan en deed alsof hij zich niet van haar aanwezigheid bewust was. Judith kende dit trucje al heel goed. Als het om een bijzonder belangrijke kwestie ging, liet hij haar altijd lang wachten om haar in de verdediging te dringen, zodat hij, als hij het gesprek dan eindelijk aanging, al in het voordeel was.

Toen hij ten slotte opkeek en zijn keel schraapte, stond Judith te trillen op haar benen.

'Wat heb je te zeggen?'

Judith had niet de kracht een tactisch slimme opmerking te maken. 'Wat wilde u me vragen, vader?'

'Kom op, Judith! Je weet heel goed waar ik het over heb! Je hebt me gisteravond in een onmogelijke situatie gebracht! Dat je die zaal uit rende kon ik nog verklaren met je verrassing over je onverwachte geluk.' Hij stond op en liep onrustig heen en weer. 'Maar het ergste was nog dat je de hele avond onvindbaar bleef en ik uiteindelijk van Theo moest horen dat hij je naar huis had moeten brengen omdat je te veel had gedronken.'

Judith begreep dat Theo een overtuigende verklaring had moeten geven voor het feit dat hij haar zonder overleg naar huis had gebracht; dat ze te veel had gedronken was in elk geval het beste excuus geweest. Ze was hem dankbaar voor het feit dat hij niets over Max had gezegd. De woede-uitbarstingen van haar vader waren legendarisch en daar zou niet alleen zij onder hebben geleden, maar het hele huis. 'Ja, ik had te veel gedronken, en daar was een goede reden voor.'

Haar vader bleef onaangenaam dicht achter haar stilstaan, waardoor ze wel begreep hoe kwaad hij was. 'Stel je verloving maar niet ter discussie, Judith. Daar kom je niet onderuit.'

'Ik kán niet met Albrecht von Braun trouwen, vader. Echt niet!'

'Onzin! Natuurlijk kun je dat. Heel veel meisjes en vrouwen zijn redelijk tevreden met hun gearrangeerde huwelijk. Waarom zou jij dat niet kunnen zijn?' Hij liep weer bij haar vandaan, waardoor Judith opgelucht ademhaalde. 'De bruiloft zal plaatsvinden op 29 januari. Die vier maanden moet je goed gebruiken, niet alleen om je uitzet compleet te maken, maar ook om een betere band te krijgen met je toekomstige bruidegom. Vooral na je slechte gedrag van gisteravond.'

'Als u me dwingt met Albrecht te trouwen, zal ik een schandaal veroorzaken.'

'Heb het lef niet ergens mee te dreigen, Judith! Ik heb middelen om je tot rede te brengen, daar heb je geen idee van.'

Judith moest moeite doen om zich te beheersen, maar ze deed het omdat het haar riskant leek om hem nog kwader te maken. Ze ging ervan uit dat Max of zijn vader de komende dagen wel langs zou komen om een betrekking tussen de beide families te regelen en dan moest de verloving met Albrecht hoe dan ook worden verbroken, zodat ze de zaak maar beter op z'n beloop kon laten.

Judith verbaasde zich over haar eigen koelbloedigheid. Ze zou zich eigenlijk beschaamd en hulpeloos moeten voelen, maar het was haar kennelijk niet gegeven om gewillig de gebaande paden te bewandelen, zoals van haar werd verwacht. Met elke dag die verstreek legde ze weer een stukje van het goed opgevoede meisje van goeden huize naast zich neer, omdat ze zich daar gewoon niet in kon vinden. 'Vader, ik wil dit gesprek liever een andere keer voortzetten. Ik ben heel moe.'

Haar vader was gestopt met zijn nerveuze heen-en-weergeloop, en zat alweer achter zijn bureau. Hij leek wanhopig, vond ze, door de manier waarop hij zijn hoofd op zijn handen liet rusten. 'Je weet niet wat je veroorzaakt met je gedrag, Judith. Ik hoop dat je moeder snel weer hier is, zodat de verhoudingen in dit gezin eindelijk weer normaal worden. Ze is nooit een goed voorbeeld voor je geweest.'

Judith spitste haar oren. 'Komt Maman naar huis?'

'Ik heb haar al een treinkaartje gestuurd. Eind oktober is ze terug.'

Judith was heel blij om dat te horen. 'Weten de jongens het al?'

'Nee. En vertel het hun alsjeblieft nog niet. Pas als het bijna zover is, anders hebben we geen rustige minuut meer.'

Judith knikte. Daarna draaide ze zich om naar de deur. Ze kon bijna niet meer op haar benen staan.

'Ga dus maar, Judith,' zei haar vader, zonder nog een keer op te kijken. 'Laat Dora maar voor je zorgen. We bespreken dit de komende weken wel, als je je weer goed voelt.'

Judith ging hier niet op in en fluisterde 'Het spijt me' toen ze het vertrek verliet.

Robert was ongerust. Afgezien van de vreemde gebeurtenis de afgelopen nacht, toen Theo en Dora de juffrouw stiekem door het huis hadden geleid, was Babette ook tot ver na middernacht van huis geweest. Hij voelde nog steeds de behoefte het dienstmeisje te beschermen en was heel bang dat haar omgang met mannen niet alleen haarzelf, maar ook huize Rothmann grote schade kon berokkenen. Tot nu toe had hij niet kunnen ontdekken of ze steeds dezelfde man ontmoette of verschillende mannen. Vooral omdat ze niet zei dat ze zou gaan trouwen, en dat zou de enige verklaring voor regelmatige ontmoetingen zijn die de huishoudster en meneer zouden accepteren.

'Breng het gestreken pak even naar meneer,' zei de huishoudster tegen hem.

Robert, die net terug was nadat hij een boodschap naar de Von Brauns had gebracht, nam het haakje met het donkere pak van Margarete aan en liep ermee naar de tweede verdieping. Ondertussen dacht hij weer aan die nacht van het onweer waarin de juffrouw met de tweeling in de keuken was geweest, terwijl hij buiten had gekeken of alles in orde was. De twee omgevallen kruiken waren zware dingen van zandsteen die echt niet uit zichzelf konden omvallen en tegen elke wind bestand waren. Hij had niemand verteld dat hij toen afdrukken van grote schoenen in de buurt van die kruiken had ontdekt. Iemand had kennelijk geprobeerd erop te gaan staan om naar boven te klimmen. Babettes kamer lag, net als de andere bediendekamers, onder het mansardedak en leek moeilijk bereikbaar. Maar de vooruitspringende en terugwijkende delen van de villa boden goed houvast om langs de gevel omhoog te klimmen. Vooral omdat je er tijdens een stormachtige onweersnacht niet op ongewenste getuigen hoefde te rekenen.

Robert had de kleedkamer van Wilhelm Rothmann bereikt en wilde het pak op zijn plek hangen. Hij vond dat er de laatste tijd wel veel vreemde gebeurtenissen plaatsvonden. Ook meneer was gisteravond pas laat teruggekomen, twee uur later dan zijn dochter. Robert had graag willen weten wat er die avond en nacht allemaal was gebeurd, maar Theo en Dora hadden niets verklapt.

Hij was hier in huis altijd al een eenling geweest.

Alleen omdat hij de anderen er soms aan herinnerde dat bedienden ook rechten hadden en daarvoor moesten opkomen, behandelden ze hem heel behoedzaam. Robert vond dat teleurstellend. Hoe moest er ooit iets aan die verhoudingen veranderen als niemand zijn mond open durfde te doen? Dat Wilhelm Rothmann hem een revolutionaire fantast vond, beschouwde hij als een compliment. Hij was geen bedeesde bediende zoals de anderen. En ooit zouden ze allemaal zien dat de dingen veranderden dankzij mensen zoals hij. Robert speelde nog altijd met de gedachte een baan in een fabriek te zoeken, maar vanwege Babette zou hij hier voorlopig blijven. Hij kon haar niet alleen laten. Nog niet.

Opeens hoorde hij de barse stem van de heer des huizes door de tussendeur naar zijn slaapkamer. 'Ben jij dat, Margarete? Kom alsjeblieft even binnen.'

Robert spitste zijn oren, maar schrok ook ontzettend. Als meneer merkte dat niet de huishoudster in zijn kleedkamer was maar de huisknecht, kon dat een probleem zijn, want hij was wel de laatste die mocht weten dat Rothmann haar naar zijn slaapkamer liet komen. Hij voerde zijn opdracht perfect uit en verdween onopgemerkt.

Robert liep echter niet meteen terug naar de bediendevleugel, maar maakte nog een ronde om het huis terwijl hij zich glimlachend afvroeg waarom de heer des huizes Margarete naar zijn slaapkamer had ontboden.

24

Chocoladefabriek Rothmann
Vier dagen later

Het kleine rustige vertrek naast de decoratieafdeling was Judiths persoonlijke toevluchtsoord. Hier kon ze in elk geval een beetje afstand nemen van alles wat er de afgelopen dagen was gebeurd.

Hoewel het gesprek met haar vader zondag vrij redelijk was geëindigd, had ze het gevoel dat ze enorm onder druk stond. Haar vader verwachtte dat ze een officiële verontschuldiging aan de familie Von Braun zou sturen en daarin zou aangeven dat ze bijzonder verheugd was over de verloving met Albrecht. Maar daar peínsde Judith niet over. Binnenkort zou Max naar hun huis komen en om haar hand vragen, en tot die tijd wilde ze proberen haar vader aan het lijntje te houden.

Maar Max liet op zich wachten. Het was vast niet gemakkelijk voor hem om zijn vader ervan te overtuigen dat hij met de dochter van Rothmann wilde trouwen.

Ze begon wel ongeduldig te worden. Om zichzelf af te leiden maakte ze nieuwe chocoladecreaties, iets waar ze veel plezier in had. Stel je voor dat ze erin slaagde een unieke bonbon te maken? Zou haar vader het dan begrijpen en zijn getalenteerde dochter meer verantwoordelijk werk geven?

Ondanks alles hadden ze deze zomer als proef inderdaad ijs te koop aangeboden in de winkel en de klanten waren erg enthousiast geweest.

Voor volgend jaar moest ze iets bedenken om grotere hoeveelheden ijs te kunnen verkopen, een kraam misschien? Ze zou eens informeren bij Victor Rheinberger; hij had vast een goed idee.

Judith keek naar de ingrediënten die ze had klaargelegd: gehakte geroosterde amandelen, gedroogde aalbessen, zachte karamelsaus uit de karamelkeuken en een paar vanillepeulen. In een pan op het met hout gestookte fornuis hield ze vloeibare chocolade warm, die een heerlijke geur verspreidde.

Judith krabde geroutineerd de vanillepeulen leeg, vermengde de zaadjes met amandelen en bessen, kneedde alles door de karamel en vormde kleine balletjes van het mengsel. Voordat ze deze met chocolade kon bekleden moesten ze een tijdje in de koelcel in de meisjeszaal liggen. Daar stond geen fornuis, zodat de voor warmte gevoelige kunstwerkjes die daar werden gemaakt niet smolten of in elkaar zakten.

Ze wilde daar net haar laatste bakblik in zetten toen Pauline binnenkwam. 'Juffrouw,' zei ze gehaast en buiten adem, 'juffrouw Von Braun wil u graag spreken.'

'Dorothea von Braun?' vroeg Judith. 'Waar is ze dan?'

'In de winkel,' zei Pauline. 'Ik moet meteen terug, want alleen bij uitzondering mocht ik even weg van Martha.'

Judith knikte. 'Dank je, Pauline.'

Ze veegde haar handen af aan een handdoek, deed haar schort en kapje af en liep naar de winkel.

'Judith, lieve schat!' zei Dorothea een beetje te overdreven. Daarna kwam ze meteen ter zake: 'Ik zoek een heel bijzonder cadeau, voor mijn tante. Je kunt me vast wel iets geschikts aanbevelen, nietwaar?' Ze leek zenuwachtig.

'Natuurlijk.' Judith keek Dorothea onderzoekend aan, omdat ze anders nooit zo ernstig en opgewonden was. Ze hoopte maar dat haar vriendin niet boos op haar was om haar pijnlijke gedrag tijdens het bal. Daarom zei ze snel: 'Kijk, ik heb hier een kistje met chocoladerepen, een paar gevulde bonbons en gekonfijte viooltjes.'

'Hm.' Dorothea bekeek het cadeautje aandachtig. 'Hebben jullie ook iets met pepermunt? Dat vindt ze heel lekker.'

'Natuurlijk.' Judith pakte een ander witgelakt kistje uit een vitrine. Toen ze het opende en aan Dorothea liet zien, roken ze de sterke geur van chocolade en munt. 'Kijk, dit zijn de allerbeste pepermuntrepen. Met aan één kant een laagje chocolade. Is dat misschien iets?'

Dorothea bekeek de inhoud nauwkeurig en knikte toen. 'Die vindt ze vast lekker. Ik neem ze.'

Judith begon het cadeautje in te pakken.

'Waar ben je zaterdagavond in vredesnaam naartoe gegaan?' siste Dorothea opeens met een blik op de beide verkoopsters die bij de toonbank ertegenover andere klanten bedienden.

'Ik had rust nodig,' fluisterde Judith. Ze kon niet voorkomen dat haar wangen warm werden, dus boog ze haar hoofd, zodat het niet opviel.

'Maar je bent helemaal niet teruggekomen!'

'Theo heeft me naar huis gebracht.'

'Judith, had je vader het je van tevoren echt niet verteld?'

'Nee. Hij wist natuurlijk dat ik dan niet eens was meegegaan.'

Dorothea schudde haar hoofd. 'Ongelofelijk! Vader was woedend en had alles het liefst afgezegd, maar Albrecht wil de verloving absoluut niet verbreken. Hij lijkt smoorverliefd op je, kennelijk al heel lang! En niemand die het vermoedde. Behalve Max Ebinger en Edgar Nold, die wisten het. Albrecht zal het hun wel een keer hebben verteld.'

Eerst was Judith verbaasd, maar toen herinnerde ze zich weer dat Max ook zoiets had gezegd. Ze keek Dorothea aan en zei op kille toon: 'Hij heeft er dus tegenover hen over opgeschept.'

'Kennelijk, maar heel zeker weet ik het niet.' Dorothea plukte aan haar handschoen. 'O ja, ik vergeet bijna te vertellen dat Max Ebinger de stad heeft verlaten.'

Judith hield op met wat ze aan het doen was, keek Dorothea aan en voelde dat ze bleek werd. 'Nee, dat kan niet waar zijn, Dorothea. Dat is gewoon kwaadsprekerij. Waarom zou hij weggaan, en vooral waarnaartoe?'

'Kennelijk in de richting van Italië, maar niemand weet het precies. Albrecht zei dat hij zoiets een keer heeft gezegd. Maar dat is al lang geleden.'

'Italië?' Judith had het gevoel dat ze geen lucht meer kreeg. Ze werd duizelig.

'Of het echt zo is weet ik niet. De oude Ebinger gaat in elk geval net zo tekeer als mijn vader over jou. Judith? Judith!'

Judith kreunde zacht en klagend, en zakte achter de toonbank in elkaar.

Vochtige koelte bracht haar terug naar de werkelijkheid.

'Wakker worden!' hoorde ze Dorothea zeggen. 'Judith, doe je ogen open!'

Judiths oogleden trilden. Vaag zag ze haar vriendin, die met een nat washandje over haar gezicht streek.

'Ze heeft zich bewogen!' riep een van de verkoopsters.

'Ga meneer halen!' zei Dorothea.

'Nee, nee, het gaat alweer!' kreunde Judith. Het idee dat haar vader haar zo zou zien en misbruik van haar zwakte zou maken, maakte haar sterk.

'Lieve help, Judith! Je hebt me de stuipen op het lijf gejaagd! Doe dat alsjeblieft nooit meer!' Zichtbaar opgelucht ontlaadde Dorothea haar ongerustheid door even op haar te mopperen. Ze legde het washandje weg en hielp Judith rechtop te gaan zitten.

Een van de meisjes had een glas water gehaald en hield het Judith voor zodat ze kon drinken.

'Beter?' vroeg Dorothea.

'Ja, het gaat alweer. Dorothea, kun je even met me meegaan?'

'Natuurlijk. Wil je naar huis?'

Judith kwam met behulp van Dorothea overeind en stond enigszins zeker op haar benen. Ze zag de nieuwsgierige blikken van de andere klanten en zei duidelijk en luid: 'Nee, in geen geval. Ik ga weer aan het werk.'

'Aan het werk? Ik wist helemaal niet dat je hier werkt. Goed dan,' zei Dorothea verbaasd, maar ook enthousiast.

'Ik probeer verschillende soorten chocolade uit. Enkele soorten heeft mijn vader zelfs in productie genomen.'

'Wat interessant. Ik stel me graag beschikbaar als proefster,' zei Dorothea lachend. 'Zeg maar waar we langs moeten.'

Samen verlieten ze de winkel. Judith had wel een vermoeden van wat er allemaal zou worden gemompeld zodra de deur achter hen was dichtgevallen, maar ze verdrong die gedachte. Ze gingen hun gang maar. Dat een dame af en toe flauwviel door haar strakke korset was niet vreemd, en dus niet verdacht.

Onderweg naar de decoratieafdeling kwamen ze Victor tegen.

'Juffrouw Rothmann?'

'Goedendag, meneer Rheinberger.' Zodra ze hem zag rechtte ze onwillekeurig haar rug en liet ze Dorothea's arm los.

Dorothea keek haar even aan en stelde zich daarna vriendelijk aan hem voor.

Victor maakte een lichte buiging en zei: 'Goedendag, juffrouw Von Braun.' Hoewel hij dit tegen Dorothea zei, bleef hij Judith aankijken. 'Kan ik de dames ergens mee helpen?'

'Mijn vriendin was zo lief me te bezoeken, maar ze wilde net weer gaan, nietwaar, Dorothea?' zei Judith.

'Eh… ja, dat klopt.' Dorothea leek verbaasd, maar reageerde meteen. 'Dan wens ik je nog een fijne middag, lieve schat.' Ze nam afscheid van Judith, knikte Victor toe en liep dezelfde weg terug die ze net waren gekomen.

Victor keek haar na en leek verbaasd. 'Goed dan, juffrouw Rothmann. Ik zal u zo dadelijk de nieuwe vormen brengen die u in de gieterij hebt laten maken.'

'Maar dat is geweldig! Dank u wel!'

'De arbeiders hebben deze opdracht bijzonder snel uitgevoerd,' zei hij glimlachend.

Judith vermoedde dat hij daarop had aangedrongen. Ze keek hem aan en voelde een aangename mengeling van vertrouwdheid en opgewonden spanning – zoals eigenlijk altijd als ze bij hem was. Vreemd dat ze zich daar uitgerekend vandaag zo bewust van was.

'Tot straks dan,' zei ze. Ze wilde doorlopen, maar werd opnieuw duizelig en zocht even steun tegen de muur.

Victor, die merkte dat ze zich niet goed voelde, liep snel naar haar toe en hield zacht haar arm vast. 'Voelt u zich niet goed?' vroeg hij bezorgd.

'Het gaat alweer. Dank u wel, meneer Rheinberger.' De plaats waar hij haar elleboog lichtjes had aangeraakt, tintelde.

'Bent u onderweg naar uw proefruimte, juffrouw Rothmann? Mag ik met u meelopen?' vroeg Victor behoedzaam.

'Dat zou heel vriendelijk zijn.'

Judith zou deze situatie gênant moeten vinden, maar het tegendeel was het geval.

Victor bleef naast haar lopen tot ze de meisjeszaal hadden bereikt. 'Dan laat ik u nu alleen verdergaan, juffrouw Rothmann,' zei hij.

'Hartelijk dank, meneer Rheinberger. Dat was heel attent van u.' Judith voelde zijn ongeruste blik op haar gezicht.

Bij alle ellende van deze dag was zijn opmerkzaamheid net een zachte mantel die troostend om haar heen werd geslagen.

Toen ze een paar minuten later de karamelballetjes uit de koeling haalde en naar haar werkplek droeg, werd ze overmand door de nawerking van de schok die het bericht over Max' verdwijning had veroorzaakt. Haar gedachten tuimelden door elkaar en vermengden zich tot een combinatie van verschillende emoties. Gekwetstheid, teleurgestelde hoop en ingehouden angst wisselden elkaar in hoog tempo af.

Haar illusie was verstoord.

Ze wilde er eigenlijk niet aan, maar ze begreep wel dat Max haar alleen had gebruikt, zonder dat hij de eventuele consequenties van zijn gedrag wilde dragen. Wat naïef van haar om te denken dat hij opeens iets voor haar voelde! Hij had gewoon zijn eigen problemen in haar armen willen vergeten.

Ze concentreerde zich weer op haar karamelballetjes, maar zonder de intense tevredenheid die ze normaal voelde als ze met bonbons aan het werk was. Gedachteloos stak ze het ene balletje na het andere op een houten prikkertje om dat in de vloeibare chocolade te dopen.

Moest ze naar de oude Ebinger gaan? Nee, hij geloofde haar vast niet en ze kon niets bewijzen. Aan de mogelijke gevolgen van deze nacht wilde ze niet eens denken!

Het eentonige werk met de door haarzelf gecreëerde bonbons deed haar toch goed en langzaam maar zeker werd het wat rustiger in haar hoofd. Het ene na het andere gelijkmatige en glanzende chocoladeballetje ontstond. Ze legde net het laatste balletje op een dubbelgevouwen papier te drogen toen iemand op de deur klopte.

In de deuropening stond Victor Rheinberger met de doosjes met de vormen erin.

'Kom maar binnen en zet ze hier maar op de tafel.'

Hij liep ernaartoe en snoof. 'Wat ruikt het hier lekker!'

'Dat zijn karamelballetjes in een laagje chocolade. Wilt u er eentje proeven?'

'Heel graag, mag ik?' vroeg hij met een knipoog.

Judith gaf hem een van haar bonbons. Toen hij het prikkertje van haar aanpakte en hun vingers elkaar zacht aanraakten, voelde Judith alweer een heerlijk getintel.

Victors aandachtige blik bleef op haar rusten toen hij in de chocolade beet.

Weer viel haar de ongewone kleur van zijn ogen op, een iriserend blauwgroene kleur die ze tijdens hun eerste ontmoeting, toen hij Karl na zijn ongeluk thuis had gebracht, al fascinerend had gevonden. Opeens besefte ze dat ze hem heel aardig vond. Sterker nog, ze had tedere gevoelens voor deze man, die ze echter amper kende. Dat kwam vast, dacht ze snel, doordat haar emoties door alles wat er de laatste dagen was gebeurd ontregeld waren.

'Dat is verrukkelijk!' verklaarde Victor toen hij het balletje ophad. 'Echt heel lekker, juffrouw Rothmann. De karamel is romig en zoet. Er zitten ook amandelen in, nietwaar? En bessen, aalbessen?'

'Klopt!'

'Met een laagje pure chocolade eromheen. Knap gedaan!'

Judith glimlachte stralend. 'O, dank u wel! Dat vind ik fijn, dat mijn recept u bevalt.'

'Bevallen is te zacht uitgedrukt,' zei Victor.

Judith had het gevoel dat deze opmerking veel meer was dan slechts een compliment voor haar chocoladecreatie. 'Wacht even,' zei ze met een zacht lachje dat ze niet kon onderdrukken. 'De chocolade heeft... wat zal ik zeggen... sporen achtergelaten.' Ze pakte een schone handdoek en veegde zonder erover na te denken Victors mondhoeken af.

Nog voordat ze besefte wat ze aan het doen was, pakte hij haar hand. Hij drukte hem tegen zijn wang en streek met zijn duim zacht over haar handpalm.

Ze werd warm vanbinnen. Ze verstijfde even en genoot van dit korte intieme moment, ook al wist ze dat dit natuurlijk niet gepast was. Toen maakte ze zacht haar hand los uit de zijne.

Victor schraapte zijn keel. 'Ik ben bezig met de ontwikkeling van een nieuw model chocoladeautomaat. Is het misschien mogelijk dat u hiervoor speciale chocoladerepen bedenkt, juffrouw Rothmann?'

'Een nieuw model chocoladeautomaat?'

'Ja, een afgeleide van de traditionele modellen.'

'Ik ken zulke automaten wel. Ik las laatst dat ze zelfs in New York staan. Hoe ver bent u met uw plannen?'

Victor grijnsde. 'We zijn al heel ver. Toch is het niet eenvoudig onze ideeën uit te voeren, doordat bepaalde onderdelen die we nodig hebben heel duur zijn.'

'U ontwikkelt die automaat niet alleen?'

'Nee, ik heb hulp. U kent Edgar Nold, toch? Hij heeft me in contact gebracht met iemand die veel verstand heeft van fijne mechaniek. Technisch zijn we al op de goede weg. Wat nog ontbreekt is een briljant idee waarmee we ons van anderen onderscheiden. Er zijn al een paar goed doordachte apparaten, maar ik wil iets bijzonders maken. Ik wil zeg maar de Mercedes onder de chocoladeautomaten ontwerpen.'

Judith glimlachte. Hij was zo enthousiast over zijn plannen dat ze haar zorgen bijna vergat. Ze vond het vooral fijn dat hij haar zijn ideeën zo onbevangen vertelde en haar, een vrouw, daar zo vanzelfsprekend bij betrok. 'Ik wil natuurlijk nadenken over speciale repen voor deze chocoladeautomaat, meneer Rheinberger. We moeten er dan voor zorgen dat ze niet te kwetsbaar zijn, maar toch heel lekker smaken.'

'Ik heb er alle vertrouwen in dat u daarin slaagt, juffrouw Rothmann. Ik zal de afmeting van de repen doorgeven zodra we weten of we het gebruikelijke formaat gebruiken of voor een ander formaat kiezen.'

Judith dacht na en zei toen: 'Ik heb me al vaker afgevraagd hoe je zo'n apparaat anders zou kunnen maken. Misschien door het inbouwen van een soort draaimechanisme of een klein platform. Of door de chocolade een zichtbaar parcours te laten afleggen voordat hij in het uitgiftevakje ligt.'

Victor keek haar vol eerbied aan. 'Dat zijn bijzonder goede ideeën, juffrouw Rothmann. Kunt u zich misschien voorstellen dat u ons helpt? Ik bedoel, door gewoon alles wat u bedenkt op te schrijven en misschien zelfs een schets te maken?'

'Heel graag. Ja, ik zou het echt heel fijn vinden als ik kan helpen uw plannen te verwezenlijken.'

'Dat verheugt mij weer bijzonder, juffrouw Rothmann. Ik zal regelmatig even bij u langskomen. En als ik er dan toch ben, wil ik graag nieuwe chocoladecreaties proeven, vooral die voor de chocoladeautomaat.'

'Vanzelfsprekend,' zei Judith lachend. 'U moet immers weten wat we aan onze klanten verkopen.'

De middag was al deels voorbij toen Victor terugging naar zijn werkplek.

Judith was euforisch. Ze kon bijna niet bevatten dat ze zich op één dag intens teleurgesteld én heerlijk gelukkig kon voelen. Haar verdriet om Max was gedurende de afgelopen uren niet verdwenen, daar zou zeker tijd voor nodig zijn. Maar ze verheugde zich op de samenwerking met Victor.

Was die onopgeloste situatie met Albrecht maar van de baan. Wat moest ze nu doen?

25

Stuttgart
Medio oktober 1903

'Kijk eens, Karl! Daar komt de koning aan!'

'Waar?' Karl strekte zijn hals.

'Daar, kijk maar!'

Van de ene op de andere seconde was er een einde gekomen aan de gebruikelijke bedrijvigheid in Stuttgart: de soldaten, van wie er heel veel in de stad waren, waren in de houding gesprongen, de wandelaars op de trottoirs waren blijven staan en de heren hadden hun hoed afgezet.

Toen reed een statige koets met twee prachtige bruine paarden ervoor voorbij, gevolgd door twee ruiters.

Karl en Anton stonden met open mond van verbazing te kijken.

'Je had je muts moeten afnemen, Anton!'

'Jij ook, Karl!'

De mensen om hen heen kwamen weer in beweging; zij zagen de koning waarschijnlijk wel vaker in de stad rijden. Even lieten de beide jongens zich met de menigte meevoeren door de Rotebühlstrasse. Maar Karl had de indrukwekkende ontmoeting algauw verwerkt en gaf zijn broer een por in de zij. 'Goed, nu begint het!'

Eigenlijk hadden ze naar de dierentuin willen gaan, waar Judith een paar weken geleden zo enthousiast over had verteld, maar die hadden ze niet kunnen vinden. Daarom zwierven ze nu door de stad. Ze bleven even staan om naar de bouwwerkzaamheden aan het raadhuis te kijken en besloten uiteindelijk om een ritje met de tram te maken.

Omdat ze geen kaartjes wilden kopen hadden ze een spelletje bedacht. Ze liepen naar het midden van de straat, waar de trams reden, wachtten tot er een tram aankwam, sprongen erop, reden een paar meter mee en sprongen er weer af. Zo 'hupten' ze van de ene tram op de andere, op en neer door de straat. Daarna liepen ze naar de Tübinger Strasse, waar ze hetzelfde deden. Ze hielden er niet eens mee op toen het begon te motregenen en even later zelfs ging plenzen. Ze hadden met veel moeite uit huis kunnen ontsnappen en plannen voor dit middaguitstapje gemaakt, dus wilden ze deze paar uren van vrijheid nuttig besteden.

'Au!' Anton wilde van het platform van de tram op straat springen en hield zich daarom even vast aan de ijzeren stang die daar was aangebracht, maar kreeg een zware schok.

'Kom op, dat kan toch zeker geen pijn doen! Wat ben je toch een aansteller!' riep Karl, die het meteen daarna zelf uitschreeuwde. 'Au! Verdorie!'

Een paar volwassenen lachten.

'Als het regent krijg je soms een schok!' zei een oudere heer.

Karl moest zich bedwingen om zijn tong niet uit te steken.

De jongens bleven op het trottoir staan.

'Wat bedoelde die man toen hij zei dat je vaak een schok krijgt als het regent?' vroeg Karl aan zijn broer.

'Dat weet ik ook niet,' zei Anton.

Toen hoorden ze iemand achter hen lachen.

'Jullie zijn me wel een stel,' zei een slungelachtige jongen van een jaar of vijftien. Hij was natgespat en zat net als de tweeling onder de modder. 'Ieder kind weet dat je als het regent een schok krijgt als je de ijzeren stang van de tram aanraakt. Dat komt door de elektriciteit.' Hij sprak het laatste woord langzaam uit.

Karl dacht dat hij dat alleen deed om heel slim te lijken en zei alleen, terwijl hij probeerde te doen alsof hij helemaal niet onder de indruk was: 'Juist.'

'Hoe heet je eigenlijk?' vroeg Anton.

'Fritz.' De jongen keek grijnzend van de een naar de ander. 'En wie zijn jullie? Jullie lijken sprekend op elkaar.'

'Karl.'

'Anton. Wij zijn een tweeling.'

'Ja, dat dacht ik al. Weet je, Karl en Anton, als jullie zin hebben, kan ik jullie iets laten zien wat echt heel spannend is.'

'O, wat dan?' vroeg Karl een heel klein beetje hooghartig.

Anton zei: 'Karl, volgens mij kunnen we beter naar huis gaan. We zijn nat geworden en ik heb het ook een beetje koud.'

'Ja, maar het regent niet meer en heel nat ben ik niet,' suste Karl, die wel zin had in een avontuur.

'Maar als we verkouden worden, wordt Judith boos,' zei Anton.

'We worden niet verkouden. Een indiaan op de prairie wordt echt niet verkouden alleen omdat er een paar regendruppels op zijn hoofd zijn gevallen,' antwoordde Karl. Daarna zei hij tegen Fritz: 'We gaan met je mee!'

Fritz' grijns werd breder. 'Voor vijf pfennig laat ik jullie de brandweer zien!'

'Waarom kost het geld om naar de brandweer te kijken?' vroeg Anton sceptisch.

'Dat is mijn loon, omdat ik het jullie laat zien!'

'Natuurlijk krijgt hij zijn loon,' verklaarde Karl, waarbij zijn stem een beetje op die van zijn vader leek. Hij haalde het geld uit zijn zak.

Ze holden achter Fritz aan naar de Katharinenstrasse, en doordat Fritz vrij snel liep stonden ze nog geen tien minuten later voor de brandweerkazerne. Er stond een wachtpost voor het grote rechthoekige gebouw en de deuren van de garage stonden wijd open. Mannen in uniform liepen rond en er werden bevelen geschreeuwd en paarden ingespannen.

'Zo zeg, jullie hebben geluk,' zei Fritz, 'ze moeten in actie komen!'

Karl en Anton keken gefascineerd naar de voorbereidingen, Fritz grijnsde tevreden en een paar minuten later scheurden de wagens al voor hen langs.

'De eerste, die landauer, dat is de commandowagen met Brandjakob,' vertelde Fritz.

'Wie is dat, Brandjakob?' vroeg Karl.

'Brandweercommandant Jacoby, maar iedereen zegt gewoon Brandjakob tegen hem. Erachteraan rijden de wagens met brandweermannen, draailadders en stoombrandspuiten.' Fritz begon opeens te rennen. 'Kom mee, dan zien we nog meer!'

Met z'n drieën renden ze achter de wagens aan die door de Katharinenstrasse reden en over de Wilhelmsplatz de Torstrasse insloegen.

Ze werden bijna overreden door een politiemotor.

'O jee!' riep Fritz opeens. 'Brandjakob is eruit gevallen!'

'Jemig!' joelde Karl enthousiast. 'Die wagen is uit de bocht gevlogen!'

Anton was verbijsterd, want de commandowagen lag op zijn kant en de inzittenden zaten versuft op de grond.

'Hij heeft geluk dat zijn vrouw er vandaag niet bij is,' zei Fritz.

'Zijn vrouw?' vroeg Anton.

'Ja, soms neemt hij zijn vrouw mee.'

De tweeling keek hem even verbaasd aan, maar daarna liepen ze behoedzaam en een beetje buiten adem naar de bocht.

'Ja, dat is het probleem met de geplaveide straten,' vertelde Fritz, waardoor hij Karl deed denken aan de schoolmeester. 'Die hebben een bolling in het midden en als de koetsier dan niet uitkijkt, begint de wagen te kantelen.'

Karl keek gefascineerd naar de sterke Brandjakob, die alweer was opgestaan en stond te tieren.

'Ben ik even blij dat ik zijn koetsier niet ben,' zei Karl.

'Ik ook,' zei Fritz lachend. 'Maar nu moeten ze eerst die brand gaan blussen. Hij krijgt pas echt een donderpreek als iedereen terug is.'

'Ze rijden ook altijd zo snel,' zei Anton.

Fritz knikte. 'Ja, ze zijn er altijd heel snel, en dat moet ook. Vorig jaar stond het Hoftheater in de fik, maar die brand konden ze niet blussen. Het is toen helemaal afgebrand, op twee trappen na.'

De tweeling zweeg geïmponeerd. Dat hadden ze graag willen zien. Maar ook zonder dat ze een grote brand hadden gezien waren ze dolblij. Wie zou hebben gedacht dat ze tijdens hun eerste solo-uitstapje naar Stuttgart zo veel zouden meemaken?

Toen de algemene opwinding was bedaard, de landauer weer rechtop was gezet en Brandjakob was ingestapt om achter de andere brandweerwagens aan te rijden, begreep zelfs Karl dat ze zo langzamerhand naar huis moesten gaan.

'Waar wonen jullie?' vroeg Fritz.

'In Degerloch,' zei Karl.

'En jullie zijn helemaal alleen naar Stuttgart gekomen?'

De jongens knikten trots.

'Dan denk ik dat de koetsier van Brandjakob niet de enige is die vanavond problemen krijgt. Dat zal ook voor jullie gelden, maar gelukkig is het niet mijn achterste dat dan pijn zal doen.' Zorgzaam voegde Fritz eraan toe: 'Jullie kunnen het beste de Zacke nemen. Ik breng jullie wel naar de Marienplatz. Hebben jullie genoeg geld?'

Karl knikte. Uit het zilveren doosje van Judith, waarin ze altijd een paar pfennig bewaarde, hadden ze wat geld gepakt. Of eigenlijk geleend, want ze waren vast van plan het zodra ze de kans kregen terug te geven. Onopvallend natuurlijk.

En zo kwam het dat Karl en Anton vlak voordat het helemaal donker was geworden volledig uitgeput thuiskwamen, waar ze door de ongeruste Judith en hun woedende vader werden opgewacht.

Nadat hun vader hen had gestraft had hij voor het eerst gedreigd met de gruwelijke mogelijkheid hen naar een jongensinternaat te sturen.

26

Riva
Medio oktober 1903

'Over een paar minuten, geachte passagiers, passeren we de spectaculaire Cascata del Ponale. *Mesdames, messieurs, dans quelques minutes, nous passerons la cascade de Ponale.* Het water stort ongeveer dertig meter naar beneden, een unieke belevenis!'

De passagiers van de Zanardelli kregen een paar minuten de tijd om het natuurspektakel in de verte te bewonderen, maar toen draaide het stoomschip bij en voer in de richting van Limone.

'Voor overmorgen kan ik u een ander uitstapje met gids aanbieden: naar de Cascata del Ponale, de Ponale-waterval, en de Valle di Ledro, het Ledro-dal. Wanneer u daar belangstelling voor hebt, laat me dit dan in de loop van vandaag weten. We varen er in kleine boten naartoe en gaan te voet terug naar Riva. Zorg dus voor stevige schoenen.'

Max zat een beetje terzijde op het zonnedek van het schip. Hij keek al een tijdje naar de tengere vrouw die met haar rug naar hem toe stond.

Ze was omringd door verschillende passagiers en vertelde hun bevlogen welke bezienswaardigheden ze onderweg tegenkwamen. Ze was eenvoudig gekleed in een donkere wollen rok en een gestreepte blouse. Op haar donkere haar, dat ze losjes had opgestoken, droeg ze een strohoedje met een zwarte band. Haar verschijning had iets ongecompliceerds en ze bezat een natuurlijke elegantie. Wat hem echter vooral fascineerde was haar stem: een zachte mezzosopraan, helder, maar niet luid of schril, hoewel ze het kabaal van de motoren en het briesje aan dek moest overstemmen. Ze sprak afwisselend Duits en Frans.

Hoe langer Max naar haar luisterde, hoe sterker hij ervan overtuigd raakte dat ze een Française moest zijn die ook de Duitse taal perfect beheerste. Hij had helaas nog niet meer van haar kunnen zien. Maar dat vond hij juist opwindend en het verhoogde voor hem de spanning alleen maar. Voorlopig genoot hij van haar slanke rug en de wetenschap dat ze geen idee had dat hij naar haar keek. Bovendien had hij alle tijd, want dit tochtje met het stoomschip zou de hele dag duren.

Max had een hectische tijd achter de rug. Hij was stiekem uit Stuttgart vertrokken, woedend maar ook met een schuldgevoel, na de greep in de beurs van zijn vader en een kort afscheid van zijn moeder, die als enige wist dat hij langere tijd zou wegblijven. Zij was ook degene geweest die hem had aangeraden om eerst naar Riva te gaan en daar een pauze in te lassen, zodat hij in alle rust kon plannen wat hij tijdens zijn volgende tussenstops in Italië zou doen.

Pas nadat hij de Alpen was gepasseerd kon hij weer rustig ademhalen. In Riva had een huurrijtuig hem met zijn bagage naar Pension Zur Sonne gebracht, een verzorgd huis waar Duits werd gesproken en dat niet ver van de haven stond. Daar had hij een paar dagen nagedacht en naar de plezierboten gekeken die af en aan voeren. Hij dacht dat een tocht met een stoomschip vermoedelijk de beste en meest ontspannen manier was om een beeld te krijgen van de omgeving rondom het Gardameer. Het was aangenaam en zacht weer, en de zon gaf de steile berghellingen die uitmondden in het meer zachte blauwgroene contouren en liet het water blauw schitteren.

Het schip voer naar Torbole en daarna naar de eerste Italiaanse plaats Limone, die bekendstond om de citroenbomen waar de plaats zijn naam aan te danken had. Ze kwamen langs een waterval en bereikten daarna het hoger gelegen Tremosine. De westelijke oever van het meer was een ontoegankelijke omgeving, hoorde Max van de deskundige gids; alleen een paar slechte wegen leidden naar de pittoreske dorpen aan de rotsachtige kust.

Ze waren al een hele tijd onderweg toen de steile berghellingen bij Maderno terugweken en ze een schilderachtig Zuid-Europees landschap zagen.

'Achter dit plaatsje ziet u de Monte Pizzocolo oprijzen,' vertelde de verrukkelijke vrouw. 'Hij is 1581 meter hoog. In Maderno zelf zijn veel bezienswaardigheden, vooral noemenswaard is het Palazzo Gonzaga, de vroegere zomerresidentie van de hertogen van Mantua. Vanuit deze plaats kunt u interessante wandelingen maken.'

Hier verlieten een paar passagiers het schip en andere stapten in. Daarna voeren ze verder. Bij Salò werd het meer op een spectaculaire manier breder en voor de bergketen in de verte lag een mediterrane en, vooral aan de oostelijke oever, zacht glooiende vlakte.

Vlak voor de haven van Sirmione verzamelde de groep reizigers zich om het schip te verlaten.

Max wilde het veelgeroemde schiereiland Sirmione aan de zuidoever van het Gardameer bezichtigen, maar wilde de charmante uitleg met het Franse accent ook niet missen, dus ging hij samen met de anderen van boord.

Eindelijk, voordat de rondleiding begon, draaide de gids zich om.

Er schoot een elektriserend geluksgevoel door hem heen toen hij de stralende blauwe ogen in het licht zongebruinde gezicht zag. Haar glimlach was al even stralend, net als haar witte regelmatige gebit tussen haar volle donkerroze lippen. Onweerstaanbaar.

Ze was niet meer heel jong; hij schatte haar midden dertig. Maar ze had de uitstraling van een rijpe jonge vrouw. Zijn jachtinstinct was gewekt. Tegelijkertijd had hij het gevoel dat hij haar al eens had gezien, maar aangezien hij zich niet kon herinneren waar dan, dacht hij dat hij zich vergiste.

Voordat ze vertrokken kwam ze naar hem toe. 'Hebt u voor deze rondleiding betaald, meneer?'

'Eh, nee... nog niet. Ik wist niet eens dat dit een rondleiding was,' zei Max stotterend, iets wat hem nooit eerder was overkomen.

'Waarom bent u dan bij de groep gebleven?'

Max keek haar aan met zijn scheve glimlach, waar hij meestal succes mee had. 'Ik besloot spontaan mee te gaan nadat ik op het schip had gehoord hoe goed u over de bijzonderheden kunt vertellen. Wat kost uw rondleiding?'

'Wilt u in marken of in lires betalen? Of in kronen?'

'In marken, als dat mogelijk is.'

'Dan kost het 1 mark en 20 pfennig. Vaart u ook met ons terug?'

‘Heel graag. Kan dat?’

Ze knikte, nam met een geroutineerde glimlach zijn geld aan en liep absoluut niet onder de indruk weer naar het hoofd van de groep.

Max was verbijsterd. Geen opwinding, geen schittering in de ogen, geen veelbetekenende gebaren, geen enkel subtiel blijk van belangstelling voor hem. Toen grijnsde hij inwendig; dit leek een welkome uitdaging te worden.

Ze liepen het stadje uit door een kruidig ruikend olijfbos, langs de oude baden tot aan de punt van de smalle, ongeveer twee kilometer lange landtong die het zuidelijke deel van het Gardameer in twee ongeveer even grote delen splitste. Daartussen waren steeds nieuwe prachtige doorkijkjes op het meer en de unieke kleur ervan.

‘Dames en heren, we zijn nu bij de Grotten van Catullus, de restanten van een indrukwekkende Romeinse villa uit de tweede eeuw na Christus.’

Max’ blik gleed over de Romeinse villa, die zelfs als ruïne nog indrukwekkend was: de gevarieerde muren en de paar poortbogen en zuilen. Alleen al de enorme omvang van alles was gigantisch.

‘In het midden van deze villa bevond zich een met zuilen omgeven tuin. De gebouwen hadden drie verdiepingen en waren versierd met mozaïeken en fresco’s. Een groot thermencomplex werd gevoed door een zwavelbron en het water werd via loden leidingen naar de baden geleid. En zoals u ziet is het uitzicht op het meer en de oevers vanaf elke plek hier gewoon adembenemend.’ Bij deze laatste woorden spreidde ze haar armen en keek ze iets omhoog.

‘Wie was deze Catullus?’ vroeg een man.

‘Catullus was een Romeinse dichter. Hij beschreef Sirmione in zijn gedichten en daarom gaan veel onderzoekers ervan uit dat dit zijn villa was. Maar volgens mij is dat niet voldoende bewezen.’

‘Volgens een vrouw?’ zei de man spottend, terwijl een paar andere heren in de lach schoten.

Ze werd ernstig en keek naar de groep. ‘U hebt nu een half uur de tijd om het complex te verkennen,’ zei ze, zonder op de opmerking van de man in te gaan. ‘Daarna verzamelen we ons hier. Misschien vinden de heren wel een exacte aanwijzing voor de voormalige eigenaar van deze villa.’

Aha, ze bijt goed van zich af, dacht Max. Inwendig grijnsde hij toen hij een paar verbouwereerde gezichten zag.

'En,' voegde ze eraan toe, iets strenger dan eerst, 'kom alstublieft niet te laat. We moeten stipt op tijd bij de steiger zijn om het schip terug naar Riva te kunnen nemen.'

De groep mensen om haar heen verspreidde zich, maar Max bleef staan.

'Hebt u nog een vraag?' vroeg ze een beetje nors. Ze had zich vast verheugd op een korte pauze.

'Inderdaad,' zei Max. 'Toen we hiernaartoe liepen zag ik een paar mooie plekjes aan het water. Weet u hoe je daar moet komen?'

Ze dacht licht fronsend na. 'U bedoelt zeker de kalkplateaus onder de rotsen. Op dagen zoals vandaag heeft het water daar een indrukwekkend turkooizen kleur.'

'Inderdaad, die kleur viel mij ook op. Dat zou me eerlijk gezegd meer interesseren dan de oude stenen hier.'

Eindelijk een glimlach. 'U weet dat u voor een historische rondleiding hebt betaald?'

'Nee, ik heb voor een ervaren gids betaald. Daarom is het niet belangrijk wát ze me laat zien.' Hij glimlachte weer en deze keer leek dat effect te hebben, hoewel ze niet begreep dat hij een dubbelzinnige opmerking had gemaakt.

'Goed, als u wilt kan ik u de plaats met die kalksteen laten zien. Maar dat kost wel vijftig pfennig extra.'

Ze was zakelijk, dat moest hij toegeven. Vijftig pfennig extra. Hij aarzelde niet lang en drukte het geld in haar hand.

Tevreden en veel meer ontspannen slenterden ze samen een stukje terug. Daarna liepen ze via een in de rotsen uitgehouwen trap naar beneden. Hij vond het geweldig dat ze zo soepel en handig was. Ze was niet een van die dames die terugschrokken voor elke uitdaging en constant flauwvielen. Ze droeg bovendien comfortabele kleren en schoenen, en dat was vast veel aangenamer dan een korset.

Het was een idyllisch plekje daar beneden. De kalksteen onder het roerloze water glansde licht, alsof het gepoleerd was. In de verte was de oostelijke oever van het Gardameer te zien.

Als het iets warmer was geweest en hij was alleen geweest, had hij zich uitgekleed en was hij gaan zwemmen. Maar nu beperkte hij zich ertoe zijn schoenen en kousen uit te trekken en een stukje over de natte kalkplateaus te lopen.

Zijn gids was op een steen gaan zitten, met haar gezicht naar de zon gekeerd en haar ogen gesloten. Weer kwam bij hem een vage herinnering naar boven, maar ook deze keer wist hij niet zeker waaraan. Ze leek vermoedelijk een beetje op iemand die hij kende. Dat kwam immers wel vaker voor.

De tijd verstreek zonder dat ze iets zeiden en toch voelden ze een soort band met elkaar.

Hij schrok dan ook enorm toen hij op zijn zakhorloge keek en zag dat het halve uur allang voorbij was.

Hij waarschuwde haar en ze rende voor hem uit, terwijl hij met moeite zijn sokken over zijn natte voeten aantrok. Voor zijn gevoel deed hij er een eeuwigheid over om zich weer toonbaar te maken en haar over het steile pad naar de hogergelegen weg te volgen.

Zij had haar groep echter al om zich heen verzameld. Zoals ze aan kwamen lopen, in het gelid, leek het bijna alsof ze een vereniging waren die een uitstapje maakte. Max onderdrukte een grijns.

Ze waren maar net op tijd bij het stoomschip naar Riva, de laatste verbinding van die dag. Alles moest exact worden gepland als iemand op één dag helemaal rondom het meer wilde varen.

'Goed, wanneer ontmoeten we elkaar overmorgen?' vroeg Max aan de gids toen ze in een zaal van het schip zaten. Hij was tegenover haar aan een vierpersoonstafel bij het raam gaan zitten.

'Elkaar ontmoeten?' vroeg ze verward.

'U had het over een uitstapje naar die waterval overmorgen.'

'Natuurlijk, de Cascata del Ponale.'

'Ik wil heel graag mee.'

'Goed. We ontmoeten elkaar om negen uur bij de aanlegplaats van het schip in Riva. Wees alstublieft op tijd.'

Daarna stond ze op. 'Dames en heren, mesdames et messieurs, onze route terug naar Riva voert langs de oostelijke oever van het meer. Blijf alstublieft als groep bij elkaar, zodat ik u meer kan vertellen over de belangrijkste plekken. Zoals u hebt gemerkt zullen we tijdens de terugvaart binnenblijven.'

Instemmend gemompel bewees dat veel mensen moe waren, en ook Max luisterde nog maar met een half oor naar haar. Ze vertelde over Bardolino, dat zeven jaar geleden was afgebrand en helemaal opnieuw was opgebouwd. Ze wees naar het oude kasteel van Lazise. En toen ze de baai van Garda binnenvoeren, vertelde ze over de betekenis van het stadje als naamgever van het meer en beginpunt van wandeltochten over de Monte Baldo.

Iedereen was echter weer heel alert toen ze langs de Punta San Vigilio voeren. 'San Vigilio wordt wel de mooiste plaats van de wereld genoemd,' vertelde ze. 'Op het hoogste punt staat Villa Brenzone, gebouwd door Michele Sanmicheli.' Ze noemde nog een kleine kerk en het met cipressen en olijfbomen begroeide landschap van het schiereiland. Toen waren ze er alweer voorbij. Ze leek te voelen dat de aandacht van haar groep was verslapt en dus vertelde ze alleen nog iets over Malcesine en Torbole.

Laat in de avond waren ze terug in Riva.

Nadat het stoomschip nog een laatste keer luid had getoeterd en moeizaam was aangemeerd, nam ze afscheid van alle vijftien deelnemers.

Max regelde het zo dat hij de laatste was en dat gaf hem de kans haar behoedzaam van het schip te helpen.

Op de Piazza Benacense vlak bij de aanlegplaats bleven ze staan.

'Uw uiteenzettingen waren bijzonder interessant. Dank u wel,' zei Max met een lichte buiging.

'Dank u voor uw belangstelling,' zei ze, een beetje kortaf.

'Weet u, ik ben architect in opleiding en ben voor mijn studie een paar maanden in Italië. Daarvoor was dit dagtochtje een ideaal begin.'

'In het voorjaar is dat toch veel mooier?'

'Nee, hoor, ik vind het prettiger als het rustig is en er niet zo veel mensen op pad zijn.'

Ze leek zich nog iets af te vragen. Nadat ze even had gezwegen hield ze haar hoofd schuin en keek ze hem aan. 'Waarom zei u bij Villa Catullus in Sirmione dat oude stenen u niet interesseren, terwijl u architect wilt worden en daarom een studiereis maakt? De Grotte di Catullo is vermoedelijk de best bewaard gebleven Romeinse villa in het noorden van Italië. Ik begrijp uw desinteresse dus niet goed.'

Max lachte. 'Uw vraag is heel terecht, maar op dit moment moet ik u het antwoord schuldig blijven. Misschien komt er een dag waarop ik u het antwoord wel kan geven. Dat hoop ik tenminste.'

Ze keek hem verbaasd aan, maar leek toen te begrijpen dat zijn antwoord voor tweeërlei uitleg vatbaar was. Verlegen streek ze een streng haar die uit haar kapsel was ontsnapt achter haar oor. 'Ach, ja, onze wensen en het leven. Even sterk als onverenigbaar. Ik wens u een aangename avond, meneer.'

Daarmee liet ze hem staan. Ze liep met grote stappen in de richting van het kleine centrum van Riva.

Hij keek haar als een verliefde schooljongen na. Ze was uniek. Diepzinnig. Had een ongelofelijk subtiel gevoel voor humor. En bezat een ontwapenende zinnelijkheid. Onbewust had ze een verleidelijk web van charme en kennis geweven, waar hij in één dag hopeloos verstrikt in was geraakt.

27

Ligplaats van de schepen in Riva
Twee dagen later

Hélène was nerveus. Al vanaf het moment dat ze vanochtend was opgestaan verliep niets even soepel als ze gewend was. Haar haar was moeilijk in model te krijgen, in haar eenvoudige wandelkostuum zat een vlek die ze eerst moest verwijderen en tot overmaat van ramp was ze ongesteld geworden. Hoe moest ze een hele dag doorkomen als ze tussendoor haar verband niet kon verwisselen? Ze moest dus maar hopen dat ze op deze eerste dag niet al te veel bloedverlies had.

Ze stopte een extra maandverband in haar met hout verstevigde leren rugzak, plus een paar sneden brood, kaas, noten en twee appels. Ze at ook in haar nieuwe leven de lichte voeding die ze in het sanatorium had leren kennen. Als ontbijt dronk ze wat geitenmelk.

Daarna vertrok ze naar de haven. Ze wilde er per se eerder zijn dan de zeven mensen die ze later zou meenemen naar de Cascata del Ponale, zodat ze kon kijken of de botenverhuurder de benodigde roeiboten met roeiers inderdaad had geregeld. Bovendien wilde ze hem meteen betalen, want de prijs voor de roeiboten had ze opgenomen in het tarief voor het uitstapje.

Haar rondleidingen kwamen maar langzaam op gang. Veel mensen namen een vrouwelijke gids nu eenmaal niet serieus, en zeker niet iemand die hier niet vandaan kwam.

Toch verdiende ze genoeg voor de huur en de basale levensmiddelen. Ze had het laatste bedrag dat haar echtgenoot had overgemaakt apart gelegd en hoopte dat ze nog meer geld zou krijgen. Hij wist immers nog niet dat ze het treinkaartje dat hij haar had gestuurd niet zou gebruiken en dus had verkocht. Natuurlijk, ze leidde een hectisch leven, maar desondanks begreep ze niet waarom ze vandaag zo onrustig was. Deze innerlijke onrust was amper te vergelijken met de nerveuze lusteloosheid die ze van Stuttgart kende. Ze had eerder het gevoel dat er duizenden vlinders in haar maag rondfladderden en ze ervoer steeds opnieuw een opgewonden, onverklaarbare euforie. Ze hoopte dat die werd veroorzaakt door haar menstruatie en dat haar stemming de komende dagen vanzelf weer normaal werd.

Opgelucht constateerde ze bij de ligplaats van de roeiboten dat alles in orde was en de verhuurder zich aan het afgesproken bedrag hield. Ook de roeiers stonden al klaar. Ze controleerde de boten, die allemaal in goede conditie waren, en ook het weer was rustig en stabiel. De passagiers konden nu dus komen.

Haar blik dwaalde over het water, waar een lichte ochtendnevel boven hing. Daarna keek ze naar het nabijgelegen voormalige kasteel La Rocca en ze schrok even toen ze een man zag die over de kade haar kant op kwam. Het gefladder in haar maag werd heviger toen hij dichterbij kwam en haar vriendelijk begroette.

'U bent iets te vroeg,' zei Hélène.

'Misschien wel, maar ik wilde absoluut niet te laat komen! Ik heb me gisteren de hele dag op dit uitstapje verheugd.' Hij lachte ondeugend en trok daarbij één mondhoek omhoog, iets wat haar eergisteren ook al was opgevallen. Dat vond ze op een zorgeloze manier charmant.

Max. Met die naam had hij zich eergisteren aan haar voorgesteld. Ze kon zich zijn pogingen om met haar te flirten nog goed herinneren. Ze had daar naar hem toe weliswaar koeltjes op gereageerd, maar het had haar niet onberoerd gelaten. Hij was een grote, bijzonder aantrekkelijke jongeman met zijn donkere, bijna zwarte haar en barnsteenkleurige ogen waarmee hij haar alweer uitdagend aankeek.

Hélène dacht aan Hermione, die samen met haar jonge vriend voor een paar weken naar Berlijn was vertrokken. Ze schatte Max op midden of hoogstens eind twintig; hij was dus veel jonger dan zij. En hoewel het leeftijdsverschil geen tientallen jaren was, zoals bij Hermione en Christl, was het toch groot. Maar doordat ze niet hetzelfde enorme zelfvertrouwen bezat als Hermione – dat de kunstenares tijdens vele dieptepunten in haar leven had gecultiveerd – zou zij zich hier niet mee moeten inlaten. Ze wilde niet beginnen aan een affaire waarvan nu al te voorspellen was dat hij ongelukkig zou eindigen. Had hij niet gezegd dat hij van plan was een lange reis door Italië te maken?

'We hebben geluk met het weer,' zei Hélène afstandelijk, in een poging te voorkomen dat hun relatie te intiem werd én om haar nervositeit binnen de perken te houden.

'Daar heb ik geen moment aan getwijfeld,' zei Max glimlachend. 'Ik heb gebeden om goed weer.'

'Gebeden?'

'Ja, dat doe je toch als je iets heel graag wilt?'

Nu moest Hélène glimlachen. 'Je kunt het in elk geval proberen.'

'En het heeft succes gehad. Ik ga dus door met bidden, want ik heb nog een paar wensen...'

Hélène was blij dat op dat moment een paar andere mensen bij hen kwamen staan. Ze onderbraken hun gesprek, dat zich alweer had ontwikkeld tot een speelse flirt.

Max stapte met een veelbetekenende blik opzij en begon een gesprek met een van de roeiers, terwijl zij de mensen die net waren gearriveerd begroette. Een kwartier later was de groep compleet.

Hélène ging zo staan dat iedereen haar kon zien en horen. 'Welkom allemaal. Vandaag gaan we naar de Cascata del Ponale. U zult heel bijzondere dingen gaan zien. Misschien hebben een paar van u al informatie ingewonnen door middel van reisgidsen of bij de boekhandel van meneer Georgi,' zei ze. Er klonk een instemmend gemompel. Behalve zijzelf was er maar één andere vrouw aanwezig, die in gezelschap was van haar echtgenoot. 'Een groot deel van de route zullen we te voet afleggen. Ik hoop dat u allemaal aan stevige schoenen hebt gedacht.' Ze wees naar de klaarliggende roeiboten en vervolgde: 'En neem nu alstublieft volgens de instructie plaats in deze drie roeiboten.'

Het duurde niet lang voordat iedereen een plekje had gevonden. Met sterke slagen roeiden de roeiers hun boot over het meer en over de vele kleine golfjes in zuidwestelijke richting.

Het verbaasde Hélène niet erg dat Max in dezelfde boot als zij had plaatsgenomen, samen met een andere heer, die ook alleen was. Ze probeerde het feit dat hij steeds naar haar keek te negeren, maar ving zijn blik veel vaker dan ze wilde.

De houten roeiboten voeren in een regelmatig ritme langs de steile rotswanden van het Rocchetta-massief. Hélène had de roeiers gevraagd dicht bij elkaar te blijven en dat deden ze keurig.

Nog voordat de Cascata del Ponale te zien was hoorden ze het geruis van de watermassa en niet lang daarna zagen ze de kloof die de Ponale, een waterrijke bergrivier, in de berg had gesleten. De stenen boogbrug tussen de rotswanden vormde een schilderachtig kader voor de waterval die op deze plek in miljoenen druppels uiteenspatte.

De roeiers bleven zo lang stilliggen voor de waterval dat de passagiers het uitzicht uitgebreid konden bewonderen. Daarna roeiden ze naar de rechteroever, waar iedereen uitstapte.

Max had Hélène attent uit de boot geholpen en bleef ook bij haar in de buurt toen iedereen zich verzamelde op de houten loopplank naar de kloof.

'Beste wandelvrienden.' Ze moest boven het lawaai van de donderende watermassa uit komen en hield het daarom kort. 'Deze loopplank loopt heel dicht langs de Cascata del Ponale. We zullen er samen overheen lopen en aansluitend naar boven gaan, in de richting van het voormalige ezelpad naar de Valle di Ledro. Onderweg staat u nog een bijzondere attractie te wachten.'

'Ik ben benieuwd wat u voor ons in petto hebt,' zei Max met een knipoog toen ze samen doorliepen. 'Volgens mij heb ik wel een idee.'

Hélène glimlachte. 'Juist voor de heren zou deze plek bijzonder interessant kunnen zijn. Maar laten we eerst van de natuur genieten.'

Toen ze uiteindelijk voor het spectaculaire natuurwonder stonden werden ze in nevel gehuld. De Ponale stortte via verschillende cascades in het dal en een tweede waterval stroomde naar links. Het schuimende water verzamelde zich voor hun voeten tot een korte stroom die de laatste meters naar het Gardameer aflegde.

Vervolgens leidde Hélène haar groep een stukje de berg op over een steil pad met traptreden die in de rotsen waren uitgehakt aan de linkerkant van de Cascata del Ponale.

Ten slotte kwamen ze bij een markant rechthoekig gebouw dat aan een bastion deed denken.

Hélène bleef staan. 'Hier ziet u de elektriciteitscentrale van de stad Riva. We bevinden ons op een hoogte van ongeveer tweehonderd meter boven het Gardameer.' Ze haalde een kaart uit haar heuptasje en hield hem omhoog. 'Dit is een vergunning voor de bezichtiging van de centrale. Dit lijkt me een bijzonder interessante onderbreking van onze wandeling.'

De mensen applaudisseerden en zij keek onwillekeurig naar Max.

Hij keek haar met een waarderend knikje aan, waardoor er een vreemde warmte door haar lichaam trok. Ze had zich niet eerder zo aangetrokken gevoeld tot een man die ze amper kende.

Binnen werden ze ontvangen door een medewerker van de centrale, die hun vervolgens een rondleiding gaf. 'Waterkracht wordt al eeuwen gebruikt, onder andere voor de aandrijving van zagerijen en molens,' vertelde hij met een Italiaans accent. 'De waterraderen hebben zich ontwikkeld tot de huidige turbines.' Hij wees naar drie grote machines die met veel lawaai hun werk deden. 'Een deel van het water van de Ponale wordt verzameld in een bassin dat speciaal voor dit doel in de rotsen is uitgehouwen. De afmeting is ongeveer vijfhonderdtwintig meter. Met een valhoogte van honderd meter wordt het water naar de turbines geleid om elektriciteit op te wekken.'

Hélène keek naar haar groep en was tevreden toen ze de enthousiaste blikken zag. Ook Max leek erg onder de indruk en keek aandachtig naar de grote machine. Ze stond schuin achter hem en zag dat hij een brede, gespierde rug had.

Ruim een half uur later liepen ze verder naar boven. De deelnemers praatten opgewonden met elkaar over techniek, het toenemende belang van elektriciteit en de veranderingen die daarmee gepaard gingen.

Hélène deed niet mee aan dit gesprek, maar lette op haar ademhaling, zoals ze dat tijdens haar verblijf in het sanatorium had geleerd. Bovendien voelde ze dat Max vlak achter haar liep, waardoor het haar moeite kostte om haar aandacht naar voren te richten.

Algauw staken ze via een houten brug de waterval over en bereikten ze de Strada del Ponale.

Hier ging Hélène weer voor de groep staan. 'Misschien kennen enkelen van jullie deze straat al die Riva met de Valle di Ledro verbindt. Hij is rond 1850 aangelegd, of eigenlijk uitgehouwen in de steile wand van de Rocchetta. Daardoor worden de open stukken steeds onderbroken door passages en tunnels.' Ze wees naar een pad dat van het meer af liep. 'Wij lopen nu door de Valle di Ledro tot aan het Lago di

Ledro. Daar zullen we rusten en als u vragen hebt en meer informatie wilt, komt u maar naar me toe.'

Ze liepen verder, eerst door een rotsachtig, met bomen begroeid berglandschap. Bij de Valle di Ledro veranderde hun omgeving. Boomgaarden, akkers, weilanden en bossen wisselden elkaar af, met op de achtergrond de majestueuze toppen van de Alpen.

Het was hier duidelijk koeler dan op meerniveau en Hélène bleef staan om haar wollen jas aan te trekken.

'Ik heb een paar vragen,' zei Max, die ook was blijven staan, 'en volgens mij is er vandaag onvoldoende tijd om ze allemaal te beantwoorden.'

'Ik weet niet of ik genoeg tijd heb om uw vragen uitvoerig te beantwoorden.' Hélène keek snel om zich heen om te zien of iemand meeluisterde, maar de anderen waren al doorgelopen.

Max negeerde haar afstandelijkheid en vroeg: 'Hoe heet je?'

Hélène schudde haar hoofd, maar toch verscheen er een glimlach op haar gezicht. 'Je geeft niet op,' constateerde ze.

'Nee,' zei Max. 'Niet als een gevecht zo de moeite waard is.'

Ze liepen zwijgend door. De stilte om hen heen, die alleen werd verbroken door hun stevige voetstappen, de intense geur van bos, aarde en kruiden, en het schitterende uitzicht na elke bocht van de weg zorgden er uiteindelijk voor dat Hélènes terughoudendheid minder werd. 'Ik heet Hélène,' zei ze.

Max bleef staan. 'Je spreekt die naam op z'n Frans uit.'

'Ja. Ik ben een geboren Française.'

'Hélène en Max,' zei hij peinzend. 'Een mooie combinatie.'

Hélène lachte. 'Eerder een amour fou, een idiote liefde.'

'Wat zou daar voor idioots aan zijn?'

'Alsjeblieft, Max. Dat is toch duidelijk!'

'Voor mij niet,' zei hij ernstig. 'We kunnen niet ontkennen, Hélène, dat er tussen ons iets gebeurt. En als ik mijn belangstelling uitspreek, doe ik dat niet lichtvaardig.' Hij zweeg nadenkend. 'Niet in jouw geval,' zei hij zacht.

Deze laatste opmerking ontroerde Hélène.

Dat hij in zijn omgang met vrouwen heel zelfverzekerd was, en succesvol, had ze meteen al vermoed. Maar dat hij tegenover haar zijn masker van zorgeloze veroveraar liet zakken vond ze op een vreemde manier aandoenlijk.

Inmiddels liepen de anderen ver voor hen uit, hoewel Hélène en Max niet echt langzaam liepen. Maar al pratend waren ze steeds even blijven staan, zodat er zonder dat ze het doorhadden een zekere afstand tot de anderen was ontstaan. Als volgende ontmoetingspunt had Hélène het dorp Molina di Ledro aangegeven, en tot dat punt mocht iedereen zelf bepalen in welk tempo ze die afstand aflegden.

'Wat zegt leeftijd eigenlijk over iemand?' vroeg Max uitdagend.

'Alles. En niets.'

'Inderdaad. Als we niet zouden weten wanneer we geboren zijn, zoals eeuwen geleden bij de meeste volken het geval was, zouden veel kwesties gewoon niet ter discussie staan.'

'Toch maakt het iets uit of het één jaar is of tien.'

'Je schat me dus op vijfentwintig.'

'In dit geval op negenentwintig.'

Max zei met een brede grijns: 'Dan schelen we elf jaar.'

Hélène ademde diep in. 'Goed dan, elf jaar. Hoe dan ook een paar te veel.'

'Nee, hoor, niet één te veel. Elk jaar van die elf heeft je gemaakt tot wie je bent.' Al lopend was Max steeds dichter bij haar gekomen, zo dichtbij dat hun handen elkaar steeds opnieuw raakten. Uiteindelijk pakte hij haar hand stevig vast en keek haar glimlachend aan.

Hélène voelde zich opeens even zorgeloos als toen ze als kind op zomerdagen met haar beste vriendinnen door de weilanden bij haar ouderlijk huis rende.

In de herberg van Molina zagen ze de andere leden van de groep terug. Tot aan het dorp had Max haar hand vastgehouden, maar haar toen zichtbaar spijtig losgelaten. Ondanks de tedere gevoelens die ze voor elkaar hadden, zorgde hij ervoor haar goede naam niet in gevaar te brengen.

Hélène en Max gingen apart van elkaar aan de lange houten tafel met het rood-wit geblokte tafelkleed zitten. Er werd wijn en bier geschonken, brood, kaas en worst opgediend. Algauw maakten ze gewoon deel uit van de opgewekte groep, die de voordelen van een laat reisseizoen besprak. Toen was het tijd om op te stappen.

Vanuit Molina was het niet ver naar de oostelijke oever van het Lago di Ledro. 'Dat is de andere bestemming van ons uitstapje van vandaag,' vertelde Hélène. 'Dit meer, dat zeshonderd meter hoger ligt dan het Gardameer, was tot de aanleg van de weg waar we net overheen zijn gelopen grotendeels afgesloten van de omgeving.' Ze vermande zich een beetje. 'We beginnen nu aan de terugweg naar Riva via de Strada di Ledro. We gaan dus niet terug over het water.'

'Gelukkig maar,' zei een van de heren lachend. 'Ik vind het altijd moeilijk om in wandelschoenen over water te lopen.' Waar iedereen even om moest lachen.

Ze begonnen aan de terugweg, sloegen voor de afdaling naar de Cascata del Ponale links af en liepen door de Strada del Ponale naar Riva.

'Het water van het meer had een prachtige donkerblauwe kleur,' zei Max tegen Hélène toen ze hun wandelritme weer hadden opgepakt.

'Ja, en het is zo helder,' zei Hélène. 'Ik heb dat al een paar keer geschilderd.'

'Je schildert?'

'Schilderen is mijn grote passie. Nu het winter is wil ik een paar onderwerpen uitwerken waar ik de afgelopen weken schetsen van heb gemaakt.'

'Hoe komt het dat je daarmee bent begonnen?'

'Met schilderen? Ik heb een paar maanden in het sanatorium van dokter Von Hartungen doorgebracht. Misschien heb je daar al iets over gehoord.'

'Volgens mij kent iedereen die naar Riva reist dit sanatorium, maar ik weet er niet veel van. Het wordt geadviseerd voor mensen met zenuwaandoeningen, nietwaar?'

'Ja. In elk geval ben ik daar begonnen met schilderen en nu kan ik er niet meer mee stoppen.' Hélène keek naar het meer. 'Is dat niet een ongelofelijk uitzicht, Max? Daarboven zie je de toppen van de Monte Baldo en de oostelijke oever van Torbole tot aan Malcesine. Nog een paar stappen en dan kunnen we helemaal tot de Valle del Sarca kijken.' Toen ze naar hem keek, zag ze dat hij niet naar het landschap keek, maar naar haar. Zijn intense blik ontroerde haar. 'Max…'

Hij kwam dicht bij haar staan, legde zijn hand tegen haar achterhoofd, boog zijn hoofd en kuste haar lippen. Heel even trok hij haar tegen zich aan, streek met zijn lippen langs haar wang tot aan het gevoelige plekje achter haar oor. Toen liet hij haar langzaam los.

Hélène stond even roerloos, ze wist amper wat haar overkwam, terwijl ze werd overweldigd door ongewone gevoelens.

Ze liepen zwijgend door en kwamen veel later dan de rest van de groep aan in Riva.

Hélène vond het jammer dat de dag bijna voorbij was, want ze was graag nog een tijdje alleen met Max geweest. Dat gevoel kende ze eigenlijk alleen uit boeken.

Toch nam ze vriendelijk afscheid van iedereen. Op het laatst liep de heer die die ochtend samen met hen in de roeiboot had gezeten naar haar toe. 'Heel erg bedankt voor dit fantastische uitstapje, mevrouw Rothmann. Ik zal u bij anderen aanbevelen. Ik wens u nog een goede avond.'

Hélène was blij met dit compliment, maar ze voelde dat Max naast haar opeens verstrakte. Had deze onschuldige opmerking hem boos gemaakt? Toen ze even later met z'n tweeën over de Piazza Benacense slenterden, leek hij toch weer helemaal ontspannen. Ze had zich zijn reactie vast verbeeld. Het was immers een verwarrende dag geweest.

28

Stuttgart
Eind oktober 1903

'Wat een prachtig sieraad, juffrouw. Geelgoud van een hoog karaat en de donkerblauwe saffier is gevat in een krans van veertien diamanten in aparte zettingen van platina.' De pandjesbaas bekeek Judiths ring vol respect van alle kanten en onderzocht vooral de schitterende edelstenen. 'De schouders zijn ook bezet met diamanten, aan elke kant drie.' Hij liet zijn loep zakken. 'Ik schat de waarde van deze ring op ongeveer vierhonderdvijftig mark. Alle stenen zijn exact geslepen en ik schat de saffier op 1,3 karaat.' Hij legde Judiths verlovingsring weer in het luciferdoosje waarin ze hem hier mee naartoe had genomen.

'Dank u wel.' Judith schoof het doosje dicht en stopte hem weer in haar handtasje. 'U hebt me echt geholpen.' Vierhonderdvijftig mark! Dat was een aardig bedrag waar ze echt iets mee kon doen.

'Graag gedaan. Ik wens u nog een mooie dag.'

Het sneeuwde zacht toen Judith het pandjeshuis verliet. Ze trok haar mantel dichter om zich heen en zette haar paraplu op. De winter kwam vroeg dit jaar; het was al dagen erg koud.

Snel liep ze door de Calwer Strasse. Huizen, straten, bomen en ook het trottoir waren bedekt met een dun laagje pas gevallen sneeuw. Ze vond het bijna leuk om deze idyllische perfectie kapot te maken door er met stevige passen doorheen te lopen, de afdrukken van haar schoenen als sporen achter te laten en de losse sneeuwvlokken die op de grond lagen met de zoom van haar kleren omhoog te laten dwarrelen. Haar leven voelde precies zo.

Sinds de avond van het bal eind september en de daaropvolgende gebeurtenissen was ze niet meer dezelfde. Veel van wat tot die tijd belangrijk was geweest – mooie kleren, hoedjes, sieraden en andere zaken – was naar de achtergrond verdrongen. In plaats daarvan dacht ze alleen nog aan een toekomst waarover een dichte mist lag, net als over haar gevoelens.

Ze liep door de Königstrasse, over de Schlossplatz en langs de Prinzenbau. Bij de Hofbank sloeg ze rechts af de Büchsenstrasse in en twee blokken verderop was ze al bij de chocoladefabriek.

Zoals altijd ging ze via de drukke winkel naar binnen, ook al wist ze dat de verkoopsters het vervelend vonden als ze de vieze sneeuwbrij mee naar binnen nam. Geroutineerd controleerde ze de uitgestalde artikelen, hoewel ze haar hoofd er de laatste tijd niet echt meer bij had.

Iemand had haar vader kennelijk verteld dat ze soms misselijk was, vermoedelijk een van de personeelsleden. Want hoewel hij met geen woord had gerept over het feit dat ze was flauwgevallen in de winkel, ging hij behoedzaam met haar om, ze mocht in de fabriek blijven zolang ze dat kon combineren met haar plichten voor het huis en haar broertjes, en hij had er niet langer op gestaan dat ze een excuusbrief aan Albrecht of zijn ouders schreef.

Judith was hem daar dankbaar voor, al voelde dit als een soort stilte voor de storm, omdat haar vader zich nooit snel ergens bij neerlegde.

Ze had dus geen idee hoe het verder zou gaan. Zijn hoopvolle blik als ze toestemming vroeg haar vriendin Dorothea von Braun te bezoeken was veelbetekenend. Hij dacht kennelijk dat ze alleen maar koppig was en ging ervan uit dat ze zo verstandig zou zijn zich bij zijn plannen neer te leggen en haar kinderlijke houding te laten varen. Judith begon er niet over, want de echte gevechten moesten nog komen.

Als ze Albrecht toevallig tegenkwam in het huis van de Von Brauns, wat haar vader hoopte maar Dorothea gelukkig meestal kon voorkomen, voelde ze heel duidelijk dat hij nog altijd erg gekwetst was. Af en toe maakte hij een halfhartige toespeling op hun verloving, hoewel hij daarmee elke keer het risico liep te worden afgewezen. Maar daar kon ze niets aan veranderen.

Judith liep de trap op naar haar proefruimte en kleedde zich om. Eigenlijk was dit de enige plek waar ze soms gelukkig was, te midden van alle voortreffelijke en buitengewone ingrediënten voor haar creaties. Vandaag stortte ze zich weer op kleine chocoladerepen die geschikt waren voor een automaat; ze wilde iets ontwikkelen wat afweek van de gebruikelijke producten voor automaten. Dat was geen eenvoudige opgave, aangezien de reepjes langere tijd en bij verschillende temperaturen in de automaat zouden liggen, mochten ze niet te zacht zijn en niet erg gevoelig zijn voor warmte.

Speciaal daarvoor had ze samen met Victor vormen ontwikkeld met exacte inkepingen; deze waren gisteren klaargekomen. Ze had zin ze te testen en was dankbaar toen ze zag dat Victor hier al was geweest, want een paar ingrediënten waar ze het de afgelopen dagen over had gehad lagen netjes gerangschikt op haar werktafel. Hij had zelfs kolen in het fornuis klaargelegd. Zijn zorgzaamheid ontroerde haar al net zo als zijn waardering.

Toen de chocolade voor het omhulsel even later in een pan stond te pruttelen, controleerde Judith de vormen. Die moesten heel schoon zijn, want later was elk kalkvlekje en elk stofkorreltje op het uiteindelijke product zichtbaar. Ze goot chocolade in de holtes, klopte de luchtbelletjes eruit en hield de vormen een beetje scheef zodat het teveel aan chocolade eraf kon lopen. Ze wachtte een paar minuten, veegde met een spatel de ontstane randjes eraf en liep snel naar de decoratieafdeling om de ruwe producten in de ijskast te leggen.

Daar viel haar oog op een groot kunstwerk waar twee meisjes net de laatste hand aan legden: het bankgebouw van Von Braun van suiker en chocolade. Toen Judith dit zag kreeg ze een ongemakkelijk gevoel, maar het stuk was fantastisch gemaakt. De details van het nog maar een paar jaar oude gebouw waren perfect nagemaakt: de symmetrische gevel, de structuur van de muren, de hoge smalle ramen met de driehoekige topgevels erboven en de zuilengang met de slanke zuilen voor de entree.

Waarom hadden de Von Brauns de opdracht gegeven dit stuk te maken? Terwijl ze hierover nadacht liep ze terug naar haar kamer.

'Goedemorgen, juffrouw Rothmann!'

Haar hart maakte een sprongetje toen ze Victors stem hoorde. 'Goedemorgen, meneer Rheinberger,' zei ze glimlachend. En zoals de laatste tijd vaak het geval was als ze elkaar aankeken voelde dat vertrouwd. Elke keer dat ze Victor zag kreeg haar wereld iets van zijn kleur terug.

'Lukt het een beetje met onze repen?' vroeg Victor.

Judith vond het fijn dat hij het over 'hun' repen had. 'Ik heb een paar ideeën die ik een voor een uittest.' Judith wees naar haar werkplek. 'Vooral de gevulde soorten.'

'Hebt u vandaag niets te snoepen voor me?'

'Nog niet, maar straks zeker.'

'Dat zal ik onthouden,' beloofde Victor haar glimlachend.

'Dat mag ik hopen.'

'O ja, hebt u vanmiddag misschien even tijd, juffrouw Rothmann? Ik wil u graag iets laten zien, maar daarvoor moeten we de fabriek ongeveer een uur verlaten. Ik kan me voorstellen dat u dat een enigszins ongepast voorstel vindt –'

Judith viel hem in de rede. 'Ik ga heel graag mee. Wat is het?'

'Echt? Ik wil natuurlijk niet dat u door mij problemen krijgt.'

'Ik... Nee, dat is mijn eigen beslissing,' zei Judith, iets zelfverzekerder dan ze zich voelde. Ze besloot snel op zoek te gaan naar Theo en hem naar Degerloch te sturen om Dora op te halen. Dan waren ze niet alleen en zouden ze zich aan de fatsoensregels houden.

Victor zei: 'Ik wil u namelijk graag de chocoladeautomaat laten zien. Nadat u hem hebt gezien, in de huidige ontwikkelingsfase, bedoel ik dan, zal het gemakkelijker voor u zijn om aan de repen te werken. Bovendien hebt u vast nog een paar goede ideeën en die wil ik me niet laten ontgaan.'

Ze voelde zich gevleid en zei terwijl haar stem een beetje trilde van opwinding: 'Als u waarde hecht aan mijn mening zou ik het heel fijn vinden als u me dat apparaat laat zien.'

'Ik hecht zelfs heel veel waarde aan uw mening, juffrouw Rothmann.' Hij zocht haar blik en bleef haar een tijdje zwijgend aankijken.

Judith voelde dat de onzichtbare cocon die al dagen, weken zelfs, om hen heen werd geweven sterker werd – een beschermend, zijdezacht omhulsel dat alleen voor hen toegankelijk was.

Hij zette een stap naar haar toe en haar maag trok zich een beetje samen. Ze voelde zijn hand op de hare, zijn duim die heel licht over haar huid streek en elke vinger aanraakte. Hij trok haar tegen zich aan en drukte heel zacht een kus op haar voorhoofd.

Ze sloot haar ogen, genoot van zijn nabijheid en snoof zijn geur op. Ze vond het heerlijk. Ze wist dat hij haar leuk vond, maar ze vond al haar tegenstrijdige gevoelens erg lastig. Ze probeerde echt zo weinig mogelijk aan Max te denken en meestal lukte dat ook vrij goed, maar de wonden waren nog niet genezen. Hij was uit haar leven verdwenen, maar pijn en schaamte waren nog altijd aanwezig. Ze wenste dat de uren in de muziekkamer nooit hadden plaatsgevonden, maar dat veranderde niets aan de feiten.

Ze genoot dus vooral van de innerlijke harmonie tussen haar en Victor, van het feit dat ze elkaar zo vanzelfsprekend begrepen, waardoor het zo gemakkelijk en opwindend was om met hem om te gaan. Zonder dat ze zich afvroeg wat er zou kunnen gebeuren. Zonder dat hij iets van haar verwachtte.

Ze wist nog altijd heel weinig over hem, zijn afkomst, over zijn verleden. Hij woonde in bij Edgar Nold en had kennelijk dus bijna geen eigen middelen. En hij had inmiddels weliswaar een verantwoordelijke positie in de fabriek, maar die was hij kwijt zodra haar vader zelfs maar vermoedde dat hij haar het hof maakte.

Met een zachte zucht maakte ze haar hand los uit de zijne – niet abrupt, maar heel voorzichtig. Ze zag zijn teleurgestelde blik, maar ook dat hij haar begreep en misschien precies hetzelfde had gedacht.

Bovendien waren er nog een paar kwesties in haar leven die ze moest oplossen. Ze was nog altijd afhankelijk van de beslissingen van haar dominante vader. En ze kon niet voorspellen of Victor haar nog steeds leuk zou vinden als hij alles over haar wist. Daarvoor kende ze hem niet goed genoeg.

Victor rechtte zijn schouders, schraapte zijn keel en zei schor: 'Goed dan. Vergeet u ons uitstapje niet, juffrouw Rothmann? Om een uur of drie vanmiddag. En vergeet niet dat ik straks een paar probeersels mag proeven.' Daarna vertrok hij.

Theo had Dora opgehaald in Degerloch en afgezet in de Calwer Strasse. Vanaf dat moment stond Judith ongeduldig voor de hoofdingang van de fabriek op Victor te wachten. De torenklok had al drie uur geslagen, en te laat komen was eigenlijk niets voor Victor.

'Misschien is er nog iets tussen gekomen.' Dora zette haar paraplu op omdat het weer begon te sneeuwen.

'Vermoedelijk.' Natuurlijk was dat zo, maar toch werd Judith heel onrustig. Ze kende dat gevoel uit haar kindertijd, van de avond voor haar verjaardag of voor kerstavond. En ze begon te vermoeden dat ze meer voor Victor Rheinberger voelde dan genegenheid.

Een kwartier na de afgesproken tijd liep hij met grote passen naar de fabriekspoort. 'Neem me alstublieft niet kwalijk,' zei hij meteen, en Judith begreep dat hij het heel erg vond dat hij te laat was. 'Ik was al bijna de deur uit toen een van de roostermachines ermee ophield. Erg vervelend.'

'Ach, maar u bent er nu.' Judith raakte zijn arm even aan. 'We dachten al dat u door iets belangrijks was opgehouden.'

Dora glimlachte fijntjes.

'Ik ben heel nieuwsgierig naar uw automaat!' Judith hoorde zelf dat ze iets té overdreven klonk. 'Straks verovert u daar zelfs Amerika mee!'

Victor lachte. 'Dat zou geweldig zijn, maar zover ben ik nog lang niet. Toch bedankt dat u me dat toevertrouwt, juffrouw Rothmann.'

'U vertrouwt me immers heel veel toe,' zei Judith zacht.

Ze liepen weg.

'Doet de roostermachine het weer?' vroeg Judith toen ze de oude Postplatz passeerden en de Marienstrasse in liepen.

'Ja, hoor, ik heb hem weer aan de praat gekregen,' antwoordde Victor. 'Maar het is slechts een kwestie van tijd tot een andere belangrijke machine ermee ophoudt.'

Judith hoorde de berustende klank in zijn stem. 'Bent u niet tevreden over uw werk bij ons?' vroeg ze behoedzaam.

'Jawel, heel erg zelfs. Het is alleen zo dat veel machines technisch gewoon niet meer bij de tijd zijn. Het is onbegrijpelijk dat ze niet worden vervangen. Dat zou niet alleen een opluchting zijn voor het personeel, maar belangrijk voor de toekomst van de hele onderneming.'

Judith had het gevoel dat hij een pleidooi hield. 'Zegt u nu dat onze machines verouderd zijn?' vroeg ze gekrenkt. 'Ik bedoel: echt allemaal?' voegde ze er snel aan toe om haar woorden minder fel te laten klinken.

'Inderdaad. Helaas wel.'

Victor had zijn handen diep in zijn jaszakken gestopt en drukte zijn armen stijf tegen zijn lichaam alsof hij het koud had.

Judith had hem het liefst meteen een arm gegeven zodat ze stijf tegen hem aan kon gaan lopen, maar dat kon niet. Waar ze wel voor kon zorgen waren een warme jas en een paar bonthandschoenen. Dat zou ze morgen meteen regelen.

Victor zweeg en ook Judith kwam niet terug op hun gesprek over de verouderde machines. 'Is het nog ver?' vroeg ze.

'Nee, we zijn er bijna.'

Judith draaide zich om naar Dora, die een stukje achter hen liep en Judith met een veelbetekenende glimlach aankeek. Ze vermoedde kennelijk wat er speelde tussen haar en Victor.

Ze staken de Tübinger Platz over en liepen de Hauptstätter Strasse in.

'Zo, hier is het,' zei Victor ten slotte. Hij opende de deur en even later stonden ze in een warme werkplaats.

Judith deed haar paraplu dicht en gaf hem aan Dora. Daarna keek ze om zich heen.

Ze zag een grote chaos: overal lagen stapels planken, ijzeren platen, staven in verschillende formaten en allerlei andere materialen. Daartussenin stonden kisten met glasplaten, metalen veren, schakelaars, knoppen, kabels en een heleboel andere dingen waarvan ze niet eens wist waar ze voor dienden.

'Dat is Alois Eberle.' Victor wees naar een oudere man die met een grote automaat bezig was.

Ze groette hem beleefd, maar de man maakte alleen een lichte buiging.

'Hoe gaat het?' vroeg Victor.

'We hebben het mechanisme verbeterd,' antwoordde Alois. Hij draaide de automaat een beetje, zodat de techniek in de geopende achterkant beter te zien was.

Judith voelde dat Dora haar arm even aanraakte en daarna op een gehavende stoel ging zitten.

Op dat moment kwam Edgar Nold binnen met een paar penselen en een schilderspalet in de hand. Victor had verteld dat hij met zijn emailleeroven bij Alois Eberle was ingetrokken en eigenlijk alleen nog sliep in hun gemeenschappelijk woning in de Silberburgstrasse. Inmiddels maakte hij allerlei soorten geëmailleerde objecten en de verkoop daarvan liep fantastisch.

Toen Edgar zag dat Victor bezoek bij zich had, legde hij alles neer, kwam bij hen staan en gaf een vriendschappelijk klopje op zijn schouder.

Judith vroeg zich af of Victor Max eigenlijk kende. Dat zou haar niet verbazen, want de schilder was een van Max' vrienden. Ze verdrong die gedachte en concentreerde zich op het gesprek van de mannen.

'Kunnen we het formaat veranderen?' vroeg Victor.

Alois knikte. 'Binnen bepaalde kaders wel. Maar ik stel voor dat we twee basismodellen maken, een groter en een kleiner. Er zijn nu eenmaal locaties die te klein zijn voor grote automaten.'

'Dat had ik ook al bedacht,' zei Edgar.

'Dat doen we in elk geval. Zodra het eerste model af is,' besloot Victor. 'Ziet u, juffrouw Rothmann,' zei hij toen om haar erbij te betrekken, 'dit prototype is iets breder dan de gebruikelijke apparaten.'

Judith had heel weinig verstand van techniek, maar luisterde belangstellend naar Victors uitleg van de verschillende procedures. Toen hij uitgesproken was en haar met een trotse glimlach aankeek, wist ze nog altijd heel weinig, maar was ze ontzettend blij met zijn vertrouwen in haar. 'Hoelang gaat het nog duren voordat deze automaat klaar is?'

'Op zich niet erg lang meer,' zei hij. 'In de basis is deze uitvinding niet echt nieuw. Waar het vooral om gaat zijn de specificaties van onze automaten en hoe we die kunnen toepassen als we grotere aantallen automaten moeten produceren.'

'Daarvoor denken we aan samenwerking met een machinefabriek, die van Ebinger misschien,' zei Edgar.

Judiths vrees werd bewaarheid, want het was ondenkbaar dat de oude Ebinger samen met haar vader een chocoladeautomaat zou ontwikkelen. Ze moest Victor snel vertellen dat de twee mannen elkaar niet konden uitstaan. Maar misschien was het haar ontgaan dat ze inmiddels beter met elkaar konden opschieten? Ebinger had het immers goedgevonden dat haar vader in zijn huis haar verloving bekendmaakte. Maar, zoals Max terecht had opgemerkt, voor een goede relatie met een van de belangrijkste bankiers in Stuttgart deden de mannen alles, ook als ze daarvoor hun koppigheid moesten overwinnen.

Ze keek nog een keer naar het grote apparaat. 'Wat vinden jullie van speelkaarten?' vroeg ze toen.

'Wilt u kaarten? Nu?' vroeg Victor een beetje geamuseerd.

Edgar Nold spitste zijn oren en Alois Eberle schudde zijn hoofd. Het was duidelijk dat hij haar niet serieus nam.

'Ik dacht meer aan speelkaarten van chocolade voor de automaat,' vertelde ze. Dit idee was spontaan bij haar opgekomen.

Victor glimlachte. 'Geen slecht idee. Daar kunnen we wel iets mee. U kent vast de verzamelplaatjes die Stollwerck insluit bij hun repen?'

'Natuurlijk. Mijn broertjes verzamelen ze ook, in de albums die Stollwerck daar speciaal voor uitgeeft.'

'En wij doen er speelkaarten bij die de mensen kunnen verzamelen.'

'Inderdaad! Zo krijg je als je regelmatig iets koopt een heel kaartspel. En stel dat er in elke twintigste reep een joker zit. Als ze die naar chocoladefabriek Rothmann in Stuttgart sturen krijgen ze in ruil daarvoor een cadeautje.' Judith was in haar element.

Victor kreeg steeds meer respect voor haar.

'Dan kunnen jullie het best een reep chocolade cadeau doen!' zei Edgar.

Judith schoot in de lach.

Victor grijnsde, maar Alois was naar zijn werkbank gelopen en leek hun gesprek niet meer te volgen.

'Maar,' zei Judith, 'een kaartspel alleen zal niet voldoende zijn. Ik weet zeker dat Karl en Anton al hun geld in een automaat zouden stoppen als hij iets bijzonders doet. Dan zouden ze de chocolade opeens minder belangrijk vinden.'

'Klopt. Misschien kunnen we een klein treintje een minuut lang laten rondrijden,' opperde Edgar. 'Met chocoladerepen op de wagons.'

'Of we laten een muziekje horen,' zei Judith.

'Geluiden zijn altijd spannend,' beaamde Victor. 'Wat vinden jullie van het idee dat een sprookjesfiguur de chocolade in het uitgiftevakje laat vallen? Vrouw Holle bijvoorbeeld, die haar bedden opschudt, of de heks uit Hans en Grietje, die kinderen probeert te lokken?'

'Brr, dat is afschuwelijk!' zei Judith.

'We kunnen de automaat ook een heel andere vorm geven,' stelde Edgar voor.

Judith borduurde hierop voort. 'Ook een goed idee! Wat vinden jullie van een koe?'

'Waarom een koe?' vroeg Edgar.

'Omdat we melkpoeder gebruiken voor de melkchocolade die op dit moment erg in trek is.'

'Heel toepasselijk,' zei Victor. 'Een koe dus.'

'Die kan ik dan heel natuurgetrouw schilderen,' bood Edgar aan.

'Nee, niet natuurgetrouw, maar als een echte Rothmann-koe in de kleuren roze en bruin!' riep Judith.

'Of we nemen een exotisch dier, een olifant bijvoorbeeld,' stelde Victor voor. 'Zo'n dier kunnen we goed nabouwen. Stel je voor, de chocoladeolifant van Rothmann in de kleuren van de onderneming.'

'Ik vind die olifant ook een heel goed idee!' Judith dacht aan Nills Tiergarten. 'Eigenlijk is dat nog beter dan een koe, want een olifant valt echt op!'

'Goed, dan maak ik eerst een klein model van hout,' zei Edgar.

'Doe dat maar,' zei Victor. Daarna zei hij tegen Judith: 'Dat zou wel eens tot iets heel groots kunnen uitgroeien, juffrouw Rothmann. Denkt u dat uw vader bereid is in deze ideeën te investeren?'

'Bedoelt u dat we geld nodig hebben?'

'Ja. Er is geld nodig voor onze plannen. De bouw van de eerste automaten betalen we zelf, maar als we achter het glas ook een klein spel willen laten zien, wordt het duurder. Verder hebben we een installatie nodig voor de productie van de geschikte chocoladerepen. Het zou echt interessant zijn om verzamelplaatjes aan te bieden, met andere exotische dieren en de landen waar die vandaan komen erop. Dat is allemaal duur, maar als je de verkoop goed organiseert levert dat algauw meer geld op dan je erin hebt gestoken.'

'En dan worden de automaten verkocht?' vroeg Judith.

'Ja. Eigenaren van winkels of herbergen kopen de automaten, bestellen de chocoladerepen bij ons en verdienen zelf ook aan de verkoop. Bovendien hebben ze een attractie die klanten aantrekt.'

'Ik zal het mijn vader vragen. Hoewel hij de hand altijd stevig op de knip houdt.'

'Uw vader is een zakenman. Als we hem ervan kunnen overtuigen dat dit geld kan opleveren, denkt hij er misschien anders over.' Victor voegde er peinzend aan toe: 'De vraag is wel of hij er genoeg geld voor heeft.' Dat laatste was hem kennelijk ontglipt, want hij beet op zijn lip.

Judith besloot hier zo snel mogelijk bij hem op terug te komen. Was het mogelijk dat haar vader echt geldproblemen had? Ze had zoiets nooit voor mogelijk gehouden.

Victor begon over iets anders: 'Ik vind ons gesprek hier bijzonder geslaagd. Ieder van ons gaat nu aan de slag met zijn of haar taak, en over een week bespreken we de verdere gang van zaken. Kan ik op je rekenen, Alois?'

Alois Eberle bromde iets wat ze met een beetje goede wil als instemming konden beschouwen, en Victor leek tevreden.

Ze namen afscheid van Alois en Edgar, en vertrokken samen met Dora. Theo stond al bij de fabriekspoort van Rothmann, klaar voor vertrek. Dora liep opgelucht voor hen uit, praatte even met Theo en stapte in de koets.

Het sneeuwde nog steeds.

Victor keek Judith aan.

Door zijn intense blik fladderden de vlinders in haar buik weer op. Judith voelde dat ze blij dansten – net als de dikke sneeuwvlokken die de hemel in groten getale naar de aarde stuurde. Ze haalde een papieren zakje uit haar handtas en gaf het met een plagende glimlach aan Victor. 'Ik heb nog iets voor u, om te proeven!'

Ze draaide zich om, liep naar de koets en stapte in.

29

Von Brauns bank

'Ik kan u verzekeren dat mijn dochter een uitstekende echtgenote voor uw zoon zal worden. Ze is gewoon nog een beetje jong.'

'Ze is eenentwintig, meneer Rothmann. Dan zou je moeten weten hoe je je moet gedragen en je kunnen beheersen.'

Wilhelm Rothmann keek aandachtig naar Von Braun, die als een vorst achter zijn reusachtige bureau troonde en steeds opnieuw een troefkaart uitspeelde. Rothmann moest wel toegeven dat hij, als hij niet degene was die moest smeken, zich net zo zou hebben gedragen. Toch kostte het hem moeite zich te beheersen en de noodzakelijke beleefdheid te blijven tonen. Hij was al weken heel inschikkelijk om Judiths misstap goed te maken. 'Die goede omgangsvormen zal ze zich zeker nog eigen maken. Misschien is haar reactie beter te begrijpen in het licht van de maandenlange afwezigheid van haar moeder, waardoor de rustige vrouwelijke invloed ontbreekt.'

'Dat kan wel zo zijn, maar dat verklaart absoluut niet waarom ze mijn zoon op deze wijze heeft geblameerd.'

'Zeker, dat is onvergeeflijk en dat heb ik haar al heel duidelijk gemaakt. Uw zoon zal dit gedrag gepast moeten afstraffen zodra ze onder zijn toezicht staat.'

'Dat zal hij hopelijk doen. Anders zal ze hem zijn hele leven om haar vinger winden.'

Wilhelm Rothmann onderdrukte een glimlach, ook al was hij helemaal niet vrolijk. Maar hij werd wel vrolijker bij de gedachte aan wat Albrecht te wachten stond zodra Judith zijn vrouw was .

Von Braun ging genadeloos verder: 'Nu even over die kwestie met haar moeder, uw geëerde echtgenote, meneer Rothmann. Ook wat dat betreft heb ik grote twijfels. Stel dat uw dochter dezelfde houding vertoont?'

Wilhelm Rothmann werd meteen weer ernstig. Hélène was zijn zwakke plek: ze had zijn gevoel van eigenwaarde steeds opnieuw aan het wankelen gebracht. Eerst doordat hij helemaal weg van haar was geweest, maar uiteindelijk had hij moeten constateren dat het huwelijk hem wel overwicht opleverde, maar geen liefde. En nu doordat ze haar gezin echt in de steek had gelaten en liever in het sanatorium woonde dan bij hem. Maar hij was geen man die zich aan zijn gevoelens overgaf; hij was niet voor niets trots op zijn ijzeren zelfbeheersing. Op elk gebied.

Op dit moment was zijn slechte financiële positie belangrijker. En om die ten goede te keren moest hij Judith haar grillen afleren. Op dit moment, dat moest hij toegeven, gedroeg ze zich even onvolwassen als een bakvis.

De bankier keek hem aan door zijn ronde bril met gouden montuur.

Rothmann wist dat Von Braun even onverstoorbaar in de aanval ging als hijzelf en hij zette zijn borst op om niet nog meer in de verdediging te worden gedrongen. Voor hém stond alles op het spel en dat wist Von Braun. Hij mocht van geluk spreken dat Albrecht zo dom was en nog steeds met een vrouw wilde trouwen die hem openlijk had geblameerd.

'Judith is een bijzonder bekwame jonge vrouw,' zei hij na een korte berekenende stilte. 'Juist door de langdurige afwezigheid van haar moeder heeft ze al op jonge leeftijd veel verantwoordelijkheid gekregen. Ze voedt haar broertjes op en leidt de huishouding uitstekend; wat dat betreft brengt ze veel ervaring mee in het huwelijk.'

'Juist. Maar als ik eerlijk ben had ik deze verloving het liefst meteen verbroken. Maar doordat Albrecht zo verliefd is op uw dochter is hij wat dit betreft niet voor rede vatbaar. Daarom geef ik deze zaak nog een laatste kans.'

'En die zal Judith zeker benutten, dat verzeker ik u. Ze heeft gewoon nog wat tijd nodig, dus verzoek ik u haar die te geven. Voorlopig mag ik u echter een welgemeende groet van haar overbrengen en u een cadeau overhandigen dat ze speciaal voor uw bank heeft gecreëerd.'

Rothmann liep naar de deur en wenkte twee jonge knapen, die een groot pakket naar binnen brachten. 'Waar mag het worden geplaatst?' vroeg hij.

Von Braun was zichtbaar verrast. Hij leek niet goed te weten wat hij hiervan moest denken en wees nonchalant naar een zijtafel.

Rothmann gaf de beide jongens opdracht het kunstwerk neer te zetten, stuurde ze vervolgens weg en onthulde met een theatraal gebaar zijn cadeau. Ondertussen keek hij heel aandachtig naar de reactie van de bankier. Von Braun deed zijn best onverschillig te lijken, maar Rothmann kon wel zien dat de man diep onder de indruk was toen hij het gebouw waarin zijn bank was gevestigd herkende, schitterend en gedetailleerd vereeuwigd in chocolade en suikergoed.

'Verdraaid!' zei Von Braun waarderend.

Rothmann was uiterst tevreden. Deze schaakzet was geslaagd.

Von Braun stond op om het kunstwerk beter te bekijken. 'Is dit eetbaar?'

'Het is bedoeld als decoratie en afgewerkt met schellak, zodat het enkele jaren in goede staat blijft.'

'Het zou onder glas moeten staan. Ik zal het beneden in de vestibule tentoonstellen.'

'Zoek wel een koele beschaduwde plek uit. En in de zomer het liefst in de kelder. In elk geval op de erg warme dagen.'

Rothmann genoot nog even van het heerlijke gevoel dat hij Von Braun uit zijn tent had gelokt. Daarna haalde hij een brief uit de binnenzak van zijn colbert en overhandigde hem aan de bankier.

Deze keek hem vragend aan.

'Een persoonlijk schrijven van mijn dochter,' zei Wilhelm Rothmann met gepaste hoogdravendheid. 'Daarmee worden misschien al enkele pijnpunten uit de wereld geholpen.' In gedachten prees hij Margarete, want zij had Judiths handschrift werkelijk bijna perfect gekopieerd.

Von Braun nam de envelop aan, legde hem op zijn bureau en ging zitten. 'Nu weer ter zake, meneer Rothmann,' zei hij, weer helemaal de invloedrijke bankier. 'U krijgt van mij een krediet van dertigduizend mark, uit te betalen in twee termijnen. De eerste termijn van tienduizend mark wordt uitbetaald op 30 november, de tweede termijn met het resterende bedrag op de dag van het huwelijk tussen Albrecht en uw dochter. Vanaf het moment van uitbetaling geldt het gebruikelijke rentepercentage. Ik zal het contract dienovereenkomstig laten opstellen.'

'Dank u wel.' Het was een pak van Wilhelm Rothmanns hart, maar helemaal tevreden was hij niet. Hij had gezien de toekomstige familiebanden gehoopt een lager rentepercentage te krijgen. Die gunst verleende Von Braun hem echter niet en het was wel duidelijk dat dit zijn straf was voor Judiths misstap. Wilhelm Rothmann wist niet op wie hij kwader was: op de bankier of op zijn dochter.

'Bovendien help ik u meteen met tienduizend mark,' voegde Von Braun er onverwacht aan toe. 'Renteloos. Onder één voorwaarde.'

Wilhelm Rothmann spitste zijn oren. 'En die is?'

'Na drie jaar, gerekend vanaf de huwelijksdag, 29 januari 1904 dus, neemt u Albrecht op in de leiding van uw chocoladefabriek. Als uw plaatsvervanger.'

Wilhelm Rothmann was volkomen overrompeld. 'Neemt Albrecht de leiding over de bank dan niet over?'

'Nee.'

'Waarom niet?'

'Mijn redenen zijn uw zaak niet,' zei Von Braun kil. 'Laten we zeggen dat dit tot doel heeft nauwere banden tussen onze families te smeden.'

'Geef me alstublieft tijd om daarover na te denken. Vandaag is het 27 oktober. Over twee weken zal ik u mijn beslissing laten weten. Deze voorwaarde geldt niet voor de kredieten mét rente, neem ik aan?'

'Nee.'

'U hoort van me. Een goede dag nog.'

'Dat wens ik u ook.'

Rothmanns geduld was op toen hij de bank verliet. Kortaf gaf hij Theo opdracht hem meteen naar de chocoladefabriek te brengen. Hij wilde zijn schulden nog een keer precies berekenen om te zien of hij deze hulp, die renteloze lening, echt nodig had.

Een renteloze lening was verleidelijk, en dat wist Von Braun. Maar om in ruil daarvoor te eisen dat hij diens zoon Albrecht in de leiding van het bedrijf opnam was chantage en had geen onderdeel uitgemaakt van de afspraak. Hij was er eigenlijk van uitgegaan dat Judith een goedverzorgde en bovendien nuttige bankiersvrouw zou worden en had niet echt nagedacht over de man met wie ze daarvoor moest trouwen. Maar nu vroeg hij zich serieus af waarom Von Braun zijn eigen zoon niet in zijn bedrijf wilde opnemen.

30

Restaurant Zur Gardestube in Berlijn
Eind oktober 1903

Paul Roux bezat een bijzonder talent: hij sloot met een feilloos instinct doortrapte handeltjes die hij vervolgens op geheel eigen wijze realiseerde.

Zo had hij de afgelopen weken de ontrouwe echtgenoot bespioneerd van een zeer invloedrijke Berlijnse matrone en de affaire opgehelderd. Met als prettig gevolg dat niet alleen de dame hem goed voor zijn diensten betaalde, maar de overspelige echtgenoot ook – om zijn mond te houden. Roux werd dus door beide partijen betaald en vond dat helemaal niet ongepast, want de echtgenote kreeg haar gemoedsrust terug door de geruststellende mededeling dat haar overspelige echtgenoot de affaire had beëindigd, en de echtgenoot redde zijn gezicht en de echtelijke vrede – tot hij zich in de niet al te verre toekomst opnieuw in de armen van een knappe jonge vrouw zou storten. Bovendien had Roux de praatgrage minnares een nieuwe beschermheer aanbevolen, en ook deze had hem een gepaste vergoeding voor zijn referentie gegeven.

Roux was bijzonder tevreden.

Deze kwestie had wel tijd gekost, zodat hij pas later aan een andere dubbele opdracht kon beginnen: de zaak-Victor Rheinberger. De vader van deze jongeman was gisteren opnieuw bij hem geweest en had nadrukkelijk onderzoeksresultaten geëist. En hoewel Roux mensen altijd gemakkelijk aan het lijntje kon houden, begreep hij heel goed dat dat in dit geval niet meer zou lukken.

Daarom had hij vandaag een lunchafspraak gemaakt met Maximilian Harden, een uitgekookte journalist die hij een paar weken geleden al had benaderd en om informatie had gevraagd. Hij was benieuwd of Harden inderdaad nuttige aanknopingspunten had om in deze zaak een snelle doorbraak te kunnen bereiken.

Harden had voorgesteld om elkaar te ontmoeten in restaurant Zur Gardestube. Roux stond voor de deur, keek even naar het naambord, zette zijn muts af en liep de kleine zaal in. Hij herkende de verslaggever met zijn dikke zwarte haar en de harde blik meteen.

Harden zat aan een hoektafel met een glas bier en las de krant. Toen hij Roux' aanwezigheid voelde, keek hij op. 'Paul Roux?'

Roux knikte. Zelf had hij ook een markant uiterlijk dankzij zijn rode haar, dat toevallig paste bij de Franse achternaam van zijn vader. Zijn gezicht was echter zo gewoontjes dat mensen hem als hij een pet droeg bijna nooit herkenden. Deze anonimiteit was een groot voordeel in zijn beroep, dat vereiste dat hij vaak in zijn omgeving moest opgaan.

'Ga zitten, Roux.' Harden wees naar een stoel aan zijn tafel.

Het was druk en door de etensgeuren merkte Roux dat hij honger had. Hij ging zitten, bestelde een Berliner Kindl en aardappelsoep.

Harden bestelde varkenspoot met bonenpuree en aardappels.

Ze praatten even over het weer tot hun eten werd gebracht.

Toen zei Harden: 'U bent dus op zoek naar een manier om meer te weten te komen over de voormalige gevangene Victor Rheinberger.' Hij haalde een verkreukeld vel papier tevoorschijn. 'Ik denk dat ik wel wat interessante informatie voor u heb.'

Roux herkende zijn eigen handschrift. In deze korte brief had hij Harden verteld wat hij wilde. 'Uitstekend, dat hoopte ik al.'

Harden haalde handig het zachte vlees van het bot. 'Het enige wat daarvoor nodig was, was een beetje druk op de juiste plaats,' zei hij bedachtzaam. 'Die voorname heren zijn allemaal chantabel.'

'Dat is waar,' beaamde Roux.

'Maar voordat ik u het document met de belangrijkste inlichtingen overhandig, Roux, moeten we eerst de tegenprestatie bespreken.'

'Zoals ik u heb laten weten bied ik u tweehonderd mark. De eerste helft krijgt u meteen en de tweede helft zodra de bewijzen valide zijn gebleken.'

'Dat zal niet genoeg zijn. Het gaat immers om gegevens die niet gemakkelijk te verkrijgen zijn.'

‘Wat had u in gedachten?’

‘Het gaat niet om meer geld. Wat dat betreft ga ik akkoord met uw voorstel. Ik denk meer aan iets anders. Ik zou willen dat u me als wederdienst bij mijn eigen onderzoeken helpt.’ Harden nam een grote slok bier.

Roux ergerde zich. Hij had nergens zo de pest aan als aan afhankelijkheid. ‘Welke onderzoeken bedoelt u?’ vroeg hij bars.

Harden veegde met de rug van zijn hand het schuim van zijn lippen, hoewel dit onbeschaafde gebaar helemaal niet bij de normaal zo gedistingeerde journalist paste. ‘Een groep invloedrijke mannen in de directe omgeving van de keizer maakt zich schuldig aan zekere overtredingen van paragraaf 175 van het Wetboek van Strafrecht.’ Vertrouwelijk en veel zachter voegde hij eraan toe: ‘Dat is gevaarlijk voor het rijk, Roux. Stel je voor dat de keizer wordt beïnvloed door een groep pedofielen. Boze tongen beweren dat hij hier zelf ook niet helemaal onschuldig aan is. In elk geval is het dringend geboden dit hofkliekje te vernietigen en hen hun gerechte straf te laten ondergaan.’

Roux liet zijn lepel zakken. ‘U bedoelt dat ik onderzoek zou moeten doen in hofkringen?’

‘Niet direct. Maar eigenlijk moet ik op Kasteel Liebenberg in Uckermark een paar opdrachten uitvoeren en die wil ik graag aan u overdragen.’

‘De residentie van vorst Zu Eulenburg?’ vroeg Roux.

‘Inderdaad. U sluit u als drijver aan bij jachtgezelschappen, legt contact met verschillende mensen en verzamelt informatie.’

‘Over pedofielen?’

Harden grijnsde. ‘Als u het zo wilt noemen. Ik moet een lijst opstellen van de misstappen van verschillende mensen die op kasteel Liebenberg verblijven. Behalve de vorst zelf zijn er nog meer mensen wier seksuele voorkeuren niet eenduidig zijn.’

Roux dacht na. Dat mannen zich met andere mannen vermaakten was niets nieuws. Eigenlijk kon hem dat helemaal niets schelen; ze gingen hun gang maar, wat en met wie ze maar wilden. Maar deze neigingen maakten iemand wel chantabel en hadden hem al verschillende interessante opdrachten opgeleverd. En het was zeker lucratief om dit gedrag in de allerhoogste kringen te onderzoeken. ‘Goed dan, als dat uw voorwaarde is voor uw welwillendheid sta ik op een later moment tot uw beschikking. Maar eerst moet ik met mijn eigen onderzoek verder.'

'Natuurlijk. Rond uw eigen onderzoek af. Ik kom er te zijner tijd bij u op terug.' Harden was zichtbaar tevreden met het verloop van hun gesprek.

'Dan zou ik nu het document graag willen zien,' zei Roux.

Harden knikte. Hij legde zijn bestek neer, haalde een dikke envelop uit zijn leren aktetas en schoof die naar Roux toe. 'Alstublieft. Een lijst van de gevangenen van Ehrenbreitstein van oktober 1902 tot januari 1903.'

Roux floot tussen zijn tanden. 'Respect, Harden!' Hij pakte de envelop. 'Ik had geen complete lijst verwacht. Hoogstens een paar suggesties voor mensen met wie ik contact zou kunnen opnemen om een paar namen te horen te krijgen.' Hij hield de envelop omhoog. 'Hiermee hebt u me heel veel werk bespaard.'

Harden keek tevreden, waarop Roux een envelop naar hém toe schoof. 'De aanbetaling.'

Harden stopte het geld weg. 'De echte betaling bestaat uit uw bekwaamheid en de tijd die u me later ter beschikking zult stellen.' Hij stak zijn hand uit.

Roux aarzelde even. 'Niet meer dan zes weken, Harden.'

De journalist knikte. 'Dat zou genoeg moeten zijn.'

Roux drukte hem de hand.

Diezelfde dag nog begon Paul Roux met het analyseren van de lijst en het bedenken van een slimme strategie. Daarna schreef hij een brief aan zijn opdrachtgever.

31

Riva
De laatste dagen van oktober 1903

Max stond op het kleine balkon van zijn hotelkamer en keek naar het Gardameer. De blauwe kleur van het water was deze eerste dagen van de herfst dieper en tegelijkertijd zachter geworden. Het donkere groen op de rotsachtige berghellingen vermengde zich met okergele en rode tinten, en in het licht van de laagstaande zon leken alle kleuren intenser. De herfst aan het Gardameer leek de zomerse overvloed tot rijpheid te brengen, zonder een lange, koude winter te voorspellen zoals ten noorden van de Alpen. Hier had alles een ingehouden harmonie.

Max leunde met zijn ellebogen op het sierlijke gietijzeren balkonhekje. Was zijn eigen leven maar even zorgeloos. Maar sinds dat uitstapje naar de Cascata del Ponale en de Valle di Ledro twee weken geleden had hij het gevoel dat hij door een glazen wand werd gescheiden van de wereld om hem heen. Alles voelde afgezwakt, drukkend en ongewoon zwaar.

Hélène. Mevrouw Rothmann.

Toen hij, door de achteloze afscheidsgroet van een onbekende aan het einde van een ongelofelijk heerlijke dag, begreep dat Hélène de moeder van Judith Rothmann moest zijn, was iets in hem aan het wankelen gebracht. Uitgerekend hij, de cynicus, die alles meehad, die van vrouwen genoot als van een goed glas wijn en daarna onbekommerd verder trok, verkeerde in gewetensnood.

Sindsdien wist hij absoluut niet wat hij moest doen.

Zij had hém niet herkend, terwijl hij nu wel wist wie zij was. De families Ebinger en Rothmann hadden om onduidelijke redenen weinig sympathie voor elkaar, waardoor ze elkaar in Stuttgart altijd meden. Bovendien wist iedereen dat zij zenuwziek was en daarom vaak in een kuuroord verbleef. Om diezelfde reden was ze ook zelden aanwezig geweest bij sociale bijeenkomsten. Zelf had hij haar vermoedelijk al ruim tien jaar niet meer gezien, maar precies wist hij dat niet meer. Geen wonder dat ze elkaar in Riva niet hadden herkend.

Max liet het balkonhekje los en ging weer naar binnen. Op zijn nachtkastje stond een nog halfvolle fles rode wijn en hij schonk een glas in. Terwijl hij het glas naar zijn mond bracht viel zijn blik op een van zijn half ingepakte koffers. Hij lachte even, want dit stilleven beeldde zijn emoties op dit moment perfect uit.

Want op de dag na dat ongelukkige moment aan de haven had hij de neiging gehad om zo snel mogelijk te vertrekken om zijn oorspronkelijke plan, gebouwen in Italië bestuderen, uit te voeren. Hij had informatie ingewonnen over de eerste treinverbindingen naar het zuiden en was begonnen met het inpakken van zijn spullen.

Maar toen hij uiteindelijk met het briefje met de treintijden erop bij zijn koffers stond, was het alsof een onzichtbare hand hem vasthield in Riva. Dus had hij de dagen laten verstrijken. Hij dronk 's avonds vaak een paar glazen van de zware rode wijn en viel vervolgens in een diepe slaap. Hij lag daardoor 's ochtends met een bonzend hoofd in bed, stond pas tegen de middag op en wandelde een beetje door Riva. Meestal kocht hij dan een krant, waarna hij op zijn kleine balkon ging zitten om hem in alle rust te lezen.

Slechts één keer had hij Hélène in de stad gezien, vluchtig. Haar vragende blik had hem diep geraakt, en de gebeurtenissen opgerakeld die alles zo moeilijk maakten. Zijn maag verkrampte steeds opnieuw als hij terugdacht aan die nacht met Judith in de muziekkamer. Er waren veel oorzaken geweest voor deze onzalige gemeenschap: zijn shocktoestand en een somber fatalisme die, in combinatie met een paar glazen champagne, de werkelijkheid aan het oog hadden onttrokken. Toch was er geen enkel excuus voor zijn gedrag. Hij was van hen beiden degene met ervaring en hij had zich moeten beheersen toen zij zich niet echt had verzet. En in plaats van dat hij zijn verantwoordelijkheid had genomen, was hij overhaast vertrokken en had zich laf uit de voeten gemaakt.

Max dronk zijn glas leeg en stond een tijdje besluiteloos in zijn kamer. Toen vermande hij zich. Ooit zou hij een besluit moeten nemen. Dus waarom vandaag niet?

De zon ging al bijna onder toen hij besloot zichzelf en Hélène eindelijk met de waarheid te confronteren, hoe moeilijk hij dat ook vond. Dit was nu eenmaal een heel bijzondere situatie.

Eerst schoor hij zich, trok een schoon pak aan en zette zijn strohoed op. Hij liep in de richting van de Via Santa Maria, want Hélène had tijdens hun wandeling verteld dat ze daar een kamer had.

Riva was geen grote plaats, maar Max was zo nerveus dat hij een paar enorme omwegen maakte. Toen stond hij eindelijk voor het smalle hoge huis dat hij had gezocht. Langzaam dwaalde zijn blik over de gevel naar boven. Toen verzamelde hij al zijn moed en belde aan.

Een oudere vrouw deed de deur open en zei: 'O, meneer, de kamer is al verhuurd. Het spijt me, maar u zult verder moeten zoeken.'

Hij keek haar met zijn charmantste glimlach aan. 'Geachte mevrouw, ik ben hier niet voor een kamer, maar ik heb gehoord dat Hélène Rothmann hier woont.'

Ze keek meteen wantrouwig en vroeg: 'Wat wilt u van mevrouw Rothmann?'

'Zij is mijn tante en ik ben op doorreis naar Italië,' verzon hij vlug. 'En ik heb een boodschap van mijn moeder voor haar. Het zou heel attent van u zijn als u mevrouw Rothmann wilt vragen of ze even naar beneden komt.'

'Juist. Dus u bent haar neef,' zei de vrouw niet echt overtuigd.

Maar Max bleef charmant glimlachen tot ze hoorbaar snoof en de deur verder opende. 'Goed dan. Wacht alstublieft hier, dan vertel ik haar dat u er bent.'

De paar minuten die hij moest wachten tot hij Hélènes voetstappen op de trap hoorde duurden eindeloos. Toen Hélène eindelijk voor hem stond kon hij geen woord uitbrengen.

'Max?' vroeg ze verbaasd.

'Hélène, ik...' Hij streek nerveus door zijn donkere haar. 'Het is... Ik weet niet hoe je nu over me denkt, maar...' Hij schudde zijn hoofd. Dit kon niet zo, niet hier en niet nu. Hij kon de beslissende woorden nu gewoon niet uitspreken en bovendien was hij bang dat Hélènes verhuurster alles zou horen.

'Hoe zou ik volgens jou over je moeten denken?' vroeg Hélène heel zacht en behulpzaam.

Hij keek naar de grond, en toen naar het plafond. Hij was hier niet klaar voor. Dit alles leek hem opeens volkomen onwerkelijk. Eerst moest hij de kwestie met Judith voor zichzelf enigszins op een rij zetten. 'Wil je met me uit eten?' vroeg hij na een tijdje.

Ze glimlachte. Eerst gereserveerd, maar toen met een betoverende schittering in haar ogen, waardoor ze zijn hoofd opnieuw op hol bracht. 'Ja, heel graag! Wacht alsjeblieft even, dan haal ik mijn spullen.'

Max leunde tegen de koele muur terwijl zij naar boven liep en haalde opgelucht adem. Ze had hem niet weggestuurd, hoewel hij haar na zijn avances tijdens het uitstapje niet eens meer had opgezocht. Hij kreeg de kans het weer een beetje goed te maken.

Later, toen ze in Hotel Central een heerlijk malse forel uit het Gardameer geserveerd kregen, vroeg hij om vergeving voor zijn lange stilzwijgen, zonder daar een uitgebreide verklaring voor te geven.

Hélène drong niet verder aan, maar vertelde over een paar schilderijen die ze had gemaakt en over haar plannen voor een tentoonstelling volgend voorjaar.

'Dan help ik je,' bood Max spontaan aan.

'Wil je dat doen?' vroeg ze blij. Even later vroeg ze: 'Maar ben je hier dan nog? Je had toch reisplannen?'

'Ik blijf in elk geval tot het voorjaar in Riva. Ik wil je tentoonstelling toch zeker niet missen!'

Aan haar glimlach zag hij dat dit haar heel gelukkig maakte. En toen hij zichzelf erop betrapte dat hij glimlachend een slok wijn nam, wist hij dat dat voor hem niet anders was. Wat was ze toch een bijzondere vrouw!

Aan het einde van die avond bracht hij haar naar huis.

Zacht zei hij: 'Dank je wel, Hélène.' Hij nam haar in zijn armen en ze bleef gereserveerd, maar verzette zich niet. 'Je hebt geen idee wat deze uren in jouw gezelschap voor me hebben betekend.' Hij drukte een tedere kus op haar voorhoofd.

Hélène zocht zijn hand en kneep er even in. 'Welterusten.'

Max wachtte tot ze de voordeur had geopend en naar binnen was gegaan. Daarna liep hij vrolijk fluitend terug naar zijn hotel. Onderweg kreeg hij een idee voor een bijzonder cadeau voor haar.

32

Villa Rothmann
Begin november 1903

Wilhelm Rothmann keek verbijsterd naar het telegram. Steeds opnieuw las hij de tekst en steeds opnieuw schudde hij zijn hoofd.

Kom niet. Slecht weer. Geen treinverbinding. Hélène.

Zoiets had hij al gevreesd toen ze op het afgesproken tijdstip niet in Stuttgart was aangekomen. Theo had afgelopen vrijdag urenlang voor het station staan wachten, was uiteindelijk onverrichter zake teruggereden naar Degerloch en had hem pijnlijk getroffen het nieuws verteld.

Wilhelm Rothmann was volkomen van slag geraakt door deze enorme vernedering. Hélènes gedrag was absoluut onacceptabel.

Hij hád het kunnen weten, want nadat hij haar het treinkaartje voor de terugreis had gestuurd, had hij alleen een kort briefje ontvangen waarin ze over haar nog altijd instabiele gemoedsgesteldheid schreef. Toch was hij ervan uitgegaan dat ze gehoor zou geven aan zijn duidelijke eis, want hij had immers aangekondigd dat hij de noodzakelijke overschrijvingen zou stoppen. Hoe wilde ze het daar zonder financiële middelen redden?

En nu dit telegram.

Het was wel waar dat de winter dit jaar vroeg was begonnen en het hele land in zijn greep hield. Dag en nacht vielen er grote hoeveelheden sneeuw, en de witte deken was al een meter hoog. Robert en Theo hadden er hun handen vol aan om de wegen en opritten naar het huis sneeuwvrij te maken. Ook de straten werden steeds geveegd met houten wiggen waar de paarden voor werden gespannen.

Toch stak er meer achter Hélènes bericht dan alleen een door het weer veroorzaakte vertraging. Ze verzette zich tegen hem. Als ze 'Kom later' of 'Kom nog niet' had geschreven, was de teneur van haar bericht totaal anders geweest.

Hij moest haar nu zeer duidelijk maken dat hij deze houding niet langer zou accepteren. Hij was het liefst onmiddellijk naar Riva vertrokken om haar vervolgens persoonlijk naar huis te brengen. Maar de onzekere toestand van de chocoladefabriek en de delicate kwestie van Judiths verloving vereisten zijn aanwezigheid. Daarom had hij eerst de overschrijvingen stopgezet. Misschien was dat voldoende om haar naar huis te laten komen.

Rothmann haalde diep adem. Het leek wel alsof hij de laatste tijd werd bedolven onder een zondvloed aan problemen, net zoals Stuttgart onder de winter. Zo kon en zo zou het niet doorgaan. Hij was nota bene een autoriteit in de stad!

Er werd op de deur geklopt.

Hij legde het telegram neer en stond op. Zijn hoofd en rug deden pijn, en hij had zich het liefst door Margarete laten masseren, maar eerst had hij een onderhoud met zijn toekomstige schoonzoon.

Babette opende de deur, liet de gast binnen en trok de deur met een zacht klikje weer dicht.

'Goedendag, meneer Rothmann,' zei Albrecht von Braun, zoals gebruikelijk op slepende toon.

'Goedendag, Albrecht. Fijn dat je hiernaartoe kon komen. Ga zitten.' Hij wees naar de zithoek. 'Sigaar?'

Albrecht knikte.

Ze staken hun sigaar aan en bliezen een tijdje de blauwgrijze rook uit.

Toen kwam Rothmann ter zake. 'Albrecht, je weet dat ik je bijzonder waardeer. Ik vind het dan ook bijzonder belangrijk om in het kader van de voorbereidingen van het huwelijk een paar zaken vast te leggen.'

'Dat is ook zeker in mijn belang,' zei Albrecht met een zekere arrogantie.

Dat irriteerde Rothmann. 'Judith is bezig zich uitgebreid voor te bereiden op haar nieuwe rol.' Hij hoopte dat dit overtuigend genoeg klonk. 'Ze is bijzonder koppig, waardoor ze daar iets meer tijd voor nodig heeft dan meer inschikkelijke vrouwen.'

Albrecht zei met een begrijpende glimlach: 'Dat heb ik gemerkt. Maar als ze zich vanaf de dag van het huwelijk gedraagt zoals het hoort vind ik het prima,' zei hij met een samenzweerderige knipoog. 'Ik vertrouw volledig op uw autoriteit als vader.'

'Daar mag je op rekenen.' Rothmann trok aan zijn sigaar en vroeg na een korte stilte: 'Hoe ben je van plan jullie leven vorm te geven?'

Er verscheen een onzekere glimlach op Albrechts bleke gezicht. 'Ze zal uiteraard van alle aangename dingen van het leven kunnen genieten.'

'Je vader zei dat hij je een stadsvilla zal geven.'

'Dat klopt, met genoeg ruimte voor een groot aantal kinderen.' Weer knipoogde Albrecht.

Rothmann negeerde deze in zijn ogen schunnige opmerking. 'Vertel eens, wanneer begin je bij de bank van je vader? Is hij je al aan het inwerken?' Hij had goed nagedacht over deze vraag, ook al kende hij het antwoord. Maar omdat hij nieuwsgierig was naar Albrechts reactie hield hij hem nauwlettend in de gaten.

Albrecht begon meteen beschaamd te blozen en zei ontwijkend: 'Eh... ik ben daar regelmatig aan het werk.'

'Welke verantwoordelijkheden heb je daar?' vroeg Rothmann.

'Ik eh... werk mee aan de uitbetalingen.'

'Aha. Je vader betrekt je zeker vaak bij belangrijke beslissingen en onderhandelingen?'

'Af en toe. Natuurlijk!' Albrecht begon dit verhoor steeds onaangenamer te vinden.

Rothmann zag dat Albrecht begon te zweten en steeds met zijn vinger aan zijn kraag trok, alsof die te strak zat. 'Het zal een zware opgave zijn om later zo'n succesvolle bank te leiden.'

'Mijn vader is gelukkig volkomen gezond,' zei Albrecht bijna uitdagend. 'Er is dus geen enkele reden om nu al over zijn opvolging te praten.'

Rothmann liet het daarbij. Het was wel duidelijk dat Albrecht niet wist hoe hij zijn positie bij de bank moest inschatten. Rothmann vermoedde dat hij op dit moment aan het lijntje werd gehouden en later, als de tijd rijp was voor een beslissing, een hoge afkoopsom zou krijgen omdat hij niet de leiding zou krijgen over de bank.

Dat was weliswaar een tegenvaller, maar hij had geen keus.

‘Je zult dus een gezin kunnen onderhouden,’ was Rothmanns conclusie. ‘En dat is uiteindelijk het belangrijkst.’

‘Dat lijdt geen twijfel!’ zei Albrecht snel. Hij legde zijn sigaar neer zodat die zou opbranden. ‘Ik hoop niet dat u daaraan twijfelde.’

‘Wanneer je zelf een dochter hebt, Albrecht, zul je me begrijpen,’ zei Rothmann diplomatiek.

Stiekem was hij blij dat hij de renteloze lening die Albrechts vader hem had aangeboden niet had aangenomen. Het zou een goede deal zijn geweest, maar de absurde voorwaarde die de bankier daaraan had verbonden was voldoende aanleiding geweest om alle mogelijkheden te benutten om die renteloze lening niet te hoeven afsluiten. Wanneer in Von Brauns bank geen plaats was voor Albrecht, dan had deze zeker niets in zijn chocoladefabriek te zoeken. Deze jongeman bezat absoluut niet de eigenschappen waarover de eigenaar van een grote onderneming diende te beschikken.

Het was heel jammer dat Judith als tegenprestatie voor de kredieten moest trouwen. Maar de in het kader van het huwelijk afgesloten leningen moesten volgens afspraak worden uitbetaald, anders kon hij het financiële tekort van de chocoladefabriek niet opheffen.

‘Mag ik je uitnodigen mee te eten, Albrecht?’ vroeg Rothmann daarom verzoenlijk met een naar hij hoopte vaderlijk klopje op de schouder.

Albrecht stond meteen op. ‘Heel graag! Zal uw dochter ook aanwezig zijn?’

‘Nee, helaas niet.’

Het was natuurlijk wel zo netjes geweest als Judith samen met hen had gegeten, maar ze was nog steeds even koppig en hij wilde niet het risico lopen dat ze Albrecht nog een keer voor het hoofd stootte. Daarvoor stond er gewoon te veel op het spel.

‘Maar dat is echt heel jammer. Ze maakt wel heel weinig tijd vrij voor haar verloofde.’ Albrecht liet zijn teleurstelling duidelijk blijken.

‘Vrouwen moeten veel regelen in hun verlovingstijd. Neem het haar alsjeblieft niet kwalijk,’ zei Rothmann.

Albrecht legde zich neer bij dit antwoord en leek tevreden zodra het eten werd geserveerd. Hij had een enorme eetlust en nam van elke gang minstens één extra portie.

Ook Rothmann liet het zich smaken.

De kokkin had een heerlijke maaltijd klaargemaakt, wild en verschillende bijgerechten, de wijn die erbij werd geschonken had een vol bouquet en een zachte smaak en ook de appeltaart die als dessert werd opgediend was krokant en smakelijk.

Nadat Albrecht afscheid had genomen, liep Rothmann terug naar zijn werkkamer. Ondanks zijn vele zorgen was hij toch tevreden. Deze kwestie ontwikkelde zich in elk geval goed en liet ruimte voor voorzichtig optimisme. Judith was onder de pannen en het bedrijf was gered, en als hij daarvoor een matig getalenteerde schoonzoon op de koop toe moest nemen, dan heiligde het doel de middelen. Maar Albrecht zou nooit ook maar één voet in zijn kantoor zetten. De gedachte aan zijn eigen vrouw verdrong hij voorlopig maar even. Als ze echt niet thuis zou komen, zou hij zich beraden op verdere stappen.

Hij moest zijn energie de komende weken alleen aan de instandhouding van zijn levenswerk besteden.

33

Nills Tiergarten
Half november 1903

Eindelijk werd de sneeuwbui wat minder. Judith keek glimlachend naar Victor, die naast haar op de smalle houten bank zat en de schaatsen onderbond die hij van Edgar Nold had geleend. Met een brede glimlach zei hij: 'U denkt vast dat ik nu een geweldige show ga geven, met één of twee valpartijen.'

'Echt niet!' Judith reageerde vrolijk op zijn grapje en zei: 'Ik weet toch dat u een natuurtalent bent. U zult dus over een paar minuten als een veertje over het ijs zweven.'

'Aha, dat weet u dus.'

'En als u valt, dan natuurlijk *très élégant*,' voegde ze eraan toe.

'En natuurlijk expres,' zei Victor al even ironisch.

Ze lachten allebei.

Nadat Victor de laatste leren riempjes om zijn schoenen had vastgeknoopt stond hij voorzichtig op.

'Dat ziet er al heel goed uit!' zei Judith overdreven lovend, want Victor had nog geen meter geschaatst.

Hij grijnsde veelbetekenend en nam Judiths schaatsen uit haar hand. 'Mag ik?' Hij knielde om haar te helpen.

Judith keek snel om zich heen om te zien of iemand naar hen keek, maar hoewel het deze middag druk was in de dierentuin was er niemand die op hen lette. Iedereen hier was bezig met zichzelf, zijn uitrusting en het sportieve pleziertje.

Dora, die haar begeleidde, zat een stuk verderop op een bank en deed alsof ze niet naar hen keek. Judith was dankbaar voor het feit dat haar kamenier de stiekeme afspraken met Victor geheimhield en ook over dit uitstapje met geen woord zou reppen.

Handig bond Victor haar schaatsen vast. Hij deed het vol overgave, teder bijna. En nu deze grote trotse man geknield voor haar zat, de ijzers van haar schaatsen tussen zijn bovenbenen klemde en de schaatsen aan haar enkellaarsjes bond, voelde ze een diepe genegenheid voor hem. Hij was nu zo dicht bij haar. Impulsief trok ze haar handschoen uit en streek met haar blote vingers door zijn donkere haar. Toen hij opkeek zag ze in zijn blik hetzelfde verlangen als zij voelde. Ze trok heel langzaam haar hand terug en raakte daarbij per ongeluk zijn wang en zijn hals. Haar vingers leken in brand te staan. Ze zag dat hij slikte en trok trillend haar handschoen weer aan.

Victor controleerde aandachtig of haar schaatsen goed zaten. Toen stond hij op, stak zijn hand uit en vroeg met een ondeugende blik: 'Mag ik u verzoeken, juffrouw?'

Ze schraapte haar keel en legde glimlachend haar hand in de zijne. 'Uiteraard. Ik hoop dat u de ijswals kunt dansen.'

Victor lachte. 'De ijswals? Natuurlijk! Die dans heb ik als kleine jongen al geleerd.'

Judith giechelde, gaf hem een arm en liet zich door hem op het ijs leiden.

Inmiddels was de zon achter de wolken vandaan gekomen. De zonnestralen veranderden de dierentuin in een winters sprookje: ze schitterden op de dikke sneeuwlaag op de dierenverblijven, bomen en struiken, weiden en paden, en werden weerkaatst door de grote ijsvlakte die elke winter op de Völkerwiese ontstond.

Hier schaatste jong en oud, ze draaiden pirouettes, verzonnen spelletjes en deden wedstrijdjes. Een paar kinderen gleden op gewone schoenen langs de rand. De mensen die niet op het ijs waren, keken naar het tafereel of wandelden ontspannen over de paden eromheen. Iedereen was uitgelaten en lachte.

Vanuit verwarmde kramen boden twee worstverkopers hun hartige waren aan, een andere verkocht snoep, noten en amandelen. En Rothmann-chocolade, zoals Judith tevreden vaststelde.

Ze hield zich nog steeds aan Victor vast. Samen begonnen ze langzaam over het ijs te glijden.

'En, juffrouw Rothmann, wat vindt u van mijn ijsdanskunsten?' vroeg Victor.

'Ik zou zeggen dat u de basisbeginselen goed beheerst,' zei Judith plagend.

'De basisbeginselen?' Victor keek haar aan. Toen fluisterde hij: 'Als ik zou kunnen zou ik een ijswals met u dansen, juffrouw Rothmann, dan zou u niet weten wat u overkomt. Helaas is me dat niet toegestaan. Maar ik zal u laten zien wat ik daarmee bedoel.' Hij maakte zich van haar los en schaatste handig en zwierig een paar baantjes.

Judith keek hem na. Ze was gaan blozen door zijn toespeling. Niet eens omdat ze zich schaamde, zoals gepast was geweest, maar door een onwillekeurige reactie van haar lichaam. De gedachte dat ze alleen met hem zou zijn en met hem zou walsen, zelfs een ietwat onbetamelijke wals, veroorzaakte een onverwacht heftige opwinding.

Hoe oud zou hij zijn? Ze schatte hem op eind twintig, maar zeker wist ze het niet. Hij leek vaak veel ouder en heel bedachtzaam. Het leven had kennelijk al zijn tol geëist. Opeens werd ze nieuwsgierig. Tot nu toe had ze zich niet echt afgevraagd wie hij was en waar hij vandaan kwam. Nu wilde ze opeens per se weten hoe zijn leven eruit had gezien voordat hij naar Stuttgart was gekomen. Wie waren zijn ouders? Had hij broers of zussen? Was er ergens een liefje?

Judith trok de met bont afgezette mantel dicht die ze over haar donkergroene wollen pakje droeg, stopte haar handen in haar mof en schaatste in gedachten verzonken een paar rondjes over het ijs.

Ze zag Victor niet meer, maar dat was geen wonder, gezien de vele mensen hier. Ze schaatste langs de bank waar Dora op zat en zwaaide naar haar.

Dora had gezelschap gekregen van een jonge knaap en een ander dienstmeisje. Ze praatten opgewonden met elkaar en Judith besefte opeens dat zij en Dora in twee verschillende werelden leefden, ook al woonden ze onder één dak. Een vreemd idee.

Twee kleine jongens botsten bijna tegen Judith op. Ze dacht meteen aan haar broertjes en besloot hun geen standje te geven. Ze keek hen na terwijl zij over het ijs scheurden en nam aan dat een andere volwassene hen binnenkort wel bestraffend zou toespreken.

'Die twee jongens moeten nog leren zich te gedragen!' zei Victor, die op dat moment weer naast haar verscheen en met een elegante zwaai tot stilstand kwam.

'Volgens mij ook.' Judith beschermde haar ogen met een hand omdat het felle licht haar verblindde.

Victor maakte een halve draai en kwam daardoor zo dicht bij haar dat ze zijn sterke bovenlichaam tegen haar rug voelde. Hoewel ze wist dat ze dat niet mocht doen leunde ze tegen hem aan. Hij pakte haar bij haar middel en hield haar vast. Deze aanraking was verrukkelijk. Judith sloot haar ogen en gaf zich er even aan over, ze rook zijn zeep en ze rook hem, en een paar minuten lang verdween de wereld om haar heen naar de achtergrond.

'Ik had niet gedacht dat u zo goed kon schaatsen,' zei Judith zacht. Ze hoorde zijn ingehouden lachje vlak bij haar oor.

'U weet heel veel niet van me, juffrouw Rothmann... Judith...' Hij liet haar los, pakte haar hand en trok haar mee in een adembenemend, snel rondje.

Judith lachte van plezier toen alles om haar heen vervaagde tot een kleurenmengeling van wit, lichtblauw en grijs. Ze verloor haar mof, maar dat kon haar niets schelen. Voor het eerst in maanden voelde ze zich zorgeloos en licht.

Opeens trok Victor haar tegen zich aan en begon te walsen. 'Noem je me vanaf nu Victor?' vroeg hij haar met een ondeugende glimlach.

Judith knikte en keek hem stralend aan, voelde zijn armen om haar heen en had het gevoel dat haar hart zou barsten van geluk.

'Lieve help!' Even later maakte Judith zich snel los uit zijn armen en keek ongerust in de richting van de weg tussen het apenverblijf en de Völkerwiese.

'Wat is er?' vroeg Victor verbaasd.

'Daar komen twee vriendinnen van me aan! Charlotte en Dorothea. Ze hebben ons al gezien!'

Victor stapte meteen iets achteruit en zei vol wroeging: 'Dat spijt me heel erg, Judith. Ik wilde je niet in verlegenheid brengen.'

Judith zei met een zwakke glimlach: 'Dat weet ik. Het is jouw schuld niet, Victor. In elk geval niet alleen die van jou, ik had moeten weten dat er elk moment iemand langs kon komen die ik ken.'

'Is Dorothea von Braun de zus van Albrecht?'

Judith keek hem aan. 'Ja. Ken je hem soms?' vroeg ze, scherper dan ze had gewild.

Victor keek haar verbaasd aan 'Hij is een vriend van Edgar Nold, mijn huisgenoot. Je kent hem immers.'

Judith had meteen spijt van haar barse reactie. 'Ja, natuurlijk. Edgar en Albrecht zijn vrienden, dus heb je hem vast al eens ontmoet,' zei ze verzoenend. Vanuit haar ooghoeken zag ze dat Dorothea naar hen toe kwam, terwijl Charlotte naast haar heftig tegen haar praatte.

'Ik kan me maar beter terugtrekken, Judith. Maar ik blijf in de buurt van je kamenier tot ik weet dat je veilig thuis bent gekomen.'

'Nee, blijf nog even. Dan stel ik je voor. Dat is veel beter dan wanneer we gehaast afscheid van elkaar nemen.'

'Wat je wilt. Wie is die andere jonge vrouw?'

'Charlotte Wenninger. We doen veel dingen samen, Dorothea, Charlotte en ik.'

'Ik begrijp het,' zei Victor.

Ze deden alsof ze onschuldig met elkaar praatten tot de beide jonge vrouwen bij hen bleven staan.

'Hallo, Judith, wie had dat gedacht! Ben je vandaag niet op de Feuersee aan het schaatsen?' Dorothea begroette haar zoals altijd hartelijk, maar het ontging Judith niet dat ze Victor argwanend aankeek. 'Ik ken u toch?' zei ze toen ook meteen. 'We hebben elkaar al eens ontmoet in de chocoladefabriek, nietwaar?'

Victor maakte een lichte buiging. 'Inderdaad. Het verheugt me u weer te zien, juffrouw Von Braun.'

Nu herinnerde Judith zich ook dat Dorothea Victor had gezien toen ze was flauwgevallen. Zelf had ze daar nooit meer aan gedacht. 'O ja, dat is waar ook!' zei ze snel. 'Meneer Rheinberger en ik werken aan een technisch ontwerp, Dorothea. We kwamen elkaar toevallig tegen en raakten natuurlijk meteen weer in gesprek.'

'Natuurlijk. Ik heb gezien hoe jullie met elkaar praatten.' Dorothea leek boos.

Judith begreep dat niet, want Dorothea wist toch zeker dat ze niet met haar broer wilde en zou trouwen.

'Neem het me alstublieft niet kwalijk,' zei Victor, 'als ik juffrouw Rothmann ongepast te na ben gekomen. Zij had daar geen schuld aan.'

Dorothea keek sceptisch van hem naar. 'Maar zo leek het niet!'

'Laat het toch rusten, Dorothea,' zei Charlotte. 'Je ziet toch ook dat hij haar probeert te redden. En dat vind ik erg romantisch.'

'Je hebt te veel romannetjes gelezen, Charlotte,' zei Dorothea. 'Maar goed.' Tegen Victor zei ze: 'Dank u wel dat uw onze vriendin voor een ernstige val hebt behoed.'

Hij gaf haar een dankbare knipoog. 'Heel graag gedaan. Dan laat ik u nu weer met rust, juffrouw Rothmann. We zien elkaar wel weer in de fabriek. Dames...' Daarna schaatste Victor weer weg en mengde hij zich tussen de andere schaatsers.

'Zo, hij is heel gek op je, Judith!' zei Charlotte dwepend. 'Wat was hij ridderlijk!'

'Lieve help, Charlotte! Dit is geen grapje!' mopperde Dorothea. Tegen Judith siste ze: 'En hoe haal je het in je hoofd hier te flirten? Ik kan echt wel begrijpen dat je Rheinberger leuk vindt en een onschuldig gesprek is ook niet verkeerd, maar als je je hier openlijk met hem vertoont, zó vertoont, dan wordt dat straks een afschuwelijk schandaal. En dat kun je je niet permitteren!'

'Je hebt gelijk,' gaf Judith bedremmeld toe. 'Maar je hebt echt geen idee...'

Niemand wist hoe slecht het met haar ging. Na haar episode met Max en met alle onzekerheid die haar bedrukte.

Charlotte probeerde vrede te stichten. 'Maar Dorothea, de meeste mensen die Judith kennen zijn op de Feuersee. Volgens mij is het heel onwaarschijnlijk dat iemand haar hier ziet.'

'Maar je kunt nooit weten,' zei Dorothea. Ze leek een beetje gerustgesteld, maar was er kennelijk nog niet gerust op.

'Je bedoelde het goed, Dorothea,' zei Judith verzoenend. 'Wie weet hoe ik gereageerd zou hebben als ik jou in eenzelfde situatie had gezien.'

'O, Judith, je moest eens weten. Bij ons thuis staat alles op zijn kop. Albrecht is helemaal weg van het vooruitzicht dat hij met je gaat trouwen. Als hij zou horen dat een andere man... je weet wel, dan weet ik niet wat hij zou doen.'

'Is het zo erg?' vroeg Judith geschrokken.

Dorothea knikte. 'Ja, echt. Max is ver weg, en ook Edgar komt zelden nog langs. Er is niemand die hem af en toe vertelt hoe de wereld echt in elkaar steekt. Albrecht drinkt te veel, praat alleen nog maar over de bruiloft en vader sterkt hem daarin. En 's avonds verdwijnt hij ergens naartoe.'

'Maar zo'n man kan je vader toch niet voor je uitzoeken,' zei Charlotte verontwaardigd.

Judith had weer het gevoel dat ze duizelig werd. 'Kunnen we ergens gaan zitten?'

'O, was dat te veel voor je?' vroeg Dorothea ongerust.

'Charlotte, ondersteun haar aan de andere kant!'

Arm in arm met haar vriendinnen liep Judith houterig en voorzichtig naar de dichtstbijzijnde bank.

'Ik maak je schaatsen los,' zei Dorothea pragmatisch, waarna ze meteen de veters begon los te maken.

Ondertussen had Charlotte troostend haar hand op Judiths arm gelegd. 'Dat met Albrecht maakt je bang, nietwaar?'

'Heel erg zelfs. Ik wil gewoon niet met hem trouwen en iedereen doet alsof dat helemaal niet van belang is.' Judith begon opeens bijna te huilen.

'Je bent bang dat je dat uiteindelijk toch moet doen,' was Dorothea's conclusie, waarna ze naast haar vriendinnen ging zitten. 'En eerlijk gezegd ben ik daar ook bang voor.'

'Maar waarom moet het uitgerekend Albrecht zijn? Als ze hem helemaal niet leuk vindt?' vroeg Charlotte. 'Mijn vader zou mij daar nooit toe dwingen. Dan is er wel iemand anders te vinden.'

Judith boog haar hoofd. 'Dat vraag ik me ook af. Misschien komt het doordat mijn moeder er niet is. Sinds ze weg is, is mijn vader amper nog voor rede vatbaar.'

Dorothea zei gelaten: 'Ach, jouw vader is een uitzondering, Charlotte. Mijn vader zou me ook uithuwelijken zonder rekening te houden met mijn gevoelens. Als hij er maar baat bij heeft.' Ze zuchtte. 'Het is oneerlijk.'

Judith begon kwaad te worden. 'Dat is het, oneerlijk! En precies daarom hoeven we ons dat niet te laten welgevallen!'

'Wat wil je doen?' vroeg Dorothea ongerust.

'Dat weet ik nog niet. Ik ben in elk geval niet van plan me in mijn lot te schikken.'

'Misschien moeten we met z'n drieën met je vader...' Dorothea maakte haar zin niet af omdat Judith opeens haar hoofd boog. 'Judith?'

Zij schudde haar hoofd en hield haar hand voor haar mond.

'Wat is er, Judith? Je bent lijkbleek!' Ook Charlotte keek haar nu ongerust aan.

'Ik ben misselijk.' Judith stond op, liep struikelend naar de dichtstbijzijnde heg en begon over te geven.

34

Villa Rothmann, Degerloch

'Ik heb echt geen dokter nodig, mevrouw Margarete,' zei Judith voor de zoveelste keer. 'Ik voelde me alleen even niet goed. Ik heb waarschijnlijk iets verkeerds gegeten en voel me nu al veel beter.'

'Maar uw vader staat erop dat de dokter u onderzoekt, juffrouw Judith.'

'Ook al komen hier tien dokters naartoe, ik laat me door niemand onderzoeken,' snauwde Judith geïrriteerd.

De hele ochtend al probeerde de huishoudster haar ervan te overtuigen dat ze dokter Katz moest laten roepen. Judith weigerde dat gedecideerd. Ze mankeerde niets, ze voelde zich nu goed en ze wilde in geen geval langer in bed liggen dan strikt noodzakelijk was.

De hele situatie die gisteren voor was gevallen was al gênant genoeg geweest. Vooral doordat Victor als uit het niets weer naast haar was verschenen. Hij had haar vastgehouden en met zijn zakdoek haar lippen gedept. Ze schaamde zich diep en wilde daar echt niet meer aan denken, al had ze het, ergens diep vanbinnen, heerlijk gevonden zo te worden verzorgd. Toch kon ze zich niet voorstellen dat een man een vrouw die hij in zo'n toestand had meegemaakt nog aantrekkelijk vond.

Nadat ze weer een beetje was hersteld en ze zo nonchalant mogelijk afscheid van Victor had genomen, moest ze Dorothea en Charlotte ervan overtuigen dat ze zich goed genoeg voelde om samen met Dora naar huis te gaan. Dat was niet gemakkelijk geweest. Pas toen haar vriendinnen zagen dat Theo voor de uitgang met de arrenslee op

Judith stond te wachten, gaven ze haar nog een heleboel goede adviezen en liepen weg. Judith had nog steeds een flauw gevoel in haar maag toen ze in de arrenslee klom, en de terugweg over de bochtige paden tussen de wijngaarden door had het er niet beter op gemaakt. Gelukkig had ze niet opnieuw overgegeven.

Ze had de avondmaaltijd overgeslagen, want alleen al door de geur van eten werd ze opnieuw misselijk. Daarom was ze zonder uitleg naar bed gegaan. Haar vader leek weliswaar geschrokken, maar had niet op een verdere uitleg aangedrongen. Judith had gehoord dat Dora tegen hem had gezegd dat ze te veel had gesnoept, wat natuurlijk niet klopte, maar de situatie wel voldoende verklaarde. Bovendien hoefde ze vanochtend niet mee naar de kerk.

Nu was het dus zaak de huishoudster gerust te stellen, zodat deze kwestie geen grote gevolgen had, want ze wilde morgen in elk geval naar de fabriek.

'U wilt dokter Katz toch zeker niet voor niets laten komen, mevrouw Margarete. Met dit weer!' Judith wees naar haar raam, waardoor ze alweer dikke sneeuwvlokken zag vallen.

De huishoudster gaf zich eindelijk gewonnen. 'Goed dan, maar zodra uw toestand verslechtert stuur ik Robert op pad.'

Judith knikte. Ze was blij dat de gewetensvolle Margarete haar kamer eindelijk verliet en zat net rechtop in bed toen er weer werd aangeklopt.

Dora kwam binnen met een kleine terrine bouillon. 'Volgens Gerti is dit heel goed voor u.' Ze zette de kom voorzichtig naast Judiths bed. 'Voelt u zich al beter, juffrouw?'

'O ja, veel beter. Heeft mijn vader nog iets gezegd?'

'Alleen dat hij graag wil dat u wordt onderzocht.'

'Mij mankeert niets.' Judith ging op de rand van haar bed zitten en tilde het deksel van de terrine, maar zodra ze de soep rook werd ze weer misselijk. Ze legde snel het deksel terug en leunde achterover tegen haar kussen.

'Wilt u niets eten?' vroeg Dora ongerust.

'Nog niet. De soep is gloeiend heet, die eet ik later wel. Ga jij niet naar de kerk, Dora?'

'Nee. Meneer gaf me toestemming bij u te blijven.'

'Juist.' Judith was graag even alleen geweest, maar toch stoorde

Dora's aanwezigheid haar niet. 'Wil je zo lief zijn een beschuitje voor me te halen, Dora? Daarna wil ik me graag aankleden.'

'Maar u bent nog steeds heel bleek, juffrouw Judith! Misschien is het beter als u vandaag in bed blijft. Maar ik haal met alle plezier een beschuitje voor u.'

Terwijl Dora naar de keuken ging, pakte Judith een boek dat Dorothea haar had geleend, *Jane Eyre*. Maar ze kon zich er niet op concentreren. Ze vond het vreemd dat ze steeds zo misselijk was. Ze voelde zich al een paar dagen af en toe niet lekker, vooral 's ochtends en een enkele keer ook 's avonds, maar ze had nog niet eerder hoeven overgeven. Misschien was de vis die ze vorige week had gegeten bedorven geweest. Maar nee, dan had de tweeling ook last van hun maag moeten hebben en de jongens voelden zich kiplekker.

Judith was zelden ziek en besloot haar klachten zo veel mogelijk te negeren, want dan gingen ze vermoedelijk het snelst voorbij.

Het sneeuwde al wat minder hard en Victor liep van het station van de tandradtram in Degerloch naar de villa van de Rothmanns. In zijn zak zat een geëmailleerd bordje dat Edgar de vorige week volgens zijn aanwijzingen had gemaakt. Op het bordje stond een meisje dat vaag aan Judith deed denken met eronder – in een nieuw, modern lettertype – CHOCOLADEFABRIEK ROTHMANN. Victor hoopte dat Judith het mooi vond. Ze had zo veel passie voor chocolade, de productie ervan en de fabriek. Dit cadeau stond symbool voor haar passie en voor zijn overtuiging dat Judith een speciale band met het bedrijf had, juist omdat hij de indruk had dat haar vader de vaardigheden van zijn dochter niet op waarde wist te schatten.

Onderweg trok hij een handschoen uit, stak zijn hand in zijn jaszak en streek over het gladde oppervlak van het ovale plaatje, dat meteen de warmte van zijn hand aannam. Hij had zich lang afgevraagd of hij Judith wel thuis moest bezoeken. Hij wist dat Wilhelm Rothmann tegenwoordig altijd op zondagmiddag in de fabriek was om achterstallig werk in te halen, maar daar kon hij niet van uitgaan, vooral niet met dit weer. Hij moest er dus rekening mee houden dat hij hem tegen zou kunnen komen.

Toch had dat hem er niet van kunnen weerhouden. Hij was erg

ongerust nadat Judith zich gisteren opeens zo beroerd had gevoeld en had eigenlijk niet werkeloos in zijn kamer kunnen zitten zonder te weten hoe het met haar was. Dus was hij die middag gewoon in de Zacke gestapt en naar Degerloch gereden.

Nu hij naar haar huis liep werd hij steeds nerveuzer. Dat was hij zelden, dus alleen al daardoor begreep hij hoeveel Judith inmiddels voor hem betekende. Pas na een minuut of twintig was hij bij de Villenkolonie, zoals de villawijk werd genoemd, hoewel de weg van de Zacke hiernaartoe enigszins sneeuwvrij was gemaakt. Ook op de straat voor de villa van de Rothmanns was een jongen bezig de sneeuw weg te scheppen.

Toen Victor dichterbij kwam herkende hij Robert, de huisknecht, die hem begroette. 'Wat veel sneeuw dit jaar!' Victor bleef even bij hem staan. 'En het is nog maar november!'

Robert leunde op zijn schep en zei eerlijk: 'U hebt gelijk. Ik moet er niet aan denken dat de winter nog maar net is begonnen. Bent u met de tram gekomen, meneer Rheinberger?'

'Inderdaad.'

'Het verbaast me dat de Zacke nog steeds rijdt.'

'Klopt, maar natuurlijk wel minder frequent. En vandaag reed hij heel langzaam.'

'Dat kan ik me voorstellen. Wilt u naar meneer Rothmann?'

'Ja, als hij thuis is?' Victor had zich al afgevraagd hoe hij het voor elkaar kon krijgen om Judith te zien, omdat het hem te brutaal leek om gewoon naar haar te vragen.

'Hij is tien minuten geleden vertrokken, maar ik weet niet waarnaartoe.'

'Echt? Wat jammer.'

'Ja, dat spijt me heel erg, nu u hier speciaal vanuit Stuttgart naartoe bent gekomen, meneer.' Nadat Robert even had nagedacht zette hij de schep tegen een hekpaal. 'Weet u wat? Loop maar mee naar de keuken. Dan krijgt u iets warms te drinken en kunt u zich even opwarmen voordat u weer vertrekt.'

'Die uitnodiging neem ik graag aan.' Victor was opeens heel benieuwd naar wat er die middag zou gaan gebeuren.

In de keuken was het heerlijk warm. De kokkin gaf hem een beker warme chocolademelk en hing zijn jas en hoed boven het fornuis, zodat ze sneller droog werden. 'Hoe haalt u het in uw hoofd om vandaag op stap te gaan?' vroeg ze hoofdschuddend.

Eigenlijk moest Victor haar wel gelijk geven. 'Ik zat echt niet helemaal alleen in de tram,' zei hij verontschuldigend.

'Ja, natuurlijk zijn er altijd wel een paar gekken,' zei de kokkin.

Victor grijnsde. 'Dat is zo.'

'Ik zou de tram ook hebben genomen,' zei Robert behulpzaam.

Op dat moment kwam Dora binnen. 'De juffrouw wil graag thee. O, goedendag, meneer Rheinberger! Wat een verrassing!'

'Goedendag, Dora. Ik wilde meneer Rothmann bezoeken.'

'Hij is niet thuis,' zei de kamenier.

'Dat weet ik, dat heeft Robert me al verteld.'

'Maar juffrouw Judith is er wel. Ik zal haar meteen vertellen dat u er bent. U hebt zo'n lange reis gemaakt, meneer, dus zullen we u niet weer wegsturen. Robert, wil jij hem naar de salon brengen?'

'Als jij dat wilt,' antwoordde Robert.

'Wat moet ik dan met de thee?' vroeg de kokkin.

'Die serveren we later in de salon.' Daarna verliet Dora de keuken.

De kokkin kneusde venkel- en karwijzaad, schonk er thee op en zette de pot op de grote houten tafel zodat de thee kon trekken.

Victor dronk zijn chocolademelk op en liet zich daarna door Robert naar de kamer brengen waar Karl na zijn ernstige ongeluk was verzorgd. Die zomerdag was een bijzonder belangrijke dag voor Victor geweest, want daar had hij zijn baan in de fabriek aan te danken, en de kennismaking met de dochter des huizes. Zoals zo vaak hadden op het oog kleine toevalligheden verstrekkende gevolgen gehad.

Terwijl hij op Judith wachtte liep hij naar de haard, waarin een fel vuur brandde. Hij warmde zijn handen eraan en keek naar een portret dat erboven hing van een knappe vrouw met donker haar in een kostbare baljurk. Ze leek heel tenger en had een bijzondere, heel elegante uitstraling. Haar gezicht en vooral de opvallende blauwe ogen deden hem aan Judith denken. Een paar minuten lang keek hij peinzend naar het schilderij, maar toen hoorde hij een zacht klikje en wist dat iemand de kamer binnen was gekomen.

'Dat is mijn moeder.'

Toen hij Judiths stem hoorde, ging er een heerlijke rilling door hem heen en hij draaide zich langzaam om.

Ze was nog een beetje bleek, zoals ze daar in haar lichte middagjurk stond, maar in haar ogen zag hij alweer de schittering die hij inmiddels zo goed van haar kende en die hem elke keer als hij haar zag opnieuw fascineerde.

'Je lijkt heel erg op haar.'

'Nou ja, een beetje,' zei Judith.

Haar glimlach ontroerde hem. 'Haar ogen zijn zo mooi blauw. En ze heeft een prachtig gezicht.' Victor zag dat ze even straalde, maar toen weer ernstig keek.

'Ik mis haar.'

'Dat kan ik goed begrijpen. Ze komt binnenkort toch terug?'

'We hadden haar eind oktober verwacht, maar ze kon niet reizen door het weer. En dat is nog steeds niet verbeterd.'

Toen Victor de verdrietige klank in haar stem hoorde wenste hij dat hij zelf de sneeuw opzij kon schuiven, alleen maar om haar gelukkig te zien.

'Zelfs de winter zal niet eeuwig duren, Judith. Op een dag is het zover en zijn jullie weer samen.'

'Dat zou fijn zijn,' verzuchtte Judith.

Toen bood ze hem een stoel aan de met houtsnijwerk versierde eettafel aan. Ze ging tegenover hem zitten op een van de met brokaat beklede stoelen. 'Waarom ben je hier, Victor?'

'Ik...' Victor haperde even, maar besloot haar gewoon de waarheid te vertellen. 'Ik wilde je graag zien. Nadat het gisteren niet zo goed met je ging, was ik ongerust.' Victor zag dat ze begon te blozen.

'Dank je. Maar... nou ja... het spijt me dat je me zo moest zien,' stamelde ze.

Victor merkte dat ze het gênant vond. 'Geen probleem, ik was juist blij dat ik in de buurt was en je kon helpen.'

Ze keek hem vol twijfel aan.

'Ik vond het echt niet erg, Judith. Het is veel belangrijker dat je je nu weer beter voelt.'

Op dat moment kwam Dora binnen met een dienblad. Ze serveerde Victor koffie en Judith thee, en zette er een schaal met gebak naast.

Toen ze weer alleen waren, deed Judith suiker in haar thee en daarna roerde ze in gedachten verzonken in haar kopje.

'Het gaat nu toch beter met je?' vroeg Victor voor de zekerheid.

'Ja, hoor, ik voel me goed.'

'Heb je nog problemen gehad met je vriendinnen? Ik bedoel, omdat ze ons gisteren samen hebben gezien?'

Nu glimlachte Judith. 'Toen we op het ijs dansten? Nee, hoor, ze waren vast een beetje jaloers.'

Nu glimlachte Victor ook. 'Jaloers? Dan hebben we het dus goed aangepakt.'

'Dorothea en Charlotte maken zich gewoon zorgen om mij,' vertelde Judith. 'Maar aangezien de hogere kringen van Stuttgart zelden naar Nills Tiergarten gaan, was het vrij onwaarschijnlijk dat iemand me daar zou herkennen.'

'Het schaatsen was wél jouw idee, Judith,' zei Victor opgewekt.

Ze keek hem fel aan. 'Maar het was jóúw idee om samen iets te ondernemen!'

'Klopt. En ik heb er enorm van genoten! Het is een hele opluchting dat zo'n fijn uitstapje geen ernstige gevolgen voor je heeft gehad.'

'Mag ik je iets vragen, Victor?'

'Natuurlijk!'

'Waar kom je eigenlijk vandaan? Ik wil niet nieuwsgierig zijn, maar…'

'Je bent wel nieuwsgierig, Judith, en dat is begrijpelijk. Ik kom uit Berlijn. Mijn vader is officier bij het Pruisische leger.'

'O, dat had ik niet verwacht.'

Victor keek haar geamuseerd aan. 'Nee? Wat had je dan verwacht?'

'Dat is het probleem dus. Ik had echt geen idee.'

'Ook dat is heel begrijpelijk. Ik zie er immers niet echt uit als een man van goede komaf, maar hopelijk ook niet als een arbeider.'

'Klopt.' Judith was opgelucht dat hij er zelf over begon. 'Waarom ben je naar Stuttgart gekomen? Is het hier zo veel mooier dan in Berlijn? Het lijkt mij een fantastische stad, terwijl het hier bij ons nogal rustig is.'

'Dat kun je wel zeggen. Maar ik vind het prettig om hier te zijn. Stuttgart is op een rustige manier charmant, terwijl Berlijn hectisch en schreeuwerig is.'

'Ik zou er graag een keer naartoe gaan.'

'Ik wil het je graag laten zien. Ooit.'

Judith bloosde weer.

Victor vond het prettig te zien dat zij ook met haar gevoelens te kampen had. Als hij een geslaagd man was, zou hij allang zijn begonnen haar het hof te maken. Maar met zijn duistere verleden en zijn onzekere toekomst kon hij eigenlijk nergens op hopen. Nog niet tenminste, want er waren te veel kwesties die eerst in orde gemaakt moesten worden. Hij was haar op z'n minst een minimale verklaring verschuldigd. 'Mijn vader wilde dat ik ook voor een militaire loopbaan zou gaan en daarom heb ik op de militaire academie gezeten.'

'Beviel het je daar niet?'

'Nee, helemaal niet. Ik zou mijn leven nooit aan een dergelijke zaak kunnen wijden.'

'Liever aan chocolade?' vroeg Judith plagend.

'Veel liever!'

Opeens hoorden ze stemmen en voetstappen, en er viel iets op de grond.

Victor keek Judith vragend aan.

'Waarschijnlijk is er weer eens iets met mijn broertjes aan de hand.'

'Ik kan maar beter afscheid nemen, Judith. Het was –'

Op dat moment klopte iemand op de deur. Babette kwam binnen, maakte snel een kniebuiging en zei opgewonden: 'Albrecht von Braun is er voor u, juffrouw. Ik zei dat u al bezoek had, maar hij stond erop zijn verloofde te zien.'

Victor had het gevoel dat iemand een emmer ijswater over hem heen had leeggegooid. Had hij dat goed verstaan? Was Judith verloofd met Albrecht von Braun? Hij had dat gerucht wel gehoord, maar hij had er weinig aandacht aan besteed, want in een fabriek werd altijd veel geroddeld. Hij zat verbijsterd op zijn stoel. Dat verklaarde de reactie van Judiths vriendin gisteren op de ijsbaan. Als hij dit had vermoed, was hij nooit met haar meegegaan. Hij wist niet wat hij moest denken, al die tedere ogenblikken in de afgelopen weken kregen opeens een nare bijsmaak. Waarom had ze dit verzwegen? En hoe had hij zich zo in haar kunnen vergissen?

Toen voelde hij dat Judith hem aankeek. Ze was lijkbleek en had tranen in haar ogen. 'Victor, het is niet zoals het lijkt –'

'Doe maar geen moeite, Judith,' zei Victor, scherper dan zijn bedoeling was. Het kostte hem moeite om gepast te reageren door al zijn tegenstrijdige gevoelens.

‘Wat moet ik nu doen?’ vroeg Babette.

‘Stuur meneer maar naar binnen,’ zei Victor tegen haar, ook al wist hij dat hij daar niets over te zeggen had.

Dat schoot Judith inderdaad in het verkeerde keelgat, en ze fronste.

Ook dit kende hij van haar en hij had zin de rimpel weg te kussen. Terwijl Babette de kamer verliet ging hij vlak voor Judith staan. ‘Ik wens je nog een aangename middag,’ zei hij beheerst terwijl hij haar het emaillen plaatje gaf. Zijn cadeau voor haar, dat hij al die tijd in zijn jaszak had gehad.

35

Venetië
Rond dezelfde tijd

Als Hélène zelf had kunnen bepalen in welk seizoen ze naar Venetië ging, zou dat zeker niet de herfst en al helemaal niet november zijn geweest. Maar wat had ze dan veel gemist!

Ze stond voor het raam van haar hotelkamer. Er hing een dichte mist boven de stad aan de lagune. Heel vaag zag ze de omtrekken van de schitterende huizen en palazzi door het grijs. Zelfs de klokken van de talrijke kerken die nu werden geluid klonken gedempt. Toch was de schoonheid van Venetië al te voelen, alsof de stad er alleen nog op wachtte om te worden onthuld. Hélène verheugde zich op het moment waarop de mist optrok.

Ze draaide zich om en vroeg zich af wat ze zou aantrekken. Ze droeg nog altijd geen knellend korset, ook al had ze haar eenvoudige reformjurken in Riva achtergelaten. Ten slotte koos ze een donkergrijze wollen jurk met een rok die uit meerdere banen bestond en een blouseachtig bovenstukje van blauw-rood gestreepte zijde dat soepel om haar bovenlichaam viel. Ze stak haar haar op en zette een vilten toque op die was versierd met fluweel, een donkerrood zijden lint en een sierspeld. Daarna pakte ze haar handtas en paraplu, en liep de smalle trap af naar de receptie van het ongedwongen hotelletje niet ver van het Campo San Polo, waar ze hun intrek hadden genomen.

Ze wachtte geduldig tot Max ongeveer tien minuten na de afgesproken tijd met een verontschuldigende glimlach arriveerde. 'Heb je lang moeten wachten, Hélène?'

Ze glimlachte fijntjes en schudde haar hoofd. Max wist dat ze altijd stipt op tijd was en zij wist dat Max zich zelden aan welke afgesproken tijd ook hield.

Hij zette zijn vilten hoed op en bood haar zijn arm. 'Zo. De afgelopen weken heb ik altijd geduldig naar jou geluisterd, maar nu laat ik jou de charme van Venetië zien en ik hoop dat je tevreden zult zijn met mijn rondleiding.'

Hélène nam zijn arm en zei: 'Daar twijfel ik geen moment aan.'

Toen ze het straatje voor hun hotel op liepen, probeerde de zon al door de mist te dringen.

Max, die de stad goed kende, keek tevreden naar de lucht en zei: 'We hebben geluk. In november regent het eigenlijk altijd in Venetië.'

'In Duitsland sneeuwt het nu,' zei Hélène. 'Een vrouw die in Riva vlak bij me woont, heeft een zoon in Ulm. Ze vertelde me dat daar op dit moment heel veel sneeuw ligt.'

'Ja, dat schreef een vriend van me ook al. Het schijnt daar echt winters te zijn, in elk geval in het zuiden.' Max legde zijn hand op die van Hélène. 'Des te beter dus dat wij daar niet zijn. Zin in La Serenissima?'

'O, ja!'

Een paar minuten later waren ze bij de halte van de Vaporetti aan het Canale Grande. Daar stapten ze in een van de kleine stoomboten die regelmatig door de ontelbare kanalen voeren.

Tijdens de langzame vaart naar de Piazza San Marco genoot Hélène van prachtige gevels waar ze langs voeren. De huizen stonden aan het water en de gevels lichtten op in warme rode en gele tinten. Ze had al heel vaak gehoord dat Venetië op palen was gebouwd en vond het fascinerend om dat nu zelf te kunnen zien.

'Bijna elk huis hier heeft wel een aanlegplaats,' zei ze tegen Max. 'In Venetië vervangt de boot de koets.'

'Inderdaad, en het water vervangt de straten,' zei Max.

'Alles in deze stad is volkomen anders: de geluiden, de geuren en de mensen. Geen wonder dat Venetië zo'n grote aantrekkingskracht heeft.'

Max knikte. 'De stad van de liefde.' Hij pakte haar hand vast.

Hélène keek hem glimlachend aan. Ze kon bijna niet geloven dat ze hier was, samen met hem.

Toen hij zich na hun uitstapje naar de Valle di Ledro zo onverwacht had teruggetrokken en haar had behandeld alsof ze een vreemde was, was ze heel verdrietig geweest, maar ze had het wel kunnen begrijpen. Ze was veel ouder dan hij, dat was gewoon een feit, dus ze kon het hem niet kwalijk nemen dat hij zich niet echt met haar in wilde laten. Ze was niet boos op hem geweest, maar bereid hem met liefde te laten gaan.

En toen had hij opeens voor haar deur gestaan, verlegen en onzeker. Hij had zijn gevoelens blootgelegd en haar verteld wat hij voor haar voelde. En zij had zich ingelaten met deze riskante en ongewone liefde. Net zoals Hermione dat deed met Christl, in de wetenschap dat hun tijd samen beperkt was. Maar alleen het nu was toch belangrijk?

Max' uitnodiging om mee te gaan naar Venetië was een verrassing geweest. Ze was eergisteren dan ook vol verwachting met hem met een stoomschip naar Desenzano gevaren, waar ze de volgende dag de trein naar Venetië hadden genomen.

En nu waren ze hier. Hélène keek naar de schitterende huizen en probeerde de stad te bekijken met de ogen van de toekomstige architect. Voor de symmetrisch geplaatste ramen die vaak doorliepen tot aan de grond en ronde bogen of spitsbogen hadden, zag ze lage balustrades of versierde balkonnetjes. Smalle zuilen accentueerden de belangrijkste hartlijnen, en af en toe hing er een baldakijn boven. Het metselwerk bevatte fraaie ornamenten en versieringen. De huizen leken wel producten van een getalenteerde banketbakker; ze waren zo fraai en uitgelezen, vaak speels en sierlijk, maar toch monumentaal en zeer aanwezig. Getuigen van lang vervlogen tijden, maar toch niet voor de eeuwigheid gebouwd. De waterranden aan de basementen wezen op een kracht die sterker was dan de mens: het water.

'Fantastisch mooi, nietwaar?' fluisterde Max in haar oor. Ze zaten dicht tegen elkaar op het open dek van het stoomschip. Hij kneep even in haar hand. 'Zo voornaam. En toch op zand gebouwd.'

Hij dacht hetzelfde als zij.

'Weet je hoe Venetië is ontstaan, Hélène?'

Ze schudde haar hoofd.

'Oorspronkelijk was de stad gebouwd op een paar moerassige eilanden, honderdtwintig eilanden die met bruggen met elkaar verbonden waren. Stel je voor, meer dan vierhonderd bruggen maken van Venetië de stad die we nu zien.'

'Dat is echt ongelofelijk.'

'De meeste van deze chique palazzi zijn de voormalige woonhuizen van de Venetiaanse adel en rijke patriciërs, en al ontzettend oud. Vele zijn al vier- tot vijfhonderd jaar geleden gebouwd, en sommige zijn zelfs nog ouder.'

'Je moet vast heel veel geld hebben om dergelijke voorname huizen te bouwen.'

'Zeker weten.'

Max speelde met haar vingers en Hélène streek zacht over de zijne.

'Hoe zijn ze ooit zo rijk geworden?' vroeg ze. 'Alleen door de handel?'

'Venetië was een handelscentrum, dat ontkent niemand, en de kooplieden die hier woonden dreven lang geleden zelfs handel tot in Azië. Maar ze verdienden ook veel geld aan de scheepsbouw en later aan de productie van zeildoek, zijde en glas, vooral toen de handel minder belangrijk werd,' vertelde Max. 'Kijk, we zijn er!'

Ze hadden de steiger van de Piazza San Marco bereikt en stapten uit.

'Fijn dat we vandaag met droge voeten over de piazza kunnen lopen,' zei Hélène. 'Ik heb gelezen dat het water in de wintermaanden tijdens vloed vaak zo hoog komt dat je er tot je knieën doorheen moet waden!'

'Dan hebben we echt geluk, hoewel het vast heerlijk is om hier in de zee te zwemmen,' antwoordde Max.

'Nou ja, er zijn dingen die ik liever doe.'

Max lachte.

Net zoals toen ze hier de vorige dag arriveerden scheen de zon op de lagune, maar hoewel hij de lucht niet langer echt kon opwarmen, wierp hij wel een betoverend licht op de pleinen en stegen, de kanalen en bruggen. Een novemberidylle met een geheel eigen charme.

Toen ze over het San Marco-plein slenterden, zag Hélène een grote bouwplaats. 'Stond de Campanile hier?'

'Ja, maar die is vorig jaar ingestort.'

'Dat las ik in de krant. Ze hadden de toren al afgesloten omdat er scheuren in zaten. Godzijdank is niemand gewond geraakt.'

'Behalve de kat van de bewaker.'

'De kat van de bewaker?'

'Die schijnt te zijn bedolven, zeggen ze.' Max grijnsde. 'Maar dat is vrijwel zeker een verzinsel. Dat beest heeft waarschijnlijk gewoon de kans benut om een ander thuis te zoeken.'

Hélène gaf hem een por.

Hij sloeg zijn arm om haar heen en trok haar even stevig tegen zich aan. 'Er gebeurde nog iets wat bijzonder vreemd was toen de toren instortte,' zei hij geheimzinnig.

'O, wat dan?' vroeg Hélène op dezelfde veelbetekenende toon.

'De gouden engel Gabriel, die al eeuwen op het dak van de Campanile over Venetië waakte, kwam vlak voor de hoofddeur van de basiliek terecht!'

'Een engel heeft nu eenmaal vleugels,' zei Hélène. 'Hij kon dus zelf bepalen waar hij terechtkwam.'

Ze lachten allebei.

'Goed, Hélène, dan mag ik je nu uitnodigen de Basilica di San Marco te betreden,' zei Max op overdreven officiële toon, terwijl hij naar de indrukwekkende kerk wees.

'Voordat we naar binnen gaan kun je me vast nog iets over deze uitzonderlijke gevel vertellen,' zei Hélène streng.

'Natuurlijk! Ik ben helaas nog geen ervaren gids. Wilt u dat door de vingers zien?' vroeg Max onderdanig.

'Bij wijze van uitzondering,' zei Hélène genadig, terwijl ze teder zijn arm tegen haar zij drukte.

Ze keken naar de vijf koepels met daarboven de bogen die met mozaïeken waren versierd. Elke boog had zijn eigen onderwerp en de middelste was de grootste en de mooiste.

Max wees naar boven. 'Zie je de vergulde paarden op de gevel? Die zijn gestolen in Constantinopel, net zoals veel andere zuilen en beelden aan de gevel.' Max keek er aandachtig naar en wees toen naar de vijf spitsbogen boven de portalen. 'Op elk van deze spitsbogen staat een van de stadsheiligen van Venetië.'

'Heeft deze stad meteen vijf heiligen nodig?'

'Je kunt beter het zekere voor het onzekere nemen, toch? Dus hier waken Constantino, Demetri, Georgio en Teodoro. En in het midden Marco natuurlijk.'

'Tja, dan kan er niets meer gebeuren,' grapte Hélène. 'Een heilige voor elke windrichting plus een die erop toeziet dat die vier alles goed doen.'

Max grijnsde. 'Eerder een beschermheiligendynastie zonder familiebanden. De evangelist Marco is de belangrijkste, nadat twee Venetiaanse kooplieden zijn gebeente uit Alexandria ontvreemdden en onder een lading gepekeld varkensvlees naar Venetië brachten.'

'Waar het nog altijd rust.'

'Kennelijk.'

Toen ze de basiliek ten slotte via het grote middenportaal betraden was Hélène met stomheid geslagen.

Het plafond was overdadig versierd met schitterende mozaïeken op een goudkleurige ondergrond die doorliepen over de muren. Ook de vloer was versierd met ornamentele mozaïeken die uit ontelbare stukjes marmer bestonden. Het geheel – de koepels, de bogen en de zuilen van kostbare materialen – deed haar denken aan de sprookjes uit Duizend-en-een-nacht.

Max keek met een tevreden blik naar haar. 'Dit wordt ook wel de Gouden Basiliek genoemd. Nergens in Europa zul je mooiere mozaieken vinden.'

'Het glinstert zo onwerkelijk, bijna sferisch. Het zou me niets verbazen als straks een van de beschermheiligen verschijnt en iets tegen ons zegt,' fluisterde ze.

Max glimlachte. 'Hij zou vermoedelijk alleen iets tegen jou zeggen. Ik heb gewoon te veel zonden begaan. Maar nu,' fluisterde hij, 'laat ik je nog een uitzonderlijke schat zien.'

Hij duwde haar zacht verder tot ze voor een altaarbeeld stonden dat haar bijna verblindde. 'Dit is de Pala d'Oro.'

'Ongelofelijk,' fluisterde Hélène eerbiedig.

'Inderdaad. Een van de fraaiste retabels die bestaan.'

'Goud en zilver, waar je ook kijkt...'

'Hierin zijn parels, smaragden, robijnen, saffieren en ontelbare andere edelstenen verwerkt. Kijk maar eens naar de geëmailleerde platen en naar de kostbare cameeën.'

Hélène was nog steeds diep onder de indruk van de sfeer in de basiliek toen ze allang weer op het San Marco-plein stonden.

'En?' vroeg Max nieuwsgierig.

'Ik heb er geen woorden voor.' Hélène gaf hem een arm en liep dicht tegen hem aan door. 'En ik kan goed begrijpen waarom je voor de architectuur hebt gekozen, Max.'

'De architectuur heeft me in haar ban,' beaamde Max. 'Net als jij, Hélène,' voegde hij er zacht aan toe. Hélène liet haar hoofd tegen zijn schouder rusten en hij kuste haar steels op haar kruin. Toen schraapte hij zijn keel en zei: 'Zo veel moois maakt hongerig, vind je ook niet? Wat denk je van een lichte maaltijd?'

'Heerlijk!'

Max leidde haar langs de arcades onder de Procuratie Nuove naar een voornaam lijkend café en opende de deur voor haar. 'Na jou, Hélène.'

Ze gingen naar binnen.

De inrichting was bijzonder voornaam. Onder een gestuukt plafond met vergulde versieringen en ornamentele schilderingen stonden rijen tafels met stoelen en banken. Aan de al even uitbundig versierde muren hingen spiegels in dure lijsten.

Ze bestelden koffie en zoet gebak, waarna Max iets over de bewogen geschiedenis van dit café vertelde.

Hélène luisterde aandachtig naar zijn verhaal over de opkomst en ondergang van de republiek Venetië en over de in de vorige eeuw in Caffè Florian gehouden samenzweerderige bijeenkomsten van de tegenstanders van de overheersing door de Fransen en de Habsburgers.

'Ze hebben hier zelfs de gewonden van de opstand van 1848 verzorgd. Maar ik wil je niet vervelen met jaartallen en politiek, lieve Hélène. Voor jou is het misschien belangrijker dat hier in het Florian het idee voor de internationale kunsttentoonstelling van Venetië is ontstaan.'

'O, echt? Ja, de Biënnale. Ik heb de artikelen daarover gelezen, voor zover ik eraan kon komen. Ik had die tentoonstelling heel graag willen bezoeken. Jammer dat ze twee weken geleden is gesloten.'

'De volgende keer gaan we er samen naartoe,' beloofde Max zacht.

Op dat moment besefte ze heel goed hoe bijzonder hij hun relatie vond. Ze had niet eerder iemand ontmoet die op dezelfde manier naar de wereld keek als zij, die vanuit een ander perspectief naar iets kon kijken en openstond voor nieuwe ideeën, ook al botsten die met de algemeen erkende normen en waarden. Wilhelm Rothmann, die voor haar gevoel haar echtgenoot niet meer was, had haar verlangens en dromen altijd als hersenspinsels afgedaan en had haar gedwongen in een keurslijf van moraal en monotonie waarin ze bijna was gestikt.

Max had niet alleen dezelfde interesses als zij, maar hij zag haar nuances veel beter en gaf haar bovendien het gevoel dat ze werd gerespecteerd en begeerd.

Ze keek hem aan. 'Dat zou fijn zijn, Max. Ontzettend fijn.'

Hij beantwoordde haar blik en in zijn ogen zag ze niet alleen genegenheid en bewondering. Door het pure verlangen daarin ging er een rilling door haar heen. Opnieuw dacht ze aan Hermione, die zich zo ongeremd overgaf aan haar passies, en ze wilde dat pure gevoel zelf ervaren: niet aan morgen denken, maar gewoon leven.

Max leunde naar voren, pakte haar ellebogen en streelde ze. Net als zij leek hij de zinnelijke stemming die tussen hen hing te voelen.

'Auguste Rodin heeft dit jaar geëxposeerd,' fluisterde ze. 'Net als Pissarro en Renoir. Ik hou van de Franse kunst, die is vrolijk en echt, en natuurlijk.'

Max' blik werd nog intenser. 'Ik denk op dit moment aan Rodins beeld dat hij *De kus* heeft genoemd.' Zijn stem klonk schor.

'Ja,' zei Hélène toonloos. Ook zij had er moeite mee haar gevoelens te beheersen.

'Een man en een vrouw. Naakt en puur. Verder niets.' Max streelde haar onderarm. De gevoelens die hij daarmee bij Hélène opwekte had ze niet eerder ervaren. Ze leken diep in haar te ontstaan, bereid het laagje fatsoen en vereiste terughoudendheid te doorbreken. Ze begeerde deze man met elke vezel van haar lichaam en geest.

Zijn vingers begonnen met de hare te spelen. 'In een innige omhelzing. Vol verwachting.' Hij streelde elk vingertopje.

'Hun lippen raken elkaar niet aan,' fluisterde Hélène.

'Toch weten we dat ze zich overgeven aan elkaar.'

Hélène bevochtigde haar lippen. 'Ja. Dat doen ze.'

Max keek peinzend naar hun verstrengelde vingers. Toen trok hij langzaam zijn hand terug en maakte de kelner duidelijk dat hij wilde betalen.

'Het is maar goed dat de Campanile niet vlak naast de basiliek stond, zoals de kerktorens bij ons in het noorden van Europa,' zei hij met een vaste stem toen hij het wisselgeld opborg.

Hélène was even van slag doordat hij opeens over iets totaal anders begon. ‘Want dan zou de Dom tijdens de instorting zwaar beschadigd zijn geraakt, nietwaar?’

‘Dat had gekund,’ zei hij. ‘Heb je weer nieuwe energie, Hélène? Dan zetten we onze ontdekkingstocht voort.’

Toen ze over de Piazza San Marco naar het Dogen-paleis liepen, waren de wolken verdwenen en vroeg Hélène zich af waarom Max steeds afstandelijk werd zodra er een zinnelijke sfeer tussen hen ontstond. Dat paste net zo slecht bij alles wat de afgelopen weken was gebeurd als de wolken die de zon opeens weer bedekten.

36

De volgende dag

De vaporetto ploegde door het onrustige, grauwe water van de lagune. Anders dan gisteren waaide en regende het nu, en het schuim spatte in fijne druppeltjes op de paar passagiers die de moed hadden om tijdens de overtocht naar Murano op het overdekte bovendek te blijven.

Max en Hélène zaten naast elkaar op een houten bank in de kleine kajuit, samen met een paar Italianen die op luide toon met elkaar discussieerden.

Max keek geamuseerd naar hen.

Ze praatten allemaal door elkaar, vooral de vrouwen, en ze onderstreepten hun woorden met uitnodigende gebaren en hartelijk gelach. Hij begreep niet hoe ze tegelijkertijd konden praten en luisteren, maar toch leek dat een specialiteit van de Italianen. Ze hadden gewoon veel temperament.

Verder was er alleen een ouder echtpaar aan boord, dat net als zij op reis leek te zijn. Misschien waren ze naar de Biënnale geweest en langer gebleven. Ze praatten zacht Engels met elkaar.

Max leunde met een arm op de smalle vensterbank van het kleine raam, waar de regen tegenaan kletterde en in ontelbare stroompjes naar beneden liep. Hij vond het jammer dat hij Hélène vandaag niet het prachtige uitzicht over het water en de andere eilanden kon laten zien, wat bij mooi weer wel het geval was. Daarom nam hij zich voor een keer met haar terug te komen. In de zomer.

Hij keek naar haar. Ze zat kaarsrecht, kalm en aandachtig naast hem, zoals altijd, met haar ene hand in haar schoot en haar andere hand in de zijne. Hij keek naar haar profiel en besefte hoezeer hij daarvan was gaan houden. Haar zachte trekken, haar smalle rechte neus en haar stralende blauwe ogen onder de dikke donkere wimpers die zo veel leven en enthousiasme uitstraalden.

Alsof ze voelde dat hij naar haar keek, draaide ze haar hoofd en keek hem even onderzoekend aan. Hij maakte een onopvallend gebaar naar de groep die nog steeds druk in gesprek was en ze knikte glimlachend. Toen hij ten slotte haar blik vasthield verscheen er een warme glimlach op haar gezicht.

'Ik ben heel nieuwsgierig naar de glasblazers,' zei ze.

'Je zult Murano leuk vinden. Weet je eigenlijk waarom de productie van glas ooit naar Murano is verplaatst?'

'Nee, maar dat ga je me vast vertellen,' zei Hélène lachend.

'Tot eind dertiende eeuw gebeurde dat in Venetië. Maar doordat de huizen zo dicht tegen elkaar aan staan was het brandgevaar door de ovens gewoon te groot. Daarom zijn de glasblazers naar Murano verhuisd.'

'Verstandig.'

'Maar er was nog een andere reden voor.'

'O?'

'Het geheim van de glasproductie moest worden veiliggesteld. Op het eiland Murano woonden de glasblazers afgezonderd van de rest van de wereld. En iedereen die de kennis van hun vak deelde met buitenstaanders kon zelfs de doodstraf krijgen.'

'Toch is er iets van uitgelekt, nietwaar?'

'Inderdaad. Veel technieken werden bekend in Duitsland en Nederland, en later ook in Bohemen en Silezië.'

'Boheems glas is ook heel bijzonder.'

'Elke glasblazerij heeft haar eigen merkteken en de technieken worden steeds verfijnder en verder ontwikkeld. Ook de gebruikte grondstoffen kunnen verschillen. Nergens anders in de wereld is Murano-glas te vinden.'

Opeens schudde de vaporetto.

'Volgens mij zijn we er,' zei Max glimlachend. 'Door de ruwe zee is het niet bepaald gemakkelijk om zacht aan te meren.'

Een half uur later stonden ze in een van de glasateliers. Max had met de eigenaar gepraat, die hun nu liet zien hoe hij met behulp van een assistent een ingewikkeld procedé toepaste om een prachtig vlechtwerk te maken van verschillend gekleurde, dunne glazen staafjes.

'Deze kunst wordt *murrine* genoemd,' vertelde Max.

'*Millefiori.*' Hélène knikte. 'Dat ken ik. Maar ik heb niet eerder kunnen zien hoe het wordt gemaakt. Dit is fascinerend.'

'En ongelofelijk heet,' zei Max.

In de winkel van de glasblazerij kocht hij voor haar een ronde millefiori-presse-papier.

Daarna slenterden ze door de straatjes van Murano. Het regende niet meer en ze bekeken de etalages van allerlei winkels.

'Je hebt heel bijzondere vaardigheden nodig om deze kunstwerken te kunnen maken.' Hélène bleef staan voor een verzameling wijnglazen met een gouden steel. 'Moet je al die ingewikkelde details zien.'

Max bekeek ze aandachtig. 'Ja, ze zijn fantastisch. Geen wonder dat de opleiding tot glasblazer minimaal tien jaar duurt, en die tot meester nog veel langer.'

'Wat me ook verbaast zijn de vele glassoorten.'

'Die zijn het resultaat van ontelbare bewerkingen. Kwartszand, kalk en soda zijn de belangrijkst grondstoffen, maar daar komen mineralen en kristallen bij voor de verschillende kleuren. Maar hoe de samenstelling precies is, en of er nog geheime grondstoffen in zitten, blijft het geheim van iedere glasblazer en wordt alleen binnen de familie doorgegeven. Iedereen maakt dus zijn eigen kunst.'

'Zodoende blijft het murano glas onnavolgbaar. En heel duur.'

'Inderdaad.'

Er waren maar weinig mensen op straat. Max trok Hélène tegen zich aan. 'Zullen we teruggaan naar Venetië om te eten? Wat vind jij?'

'Dat is een goed idee.'

Ze slenterden nog een tijdje over het kleine eiland en namen ten slotte een vaporetto die hen terugbracht naar de stad.

Tijdens de overtocht liet Hélène haar hoofd tegen Max' schouder rusten en opnieuw realiseerde hij zich dat ze een sterke, ook fysieke, aantrekkingskracht op hem uitoefende. Ze was natuurlijk wel een paar jaar ouder dan hij, maar dat deed geen afbreuk aan haar schoonheid, integendeel. Zij combineerde jeugd en ervaring, nieuwsgierigheid en een intens gevoelsleven, kwetsbaarheid en kracht tot een zinnelijke charme die haar unieke aura versterkte.

Hij pakte een van de glanzende lokken van haar donkere haar die onder haar toque vandaan waren gekomen en duwde die achter haar oor, waarbij zijn vingers haar wang streelden. Ze draaide haar hoofd en kuste zijn handpalm. Een warm, innig verlangde welde in hem op en het drong tot hem door dat hij zich niet lang meer zou kunnen beheersen. Tot nu toe had de gedachte aan haar dochter steeds tussen zijn begeerte en de laatste stap gestaan. Maar wat gebeurd was, was gebeurd. Er lagen honderden kilometers tussen Stuttgart en Riva, en symbolisch was de afstand tussen hem en zijn verleden nog groter. Het werd tijd een streep onder dat hoofdstuk te zetten.

Hélène zuchtte zacht, alsof ze zijn gedachten had gelezen. Ze ging rechtop zitten en rommelde in haar handtas, zogenaamd op zoek naar een zakdoek.

Max' aandacht werd getrokken door een Italiaans gezin met zes kinderen. Een van de kinderen, een opgewekte jongen, rende tussen de rijen banken door. Toen hij merkte dat iemand naar hem keek grijnsde hij breed, waardoor Max kon zien dat hij tanden miste. Hij schatte de jongen op een jaar of zeven, acht.

Een van de kleinere kinderen, een meisje, viel van de bank en begon doordringend te huilen. Iedereen keek naar haar en toen Max weer naar de jongen wilde kijken was hij verdwenen. Max stond instinctief op en zocht met zijn blik de rijen banken af. Hélène keek hem vragend aan, maar hij lette niet op haar en liep voor haar langs naar de deur van de kajuit. Toen hij de deur opende, woei een harde wind in zijn gezicht. De storm was tijdens de paar minuten dat ze onderweg waren geweest heviger geworden.

Snel scande hij de rijen verlaten banken onder de luifel boven het open dek. Op het laatste moment ontdekte hij de jongen, die overmoedig kunstjes aan de reling deed. Omdat Max bang was voor wat er kon gebeuren, liep hij naar de jongen toe om hem daar weg te sturen. Op dat moment werd de boot gegrepen door een hevige windvlaag, waardoor de boot zo heftig schudde dat de jongen zich niet meer kon vasthouden.

Max zag verbijsterd dat de jongen overboord viel. Hij rende naar de plaats waar de jongen verdwenen was, trok zijn colbert en mantel uit, gooide ze achteloos op een van de banken en sprong achter het kind aan in de golven.

'Max!' Hélènes geschokte kreet was het laatste wat hij hoorde voordat de koude zee zich boven hem sloot en hem even de adem benam. Hij wist ook dat hij maar een paar minuten de tijd had.

Waar was de jongen? In het troebele water was bijna niets te onderscheiden. Hij haalde nog een keer diep adem en dook onder. Een paar meter voor hem doemde een donkere schaduw op, en al na een paar slagen kon hij nog net een arm vastpakken. Hij hield hem stevig vast, maar voelde tegelijk dat hij zelf bijna geen lucht meer had. Met achterwaartse trappen vocht hij zich omhoog naar het wateroppervlak en ademde hijgend in, met het roerloze lichaam van het kind tegen zich aan geklemd.

Even wist hij niet meer waar hij precies was, want door de hoge golven kon hij de vaporetto niet meteen ontdekken. Toen hij hem ten slotte weer zag, voelde hij dat zijn krachten hem door het koude water ook snel verlieten.

Toen hoorde hij het geluid van een motor, waaruit hij concludeerde dat ze gezien waren. De vaporetto verscheen vlak bij hen en er werden een reddingsboei en een touw in het water gegooid.

Max kon zich later niet herinneren hoe hij ze te pakken had gekregen. Het eerstvolgende wat hij zag was Hélènes angstige gezicht boven hem.

'Hoe gaat het met de jongen?' Max begon te hoesten.

'Ze verzorgen hem nu,' zei Hélène opgewonden. 'Denk je dat je kunt opstaan? Je moet snel de warmte in. Als je hier buiten blijft, ga je dood.'

Ze pakte zijn arm en hij stond moeizaam op. Met hun armen om elkaar geslagen liepen ze naar binnen.

'Ga hier op de bank zitten, dan haal ik snel je spullen van het dek.' Hélène verdween, kwam terug met zijn colbert en mantel, en ging bij hem zitten. 'Je kleren zijn ijskoud!' Ze trok haar eigen jasje uit en trok zijn mantel aan, kennelijk van plan die voor te verwarmen. Daarna hielp ze hem zijn natte overhemd uit te trekken en probeerde hem zo goed mogelijk met haar jasje te bedekken.

Max rilde, maar doordat ze hem zo vasthield voelde hij zich algauw beter. Hij sportte veel en daar had hij nu baat bij. 'Waar is de jongen?' vroeg hij nog een keer.

Hélène wees naar de andere kant van de kajuit.

Opgelucht hoorde Max iemand hevig hoesten, een teken dat de jongen het ingeslikte water uitspuugde. Zijn ouders en broertjes en zussen overlaadden de jongen met een heftige woordenvloed, en Max dacht een paar woorden van het Padre Nostro te horen.

'Hij overleeft het wel,' zei Hélène.

Max knikte. 'Zeker.' Hij probeerde te glimlachen om de zorgrimpels van haar voorhoofd te verjagen. Dat lukte niet helemaal en haar ongerustheid ontroerde hem. Toen ze ten slotte zijn mantel om hem heen sloeg, die haar lichaamswarmte een beetje had overgenomen, werd hij overmand door een ongekend gevoel. De zekerheid dat hij thuis was.

Hélène had zich al klaargemaakt voor de nacht, maar dacht niet dat ze zou kunnen slapen. Ze stond voor het raam van haar hotelkamer naar het donker buiten te kijken. Alles wat er die middag was gebeurd had haar geschokt en diep geraakt.

Het was allemaal zo afschuwelijk snel gegaan. Nadat Max fronsend was opgestaan en de kajuit had verlaten, was ze meteen achter hem aan gerend. Maar voordat ze begreep wat er was gebeurd, was hij al in het water gesprongen.

Het was gelukkig nog niet donker geweest, zodat ze de stuurman kon vertellen in welke richting Max even later weer was opgedoken, met iets in zijn armen.

Twee mannen hadden de reddingsboei naar hem toe gegooid, die hij na twee mislukte pogingen eindelijk te pakken kreeg, en hadden daarna Max en de jongen aan boord gehesen. Terwijl de familie van het kind zich om hem bekommerde, had zij voor Max gezorgd. In de paar minuten waarin hij hulpeloos voor haar had gelegen en ze niet wist of hij straks het bewustzijn zou verliezen, had ze begrepen hoe belangrijk hij voor haar was geworden. En de rest van de tijd, tot hun aankomst in Venetië, was ze doorgegaan met het warmwrijven van zijn bovenlichaam.

Op de terugweg naar hun hotel had hij alweer een grapje gemaakt door te zeggen dat de vijf beschermheiligen het met elkaar eens waren geweest dat ze hem niet als onruststoker in de hemel wilden hebben. Toch was ze heel ongerust geweest, want hij kon zomaar een longontsteking oplopen en dat was gevaarlijk.

Iemand klopte op de deur.

Ze draaide zich verbaasd om. Wie kon dat zijn? Max lag in bed, hopelijk met een hete kruik en een beker al even hete thee. En verder kende ze niemand hier in het hotel. Wilde het dienstmeisje nog iets van haar?

Ze liep naar de deur en deed open.

Max stond voor haar, zonder colbert en met de mouwen van zijn wollen hemd opgerold. 'Wat...' vroeg Hélène, maar hij schudde zwijgend zijn hoofd en duwde haar naar binnen.

De deur viel weer in het slot.

Hij legde één hand achter haar hoofd en met de andere tilde hij haar kin op. Zijn ogen werden donkerder toen hij zich naar haar toe boog en haar lippen met de zijne aanraakte. Behoedzaam en teder verkende hij haar zachte, gevoelige huid – eerst vragend, daarna vol voorzichtige begeerte.

'Max, je –' begon Hélène nog een keer.

Hij zei alleen 'Sst' en kuste haar opnieuw.

Hélènes hartslag versnelde.

Zonder de kus te verbreken duwde hij haar langzaam een stukje achteruit tot ze voelde dat ze met haar rug tegen de muur naast de deur stond. Toen wachtte hij even, zwaar ademend, en steunde met één hand tegen de muur naast haar hoofd. Terwijl hij haar met een intense blik aankeek, streelde hij met de vingers van zijn andere hand de omtrekken van haar gezicht, verkennend, vol verwachting. 'Ik voel me goed,' mompelde hij. 'Heel goed.'

Ze knikte, terwijl hij zijn hand naar beneden liet glijden. De vingers van zijn beide handen gleden langs haar hals, bereikten de bandjes van haar witte nachthemd van kant en batist, en duwden ze van haar schouders. Het kledingstuk viel met een licht geruis op de grond.

Nu droeg ze geen kleren meer, maar toch voelde ze zich niet naakt. Max' waarderende blik hulde haar in een fijn web van bewondering en waardering. Sterker nog, ze voelde zich beschermd en veilig.

Opnieuw vonden hun lippen elkaar, en Hélène begon zijn verleidelijke kussen te beantwoorden. Toen hij met een hand haar borst omvatte, tintelde haar huid.

Ze zuchtte. Niet eerder ervaren gevoelens overmanden haar volkomen en lieten haar begrijpen wat het kon betekenen als man en vrouw elkaar liefhebbend en vol begrip begeerden. Nieuwsgierigheid en begeerte ontwaakten en lieten haar handen als vanzelf op ontdekkingsreis gaan. Warmte werd hitte, zinnelijkheid een roes, en toen hij haar op het bed legde en in haar kwam, bestond de wereld alleen nog uit hen beiden. Verbaasd gaf ze zich over aan de heftigheid en de schoonheid van hun hartstocht.

Toen ze zich later in zijn armen nestelde, was ze intens dankbaar. Zo voelde dat dus, de verrukkingen van de liefde – ontelbare keren beschreven en bezongen, oorzaken van liefdesgeluk en diepe smart, de oorsprong van alle leven.

Ze keek Max aan.

Hij beantwoordde haar blik, wikkelde een van haar lokken om zijn vinger en trok haar zacht naar zich toe voor een nieuwe, innige kus. En ze had het gevoel dat ze deze nacht pas vrouw werd. Het verleden viel definitief van haar af en maakte plaats voor een onzekere maar veelbelovende toekomst.

37

Villa Rothmann
De volgende dag

Judith keek naar het emaillen bordje dat Victor haar ten afscheid in de hand had gedrukt. In tegenspraak daarmee waren zijn harde woorden die daarmee gepaard waren gegaan. Onbegrijpelijk.

Ze keek aandachtig naar het prachtige stuk, een klein filigraanwerkje. Het was de naamplaat van de chocoladefabriek in het klein, en ondanks haar verdriet en boosheid begreep ze wat Victor ermee wilde uitdrukken: zijn respect voor alles wat ze in de fabriek deed en wat dit werk voor haar betekende.

Teder streek ze met haar duim over het gekleurde oppervlak en wenste dat het nog iets van zijn warmte bezat. Sinds hij zondag snel door de gang naar de bediendevleugel was gelopen om het huis via de zij-ingang te verlaten, was het vreselijk koud om haar hart.

Ze kon bijna niet meer slapen. Ook vandaag was ze doodmoe, omdat ze dag en nacht probeerde de gebeurtenissen van die afschuwelijke middag te plaatsen en te begrijpen waarom hij haar zo veroordeelde zonder haar zelfs maar de kans te geven alles uit te leggen.

Daarna had ze ook nog Albrechts bezoek moeten verdragen. Zelfvoldaan en geaffecteerd zoals altijd had hij haar een kwartier lang het hof gemaakt. Anders kon ze de loftuitingen op al haar kennelijke deugden niet noemen die hij, aan elkaar geregen als de parels in een ketting, had opgesomd. Als ze niet volkomen van slag was geweest zou ze hem onmiddellijk de deur hebben gewezen. Maar nu had ze al zijn vleiende woorden zwijgend aangehoord. En omdat ze niet had geprotesteerd had hij dat vermoedelijk als een ommekeer beschouwd, zodat hij eindeloos had verklaard hoe weg hij van haar was, waardoor Judith opnieuw misselijk was geworden.

Tot haar grote opluchting kwam Dora op een bepaald moment binnen om haar uit deze afschuwelijke situatie te redden met de smoes dat er een probleem was met haar broertjes. Maar op datzelfde moment was haar vader thuisgekomen. Ze had niet snel kunnen vluchten, doordat hij een oppervlakkig gesprek met Albrecht had aangeknoopt en erop stond dat ze daarbij was. Pas toen de beide mannen naar zijn werkkamer waren gegaan om te roken, mocht ze zich terugtrekken in haar kamer.

Ze had beweerd dat haar maag nog steeds onrustig was en was dus niet aanwezig geweest bij de avondmaaltijd. Toch was ze kort voordat ze wilde slapen nog bij haar vader geroepen, die de situatie, net als Victor en Albrecht, volkomen verkeerd had begrepen.

Judith klemde het emaillen plaatje in haar hand.

Haar vader had haar er uitbundig voor bedankt dat ze zich tegenover Albrecht 'heel voorkomend had gedragen' en de hoop uitgesproken dat ze de situatie vanaf nu beter zou hanteren. De bankierszoon, zei hij tevreden, had zich bereid verklaard haar het slechte begin van hun verlovingstijd te vergeven als ze zich vanaf nu toegankelijker naar hem toe opstelde. Terwijl ze alleen maar volkomen van slag was geweest.

Ze begreep absoluut niet wat haar op dit moment overkwam. Ze voelde zich net een dunne glazen bol die elk moment kon barsten. Een ongewone toestand die ze weet aan de vele heftige gebeurtenissen van de afgelopen weken. Alle verwachtingen van verschillende partijen grepen haar aan – en nu ook nog die ongelukkige situatie met Victor. Ze voelde zich ellendig.

Er kon geen andere reden voor zijn.

Ze weigerde koppig zich serieus af te vragen of haar eenmalige samenzijn met Max misschien consequenties had gehad.

Ze keek naar de ranke, met ajourpatronen versierde klok op haar schoorsteen. Half tien. Theo had haar vader naar de fabriek gebracht, maar moest nu wel terug zijn.

Ze vond het vervelend dat ze de koetsier een tweede keer naar Stuttgart moest laten rijden, maar ze had die ochtend absoluut niet met haar vader mee willen rijden. Ze kon zijn loftuitingen op Albrecht von Braun evenmin verdragen als zijn instructies over wat van een goede echtgenote werd verwacht.

Een uur later stond Judith aan haar tafel in de proefruimte van de fabriek. Ze vroeg zich af hoe ze een idee kon uitvoeren dat haar tijdens de afgelopen slapeloze nacht te binnen was geschoten. Ergens had ze gelezen dat ze in Italië een *pasta gianduja* hadden gemaakt. Daarvoor werd een deel van de cacao in de chocolademassa vervangen door geroosterde hazelnoten of amandelen, iets wat haar vader pertinent als 'vervalsing' zou verketteren. Aangezien de firma Rothmann al meer dan twintig jaar lid was van het Verbond van Duitse Chocoladefabrikanten, dat erop toezag dat de chocoladeproducten zuiver bleven en zelfs een eigen keurmerk had, zou hij een vermindering van het aandeel cacao zeker niet willen overwegen. Maar Judith wilde het per se proberen, omdat ze een bijzondere smaakbelevenis verwachtte. Ze ging er dus gewoon stiekem mee aan de slag.

Ze had net de amandelen geblancheerd en hakte hazelnoten fijn toen iemand aanklopte en de deur opende. Ze voelde meteen dat hij het was.

Hij was teruggekomen. Blijdschap en opluchting stroomden door haar heen en ze kreeg aarzelend hoop. Haar hart maakte een sprongetje toen Victor dichterbij kwam, maar ze probeerde beheerst te lijken. 'Wat wil je, Victor?'

'Ik wil mijn excuses aanbieden.'

Judith legde het mes neer waarmee ze de amandelen had gehakt en veegde verlegen haar handen af aan haar schort.

'Dat wat zondag gebeurde was ongepast en zal niet weer gebeuren,' zei hij snel. 'Ik heb niet het recht je persoonlijke plannen en voornemens te beoordelen. Daarvoor bied ik je mijn oprechte excuses aan.'

Judith keek hem verbijsterd aan.

Hij leek afstandelijk, onverschillig bijna. In zijn woorden klonk geen enkele emotie door. Er brak opnieuw iets in haar. Kon hij echt zo koud zijn? Was één enkel ongelukkig misverstand voldoende om alles ter discussie te stellen wat er tussen hen was geweest?

Ze wist niet wat ze moest zeggen, want ze had weer de behoefte hem alles te vertellen, terwijl ze tegelijkertijd het gevoel had dat er een onzichtbare muur tussen hen in stond waar ze niet doorheen kon dringen. 'Dank je wel voor het emaillen bordje,' zei ze na een tijdje, zonder op zijn halfhartige verontschuldiging in te gaan. 'Het is echt heel mooi en je hebt me daar een groot plezier mee gedaan. Ik zal het in ere houden.'

Victor ademde hoorbaar in. Daarna schraapte hij zijn keel.

'Er zijn niet veel mensen die echt zien wie ik ben.' Judith kreeg bijna tranen in haar ogen, maar ze drong ze terug. Toen keek ze hem aan.

Haar eenvoudige woorden leken iets in hem los te maken. 'Judith, ik...' Met een hulpeloos gebaar streek hij door zijn haar. 'Ik kon het gewoon niet geloven, ik kan het nog steeds niet geloven! Maar het is waar, of niet? De zoon van een bankier met een geweldige toekomst biedt je een onbezorgd leven aan. Natuurlijk accepteer je zijn aanzoek. Wat is daarmee vergeleken een vreemdeling die keihard moet werken voor de kost? Die je niets kan bieden behalve heel veel werk en een huis vol hongerige monden als gevolg van zijn liefde?'

In zijn uitbarsting klonk zo veel gekwetstheid door dat Judith snel de afstand overbrugde die hen scheidde en zijn bovenarmen vastpakte. 'Veel dingen zijn niet zoals ze lijken. Mag ik je iets uitleggen?'

Hij knikte, maar reageerde verder niet op haar toenadering.

Judith liet hem los en begon zacht te vertellen. Over het duidelijke voornemen van haar vader om haar uit te huwelijken aan iemand met prestige en geld, over zijn toespelingen en dreigementen en ten slotte over die absurde verloving die in haar ogen niet bestond, maar volgens haar vader vaststond. Over Albrechts duidelijke plan hun verloving te laten voortbestaan, ondanks de manier waarop ze hem had vernederd. Over haar gevoel alsof een touw steeds strakker om haar hals werd getrokken, hoezeer ze zich daar ook tegen verzette. Wat ze niet vertelde was haar ontmoeting met Max.

Victor luisterde geduldig en zodra ze klaar was met haar uitleg en uitgeput haar blik neersloeg, nam hij haar in zijn armen. Hierdoor smolten haar spanning, haar woede en haar onzekerheid weg. Ontelbare ingehouden tranen braken naar buiten zonder dat ze daar iets tegen kon doen.

Hij streek geruststellend over haar rug. Zijn overhemd werd steeds natter tot haar tranen eindelijk opdroogden en Judith ten slotte nog een paar keer droog snikte. Daarna duwde hij haar een stukje van zich af zodat hij haar kon aankijken. 'Het spijt me, Judith. Zo veel ellende terwijl ik alleen mijn eigen belangen kon zien. Terwijl ik heel goed weet hoe het is als andere mensen denken dat ze over jou kunnen beslissen alsof je zelf geen wil hebt.' Toen Judith snoof haalde hij een zakdoek tevoorschijn. 'Ik heb hier alleen een paar keer wat zweet mee weggeveegd. Helaas heb ik er geen die helemaal schoon is.'

Judith nam de zakdoek van hem aan, droogde haar ogen en snoot netjes haar neus. 'Heb... jij ook zoiets meegemaakt? Ben je daarom in Stuttgart en niet meer in Berlijn?'

'Onder andere. Ook mijn vader had me gedwongen tot iets wat ik absoluut niet wilde.'

'Ja, dat heb je verteld. Je moest van hem naar de militaire academie.'

'Inderdaad.' Victor glimlachte zwak. 'Dat heb je onthouden! Hij heeft meedogenloos zijn macht over me uitgeoefend, met fatale gevolgen. Maar dat vertel ik je wel op een beter moment.'

Een tijdje stonden ze elkaar zwijgend aan te kijken. Judith was ongelofelijk blij met deze hernieuwde vertrouwdheid. Ook Victor leek veel meer ontspannen.

Hij glimlachte en keek toen langs haar heen naar haar werktafel. 'Waar ben je mee bezig? Weer een van je bijzondere lekkernijen?'

Judith vertelde meteen heel enthousiast: 'O ja. Ik ben bezig met de voorbereidingen voor een pasta gianduja en dat is echt vermoeiend.'

'Een wat?'

Judith schoot in de lach. 'Dat is een mix van geroosterde noten, amandelen, suiker en cacao. Je moet alles fijnmaken en roeren tot je een gladde massa hebt.'

'Het zal een hele klus zijn om dat met de hand te doen.'

'Klopt. Maar ik kan er immers niet zo'n dure machine voor gebruiken. Bovendien vindt mijn vader het maar niets om andere ingrediënten in de cacaomassa op te nemen dan cacao, suiker en vanille. Hij beschouwt dat als geknoei en dan is het volgens hem geen goede en zuivere chocolade meer.'

'Alleen omdat er andere ingrediënten in zitten?'

'Omdat ik een deel van de cacao weglaat en vervang door noten.'

'Dat is waar ook, er is zo'n keurmerk. Maar hij is misschien wel te streng.'

'Dat vind ik ook. Het is dan wel geen chocolade meer zoals dat oorspronkelijk is beschreven, maar toch wel iets wat heel lekker is. In Turijn is de pasta gianduja een specialiteit.'

'Ik ben heel nieuwsgierig naar hoe jouw nieuwe soort chocolade smaakt,' zei Victor opbeurend. 'Je mengt er immers geen krijt of tot poeder gemalen bakstenen doorheen!'

'Klopt. En ook geen aarde of zaagsel!'

Ze lachten, hoewel ze wisten dat er een tijd was geweest waarin chocolade inderdaad met dergelijke grondstoffen werd vermengd om op de dure cacao te besparen.

'De overtuiging achter dit keurmerk is op zich prijzenswaardig,' zei Victor. 'Maar tegenwoordig wordt chocolade niet langer zomaar nagemaakt.' Hij keek naar de gehakte amandelen en hazelnoten. 'Hm, volgens mij kun je wel wat hulp gebruiken.'

'Ja, dat is waar. Ik zal Pauline laten roepen.'

'Nee, ik bedoelde echte hulp.'

Judith keek hem vragend aan.

Hij trok zijn colbert uit en hing hem aan een haak aan de muur.

'Betekent dit dat jij me wilt helpen?' vroeg Judith blij verrast.

'Dat betekent het inderdaad.'

Samen ging het vlugger. Ze roosterden gehakte amandelen en hazelnoten, en hakten de nog warme noten zo fijn als ze konden. Daarna vermengden ze alles met zachte karamel en gesmolten chocolade. Judith deed er nog wat cacao bij. Het duurde heel lang voordat alles een soepel mengsel was geworden, maar uiteindelijk hadden ze een glanzende chocoladebruine deegbal.

'Jij moet proeven,' zei Judith tevreden. Ze haalde er een klein stukje vanaf en bood het Victor aan.

'Graag.' Hij pakte haar vingers en bracht ze naar zijn mond. Toen hij voorzichtig een hapje nam raakte hij haar duimen aan met zijn lippen.

'Nu jij,' fluisterde hij, terwijl hij haar een stukje aanbood.

Ze sloot haar ogen toen hij het in haar mond stopte en zijn vingertoppen over haar lippen streken.

Opeens voelde ze zijn mond op de hare. Kon een kus echt zo heerlijk smaken? Naar hazelnoot, amandel, karamel en chocolade... en naar Victor.

38

Degerloch
Eerste adventszondag 1903

Karl en Anton hadden hun rode sleden gepakt en liepen naar het Steigeloch, een meertje onder de Villenkolonie. Hun schaatsen, die ze met leren riempjes aan elkaar hadden gebonden, hingen aan hun schouder. Zodra het mogelijk was gingen ze op hun slede zitten en suisden ze joelend naar beneden over de afhellende straten, waar het sneeuwdek door het gewicht van voetgangers en auto's een stevige ondergrond was geworden.

Drie dagen geleden was er nog een keer een zware sneeuwstorm geweest. Het was er zo heftig aan toegegaan dat zelfs hun vader die dag thuis was gebleven en niet naar de fabriek was gegaan.

Inmiddels sneeuwde het niet meer. Het was wel ijskoud, maar na de lange dagen in huis wilde de tweeling per se naar buiten.

Gelukkig was hun vader al afgestapt van zijn veel te strenge bevel dat ze constant onder toezicht moesten staan. Na het ongeluk met de wespen die zomer was het hun een paar weken lang zelden gelukt ertussenuit te knijpen, en zelfs als dat wel lukte had het nooit lang geduurd. Bovendien kwam er inmiddels een privéleraar naar het huis die hun schoolprestaties moest beoordelen en verbeteren. Daardoor misten ze niet alleen hun schoolvriendjes, maar de lessen kostten hun ook veel meer tijd. Ze hadden het gevoel dat ze werden overvoerd met veel te veel kennis, net zoals een gans voor Sint-Maarten.

Maar vandaag was het zondag en dat betekende dat hun leraar én hun vader niet in het huis waren. Judith had zich weer eens teruggetrokken in haar kamer. Hun grote zus gedroeg zich hoe dan ook bijzonder vreemd; maar misschien werden meisjes wel zo als ze moesten trouwen. Want ook Karl en Anton hadden gehoord dat er al enige tijd sprake was van een huwelijk met Albrecht von Braun.

Vandaag was het eindelijk tijd voor echte winterpret: ze hielden een wedstrijd met hun slee.

'Verdorie, pas toch op!' brulde Anton toen Karl hem alweer sneed.

Karl lachte alleen en reed bijna over een moeder met haar kind heen.

Bij de volgende bocht in de weg wachtte hij op zijn broer, zodat de pret weer van voren af aan kon beginnen.

'Ga maar in één keer helemaal naar beneden,' mopperde Anton. 'Dan glij je niet steeds dwars voor me langs.'

'Maar daar gaat het toch om!'

'Wáárom? Mij uit mijn baan brengen?'

'Natuurlijk! Gewoon naar beneden glijden kan iedereen toch?' Karl duwde de slee van zijn broer tot hij enige snelheid had, waarna hij er snel achteraan ging en hem opnieuw dwong een scherpe bocht te maken.

'Als je niet ophoudt ga ik weer naar huis,' dreigde Anton.

Karl maakte de rest van de weg naar beneden elegante bochten om de paardenvijgen heen. Dat hij toch af en toe met de glijvakken van zijn slee of met een schoen in de poep terechtkwam deerde hem niet. Daar was Robert toch voor? Die zou zich wel met die vieze spullen bezighouden.

Uiteindelijk stonden ze voor het Steigeloch en constateerden tevreden dat zij de eerste kinderen waren die vanmiddag het meer op gingen, dat bijna tot aan de grond was bevroren.

Op doordeweekse dagen hakten volwassenen er ijsblokken uit, grote stukken die ze met vrachtwagens afvoerden en verkochten, zodat daar in de zomer de ijskasten mee gekoeld konden worden. Daarom was het eigenlijk verboden om op het Steigeloch te schaatsen, maar daar trokken de kinderen zich niets van aan, want de mannen veegden tijdens hun werk steeds de sneeuwlaag van het ijsoppervlak waardoor daar een prima schaatsbaan ontstond.

'We gaan er eerst met onze sleden op.' Karl legde zijn schaatsen aan de kant en duwde zijn slede naar het midden van de kleine ijsvlakte.

Anton deed hetzelfde en vroeg: 'Wat gaan we nu doen?'

'We wachten tot er iemand komt en vragen entreegeld,' stelde Karl voor.

'Entreegeld?'

'Ja. Iedereen die vandaag het Steigeloch op wil, moet tien pfennig betalen.'

'Denk je dat iemand dat doet?' vroeg Anton twijfelend.

'Natuurlijk.' Karl leek bijzonder tevreden over zijn idee.

'Goed dan. Waar moeten we gaan staan zodat niemand zonder te betalen het meer op kan?'

Karl dacht na. 'We bouwen een poort van onze sleden. Daarna halen we een paar takken en versperren de rest, of in elk geval de plaatsen waar je het meer op kunt.'

'Daar laat echt niemand zich door tegenhouden,' voerde Anton aan.

'Dat hangt af van hoeveel takken we ophalen.'

Het naar het meer slepen van de geschikte bouwmaterialen bleek een zware klus. Maar door de kou en de laag sneeuw konden ze takken van de bomen en struiken die rondom het meer groeiden gemakkelijk afbreken. Na enige tijd lag er aan weerszijden van de sleden een onregelmatige stapel dunne en dikke takken.

Ze waren nog steeds bezig met het fabriceren van hun barrière toen de eerste kinderen eraan kwamen en nieuwsgierig naar het ongewone bouwwerk keken.

'Wat is dat?' vroeg een klein meisje.

Anton vertelde haar dat het vandaag geld kostte om het meer op te gaan.

Aangezien geen van de kinderen geld bij zich had, spraken ze af dat ze niets hoefden te betalen als ze meehielpen met de verdere bouw van de versperring. Dus werden ze eerst door vijf, toen door zeven en ten slotte door twaalf kinderen geholpen. De kinderen die vlakbij woonden haalden thuis steeds sterkere palen en nuttig gereedschap op, en met een paar zagen schoot het werk nog sneller op. Na enige tijd werd de basisgedachte, geld vragen aan iedereen die het ijs op wilde, naar de achtergrond gedrongen. Op een bepaald moment ging het alleen nog maar om de bouw van een zo hoog mogelijke muur om het meer te verdedigen tegen een niet nader omschreven vijand.

Ze waanden zich in een avontuur dat hen naar verre landen bracht, ver weg van een heel gewone wintermiddag in het stille Degerloch. Steeds fanatieker bouwden ze, steeds dichter werd hun werk en steeds uitgelatener werden ze zelf.

Tot er drie sterke jongens aan kwamen, de een steeds een kop groter dan de ander, die wijdbeens voor hun poort van rode sleden bleven staan.

Anton gaf Karl een por in de zij. 'Hé, moet je kijken!'

'O nee, de Böpple Boeven!' riep Karl fronsend.

'Wat doen we nu?'

Karl dacht na.

Ondertussen hadden de andere kinderen ook door dat er problemen dreigden. Ze waren gestopt met hun werk en er hing een gespannen stilte op het Steigeloch.

'Wat heeft dit te betekenen?' vroeg de grootste van de Böpples. Hij wees naar de wirwar van takken en palen en zelfs een paar bakstenen.

Karl kon zich niet beheersen en zei zelfverzekerd: 'Vandaag moet je betalen als je het ijs op wilt.' Hij ging, ook wijdbeens, voor de drie Böpples staan.

Anton deed hetzelfde, maar achter zijn broer.

'Betalen? Laat me niet lachen!' De grootste Böpple zette een stap naar voren. 'Hoe wil je me tegenhouden als ik gewoon op het ijs stap?'

Karl, die ongeveer een kop kleiner was dan de oudste en dus even groot als de jongste Böpple, stapte een heel klein stukje achteruit. 'Hier komen jullie niet doorheen!'

'Dat meen je niet!' De grootste Böpple, die al een beetje de baard in de keel had, begon luid te lachen. Zijn broertjes lachten ook. Daarna wilden ze met z'n drieën door de opening bij de sleden dringen.

Karl en Anton probeerden hen tegen te houden, maar werden ruw opzijgeduwd. Toen de andere kinderen zagen dat de drie Böpples hun toevluchtsoord binnendrongen, gingen ze in een rij voor de indringers staan.

'Hé, wat heeft dit te betekenen?' De middelste Böpple probeerde de kinderen met geweld opzij te duwen.

Zijn broertjes hielpen hem en uiteindelijk mondde het woeste geharrewar uit in een stevige vechtpartij. De meeste meisjes gingen er voor de zekerheid vandoor, maar eentje bleef en deed actief mee. Er vielen klappen, er werd gestompt en geduwd, en het regende beledigingen en krachttermen. Op een bepaald moment waren de kinderen zo verdiept in hun vechtpartij dat ze niet eens merkten dat er een paar volwassenen aan kwamen, onder wie de schoolmeester en de pastoor.

Pas toen de mannen riepen dat ze moesten stoppen kwamen de kinderen tot bezinning.

De Böpples gingen er onmiddellijk vandoor, maar werden vrijwel meteen tegengehouden doordat een paar meisjes een touw over de weg hadden gespannen en hen zodoende ten val brachten. De smid, die er nu ook bij was, nam het op zich hen naar huis te brengen.

Ook voor de kinderen die nog op het ijs stonden was het niet best. Nadat Anton, die een goed ontwikkeld rechtvaardigheidsgevoel had, had verteld wat er was gebeurd en daarmee de schuld op zichzelf en Karl had geladen, mochten alle anderen naar huis gaan.

De schoolmeester begon aan zijn donderpreek: 'Zozo, de Rothmann-tweeling. Dat verbaast me niets. Dan heeft ook een privéleraar geen zin. Wat verwachten ze dan, met alleen maar onzin in jullie hoofd!'

'Hoe willen jullie dit allemaal goedmaken?' vroeg de pastoor.

Karl zweeg koppig.

Anton dacht koortsachtig na over een straf die gepast leek, maar niet heel ernstig was.

Maar voordat hij iets geschikts had bedacht hoorde hij de dreunende stem van de schoolmeester. 'Jullie ruimen hier eerst al die troep op. Ondertussen ga ik naar jullie vader om hem te vertellen wat jullie hebben gedaan. Daarna kom ik terug en ga pas weg als jullie alles hebben opgeruimd!'

Karl en Anton keken naar de grond.

'Ja, nu zijn jullie opeens stil,' zei de schoolmeester. 'Dachten jullie maar eens na vóórdat jullie aan dit soort ongein begonnen!' Daarna vertrok hij.

De pastoor keek nog een keer vol medelijden naar hen en liep toen ook weg.

Karl en Anton begonnen met het afbreken van hun verdedigingslinie en het was allang donker toen ze daarmee klaar waren. Toen ze eindelijk thuiskwamen rilden ze van de kou. Judith, Babette en Gerti stopten hen meteen in bed.

De schoolmeester was niet teruggegaan naar het Steigeloch, maar zat gezellig met Wilhelm Rothmann in diens werkkamer en liet zich de ene lekkere brandewijn na de andere inschenken. Hij vond het een uitstekend idee om de tweeling naar een jongensinternaat te sturen om een gedragsverbetering af te dwingen.

39

Chocoladefabriek Rothmann
Begin december 1903

'Het heet *torrone* en komt uit Italië, net als pasta gianduja. De eiwitten moeten heel stijf worden geslagen, tot een messnee zichtbaar blijft,' vertelde Judith. Ze keek glimlachend naar Victor, die zijn best deed om het eiwit met een garde tot de gewenste consistentie te kloppen. Als het maar even kon, ging hij tegenwoordig stiekem naar Judith in haar proefruimte. Dat kon alleen doordat hij voor zijn werk vaak op verschillende plaatsen in de fabriek moest zijn, om de techniek te testen, om reparaties te plannen of uit te voeren of om op zoek te gaan naar manieren om geld te besparen.

Zodra de deur dicht was werkten ze samen aan nieuwe ideeën voor lekkernijen. Victor wist dat de resultaten niet op grote schaal zouden worden geproduceerd, maar hij vond het leuk om te experimenteren. En om bij Judith te zijn.

Ze hadden al een hele berg amandelen geblancheerd en voorzichtig in een grote pan geroosterd. Terwijl deze afkoelden verwarmde Judith lichte honing in een koperen pan. Haar gezicht was door haar concentratie en de warmte opwindend rood geworden.

Victor keek met openlijke genegenheid naar haar. Hij had zich niet eerder zo verbonden gevoeld met iemand als met haar. Als ze op welke manier ook samen konden zijn, zou hij die kans meteen grijpen. Zijn jachtinstinct was geactiveerd, maar hij wilde ook alles doen om haar te behoeden voor Albrecht von Braun. Hij had de man maar heel af en toe gezien en Albrechts verwaande gedrag had hem elke keer tegen de borst gestuit. Vooral doordat hij al heel snel had gemerkt dat de man weinig diepgang had. Het enige waar deze Albrecht iets aan ontleende was het feit dat hij de zoon was van de belangrijkste bankier in de stad, maar daardoor dwong hij bij Victor geen respect af, hoogstens medelijden.

Judith roerde net zo lang door de honing tot deze een crèmekleurige substantie was geworden. 'Hoe ver ben je met het kloppen van de eiwitten?' Victor liet haar de inhoud van zijn schaal zien. 'Dat is precies goed,' zei ze vakkundig, waarna ze het eiwit bij de honing schepte. 'Wil jij dit mengen? Niet te snel, maar gelijkmatig.' Daarna stapte ze opzij, zodat Victor achter het fornuis kon gaan staan en kon doen wat hem was opgedragen. Het rook naar honing en geroosterde amandelen en hij kon niet wachten de torrone te proeven.

Even later stak Judith een eetlepel in het honingmengsel en doopte hem meteen in een kopje koud water. 'Zie je, nu is het goed! Er zitten kleine scheurtjes in en dat moet ook. Zo staat het in het recept!'

Victor tilde de zware koperen pan van het vuur, zette hem op de tafel en voegde de amandelen toe aan het honingmengsel. Nadat Judith alles had gemengd streken ze de amandelmassa uit op een bakblik.

'Zo, nu moet het alleen nog afkoelen,' zei Judith tevreden.

'Dan ga ik maar weer aan mijn echte werk, ook al is er niemand die me mist of me zoekt! Maar ik mag straks wel wat proeven,' zei hij met een knipoog.

'Natuurlijk! En fijn dat je me helpt. Het is veel leuker als we deze dingen samen uittesten.'

Victor pakte zijn blauwe werkjas van de haak en trok hem aan. Hij ging achter Judith staan en legde zijn handen op haar schouders, waarna ze vol vertrouwen tegen hem aan leunde. Hij begroef zijn neus in haar haar. Wat rook ze heerlijk!

Judith draaide haar hoofd opzij, zodat zijn lippen de zachte huid van haar voorhoofd raakten. Voorzichtig liefkoosde hij haar haargrens en liet zijn lippen naar haar slapen dwalen.

Toen schoot hem opeens iets te binnen waar hij al heel lang met haar over wilde praten. Hij nam haar in zijn armen en draaide haar voorzichtig om. 'Mag ik je iets vragen over je vader, Judith?'

'Ja, natuurlijk.'

'Ook iets waar ik eigenlijk niets mee te maken heb?'

Ze fronste. 'Wat dan?'

'Heb jij de laatste maanden ook het idee dat je vader, wat zal ik zeggen, slechts over beperkte middelen beschikt?'

'Hoe kom je daarbij?'

Victor wreef over zijn nek. 'Hier in de fabriek wordt zo bezuinigd dat ik me afvraag hoelang hij de concurrentie nog aankan.'

'Zoiets heb je al eerder laten doorschemeren. Toen je zei dat onze machines te oud zijn,' zei Judith peinzend. 'Denk je echt dat er te weinig liquide middelen zijn?'

'Ik kan er geen andere reden voor bedenken. Bovendien...'

'Wat?'

'Dat hij je met Albrecht wil laten trouwen, hoewel je je daar enorm tegen verzet. De reden kan natuurlijk zijn dat Von Braun de dringende wens wil vervullen van zijn zoon, die per se met je wil trouwen, en je vader zijn bankier niet tegen de haren in wil strijken. Maar dat vind ik dan wel een beetje slap.'

'Hoe bedoel je?'

'Kan het zijn dat je vader dringend geld nodig heeft om het bedrijf te redden? En dat jouw huwelijk op dit moment de enige manier is om dat voor elkaar te krijgen?'

Judith leek geschokt en Victor was bang dat hij te direct was geweest, maar om deze kwestie goed te kunnen onderzoeken had hij haar hulp nodig.

'Daar heb ik geen moment over nagedacht,' gaf ze toe, nadat ze even stil was geweest. 'Over waarom hij mij aan Albrecht heeft beloofd.'

'Maar het zou kunnen?'

'Ja. Nu je het zo stelt... misschien wel.' Ze fronste. 'Om daar zeker van te zijn zou ik moeten weten hoe de fabriek er financieel echt voor staat. Maar dat kan alleen als ik de boekhouding kan inzien.'

'Is dat dan mogelijk?'

Judith leek na te denken. 'Ik denk niet dat mijn vader me de boeken gewoon zal laten inzien. En als ik ernaar vraag wordt hij natuurlijk heel wantrouwend.'

'Dus moeten we een andere manier bedenken.'

'Ja. Het kan denk ik alleen als we stiekem naar het kantoor gaan om de boekhouding te controleren.'

'Dan hebben we een sleutel nodig. Of iemand die de sloten kan openbreken.' Victor grijnsde en zei: 'Ik kan wel iemand bedenken.'

'Echt? Ken je een inbreker? Wie dan?' Judith giechelde.

'Jij kent hem ook. Edgar.'

'Edgar Nold?'

'Ja, hij is precies de juiste persoon. Hij heeft me na een paar glazen bier een keer verteld over zijn pogingen om met behulp van een draad sloten te openen. Voor de lol natuurlijk.'

'Vraag het hem dan maar. Het is moeilijk om een sleutel in handen te krijgen. En zodra vader merkt dat de sleutelbos ontbreekt zal hij zijn kantoor laten bewaken en kunnen we ook met een sleutel niets doen.'

'Vind je het echt goed als Edgar en ik erbij worden betrokken? Het gaat immers om belangrijke bedrijfsgeheimen.'

Judith keek hem aan en legde haar hand tegen zijn wang. 'Ik vertrouw jou. En als jij Edgar vertrouwt, vertrouw ik hem ook.'

Victor knikte en hield haar hand vast. 'Ik neem aan dat de belangrijkste boeken bovendien apart achter slot en grendel worden bewaard. Misschien kun je de komende dagen proberen te ontdekken waar wat staat? Ook al is het maar ongeveer?'

'Ik kan het proberen, maar ik zal niets doen waardoor iemand argwaan krijgt. Heb je eigenlijk verstand van boekhouden? Ik bedoel, waar wat staat en welke bedragen belangrijk zijn?'

Victor schoot in de lach. 'Dat is een logische vraag. Ik heb daar wel wat over gelezen, omdat ik me daar al heel lang voor interesseer.'

'Je zou heel graag zelf een fabriek oprichten, nietwaar?' zei Judith, eigenlijk voor de grap. Maar ze merkte meteen dat Victor serieus werd.

'Ja. Daar zou ik enthousiast van worden en keihard voor werken. En ik zou er vanaf het begin voor zorgen dat de arbeiders het goed hebben.'

'Dan zou ik graag aan je zijde staan,' zei Judith spontaan.

Heel teder legde Victor zijn handen om haar gezicht. '*Attemptamus*, Judith. We gaan het proberen!' Hij kuste haar vol liefde op haar mond en voorhoofd. Daarna vertrok hij naar de machinekamer.

Nadat Victor was vertrokken ging Judith verder met haar nieuwe creatie. Ze pakte een stuk van de torrone, sneed dat in kleine stukjes en kneedde die door de pasta gianduja, die ze gekoeld had bewaard. Ze spoot het gianduja-torrone-mengsel in een paar vormen waar een laagje chocolade in zat dat in de ijskast was uitgehard, schonk er vloeibare chocolade op en legde de repen opnieuw in de koeling.

Terwijl ze de blikken erin zette voelde ze dat de meisjes van de decoratieafdeling naar haar keken. Ze hadden al geklaagd over het feit dat er door Judiths nieuwe creaties steeds minder ruimte in de ijskast was. Daarom vroeg Judith zich af of het niet handig zou zijn een of twee nieuwe ijskasten te kopen.

Ze liep terug naar haar proefruimte en besloot haar vader te gaan vragen of dat mocht. Ze was benieuwd naar zijn antwoord, want misschien kon ze aan zijn reactie zien of Victors vermoeden dat hij geen geld had om het machinepark van de fabriek te vernieuwen en uit te breiden, klopte.

Ze kleedde zich om en liep naar het kantoor. Door de geuren in de gangen en het trappenhuis werd ze meteen weer misselijk. Ze had kennelijk toch een hardnekkig virus opgelopen, want ze had niet alleen last van haar maag, maar was ook uitgeput en duizelig en had pijn in haar onderbuik. Misschien moest ze echt een paar dagen nietsdoen tot ze helemaal uitgerust was.

'Wat is er, Judith?' vroeg haar vader kortaf toen ze voor zijn bureau stond. 'Is het niet al erg genoeg dat je hier in de fabriek bezig bent in plaats van voorbereidingen voor je bruiloft te treffen? Margarete heeft de naaister al besteld die je jurk moet maken. Ik wil graag dat je met haar afspraken maakt voor pasbeurten en dat soort dingen.'

Judith slikte een chagrijnig antwoord in en keek hem zo vriendelijk mogelijk aan. 'Ik heb een belangrijke vraag, vader.'

'Nou, snel dan maar. Ik moet zo naar de Von Brauns.'

'Eh ja... Ik wil je voorstellen twee nieuwe ijskasten te kopen. Voor de decoratieafdeling.'

'Twee? Tot nu toe was die ene toch genoeg?'

'Ze hebben zich ermee beholpen, maar de laatste maanden ging dat niet helemaal probleemloos. Zodra er een speciale opdracht komt ontstaan er problemen.'

'Juist. En die speciale opdrachten zijn vermoedelijk afkomstig van jou.'

'Ik zet er een enkele keer iets in, maar in feite gaat het om de belangen van de decoratieafdeling,' hield Judith vol. Alleen voor haar experimenten zou hij echt geen nieuwe ijskasten kopen, maar wanneer daar echt behoefte aan was, zou hij daar eigenlijk in mee moeten gaan.

Haar vader leek na te denken. Toen stond hij op, liep naar het raam en keek naar buiten. 'Weet je, Judith, zodra je met Albrecht bent getrouwd zal ik die twee ijskasten meteen bestellen. Gezien het feit dat jij ze zelf niet nodig hebt, kan dat vast nog wel wachten tot na de bruiloft.'

Judith balde haar vuisten om zich te beheersen. Ze zou niets bereiken door koppig te zijn en zich te verzetten. Als ze iets voor elkaar wilde krijgen moest ze zich beheersen. 'Waarom dán pas?'

'Omdat ik voor nieuwe aankopen eerst berekeningen moet maken en offertes moet aanvragen. Datzelfde geldt voor je andere hersenspinsel, die chocoladeautomaat. Op zich is dat geen slecht idee, maar daarvoor moet je wel geld overhebben.'

Judith had onlangs op verzoek van Victor al met haar vader gepraat over de bouw van de chocoladeautomaat, maar ze had er een ontwijkend antwoord op gekregen. Nu bekende hij dus kleur. 'En het bedrijf heeft geen geld, bedoelt u dat? Ik bedoel, er moeten ook een paar machines worden vervangen...'

'Hou je mond, Judith! Jij hebt geen verstand van dat soort dingen!'

Judith besloot niet verder aan te dringen. Ze had genoeg gehoord om te weten dat Victors vermoeden waarschijnlijk klopte. 'Goed dan. Dank u wel dat u naar me hebt geluisterd, vader.'

'Nog iets, Judith!'

'Ja?'

'Na Kerstmis moet je je eindelijk met je uitzet gaan bezighouden. Dat betekent niet dat je hier helemaal niet meer mag komen, maar het wordt tijd dat je je echt voorbereidt op je huwelijk en op je nieuwe taken als echtgenote.'

Judith begreep de onuitgesproken boodschap: zodra ze Albrechts vrouw was moest ze zich bezighouden met haar huishouding, en nergens anders mee. Ze knikte met op elkaar geperste lippen en verliet zijn kantoor.

Ze ging echter niet terug naar haar werkkamer, maar wachtte in de buurt van de remise tot ze zag dat Theo met haar vader in de koets door de fabriekspoort reed. Als hij naar de Von Brauns ging, zou hij niet heel snel terugkomen. En die tijd wilde ze gebruiken. Ze trok haar rok op en liep terug naar het kantoor.

40

Werkplaats van Alois Eberle
De vrijdag voor de tweede adventszondag 1903

Edgar Nold kraste met een metaaldraad een bloemmotief in een koperen emailleervorm, die hij daarna vulde met emailleermassa in verschillende kleuren. Op dezelfde manier bewerkte hij nog meer koperen vormen. De voorbereide borden legde hij vervolgens op een plank om te drogen. Toen beschilderde hij de al gebrande emaillen borden met de hand, waarna hij deze samen met talrijke andere stukken opnieuw in de brandoven zou leggen.

Emailleren was een bijzonder omslachtige procedure. Om de vele bestellingen af te krijgen werkte Edgar inmiddels vaak van de vroege ochtend tot in de late uurtjes.

Gelukkig had Alois Eberle hem een ruimte naast zijn werkplaats ter beschikking gesteld. Dat had Victor aan de instrumentmaker gevraagd. Alois was weduwnaar en had meer dan genoeg ruimte, terwijl een emailleerwerkplaats in een woning waar twee mannen woonden zelfs met veel goede wil een beproeving was.

Iedereen had baat bij deze oplossing. Edgar betaalde geen erg hoge huur en door zijn goede orderportefeuille was het geen enkel probleem die te betalen. Bovendien had hij een tweede, grotere oven kunnen kopen om zijn kleine emailproductie te verhogen. Hij vond het fijn dat zijn bedrijf zo floreerde. Inmiddels was er zelfs een jongeman bij hem in de leer die hem uitstekend hielp.

Een paar weken geleden was zelfs Edgars vader naar de werkplaats gekomen, volkomen onverwacht, en hij had een aantal borden voor zijn zeepfabriek besteld. De waarderende blik van zijn vader was een grote genoegdoening geweest. De bohemien die zijn dagen sleet met het maken van schilderijen die niemand wilde kopen en de daaruit voortvloeiende teleurstelling verdronk in absint, was veranderd in een slimme zakenman die erin slaagde veel geld te verdienen met zijn kunst.

Edgar wist dat zijn klanten bijzonder tevreden waren. Elk stuk dat zijn werkplaats verliet was niet alleen ambachtelijk gezien van uitstekende kwaliteit, maar ook in artistiek opzicht door de prachtige en unieke patronen die hij daar vaak minutieus op aanbracht. De hoge prijzen die hij daarvoor moest vragen werden probleemloos betaald. Als dit zo doorging zou hij al snel een grote ruimte moeten huren. Maar eerst wilde hij er zeker van zijn dat zijn succes zou voortduren.

Buiten was het al donker, maar het elektrische licht verlichtte de ruimte voldoende om verder te werken. Edgar wilde nog een ontwerp schetsen voor de firma Ebinger. De vader van zijn vriend Max had een groot aantal borden besteld voor zijn machinefabriek. Eenvoudige bordjes met afdelingsnamen of nummers, maar ook reclameborden die heel bijzonder moesten worden. Inmiddels werden Edgars speelse, ornamentele ontwerpen die in het begin belachelijk werden gemaakt, uitstekend ontvangen.

Edgar was geconcentreerd aan het werk, maar toen de deur een uur later zacht kraakte, wist hij dat Victor er was. 'Ben zo klaar,' mompelde hij. Na een paar laatste penseelstreken op het witte oppervlak maakte hij het penseel schoon, legde het weg en stond op.

'Je schiet goed op, zie ik.' Victor keek aandachtig naar een paar borden die al klaar waren en lagen te wachten tot ze werden opgehaald. 'Dat zijn uitstekende producten, Edgar. Weet je nog hoe je eerste pogingen eruitzagen?'

'Dat vergeet ik nooit. Gebarsten glas, diepe gaten, scheuren, afgebroken email.'

'Ook de kleuren waren na het branden niet altijd zoals jij wilde. Maar je hebt snel bijgeleerd. En moet je kijken hoe je er nu voor staat. Respect!'

'Dank je, dat is te veel lof. Zin in most?'

'Zeg niet dat Alois je aan zijn gistingsvat laat komen!'

Edgar grijnsde zwijgend, verdween en kwam even later terug met een grijze stenen kruik waarop een paar gestileerde blauwe bloemen waren aangebracht. Hij zette de kruik op de tafel, legde papier, potlood en een paar andere dingen weg, pakte twee bekers en schonk de most in. 'Alois is er niet. Ik heb geen idee waar hij naartoe is, maar hij is een tijdje geleden vertrokken.'

'Jammer, want ik wilde nog iets met hem bespreken.'

Edgar proostte met Victor en nam een grote slok. 'Pff, wat heb ik een dorst!'

'Waar is je hulpje?' Victor ging zitten.

'Naar huis. Hij heeft een paar lange dagen gemaakt, dus heb ik hem al vroeg naar huis gestuurd.'

'Je zult vermoedelijk nog iemand moeten aannemen.'

'Dat denk ik ook. Ik ben al een beetje op zoek, maar heb op dit moment amper tijd om echt te zoeken. Bovendien ging ik met alle sneeuw alleen naar buiten als het echt moest.'

Victor rilde en zei: 'Je hebt gelijk. En dankzij je oven krijg je het hier nooit koud.' Hij dronk zijn beker in één teug leeg.

'Maar je mag de automaat wel bekijken, hoor. Misschien kan ik je wel iets nuttigs vertellen over de voortgang van het werk.'

'Ik wil hem graag even zien voordat ik wegga,' zei Victor. Daarna begon hij behoedzaam over iets anders wat hem bezighield. 'Jij kent de zoon van bankier Von Braun toch ook?'

'Albrecht? Zeker, maar ik heb hem al een tijdje niet gezien. Hij is toch verloofd met de dochter van Rothmann? Gaan ze niet binnenkort trouwen?'

'Dat denkt hij wel,' zei Victor spontaan.

'Is dat niet zo dan?'

'Daar is het laatste woord nog niet over gezegd.'

Edgar, die niet wist dat Victor zo'n goede band had met Judith, lachte zacht. 'Ja, zij schijnt daar niet echt enthousiast over te zijn. Dat heb ik een paar mensen tenminste horen zeggen. Hij zal er wel een leuk bedrag voor hebben moeten betalen. Maar Albrecht zit al zo lang achter haar aan dat hij dat ook op de koop toe neemt.'

'Zit hij al lang achter haar aan?' vroeg Victor.

'Ja. Je weet toch dat Albrecht, Max en ik jarenlang goed bevriend zijn geweest? Je hebt hen toch ook een paar keer gezien?'

'Ja, maar dat is al weer maanden geleden.'

'Kan zijn. In elk geval heeft Albrecht ons… lieve help, wanneer was dat ook alweer… volgens mij in februari of maart verteld dat zijn vader dat huwelijk samen met Judith Rothmanns vader heeft geregeld.'

'Het is dus lang geleden besloten?'

'Zeker. Alleen heeft Rothmann dat kennelijk niet aan zijn dochter verteld.'

'Omdat ze daar nooit akkoord mee zou gaan,' zei Victor zuur.

Edgar spitste zijn oren. 'Hé, het gaat me natuurlijk niets aan, maar heb je zelf belangstelling voor Judith?' vroeg hij nieuwsgierig. 'Je bent anders nooit zo spraakzaam, tenminste niet over vrouwen. Je klinkt wel heel betrokken bij deze kwestie!'

'Ik zie haar bijna elke dag in de fabriek. We werken op verschillende vlakken samen, heel goed zelfs. Daarom heb ik haar ook die chocoladeautomaat laten zien.'

'Ik vroeg me al af waarom je haar bij de ontwikkeling daarvan betrekt.'

'Omdat zij meebrengt wat daarvoor nodig is: een enorme passie voor haar werk.'

'Dat klinkt nogal dweepziek.'

'Ik ontken ook niet dat ik haar heel leuk vind. En volgens mij kunnen we samen iets bewerkstelligen in de fabriek van Rothmann.'

Edgar keek hem verbaasd aan. 'Hoe denkt zij daarover?'

Victor speelde met zijn beker. 'Ik denk dat ze hetzelfde voelt als ik.'

'Dat denk je?'

'Ik weet het.'

'Dan denk ik dat je een groot probleem hebt.'

'Dat zou kunnen.'

Edgar schonk de beker weer vol. 'Wat zal Rothmann met je doen, denk je, als dat bekend wordt?'

'Me de stad uit jagen?'

'Als hij dat voldoende vindt.'

'Rothmann heeft op dit moment andere zorgen. Volgens mij tenminste.'

Edgar zette zijn beker neer. 'Nu wordt het echt spannend! Vertel.'

'Er worden al jaren geen investeringen meer gedaan. En ik begin me af te vragen waarom niet. Als Rothmann zo doorgaat gaat hij failliet.'

'En jij kunt dat beoordelen?'

'Ja. Weet je, door mijn werk heb ik een goed beeld van alle afdelingen en vooral van alles wat daar mis is. En nu moet zijn dochter trouwen met de zoon van Rothmanns bankier. Het zou me niets verbazen als er na de bruiloft opeens geld het bedrijf in stroomt.'

Edgar leek serieus na te denken over wat Victor had gezegd. 'Ik heb ook een vader die op het punt stond zijn bedrijf te verliezen, maar hij werd gered door een grote order. Hij nam toen ook niemand in vertrouwen. Voor Judith zou het een ramp zijn als ze op die manier werd verkwanseld, maar ook voor Albrecht.'

Victor zei: 'Ik heb de indruk dat Albrecht zich heel kinderachtig opstelt. Hij wil hoe dan ook met Judith trouwen, maar heeft geen idee wat een huwelijk dat op afkeer berust betekent. Dat heb ik bij mijn ouders gezien en mijn moeder is daaraan kapotgegaan.'

'Veel van dergelijke huwelijken functioneren redelijk. Maar ik ken Albrecht. Hij zal geen genoegen nemen met zo'n farce en daarom zijn macht als Judiths echtgenoot misbruiken. Hij is een zwakkeling, dat is zijn probleem.'

Victor knikte en kwam daarna ter zake. 'Judith en ik willen de boekhouding inzien om duidelijkheid te krijgen.'

'Die van Rothmann? Dat wordt moeilijk.'

'Daarom hebben we jouw hulp nodig. Jij moet ons in dat kantoor zien te krijgen.'

'Ik moet jullie helpen in te breken in Rothmanns kantoor? Wanneer dat bekend wordt kan ik mijn werkplaats wel sluiten.'

'Dat weet ik.'

'Juist. Wat zou ik daarmee opschieten?'

'Ik wilde je, los daarvan, toch al iets vragen. Kun je kwalitatief goede emaillen blikken maken? In verschillende formaten? Voor cacao, chocoladerepen en pralines? Ik zou het mooier vinden om die eersteklas producten niet meer in houten kistjes aan te bieden, maar in mooie cadeauverpakkingen met een modern decor.'

Er verscheen een brede glimlach op Edgars gezicht. 'Je praat alsof je al de eigenaar bent van Rothmanns fabriek. Het idee is goed en natuurlijk kan ik die maken, maar –'

'Als we iets tot stand brengen, zal Judith zeker proberen jouw werk bij Rothmann onder te brengen. Als hofleverancier, zeg maar. Bovendien zouden we die blikken ook zo kunnen verkopen, voor cadeaus, bonbons of zoiets. Denk erover na, Edgar. Ik ben echt niet iemand die onbezonnen aan zoiets begint.'

'Maar je bent verliefd en dat beïnvloedt je beoordelingsvermogen.'

'Ga je ons helpen?'

Edgar schudde zijn hoofd en dronk nog een beker most leeg. 'Het is niet niets wat je van me vraagt, Victor. Als ik dat had geweten had ik je nooit bij me laten wonen.'

'Dat heb je al eens eerder gezegd,' zei Victor grijnzend.

'Hoe willen jullie het precies aanpakken?'

'We hebben jouw talent om sloten open te maken nodig. Daarna moeten we in korte tijd heel veel boeken doornemen. En als we iets ontdekken moeten we kopieën maken of in elk geval precies opschrijven waar welke boeking staat. Dat is met z'n tweeën bijna niet te doen.'

'Je zoekt zeg maar een inbreker én een secretaris ineen,' was Edgars conclusie.

'Zo kun je het ook noemen.'

'En wanneer moet dat gebeuren?'

'Zo snel mogelijk, het liefst nog voor Kerstmis.'

'Maar dan moet Judith 's nachts naar Stuttgart gaan.'

'Ik haal haar op.'

'Goed dan, Victor Rheinberger, het verbaast me niet dat ze je ooit in Ehrenbreitstein hebben opgesloten. Maar akkoord, ik doe mee.'

'Echt?' Victor sprong enthousiast op en stak zijn hand uit. 'Beloof me dat je je niet bedenkt.'

Edgar schudde zijn hand. 'Weet je, ergens heb ik gewoon zin om Albrecht te laten zien dat niet alles te koop is. Hij denkt dat namelijk al veel te lang, dus het kan geen kwaad hem een toontje lager te laten zingen. Iemand die gokt heeft een meisje als Judith niet verdiend.'

Victor spitste zijn oren. 'Gokt hij?'

'Natuurlijk gokt hij. Veel meer dan goed is voor zijn portemonnee. Maar zolang zijn vader hem steeds opnieuw geld geeft is er geen enkele reden voor hem om zich in te houden.'

'Is het een idee om dit bankierszoontje eens aan de tand te voelen, Edgar? Misschien kunnen we zijn goklust bekendmaken en dan wíl Rothmann zijn dochter niet eens meer aan hem geven, zelfs niet als hij dringend geld nodig heeft.'

Edgar lachte. 'Dat is een vrome wens. Maar ik vind dat bijna een nog beter idee dan die inbraak.' Hij wreef peinzend over zijn voorhoofd. 'Zelfs op gevaar af dat we niets kunnen bewijzen, behalve de toelaatbare ondeugden van een jonge zwakkeling van goede komaf. Een goede bron om iets over hem te weten te komen is zijn zus Dorothea. Vraag Judith maar eens of ze een keer met haar kan praten. Misschien krijgen we dan een bruikbare aanwijzing.'

'Dat zal ik doen.'

'Ik hoop voor je dat het goed uitpakt.'

'Ik ook, geloof me.' Victor zette zijn beker neer. 'Ik ga ervandoor. Doe je Alois de groeten? Ik kom een dezer dagen nog wel een keer terug.'

'Wil je je automaat niet zien?'

'Vandaag niet meer. Ik moet over een paar dingen nadenken. Welterusten!'

Na Victors vertrek ging Edgar verder met zijn werk. Hij wist niet zeker of Victor met zijn plannen zijn doel zou bereiken, maar hij begreep ook dat Victor geen kans onbenut wilde laten. En trouwens, hij had echt veel zin om een paar sloten open te breken.

41

Bediendevleugel van Villa Rothmann
Medio december 1903

'Er staat een jonge vent voor de deur,' zei de kokkin tegen Robert. 'Ik heb niet opengedaan, maar misschien kun jij even kijken wat hij wil.'

Robert liep naar de zij-ingang, opende de deur en keek naar buiten.

Daar stond inderdaad een jongen die hij niet kende, met zijn handen diep in de zakken van zijn korte dunne jas. Toen hij Robert zag grijnsde hij, zodat Robert zijn scheve tanden zag.

'Wat wil je?' vroeg Robert, bereid de deur voor zijn neus dicht te gooien.

'Woont hier een blonde tweeling?'

'Wat gaat jou dat aan?'

'Ik heb ze een paar weken geleden gered. In Stuttgart.'

'Gered?' Robert lachte. 'Dat kan iedereen wel beweren. Verdwijn!' Hij wilde de deur sluiten, maar de jongen zette snel zijn voet in de deuropening.

'Luister toch even naar me!'

'Waarom zou ik?' bromde Robert.

'Omdat het waar is. Die jongens waren in Stuttgart en als ik er niet was geweest, waren ze helemaal niet meer thuisgekomen.'

Nu luisterde Robert toch aandachtig. Er was inderdaad iets gebeurd, nog voordat er zo veel sneeuw was gevallen. Hij herinnerde zich dat ze al hadden besproken of ze een zoekactie moesten starten, omdat Karl en Anton al de hele middag weg waren. Maar voor het zover was, waren de jongens alweer opgedoken. 'Als het al een paar weken geleden is gebeurd, waarom meld je je dan nu pas?'

‘Omdat ik niet wist dat het de kinderen van Rothmann waren. Maar ik vind dat ik een beloning heb verdiend en dus ben ik hiernaartoe gelopen.’

‘Goed, kom dan maar binnen. De kinderen zouden je moeten herkennen als het is zoals je zegt.’

Robert nam de jongen mee naar de keuken. ‘Wacht hier, dan kijk ik waar de jongens zijn. Gerti, hou jij een oogje op hem?’

De kokkin knikte en de onbekende knaap grijnsde.

Robert liep naar de salon, waar door de week de lessen werden gegeven, en klopte aan.

De huisleraar opende de deur. ‘Hallo, Robert. Wat is er?’

Robert keek langs hem heen naar de tweeling, die geïnteresseerd opkeek. ‘Hier is een jongen uit Stuttgart die beweert dat hij Karl en Anton een paar weken geleden heeft gered of zo. Ik snap niet helemaal wat hij daarmee bedoelt, maar het leek me het beste als de jongens even met me meekomen om naar die knaap te kijken. Zij weten immers het beste of ze hem kennen.’

‘Goed, neem de kinderen maar even mee. Over tien minuten moeten ze terug zijn.’

‘Beloofd.’ Robert was blij dat de zaak snel opgehelderd zou worden.

De jongens liepen achter hem aan naar de keuken.

‘Maar dat is Fritz!’ riep Anton blij toen hij de jongen bij de kokkin zag staan. ‘Hij heeft ons de brandweer laten zien!’

‘Ja, dat is zo! We moesten er zelfs voor betalen!’ beaamde Karl.

Fritz grijnsde nog steeds, maar nu een beetje verlegen.

‘Goed dan, Fritz. De jongens kennen je kennelijk,’ was Roberts conclusie.

‘Dat is toch logisch. Ik zei toch dat ik ze –’

Maar Robert viel hem in de rede: ‘Dat jij hen hebt gered. Ja, ik weet het. Maar nu wil ik graag weten waar je ze voor hebt behoed.’

‘Ja, dat wil ik ook graag weten!’ zei Karl.

‘De brandweercommandant is de enige die iets is overkomen. Ons niet!’

‘Zonder mij waren jullie niet voor het donker thuis geweest en ergens in de wijngaarden of in het bos verdwaald,’ zei Fritz ernstig.

'Daar klopt niets van!' zei Anton. 'Dan waren we met de Zacke naar huis gereden.'

'Ik heb jullie in elk geval op tijd naar het station gebracht,' hield Fritz vol.

Robert vatte alles even samen: 'Als ik het goed begrijp heeft Fritz jullie de brandweer laten zien en daarna naar de tandramtram gebracht.'

'Klopt!' riep de tweeling.

'Goed. Ga dan maar snel terug naar de meester. Hij heeft jullie maar tien minuten vrij gegeven.'

Anton liep meteen weg, maar Karl draaide zich in de deuropening om en vroeg: 'Wil je weer een keer met ons spelen? Je weet nu waar we wonen!'

'Natuurlijk!'

Met een tevreden grijns liep Karl achter zijn broer aan.

Zodra de jongens buiten gehoorsafstand waren, nam Robert Fritz apart. 'We gaan nu naar buiten,' zei hij met een blik opzij naar de kokkin, die al bezig was met de voorbereidingen voor het avondeten. 'Ik wil graag alleen met je praten.'

Fritz knikte, en Robert trok zijn jas aan.

Ze verlieten het terrein van de villa en liepen een stukje door de straat.

'Waarom wil je per se een beloning?' vroeg Robert. 'Je hebt de jongens de brandweer laten zien, maar hun leven zeker niet gered.'

'Ach, weet je,' zei Fritz, opeens heel somber. 'Ik heb geld nodig. Mijn moeder is ernstig ziek.'

'Wat mankeert haar dan? Is ze verkouden? Dat zijn veel mensen op dit moment.'

'Ze heeft de tering.'

Robert bleef abrupt staan. 'En toch kom je bij ons in huis? Straks besmet je ons nog met tuberculose!'

'Ik ben gezond. Ze hebben me onderzocht.'

'En je vader?'

'Leeft niet meer. Hij is verongelukt in zijn fabriek.'

'Dan krijgen jullie vast een uitkering, want in Stuttgart is er volgens mij voor alles een vereniging.' Robert dacht hardop na.

'Ja, voor jonge meisjes zijn veel tehuizen, maar ons zijn ze vergeten. Wij leven van de hand in de tand. Mijn moeder is jarenlang kokkin geweest bij een gezin in Stuttgart, maar ze moest vertrekken toen ze ziek werd. Ik verdien een beetje geld door mensen rond te leiden, maar door de sneeuw is dat nu moeilijk. Dan gaat niemand naar buiten en er komen ook geen mensen naar de stad.'

'Aha, daarom zei Karl dat ze je iets hebben betaald.'

'Eh, ja,' zei Fritz verlegen.

Even liepen ze zwijgend naast elkaar.

Robert had medelijden met de jongen. Zijn vader dood. Zijn moeder werkloos omdat ze ziek was. Een vicieuze cirkel. 'Moet je horen, Fritz. Dat van je moeder is heel erg, maar ik weet niet hoe ik Rothmann moet overhalen je een beloning te geven.'

Fritz boog zijn hoofd.

'Probeer een baan te krijgen in de fabriek, Fritz. Dat kan echt, jij bent jong en sterk!'

'Ja, daar heb ik ook al aan gedacht,' zei Fritz spijtig. 'Maar dan ben ik de hele dag weg en wie moet er dan voor mijn moeder zorgen?'

Robert begreep dat Fritz niet wist wat hij moest doen. Maar het zou moeilijk zijn hem te helpen. Er waren veel gezinnen die zich in dezelfde situatie bevonden en bovendien had hij zelf moeite om rond te komen. Het was gewoon niet eerlijk.

'Het is verschrikkelijk,' zei hij kwaad, 'dat een paar mensen alles hebben en de rest bijna niets. Ooit moet daar iets aan veranderen.' Hij dacht aan zijn eigen familie, arm, met veel kinderen. 'Als ze alles zouden verdelen wat de rijken bezitten, kon iedereen rondkomen.'

'Alsof die een cent weggeven!'

'Dat zouden ze wel moeten doen. Zij zijn immers zo rijk doordat andere mensen voor hen ploeteren.'

'Daar heb je ook gelijk in. Toch kunnen we niet gewoon naar hen toe gaan en zeggen: geef mij wat van je geld!'

'Nee. Alleen lukt dat natuurlijk niemand. Maar als we met veel mensen waren zouden we misschien iets voor elkaar krijgen.'

'Denk je dat?' vroeg Fritz aarzelend.

'Ja, echt, maar heel snel gaat dat natuurlijk niet. Maar je kunt erover nadenken, of niet soms?'

'Hm,' zei Fritz.

'Ik wil graag binnenkort in een fabriek werken. Want voor bedienden zoals wij is het nog veel erger. Wij moeten altijd klaarstaan en de troep van onze werkgevers opruimen. "Kom hier! Robert, Ga daarheen! Je mag dit niet, je moet dat!" Veel geld krijg je daar ook niet voor, omdat je kost en inwoning krijgt. En als je een keer je mening deelt, schelden ze je uit voor revolutionair!'

'Echt waar?'

'Echt waar. En de meisjes hebben het vaak nog moeilijker, veel van hen raken op het slechte pad.' Hij moest weer aan Babette denken, de enige reden waarom hij nog altijd bij de Rothmanns was.

Hij had haar in de herfst twee keer met een man gezien, beide keren met iemand anders. Maar door de nieuwe zondagsregeling die Rothmann had ingevoerd kon hij haar niet meer zo vaak volgen. Waardoor zijn angst dat ze ooit nog eens als meisje van lichte zeden zou eindigen nog sterker werd.

'Ik denk zelfs,' zei Robert, 'dat het in de fabrieken beter is dan in een huishouden. Daar heb je vaste werktijden en krijg je meer geld, ook al is het werk zwaar. Bovendien hoef je niet in hetzelfde huis te wonen als je baas.'

'Mijn moeder zegt altijd dat ze het goed heeft gehad.'

'Misschien hangt het ervan af wat je goed vindt,' zei Robert. 'Kom maar een keer terug, Fritz. Ik ga kijken of Rothmann af en toe werk voor je heeft. Dan verdien je in elk geval een beetje geld.'

Er verscheen een aarzelende hoopvolle blik op Fritz' gezicht. 'Echt waar? Zou je dat willen doen?'

Robert knikte. 'Ik zal het in elk geval proberen. Kun je me nog vertellen waar je woont?'

Nadat Fritz hem dat had verteld namen ze met een schouderklopje afscheid van elkaar.

Robert keek Fritz nog even na, die in zijn versleten kleren en kapotte schoenen in zijn eentje door de sneeuw wegliep.

Misschien was het echt de hoogste tijd dat er iets veranderde. De gedachte aan wat er kon gebeuren als ze hun krachten bundelden en samen van een onbelangrijke druppel in een sterke stroom konden veranderen, vrolijkte hem op. Op een bepaald moment móést hij gewoon een andere richting inslaan.

Robert ademde diep in en liep daarna terug naar de villa om het brandhout klaar te leggen.

42

Het Rosensteinpark in Stuttgart
Derde adventszondag 1903

Judith keek naar Dorothea en zei: ‘Ik begrijp heel goed dat het moeilijk is je eigen broer te bespioneren.’

Dorothea keek strak voor zich uit en zei: ‘Ja, dat is niet gemakkelijk. Maar uiteindelijk doe ik het ook voor Albrecht, en voor jou natuurlijk.’

‘Heb je hem zelf nooit verdacht?’

‘Ik verbaasde me wel over allerlei dingen. Dat zijn vrienden niet meer kwamen bijvoorbeeld, of dat hij regelmatig ’s avonds nog weggaat. Maar ik heb het recht niet om een mening te hebben over zijn manier van leven en dus heb ik er tot nu toe niet echt op gelet.’

Judith en Dorothea liepen vrij snel door het besneeuwde Rosensteinpark tussen Stuttgart en Cannstatt. Theo had hen daar een half uur geleden afgezet en had beloofd dat hij twee uur later terug zou zijn.

Ze hadden allebei een dikke bontjas aan. Judith droeg verder nog een hoed en een stola van chinchillabont en ze had haar handen diep in een grote mof gestopt. Ze genoot ervan buiten te zijn, ook al kreeg ze rode wangen en een rode neus van de felle vrieskou. De lucht in het hogergelegen Degerloch was ’s winters weliswaar schoner en helderder, maar het grote Engelse park rondom Schloss Rosenstein bezat een heel eigen betovering. Hier stonden allerlei boomsoorten die uit de hele wereld afkomstig waren en ’s zomers weelderig groen waren, maar nu met een dikke laag sneeuw bedekt waren; ook op het kleine coniferenbos lag een dikke laag sneeuw.

Hun voetstappen waren goed zichtbaar op de winterse paden, want nu waren er veel minder wandelaars in het park dan op warme voorjaars- en zomerdagen.

Judith had Dorothea een brief gestuurd waarin ze niet alleen het uitstapje van vandaag had voorgesteld, maar ook het vreselijke vermoeden had beschreven dat Victor haar in de proefruimte tussen twee kussen door had verteld: dat Albrecht gokverslaafd was. Ze had ook gevraagd of Dorothea haar wilde helpen. Ze was blij dat Dorothea niet afkerig was van haar plan.

Judith zei: 'Eigenlijk is het vreemd dat we al zo lang goede vriendinnen zijn en hier toch nog nooit over hebben gepraat.'

'Albrecht is nu eenmaal mijn broer, dus is dit allemaal heel moeilijk voor me. En jullie verloving, dat was afschuwelijk! Ik begreep je heel goed, hoor, maar ik had zo'n medelijden met Albrecht, zoals hij daar stond nadat jij was weggerend: zo verloren en voor schut gezet. Dat wens je niemand toe!'

Judith keek peinzend naar een eekhoorn die iets van zijn wintervoorraad had uitgegraven, opat en vervolgens in de dichtstbijzijnde boom klom. 'Dat was de schuld van onze vaders, niet die van mij,' zei ze zacht.

'Dat weet ik toch,' verzuchtte Dorothea. 'Daarom heb ik je ook niets verweten. We hadden er misschien eerder over moeten praten, maar... Geloof me, toen je flauwviel bij jullie in de winkel, ben ik me een hoedje geschrokken!'

'Ach, zo erg was het niet.' Toen begon ze weer over haar eigenlijke plan: 'Nog even over Albrecht. Jij zegt dat hij 's avonds vaak nog weggaat?'

'Ja. Hij is zo ongeveer elke nacht weg.' Dorothea haalde diep adem. 'Bijna altijd tot het licht wordt. Judith, ik denk echt dat we ons zorgen moeten maken. Ik kan hem in het donker natuurlijk niet volgen, maar Edgar en Victor misschien wel.'

'Dat is een goed idee! Inderdaad! Zij moeten hem volgen en opschrijven waar hij naartoe gaat, hoelang hij daar blijft en welke andere mensen daar dan zijn.'

'Ik heb het al een keer tegen onze moeder gezegd, maar zij wil er niets van weten. Ze zei alleen dat hij nog jong is en zijn wilde haren moet kwijtraken, vooral omdat hij algauw gaat trouwen.'

'Ze wil het gewoon niet zien,' zei Judith.

'Klopt, en dat is altijd al zo geweest. Ze verafgoodt hem, haar enige zoon.'

'En je vader?'

'Die is volgens mij gewoon blij dat hij hem straks kwijt is. Hij is teleurgesteld in Albrecht, dat heeft hij al vaak laten doorschemeren. Hij laat hem tegenwoordig wel meewerken bij de bank, maar ik denk niet dat hij hem ooit de leiding zal geven.'

'O!? Weet mijn vader dat wel?'

'Ik heb geprobeerd mijn moeder een beetje uit te horen. Mijn vader schijnt al meerdere keren met jouw vader te hebben gepraat en hij wil dat jouw vader de leiding van jullie chocoladefabriek aan Albrecht overdraagt.'

'Dat kán niet!' riep Judith ontdaan.

'Echt wel. Maar je vader heeft zich daar kennelijk fel tegen verzet.'

Judith ademde hoorbaar uit. 'Gelukkig maar. Heeft ze je nog meer verteld?'

'Nee, zij schijnt ook niet meer te weten. Onze kamenier wilde me daar iets over vertellen, maar toen kwam onze huishoudster binnen en die stuurde haar weg. En sindsdien heb ik niet meer onder vier ogen met haar kunnen praten.'

'Bij ons gaat dat net zo. De bedienden mogen niet roddelen, maar ze doen het toch. Onder elkaar tenminste. Ik krijg heel veel dingen van Dora te horen, maar ze kan ook heel goed haar mond houden.'

'Ik begrijp haar wel, want dat kan haar haar baan kosten.'

Een merel vloog op waardoor een wolk poedersneeuw opstoof.

'Judith,' zei Dorothea. 'Moet je kijken! Victor en Edgar lopen achter ons! Wat toevallig!'

Judith draaide zich om en herkende Victors forse lichaam meteen. Hij liep snel, alsof hij hen wilde inhalen. Edgar leek minder haast te hebben en liep een paar stappen achter zijn vriend.

Dorothea en Judith bleven staan en wachtten.

Toen Victor even later voor hen stond durfde Judith hem waar Dorothea bij was eerst niet met jij aan te spreken. 'Goedendag, meneer Rheinberger,' zei ze daarom beleefd, maar haar ogen schitterden doordat ze blij was hem zo onverwacht te zien.

Victor begroette hen beleefd. 'Juffrouw Von Braun, juffrouw Rothmann, hebben jullie er bezwaar tegen als ik met jullie meeloop?'

'Eh... en ik ook?' Edgar had hen nu ook ingehaald en gaf Victor met een verwijtende blik een por in de zij.

'Wie het eerst komt...' zei Victor spottend met een knipoog naar zijn vriend.

'We hebben geen enkel bezwaar tegen jullie gezelschap,' zei Dorothea verzoenend. 'Zullen we elkaar trouwens allemaal maar tutoyeren? Loop maar een stuk met ons mee.'

Iedereen vond dat goed, waarna ze met z'n vieren verder liepen.

'Hoe wist je dat we hier vandaag zouden zijn?' vroeg Judith nieuwsgierig.

Victor keek haar glimlachend aan en zei: 'Dat vertelde je me laatst en toen leek het me voor de afwisseling wel leuk om vandaag ook naar het park te gaan.' Hij keek om zich heen. 'En het is heerlijk!'

'Ja, toch? Het is zo geheimzinnig aangelegd,' zei Judith. 'Voorbij elke bocht zie je weer iets anders.'

'Inderdaad. Daar heeft de ontwerper van dit park echt goed over nagedacht!' beaamde Victor.

'Maar dat zal toch niet de enige reden zijn dat jullie hier ook zijn gaan wandelen?' zei Judith met een knipoog.

Victor grijnsde. 'Nee. Edgar en ik vonden dat zich maar weinig gelegenheden voordoen waarbij wij met z'n vieren ongezien met elkaar kunnen praten. Maar dat lijkt wel belangrijk met het oog op onze plannen.'

'Plannen? Over Albrecht?' Dorothea was blijven staan en keek van de een naar de ander.

'Inderdaad,' antwoordde Victor. 'Judith heeft je al op de hoogte gebracht?'

'Ja, en ik heb haar beloofd te helpen.'

'Dat is bijzonder nuttig voor ons, Dorothea,' zei Edgar.

Judith voegde eraan toe: 'Ze heeft me al verteld dat Albrecht de nachten inderdaad bijna altijd buitenshuis doorbrengt.'

'Zei ik het niet!' zei Edgar tegen Victor.

'Maar meer kunnen wij vrouwen echt niet doen,' zei Dorothea. 'Wij kunnen 's nachts immers niet stiekem door Stuttgart lopen.'

'Natuurlijk niet, dat zou een schandaal veroorzaken,' beaamde Edgar. 'Dat doen wij.'

'Kun je me vertellen wanneer hij altijd vertrekt?' vroeg Victor aan Dorothea.

'De afgelopen weken was dat op verschillende tijdstippen, maar meestal na acht uur 's avonds.'

'Dan moeten we hem dus op de voet volgen,' zei Edgar tegen Victor.

Victor knikte. 'Vertrekt Albrecht lopend?'

'Voor zover ik kon zien wel.' Dorothea schraapte haar keel en keek opeens omhoog, naar de lichte wolken die langs de blauwe hemel trokken.

Judith realiseerde zich dat haar vriendin het nog altijd moeilijk vond hieraan mee te doen. 'Heb je het gevoel dat we een complot beramen?' vroeg ze daarom voorzichtig.

'Dat doen we toch ook?' fluisterde Dorothea.

'Voor Albrecht loopt het echt niet verkeerd af,' zei Victor. 'Als ons vermoeden niet wordt bevestigd gebeurt er helemaal niets. En als hij wel iets te verbergen heeft, is het ook goed voor hem dat hij op tijd van dit pad wordt afgebracht. Niet alleen voor Judith.'

'Zo denk ik er ook over.' Dorothea zuchtte weer. 'Maar ik vind het gewoon moeilijk.'

'Dat is begrijpelijk, Dorothea,' zei Edgar vriendelijk. 'Daarom is het juist zo bewonderenswaardig dat je het wilt doen.'

Dorothea haalde diep adem en vroeg licht fronsend: 'Wát kan ik eigenlijk doen?'

'We hebben een plek nodig op jullie terrein waar we ons morgen kunnen verstoppen, een plek waarvandaan we de ingang van jullie huis kunnen zien en waar het warm is. Als Albrecht altijd op verschillende tijdstippen vertrekt is het beter dat we niet urenlang in de kou moeten wachten. Meer is voorlopig niet nodig,' zei Victor.

Dorothea leek even na te denken. 'Goed. Dan zal ik ervoor zorgen dat de poort en de remise niet op slot zitten. Door een van de ramen kunnen jullie alles goed zien. Dat hoop ik tenminste.'

'Goed. Het belangrijkste is dat niemand alarm slaat en we niet in een groene politieauto worden weggevoerd.' Edgar grijnsde. 'Wegens het onbevoegd binnendringen en betreden van jullie terrein.'

'Ik zal kijken wat ik kan doen,' zei Dorothea. 'Als er toch een probleem is, leg ik als waarschuwing een dennentak op een van de stenen zuilen bij de poort. Dan moet alles worden uitgesteld.'

'Uitstekend,' zei Victor.

Edgar zei: 'Weet je, wij vinden het belangrijk dat je op de hoogte bent van onze bedoelingen en onze plannen.'

'Daarom hebben we jullie hier in het park ook opgewacht,' zei Victor ontspannen.

'Ja, als echte struikrovers!' riep Judith vrolijk.

Dorothea schoot in de lach. Ze liet haar mof vallen, pakte een handvol sneeuw en vormde er een ronde sneeuwbal van. 'Denk maar niet, stelletje struikrovers, dat wij ons niet kunnen verdedigen!' Ze gooide de sneeuwbal naar Edgar.

Deze dook meteen opzij, maar het projectiel raakte zijn mouw. 'Nou zeg, wacht maar!' Hij pakte ook een handvol sneeuw.

Judith keek Victor uitdagend aan.

Zonder haar blik los te laten pakte hij wat sneeuw van een struik.

'Waag het niet!' waarschuwde Judith hem lachend, maar zelf pakte ze ook een handvol sneeuw. Voordat hij de eerste sneeuwbal naar haar toe gooide, zag ze dat hij haar stiekem een luchtkusje gaf. Ze knipoogde, maar even later schampte zijn sneeuwbal de mouw van haar jas. Ze gooide zelf ook een sneeuwbal en raakte zijn rug. Judith knipperde met haar ogen en zijn volgende bal sloeg bijna haar hoedje van haar hoofd.

Binnen een paar minuten deden ze alle vier uitgelaten mee aan het sneeuwballengevecht en Judith had zich al heel lang niet meer zo zorgeloos gevoeld.

Daarna viel het helemaal niet op dat Victor uitgebreid alle sneeuw van Judith afklopte, want Edgar deed hetzelfde bij Dorothea.

43

De volgende avond

'Ligt daar een dennentak?' vroeg Edgar zacht.

Victor keek nog een keer op de beide stenen pilaren aan weerszijden van de imposante toegangspoort van de stadsvilla van de Von Brauns. 'Nee, niets te zien. Ik zie ook geen sporen die erop wijzen dat er iets vanaf is gegleden of dat een dier een tak heeft meegenomen.'

'Dan gaan we naar binnen!'

In de smeedijzeren omheining van het terrein, die op regelmatige afstanden werd onderbroken door gigantische pilaren, zat een deur en Victor duwde er voorzichtig tegenaan om te kijken of hij meegaf. De deur zat niet op slot, dus Dorothea had zich aan haar belofte gehouden. Hij deed de deur een klein stukje open, zodat hij en Edgar er net doorheen konden glippen, en deed hem daarna zachtjes weer dicht.

Naast het grote woonhuis konden ze de vaag verlichte remise zien, net zoals Dorothea hun had verteld. Alert liepen ze over het verharde pad, staken een klein gazon over en liepen naar de zijkant van de remise.

Opeens blafte een hond.

'Dorothea heeft niets gezegd over een waakhond,' fluisterde Edgar.

'Nee. Zij dacht zeker dat we wisten dat ze een hond hebben,' zei Victor zacht. 'Zoals veel mensen hier.'

Ze keken ongerust om zich heen, maar het geblaf stopte opeens en begon niet opnieuw.

Victor knikte tegen Edgar. 'Doorlopen!'

Bij de remise was alles ook precies zoals ze met Dorothea hadden afgesproken. Bij de paardenboxen werd nog wel gewerkt, want ze hoorden voetstappen, zacht gekuch, het geschraap van een rijsbezem en het gerammel van emmers, maar in de omgeving van de koetsen was alles rustig. Ze ontdekten het beschreven raam achter een van de open zomerkoetsen en door dat raam konden ze de voordeur van de villa inderdaad uitstekend zien.

'Hoe laat is het?' vroeg Edgar zacht.

Victor keek op zijn zakhorloge. 'Nog maar half acht. Het kan dus nog wel even duren.'

'We moeten maar hopen dat hij niet uitgerekend vanavond thuisblijft,' zei Edgar. 'Ik heb me ingesteld op een nacht vol verslaving.'

Victor lachte zacht. 'Als het vandaag niets wordt, dan morgen wel. Want als hij echt gokt blijft hij niet veel nachten na elkaar thuis. Dan heeft hij gewoon geen keus.'

Ze installeerden zich, zo goed en zo kwaad als het ging.

Edgar haalde een leren foedraal waar een platte flacon in zat uit zijn jaszak, schroefde de dop open en bood Victor de fles aan. 'Wil je een slokje?'

'Wat is dat?'

'Prima perenlikeur.'

Victor nam een slokje. 'O, maar die is echt lekker!'

Edgar nam ook een slok. 'Dit is precies wat je nodig hebt om de tijd door te komen.' Hij schroefde de dop er weer op.

Het werd acht uur, het werd negen uur, en er gebeurde niets.

'Denk je dat hij nog komt?' Edgar begon onrustig te worden.

'Het is in elk geval nog niet te laat. We wachten.'

'Of zou hij vandaag vroeger zijn vertrokken?'

'Dat denk ik niet. Dan had Dorothea het ons wel laten weten en die tak neergelegd.'

Ze dronken de likeur op en praatten zacht met elkaar, tot Edgar Victor een por gaf. 'Volgens mij komt hij eraan!'

Door het stoffige raampje zag Victor iemand in donkere kleren naar de hoge poort lopen, waardoor ze zelf het terrein binnen waren gekomen.

'Is hij het?' vroeg Victor. 'Jij kent hem beter dan ik.'

'Ik weet het bijna zeker,' zei Edgar. 'Ja, Albrecht is net zo dik en ook de lengte klopt.'

'Dan gaan we!'

Victor en Edgar verlieten de remise en volgden Albrecht, die snel voor hen uit liep. Ze bleven wel op grote afstand, want Victor wilde voorkomen dat hij hen heel toevallig zag.

Albrecht leek echter doelbewust naar zijn bestemming te lopen.

Het was moeilijk om hem in het donker niet uit het oog te verliezen, vooral doordat hij ongewoon snel liep. Gelukkig lag er nog steeds een harde laag sneeuw op de straten en voetpaden, waardoor zijn silhouet in het licht van de gaslantaarns regelmatig scherp tegen de witte achtergrond afstak.

Na een minuut of twintig ging Albrecht langzamer lopen. Hij bleef staan voor de Elsässer Taverne, een eenvoudig gebouw in de Esslinger Strasse, rechtte zijn rug en liep naar binnen.

Het begon zacht te sneeuwen. Victor en Edgar overlegden even met elkaar en besloten toen om zelf ook naar binnen te gaan. In de gelambriseerde gelagkamer was het zo vol en zo lawaaierig dat ze Albrecht nergens konden vinden.

'We moeten ons opsplitsen,' zei Victor luid om boven het kabaal uit te komen.

Edgar knikte en dus liepen ze apart van elkaar tussen de rijen stoelen met illustere gasten door op zoek naar Albrecht. De Elsässer Taverne stond erom bekend dat kunstenaars en artiesten er graag kwamen. Deze avond was dat niet anders, maar Albrecht was er niet.

'Een paar jaar geleden,' vertelde Edgar toen ze weer bij elkaar stonden, 'gingen Max, Albrecht en ik hier wel eens naartoe en gingen dan naar een zijkamer. Misschien is die er nog.'

'Vast wel. Laten we het maar even vragen.'

Edgar informeerde bij de waardin en toen ze knikte begreep Victor dat Edgar waarschijnlijk gelijk had gehad.

'Ja, die zijkamer is er nog,' zei Edgar even later. 'Ze herkende me. Ik vraag me af of ze het me anders ook had verteld, want de mannen die daar bij elkaar komen zullen wel op hun privacy gesteld zijn.'

'Om te gokken,' opperde Victor.

'Daar ga ik wel van uit.'

'We kunnen natuurlijk niet gewoon naar binnen wandelen,' zei Victor.

'Nee. In elk geval niet met z'n tweeën, maar misschien kan ik het in m'n eentje wel proberen.'

'Goed, dat begrijp ik wel. Dan wacht ik hier in de gelagkamer.'

'Het kan wel even duren,' zei Edgar.

'Dat geeft niet. Als hij eerder vertrekt dan we verwachten, kun jij hem misschien niet meteen volgen en neem ik het over.'

Terwijl Edgar zich door de waardin naar een zijdeur liet brengen, ging Victor op zoek naar een lege stoel. Heel eenvoudig was dat niet, maar uiteindelijk ging hij aan een tafel zitten waar al een paar jonge mannen zaten en bestelde hij een glas wijn. Daarna dronk hij nog twee glazen wijn.

Toen ging de deur open waar Edgar een tijdje geleden door was verdwenen en kwam Albrecht von Braun de gelagkamer binnen. Zijn gezicht was opgezwollen en rood, en hij liep met een onzekere pas. Hij leek kwaad, lette niet op de afscheidsgroet van de waardin, zette zijn hoed op en verliet het café.

Victor legde het geld voor de wijn op de tafel, trok zijn jas aan en volgde hem. Albrecht had in elk geval veel gedronken, dat was duidelijk. Wat het gokken betreft had Edgar hopelijk belangrijke aanwijzingen verzameld. Maar waar wilde Albrecht nu naartoe? Zo te zien niet naar huis.

Victor volgde hem onopvallend.

Albrecht liep veel langzamer dan eerst. Hij zwalkte een beetje, maar leek precies te weten waar hij naartoe wilde.

Twee blokken verderop bleef hij voor een huurhuis staan. Voordat hij naar binnen ging, keek hij nog een keer achterom, zodat Victor zich snel terugtrok in de schaduw van een overkapte voordeur. Albrecht had hem niet gezien, belde aan en werd binnengelaten.

Victor stond zich nog af te vragen wat hij nu zou doen, toen hij zag dat Edgar snel naar hem toe kwam.

'Waar is hij naartoe?' vroeg Edgar een beetje buiten adem. 'Ben je hem kwijtgeraakt?'

'Je ruikt naar wijn,' zei Victor.

Edgar vertrok zijn gezicht. 'Jij ook.'

Victor grijnsde en wees naar het huis schuin tegenover hen, waar Albrecht in was verdwenen. 'Hij is daar naar binnen gegaan.'

'Dan moeten we maar eens gaan kijken wie daar woont,' zei Edgar.

Ze keken naar de naambordjes, waarvan ze er maar een paar met moeite konden ontcijferen.

'Hm,' zei Edgar. 'Het lijkt een gewone huurflat, ook al is dit niet bepaald een chique buurt. Toch denk ik dat in een van deze woningen andere diensten worden aangeboden dan kost en inwoning.'

'Ik begrijp wat je bedoelt. En gezien Dorothea's constateringen en deze locatie kunnen we ervan uitgaan dat hij voor het ochtendgloren niet naar buiten komt.'

'Inderdaad. Laten we maar naar huis gaan.'

Victor knikte, hoewel hij Albrecht het liefst op heterdaad in de armen van een prostituee zou betrappen en ter verantwoording zou roepen. Maar ze zouden er niets mee opschieten als hij nu ongeduldig werd.

'Gaan we naar de Silberburgstrasse?' vroeg hij. 'Of slaap je liever naast je oven?'

Edgar lachte. 'Ja, in deze koude nachten hou ik van mijn ovens. Maar vannacht ga ik met je mee naar ons oude adresje. Zo lang zal ik daar niet meer wonen. Alois Eberle heeft me een kamer in zijn huis aangeboden.'

'Dat dacht ik al, Edgar! Vast en zeker goedkoop. Wanneer ga je verhuizen?'

'In januari al. Denk je dat jij de hele huur kunt betalen? Het is niet goedkoop om in je eentje voor twee kamers in Stuttgart te moeten betalen.'

'Dat weet ik, en Rothmann betaalt niet echt goed. Ik zal een huisgenoot moeten zoeken, maar dat zal geen probleem zijn.'

'Dat denk ik ook niet. Overal in Stuttgart is gebrek aan goede woningen.'

Thuis namen ze nog een glas wijn en toen vertelde Edgar wat hij in de zijkamer van de Elsässer Taverne had meegemaakt.

44

Victor werd de volgende ochtend wakker met een kater; hij had echt te veel wijn gedronken. Hij stapte met veel moeite uit bed, dronk wat water en at een stuk hard geworden brood. Edgar was al vertrokken, en ook Victor verliet het huis om naar de chocoladefabriek te gaan, want hij had veel met Judith te bespreken.

'Goedemorgen!' Haar blauwe ogen straalden toen hij haar proefruimte binnenkwam.

Hij antwoordde niet, maar deed de deur dicht en nam haar in zijn armen. Niets was even heerlijk als haar zachte warme mond die naar chocolade smaakte doordat ze net iets had geproefd. Ze drukte haar lichaam tegen hem aan, waarop hij haar weer kuste en pas daarna losliet. Daarna keek hij nieuwsgierig naar haar werktafel. 'Aha, je maakt pasta gianduja.'

'Nee, ik maak chocolade waar pasta gianduja in zit, en torrone. Eromheen komt een laagje Rothmann-chocolade.' Ze liet Victor proeven.

'Hm, niet slecht,' zei Victor.

'Niet slecht?'

'Ja, niet slecht,' beaamde Victor. 'Het kán ook niet uitstekend smaken, want er ontbreekt nog iets aan. Hm, even nadenken.' Hij kuste haar opnieuw.

Judith lachte en zei: 'Dat kunnen we helaas niet meeverkopen.'

'Nee, dat is alleen voor ons.' Teder streelde hij haar gezicht. 'Deze smaak is uniek.'

'O ja!'

Haar wangen waren rood geworden en hij trok haar stevig tegen zich aan. Samen waren ze een eenheid. Hij streek met zijn lippen over haar haren en deed even zijn ogen dicht.

Daarna wees hij naar de vormen die klaarstonden en waarvan ze er al een paar had gevuld. 'Maak je die repen voor de chocoladeautomaat?'

'Inderdaad, als het bij deze vorm en dit formaat blijft,' zei Judith. 'O ja, ik heb iets voor je!' Ze haalde iets uit de zak van haar schort, een kleine, enigszins gekreukelde foto, en gaf hem aan Victor.

'Wat is dat?' Victor nam de foto van haar aan en keek er geïnteresseerd naar. 'Wat mooi!'

'Nietwaar? Dat is de feestzaal van Wilhelma.'

'Van Wilhelma?'

'Ja. Zo noemen ze de tuin naast het Rosensteinpark.'

'In Cannstatt?'

'Inderdaad.'

'Dan hadden we daar verder kunnen gaan met ons sneeuwballengevecht.'

Judith giechelde. 'Inderdaad. Maar ik wilde je deze foto om een andere reden laten zien.'

'Vertel!'

'Wat vind je van het idee om in onze chocoladeautomaat een zichtbaar podiumpje te bouwen? Waarop een bewegend tafereeltje te zien is, terwijl de chocolade in het uitgiftevakje valt.'

'Dan moet de feestzaal op deze foto het decor zijn?'

'Bijvoorbeeld. Ik vond dit heel mooi, omdat het er met die opengewerkte puntbogen en zuilen oosters uitziet. Maar als je dit niet mooi vindt, kunnen we ook wel iets anders doen.'

'Nee, Judith, ik vind het juist heel mooi. En in het begin zou het zeker eenvoudiger zijn om een simpele ombouw te maken en die interessant in te richten dan meteen maar een olifant na te maken. Ik vind je idee geweldig!'

Door zijn compliment bloosde ze alweer.

Victor zei: 'Weet je, Edgar kan het decor op email schilderen, en de figuren ook van email maken. En met deze… hoe zal ik het noemen, Moorse stijl onderscheiden we ons ook van de Stollwerck-automaten. Weet je wat?'

'Ja?'

'We maken één automaat helemaal af en vullen die dan met jouw torrone-chocolade.'

'Ik kan er ook verschillende oosterse specerijen bij doen, zoals kardemom, kaneel of anijs, dan past de smaak bij het decor.'

'Perfect! Dan vraag ik bij het hoofdstation hier in Stuttgart of we onze automaat daar mogen plaatsen. Op proef. Dan weten we snel genoeg of de mensen daar belangstelling voor hebben of juist de voorkeur geven aan de automaat die er al staat.'

'Ik ben heel benieuwd!'

'Ik ook,' zei Victor met een knipoog. Toen werd hij serieus. 'Maar er is nog een andere reden dat ik hier ben, Judith.'

'O, wat is er dan?' vroeg Judith ongerust.

'Edgar en ik hebben Albrecht vannacht geschaduwd.'

'Hebben jullie iets ontdekt? Iets ergs?'

'Albrecht heeft gigantisch hoge speelschulden.'

'O mijn god! Maar zoiets dacht ik al.'

'Zijn schulden zijn zo hoog dat er een paar schimmige figuren achter hem aan zitten. Zijn vader is kennelijk niet bereid al zijn schulden af te betalen of hij weet gewoon niet alles. Albrecht speelt deels onder een valse naam.'

'Hij is dus ook nog een bedrieger! Dat moeten we meteen aan mijn vader vertellen. Dan blaast hij het huwelijk wel af.' Judith was helemaal opgewonden, maar schrok toen ze Victors aarzelende blik zag. 'Of niet?'

'We kunnen hem niet zomaar beschuldigen. Hij zal alles ontkennen en met zijn machtige vader achter zich, die zich heus niet zomaar bij zo'n beschuldiging zal neerleggen, is onze verklaring waardeloos. Zijn vader zal genoeg getuigen inschakelen die voor zijn zoon zullen instaan. Uiteindelijk stoppen ze ons nog in de gevangenis omdat we iemand van onbesproken gedrag zwart hebben gemaakt. Op dit moment kunnen we onze kennis alleen gebruiken om Albrecht zelf onder druk te zetten.'

'Hoe willen jullie dat dan doen?' vroeg Judith gespannen.

'Edgar zal daar een voorstel voor doen. Ik spreek hem straks. Hij noemt Albrecht impulsief en lichtgeraakt, en volgens hem is Albrechts reactie niet te voorspellen.'

'Dat lijkt me ook, die man is heel gevoelig.'

'Inderdaad. En wat we ook doen, we willen in geen geval dat jij gevaar loopt. Of Dorothea.' Victor stopte de foto van Wilhelma in zijn jaszak en drukte snel een kus op haar wang. 'Ik moet ervandoor. Praat er alsjeblieft met niemand over, ook niet met Dora. Ik laat het je weten als ik meer weet.'

'En Dorothea dan?'

'Zie je haar binnenkort?'

'Vandaag niet, maar morgen misschien wel.'

'Met haar kun je er wel over praten, maar pas als jullie echt alleen zijn. Je weet immers, de bedienden...'

'Ik zal voorzichtig zijn.'

Toen Victor zag hoe onzeker ze leek, liep hij nog even naar haar toe. Hij trok haar geruststellend tegen zich aan en fluisterde: 'Je gaat niet met hem trouwen, Judith, dat beloof ik je. Je moet ons vertrouwen.' Hij voelde dat ze knikte, met haar gezicht stevig tegen zijn jas gedrukt.

'Dat doe ik.'

Laat in de middag ontmoette Victor Edgar voor de Elsässer Taverne. Het was al vrij donker, maar het sneeuwde niet. De sneeuwhopen langs de straten en voetpaden waren bijna zwart door het roet dat vanuit de duizenden schoorstenen de lucht boven Stuttgart in werd geblazen en slecht kon wegtrekken doordat de stad in een keteldal lag.

Nadat ze kort hadden overlegd liepen ze weer naar het huurhuis waar Albrecht de vorige nacht in was verdwenen.

'We moeten de buren ondervragen,' stelde Edgar voor. 'Deze huizen zijn heel gehorig zodat we daardoor misschien al te weten komen welke woning wordt gebruikt op de manier zoals wij denken.'

Victor knikte. 'Zoiets dacht ik ook al. Zullen we helemaal beneden beginnen?'

Ze belden bij een paar woningen aan, tot een meisje van een jaar of tien de deur opende.

Ze leek niet verwaarloosd, maar was wel heel mager en lijkbleek. 'Wat moeten jullie?'

'We willen je vader of moeder graag spreken,' zei Edgar.

Ze keek hen onderzoekend aan, peuterde in haar neus en vroeg: 'Waarom?'

'Omdat we iemand willen helpen,' zei Victor.

'Mijn ma is er niet, alleen m'n pa.'

'Wil je hem alsjeblieft halen?' vroeg Edgar.

'Nee,' antwoordde het meisje. 'Hij kan niet lopen. Als jullie hem willen zien, moeten jullie mee naar boven.'

Victor en Edgar keken elkaar aan.

Victor vroeg: 'Wil je ons naar hem toe brengen?'

Ze aarzelde even, maar liet hen daarna toch binnenkomen.

Het gezin woonde op de eerste verdieping in een kleine woning die uit één vertrek bestond dat werd gebruikt om te wonen, te eten en te slapen. De vader zat op een van de twee bedden, verder was er niemand aanwezig. Toen de man zijn dochter en de twee mannen zag, vroeg hij met een wantrouwige frons: 'Wat moeten jullie?'

'Neem ons niet kwalijk dat we zomaar binnenkomen, maar we hebben een vraag en uw dochter was zo vriendelijk ons naar u toe te brengen. Het gaat hierom: wij hebben gehoord dat in dit pand onzedelijke dingen gebeuren, vooral 's nachts. Om daar meer over te weten te komen hebben we hulp nodig,' zei Edgar beleefd, terwijl hij een geldstuk in zijn hand liet zien.

De man knikte en zei: 'Frida, laat ons alleen.'

Zodra het meisje de deur achter zich had gesloten, keek hij Edgar aan. 'U hebt het zeker over die madam. Daar is al eens iemand voor geweest, maar dat heeft niets geholpen.'

'Veroorzaakt zij onrust in de flat?' vroeg Victor meteen.

De man begon hard te lachen. 'Onrust is te zwak uitgedrukt.' Hij kneep zijn ogen half dicht en keek Victor aan. 'Die heks heeft hier een bordeel ingericht. Er komen elke keer nieuwe meisjes, steeds jongere. En we kunnen allemaal horen wat ze dan doen!'

'Hebt u dat al aan uw verhuurder verteld?' vroeg Edgar.

'Ha!' Weer lachte de man spottend. 'Elke week! Maar dat interesseert hem niet.' Hij wees naar het plafond. 'Integendeel, volgens mij betaalt die ouwe tang hierboven hem goudgeld zodat zij hier haar poel van verderf kan houden.'

'Om welke woning gaat het?' vroeg Victor.

'Die boven ons. Het is echt heel erg en iedereen in dit gebouw heeft er last van.' Opeens sloeg hij zijn blik neer. 'Als dit zo doorgaat is mijn Frida op een bepaald moment ook aan de beurt. Dat mens lokt knappe meisjes naar zich toe, die hoerenmadam. En al die rijke heren voelen zich hier op hun gemak.'

'Maar rijke heren kunnen toch zeker naar heel andere etablissementen,' zei Edgar.

'Maar niet een dat zo veel afwisseling biedt. Kijk zelf maar eens naar die vrouw!'

Edgar keek Victor aan. 'Dat zullen we graag doen.'

'Nou, doe het dan gewoon!'

'Vindt u het goed,' vroeg Edgar voorzichtig, 'als we hier in uw woning posten en eerst kijken wat er allemaal in het trappenhuis gebeurt?'

'Met alle plezier, heren. Laat de deur maar op een kier staan. U zult er snel genoeg van hebben.' Opeens scheen hij na te denken. 'Waarom doen jullie dat eigenlijk? Jullie willen toch niet zelf...?'

'Zeker niet!' zei Edgar geruststellend. 'We doen op dit moment onderzoek naar de zedelijke situatie in Stuttgart en zullen hier aansluitend een verslag over schrijven, zodat goede burgers zoals u en uw buren rust krijgen.'

Victor glimlachte inwendig. Edgars verhaal was een beetje bezijden de waarheid, maar de man leek zozeer gerustgesteld dat hij geen nieuwe vragen meer stelde.

Edgar drukte de man een munt van twee mark in de hand.

Hij stopte het geld snel in zijn zak. 'Blijf hier maar zolang u wilt. En schrijf dan een indrukwekkend verslag, zodat de overheid eindelijk iets onderneemt tegen dit hol!'

'Dank u wel,' zei Victor. 'We zullen doen wat we kunnen.'

De man leek nu uitgeput en ging liggen.

Victor en Edgar hielden om beurten het trappenhuis in de gaten. Een hele tijd leek alles wat er gebeurde normaal voor een flat met veel woningen. Kinderen renden heen en weer, vrouwen sleepten met hout, boodschappen en hun baby's, en mannen kwamen thuis van hun werk. Veel van de mannen hadden hun dagloon zichtbaar en hoorbaar in een kroeg achtergelaten.

Maar op een bepaald moment, toen het eindelijk wat rustiger werd, kwam er een jong meisje de trap op. Haar kleding en manier van doen weken duidelijk af van die van de bewoners: ze neuriede een straatliedje, wiegde met haar heupen, liep zwierig de hoek om en liet een spoor van haar opdringerige parfum achter. Eén verdieping hoger werd ze met veel gegiechel ontvangen.

Daarna hoorden ze alleen de gebruikelijke geluiden van mensen die dicht op elkaar woonden. Een stel maakte luidkeels ruzie, kinderen drentelden rond, een baby krijste.

Ongeveer tien minuten later zag Victor een andere jonge vrouw die hetzelfde doel leek te hebben als de vorige, maar toen ze vlak langs hem heen liep kon hij zijn ogen niet geloven. Hij deed stomverbaasd de deur helemaal open en stapte de overloop op.

Toen het meisje hem zag, sloeg ze geschrokken haar hand voor haar mond en ze fluisterde: 'Meneer Rheinberger…'

'Ja, ik ben het. En jij, wat doe jij hier, Pauline?'

'Ik eh… ik woon hier,' zei ze.

Victor had een ander idee. 'Juist, je woont hier dus. Waarom heb je je dan zo opgetut?'

Pauline droeg een felrode jurk met een diep decolleté en een al even rode hoed met veren, en ze had zich heel zwaar opgemaakt. Ze keek nerveus om zich heen alsof ze wilde controleren of er iemand in de buurt was. 'Rothmann betaalt ons toch bijna niets,' fluisterde ze toen bijna hooghartig. 'Dus als ik een keer iets leuks wil kopen móét ik wel iets bijverdienen.'

'Wil je binnenkomen en me alles vertellen?' bood Victor rustig aan.

'O, nee, echt niet! Ik moet naar boven.'

'Heb je een afspraak?'

'Ja.'

'Vannacht?'

Ze klemde haar lippen op elkaar en maakte aanstalten langs hem heen te glippen.

Victor versperde haar de weg zonder haar daarbij aan te raken.

Ze kon nu niet doorlopen en sloeg haar blik neer.

'Pauline!' zei Victor nadrukkelijker. 'Je weet toch dat wat jij hier doet strafbaar is? Dat heet ontucht, of prostitutie, als je wilt.'

'Echt niet!' siste Pauline. 'Ik doe het niet met meerdere mannen. Ik heb een vriend!'

Het was ongelofelijk hoe gemakkelijk je lichtgelovige jonge meisjes voor de gek kon houden.

'Wie zegt dat?' vroeg Victor. 'De madam?'

'Nee, de mevrouw die bemiddelt.'

'Aha. Je gaat dus naar een tussenpersoon.'

'Ja,' zei Pauline scherp.

'En deze vrouw heeft je aan een man gekoppeld?'

'Aan een jónge man. En hij is heel goed voor me en sindsdien verdien ik goed. Ik neem binnenkort ontslag bij Rothmann,' voegde ze er opschepperig aan toe. 'Dan kan niemand me daar nog bevelen geven!'

'En in dat geval krijg je hier zeker nog één of twee nieuwe betrekkingen?' Victor probeerde haar te provoceren.

Ze keek verontwaardigd. 'En wat dan nog? Wat weet u daar nou van?'

Pauline had zich kennelijk ook laten wijsmaken dat haar vereerder hevig verliefd op haar was en met haar wilde trouwen. Op deze manier verleidden koppelaarsters en pooiers steeds opnieuw naïeve jonge meisjes die ze vervolgens in een leven sleurden dat bijna altijd in de goot eindigde.

'Ik vraag je nog een keer of je binnen wilt komen, Pauline,' zei Victor. 'Wat ze je ook maar hebben beloofd gaat niet gebeuren. Ook al denk je nu dat je een goed leven hebt of kunt verwachten, dat is een foute conclusie. Het zal je vernietigen!'

Opeens kreeg Pauline tranen in haar ogen en Victor kon wel zien dat ze een innerlijke strijd voerde. 'Maar ik kan niet gewoon bij u binnenkomen,' zei ze ten slotte gespannen. 'Ik word verwacht. En misschien is het wél zo dat hij zo goed mogelijk voor me zal zorgen.'

'Goed dan. Kom naar me toe als je hulp nodig hebt. We zien elkaar weer in de fabriek.'

Ze knikte aarzelend en liep, nadat Victor opzij was gestapt, langzaam de trap op.

Hij ademde hoorbaar uit.

'Denk je dat ze nu nog naar het werk komt?' vroeg Edgar, die binnen was geweest en alles had gehoord.

Victor haalde zijn schouders op en liep langs hem heen de woonkamer in. 'Ik weet het niet. Houd jij de portiek nu even in de gaten?'

'Doe ik. Het verbaast me trouwens niet dat we hier een werkneemster van Rothmann zien. De arbeidsters uit de suiker- en chocoladefabrieken verdienen zo weinig dat ze er amper van kunnen rondkomen. Dat heeft mijn vader me jaren geleden al verteld.'

Victor was goed op de hoogte van de verhoudingen in de grote steden van het rijk. Maar om het van zo dichtbij mee te maken was wel even iets anders.

De uren sleepten zich voort en toen het echt nacht was kwamen de eerste mannen die op zoek waren naar een pleziertje naar het huis van de zogenaamde tussenpersoon.

Algauw waren er inderdaad geluiden te horen die op zedeloos gedrag leken te wijzen. Frida, die inmiddels weer thuis was, trok de deken over haar hoofd om maar niets te hoeven horen. Haar moeder was uitgeput thuisgekomen, had zich even laten vertellen waarom Edgar en Victor er waren en was daarna aan haar huishoudelijke taken begonnen. Ze zat nu met verstelgoed aan de tafel bij het zwakke schijnsel van een petroleumlamp. Steeds opnieuw vielen haar ogen dicht.

Rond dezelfde tijd als de vorige dag zei Edgar bij de deur opeens: 'Ja, hoor, hij komt er weer aan!'

Victor knikte. 'Laat hem maar door. Voor vandaag weten we genoeg.'

'Wat doen we nu?' vroeg Edgar.

'We gaan weg. Ik zal proberen om Pauline de komende dagen meer te vragen. Haar verklaring is weliswaar nog minder waard dan de onze, maar ze kan ons beeld van Albrecht aanvullen. Daarna bepalen we onze volgende stap.'

Bij het afscheid gaf Edgar de vrouw ook een munt van twee mark. Ze glimlachte dankbaar. Haar man snurkte luid en ook de kleine Frida sliep al.

'Arme mensen,' fluisterde Victor toen ze de deur achter zich dichttrokken.

'Inderdaad. Maar er zijn gezinnen waarmee het nog veel slechter gaat.'

Toen ze buiten in het licht van een straatlantaarn stonden legde Edgar opeens zijn hand op Victors schouder. 'Ik heb met Alois Eberle gepraat,' zei hij met een veelbetekenende klank in zijn stem.

'Waarover?' vroeg Victor verbaasd.

'Of hij niet een tweede onderhuurder kan opnemen.'

Opeens begreep Victor het. 'Je bedoelt dat ik samen met jou naar de Hauptstätter Strasse ga verhuizen?'

'Helemaal goed!'

Victor pakte Edgars bovenarmen vast en schudde hem even door elkaar. 'Wat ben je toch een… Maar natuurlijk! Zeg alsjeblieft dat hij het goedvindt?'

'Nou ja, daar was niet veel overredingskracht voor nodig.'

'Wanneer is het zover?'

'Ik heb met hem afgesproken dat we de dag voor kerstavond verhuizen.'

'Ik dacht pas in het nieuwe jaar?'

'In december mogen we er gratis wonen, en ook daarna vraagt hij niet veel. Hij is al blij dat hij met kerst niet alleen is, zei hij. En nu hoef jij niet op zoek naar een medehuurder.'

'Verdorie, Edgar, dat is het beste nieuws in maanden, of eigenlijk sinds mijn vrijlating!'

'Dat is waar ook! Ik heb een voormalige gevangene in huis genomen!' Edgar stompte hem. 'Je moet me echt een keer vertellen waarom je eigenlijk in die vesting gevangen hebt gezeten.'

'Zal ik doen. Dat wordt inderdaad tijd.'

'Vast voor verstoring van de openbare orde,' zei Edgar spottend.

Victor lachte. 'Zo zou je het kunnen noemen.'

'Weet je, zodra we bij Alois wonen drinken we allereerst zijn mostvat leeg!' zei Edgar.

'Over gevangenisstraf gesproken, voor dat mostvat moeten we eerst nog naar Rothmanns kantoor!'

Edgar grijnsde. 'Ik weet het, de inbraak. Ik heb al geoefend.'

45

Koblenz
Rond dezelfde tijd

'Wat mag het zijn?' vroeg de waard.

'Breng me maar een glas bier,' zei Paul Roux, maar hij corrigeerde zichzelf meteen: 'Nee, toch liever een glas wijn! En breng me gewoon iets te eten wat lekker is en goed vult.' Toen de waard naar de keuken was gegaan, legde hij de lijst van Maximilian Harden voor zich op de tafel en bekeek hem nog een keer aandachtig.

Roux was nog maar een paar dagen geleden in Koblenz gearriveerd en had een kamer genomen in Gasthof Zum Anker. Hij was vele weken op reis geweest en ergerde zich aan zichzelf. Op de een of andere manier had zijn normale scherpzinnigheid hem in de steek gelaten, zodat hij de lange lijst met namen die hij van Harden had gekregen vanaf de verkeerde kant had afgewerkt. Veel adressen waren verouderd en een heleboel adressen die hij geleidelijk had kunnen achterhalen lagen te ver bij Berlijn vandaan.

Hij had een vruchteloze reis gemaakt naar Keulen en omgeving, en bovendien twee reizen naar Hamburg en Frankfurt en omgeving. De mannen die hij ten slotte had opgespoord konden of wilden hem geen informatie geven. Inmiddels dreigden zijn opdrachtgevers onomwonden dat ze van plan waren hun geld terug te eisen.

De waard bracht de wijn en een bord met aardappels, uien en spek.

Roux deed een servet om en begon te eten. Hij had eigenlijk al weken eerder naar Koblenz willen reizen, want omdat Victor Rheinberger hier voor zijn verdwijning was geweest, dacht hij dat hij hier misschien een vers spoor kon vinden. Maar door Hardens lijst was hij van dit voornemen afgestapt.

In gedachten recapituleerde hij de zaak. Helemaal in het begin was zijn onderzoek goed opgeschoten, doordat hij een van de officieren in zijn favoriete bordeel in de Friedrichsstrasse had kunnen omkopen. De mannen daar waren meestal heel gul zodra je dreigde hun bezoeken aan hun echtgenote bekend te maken. Zodoende had Roux indertijd gehoord dat Rheinberger, misschien op eigen verzoek, naar Koblenz was overgeplaatst en na zijn vrijlating met de trein was vertrokken. Nadat de man dit had verteld had hij zich niet meer laten zien, zodat Roux deze bron niet meer kon gebruiken.

Toen had hij Hardens lijst gekregen en dacht hij al dat zijn missie was geslaagd. Hij had niet verwacht dat het zo moeilijk zou zijn om meer bruikbare informatie te verkrijgen. Inmiddels werd hij zwaar onder druk gezet om te slagen, want hij kon zijn opdrachtgevers bijna niet meer aan het lijntje houden.

De waardin liep langs hem heen en zag dat hij zijn bord al leeg had. 'Heeft het gesmaakt?'

Roux knikte en zei: 'Uitstekend. Breng me meteen nog maar een portie.'

'Heel graag!'

Toen ze even later een vol bord voor hem neerzette vroeg ze: 'U komt toch uit Berlijn, meneer Roux?'

'Inderdaad.' Roux wilde al gaan eten om haar duidelijk te maken dat hij geen behoefte had aan een gesprek.

Ze haalde net adem om verder te praten toen een corpulente heer in een perfect gemaakt maar versleten pak binnenkwam. Ze draaide Roux meteen de rug toe en begroette de gast opvallend hartelijk. 'Hallo, meneer Baldus, ik heb uw plaats vrijgehouden.'

Roux spitste zijn oren, omdat de naam Baldus hem bekend voorkwam. Uit zijn ooghoeken zag hij dat ze de man naar de tafel naast hem bracht.

'Zo, alstublieft. Uw *Debbekooche* komt er zo aan!'

De man ging langzaam zitten, haalde papier en potlood uit de zak van zijn colbert en maakte een paar aantekeningen. Toen zijn aardappelkoek werd gebracht schoof hij alles opzij, waarna hij zich op zijn maaltijd stortte.

'Hebt u vandaag weer een gedicht voor ons, meneer Baldus?' vroeg de waardin, die nog steeds naast hem stond en tevreden zag dat de man haar eten verorberde.

Wat een opdringerige vrouw, dacht Roux. Toch luisterde hij aandachtig, want deze Baldus was kennelijk een bijzondere en graag geziene gast.

'Later misschien,' zei Baldus met volle mond, waarop de waardin tevreden terugliep en achter de bar ging staan.

Roux gebaarde dat hij graag nog een glas wijn wilde.

Toen ze de karaf voor hem neerzette, fluisterde ze samenzweerderig in zijn oor: 'Die man daar, dat is onze meneer Baldus. Een begaafd dichter! Ik hoop dat hij straks nog een gedicht voordraagt!'

Roux hoopte dat niet, maar hij knikte.

Ze keek dweperig naar de man, die snel zat te eten. 'Hij vindt mijn Debbekooche altijd zo lekker!' Met een diepe zucht trok ze zich weer terug.

Opeens wist Roux het! Hij pakte snel zijn lijst en trok met een trillende vinger een spoor langs alle namen. En inderdaad, daar stond de naam Baldus – met een vraagteken erachter omdat hij deze naam als minder belangrijk had beschouwd. Hij toomde zijn euforie in, want hij had een dichter niet zonder reden als minder relevant beschouwd. Hij was ervan uitgegaan dat Victor Rheinberger tijdens zijn gevangenschap met gelijken was omgegaan, maar als ervaren onderzoeker onderschatte hij de macht van het toeval nooit.

Roux wachtte tot Augustin Baldus klaar was met zijn maaltijd. Daarna liep hij naar diens tafel en groette hem beleefd. 'Augustin Baldus, de grote dichter?'

De man stak zijn borst een beetje naar voren. 'Dat ben ik. Wat kan ik voor u doen?'

'Ik ben een literatuurkenner, zeer geëerde meneer Baldus. Uit Berlijn.'

Augustin Baldus knikte waarderend en wees naar de tweede stoel aan zijn tafel. 'Neem plaats, meneer...'

'Von Trauntin.' Roux had lang geleden al een groot aantal aliassen verzonnen die hij afwisselend en afhankelijk van de situatie gebruikte.

'Aha, een adellijke criticus, heel aangenaam!'

'Aangezien ik op dit moment bezig ben met een artikel over de levensomstandigheden van Duitse dichters,' verklaarde Roux een beetje gewichtig, 'komt onze toevallige ontmoeting me heel goed van pas.'

Augustin Baldus lachte gevleid. 'Het genoegen is geheel aan mijn kant, meneer Von Trauntin. Stel uw vragen maar, dan zal ik ze uitgebreid beantwoorden. Op voorwaarde dat u me dan een exemplaar van uw artikel laat sturen.'

Roux vond de goedgelovigheid van de dichter amusant. Net als veel andere mensen was hij bereid je meteen alles te vertellen áls je zijn ijdelheid maar een beetje streelde. En als kunstenaar kon hij niet wachten tot hij eindelijk werd ontdekt.

Roux stond nog een keer op, haalde zijn schrift en opende met een gewichtige blik een nieuwe bladzijde. 'Mag ik u eerst om uw exacte naam vragen, meneer Baldus?'

Algauw had hij Augustin Baldus aan het lijntje. De miskende dichter vertelde gewillig over zijn leven en zijn werk, hij citeerde gedichten en noemde een roman waar hij al jaren aan werkte en die kennelijk heel binnenkort zou worden afgerond.

Roux strooide uitgebreid met complimenten, maar toen kwam hij eindelijk ter zake en vroeg: 'Zijn er mensen die jaloers zijn op uw talent?'

'O, ja! U weet wel: veel aanzien, veel vijanden,' zei Baldus zelfbewust.

'Is er wat dit betreft een bijzondere gebeurtenis waar u iets over kunt vertellen?'

'Niet slechts één, mijn beste meneer Von Trauntin, niet slechts één. Ik ben al meerdere keren vervolgd wegens het belasteren van Pruisen.'

'Echt waar?'

Baldus knikte. 'Ze hebben me gevangengezet in Ehrenbreitstein,' fluisterde hij. 'Om me monddood te maken. Niet lang weliswaar, maar meer dan één keer.'

'Maar dat is ongelofelijk interessant! U bent dus ook politiek dichter?'

'Dat was ik. Inmiddels heb ik besloten om mijn talent, zoals u het noemde, aan andere onderwerpen te wijden. Weet u, als je ouder wordt, wil je niet meer in een cel worden gegooid. Hoewel ze niet echt oncomfortabel zijn.' Hij knikte met zijn kin naar de deur en wees daarmee ongeveer in de richting van Ehrenbreitstein. 'Maar juist voor een dichter betekent de vrijheid alles!'

'Dat begrijp ik heel goed, meneer Baldus,' zei Roux poeslief. 'Zo'n talent als het uwe, opgesloten! Schandalig! Zeg eens, hoe reageerden uw medegevangenen op uw bijzondere talent? Mocht u uw werk 's avonds wel eens voordragen?'

'Ach, dat is natuurlijk niet de juiste omgeving om te declameren. Bovendien was ik daar niet de enige schrijver, maar iemand heeft zeker een keer geluisterd.'

'Kunt u zich in dit verband nog een speciaal iemand herinneren?'

Baldus dacht na. 'Er waren een paar mannen met wie ik meer contact had. O, ja, een van hen kwam zelfs uit Berlijn, net als u!'

'Echt waar?' riep Roux, meteen even enthousiast als de dichter.

'Ja! O, hoe heette hij ook alweer? Ik kan me hem nog goed herinneren, want toen hij werd vrijgelaten heb ik hem het adres van mijn neef gegeven. Ja, ik weet het weer! Rheinberger! Victor Rheinberger uit Berlijn. Hij zat daar voor de een of andere erekwestie. Hij was een goede man.'

Roux kon bijna niet geloven dat hij zo veel geluk had. 'Het is echt prachtig als daar echte vriendschappen zijn ontstaan, meneer Baldus.'

'Nou ja, vriendschap is misschien een beetje overdreven, maar we hadden veel respect voor elkaar.'

'Waar woont uw neef?'

'Edgar? In Stuttgart! Rheinberger wilde niet terug naar Berlijn, maar helemaal opnieuw beginnen. Ik was van mening dat Stuttgart daar helemaal geen slechte stad voor is.'

'Dat was heel genereus van u, meneer Baldus. U bent niet alleen een dichter, maar bovendien een goed mens. Is uw neef ook dichter?'

'Nee, Edgar is schilder.'

'Ongelofelijk, ons gesprek! De hemel zij dank dat ik u hier vanavond heb ontmoet, meneer Baldus!' Roux was in zijn element. 'U zult het niet geloven, maar ik schrijf ook regelmatig columns over moderne kunstenaars.'

'Echt?'

'Ja. Denkt u dat uw neef me ook een gesprek zou willen toestaan? Dan zou zijn naam in de belangrijke kranten en tijdschriften kunnen komen.'

‘Maar natuurlijk,’ zei Baldus, met het idee dat hij zijn neef hier een plezier mee deed. ‘Hij is zo getalenteerd! Als ik me niet vergis is ook zíjn kunst tot nu toe volkomen genegeerd.’

‘Hebt u zijn huidige adres voor me? Zodat ik contact met hem kan opnemen?’

‘Tja, ik heb geen idee of hij daar nog woont. Het laatste adres dat ik had was… Wacht, ik moet even nadenken. Het had iets met goud te maken… of nee, zilver! Silberburgstrasse, dát is het!’

‘De Silberburgstrasse in Stuttgart,’ herhaalde Roux, terwijl hij het adres noteerde.

‘Een huisnummer weet ik helaas niet, maar ook zonder dat kunt u hem vast wel vinden.’

‘Wilt u me ook zijn achternaam nog vertellen?’

‘Ja, natuurlijk. Nold. Edgar Nold. Maar vertel eens wanneer het artikel over mij zal verschijnen.’

‘Komend voorjaar,’ loog Roux.

Baldus keek teleurgesteld. ‘Volgend voorjaar pas?’

‘Dat is juist heel gunstig voor u, meneer Baldus. In het voorjaar zijn de mensen blij omdat de winter voorbij is. Dat is precies het goede moment voor een boekje met lentegedichten.’

‘Lentegedichten? Die heb ik helemaal niet.’

‘Dan moet u er een aantal schrijven. We plaatsen er een paar bij ons artikel.’

‘Waar mag ik de gedichten naartoe sturen?’ vroeg Baldus.

Roux schreef een verzonnen adres op een bladzijde van zijn notitieboekje, scheurde het eruit en gaf het aan Baldus met de woorden: ‘Het kan nog wel even duren voordat u antwoord ontvangt. U hoeft zich daar dus geen zorgen over te maken.’

Baldus begon hard te lachen. ‘Ja, goede dingen hebben tijd nodig.’

‘Inderdaad. Laten we nu proosten op onze ontmoeting, en op uw toekomstige succes!’ Roux wenkte de waardin.

Ze dronken tot diep in de nacht.

Toen Roux zwalkend zijn kamer binnenstapte, wist hij niet zeker of Baldus zich hem nog wel zou herinneren nadat hij zijn roes had uitgeslapen. Hij had de dichter namelijk letterlijk onder tafel gedronken.

46

Riva
De week voor de vierde adventszondag 1903

'Je zou kortere rondleidingen moeten aanbieden.'

Hélène zat achter haar schildersezel en keek op. 'Waar heb je het over?'

Max lachte. 'Over de nieuwe rondleidingen door Hélène Rothmann volgend voorjaar.'

Hélène schudde haar hoofd. 'Waarom denk je nu opeens aan die rondleidingen?'

'Gewoon toeval.'

'Juist. En waarom zou ik ze moeten inkorten?'

'Niet allemaal, maar ik zou de lange tochten met de stoomschepen heroverwegen. Ik kan weliswaar uren naar je luisteren, maar zo'n lange rondleiding op één dag is bijzonder vermoeiend. Voor de meeste mensen tenminste.'

Hélène plaatste net lichte accenten in de blauwe tinten van een schilderij van het Gardameer. Ze had daar die zomer al grove schetsen van gemaakt, maar maakte er nu een olieverfschilderij van. Ze werkte op de manier van de Franse impressionisten en verbond de kleine verfvlekjes vaak tot enorme vlakken. Daardoor werden haar schilderijen abstracter, zonder in te leveren op de lichteffecten waar Monet en Renoir zo beroemd om waren.

'Heb je kritiek op mijn werk als gids?' Hélène drukte geeloranje verf uit de tube op haar palet.

'Niet op je werk, alleen op het tijdsbeslag.' Max keek naar haar met een mengeling van geamuseerdheid en begeerte.

Hélène kende deze blik en deed alsof ze alleen aandacht had voor haar schilderij. Ze wist dat dit hem stoorde en tegelijkertijd opwond. 'Wat stel je dan voor?' Ze begon de ondergaande zon boven het water in te kleuren.

'Doe er een overnachting bij, in Sirmione bijvoorbeeld.'

Hélène zette een stap naar achteren en bekeek haar werk kritisch. Daarna begon ze met okergeel te werken. Met het puntje van haar tong bevochtigde ze haar lippen, iets wat ze tijdens het schilderen vaak onbewust deed, maar tegenwoordig ook graag bewust om Max uit te dagen.

Vanuit haar ooghoeken zag ze dat hij naar zijn hals greep en naar haar keek. Ze glimlachte. Max was geen gemakkelijke man. Hij bezat een bepaalde onrust die ze vaak heel vermoeiend vond. Maar ze wist ook dat zijn gevoelens voor haar echt waren, hij was zorgzaam en attent, en bijzonder hartstochtelijk – iets wat hij vast heel zelden liet blijken.

'Dat idee van Sirmione is goed.' Ze keek hem even aan.

Hij stond meteen op en zei grijnzend: 'Dat idee is geniaal! Even geniaal als het idee om jou van deze vormeloze schilderskiel te bevrijden.'

'Waag het niet!' protesteerde ze.

Maar hij was al bij haar en pakte het penseel uit haar hand.

'Als je zo doorgaat ben je binnen een uur zelf een schilderij,' zei Hélène toen ze zag dat haar handen onder de verf zaten.

Max lachte en pakte een in terpentijn gedoopte doek om haar vingers schoon te wrijven. 'Verkoop je me dan?' vroeg hij plagend. 'Je krijgt er vast een goede prijs voor!'

Ze kuste hem op de wang. 'Daar zal ik eens serieus over nadenken.'

Max knoopte haar schilderskiel open en was blij toen hij zag dat ze er alleen een onderjurk onder droeg. Hij begon haar hals te liefkozen.

'Goed, jij mag een hotel in Sirmione uitzoeken waar ze een groep toeristen kunnen opnemen,' zei ze gul, waarna ze haar hoofd scheef hield.

'Hm, zal ik doen… Later,' mompelde hij, terwijl hij haar lichaam streelde en aan haar oor knabbelde.

Hélène spinde als een katje toen hij haar optilde en naar haar smalle bed droeg. Ze ging, nadat ze elkaar hadden bemind, rechtop zitten en schudde haar donkere haar los.

'Je haren zijn al even mooi als je ogen, Hélène.' Max wikkelde een streng om zijn vinger, iets wat hij heel vaak deed. 'Net als alles aan je.'

Hélène sloot glimlachend haar ogen en genoot van dit intieme moment. Daarna rekte ze zich uit. 'Hermione en Christl zijn in Riva.'

'Aha, je vriendin met haar jonge minnaar?' vroeg Max knipogend.

Hélène grijnsde. 'Inderdaad. Zullen we vanavond met hen gaan eten?'

'Waarom niet?' Max wreef met masserende bewegingen over haar rug. 'Ik wil hen heel graag ontmoeten.'

'Uitstekend, dan stuur ik Hermione een bericht. Wat denk je, om een uur of acht in Hotel Central?'

'Goed, dan kan ik wel.'

'Gelukkig maar,' zei Hélène giechelend.

Max stond op en kleedde zich aan. 'Ik haal je natuurlijk op.' Nadat hij haar nog een keer uitgebreid had gekust vertrok hij. 'Tot straks, is half acht goed?'

'Ja, hoor.'

Hélène wist dat hij vaak tijd voor zichzelf nodig had en daarom naar zijn hotelkamer ging. Hij dronk dan een glas rode wijn, las een krant of een van zijn boeken over architectuur en maakte misschien zelfs al een paar plannen voor zijn reis volgende zomer. Ze begreep heel goed dat ze hem op een bepaald moment niet langer in Riva kon vasthouden.

Na zijn vertrek trok Hélène haar schilderskiel weer aan, maar ze liep niet terug naar haar ezel. Ze liep al een paar dagen rond met een idee dat ze niet langer kon verdringen: ze moest haar dochter schrijven. Ze had al een paar pogingen gedaan om Judiths verdrietige brieven te beantwoorden, maar had de brief elke keer verscheurd omdat ze de juiste woorden niet kon vinden. Nu ze weer vaste bodem onder de voeten had, wilde ze Judith heel graag alles uitleggen.

Ze keek even naar haar palet, maar vermande zich toen en ging aan haar bureau zitten.

Mijn lieve Judith. Ik weet dat ik je deze brief al veel eerder had moeten sturen. Vergeef het me alsjeblieft. Er is de afgelopen maan-

den veel veranderd, waardoor ik niet wist wat ik moest doen. Nu ik mijn toekomst duidelijk voor ogen zie en een beslissing heb genomen, kan ik je daar eindelijk over vertellen.

Zoals ik je vader al heb laten weten kom ik niet terug naar huis. In Stuttgart was ik heel erg ziek en ik ben hier pas weer gezond geworden, ver weg van alles wat me belastte. Dat kun je teleurstellend vinden, of liefdeloos, maar het tegendeel is waar. Misschien zul je ooit begrijpen wat ik daarmee bedoel.

Hoewel het tegenstrijdig klinkt, vind ik het moeilijkste facet van dit besluit dat ik jou, mijn dochter, en je broertjes alleen moet laten. Maar jij bent al groot en de jongens zullen sowieso in het bedrijf gaan werken. En ik pas niet in die wereld in Degerloch. Daar heb ik nooit in gepast.

Toch blijf ik altijd je mama. Er gaat geen dag voorbij dat ik niet aan je denk. En ik zou het heerlijk vinden als je me ooit in Riva zou willen bezoeken. Wie weet, misschien voel je je hier net zo goed als ik?

Tot het zover is beloof ik je je regelmatig en uitgebreider te schrijven, niet meer van die nietszeggende korte brieven met algemeenheden zoals tot nu toe. Ik moest echter zo veel afstand van alles en iedereen nemen om te genezen van mijn ernstige melancholie.

Je vader en jij hebben me geschreven over je aanstaande huwelijk. Ik vind het heel erg dat je zo ongelukkig bent met je verloving. Je brieven schetsen een bijzonder verwarrend beeld van Albrecht von Braun en jullie huidige situatie. Je voelt kennelijk geen enkele genegenheid voor hem. Je bent bang dat hij je als zijn eigendom zal behandelen, dat je je vrijheid kwijtraakt en aan zijn buien zult zijn overgeleverd. Ik ken je goed genoeg om te weten dat je er net zo aan onderdoor zult gaan als ik wanneer ze je prachtige wezen, je fantasie en je rijke gevoelswereld gevangenzetten. Daarom kan ik je alleen maar adviseren om je hart te volgen, ook al is het moeilijk om je te verzetten tegen de wensen van je vader. Als je er niet aan moet denken dat je je leven met Albrecht moet delen, vecht dan voor je vrijheid! Daar ben je sterk genoeg voor, echt waar!

Ik wens met mijn hele hart dat je leven je naar de mooiste plaatsen en de liefste mensen zal leiden. En op een dag ook weer

naar mij. Mijn deur staat altijd voor je open, dat moet je weten!
Je liefhebbende mama.

Riva, december 1903

Ze las de brief niet nog een keer door, maar adresseerde de envelop en legde hem klaar om op de post te doen. Ze had Judith al veel eerder moeten schrijven. Ze had Wilhelm Rothmann vlak nadat ze terug was uit Venetië geschreven en wist niet hoe hij op haar bericht zou reageren. Of hij misschien naar Riva zou komen of naar andere middelen zou grijpen om haar volgzaam te maken en terug te sturen naar de plek waar ze volgens hem hoorde te zijn. Ze zou gewoon afwachten, omdat ze zich nu sterk genoeg voelde om zijn aanvallen te pareren, mocht hij inderdaad proberen haar keuze voor een zelfstandig leven ter discussie te stellen.

Ze dacht na met haar vulpen in haar hand en toen er een inktspatje op het onbeschreven blad eronder verscheen kwam ze op het idee Georg Bachmayr te schrijven. Hij had haar voordat hij in september terugging naar München zijn adres gegeven. Tot nu had ze geen behoefte gehad om contact met hem te onderhouden, maar vandaag wilde ze hem in elk geval een korte brief met haar nieuwe adres sturen.

Zodoende lag er later nog een brief bij die voor Judith. Pas daarna ging Hélène verder met haar schilderij.

'Hélène, lieve schat!' De grote struisvogelveer op Hermiones vlotte fluwelen hoed zwaaide heen en weer toen ze Christl liet staan en voor Hotel Central naar haar toe snelde. 'Wat ben ik blij je te zien!'

'Ik ook, lieve Hermione!'

Hermione von Preuschen vermorzelde haar bijna met haar stormachtige omhelzing. Maar toen ze Max zag, die achter Hélène stond, liet ze haar meteen los. 'Dit kan niet waar zijn, Hélène!'

Met een tevreden glimlach zag Hélène dat Max zijn strohoed afnam en een formele buiging voor Hermione maakte. De goedkeurende blik waarmee haar vriendin naar haar minnaar keek ontging haar niet. 'Dat is Max. Max, dit is mijn lieve vriendin Hermione von Preuschen uit Berlijn.'

'Zeg alsjeblieft gewoon Hermione, mijn beste.' Hermione gaf Hélène een arm. 'Ik wil graag even onder vier ogen met mijn vriendin praten! We hebben elkaar al zo lang niet meer gezien,' zei ze tegen Christl en Max. 'Ondertussen kunnen jullie elkaar even beter leren kennen!'

Daarna trok ze Hélène een paar meter opzij. 'Indrukwekkend, deze jonge man,' fluisterde ze. 'Ik had niet verwacht dat het zo snel zou gaan!'

'Ik ook niet,' zei Hélène zacht. 'Maar het een leidde tot het ander.'

'En, hoe voelt dat?'

'Geweldig!'

Hermione drukte haar arm even. 'Ik ben heel blij voor je, weet je! Als iemand ooit passie zou moeten ervaren, dan ben jij het wel, lieve Hélène.'

Hermione slaagde er nog altijd in om Hélène met haar directheid in verlegenheid te brengen, maar inmiddels was ze wel in staat haar onzekerheid te verbergen. 'Ik geniet ervan, net als jij. Ook al weet ik dat er ooit een keer een einde aan zal komen.'

'Dat hoeft niet. Jullie leeftijdsverschil is zo te zien lang niet zo groot als bij Christl en mij.'

'Toch denk ik dat we uiteindelijk heel verschillend zijn. Hij zal een gezin willen stichten en –'

'... eerst nog wat oefenen. Dat zou kunnen, maar niets is toch zeker? Niemand kan van een ander zijn, een mens kan alleen vrijwillig voor iemand kiezen.'

'Daar heb je gelijk in, lieve Hermione. Beter kun je het niet verwoorden. En nu heb ik honger.'

Hermione lachte.

De vrouwen voegden zich weer bij de mannen, die in de buurt van de ingang van het hotel op hen hadden gewacht.

'Zo, alle nieuwtjes uitgewisseld?' vroeg Max brutaal, waarop Hélène begon te blozen. Hij bood haar zijn arm aan.

'Echt niet, Max! Als ik echt alle nieuwtjes met Hélène zou bespreken, kreeg jij haar de komende dagen niet meer te zien!'

'Daar zou ik wel een stokje voor steken,' zei Max glimlachend tegen Hermione.

Hermione gaf hem een knipoog en pakte Christls arm. Achter elkaar liepen de twee stellen het Hotel Central in.

'Hoelang blijf je in Riva?' vroeg Hélène tijdens de maaltijd.

'Ik denk maar een week of twee, drie. We overwegen om in het voorjaar nog een keer terug te komen. Maar we hebben nog meer reisplannen,' zei Hermione met haar blik op Christl gericht.

'We willen graag naar Corfu,' zei Christl, waarna hij zijn aandacht weer richtte op de zachte vis op zijn bord.

'Hélène gaat hier in het voorjaar haar schilderijen tentoonstellen,' zei Max, die runderrolletjes had besteld. 'Volgens mij zal ze het heel fijn vinden als jij er dan ook bent, Hermione.'

'Echt?' vroeg Hermione blij. Tegen Hélène zei ze: 'Laat me in elk geval weten wanneer dat precies gaat gebeuren. Als ik het maar even kan regelen, komen we zeker langs.'

'Het wordt waarschijnlijk maart,' zei Hélène. 'Maar kom alsjeblieft alleen als je dat kunt combineren met je andere reisplannen.'

'Dat kunnen we vast wel regelen, nietwaar, Christl?' Hij knikte, waarna Hermione vroeg: 'Heb je er al een ruimte voor?'

Hélène schudde haar hoofd.

'Weet je wat? We gaan in het sanatorium vragen of het daar kan,' zei Hermione. 'Daar zijn ook genoeg gasten die graag een souvenir willen kopen. Christl?'

'Ja, lieve schat?'

'We kunnen je vader vragen of hij een ruimte ter beschikking wil stellen, denk je ook niet?'

'Zeker wel. Misschien kan de tentoonstelling over alle drie gebouwen van het sanatorium worden verdeeld,' zei Christl.

'Dat is een veel beter idee! Ach, lieve Hélène, voor we weer vertrekken is je hele tentoonstelling al in kannen en kruiken. Hoeveel schilderijen heb je al af?'

'Negen. Maar ik ben van plan om voor het zover is achttien tot twintig olieverfschilderijen te maken.'

'Dat is een goed aantal. Als ze tenminste niet te klein zijn,' zei Hermione.

'Nee, de meeste zijn van gemiddelde grootte, met daarbij natuurlijk twee of drie blikvangers.'

'Ook een paar tekeningen?'

'Ja, dat in elk geval. Ik wil het heel afwisselend maken.'

Hermione klapte enthousiast in haar handen. 'Tijdens de tentoonstelling zou je in het park van het sanatorium kunnen schilderen.

Dan zien de mensen hoe hun schilderijen ontstaan! Of je biedt daarnaast schildercursussen aan. O, maar dat wordt geweldig!'

'Dat wordt het zeker.' Max hief het glas. 'Op Hélène!'

'En op de kunst!' zei Christl.

Later die avond vroeg Max voor het eerst aan Hélène of ze de nacht bij hem in het hotel wilde doorbrengen. En Hélène kon zich voor het eerst voorstellen dat hij misschien toch bij haar bleef, in een relatie zonder dwang waarin ze allebei zichzelf konden zijn.

47

Chocoladefabriek Rothmann
22 december 1903, laat op de avond

Edgar stak het kromgebogen uiteinde van een stevig stuk ijzerdraad in het sleutelgat van de deur van het kantoor. Hij bewoog het voorzichtig heen en weer en stak daarna een tweede ijzerdraadje in het slot. Doordat het zo'n stille nacht was had Judith het idee dat iedereen het schrapende geluid kon horen.

'Een beetje hoger, Judith,' zei Edgar zacht.

Ze verplaatste de kleine lamp een stukje zodat het lichtschijnsel onbelemmerd op het slot was gericht.

Algauw hoorden ze een klikje en kort daarna nog een.

Nadat Edgar nog een laatste keer had geduwd en gewrikt, sprong de deur open.

'Goed gedaan!' zei Victor. 'Ik zal je bij anderen aanbevelen als inbreker!'

'Waag het niet!'

Ze gingen naar binnen.

'Judith, nu ben jij aan de beurt.' Victor raakte met een bemoedigend gebaar haar rug even aan. 'Je hebt toch uitgezocht waar we welke boeken kunnen vinden?'

Judith knikte. 'Ja, zo ongeveer weet ik het wel.'

Ze liepen naar de kastenwand, waar Victor de lamp van Judith aannam en het licht zo richtte dat ze alles goed kon zien.

Ze zei: 'Helemaal linksboven staan de oudste boeken, vanaf 1895. De jaren daarvoor staan in een afsluitbare ruimte in de kelder.'

‘Die hebben we niet nodig,’ zei Victor. ‘Voorlopig zijn we alleen geïnteresseerd in de jaren 1900 tot nu.’

‘Dan begint het hier.’ Judith wees naar een kast in het midden.

Edgar liep ernaartoe en bekeek het slot van de kast. Ook dit slot kraakte hij zonder enig probleem. Hij opende de kastdeuren en stopte de gebruikte ijzerdraadjes in zijn jaszak.

Victor stak de tweede lamp aan die ze hadden meegenomen en Edgar legde potloden en papier klaar, waarna Judith de mannen de stukken gaf en onthield waar alles had gestaan.

Ze verdiepten zich in kasboeken, journaals, verzamelstaten, grootboeken en loonstaten, vergeleken inkomsten en uitgaven, controleerden saldi en bekeken de inventarislijsten en balansen. Edgar had ervaring met een dubbele boekhouding, doordat hij vroeger in het bedrijf van zijn vader had gewerkt. Deze kennis gebruikte hij tegenwoordig ook voor zijn eigen bedrijf. Dankzij Edgars aanwijzingen wist Victor ook al vrij snel waar hij op moest letten.

‘Dit ziet er allemaal vrij goed uit,’ zei Edgar.

Victor knikte. ‘Ja, lijkt mij ook. Kopieer jij de balansposten, Edgar?’

‘Dat kan ik ook wel doen,’ zei Judith, die op de handelsschool de basisbeginselen van boekhouden had geleerd, zodat ze de meeste aantekeningen van haar vader kon begrijpen.

‘Doe maar,’ zei Victor. ‘Edgar, dan bekijken wij de beide bankrekeningen.’

Ze legden deze documenten op een van de lessenaars en probeerden de geldstromen van de afgelopen drie jaren te volgen.

‘Von Braun rekent een enorm hoge rente,’ was Edgars conclusie.

‘Wanneer is de laatste lening afgesloten?’ vroeg Victor.

‘In januari 1902,’ zei Edgar. ‘Door de economische omstandigheden was de rente van 1900 tot 1902 natuurlijk veel hoger, daar klaagde mijn vader toen ook over. Maar toch heeft Von Braun daar nog iets bovenop gedaan.’

‘Vooral de laatste… Aha!’ Victor wees naar een post onderaan de lijst. ‘Eind november van dit jaar, dus in 1903, heeft hij een nieuwe lening van tienduizend mark afgesloten. Bij de bank van Von Braun.’

‘Die lening is apart genoteerd.’ Edgar keek aandachtig naar de journaalpost.

‘Inderdaad. Die is er zo te zien op het laatste moment aan toegevoegd.’

'Om aan de noodzakelijkste verplichtingen te kunnen voldoen,' opperde Edgar.

'We moeten kijken welke rekeningen hij daarna heeft betaald,' zei Victor. 'En vooral of Rothmann daarvóór eigenlijk nog wel liquide middelen had. Judith?'

'Ja?'

'Kun jij alsjeblieft naar de laatste uitgaven kijken?'

'Wacht even.' Judith pakte een van de dikke grote boeken en bekeek de laatste posten. 'Er zijn rekeningen betaald waar al aanmaningen voor waren ontvangen,' vertelde ze. 'Cacao, suiker, specerijen, vervangende onderdelen voor machines, en een aanbetaling voor een nieuwe ijskast.' Ze dacht aan het laatste gesprek met haar vader. Hij had er dus aan gedacht en dat verbaasde haar.

'Kun je me de balans van vorig jaar geven?' vroeg Victor.

Judith liep naar de kast, pakte een van de vrij dunne, zwarte boeken en gaf dat aan hem.

'Juist, als ik dit goed begrijp,' zei Victor, 'zou de chocoladefabriek zonder de lening van Von Braun in december al insolvabel zijn geweest.'

Edgar stond op en liep naar Victor toe. 'Je hebt gelijk.'

'Voor deze lening berekent Von Braun een veel lager rentepercentage dan voor alle leningen die hij Rothmann in de jaren daarvoor heeft verstrekt,' mompelde Victor. 'Dat is opvallend.'

'Dat is zeker opvallend,' zei Edgar.

Judith zei: 'Betekent dit dat Von Braun mijn vader een lening heeft verstrekt met als voorwaarde dat ik met Albrecht trouw?'

'Dat lijkt er wel op,' zei Victor.

'Het zou me niets verbazen als hij later nog meer leningen mag afsluiten,' zei Judith bitter. 'Nadat ik met Albrecht ben getrouwd.'

'Dat lijkt logisch. Want die tienduizend mark zijn weliswaar voldoende om de grootste ramp af te wenden, maar niet om de fabriek een goede toekomst te garanderen.'

Judith boog haar hoofd. Ze had het gevoel dat er een grote verantwoordelijkheid op haar rustte. Het ging nu immers niet meer alleen om haar persoonlijke geluk, maar om het leven van haar familie. Als zij bereid was met Albrecht te trouwen, kon ze het faillissement van de fabriek voorkomen.

Victor leek te voelen wat ze dacht, want hij kwam naar haar toe. Hij legde een hand op haar schouder en zei zacht: 'Judith, deze leningen zijn gewoon een lokkertje. Zelfs áls de fabriek daarmee nog een tijdje kan voortbestaan is er veel meer geld nodig om het bedrijf financieel gezond te maken. Als Albrecht een bekwame man was, zou dat misschien wel lukken, maar hij zal je door zijn gokverslaving meesleuren in een vernietigend moeras. Uiteindelijk schiet niets en niemand er dus iets mee op: jij niet, je vader niet en het bedrijf niet.'

Judith leunde met haar rug tegen zijn vertrouwde lichaam, zuchtte diep en fluisterde: 'Dank je. Het is alleen zo ontzettend moeilijk. Tot nu toe heb ik me gewoon verzet, maar nu ik de afgrond waar mijn vader elke dag voor staat met eigen ogen kan zien...'

Victor masseerde haar schouders en zei: 'Dat risico loopt iedereen die een bedrijf sticht of heeft, en het is jarenlang goed gegaan. Maar nu moeten we uitzoeken hoe het mogelijk is dat een goedlopend bedrijf opeens op de rand van faillissement staat. De markt voor snoep en chocolade wordt groter en de grondstofprijzen waren de afgelopen jaren stabiel. Dat heb ik de laatste weken al nagekeken.'

'Je bent echt een geboren ondernemer!' zei Edgar grijnzend.

'Misschien wel,' antwoordde Victor.

'Er moet dus een concrete aanleiding voor zijn geweest?' vroeg Judith ongerust. 'Bedoel je dat mijn vader misschien is bedrogen?'

'Dat zou een verklaring kunnen zijn. Edgar?'

Edgar was al naar de dossierkast gelopen en leek iets te zoeken. 'Als het zo is als we denken, moet er een jaar zijn waarin de financiële situatie van het bedrijf opeens veel slechter werd.'

Ze namen de laatste jaren door.

'Gevonden! Volgens mij moeten we hier beter naar kijken, dit is een hoge privéopname, in 1899,' zei Edgar.

'Dat is bijna vier jaar geleden,' zei Judith.

'Klopt. Als ik het goed heb gezien, was dat een bijzonder goed jaar voor de fabriek. Toch heeft die hoge opname de liquiditeit enorm verminderd,' zei Edgar.

'Maar er is niets terugbetaald. De vraag is waarom hij zo veel geld van het bedrijf heeft opgenomen. Misschien voor de bouw van jullie villa?' vroeg Victor aan Judith.

'Dat zou een verklaring kunnen zijn, maar volgens mij is daar ook iets van het vermogen van mijn moeder voor gebruikt. Daar hebben mijn ouders enorme ruzie over gemaakt. Maman wilde een deel van het geld zelf houden, maar vader voerde aan dat hij de villa alleen voor haar wilde bouwen, voor haar zwakke zenuwen.'

'Ze had sowieso geen zeggenschap meer over dat geld, want het was door hun huwelijk toegevoegd aan het vermogen van je vader,' zei Victor.

Edgar zei: 'Maar hoe kunnen we achterhalen waar dat geld naartoe is gegaan?'

'Hij bewaart een paar zeer belangrijke documenten in zijn bureau,' zei Judith. 'Maar misschien liggen ze in zijn brandkast.'

'Dan wordt het moeilijk,' zei Edgar, 'want een kluis behoort tot de hogere regionen van de inbrekerskunst. Die heb ik nog niet bereikt.'

Victor zei: 'We gaan gewoon kijken, het is een poging waard.'

Ze verschaften zich toegang tot de afgesloten ruimte.

'De brandkast zit hierin.' Judith wees naar een smalle hoge houten kast met cassettedeuren.

Edgar keek ernaar en zei toen hoofdschuddend: 'Die krijg ik niet open.'

'Goed dan,' zei Victor. 'Dan moeten we maar eens kijken wat er op zijn bureau ligt. Misschien zijn er andere aanwijzingen.'

Voorzichtig, om niets te verplaatsen, bekeken ze de keurig opgestapelde documenten op zijn bureau. Ze keken ook in de laden en doorzochten de boekenkast.

Toen vond Judith iets. 'Victor!'

'Ja?'

'Misschien kan dit ons verder helpen?' Ze gaf Victor een vel papier waar met de hand een paar bedragen en aantekeningen op waren gekrabbeld.

Victor bekeek het en gaf het papier daarna aan Edgar.

Die schudde zijn hoofd. 'Dat zijn een paar berekeningen, maar die hebben niets te maken met dat waar wij naar zoeken.'

Ze gingen verder met hun zoektocht.

Uiteindelijk viel Victors blik op een opgevouwen briefje dat tussen het bureau en de boekenplanken daarachter lag. Hij pakte het op en vouwde het open. 'Judith! Edgar!'

'Heb je iets ontdekt?' vroeg Judith.

'Laat zien!' zei Edgar. 'Ja! Dat kan een aanwijzing zijn!'

'Maar de betreffende documenten liggen vast in de brandkast,' voerde Victor aan.

'Dat geeft niet,' zei Edgar. 'We weten nu waar een deel van het geld naartoe kan zijn gegaan.'

Edgar maakte een paar laatste aantekeningen, terwijl Victor en Judith alles zorgvuldig opruimden en alle sporen van hun doorzoeking wisten. Hij zei: 'Ik ga er alvast vandoor! Ik slaap vannacht bij Alois Eberle, want ik heb nog een paar opdrachten die ik voor Kerstmis af moet maken.'

'O, ja, ik was helemaal vergeten dat je niet kunt leven van je inbraken,' zei Victor lachend.

'Nog niet!' zei Edgar met een knipoog. 'Maar wie weet? Misschien heb ik de smaak nu wel te pakken.'

Ze verlieten het kantoor, waarna Edgar alles weer op slot deed.

Toen ze bij de hoofdingang waren had Edgar opeens haast. 'Vergeet niet dat we morgenavond gaan verhuizen! Nog een fijne avond, Judith!' Toen was hij weg.

Victor nam Judith in zijn armen.

'Wat bedoelde hij daarmee?' vroeg ze.

'Morgenavond verhuizen hij en ik naar het huis van Alois Eberle.'

'Ach!'

'Ja. Bij Alois wonen we goedkoper en daar kan ik beter verder werken aan de chocoladeautomaat.'

'Hoe ver zijn jullie daarmee?'

'De constructie is helemaal af en Edgar heeft een paar emaillen objecten gemaakt. Eigenlijk hoeven we alles alleen nog in elkaar te passen.'

'Maar dat is geweldig! De chocoladerepen zijn ook al klaar. Dus dan kan de automaat na de kerst worden geplaatst?'

'Dat hoop ik wel, maar daar hebben we nog geen toestemming voor. Zoals je weet malen de molens van de bureaucratie langzaam.' Daarna zei hij: 'Maar nu wil ik nog even iets proeven.'

'Ik heb niets bij me.'

Victor kuste haar warm en innig op haar mond.

'Aha... dat wilde je proeven,' fluisterde ze.

'Hm.'

Victor trok haar dichter naar zich toe. Voor het eerst drukte hij zijn gezicht tegen haar hals en liefkoosde haar.

Judith zuchtte en drukte haar lichaam stevig tegen het zijne, omdat ze zo dicht mogelijk bij hem wilde zijn. Ondanks haar dikke warme jas voelde ze dat zijn handen over haar lichaam gleden. Ze werd zich bewust van hun verlangen naar elkaar, dat gepaard ging met zo veel heerlijke en fijne gevoelens.

Met een laatste spijtige kus liet hij haar los.

'Waar wacht Theo op je?' vroeg hij schor.

'Voor, op de hoek.'

'Kom mee, dan breng ik je naar hem toe.'

Ze deden de hoofdingang en de grote poort achter zich dicht, keken of er niemand in de buurt was en vertrokken.

Achter de arrenslee kuste Victor haar nog een keer en hij streelde haar gezicht en voorhoofd. 'Je bent een geweldige vrouw, Judith.'

Judith was ontroerd en legde haar hand op de zijne. 'Ik hou van je,' mompelde ze tegen zijn handpalm, ook al wist ze dat hij dat misschien niet goed kon verstaan.

Maar toen Victor haar overdroeg aan Theo zag ze aan zijn intense blik dat hij elk woord had gehoord. Geluidloos vormden zijn lippen dezelfde zin.

48

Villa Rothmann
De volgende ochtend

Babette was verdwenen. Het was even na zeven uur 's ochtends en Robert, die in haar zolderkamertje van de villa stond, kon zijn ogen niet geloven. Omdat ze vandaag niet aan het werk was gegaan en ook niet had ontbeten, was hij stiekem naar de zolder gegaan. Nu had hij het gevoel dat een deel van zijn wereld in elkaar stortte.

Babettes deur had niet op slot gezeten en het bed was netjes opgemaakt. Ze had al haar kleren en bijna al haar persoonlijke bezittingen meegenomen. Aan niets was meer te zien dat ze hier had gewoond. Het rook er alleen nog vaag naar haar zeep, waardoor er een woedend verlangen in hem opwelde.

Hij vermoedde wel wat er was gebeurd. Hij had de afgelopen dagen niet alleen steeds nieuwe voetstappen in de sneeuw rondom het huis gezien, maar had ook gevoeld dat Babette langzaam maar zeker afgleed. Toch was hij blijven hopen dat ze op tijd zou inzien dat ze op de verkeerde weg was, dat ze verstandig zou worden en hem misschien zelfs in vertrouwen zou nemen. Maar innerlijk was ze al weg geweest.

Robert wreef een traan uit zijn ooghoek. Hij moest mevrouw Margarete op de hoogte brengen. Hij draaide zich langzaam om, verliet het kamertje en deed zorgvuldig de deur achter zich dicht.

De huishoudster reageerde onverschillig. 'Dat zat eraan te komen. Ze heeft haar lot zelf bepaald. Het zal niet lang meer duren voordat de politie haar voor het eerst oppakt. We hadden haar toch niet lang meer in dit huis kunnen dulden.'

Deze harde woorden raakten Robert diep.

In de bediendevleugel liep alles precies zoals altijd. Babette was weg en het leek alsof ze hier nooit was geweest. De kokkin en Dora zeiden niet dat het hun speet. Dora zag er vanochtend doodmoe uit en ook Theo leek overwerkt. De sfeer in huis was somber en bedrukt. Je had kunnen denken dat de villa verlaten was als de tweeling niet af en toe van de trapleuning gleed of ruziemaakte over onbelangrijke dingen.

Robert probeerde zichzelf af te leiden met zijn werk, maar hij dacht alleen maar aan Babette. Toen hij die middag naar Stuttgart werd gestuurd om een paar zaken op te halen besloot hij haar te gaan zoeken, ook al wist hij niet zeker of ze in de stad was gebleven of allang op weg was naar een andere plaats.

Toen hij in de Zacke zat, die langzaam naar Stuttgart reed, vroeg hij zich af waar hij zijn zoektocht moest beginnen. Er waren wel veel weldadigheidsverenigingen in Stuttgart, maar hij betwijfelde of deze dames hem zouden helpen, omdat hij niet Babettes broer of echtgenoot was.

Opeens dacht hij aan Fritz. Misschien kon deze hem een tip geven.

Bij de Marienplatz handelde hij zijn opdrachten zo snel mogelijk af. Daarna ging hij op zoek naar de huurwoning die Fritz hem had beschreven toen hij naar de villa van Rothmann was gekomen om een beloning op te eisen.

De smalle straten in dit deel van de stad waren donker nu het winter was en het stonk er naar rook, afval en uitwerpselen.

Robert had er vreemd genoeg geen enkele moeite mee het huis te vinden, maar hij moest zich vermannen voordat hij aan durfde te kloppen. De voorgevel zag er vervallen uit en veel ramen waren dichtgespijkerd of kapot. De paar kinderen die buiten speelden waren allemaal smerig, en ze leken hongerig en ziek.

Toen Fritz de voordeur van de kleine eenkamerwoning, die hij samen met zijn moeder bewoonde, opende leek het alsof hij zijn ogen niet kon geloven. 'Robert! Wat doe jij hier?'

'Ik was toevallig in de stad. Heb je even tijd, Fritz?'

'Nou ja, eigenlijk…'

'Ik heb je hulp nodig, nu. Je krijgt er geld voor!'

Fritz knikte. 'Wacht even.'

De woning bestond uit een kleine vestibule die uitkwam in een smalle kamer waarin alleen het hoogstnoodzakelijke stond. De kalk viel van de muren, de vloer was aan het rotten en het rook er naar vochtige aarde.

Robert zag dat Fritz naar een oude versleten leunstoel liep die half naar het raam gedraaid stond. De oude vrouw die in de stoel zat leek te slapen. 'Moeder,' zei hij zacht.

De vrouw knipperde met haar oogleden en toen ze hoestte hield ze een zakdoek voor haar mond. Fritz vertelde haar kort dat hij een of twee uur weg zou zijn. Daarna trok hij de deken omhoog en stopte hem zorgzaam om haar magere lichaam. Hij pakte zijn jas van een haak en zei tegen Robert: 'Kom maar mee.'

Voordat ze het huis verlieten keek Robert nog een keer achterom naar de vrouw. In het zwakke daglicht dat door twee smalle ramen naar binnen viel leek ze oud, hoewel ze hoogstens van middelbare leeftijd kon zijn. Dat doet armoede met mensen die door het leven zijn vergeten.

Zodra ze buiten stonden zei Frits met een brede glimlach: 'Iets verdienen klinkt altijd goed. Wat moet ik doen?'

'Ik zoek iemand.' Robert vertelde hem over Babettes verdwijning.

'En ze is nog maar sinds vanochtend weg?' vroeg Fritz. 'Dan is het toch mogelijk dat ze terugkomt?'

'Nee, ze heeft al haar bezittingen meegenomen.'

Fritz dacht na. 'We kunnen het beste naar zuster Henny gaan. Zij houdt zich met zulke dingen bezig. Ze is ook vaak bij ons in de flat om te kijken hoe het met de kinderen van de buurvrouw gaat.'

'Waar vind ik deze zuster Henny?'

'Op het politiebureau.'

Roberts mond viel open. 'Op het politiebureau?'

'Ja, daar heeft ze een kantoor. Zo noemt zij het tenminste. We moeten maar hopen dat ze daar wat te doen heeft en niet net op pad is.'

Robert had even tijd nodig om te verwerken dat er een vrouw op het politiebureau van Stuttgart werkte.

Fritz liep al weg en zei: 'Ze heeft in Berlijn en andere steden gewerkt, en is hier nog maar een paar maanden.'

Robert had eindelijk zijn stem terug. 'Ja, maar hoe komt ze hier eigenlijk? En dan ook nog eens in dienst van de politie?'

'Ze was verpleegster, maar hier is ze een... Ik kan dat woord zo slecht onthouden, een politieassis... politieassistente. Ja, inderdaad, zo heet dat.' Fritz was zichtbaar trots op zichzelf.

'Hebben ze in Stuttgart dan zo iemand nodig?'

Fritz haalde zijn schouders op. 'Ik heb veel goede dingen over haar gehoord. Ze zit immers niet achter misdadigers aan, maar bekommert zich om jonge meisjes die naar het bureau worden gebracht. En ze zorgt dat ze weer op het rechte pad komen.'

Robert vond het nog steeds vreemd, maar nadat hij had gehoord dat zuster Henny geen echte politieagent was begreep hij het beter. 'Juist, dan is ze dus een soort maatschappelijk werkster,' was zijn conclusie.

'Ja, zo kun je het wel noemen,' beaamde Fritz.

Toen ze bijna bij het politiebureau waren ging Fritz opeens sneller lopen. 'Daar loopt ze! Snel, dan kunnen we haar nog inhalen!' riep hij tegen Robert. 'Zuster Henny! Zuster Henny!'

De vrouw bleef staan en draaide zich om.

Robert versnelde zijn pas ook, terwijl Fritz al met de vrouw in gesprek was.

Zuster Henny, een grote slanke vrouw, droeg een grijze winterjas en een wit kapje op haar opgestoken donkere haar. 'Jullie zoeken een meisje dat vandaag is weggelopen? Dat zal moeilijk worden, want ze zal pas naar me toe komen als het echt heel slecht met haar gaat. Deze meisjes vinden hun zedeloze bestaan meestal eerst nog interessant. Hoe heet ze?'

'Babette Schuster. Ze werkte als dienstmeisje bij chocoladefabrikant Rothmann in Degerloch.'

Zuster Henny schudde haar hoofd. 'Nee, een meisje dat zo heet heb ik vandaag niet ontmoet. Het spijt me. Zijn jullie familie van haar?'

'Eh... hij is haar neef,' zei Fritz.

Robert knikte.

'Waar werkt u, als ik vragen mag?' vroeg zuster Henny.

'Ook bij de Rothmanns,' zei Robert.

'Ik ben er meestal voorstander van als de leden van één familie in dezelfde huishouding werken,' zei ze. 'U hebt geluk gehad. Jammer dat uw nichtje dat kennelijk niet wist te waarderen.'

'Ja, heel jammer,' verzuchtte Robert. 'Mag ik u iets vragen?'

'Dat hangt ervan af.' Zuster Henny maakte aanstalten om door te lopen, ze leek haast te hebben.

'Wanneer u de komende dagen of weken een jonge vrouw ontmoet die Babette heet en van gemiddelde lengte, blond en heel slank is, wilt u dan alstublieft een bericht naar de Rothmanns sturen?'

'Maar natuurlijk. Ik ben altijd blij als een protegee weer in goede handen is. Dat komt niet zo vaak voor. Een goede dag nog!' Toen liep ze door.

Robert was diep teleurgesteld.

Fritz stootte hem aan. 'Hé, het is toch logisch dat we haar vandaag niet meteen zouden vinden? Maar zuster Henny kent deze omgeving heel goed. Als iemand iets kan doen, dan is zij het.'

'Jij zult het wel weten.'

Ze liepen langzaam terug. 'Kan ik nog meer voor je doen?' vroeg Fritz.

Robert gaf een keiharde trap tegen een straatlantaarn. 'Verdomme, verdomme, verdomme!' schreeuwde hij. 'Wat is dit toch voor een verdomd leven!'

Fritz keek hem geschrokken aan. 'Hé, wat doe je nu? Dat kun je beter niet doen, we zijn nog niet ver genoeg bij het politiebureau vandaan! Ze sluiten je sneller op dan je lief is en dan kun je helemaal niet meer op zoek naar jouw Babette!'

Robert probeerde te kalmeren. 'Het is allemaal zo oneerlijk!'

'Weet je wat?' zei Fritz. 'Hier in Stuttgart zijn ook een paar maatschappelijke groeperingen, mensen die klagen en zo. Ik heb mijn oor de afgelopen weken een beetje te luisteren gelegd. Je zei toch dat we met z'n allen iets kunnen veranderen aan het feit dat de rijken zo rijk zijn en wij zo arm? Misschien heb je wel gelijk. In elk geval komen veel van die mensen bij elkaar in de Goldenen Bären. Zullen we daar eens naartoe gaan?'

49

Villa Rothmann
De ochtend van 23 december 1903

'Ik ben heel blij dat alles gisteren goed is gegaan,' zei Judith tegen Dora, die bezig was haar haar op te steken.

'Meneer was de hele avond in zijn werkkamer en is daar geen enkele keer uit gekomen,' vertelde Dora. 'Mevrouw Margarete ging later nog wel naar binnen, met de plumeau. Vreemd dat ze zo laat op de avond nog wil afstoffen.' Ze schudde haar hoofd. 'Bovendien had ik die kamer al schoongemaakt, maar misschien vond ze het niet goed genoeg.'

'Dat kan ik me niet voorstellen. O ja, waar is Babette eigenlijk naartoe? Heeft ze een betere betrekking gevonden?'

'Dat weet ik niet. Robert zei dat ze niet eens om een getuigschrift heeft gevraagd, maar gewoon is verdwenen.'

'Maar waarom dan? Is het zo erg, hier bij ons?'

Dora haalde haar schouders op. 'Voor mij niet.'

'En voor Babette?'

'Ze klaagde veel. Maar als dienstmeisje moest ze ook meer en zwaarder werk doen dan ik. Ik heb het heel goed bij u.'

Dora's antwoord stemde Judith tot nadenken. Ze had al veel verhalen gehoord over dienstmeisjes die in een klein bedompt kamertje op een tussenverdieping boven het fornuis moesten slapen, alleen beschimmelde etensresten te eten kregen of aan onzedelijke handelingen werden blootgesteld. Dan moest een meisje toch zeker dankbaar zijn voor een betrekking bij hen, met schone kleren, een eigen kamertje en genoeg te eten? Maar wie wist wat er in andere mensen omging? Babette had misschien gewoon een verkeerd beeld gehad van het werk van een dienstmeisje. 'Hopelijk vindt ze iets wat beter past bij wat ze zoekt,' zei Judith.

'Als ze niet zwanger is,' zei Dora.

Met die opmerking zorgde ze er onbewust voor dat een rilling door Judith heen ging.

'Waarom zou ze zwanger zijn?' vroeg Judith.

'Dat overkomt dienstmeisjes nu eenmaal vaak.'

'Heeft ze zich met een man ingelaten? Met Robert?'

'Zeker niet met Robert, maar misschien wel met iemand anders. Ik zou het niet weten.'

Judith beet op haar onderlip. Door Dora's opmerking werd ze herinnerd aan iets waar ze zich een beetje zorgen over maakte. Want ze was de laatste tijd heel onregelmatig ongesteld en als ze het al werd, verloor ze zo weinig bloed dat ze eigenlijk niet eens een verband nodig had. Nu ze er goed over nadacht was dit al weken helemaal niet meer gebeurd. Ze had gelukkig bijna geen last meer van haar maag en was bijna nooit meer misselijk. En dat met Max was al zo lang geleden gebeurd; ze had al bijna het idee dat het eigenlijk nooit gebeurd was. Het kwam vast door alle opwinding van de afgelopen weken dat haar menstruatie van slag was; het zou ooit wel weer goed komen. Ze verdrong haar vervelende gedachten.

Dora was klaar met haar werk en hielp Judith met het aantrekken van een donkergrijze lang rok van zachte wol en een lichte blouse die was afgezet met kant. 'Hebt u iets belangrijks ontdekt tijdens uw zoektocht vannacht, juffrouw Judith?' vroeg Dora.

'Helaas wel.'

'Hoeft u nu niet met die jonge bankier te trouwen?'

'Dat zou fijn zijn. Ik hoop dat mijn vader me gelooft. Albrecht von Braun is trouwens geen bankier en zal dat ook nooit worden.'

'Nee?'

'Hij is een gokker en een bedrieger die zijn geld aan meisjes van plezier uitgeeft. Ik zal nooit met hem trouwen, ook al zou ik daarvoor naar Amerika moeten gaan.'

'Weet u dat zeker, juffrouw Judith? Ik bedoel: dat hij gokt en bedriegt?'

'Helaas wel. Daarom moet ik iets goeds verzinnen om van hem af te komen.'

‘Daar zal meneer Rheinberger zeker voor zorgen,’ zei Dora als een echte samenzweerder. ‘En als u met hem naar Amerika gaat, met meneer Rheinberger bedoel ik, neem mij dan alstublieft mee!’ zei ze stralend.

Judith lachte. ‘Natuurlijk! Ik ga nergens naartoe zonder jou. Denk maar aan alles wat we samen al hebben meegemaakt. Maar ik hoop dat er een andere oplossing is. Is Theo eigenlijk al klaar voor vertrek?’

‘Ja, voor zover ik weet wel.’ Dora liep nog met Judith mee naar de voordeur.

Daarna liep Judith de trap af naar de arrenslee die Theo al had klaargezet.

Hij zag er moe uit toen hij haar begroette. Dat kon Judith hem niet kwalijk nemen, want hij was tot diep in de nacht wakker geweest en had bovendien een groot risico genomen door haar gisteravond laat nog naar de fabriek te brengen, daar op haar te wachten en later terug naar huis te brengen. Maar zonder zijn en Dora’s hulp was het helemaal niet mogelijk geweest om stiekem het huis uit en later weer in te gaan.

‘Hoe gaat het met u, juffrouw Judith?’ vroeg hij bezorgd terwijl hij haar in de arrenslee hielp. De goeie ouwe Theo.

‘Goed, hoor, Theo, dank je. Maar hoe gaat het met jou? Heb je nog problemen gehad doordat je zo lang was weggebleven?’

‘Nee. Ik heb tegen iedereen gezegd dat er problemen waren met een van de arrensleden en dat ik een lange proefrit wilde maken. Bovendien heeft niemand erop gelet doordat het zo koud was. Iedereen was blij dat-ie niet meer naar buiten hoefde.’

‘Wat een opluchting! Bedankt voor je hulp, en voor de sleutels van de poort en de hoofdingang die je me had gegeven.’

‘Graag gedaan, juffrouw Judith. O ja…’ Theo wilde net op de bok klimmen toen hem iets te binnen schoot. ‘Ik heb een brief die voor u is afgegeven. Hij kwam met de snelpost, van uw moeder.’ Hij gaf haar de envelop en klom op de bok.

Tijdens de rit naar Stuttgart, begeleid door het vertrouwde gerinkel van de belletjes aan de arrenslee, las Judith de brief van haar Maman. Tijdens het lezen besefte ze dat ze zich al bijna helemaal had losgemaakt van haar moeder; misschien betekende dat wel dat ze volwassen werd. Toch was het heerlijk om de brief te lezen, want voor het eerst sinds lange tijd had ze eindelijk het gevoel dat ze ondanks de grote afstand dicht bij haar moeder was. Wat een onverwacht, heerlijk kerstcadeau.

Toen herinnerde ze zich dat ze nog cadeaus voor de tweeling wilde kopen. En voor Victor. Ze besloot om eerst naar warenhuis Breuninger te gaan en zich pas daarna naar de chocoladefabriek te laten brengen, ook al kon ze bijna niet wachten om Victor weer te zien.

Wilhelm Rothmann zat die middag in zijn kantoor en maakte met trillende vingers de envelop van zijn vrouw open. Hij had de brief al een paar dagen in zijn bezit, maar had er geen goed gevoel bij gehad en had hem dus eerst ongelezen weggelegd. Maar het moest maar eens afgelopen zijn met dat getreuzel, dus pakte hij vastbesloten zijn briefopener en sneed de envelop open.

Toen hij de brief openvouwde viel er iets uit wat in vloeipapier was gewikkeld. Hij legde het op een stapel papieren naast zich en begon te lezen:

Beste Wilhelm. Ik vind het niet gemakkelijk om je deze brief te schrijven, maar het moet nu eenmaal gebeuren. Dat ben ik aan jou en mezelf verschuldigd, en aan onze kinderen. Er zijn al vele maanden verstreken sinds ik Stuttgart heb verlaten en ik ben in die tijd erg veranderd. Je zult in mij nooit meer de vrouw herkennen met wie je ooit bent getrouwd.
Zoals zo veel huwelijken berustte het onze op een overeenkomst en niet op genegenheid. Die situatie heeft me ziek gemaakt. En aangezien een zieke echtgenote je geen vreugde of steun kan geven, bied ik je aan een einde aan deze verbintenis te maken.
Ik zal niet terugkeren naar Stuttgart. Mijn plaats is elders.
Natuurlijk, een scheiding is een schandaal. Daar ben ik me van bewust. Daarom laat ik het aan jou over om te kiezen of je de noodzakelijke stappen wilt zetten of naar buiten toe vasthoudt aan dit huwelijk, dat sowieso nog slechts op papier bestaat.
Ik wens je het allerbeste toe. Hélène.

Riva, december 1903

Hij bleef een paar minuten ongelovig naar de brief kijken. Toen sloeg hij keihard met zijn vuist op zijn bureau. Hij had dit al vermoed. Dat sanatorium in Riva had deze idiote ideeën in haar hoofd geplant, dat wist hij zeker. Wat had ze een nonchalante toon aangeslagen. Alsof ze haar huwelijk, haar gezin en haar positie in de maatschappij niet langer belangrijk vond.

Rothmann trok zijn stropdas en de hoge, stijve kraag van zijn overhemd losser. Hij had het gevoel dat hij niet genoeg lucht kreeg.

Een ziekelijke echtgenote in de pronkkamer kon hij tolereren, maar niet een vrouw die hem op deze manier vernederde. Haar gedrag moest consequenties hebben. Hij zou haar het liefst aan haar haren van Riva naar Stuttgart sleuren, maar zijn bedrijf had hem nodig. Maar ach, misschien waren dergelijke drastische maatregelen helemaal niet nodig.

Ze zou wel verstandig worden, zeker zodra haar geld op was. Want zelfs als ze van zijn toelage wat geld opzij had gelegd zou ze daar niet eeuwig van kunnen rondkomen. Op een bepaald moment moest ze wel naar huis.

Hij stond op en liep onrustig heen en weer. Toen herinnerde hij zich dat er nog iets in de brief had gezeten. Hij liep naar zijn bureau, pakte het pakje, dat zelfs nog kleiner was dan een visitekaartje, en wikkelde het vloeipapier open. Zacht rinkelend viel er iets kleins op de grond. Toen hij zich bukte en het opraapte, zag hij dat het haar trouwring was.

Hij kreunde.

Ze meende het echt. Waarom deed ze hem dit aan? Had ze daar iemand leren kennen? Iemand die haar onderhield?

De gedachte dat zijn Hélène nu bij een andere man was, wakkerde zijn woede aan. Het zweet brak hem uit, zijn hartslag versnelde en zijn ademhaling werd snel en oppervlakkig. Hij moest hier weg, anders werd hij gek.

De werknemers in het kantoor stopten met hun werk toen hij de deur van zijn kantoor opentrok, langs hen heen beende en naar het trappenhuis stormde. Zijn colbert was hij vergeten.

Hij dwaalde doelloos door de fabriek en probeerde te verwerken wat hij eigenlijk allang had geweten: Hélène had hem verlaten.

Hij werd overmand door allerlei gevoelens. Hij voelde zich machtelozer dan ooit en had opeens de behoefte iets te doen. In elk geval was er iets waar hij nog wel invloed op had: Judith.

Hij moest zijn dochter op de hoogte brengen van het schandelijke gedrag van haar moeder. En haar nog een keer duidelijk maken dat hij geen tegenspraak meer accepteerde wat haar huwelijk met Albrecht von Braun betrof.

Hij was zijn vrouw kwijt. Als hij zijn bedrijf ook nog kwijtraakte, betekende dat het einde.

Rothmann wist dat Judith 's middags vaak in de proefruimte was, dus liep hij daarnaartoe. Iedereen die hij onderweg tegenkwam en die zijn woedende blik en dreigende houding zag deinsde achteruit.

Hij stak de kleine binnenplaats over en liep het andere gebouw binnen. Hij beende door een lange gang die uitkwam bij een trappenhuis. Met twee treden tegelijk ging hij naar de tweede verdieping, liep met grote passen langs de decoratieafdeling en stond uiteindelijk buiten adem voor de dichte deur van de proefruimte. Hij ademde diep in, probeerde een beetje rustiger te worden en opende de deur.

'Judith!'

Ze kromp ineen toen ze de schorre kreet van haar vader hoorde en maakte zich geschrokken los uit Victors armen. 'Vader, wat doet u hier?'

'Wat ik hier doe?' bulderde Rothmann. Hij gooide de deur achter zich dicht. 'De vraag is wat jij hier doet! Maar dat is wel duidelijk!' Hij liep dreigend naar haar toe.

Victor sloeg beschermend zijn arm om haar heen, terwijl Judith wanhopig probeerde haar blouse recht te trekken.

'En de volgende vraag is gericht aan meneer Rheinberger. Wat doe jij met mijn dochter?'

'Ik hou van uw –'

'Bespaar je de moeite maar, Rheinberger! Mijn dochter is verloofd en daar zal ook door haar... schandelijke gedrag niets aan veranderen.'

'Ik ga met Judith trouwen, meneer Roth–'

'Trouwen? Jij? Met mijn dochter?' Rothmann lachte spottend. 'Een onbekende van twijfelachtige komaf. Wat denk je wel, Rheinberger? Je pakt meteen je spullen en verlaat mijn bedrijf.'

'Maar vader, Victor is een –'

'Hou je mond, Judith! Jij kleedt je weer netjes aan en gaat meteen naar de remise. Theo brengt je naar huis. Dit was je laatste dag hier in de fabriek en je verlaat je kamer pas weer op de dag van je bruiloft, met Albrecht von Braun.'

'Nee! Dat kunt u niet van me eisen!'

'En of ik dat kan! Ik zal Albrecht laten weten dat hij je vanaf de eerste dag van jullie huwelijk op je verantwoordelijkheden zal moeten aanspreken. Als jouw echtgenoot heeft hij het recht je te vertellen wat je taken zijn en hoe je je moet gedragen!' Zijn blik viel op Victor. 'Je bent hier nog steeds, Rheinberger? Maak dat je wegkomt, anders laat ik je opsluiten!'

Victor liet Judith los, maar probeerde haar met zijn blik duidelijk te maken dat hij haar niet in de steek zou laten.

Judith had echter geen idee hoe hij dat wilde doen. Ze was nu overgeleverd aan haar vader. 'Ga maar, Victor. Voordat hij je iets aandoet. Hij kan me uithuwelijken, hij kan me dwingen om van alles en nog wat te doen, maar hij zal je nooit uit mijn hart kunnen verdrijven.'

'Zo is het genoeg, Judith!' zei haar vader dreigend en hij hief zijn hand.

Victor keek Judith nog een laatste keer doordringend aan. Toen pakte hij zijn colbert en verliet geluidloos de proefruimte.

Zodra hij weg was pakte Wilhelm Rothmann zijn dochter ruw bij haar arm.

Judith probeerde zich los te rukken. 'U doet me pijn!'

'Dat is niet belangrijk. Hoe eerder je leert gehoorzaam te zijn, hoe beter. Ik heb je lang genoeg je gang laten gaan.'

'Weet u eigenlijk wel wat voor monster Albrecht is? Hij gokt en bedriegt en gaat naar de hoeren–'

De klap tegen haar wang brandde verschrikkelijk. Judith bracht haar hand naar de pijnlijke plek, terwijl de tranen over haar wangen stroomden, ook al wilde ze helemaal niet huilen.

'Als je ooit het lef hebt opnieuw zulke leugens over je toekomstige echtgenoot te vertellen, dan sta ik niet voor mezelf in,' waarschuwde haar vader kil. Hij bracht haar naar de remise en gaf Theo op barse toon opdracht haar naar huis te brengen en onder toezicht van de huishoudster naar haar kamer te brengen.

Theo keek haar vol medelijden aan.

'Ik vertrouw op je, Theo,' zei Rothmann ijzig. 'En zorg dat ze niet wegloopt.' Daarna draaide hij zich op zijn hakken om.

Toen Judith in de arrenslee stapte zag ze Victor, die net de fabrieks-poort uit kwam.

Hij bleef staan en keek haar aan. In zijn blik zag ze verlangen en liefde. En vastbeslotenheid.

50

Villa Rothmann
Kerstavond 1903

'Over ongeveer twee uur ben ik terug, Dora,' zei de huishoudster. 'Let er alsjeblieft op dat juffrouw Judith boven blijft.'

Judith, die nog niet was opgestaan, hoorde het geritsel van gesteven rokken toen Margarete naar de deur liep en haar kamer verliet. Even later merkte ze dat Dora zich over haar heen boog.

'Juffrouw Judith?'

Judith schudde haar hoofd.

'Juffrouw Judith! U moet u vermannen. Ik wil u helpen! Dat willen we allemaal, behalve mevrouw Margarete.'

'Wat kunnen jullie nu helemaal doen?' vroeg Judith berustend, maar ze draaide zich toch om en keek Dora aan.

'Er zal wel een oplossing komen,' verzekerde haar kamenier haar. 'Als deze Albrecht echt zo erg is als u zei…'

'Hij is nog veel erger,' zei Judith bitter. 'Maar mijn vader is buiten zinnen.'

'Als u iets wilt veranderen, dan is uw hulp daarbij noodzakelijk, juffrouw.'

Judith ging zuchtend rechtop zitten en schoof naar de rand van haar bed. 'Je hebt natuurlijk gelijk. Maar eerst moet ik me aankleden.' Ze stond op.

Dora koos een geschikte middagjurk uit.

'Waarschijnlijk is emigreren het enige wat ik kan doen,' zei Judith cynisch terwijl ze haar nachthemd uittrok.

Dora hielp haar in haar korset. 'Als dat echt nodig is, dan moet dat maar, juffrouw Judith. Ik ga natuurlijk mee, dat heb ik al een paar keer gezegd. Kunt u uw buik een beetje intrekken? Het past niet zo goed.'

'Ik trék mijn buik in. Jij moet hem gewoon een beetje verplaatsen.' Judith verschoof het met baleinen versterkte korset zelf. 'Zie je wel? Nu zou het moeten lukken.' Ze voelde dat Dora de bandjes aantrok.

'Het spijt me, maar om de een of andere reden kan ik hem niet strakker krijgen. Dat was de afgelopen dagen ook al lastig,' zei Dora wanhopig. 'Ik maak hem nu wel wat losser vast.'

'Ja, doe dat maar.'

Dora was klaar met het korset en liet Judith een donkerblauwe fluwelen jurk zien.

'Die jurk heb ik deze winter nog helemaal niet gedragen,' zei Judith.

Dora hielp haar om hem aan te trekken, maar toen ze de jurk wilde dichtknopen had ze hetzelfde probleem als eerder. 'Ik begrijp het niet. Bent u aangekomen, juffrouw Judith? Het zijn maar een paar millimeter, maar ik krijg uw jurk niet dicht. Hij moet een beetje worden uitgelegd.'

Judith probeerde haar buik nog meer in te trekken, maar voelde zelf ook dat hij stevig was en een beetje dikker. Niet veel, maar te veel voor het strakke korset en deze jurk. Ze fronste. 'Dora?'

'Ja, juffrouw Judith?'

'Waaraan kun je zien dat je in verwachting bent?'

Dora hapte naar adem. 'Juffrouw Judith!'

'Weet je dat?'

'Dat weet ik van thuis, toen mijn moeder zwanger was. En bij mijn vorige betrekking kreeg mevrouw een kind, maar dat is al een paar jaar geleden.'

'Maar hoe weet je het zeker?'

'Nou, volgens mij als de maandelijkse bloeding wegblijft. Veel vrouwen worden misselijk, en ze worden natuurlijk dikker...' Dora sloeg haar hand voor haar mond. 'Maar dat kán toch helemaal niet, juffrouw Judith! Of wel? Maar dan moet u... dan hebt u... eh...'

Judith haalde diep adem en zei alleen: 'Dat heb ik. Dora, ik heb één keer met een man...'

'O!'

'Ja. En daarna heb ik nog maar zelden een bloeding gehad, en als dat wel gebeurde, was die maar heel licht. En ik was ook vaak misselijk, dat weet je immers. Een tijdje, maar nu gaat het beter. Maar mijn buik is wel dikker geworden.'

'Nou ja... van één enkele keer...'

'Volgens mij is het niet langer te ontkennen,' zei Judith gedecideerd. 'Weet je, ik dacht soms dat ik misschien zwanger was, maar vergat het dan meteen weer. Alsof mijn hoofd gewoon niet wilde dat het zo was. Trek je mijn jurk weer uit?'

Dora hielp Judith uit de zachte stof.

'Het korset alsjeblieft ook, het zit te strak.'

Dat deed Dora.

Judith streek met haar handen over haar onderlichaam. Daarna ging ze in haar hemd en lange onderbroek voor Dora staan. 'En? Zie je wat?'

Het was duidelijk te zien dat Dora het gênant vond om zo aandachtig naar haar te kijken, maar toen vermande ze zich. Ze keek en zei: 'Hm, je zou ook kunnen denken dat u veel hebt gegeten, maar ja, u bent... iets voller. Maar alleen vanaf de navel, zeg maar.' Dora werd rood.

'Ja. Dat voel ik zelf ook als ik eroverheen wrijf. Mijn buik is echt voller.' Judith kruiste haar armen over haar borsten. 'En hierboven voelt het ook dikker, en ze zijn gevoeliger. Vaak doen ze echt pijn.'

'Wie zou dat met zekerheid kunnen zeggen?'

'Wacht even.' Judith ging weer op haar bed zitten. 'We moeten goed nadenken.'

'Hoelang is het dan al... geleden? Ik bedoel, dat u zwanger kon worden?'

'Dat was eind september. Op het bal bij de Ebingers.'

'Op het bal bij de Ebingers?' Dora was zo verbijsterd dat Judith begon te giechelen. 'Maar hoe kan dat dan? Waar...?'

'Ach, Dora, geloof me nou maar. Als je wanhopig genoeg bent, maakt het helemaal niet uit waar. Wat wel uitmaakt is met wie.' Toen ze aan Max dacht werd ze ongerust. 'Weet je, ik was een domme gans. Ik dacht dat hij met me zou trouwen, maar dat was hij helemaal niet van plan. In plaats daarvan is hij een paar dagen later uit Stuttgart verdwenen.'

‘Maar is het meneer Rheinberger dan niet?’ vroeg Dora volkomen verbijsterd.

Judith schudde haar hoofd en zei spijtig: ‘Nee, het is Victor niet. Helaas. Max Ebinger is… de vader van dit kind.’ Ze legde een hand op haar buik. Er was geen twijfel meer mogelijk. In haar lichaam groeide nieuw leven en hoewel ze haar toestand de afgelopen weken met succes had verdrongen, was ze nu bereid te accepteren dat ze zwanger was. Ze zou met nieuwe problemen worden geconfronteerd, maar tegelijkertijd was dit kind haar laatste troef. In deze toestand zou Albrecht von Braun haar zeker niet meer willen hebben.

Een andere gedachte maakte haar intens verdrietig: ook Victor zou zich teleurgesteld van haar afkeren zodra hij hoorde dat ze zwanger was. Hoe zou hij nog iets voor haar kunnen voelen als ze zwanger was van het kind van een andere man?

‘Ik pak wel een ochtendjapon,’ zei Dora nu praktisch. ‘Daaronder hoeft u niet per se een korset te dragen.’

‘Doe maar,’ verzuchtte Judith. ‘Ik mag het huis toch niet verlaten.’

Judith was net aangekleed toen er heftig op haar kamerdeur werd geklopt. Ze hoorde aan de stemmen dat haar broertjes voor de deur stonden.

Dora deed de deur open.

Nog steeds kletsend kwamen Karl en Anton met allemaal knutselspullen haar kamer in, op de voet gevolgd door een verontwaardigde Vladimir.

‘Ze is een domme heks,’ zei Karl nog snel tegen Anton, die heftig knikte.

‘Wie is dom?’ vroeg Judith.

‘Ach, mevrouw Margarete,’ zei Anton.

‘Die is gewoon ontzettend dom,’ zei Karl, terwijl de kater spinnend om Judiths benen draaide en vervolgens in een van de comfortabele stoelen ging liggen.

De tweeling legde alle spullen op de tafel.

‘Het is kerstavond,’ zei Anton veelbetekenend.

‘Inderdaad,’ beaamde Karl. ‘En jij moet zoals altijd de kerstboom voor ons versieren! Maar nu wil mevrouw de huishoudster het alleen doen en dat vinden wij stom.’

Judith en Dora keken elkaar aan.

Dora glimlachte en begon een paar kleren op te ruimen.

'Weet je, ik versier de kerstboom straks wel,' beloofde Judith haar broertjes. In gedachten voegde ze eraan toe: dat kan vader me niet verbieden. 'Wat hebben jullie meegenomen?' Ze wees naar de tafel.

'Onze adventskalender!' vertelde Karl gewichtig. 'Hij heet "In het land van het kindje Jezus"!'

'We willen dat je het laatste deurtje samen met ons afmaakt, want je hebt de laatste tijd niet veel met ons gedaan,' zei Anton.

Judith moest hem wel gelijk geven. Door alle problemen van de afgelopen weken had het kerstfeest nog heel ver weg geleken. 'Jullie hebben een adventskalender?'

'Ja! Vader heeft hem voor ons meegenomen, en vanaf 1 december mogen we er elke dag iets aan toevoegen.'

'Goed dan, eerder laten jullie me toch niet met rust,' zei Judith. 'Laat me die kalender maar eens zien.'

Karl en Anton lieten haar het grote vel stevige papier zien dat met kerstmotieven was versierd. Ze hadden er gekleurde afbeeldingen op geplakt. Judith liet zich alles precies uitleggen: het hobbelpaard, de engel in de kerstbakkerij, de houten spoorbaan, een minileger van speelgoedsoldaten en het poppenhuis, dat de tweeling minachtend 'meisjesrommel' noemde.

Toen liet Karl haar het laatste, vierentwintigste plaatje zien. De jongens hadden het scheef en rafelig uitgesneden en Judith vroeg meteen om een schaar. Ze knipte een rechte rand rondom het kindje Jezus, dat in een lang wit gewaad voor een kerstboom was afgebeeld met een engeltje aan zijn voeten. 'Wie plakt hem erop?' vroeg ze.

'Jij natuurlijk!' zei Karl plechtig.

'Goed dan, hebben jullie plaksel?'

Anton gaf haar het potje en Judith plakte het plaatje zorgvuldig op de daarvoor bestemde plek in het midden.

De beide jongens glimlachten tevreden.

'Nu mag je hem ophangen,' zei Anton. 'Dat is namelijk ons kerstcadeau voor jou!'

Judith was ontroerd. 'Dank jullie wel! Ik zal er straks een mooi plekje voor zoeken, maar tot die tijd laten we hem op de tafel liggen, goed?'

De tweeling knikte, maar de jongens leken niet helemaal tevreden, want ze hadden de kalender het liefst meteen opgehangen.

'Goed. Nu moeten jullie weer naar je kamer. Want ik moet de kerstboom versieren, nietwaar?'

De jongens knikten heftig en wilden net haar kamer verlaten toen Judith zei: 'Neem jullie spullen alsjeblieft mee!' Mopperend ruimden ze de tafel leeg en verdwenen.

Dora keek eerst naar de grote adventskalender en toen naar de kater. 'Hij mag hier helemaal niet zijn! Hij mag immers niet in de vertrekken van de familie.'

'Ik weet het.' Judith ging op het bed zitten, want ze was nog steeds moe. 'We jagen hem straks wel weg.'

Dora knikte en begon de knipsels die op de grond waren gevallen op te rapen. Ze hield er opeens mee op. 'Er schiet me net iets te binnen, juffrouw Judith.'

'Wat dan?'

'Robert is wanhopig op zoek naar Babette en vertelde dat er in Stuttgart een soort politievrouw werkt die dat soort zaken behandelt.'

'Een politievrouw?'

'Hij noemde haar zuster Henny. Deze vrouw is nog maar een paar maanden in Stuttgart en werkt op het politiebureau. Ze houdt zich vooral bezig met gevallen meisjes en hun kinderen.'

'Gevallen meisjes…' herhaalde Judith zacht.

'O, neem me niet kwalijk! Daar bedoelde ik u natuurlijk niet mee, juffrouw Judith! Maar misschien kan deze vrouw ons helpen. Zal ik het aan Robert vragen?'

Judith dacht na.

Het leek haar riskant om haar vader nu hij in deze stemming was te vertellen dat ze zwanger was. Ze had geen idee hoe hij zou reageren. Hij zou haar naar het platteland of zo sturen tot de baby was geboren en haar daarna dwingen het weg te geven. Hij zou niet de eerste vader zijn die dat deed, en zoiets wilde ze absoluut niet riskeren. Aan de andere kant wist ze één ding zeker: naar deze zuster Henny gaan was hetzelfde als vluchten. Ze had huisarrest, dus als ze er stiekem vandoor ging moest ze er rekening mee houden dat ze niet terug naar huis kon gaan.

'Ik weet het, het is moeilijk,' zei Dora vol medelijden. Ze ging naast Judith zitten. 'Ik kan me goed voorstellen wat u nu allemaal denkt, maar misschien weet meneer Rheinberger wel een oplossing.'

Judith schrok toen Dora Victors naam noemde. 'Nee, Dora! Alsjeblieft niet. Meneer Rheinberger mag absoluut niet weten dat ik zwanger ben.'

'Maar waarom niet?'

'Omdat hij me dan zal minachten.'

'Weet u dat wel zeker? Volgens mij vindt hij u echt heel aardig.'

'Dat is het juist!' Judith begon bijna te huilen. 'Hij zou me vermoedelijk helpen, maar dan kan ik hem daarna nooit meer aankijken. Alles wat we de afgelopen weken samen hebben meegemaakt zou dan, zeg maar... worden besmeurd!'

Dora keek haar ongelovig aan, maar ging er niet op door. 'Ik ben bang dat u dan toch naar zuster Henny moet gaan.'

'Denk je?'

'De enige andere mogelijkheid is alles geheimhouden en er dan op de een of andere manier voor zorgen dat het lijkt alsof het kind toch van die bankierszoon is.'

'Dora!'

'Maar dat is toch zo! Of wilt u echt zwanger op een emigrantenschip stappen? Ik weet dat u sterk bent, juffrouw Judith, maar dat is veel te gevaarlijk. U zou dood kunnen gaan!'

Judith wist niet meer wat ze moest denken.

'Maar ik laat u in geen geval in de steek,' zei Dora nog. 'Ik blijf bij u, wat u ook gaat doen. Ik heb de afgelopen jaren bijna duizend mark gespaard. Daar zouden we een tijdje van kunnen leven.'

Dit aanbod van haar kamenier was overweldigend. Judith sloeg spontaan haar armen om haar heen. 'O, Dora, maar dat mag je niet doen! Het is al erg genoeg als ik een onzekere toekomst tegemoet ga.'

'De toekomst is altijd onzeker,' zei Dora heel wijs. 'Zal ik u helpen de kerstboom te versieren? Want als we niet snel zijn, heeft mevrouw Margarete het al gedaan.'

'Je hebt gelijk.' De wetenschap dat ze niet alleen was gaf haar kracht. 'We gaan nu de kerstboom versieren en daarna praten we met Robert over deze zuster Henny.'

51

Werkplaats van Alois Eberle
Rond dezelfde tijd

'Nu moet je je vermannen, Victor! Je helpt haar echt niet met je zelfmedelijden,' zei Edgar op de man af. Hij zwaaide zwierig met zijn penseel, want hij werkte aan een paar opdrachten die na de kerst moesten worden uitgeleverd.

Victor zat naast hem aan de tafel. Hij keek even op, maar liet algauw zijn hoofd weer hangen. Hij was mateloos gefrustreerd door de kwestie met Judith en bovendien ongelofelijk moe.

Kon hij alles maar ongedaan maken! Ze hadden zich zo veilig gevoeld in Judiths proefruimte. De afgelopen weken was zelfs niet één keer iemand onaangekondigd binnengekomen. En uitgerekend gisteren waren ze zo in elkaar verdiept geweest dat ze helemaal niet hadden gehoord dat Rothmann eraan kwam. Pas toen de deur openvloog en Judiths vader trillend van woede in het vertrek had gestaan, waren ze zich bewust geworden van het gevaar. Toen was het te laat, de ramp had zich al voltrokken.

Victor wreef over zijn voorhoofd. Het leven kon van het ene op het andere moment veranderen, van de hemel rechtstreeks in de hel.

'Zo, nu is het genoeg, Rheinberger,' zei Edgar gedecideerd. 'Ik heb de achtergrond voor je automaat af en raad je aan alles eindelijk in te bouwen. Je zei toch dat je hem in het nieuwe jaar op het station wilt plaatsen? Dan moet hij dus wel klaar zijn.'

'Edgar heeft gelijk!' beaamde Alois Eberle, die net uit de voorste werkplaats naar hen toe kwam lopen. 'En ik heb ook nog meer te doen.'

Victor bromde iets onverstaanbaars, maar stond wel op en liep achter Alois aan.

Deze controleerde de chocoladeautomaat even, ging er geknield voor zitten en werkte verder aan het mechanisme dat de chocoladerepen in het uitgiftevak moest plaatsen.

Victor stond een tijdje werkeloos van zijn ene voet op de andere te wippen. Toen vermande hij zich en pakte de onderdelen van het Wilhelma-decor, die Edgar al had klaargelegd en die ongelofelijk precies waren gemaakt.

'Als dit tafereel af is val je achterover van verbazing,' voorspelde Edgar, die hen was gevolgd en nu vlak achter Victor stond.

'Denk je dat?'

'Dat weet ik zeker. En als bewijs van mijn gulheid geef ik je niet alleen die emaillen platen cadeau, maar help ik je nu om alles in elkaar te zetten.'

'Denk je soms dat ik dat zelf niet kan?' snauwde Victor.

'Hé! Leef je woede alsjeblieft uit op Rothmann en niet op mij. Natuurlijk kun je dat zelf, maar met z'n tweeën gaat het sneller. En ik wil er zeker van zijn dat straks alles past, want...' Edgar maakte zijn zin niet af. 'Aan de slag!'

Een tijdje waren ze zwijgend aan het werk. Ze zetten de verschillende onderdelen in elkaar en plaatsten ze daarna voorzichtig op hun plek. Het deed Victor goed om zo geconcentreerd te werken en hij werd langzaam weer de oude.

Toen ze een paar uur later klaar waren en hij een stukje achteruit stapte om het resultaat te kunnen beoordelen was hij stomverbaasd. 'Verdorie, Edgar! Maar dit is ongelofelijk!'

Edgar glimlachte.

Het decor leek niet alleen precies op de afbeelding die Judith hem had gegeven, maar Edgar had de achtergrond zo geschilderd dat alles veel groter en dieper leek dan het was.

Nu stond ook Alois op. 'Zo, dat ziet er echt fantastisch uit! Hopelijk werkt het mechanisme ook. Zullen we het proberen?'

Victor gaf Alois een paar van Judiths chocoladerepen, die hij in de loop van de afgelopen weken had meegenomen. Nadat Alois de automaat had gevuld pakte Edgar een muntje van tien pfennig en gooide het in de muntgleuf.

'Abracadabra! Nu gaat het gebeuren!'

Er gebeurde... niets.

Victor lachte en kon er niet meer mee ophouden. Edgar en Alois stonden stomverbaasd naar hem te kijken terwijl hij de tranen van zijn wangen veegde. 'Serieus, Edgar.' Hij kon niet verder praten doordat hij weer in de lach schoot. 'Het was zo grappig. Zoals je daar stond!' Hij giechelde. 'En het muntje erin gooide en dat er toen niets gebeurde, helemaal niets.'

'Aangezien ik mezelf niet kon zien, vind ik het allemaal veel minder grappig dan jij,' zei Edgar grijnzend. 'Maar als dit je vandaag heeft opgevrolijkt, vind ik het best.'

Victor deed zijn best zijn hilariteit in te tomen, die zijn inwendige spanning een beetje had verminderd.

Ondertussen was Alois al op zoek naar de fout. Het duurde niet lang voordat hij Edgar vroeg het nog een keer te proberen. Toen deze een nieuw muntje uit zijn zak haalde pakte Victor het van hem af.

'Nu is het mijn beurt. Als het weer niet werkt, mag je mij ook uitlachen!' Hij gooide het muntje erin.

Ze staarden alle drie geboeid naar de ruit.

Ze hoorden een ratelend geluid. Een chocoladereep gleed uit het magazijn op een door riemen aangedreven wagentje, geflankeerd door oosterse danseressen. Het wagentje reed over de rails. Met elke ronde veranderde de positie van de danseressen. Voor het slim opgestelde decor van de Wilhelma ontstond op deze manier de fascinerende illusie van een toneelstukje. Na ongeveer twintig seconden eindigde de voorstelling bij een grote sleuf, waar de chocoladereep op magische wijze in verdween, om even later in het uitgiftevakje te verschijnen.

Edgar lachte en pakte de reep. 'Als de juiste man het geld erin gooit werkt het allemaal!'

'Het mechanisme is eigenlijk heel stevig,' zei Alois tevreden. 'Dat moet ook wel als jullie dit apparaat op het station willen plaatsen.'

'Inderdaad. Daar zijn meer dan genoeg vandalen.' Edgar nam een hapje van de chocolade. 'Hm, die is lekker! Heeft Judith deze gemaakt?'

'Ja. Ze heeft de afgelopen weken heerlijke smaken ontwikkeld.' Victors blik versomberde weer.

Edgar porde met zijn elleboog in Victors zij. 'Laat je niet opnieuw meeslepen door je verdriet, Rheinberger. Nu gaan we een beetje Kerstmis vieren.'

'Ik dacht dat je misschien naar je familie zou gaan,' zei Victor.

'Dat was ik wel van plan, maar ik wil Alois en jou niet alleen laten. Alois?'

'Hm?'

'Wie haalt de most op?'

Alois had een kleine kerstboom neergezet en die versierd met een paar ballen en kaarsen. Nadat hij de kaarsen voorzichtig had aangestoken zongen ze met z'n drieën heel dapper alle drie coupletten van 'Stille Nacht' en proostten daarna met hun kruik.

Victor dacht weer aan Judith. Hoe zou zij deze avond vieren? Zou de tweeling weer ongein uithalen? Ondanks zijn sombere stemming grijnsde hij toen hij aan Karl en Anton dacht.

Alois Eberles diepe nasale stem haalde hem terug naar de werkelijkheid. De uitvinder had zijn bijbel gepakt en las het kerstverhaal voor. Er kwamen vage jeugdherinneringen bij Victor naar boven, maar hij wilde het verleden laten rusten. Hij vond het nog altijd moeilijk om aan zijn veel te jong overleden moeder te denken.

'Zo, en nu gaan we iets eten.' Alois slenterde naar de keuken en kwam terug met brood, boter en worst. 'Eet smakelijk!'

Victor had weliswaar geen zin om te eten, maar hij had toch genoeg honger om dit aanbod niet af te slaan.

Tussen twee happen door begon Edgar over iets anders. 'Wat fijn dat alles gisteravond zo goed is gegaan. Ik had niet gedacht dat we al na drie ladingen klaar zouden zijn.'

'Dat was dan ook het enige wat gisteren goed is gegaan,' mompelde Victor.

'Maar toch... Het was ten minste iets,' zei Edgar.

De vorige avond hadden ze volgens afspraak hun oude woning in de Silberburgstrasse leeggehaald en hun bezittingen naar Alois gebracht, die boven zijn werkplaats een relatief grote woning had. Daar hadden Victor en Edgar ieder een gemeubileerde kamer gekregen, goed ingericht en niet te duur.

'Hoe willen jullie dat eigenlijk verder doen, met die chocoladeautomaat?' vroeg Alois. 'We kunnen er hier nog een bouwen, twee ook nog wel, maar als jullie er geld mee willen verdienen, hebben jullie iemand nodig die het serieus aanpakt, in een fabriek.'

'Daar hebben we al over nagedacht,' zei Edgar. 'We willen de machinefabrikanten in Stuttgart vragen of zij belangstelling hebben voor de productie van dit apparaat.'

Victor zei: 'Maar dat moeten we voorlopig uitstellen, want ik heb sinds kort geen baan meer en daardoor bijna geen geld.'

'Ach, zo veel stelde je salaris van Rothmann ook niet voor,' zei Edgar.

'Nee, dat is waar. Maar misschien hadden we iets aan Rothmanns contacten gehad. Hij kan zelf ook niet investeren, dat hebben we eergisteravond zelf gezien.'

'Ik zou het aan mijn vader kunnen vragen,' opperde Edgar. 'Misschien is hij geïnteresseerd in een investering en geeft hij ons geld. Maar hij moet ook nog voorzichtig zijn, omdat hij onlangs bijna failliet is gegaan.'

'Voorlopig plaatsen we eerst deze ene automaat,' antwoordde Victor. 'En ik zorg dat ik weer een baan krijg en geld verdien. Maar voor het zover is zorg ik voor Judith.'

'Wat wil je dan doen?' vroeg Edgar. 'Haar uit haar kamer bevrijden, zoals de prins Repelsteeltje heeft bevrijd?'

'Waarom niet?'

'Ik doe mee!'

'Maak me niet belachelijk, Edgar.'

'Dat doe ik niet. Maar heb je al iets bedacht? Ik help je, dat weet je.'

'Jullie moeten echt een heel goed plan bedenken,' zei Alois. 'Jullie zijn nog jong en jullie zijn heetgebakerd, maar bij zulke zaken moet je het hoofd koel houden.'

'Jemig, Alois!' zei Edgar. 'Het klinkt net alsof je uit ervaring spreekt!'

Alois Eberle grijnsde, maar zei niets.

'Hij heeft wel gelijk,' zei Victor. 'We moeten ons afvragen wat nuttig is en vooral niet in Judiths nadeel werkt.'

'Wat dat betreft denk ik het eerst aan onze vriend Albrecht von Braun,' zei Edgar. 'Die nemen we de komende dagen een keer onder handen.'

'Zeker weten,' bromde Victor. 'En als wij klaar met hem zijn, wil hij de naam Rothmann nooit meer horen.'

'Zeker weten van niet,' viel Edgar hem bij. 'Heb je eigenlijk nog met dat meisje uit de chocoladefabriek kunnen praten, Victor? Die we in dat huis hebben gezien?'

'O, ja, Pauline. Ja, ik ben een paar dingen te weten gekomen. Albrecht scharrelt nogal heftig met een andere dame uit dat huis. Die vrouw is veel ouder dan hij en houdt dat bordeel al een paar jaar.'

'Die vrouw moet hem inwijden,' zei Edgar vals. 'Hij moet echter vooral oppassen dat hij niets oploopt. Syfilis is niet niets.'

'We hebben een heleboel argumenten, Edgar. De enige vraag is nu wanneer en hoe we die gebruiken.'

52

Villa Rothmann
26 december 1903

Het kerstfeest was heel rustig verlopen. Judith had haar kamer wel mogen verlaten en mocht ook meedoen aan de feestelijkheden, maar echt vrolijk was ze niet geweest – niet toen ze de bekende liedjes zongen en niet toen haar vader het kerstverhaal voorlas. Ze kreeg steeds opnieuw tranen in haar ogen zodra ze aan Victor en haar ongeboren kind dacht, en aan wat haar de komende weken allemaal te wachten stond.

Ze had alleen een heel klein beetje een kerstgevoel gehad toen Karl en Anton voor de kerstboom stonden, vol bewondering en met een schittering in hun ogen. Ze hield van haar broertjes en bij de gedachte dat ze binnenkort niet meer bij hen kon zijn kreeg ze kramp in haar maag.

Terwijl de jongens heel erg hun best deden om zich in te houden hadden ze hun cadeaus uitgepakt: boeken, een hengelspel en tinnen soldaatjes van vader, een bal van de bedienden en van Judith twee exacte kopieën van auto's die dankzij een opwindsysteem konden rijden. Ze waren er dolgelukkig mee geweest en hadden de auto's de rest van de avond onophoudelijk bochtjes over het vloerkleed laten rijden.

Met een ernstige blik had Judiths vader haar drie pakjes gegeven. Een boek over het voeren van een huishouding en een naaidoosje van leer – de bedoeling hiervan was duidelijk. Het derde pakje was een zilveren schrijfgarnituur. Ze werd duizelig toen ze de naam zag die erin was gegraveerd. 'Judith von Braun' stond in zwierige letters op de voet van het inktpotje en toen haar vader vertelde dat hij dit cadeau namens Albrecht overhandigde had ze het ding het liefst samen met de inktlap op de grond gesmeten.

Maar toen bedacht ze dat het ding vast wat geld waard was. Later, toen ze weer op haar kamer was, had ze het samen met Albrechts ring in de tas gestopt die ze al had ingepakt. Want zodra Robert en Theo een mogelijkheid zagen om haar onopvallend het huis uit te krijgen, zou ze haar vaders villa verlaten.

Ze kon gewoon geen andere manier bedenken om zelf over haar leven en dat van haar kind te beschikken. Als ze dit niet deed zou ze haar lot laten bepalen door de willekeur van haar vader of Albrecht von Braun.

Ze was dan ook stomverbaasd toen Dora vroeg in de middag op haar kamerdeur klopte en haar vriendin Dorothea binnenliet.

'Ach, Judith!' riep Dorothea.

Judith zag meteen dat ze heel bleek was. 'Wat is er gebeurd? Je ziet er helemaal niet goed uit!'

'Albrecht is weg.'

'Albrecht is weg?' vroeg Judith.

Ook Dora spitste haar oren.

'Ja, hij is sinds gisteravond verdwenen en volgens mij hebben Victor en Edgar daar iets mee te maken.'

'Waarom denk je dat?'

'Edgar kwam gistermiddag langs en heeft heel lang met hem gepraat. In Albrechts kamer.'

'Op eerste kerstdag?'

'Ja.'

Dorothea begon te huilen.

Judith gaf haar een zakdoek en ging met haar aan het tafeltje in haar erker zitten.

Dorothea zei snikkend: 'Weet je, en ik voel me zo schuldig! Want ik heb hun de kans gegeven hem te schaduwen. En nu is alles zo snel gegaan.'

'Maar het is toch mogelijk dat hij terugkomt,' zei Judith. 'Hij blijft toch altijd heel lang... weg?'

Daar ging Dorothea niet op in. 'Anders kwam hij tegen het ochtendgloren altijd thuis. Mama is buiten zichzelf van ongerustheid. Zelfs vader maakt zich zorgen.'

'Dan kun je dat misschien het beste aan Victor en Edgar vragen. Ik kan hen helaas niet gaan zoeken, want mijn vader heeft me huisarrest gegeven.'

'Wát zeg je? Maar waarom?' Dorothea veegde haar tranen af.

'Hij heeft mij en Victor samen gezien.'

'Ja, maar dat is toch niet zo erg! Of eh... bedoel je dat hij jullie samen heeft gezien, heel dicht bij elkaar dus?'

'Ja. Heel dicht bij elkaar.'

'O, lieve help!'

'Nu is hij van plan de bruiloft met je broer te bespoedigen, maar hij moest wachten tot na de kerst. En om te voorkomen dat ik opnieuw ongehoorzaam ben, word ik min of meer opgesloten.'

'Maar je mag toch zeker nog wel in het huis rondlopen?'

'Ja, zo welwillend was hij nog wel.'

'Dus dan hebben we twee grote problemen, ieder van ons een,' was Dorothea's conclusie.

Judith glimlachte. Dorothea was echt uniek. Zelfs in de meest ellendige omstandigheden kwam haar droge humor naar boven. De aanwezigheid van haar vriendin deed haar goed.

Dora was even weggegaan om thee en chocolademelk te halen.

'Ik moet dus zelf naar Edgar en Victor gaan, maar dan moet ik wel weten waar ze wonen.'

Judith aarzelde. 'Ik zal je hun adres geven, maar op één voorwaarde,' zei ze toen.

'En die is?'

'Je zegt geen stom woord, tegen wie dan ook, dat ze iets met Albrechts verdwijning te maken kunnen hebben. Ten eerste is het niet zeker dát het zo is. Ten tweede hebben ze me de laatste tijd heel goed geholpen.'

'Ten derde hou je van Victor Rheinberger.'

Judith knikte. 'En jij dan? Vind je Edgar niet ook heel aardig?'

Dorothea haalde haar schouders op. 'Misschien.'

Judith keek naar haar vriendin. Naar gangbare maatstaven was Dorothea misschien niet knap. Ze was iets te stevig, een beetje te klein, maar ze had een heel mooi gezicht en grote groene ogen die niet waterig waren, zoals die van haar broer, maar een zekere diepte bezaten. Haar lichte teint deed denken aan die van een porseleinen pop. En er dansten gouden lichtjes in haar bruine haar. 'Misschien?'

'Misschien een beetje.' Dorothea glimlachte dromerig, maar toen keek ze weer ernstig. 'Weet je, Judith, dat komt er ook nog bij. Ik voel me verscheurd.'

'Je weet toch nog wel wat Victor en Edgar in het Rosensteinpark tegen je zeiden? Albrecht schiet er niets mee op als men hem blijft beschermen. Hij heeft echt heel grote problemen, maar dat heb jij vermoedelijk nog niet gehoord.'

'Nee, ik weet alleen iets van jullie vermoedens. En dat hij gokt, maar dat doen toch veel jonge mannen?'

'Albrecht gokt niet alleen, Dorothea. Hij onderhoudt een prostituee en drinkt heel veel. Hij heeft enorme schulden en heeft zich daardoor met de verkeerde mensen ingelaten. Misschien heeft Edgar hem daarvoor gewaarschuwd en verstopt Albrecht zich daarom wel. Als die lieden hun geld terug willen hebben, dat zei Victor tenminste, deinzen ze nergens voor terug.'

Dorothea keek haar ongelovig aan. 'Hebben Edgar en Victor dat ontdekt?'

'Ja. Het spijt me zo, Dorothea. Het is gewoon verschrikkelijk dat ik een van de oorzaken ben voor Albrechts tegenslagen.'

'Dat is zijn eigen schuld,' zei Dorothea nuchter. 'Maar misschien had hij anders behandeld moeten worden.'

Dora kwam binnen, serveerde thee, chocolademelk en gebak, en trok zich daarna zachtjes terug.

'Hij dacht dat hij elke kwestie met geld kon afdwingen,' zei Judith toen ze weer alleen waren. 'Dat is zijn probleem.'

'Ja, je hebt gelijk. Dat hebben mijn ouders hem geleerd, en moeder heeft hem bovendien nog verwend en vertroeteld. Dat is moeilijk voor hem.' Dorothea nam een slokje van haar chocolademelk. 'Hm, lekker! Wat zit erin?'

'Cacao, melk, suiker en een geheime specerijenmix.'

'Je eigen recept?'

'Ja. Mijn gekruide chocolademelk.'

'Je moet me die bijzondere mix ooit maar eens verklappen.' Dorothea zette haar beker neer en werd weer serieus. 'Het zou een opluchting voor me zijn als ik wist waar Albrecht naartoe is gegaan. Daarom wil ik Edgar zo dringend spreken.'

'Edgar en Victor zijn de dag voor kerstavond verhuisd naar Alois Eberle. Hij heeft een kleine werkplaats in de Hauptstätter Strasse. Boven die werkplaats is zijn woning.'

'Dank je wel, Judith. Ik zal je vertrouwen niet beschamen en je niet teleurstellen. Eigenlijk ben ik opgelucht. Want als Albrecht echt zo veel stomme dingen heeft gedaan, is het de hoogste tijd dat hij zich laat helpen.'

'We moeten maar hopen dat hij dat doet. En het heeft één voordeel: zolang hij verdwenen is, kan vader me in elk geval niet aan hem uithuwelijken,' zei Judith in een poging een grapje te maken.

'Dat zul je sowieso wel weten te voorkomen.' Dorothea stond op en omhelsde haar. 'Weet je, ik dacht altijd dat het heerlijk zou zijn als je mijn schoonzusje werd, maar Albrecht wil je gewoon alleen maar hebben, net zoals hij vroeger een mooi stuk speelgoed wilde hebben. Het is beter als hij je niet krijgt.'

53

Rond dezelfde tijd op 26 december

'Weet je zeker dat vader niet binnenkomt?' vroeg Karl aan zijn broer. Daarna maakte hij rustig een van de drankflessen in de werkkamer van zijn vader open.

'Heel zeker. Hij is net naar de kamer van mevrouw Margarete gegaan en als hij dat doet, blijft hij daar een hele tijd,' zei Anton. 'Volgens mij praten ze dan over allemaal belangrijke zaken voor het huis en de bedienden en zo.'

'Goed, maar toch moeten we opschieten. Misschien is hij vandaag eerder klaar dan anders met die bespreking.'

Ze schonken iets uit de verschillende drankflessen in een melkkan en vulden de flessen daarna weer bij met schoon water uit een tweede kan die ze speciaal voor dat doel hadden meegenomen. Ze hadden zelfs aan een trechter gedacht – nou ja, Anton dan.

'Zo, dat merkt niemand,' zei Karl toen ze de laatste fles weer dicht hadden gemaakt.

'Echt wel, want volgens mij smaakt water anders,' voerde Anton aan.

'Ja, maar hij merkt het vast niet meteen.'

Ze roken aan de melkkan, die nu vol drank zat.

'Wat een scherpe geur!' zei Anton.

'Ik vind het lekker ruiken,' zei Karl. 'Zullen we even proeven?'

'Nee, dat kunnen we beter niet doen. Dan hebben we niet meer genoeg voor de vuurslang.'

Karl legde zich hierbij neer en deed het deksel op de melkkan.

Heel zachtjes verlieten ze de werkkamer, slopen door het huis, pakten hun schoenen, jas, sjaal en pet, en liepen door naar de keuken.

Daar was de kokkin aan het werk, maar verder was er niemand.

'Hebben jullie zin in een paar peperkoekjes?' vroeg Gerti vriendelijk, maar ze schudden hun hoofd.

'Dank u wel, mevrouw Gerti. Later misschien!'

'We gaan nog even naar buiten,' vertelde Anton, die de melkkan achter zijn rug verstopte.

'Ja, doe dat maar!' zei de kokkin. Ze keek alweer naar het varkensvlees dat ze voor het avondeten braadde, waardoor ze niet meer op de jongens lette. 'Als jullie daarna terugkomen, krijgen jullie warme chocolademelk met peperkoek.'

'Dat doen we!' riepen ze, waarna ze de deur uit glipten.

Ze gingen op zoek naar een geschikte plek voor hun experiment en zwierven eerst door de Villenkolonie en liepen daarna door het centrum van Degerloch.

'Volgens mij moeten we ons experiment met de vuurslang uitstellen tot de sneeuw weg is,' zei Anton teleurgesteld toen ze nergens een geschikte plek vonden.

'Zo snel geven we het niet op. Een vuurslang in de winter is veel leuker. Het is ook minder gevaarlijk, want in de sneeuw kan niets branden. Weet je nog dat we het vuur bij het station van de tandradtram niet meer konden doven? Dat kwam alleen doordat het toen zomer was en heel heet.'

Anton was niet overtuigd. 'Maar als er helemaal niets brandt, brandt onze vuurslang ook niet,' was zijn logische conclusie.

'Onzin!' zei Karl. Een paar honderd meter verderop riep hij opeens: 'Dat is de goede plek!' Hij liet Anton staan en liep over een besneeuwd grasveld naar een schuur met een overstekende dakrand, zodat daar geen sneeuw onder lag.

'Moeten we de vuurslang hier maken?' vroeg Anton vol twijfel. 'Dit is een hooischuur en hooi vliegt heel gauw in de fik!'

'Verdorie, ik heb het je toch uitgelegd.' Karls geduld begon op te raken. 'Dat is alleen zo in de zomer, als het heet is dus! Nu is het winter en het is koud en vochtig, dus vliegt het niet in brand.'

'Dat geloof ik niet.' Zo snel wilde Anton zich niet gewonnen geven, maar Karl viel hem in de rede.

'Weet je wat? Ga maar naar huis als je zo'n bangerik bent. Ik maak de vuurslang in elk geval wakker. Geef me die melkkan!' Hij wilde de met drank gevulde melkkan van Anton afpakken, maar deze was sneller en hield hem achter zijn rug. 'Wat doe je nu?' snauwde Karl.

'Ik wil er in elk geval bij zijn! We doen het samen of helemaal niet.'

Karl rolde met zijn ogen. 'Man, jij snapt er helemaal niets van! Geef mij die kan, nu meteen!'

'Nee, ik wil het doen! Ik schenk de kan leeg,' zei Anton.

Karl dacht even na, maar ging er toen mee akkoord: 'Goed dan.' Toch kon hij zijn mond niet houden toen Anton het drankspoor zo ver mogelijk van de wand van de schuur vandaan trok, omdat deze er niet van overtuigd was dat Karls argumenten over het brandgevaar in de winter klopten. 'Zo komt alles in de sneeuw terecht!' riep Karl en hij probeerde meteen de melkkan van Anton af te pakken om zijn broer te corrigeren, met als gevolg dat de drank niet alleen op de grond terechtkwam, maar op een paar plaatsen ook op de wand van de schuur. Bovendien was halverwege alle drank op.

'Nee, toch!' Anton schudde de laatste druppels uit de kan.

'Stomkop die je bent!' riep Karl.

'Ach, het is wel genoeg voor een slang,' zei Anton. 'Het kwam doordat je steeds aan mijn arm trok!'

Karl zei hoofdschuddend: 'Natuurlijk geef je mij weer de schuld.' Hij haalde de lucifers uit zijn broekzak en zei: 'Maar ik steek het aan!'

Anton zette een stap naar achteren zodat Karl erbij kon. Als het toch allemaal misging, was Karl degene die de brand had gesticht en hij niet.

Karl knielde, stak een lucifer aan en hield hem bij het drankspoor. Het flakkerde even, maar ging toen uit.

'Dat gaat nooit lukken,' zei Anton opgelucht.

Maar Karl was in zijn element. Steeds opnieuw probeerde hij het vuur aan te steken. Opeens zag hij dat de drank ergens een klein plasje had gevormd.

'Karl, niet doen! Dat is veel te dicht bij de schuur!' riep Anton waarschuwend.

Maar Karl lachte hem uit. 'Wat een lafaard ben je toch!' Hij probeerde het meteen opnieuw en deze keer ontstond er echt een vlam. Hij sprong op. 'Ha! Zie je wel, Anton! Het lukt!'

Het vuur volgde het drankspoor inderdaad een stukje en de jongens liepen er enthousiast achteraan.

'De vuurslang!' juichte Karl steeds weer, en even later riep Anton het ook.

Inmiddels stonden er een paar buurtkinderen om hen heen die met grote ogen naar het schouwspel keken. Karl en Anton genoten van alle bewondering. 'Dat is een vuurslang!' brulden ze, terwijl ze uitgelaten op en neer sprongen.

Tot een klein meisje opeens riep: 'Nu brandt de kop van de slang ook! O!'

'De kop van de slang?' vroeg Anton paniekerig, maar Karl lachte en zong: 'De slang loert met kop en–'

'De schuur staat in brand!'

Deze kreet, die door iedereen werd herhaald, bracht Karl en Anton tot bezinning. Ze draaiden zich om en zagen dat één kant van de schuur al in lichterlaaie stond.

Het duurde niet lang voordat de eerste volwassenen naar de schuur stormden, onder wie kennelijk de eigenaar van de schuur. Ze gooiden water en sneeuw op de hooischuur en probeerden vooral te voorkomen dat het vuur zich uitbreidde.

Tevergeefs.

Knetterend en krakend vrat de vuurslang zijn prooi op. Zelfs de brandweer, die algauw ter plaatse was, slaagde er niet in de brand te blussen. En toen de vlammen een voor een doofden was er van de schuur niet veel meer over dan een hoopje verkoolde balken.

'Potverdorie!' riep de eigenaar van de schuur woedend. 'Wie heeft die brand aangestoken?'

'Ja, wie heeft dat gedaan?' vroeg een van de brandweerlieden.

Toen stapten twee jongens naar voren, die, net als alle anderen, bang maar ook nieuwsgierig naar het hele gebeuren hadden staan kijken. Karl en Anton konden hun ogen bijna niet geloven toen ze de twee jongste van de drie Böpple-jongens herkenden. Dat ontbrak er nog maar aan.

De jongste jongen wees naar Karl en Anton. 'Zij hebben iets uit een kan gegoten en in brand gestoken,' zei hij met een ernstige blik.

Een van de meisjes voegde eraan toe: 'Ja, en toen gingen ze dansen en zingen!'

Vol leedvermaak zagen de Böpple-jongens dat de brandweerman Karl en Anton bij een oor vastpakte. 'Wat denken jullie wel? Op tweede kerstdag steken jullie gewoon een schuur in brand? Wat zou er zijn gebeurd als dat een huis was geweest? Met mensen erin?'

'We zijn toch niet zo stom om een huis –' zei Karl brutaal, maar voordat hij uitgesproken was kreeg hij een tik tegen zijn hoofd.

'Ik zei toch dat het gevaarlijk was,' zei Anton.

'Waarom deed je dan mee?' snauwde Karl.

Anton stak zijn tong naar hem uit.

'Als het koud is en er sneeuw ligt, kan toch zeker niets branden?' zei Karl koppig.

'Zo'n stomme opmerking heb ik nog nooit gehoord!' riep de eigenaar van de schuur.

'Inderdaad,' beaamde de brandweerman die de tweeling nog steeds stevig vasthield. 'Wat was dat voor vloeistof?'

'Eh... sterkedrank,' zei Anton.

'Aha. Sterkedrank. En hoe komen jullie daaraan?'

'Van onze... eh... Uit een werkkamer...' Anton begon opeens te stotteren en hij keek met grote ogen voor zich uit.

Karl volgde zijn blik en schrok ook.

Hun vader kwam eraan en voor hem liep de oudste van de Böpplebroertjes met een achterbakse grijns op zijn gezicht.

'Wie is dat?' vroeg de brandweerman.

'Onze vader,' zei Anton toonloos.

'Het zou eens tijd worden dat hij zich met jullie bezighoudt,' bromde de eigenaar van de schuur.

Karl en Anton sloegen hun blik neer toen hun vader buiten adem bij hen bleef staan.

'Ziet u wel, meneer Rothmann,' hoorden ze de grootste Böpple zelfvoldaan zeggen. 'Ik had gelijk! De tweeling heeft een schuur in de fik gestoken. En nu krijg ik mijn beloning.'

Karl keek nu toch op en hij had de jongen het liefst in zijn gezicht gestompt. Die knul was naar hun huis gelopen om hen te verraden en nu wilde hij daar ook nog eens geld voor hebben!

Maar hoe kwaad hij ook was, toch had hij wel bewondering voor deze slimme actie. Zijn bewondering sloeg echter algauw om in haat toen hij zag dat zijn vader de jongen inderdaad één hele mark gaf.

Anton huilde inmiddels tranen met tuiten. 'Alstublieft, vader, alstublieft, ik zei immers dat er iets kon gebeuren, maar Karl wilde het niet geloven!'

'Hou je mond. Zoals altijd hebben jullie deze streek samen uitgehaald en daarom worden jullie zoals altijd ook samen bestraft.'

'Dat gaat u geld kosten, weet u!' zei de eigenaar van de schuur.

'Laat me maar weten wat ik u schuldig ben,' zei Rothmann koeltjes.

'We moeten uw naam en adres nog noteren,' zei de brandweerman.

Nadat Rothmann die had verteld, pakte hij zijn zonen bij hun nekvel en dreef ze voor zich uit naar de straat.

Toen ze weer thuis waren huilden de jongens erbarmelijk, maar hun vader liet zich niet van de wijs brengen. Zonder hun de tijd te geven hun jas uit te trekken bracht hij hen naar zijn werkkamer. 'Jullie weten dat dit jullie laatste kwajongensstreek is geweest!'

Karl snoof en Anton streek de tranen van zijn wangen.

Rothmann liep naar een bijzettafeltje, opende een van de drankflessen en schonk een glaasje in.

De jongens keken elkaar ontdaan aan.

'Vader!' riep Anton nog, maar hun vader had het glas al in één teug geleegd in de verwachting dat hij na alle ellende een weldadig branderig gevoel in zijn keel zou krijgen. Hij verstijfde. Hij rook aan de fles. Hij keek naar de jongens. 'Wat zit daarin?'

Geen antwoord.

'Wat zit daarin?' brulde hij.

'Wa... Water,' bekende Anton.

54

Robert had de voordeur voor de oudste Böpple-broer geopend en nadat hij even had nagedacht stuurde hij Dora naar de kamer van de huishoudster om Wilhelm Rothmann daar zo onopvallend mogelijk weg te halen. Toen deze het huis een beetje ontdaan en boos had verlaten wist iedereen dat dit dé kans was. Theo spande snel de arrenslee in, Judith pakte haar bagage en glipte samen met Dora stiekem het huis uit. Robert bleef achter om de huishoudster en later ook de heer des huizes af te leiden tot Theo en Dora terug waren.

Zo geluidloos mogelijk reed Theo over de Neue Weinsteige. Behalve de huishoudster en Gerti de kokkin, die haar mond meestal niet kon houden, wisten alle bedienden inmiddels dat Judith zwanger was.

'Wat een geluk dat Robert zuster Henny kent,' zei Dora.

'Denk je dat we vandaag bij haar terechtkunnen?' vroeg Judith ongerust.

Ze hadden warme dekens over hun benen geslagen, want het was nog altijd ontzettend koud en in de arrenslee konden ze de ijzige wind goed voelen.

'Dat weet ik niet,' bekende Dora. 'In geval van nood moeten we vannacht in een pension slapen.'

'Dan moet ik in een pension slapen,' verbeterde Judith haar. 'Jij moet vandaag nog terug.'

Dora vertrok haar gezicht. Judith wist dat Dora haar niet graag alleen liet. 'Dora, het is veel beter als iedereen denkt dat ik alleen en lopend ben weggegaan. Ten eerste word jij er dan niet bij betrokken en ten tweede kunnen we dan stiekem berichten uitwisselen zodat ik weet wat mijn vader van plan is. Of waar hij naar me laat zoeken.'

'Dat zou Theo u ook kunnen vertellen,' voerde Dora aan.

'Natuurlijk wel, maar stel je voor dat jij ook verdwenen bent, dan vertrouwt hij niemand van de bedienden meer.'

'Geef me dan ten minste toestemming om meneer Rheinberger op de hoogte te brengen,' smeekte Dora meteen.

Maar Judith schudde haar hoofd. 'Nee! En je weet heel goed waarom niet.'

'Meneer Rheinberger is een goede man,' hield Dora vol. 'En hij houdt van u. Volgens mij zal hij het helemaal geen probleem vinden dat u zwanger bent.'

'Maar dat denk ik dus wel! Geen enkele man wil het kind van een ander in zijn huis hebben, hoeveel hij ook van de vrouw houdt.'

Dora schudde haar hoofd, maar ze zei niets meer.

Ze reden over de Charlottenplatz. Het was relatief rustig in Stuttgart op deze tweede kerstdag. Er waren een paar kinderen op straat en een paar mensen wandelden door de parken, maar ze zagen heel weinig koetsen en vrijwel geen auto's.

Judith was Robert dankbaar dat hij hun vertrek op zo korte termijn mogelijk had gemaakt. Toen dacht ze opeens ergens aan. 'Dora?'

'Ja, juffrouw Judith?'

'Waar moest mijn vader eigenlijk zo snel naartoe? Was er iets met de tweeling?'

Dora grijnsde en zei: 'Ze hebben kennelijk een schuur in brand gestoken.'

Judith schrok. 'Maar er is hun toch niets overkomen?'

'Nee, voor zover ik weet zijn ze niet gewond of zo. Maar na de donderpreek van uw vader zal het minder goed met ze gaan.'

'Hij zal ze naar een jongensinternaat sturen,' zei Judith verdrietig. 'Daar dreigt hij al een hele tijd mee. Hij kan ze gewoon niet de baas.'

'Dat zullen de jongens niet gemakkelijk vinden,' zei Dora.

'Nee. Maar nu ik weg ben en Maman ook niet terugkomt, is dat misschien wel het beste.' Judith keek naar haar warme mof van bont en zei spijtig: 'Vreemd. We zijn opeens geen gezin meer.'

Dora zei troostend: 'Dat is jammer, maar bij mensen zoals wij ga je ook al jong het huis uit om de kost te verdienen. Mensen zoals mijn ouders die zo veel monden moeten voeden zijn blij met ieder kind dat het huis verlaat.'

Theo hield de paarden in, stopte en draaide zich naar hen om. 'We zijn er, juffrouw Judith.'

Judith en Dora stapten uit. Theo gaf Dora de tas met Judiths bezittingen, nam met een spijtige blik afscheid van Judith en reed terug, maar stopte iets verderop voor het geval ze zuster Henny niet troffen. Als alles ging zoals ze hoopten zou hij alleen teruggaan naar Degerloch. Dora zou later de Zacke nemen en zeggen dat ze naar een vriendin was geweest. Het was immers kerst.

Judith keek de arrenslee na, en zelfs nu Dora bij haar was voelde ze zich ellendig. Het drong opeens tot haar door dat zij nu een weg insloeg die anders alleen 'gevallen' meisjes namen.

'Kom maar mee,' zei Dora zacht en ze gaf Judith een arm.

Robert had verteld waar de kamer van de politieassistente was. Daar was inderdaad iemand.

Dora klopte aan, wachtte tot iemand zei dat ze binnen mochten komen en opende de deur. Ze knikte bemoedigend naar Judith en daarna gingen ze samen naar binnen.

Het eerste wat Judith zag waren vriendelijke bruine ogen die haar eerst verbaasd en daarna een beetje streng aankeken. Dora bleef achter Judith staan en zette de koffer neer.

'U wenst?' vroeg de vrouw, die een verpleegstersuniform droeg. Ze keek nu iets vriendelijker.

Niets aan haar deed denken aan een politieassistente en daardoor was Judith meteen al veel minder bang. Robert had verteld dat zuster Henny zich uitsluitend bezighield met vrouwen die de wet hadden overtreden of om een andere reden niet meer wisten wat ze moesten doen. Ze had daarom vast al heel ernstige gevallen meegemaakt. Judith kreeg een hulpeloos vertrouwen in deze onbekende vrouw, die met een vulpen in de hand achter een eenvoudig bureau zat en haar nog steeds aankeek.

Judith schraapte haar keel. 'Ik, ik...' Ze kon opeens geen woord meer uitbrengen. Haar keel werd dichtgesnoerd door schaamte, opwinding en verdriet.

De vrouw leek meteen te voelen dat er sprake was van een noodsituatie, hoewel Judiths verzorgde uiterlijk waarschijnlijk een groot contrast vormde met dat van de meisjes die haar normaliter om hulp vroegen. Ze kwam snel achter haar bureau vandaan, stak haar hand uit en zei: 'Ik ben zuster Henny.'

Judith nam haar hand aarzelend aan.

'En wie ben jij?' vroeg zuster Henny vriendelijk.

'Ik heet Judith.'

'Judith en hoe nog meer?'

'Judith.'

'Goed. Judith dus. En wie heb je bij je?'

'Dora.'

'Dora is je kamenier? Of een dienstmeisje?'

'Ze is mijn kamenier.'

'Goed dan, Judith. Waarom kom je bij mij?'

'Ik...' Judith slikte nog een keer, maar toen vermande ze zich. 'Ik ben in verwachting.'

'Maar je bent niet getrouwd met de vader van het kind,' zei zuster Henny.

'Nee.'

'Hij is ook niet van plan om met je te trouwen.'

'Nee.'

'Weet hij dat je zwanger bent?'

'Nee.' Judith vocht tegen haar tranen.

'Wanneer ben je uitgerekend, denk je? Weet je dat ongeveer?'

'Eind juni ongeveer.' Judith snikte.

Zuster Henny haalde een zakdoek uit de zak van haar schort en gaf die aan Judith. 'Dan moeten we eerst maar eens kijken of er echt sprake is van een zwangerschap. Je bent nog niet lang zwanger, dus dan kun je je zomaar vergissen.'

Judith keek naar Dora, die haar opbeurend toeknikte.

Zuster Henny nam Judith mee achter een kamerscherm, hielp haar om zich voor zover nodig uit te kleden en onderzocht haar buik. Ondertussen stelde ze een paar vragen over de mogelijke bevruchting.

Nadat het onderzoek was afgerond en Judith weer was aangekleed, keek zuster Henny haar ernstig aan. 'Ik moet je vermoeden helaas bevestigen. En als je verhaal klopt, kan de bevalling inderdaad eind juni zijn.'

Judith begon vreselijk te huilen, waarop Dora naar haar toe liep en haar armen om haar heen sloeg.

'Zijn er problemen met je ouders, met je familie?'

Judith knikte.

'Zij weten niets van je toestand?'

'Nee.'

Terwijl Dora Judith troostte, ging zuster Henny weer achter haar bureau zitten. Ze pakte een vel papier en maakte een paar aantekeningen. 'Ik zal je voorlopig in huis nemen,' zei ze, terwijl haar vulpen over het papier gleed. 'Misschien vind ik binnen een paar dagen al een oplossing. Want ik kan je niet naar een verbeteringsgesticht sturen en ook de opvanghuizen vind ik ongeschikt, want daar zou je samenwonen met mensen die geen passend gezelschap voor je zijn.'

'Ik denk dat dat goed is,' fluisterde Dora tegen Judith. 'Bij haar wordt er voorlopig voor u gezorgd.'

'En jij, Dora,' zei zuster Henny. 'Ben jij van plan ook te blijven of ga je terug naar je werkplek?'

'Ik blijf niet,' zei Dora ontwijkend.

Zuster Henny knikte, pakte een nieuw vel papier en maakte nog meer aantekeningen.

Judith keek Dora vragend aan, waarna die haar schouders ophaalde.

Na een tijdje vouwde zuster Henny een van de beide papieren dubbel, die ze in een envelop stopte en aan Dora gaf. 'Het lijkt me goed dat we haar ouders laten weten dat hun dochter in goede handen is. Houd deze brief alsjeblieft niet achter, Dora. Er staat niets in over waar ze nu is, maar ik heb wel een mogelijkheid genoemd om anoniem contact op te nemen.'

Tegen Judith zei ze: 'Ik weet dat alles nu moeilijk en onzeker lijkt, maar we vinden zeker een oplossing voor jou en je kind.'

'Dank u wel,' zei Judith zacht.

Zuster Henny stond op. 'Laten we maar meteen naar mijn huis gaan. Ik ben toch al klaar met mijn werk.' Ze ruimde haar schrijfbenodigdheden op, deed het licht uit en sloot de deur zorgvuldig af.

Buiten was het al bijna donker.

'Moet je heel ver, Dora?' vroeg zuster Henny.

'Nee, zuster Henny. Ik red me wel.'

'Het is niet ongevaarlijk om in het donker in je eentje buiten te lopen,' zei zuster Henny.

'Dat weet ik.'

'Kom veilig thuis, Dora.'

'Dank u, zuster Henny.'

Ze liepen een stukje samen op, maar toen omhelsde Judith haar kamenier nog een keer stevig en zei: 'Zeg alsjeblieft niets tegen mijn vader!'

'Dat doe ik niet, echt niet,' beloofde Dora. 'En ik kom u bezoeken, zodra het kan!'

Toen scheidden hun wegen zich en Judith wist dat haar leven nooit meer zo zou zijn als het was geweest.

55

Silberburgstrasse in Stuttgart
11 januari 1904

Roux stond voor het huurhuis dat volgens hem het huis was dat hij zocht. Hij was de hele ochtend al op pad, had dit deel van de straat goed bekeken en het gebouw dat volgens hem in aanmerking kwam nauwkeurig geobserveerd.

Hij stond in een nis tussen twee huizen te wachten op een gunstige gelegenheid om zijn prooi nog verder in te sluiten. Want hij wist instinctief dat hij er dichtbij was.

Nadat Augustin Baldus hem het veelbelovende adres had gegeven, was Roux niet meteen naar Stuttgart gegaan, maar eerst naar Berlijn. Hij had zijn opdrachtgevers natuurlijk kunnen telegraferen met informatie over de fase waarin zijn onderzoek zich bevond om pas daarna naar Stuttgart te reizen. Hij had echter besloten dat niet te doen, omdat hij ze persoonlijk wilde spreken. Maar ook omdat hij hen meer geld wilde laten betalen, vooral gezien het feit dat het bijna kerst was, een ongunstige tijd om onderzoek te doen. Bovendien bracht zelfs Paul Roux deze feestdagen door bij zijn moeder, die hij anders bijna nooit zag.

Nu was het oude jaar dus afgelopen en waren de eerste dagen van het nieuwe jaar aangebroken. Hij was de vorige avond met de trein in Stuttgart aangekomen, had een kamer genomen in het Gasthaus Alte Post tegenover het Stiftskirche Quartier en kon van daaruit lopend op onderzoek gaan. Hij zou de stad niet verlaten voordat hij zijn opdracht had afgerond.

Het viel hem op dat de mensen hier onbekenden snel als zodanig identificeerden en vervolgens wantrouwig en nieuwsgierig in de gaten hielden. Hij probeerde zich dus met een zekere vanzelfsprekendheid te gedragen, droeg net als veel andere mannen hier een onopvallende kleur jas en vilthoed, en gebruikte een wandelstok.

Het grootste nadeel was de vele sneeuw, want die vertraagde het tempo van de mensen, alles was rustiger en op een vreemde manier ook stiller. Roux vond het prettiger om onderzoek te doen als hij zichzelf onzichtbaar kon maken in de bedrijvigheid van een stad – hoe drukker, hoe beter.

Hij liet zijn gewicht op zijn andere been rusten. Geduldig zijn hoorde evengoed bij zijn werk als op het juiste moment in actie komen. Vandaag was dat veel onprettiger door de kou, die ondanks zijn warme kousen en handschoenen overal in doordrong.

Toen werd zijn aandacht ergens door getrokken.

Twee oudere vrouwen verlieten het huis in kwestie. Roux besloot een poging te wagen, verliet zijn schuilplaats en liep naar de vrouwen toe op een manier waardoor het leek alsof hij hen toevallig tegemoetkwam. 'Goedemorgen, dames,' zei hij beleefd terwijl hij zijn hoed afnam.

'Morgen!' Ze groetten wel terug, maar liepen met een gesloten blik snel door.

Roux begreep algauw dat ze hem niet zouden helpen, dus liet hij hen met rust. Bij de volgende hoek wachtte hij op een betere kans.

Die kans kwam even later, toen een jonge vrouw het huis met een zo te zien zware mand aan de arm verliet.

Roux slenterde haar tegemoet, groette en deed alsof hij nu pas zag dat ze iets zwaars droeg. 'O, wat een zware last! Mag ik u helpen?' vroeg hij voorkomend.

'Wat wilt u van me?' vroeg ze.

'Na Kerstmis is het tijd voor een goede daad,' zei hij alsof hij een grapje maakte. 'Uw mand is toch zwaar, of niet?'

Ze knikte, maar aarzelde nog steeds.

'Ik wil hem met alle plezier voor u dragen. Een stukje in elk geval.'

Ze gaf hem de mand, maar kwam niet te dicht bij hem.

De mand was echt erg zwaar.

'Waar moet u naartoe?' vroeg Roux. Hij wist natuurlijk niet waar het adres was dat ze noemde, maar deed alsof dat wel zo was. Hij liep attent naast haar. Ze deed thuis vermoedelijk naaiwerk, confectie, zoals ook in Berlijn heel gebruikelijk was.

Eerst antwoordde ze niet op zijn voorzichtige vragen. Roux had de indruk dat ze hem het liefst zo snel mogelijk wilde lozen. Maar met veel geduld en meelevendheid slaagde hij er uiteindelijk toch in om met haar te praten.

'Mijn moeder naaide ook,' loog hij. 'Dat is ontzettend zwaar werk.'

'Het wordt vooral slecht betaald. Ik werk van de vroege ochtend tot diep in de nacht en krijg een hongerloontje. En daarnaast moet ik voor het gezin zorgen.'

'Hebt u kinderen?'

'Ja, twee.'

'U hebt gelukkig wel een woning,' zei Roux.

'Ja.'

'Ik ben op zoek naar woonruimte,' vertelde hij. 'Ik kom uit Berlijn en heb hier werk gevonden. Ik begin in februari en woon nog steeds in een pension!' Hij probeerde een beetje somber te klinken.

'O, bij ons in de flat is vlak voor de kerst een woning vrijgekomen, maar die is ook alweer verhuurd.'

'Wat jammer! Is er verder niets vrij? Voor zover u weet natuurlijk.'

'Nee, helaas. U kunt het beste hier in de buurt wat rondvragen. Of vraag het aan de verhuurder, die heeft volgens mij nog meer huizen.'

'Dat is een heel goed idee. Weet u waar ik hem kan vinden?'

'Hij woont niet ver weg, in de Marienstrasse. Hij heet Hämmerle.'

'O, heel erg bedankt! Ik ga zeker naar hem toe. En kunt u het goed vinden met de andere huurders?' vroeg Roux terloops.

'Nou ja, iedereen heeft zijn eigen ding te doen en zoals overal zijn er ook wel eens meningsverschillen. U wilt wel heel veel weten.' Ze leek nu toch wantrouwig te worden.

Roux vroeg daarom niets meer. Hij liep met haar mee tot ze haar bestemming had bereikt, gaf haar de mand terug en liep terug naar de Silberburgstrasse.

Voor het huis speelden twee kinderen. Ze hadden gekleurde houten stokken in de sneeuwhopen gezet en gooiden een stoffen bal naar elkaar toe.

Roux liep naar hen toe en ving de bal toen hij de kans kreeg.

'Hé! U moet onze bal teruggeven!' riep een van de kinderen.

Roux gooide hem lachend terug. 'Wonen jullie hier?'

De kinderen knikten en speelden verder.

'Ik ben op zoek naar een vriend,' zei Roux. 'Hij heet Edgar Nold en is schilder. Kennen jullie hem?'

'O, u bedoelt Edgar,' zei een van de jongens. 'Hij is net verhuisd. Omdat hij een emailleerfabriek was begonnen.'

'Het is maar goed dat hij is verhuisd, want dat email stonk verschrikkelijk!'

'Weten jullie waar hij nu woont?'

'Nee. De andere man die daar woonde is ook verhuisd, op dezelfde dag, en sinds vorige week woont daar alweer iemand anders.'

'Juist. Dan moet ik dus ergens anders naar hem op zoek.' Hij gooide een muntje van tien pfennig naar hem toe, dat de jongen handig opving. Daarna liep hij terug naar zijn pension om iets te eten en weer een beetje warm te worden.

Twee uur later was hij alweer op pad.

Bij de kiosk voor het Kronprinzenpalais kocht hij een krant, die hij onder zijn arm klemde omdat hij zo meer leek op een woningzoeker die daarin het actuele aanbod bekeek. Toen liep hij met afgemeten passen de Marienstrasse in.

Hij vond het huis meteen. Hämmerle had een drukkerij en er hing een groot uithangbord buiten.

'U zoekt dus een kamer,' zei de verhuurder nadat hij Roux binnen had gelaten.

'Ja. Ik zou het niet erg vinden om een tijdje een huis of een kamer te delen. Ik heb snel een dak boven mijn hoofd nodig, omdat ik al heel binnenkort met mijn werk in Stuttgart ga beginnen.'

'Wat doet u dan, als ik vragen mag?'

'Ik ga in het verzilveringsbedrijf werken, als handelaar.'

Dat had het gewenste effect. In de ogen van de verhuurder zag Roux iets opflitsen dat hij 'geldzucht' noemde.

'Dan verdient u inderdaad goed. Ik zal kijken of ik binnenkort een woning vrij heb. Waar kan ik u bereiken?'

'Ik kom volgende week wel weer bij u langs, als u dat goedvindt.'

'Goed, tegen die tijd heb ik vast wel iets voor u gevonden.'

Roux wist dat Hämmerle op datzelfde moment iemand die minder huur betaalde op straat zou zetten. Oneerlijk, maar niets aan te doen. Toch had hij Hämmerles gezicht heel graag willen zien als hij volgende week tot de conclusie kwam dat zijn zoektocht naar een huurwoning maar een smoes was geweest. Ach, tegen die tijd was hij alweer in Berlijn, als alles tenminste volgens plan verliep.

Voordat Hämmerle de deur achter hem sloot, draaide Roux zich nog even om: 'O ja, dat vergat ik bijna!'

'Wat dan?'

'Ik hoorde dat het in het huis in de Silberburgstrasse naar email stinkt. Is dat echt zo of alleen maar een gerucht?'

'Nee, dat was Nold, maar die is nu weg,' zei Hämmerle. 'Er was de laatste tijd veel gedoe over die emailleerwerkplaats. Juist vanwege die stank en het brandgevaar. Als hij niet uit zichzelf was vertrokken had ik hem binnenkort de huur opgezegd. En ook die van zijn vriend.'

'Zijn vriend?'

'Ja, die man verdiende ook niet veel meer dan Nold. Nold heb ik alleen geduld omdat zijn vader vaak iets bij me laat drukken.'

'Juist. Wat doet die vriend?'

'Dat weet ik niet precies, maar volgens mij werkt hij bij Rothmann.'

'Rothmann?'

'De chocoladefabriek.'

'O ja, natuurlijk, die chocoladefabriek! En inderdaad, je moet je huurders goed uitzoeken,' zei Roux zelfvoldaan. 'Nog een goede dag, meneer Hämmerle!'

In een uitstekend humeur liep Roux door de Marienstrasse terug naar de Schlossplatz. Onderweg vroeg hij de weg naar chocoladefabriek Rothmann, die in Stuttgart algemeen bekend bleek te zijn. Korte tijd later stond hij voor de hoofdingang van het bedrijf in de Calwer Strasse.

Hij werd helemaal opgewonden. Het gevoel dat hij bijna een doorbraak had bewerkstelligd vond hij geweldig, hij genoot van dit moment.

In feite hoefde hij nu alleen nog maar te wachten tot Victor Rheinberger naar huis ging. Hij zou de man in elk geval herkennen, want Friedrich Rheinberger had hem foto's laten zien en had zijn zoon heel duidelijk beschreven.

Roux keek op zijn zakhorloge. Het zou nog een paar uur duren voordat de fabriek ging sluiten. Hij vroeg zich af of hij deze tijd in een café zou doden, maar besloot toen om ondanks de kou een beschut plekje te zoeken vanwaaruit hij de poort kon zien.

Toen de eerste arbeiders de fabriek eindelijk verlieten was hij al in- en inkoud. Hij hield het alleen vol doordat hij wist dat hij zijn doel had bereikt.

Eerst kwamen een heleboel jonge vrouwen de poort uit, pas later volgden een paar mannen, van wie de meesten een pak onder hun mantel droegen. Zij werkten natuurlijk op het kantoor.

Even later reed een arrenslee getrokken door twee paarden door de wijd openstaande gietijzeren deuren, waar in een zwierig schrift de bedrijfsnaam op stond. In het donker kon Roux niet goed zien wie erin zat, maar hij ging ervan uit dat het de eigenaar of de directeur was. Toen gebeurde er een hele tijd niets tot verschillende arbeiders het bedrijfsterrein verlieten. Roux ging gewoon op straat staan omdat hij Victor Rheinberger absoluut niet wilde missen, maar hij zag niemand die beantwoordde aan de beschrijving. De volgende vijftien minuten kwamen steeds opnieuw werknemers door de poort, maar Rheinberger was daar niet bij.

Uiteindelijk sprak Roux een knaap aan die hij op een jaar of veertien, vijftien schatte. 'Hé, jij!'

'Hè?' De jongen draaide zich om.

'Werkt hier ene Victor Rheinberger?'

'Die heeft hier wel gewerkt, tot voor Kerstmis. Maar nu niet meer.'

Dat waren de vervelende dagen van zijn beroep: die waarop je op achterstand werd gezet als je de overwinning al rook. Inwendig witheet van woede besloot Roux terug te gaan naar zijn kamer. Onderkoeld en inmiddels ook drijfnat doordat het was gaan sneeuwen liep hij de paar straten terug naar de kloosterkerk.

Gefrustreerd liep hij de Alte Post binnen. Toen hij in zijn kamer kwam trok hij zijn mantel, colbert en overhemd uit en ging voor de gietijzeren haard staan om warm te worden. Later zou hij zichzelf op een goede avondmaaltijd trakteren en nog een keer goed nadenken over de manier waarop hij Victor Rheinbergers spoor weer zou kunnen oppakken.

'Goedenavond, Roux!'

Roux draaide zich vliegensvlug om.

Friedrich Rheinberger zat in een stoel. Hij was zoals altijd elegant gekleed, zat met zijn benen over elkaar geslagen en liet zijn rechterhand nonchalant op een zijden herenparaplu rusten. Ondanks zijn uiterlijk onbewogen houding begreep Roux heel goed dat Rheinberger inwendig woedend was.

'Wat doet u hier?' vroeg Roux rustig, hoewel hem dat moeite kostte.

'Dat vraagt u?'

'Dat vraag ik.'

'Ik wil me er persoonlijk van overtuigen dat ik mijn geld niet aan een bedrieger heb gegeven.'

Roux schoot in de lach.

Rheinberger stond op en richtte de punt van zijn paraplu op zijn blote borstkas. 'Of u vertelt me binnen drie dagen waar mijn zoon verblijft, of ik eis mijn geld terug! En de bonus natuurlijk.'

Roux zei met een slimme grijns: 'Ik ben hem op het spoor.'

'Dat beweert u al weken. Wie weet of het spoor in Stuttgart echt veelbelovend is?'

'Dat is het. Hij werkte tot voor kort nog in een nabijgelegen chocoladefabriek.'

'Tot voor kort?'

'Tot voor de kerst.'

'Dat is al bijna drie weken geleden! In die tijd kan hij de stad alweer hebben verlaten.'

'Dat denk ik niet, want tijdens de feestdagen vind je niet zomaar ander onderdak. Ik heb een ander vermoeden.'

'O ja? Dat meent u niet,' zei Rheinberger spottend.

'Hij is vast nog bij zijn vriend, de schilder. Ik heb u al eens over hem verteld.'

'Nou, dan moet u maar gauw op zoek gaan.' Friedrich Rheinberger trok zijn paraplu terug. 'Ik blijf in de buurt. Drie dagen!' Daarna draaide hij zich om en verliet de kamer.

Roux haalde diep adem.

Dat ontbrak er nog maar aan, een opdrachtgever die zijn onderzoek op de voet volgde. Maar daar mocht hij zich nu niet door laten afleiden. Hij moest zich volledig richten op de finale; Rheinberger was immers niet zijn enige opdrachtgever.

Hij trok schone bovenkleding aan om naar het café te gaan. Vlak voordat hij zijn kamer verliet, viel zijn blik op de krant die hij die middag had gekocht. Hij nam de krant mee naar beneden om hem in alle rust te lezen.

Terwijl hij op zijn eten wachtte bladerde hij erin en scande een paar artikelen. Toen ontdekte hij een advertentie die rijkelijk versierd was en zeker een kwart van de pagina in beslag nam:

Emailleerfabriek Edgar Nold. Alle soorten emailleerwerk. Voor zakelijke en particuliere klanten. Hoogste kwaliteit. Bijzondere patronen. Werken naar voorbeeld. Snelle levering. Hauptstätter Strasse, Stuttgart.

Roux grijnsde.

Nu wist hij waar hij de volgende dag zijn zoektocht zou voortzetten.

Wat Roux niet had gezien, was de persoon die hem de afgelopen uren als een schaduw was gevolgd en nu, niet ver bij hem vandaan, in een verborgen hoekje van het café zat en tevreden een biertje bestelde. Ook zijn missie zou binnenkort slagen.

56

Werkplaats van Alois Eberle
12 januari 1904

Victor legde een beetje lusteloos de laatste hand aan zijn chocolade-automaat, die hij de komende week hoopte te kunnen plaatsen. Maar ondanks de getoonde belangstelling had hij de benodigde schriftelijke toestemming daarvoor nog niet ontvangen.

Vandaag was hij voor de verandering alleen in de werkplaats. Alois was elders bezig en Edgar was vertrokken om bestellingen af te leveren, omdat zijn leerjongen zich ziek had gemeld.

De stilte in het pand vond hij beklemmend. Hij was het liefst met een kruik most in bed gaan liggen om over Judith na te denken, maar hij dwong zichzelf aan het werk te gaan. Edgar had gelijk: met zelfmedelijden hielp hij haar niet.

Zacht vloekend ging hij op zijn knieën voor de automaat zitten om alles, ook de laklaag, nog een laatste keer te checken. Daarna stopte hij er een muntje in om te kijken of het apparaat echt goed functioneerde. De muziek werd nu ook afgespeeld terwijl de chocoladereep naar het uitgiftevak werd verplaatst. Maar sinds Judith uit zijn leven was verdwenen had hij helemaal geen plezier meer in dit alles.

De automaat werkte perfect. Hij stond op en liep naar de keuken om koffie te zetten.

De laatste keer dat hij haar had gezien was al bijna drie weken geleden, en elke dag miste hij haar meer. Onder zijn hoofdkussen lag het kerstcadeau dat ze hem op haar laatste dag in de fabriek had gegeven: een olifantje van rozenkwarts.

Vaak droomde hij over haar en als hij dan wakker werd, was het gevoel van gemis nog sterker. Als hij op straat een vrouw tegenkwam met ongeveer haar figuur of haar manier van lopen, ging zijn hart sneller kloppen. Zodra hij in de buurt van de chocoladefabriek kwam, werd het loodzware gevoel op zijn borst dat elke dag op hem drukte onverdraaglijk.

Zijn verlangen dreef hem regelmatig naar Degerloch. Dan dwaalde hij door de Villenkolonie, alleen om een blik op haar raam te kunnen werpen. Eén keer had hij op het punt gestaan op de deur van de dienstbode-ingang te kloppen om te vragen hoe het met Judith ging, maar hij was bang dat dit misschien eerder nadelig voor haar zou uitpakken dan positief.

Albrecht von Braun vormde op dit moment gelukkig geen gevaar voor haar, want hij had de stad na zijn gesprek met Edgar verlaten. Victor en Edgar hadden van tevoren lang met elkaar overlegd wat ze precies zouden doen. Victor had Albrecht het liefst persoonlijk ter verantwoording geroepen, maar Edgar wilde per se alleen naar hem toe.

'Jij bent veel te boos, Victor,' had Edgar gezegd. 'En in dit geval moet je je hoofd koel houden.' Dat had Victor ook wel begrepen.

Albrecht was woedend geworden, zoals ze wel hadden verwacht, toen Edgar hem confronteerde met zijn ondeugden en de strafbare feiten die hij had gepleegd. Albrecht had alles eerst verontwaardigd ontkend, maar toen Edgar hem steeds meer in het nauw dreef, was hij in huilen uitgebarsten. En toen Edgar aanbood zijn mond te houden als Albrecht zijn verloving met Judith verbrak, was hij hem naar de keel gevlogen. Pas toen de bedienden Albrechts vader hadden gewaarschuwd en deze de kamer binnenkwam had Albrecht hem losgelaten.

Bankier Von Braun had zijn zoon voorlopig huisarrest gegeven. Albrecht, die eerst tevergeefs had geprobeerd Edgar de schuld van hun vechtpartij in de schoenen te schuiven, was kennelijk als een hoopje ellende achtergebleven. Dat hij zich nu aan zijn verantwoordelijkheid had onttrokken door ervandoor te gaan paste bij zijn laffe karakter. Victor had absoluut geen medelijden met hem, en één doel was in elk geval bereikt: het leek uitgesloten dat Albrecht binnenkort terug zou komen.

Zou Rothmann al op de hoogte zijn van deze ontwikkeling? Of

hield de familie Von Braun dit geheim in de hoop dat Albrecht voor de trouwdatum weer thuis zou zijn en hun probleem met hem op die manier zou zijn opgelost?

Edgar ontmoette Dorothea tegenwoordig vaak in het geheim. Niet alleen om het laatste nieuws over Albrecht te horen, maar ook om haar te troosten en bij te staan – en een enkele keer een kus van haar te stelen.

Maar met Albrechts afwezigheid alleen was Judiths probleem niet opgelost. Haar vader had haar opgesloten en Victor piekerde zich suf over de vraag hoe hij haar kon helpen. Wat hij vooral verontrustend vond was het feit dat hij na die afschuwelijke dag waarop ze door Rothmann waren betrapt niets meer van haar had gehoord. Hij had eigenlijk verwacht dat hij via Theo of Dora wel een keer een brief of een mondeling overgebrachte boodschap van haar zou krijgen. Hij werd bijna gek van deze langdurige stilte. Hij was bang dat Rothmann haar inderdaad zo streng liet bewaken dat elk contact met de buitenwereld voor haar onmogelijk was.

Victor schonk een beker koffie in en liep terug naar de werkplaats. Hij bleef peinzend voor zijn chocoladeautomaat staan. Ze waren al bezig met de ontwikkeling van een tweede prototype, in dit geval met de speelkaarten die Judith had voorgesteld. Maar zonder haar prachtige chocoladecreaties waren die automaten waardeloos. Voor hem tenminste.

Hij wilde net weer aan het werk gaan toen iemand aanbelde. Met zijn koffiebeker in de hand liep hij langzaam door de gang naar de deur en deed open.

'Goedendag, meneer Rheinberger.'

'Dora!'

'Mag ik binnenkomen?' Dora keek nerveus om zich heen.

Hij deed de deur verder open om haar binnen te laten. Op datzelfde moment viel zijn blik toevallig op een man die aan de overkant stond. De man droeg een zwarte bolhoed waar een paar rode haren onder vandaan piekten, zijn gezicht was opvallend bleek en hij gedroeg zich als iemand die wel wilde zien maar niet gezien wilde worden. Dora glipte naar binnen, maar Victor keek, voordat hij de deur sloot, nog een keer naar buiten.

Toen de man begreep dat Victor naar hem keek, draaide hij zich snel om en slenterde hij weg alsof hij een wandeling maakte en alleen even om zich heen had gekeken.

Victor nam zich voor de komende dagen goed op te letten, want stel dat Rothmann iemand had ingehuurd omdat hij hem toch nog kwaad wilde doen? Je kon immers nooit weten.

In gedachten verzonken nam hij Dora mee naar de keuken. Hij zette zijn koffiebeker op de eettafel en zei: 'Ga toch zitten.'

'Dank u, maar ik moet meteen weer weg. Theo wacht op me.' Dora slikte.

Toen Victor zag hoe opgewonden ze was, werd hij meteen ongerust. Was Judith iets overkomen?

'Meneer Rheinberger, hoewel Judith het me heeft verboden, moet ik met u praten. Haar vader laat in de hele stad naar haar zoeken en –'

'Is ze weggelopen? Of is ze ontvoerd?' Hij dacht meteen aan Albrecht.

'Ze is weggelopen, maar op een andere manier dan u nu misschien denkt.' Ze haalde een brief uit haar rieten mand. 'Alstublieft, hierin staat alles.'

'Dank je.' Verbaasd keek Victor naar de brief, die door iemand anders dan Judith was geschreven. Daarna keek hij Dora vragend aan.

Zij schudde haar hoofd. 'Ik heb deze brief niet geschreven. Lees hem alstublieft, want meneer Rothmann blijft zoeken en ik ben bang dat het niet lang meer duurt voordat hij haar vindt. Het is beter dat u alles voor die tijd weet en zich kunt afvragen of, en zo ja hoe, u haar wilt helpen.'

'Haar wil helpen? Natuurlijk wil ik haar helpen!'

'Lees de brief alstublieft.'

Dora stond zenuwachtig aan het hengsel van haar mand te frunniken, terwijl Victor de envelop openmaakte en de brief las.

'Judith… is zwanger?' vroeg hij toonloos.

Dora knikte. Daarna vertelde ze hem in het kort hoe dat was gebeurd en waarom Judith de afschuwelijke beslissing had moeten nemen om haar familie te verlaten en onder te duiken.

Victor streek door zijn haar en begon heen en weer te lopen in de kleine keuken. Judith kreeg een kind. Uitgerekend van die vrouwenjager Max Ebinger. Hij kon bijna niet meer helder denken. 'Ik weet niet wat ik moet zeggen…' zei hij uit het veld geslagen.

Dora stond hem roerloos aan te kijken en frunnikte nog steeds aan het hengsel van haar mand.

'Begrijp je, Dora, dit had ik geen moment verwacht.' Victor probeerde het uit te leggen, maar toen schudde hij zijn hoofd. 'Ik weet niet wie ik liever zou slaan, hem of haar.'

'De jonge meneer Ebinger heeft misbruik van haar gemaakt. Hij had dat nooit mogen doen, haar gewoon zo... compromitteren.'

Victor liep naar het raam, leunde met zijn onderarm op de vensterbank en liet zijn voorhoofd erop rusten.

'Ze heeft een grote fout gemaakt,' zei Dora wanhopig. 'En ze wilde absoluut niet dat u het zou horen. Ze zei dat ze uw minachting niet zou kunnen verdragen.'

Victor lachte even. 'Mijn minachting! De hele tijd dat we... dat ze me liet denken dat ze van me... was ze zwanger. Van het kind van iemand anders.'

'Ze weet het pas sinds tweede kerstdag.'

'Zegt ze.'

'Nee, dat is zo. Meneer Rheinberger, ik was altijd bij juffrouw Judith. Van bijna al haar gevoelens mocht ik... móést ik getuige zijn. Ze heeft nooit naar een andere man gekeken sinds ze met u... Ach! Judith houdt van u. Zo, nu weet u het! Ze houdt zo veel van u dat ze niet wilde dat u met haar en het kind zou worden opgescheept.'

Victor kreunde zacht. Daarna draaide hij zich om naar Dora en vroeg ineens: 'Wie is deze zuster Henny die dit heeft geschreven?' Hij had de brief nog steeds in zijn hand. 'Zij noemt zichzelf politieassistente?'

'Ja. Ze vangt vrouwen en meisjes op die niet meer weten wat ze moeten doen.'

Langzaam maar zeker brak Victors innerlijke verzet. Als een langzame maar niet tegen te houden vloedgolf werd hij overspoeld door alles wat hij voor Judith voelde: respect en eerbied, bewondering en begeerte, genegenheid en bezorgdheid, liefde en... ja, ook teleurstelling.

En tegen zijn verstand in, maar met zijn hele hart, nam hij een besluit. 'Waar kan ik haar vinden? Op deze envelop staat alleen een postbusnummer.'

'Ga naar het politiebureau en blijf wachten als zuster Henny er niet is. Judith is in haar huis, maar ik mag het adres niet vertellen, ook al vertrouw ik u wel. Dat heeft zuster Henny me verboden.'

'Weet deze zuster wie de vader van het kind is?'

'Nee. Ik moet nu weg. Tot ziens, meneer Rheinberger.' Ze draaide zich om, liep snel de gang door en verliet het huis door de voordeur.

Victor wreef over zijn nek. Het voelde alsof hij onder een stoomtrein was gekomen, maar de gedachte aan Judith dreef hem voort. Hij ging naar zijn kamer, schoor zich, trok een schoon overhemd en zijn nog vrij nieuwe grijze pak aan en vertrok naar het politiebureau.

Onderweg vroeg hij zich koortsachtig af hoe hij met een politieassistente moest omgaan. Hij kon zich niet herinneren dat hij ooit van dat beroep had gehoord. Zelfs in Berlijn werkte daar niet zo iemand, voor zover hij wist tenminste.

Toen hij ten slotte voor het kantoor van deze vrouw, die Henriette Arendt bleek te heten, stond, voelde hij zich net een van de tweeling nadat ze weer eens een streek hadden uitgehaald. Hij was zenuwachtig.

Maar voordat hij kon aankloppen hoorde hij stemmen en voetstappen in de gang. En toen hij zich omdraaide zag hij een politieagent die een verwaarloosd uitziende jonge vrouw met zich meetrok. De agent duwde Victor met de vanzelfsprekendheid van een diender opzij, bonsde hard op de deur en liep naar binnen zonder op toestemming te wachten.

Op dat moment probeerde de jonge vrouw zich los te rukken en tijdens de korte schermutseling herkende Victor Babette, het dienstmeisje van de Rothmanns. Was zij soms ook op het slechte pad geraakt? Maar voordat Victor iets kon zeggen duwde de agent haar met geweld naar binnen en was de deur in het slot gevallen.

Victor wachtte ongeduldig tot het gesprek afgelopen was. Hij hoorde de beschuldigende stem van de agent, de kalme stem van de zuster en heel af en toe de zachte antwoorden van Babette.

Het duurde zeker een kwartier voordat ze weer naar buiten kwamen. Zuster Henny had een arm om Babette heen geslagen en bracht haar naar een kamer naast haar kantoor. De agent liep snel weg; zijn taak zat erop.

Victor begreep algauw dat de politieassistente geen gemakkelijke functie had. Zij hield zich bezig met mensen die de maatschappij had uitgestoten en aan hun lot overliet. Een taak die ongetwijfeld zwaar was, maar weinig erkenning kreeg.

Het duurde ongeveer tien minuten voordat zuster Henny terugkwam en hem zag. 'U wenst?'

'Ik moet u dringend spreken, mevrouw Arendt,' zei Victor.

Ze keek hem even onderzoekend aan en vroeg hem toen binnen te komen.

Victor liep naar binnen, maar bleef staan terwijl zuster Henny achter haar bureau ging zitten en snel een paar aantekeningen maakte.

Uiteindelijk keek ze op. 'Neem me niet kwalijk, maar het is hier altijd erg druk. Wat kan ik voor u doen?'

'Ik zoek een jonge vrouw, Judith Rothmann. Ze hebben me verteld dat ze zwanger is en dat u voor haar zorgt.'

Zuster Henny bekeek hem nog een keer aandachtig. 'Wie bent u en wat is uw relatie met haar?' vroeg ze zakelijk.

'Ik... ben de vader van het kind.'

Zuster Henny keek hem even met grote ogen aan. Toen verscheen er een glimlach op haar gezicht. 'Dat is het eerste goede nieuws van vandaag. Hoe heet u?'

'Victor Rheinberger.'

'Waar woont u?'

Dat vertelde Victor haar gewillig, terwijl zij een dunne dossiermap pakte en zijn informatie daarin noteerde.

'Het jonge meisje dat net werd gebracht,' zei Victor.

'Ja? Kent u haar ook?'

'Het klinkt misschien vreemd, maar ik heb haar inderdaad al eens gezien. Ze heet Babette en werkt of werkte als dienstmeisje bij de Rothmanns in Degerloch. Wat een vreemd toeval.'

'Dat is het inderdaad. Dank u wel voor deze informatie. Ze is hiernaartoe gebracht wegens prostitutie en landloperij. Weer een verloren ziel.' Zuster Henny zuchtte zacht. 'Maar nu over uw zaak, meneer Rheinberger. Ik hoop dat u begrijpt dat ik u een paar intieme vragen moet stellen om uw vaderschap te verifiëren voordat ik u in contact breng met de moeder van het kind.'

Victor knikte en deed zijn best om op basis van Dora's verhaal geloofwaardig over te komen. Hij leek overtuigend genoeg te zijn, want zuster Henny werd steeds opener.

'Judith is in mijn huis, meneer Rheinberger. Het is me nog niet gelukt om een adequaat onderkomen voor haar te vinden. In de gebruikelijke huizen zou ze in een voor haar ongewenste omgeving terechtkomen. Maar voordat ik u in contact breng met haar moet ik u het volgende vertellen. Judith heeft geweigerd te vertellen wie de vader is. Ze vertelde me dat hij niet op de hoogte is van haar zwangerschap en ook geen belangstelling voor haar heeft getoond.' Zuster Henny keek hem streng aan.

Victor wipte van de ene voet op de andere. 'Dat laatste is niet waar. Wat wel klopt is dat ze me niet heeft verteld dat ze zwanger is.'

'Juist. En kunt u zich voorstellen waarom niet?'

'Omdat ze me niet genoeg heeft vertrouwd? Weet u, dit is helemaal niet gemakkelijk voor me. Judith verdwijnt opeens uit mijn leven en ik moet via via horen dat ze een kind krijgt. Maar ik zou haar nooit in de steek laten! Alstublieft, u moet me geloven. Ik... hou van haar. Meer dan ze denkt.'

De vrouw dacht even na en zei toen vriendelijk: 'Ik stel voor dat u het haar zelf vraagt. Vrouwen in dergelijke dramatische omstandigheden gedragen zich niet altijd logisch. Vertel me tot slot alstublieft hoe u hebt gehoord dat ze zwanger is.'

Victor haalde zuster Henny's brief uit zijn zak en gaf hem aan haar. 'Haar kamenier heeft me deze brief vandaag gegeven.'

Zuster Henny keek er verbaasd naar en zei: 'Deze brief was eigenlijk voor de familie bedoeld.'

'Er zijn goede redenen voor het feit dat ze de brief aan mij en niet aan haar familie heeft gegeven.'

'U noemde zojuist de naam Rothmann. De chocoladefabrikant?'

'Ja. Heeft Judith... heeft juffrouw Rothmann u niets over haar afkomst verteld?'

'Nee. Ze wilde haar achternaam niet vertellen.'

'Ze was bang dat haar vader op de hoogte gebracht zou worden. Haar moeder is al enkele maanden in een kuuroord aan het Gardameer en haar vader wilde haar dwingen te trouwen, iets waar Judith niets voor voelde.'

'Ik neem aan dat u niet de bruidegom bent die haar vader op het oog had?'

'Nee.'

Zuster Henny zuchtte. 'Goed dan. Ik waardeer het bijzonder dat u uw vaderschap wilt erkennen. Dat komt helaas niet vaak voor.'

'Ik wil dat in elk geval doen!'

'Ik vraag me af hoe we juffrouw Rothmann kunnen overhalen naar u te luisteren. Tot nu toe weigerde ze contact met iedereen behalve haar kamenier. Maar als er een mogelijkheid is om een van mijn protegees over te dragen aan de juiste persoon, wil ik dat in elk geval proberen. Daarom maak ik in dit geval een uitzondering en breng ik u naar haar toe.'

'Nu meteen?' Victor had opeens het gevoel dat zijn hart met een sneltreinvaart van Stuttgart naar Parijs reed.

'Ja. Waarom zouden we wachten? Ik moet u er nog wel op wijzen dat juffrouw Rothmann uiteindelijk zelf over haar toekomst beslist.'

'Vanzelfsprekend.'

Judith zat met een naaiwerkje op de kleine bank in het huis van zuster Henny. Ze was al bezig met de babyuitzet, maar vond het allemaal nog steeds onwerkelijk en had het gevoel dat ze zich in een mistvlaag bevond.

Gelukkig ging het goed met haar kindje. Zuster Henny had haar een paar dagen geleden meegenomen naar de vroedvrouwenopleiding, waar ze nog een keer was onderzocht. En ondanks alle onzekerheden voelde ze elke dag meer liefde voor haar ongeboren kindje. 's Avonds in bed legde ze altijd haar hand op haar licht gewelfde buik en sprak ze zichzelf en haar kindje moed in en voelde ze zich heel onlogisch erg gelukkig.

Wat ze moeilijker vond was het plannen van haar toekomst. Zuster Henny had gevraagd of ze bijzondere vaardigheden bezat en toen had Judith verteld dat ze naar de handelsschool voor meisjes was geweest. Zuster Henny had goedkeurend geknikt, want met haar economische kennis kon ze na de bevalling misschien ergens op een kantoor werken. Dat kon Judith zich goed voorstellen, maar als ze de hele dag van huis was, wie moest er dan op haar kind passen? Ze begreep ook dat ze Stuttgart over enige tijd zou moeten verlaten. Als ze zich ergens wilde vestigen, kon dat alleen op een plek waar niemand haar en haar familie kende.

Judith keek naar het dunne witte batist waar ze een minuscuul hemdje van wilde maken. Ze had naaien eigenlijk nooit echt leuk gevonden. Borduren vond ze ook niet geweldig, daar had ze gewoon geen geduld voor. Maar ze moest iets doen, want hoe blij ze ook was dat ze bij zuster Henny mocht wonen, de dagen hier duurden eindeloos.

De vrouw werkte dag en nacht. Er woonden nog drie andere meisjes bij haar, die ook allemaal zwanger waren. Hun buik was al zo dik dat Judith bang was dat hun bevalling elk moment kon beginnen. Ze hadden allemaal vreselijke dingen meegemaakt, waardoor Judith zich ondanks al haar zorgen toch bevoorrecht voelde. Tegelijkertijd werd ze door deze verhalen bang dat zij ooit ook op het slechte pad zou raken, omdat ze de kost voor zichzelf en haar kind moest verdienen. Maar zover was het nog niet. En zolang er mensen waren zoals zuster Henny vertrouwde ze erop dat ze haar toekomstige leven vorm kon geven.

Twee van haar huisgenootjes waren weg om inkopen te doen en de derde zat in de stoel tegenover haar. Ze was in slaap gevallen en snurkte zacht. Verder was het stil.

Tot haar verbazing hoorde ze dat de sleutel in het slot van de voordeur werd omgedraaid. Geen van haar huisgenootjes had een sleutel, zodat ze moesten aanbellen als ze terug waren. Het moest zuster Henny dus wel zijn, maar waarom kwam zij midden op de dag thuis?

Judith boog haar hoofd en maakte een paar steken, maar keek weer op toen zuster Henny zonder dat ze haar cape afdeed naar haar toe kwam.

'Judith. Hier is iemand die je heel graag wil spreken.'

Judith schrok. 'Dora?' vroeg ze aarzelend.

'Nee, maar iemand die het beste met je voorheeft. Mag ik hem binnenlaten?'

'O, nee, liever niet!' Judith dacht meteen aan Albrecht von Braun of haar vader, maar zuster Henny leek volkomen op haar gemak, zodat ze zich een beetje ontspande.

'Vertrouw me maar, Judith,' zei zuster Henny alsof ze haar gedachten had gelezen. 'Ik zou nooit iemand meenemen van wie ik denk dat hij een van mijn meisjes kwaad kan doen. Dus?'

Judith legde haar naaiwerk weg. 'Als u denkt dat –'

Op dat moment kwam er een man naast zuster Henny staan.

Judith kreunde. 'Victor,' fluisterde ze ongelovig. 'Wat doe jij hier?'

Victor gaf geen antwoord, maar zat opeens naast haar op de bank en nam haar teder in zijn armen.

Ze voelde dat hij trilde en dat ze zelf ook trilde. Toen legde ze haar hoofd tegen zijn borst en begon hevig te snikken.

'Rustig maar, lieve schat, alles is goed,' zei Victor troostend terwijl hij haar rug streelde.

Aan zijn verstikte stem hoorde ze dat hij al even geëmotioneerd was als zijzelf.

Zuster Henny stond naast de bank en glimlachte. Een van haar protegees was zojuist teruggekeerd in het leven en zou nu een door de maatschappij erkende echtgenote en moeder worden. Dat waren de lichtpuntjes van haar beroep.

Victor moest heel erg zijn best doen om Judith over te halen met hem mee te komen. Ze kon gewoon niet geloven dat hij voor haar koos, terwijl hij wist dat ze zwanger was.

Hij was dan ook enorm opgelucht toen ze haar verzet uiteindelijk opgaf en haar tas inpakte.

Judith nam huilend, dankbaar en met een stevige omhelzing afscheid van zuster Henny en beloofde contact met haar te houden.

Onder dekking van het donker liepen ze samen door de Hauptstätter Strasse. De koude nachtlucht deed hun goed en Victor merkte dat Judith diep inademde. Ze keek steeds weer verbaasd naar hem, alsof ze niet kon geloven wat haar overkwam.

Onderweg vertelde Victor haar dat hij het kind zou erkennen en dat het het beste zou zijn om het stilzwijgen over de biologische vader te bewaren.

Judith had eerst moeite met dat idee en zei dat ze Victor niet wilde dwingen zich als de vader te gedragen. Victor probeerde haar bezwaren weg te nemen en haar duidelijk te maken dat deze oplossing voor iedereen de beste zou zijn. Het belangrijkst was immers op welke manier ze hun toekomst zouden vormgeven.

Maar pas toen hij bleef staan en haar uitvoerig kuste, voelde hij dat ze zichzelf en haar kind volledig aan hem toevertrouwde. Hij voelde meteen een diepe liefde voor zijn kleine gezin. Het ging nu om hen drieën en om niets anders; meer was niet belangrijk.

Alois Eberle en Edgar Nold waren stomverbaasd toen Judith opeens een beetje verlegen naast Victor aan de avondmaaltijd verscheen.

'Judith, wat fijn dat je hier bent!' zei Edgar. 'Ik moet meteen aan Dorothea vertellen dat hij je heeft gevonden! Ze was ontzettend ongerust.'

'Hou het alsjeblieft voor je, Edgar. Judith verwacht een kind en als haar vader hoort waar ze is, kan het wel eens slecht met haar aflopen.'

'Een kind?' vroeg Edgar verbijsterd. 'Zeg eens, Victor!?' Toen Victor knikte gaf hij hem een stevige klap op de schouder. 'Jij hebt wel haast. Dat noemen ze spijkers met koppen slaan.'

'Ja, zo noemen ze dat,' zei Victor.

Alois zat zoals zo vaak zwijgend te grijnzen.

Judith zweeg en pakte onder de tafel Victors hand.

'Weet je, Rheinberger, Albrecht schijnt gezien te zijn, in Ludwigsburg.' Edgar sneed een stuk van het rookvlees af dat op de keukentafel stond. 'De bankier heeft een privédetective in de arm genomen die zijn zoon moet zoeken en naar huis moet brengen. En geloof me, dan staat Albrecht een zware tijd te wachten.'

Victor voelde dat Judith in zijn hand kneep en streek geruststellend met zijn duim over haar vingers.

'Heeft Dorothea gezegd of Rothmann en Von Braun met elkaar hebben gepraat?'

'Volgens haar hoopt zijn vader nog altijd dat hij Albrecht door zijn huwelijk met Judith zal kwijtraken.'

Judith werd bleek.

'Hij is te laat. Judith wordt mijn vrouw.' Victor keek haar aan en zag dat ze rood werd.

'Wacht dan maar niet te lang met trouwen, Victor,' adviseerde Edgar. 'Je moet voorkomen dat Albrecht haar nog voor je neus wegkaapt!'

'Voordat dat gebeurt draai ik hem de nek om,' zei Victor, en dat meende hij echt.

Later die avond lagen ze op Victors bed. Victor had zijn broek en hemd aangehouden en Judith had een van haar linnen nachthemden aangetrokken en tot aan haar kin dichtgeknoopt.

Victor lachte zacht. 'Zo had ik me onze eerste nacht samen niet echt voorgesteld!'

'Nou, ik wel, hoor.'

Victor was heel blij dat Judith eindelijk weer een grapje maakte. 'Je hoeft je nachthemd niet helemaal dicht te knopen.'

'Ik dacht dat je dat mooi vond,' zei Judith quasiteleurgesteld. 'Er zit zelfs kant rondom de hals!'

'Ja, dat zie ik. Maar dat stelde ik me niet echt voor als ik aan je dacht.'

'Wat stelde je je dan voor?'

Teder streelde hij haar hals en streek langs haar decolleté. 'Iets meer huid,' fluisterde hij, waarna hij haar innig kuste.

Daarna verkenden ze elkaar een tijdje, strelend en liefkozend met handen en lippen. Even later trok Victor de stof van haar nachthemd weer over haar borst en nam haar stevig in zijn armen. 'En nu gaan we slapen. Anders kan ik niet garanderen dat ik me nog langer beheers.'

Judith lachte, nestelde zich in zijn armen en zei: 'Er schiet me opeens iets te binnen.'

'Wat dan?'

'Je hebt me nog helemaal niet gevraagd, Victor Rheinberger.'

'Wat heb ik je niet gevraagd?'

'Of ik je vrouw eigenlijk wel wil worden,' zei ze met een ondeugende glimlach.

Met een zachte ruk draaide hij haar op haar rug en legde een been over haar bovenbenen. 'Juist. U wilt dus ten huwelijk worden gevraagd, juffrouw Rothmann.'

'Daar droomt ieder meisje van.'

Hij kuste haar mond, haar kin en haar hals. Toen voelde ze zijn adem vlak bij haar oor. 'Wil je met me trouwen, lieve Judith van me?'

Ze sloeg haar armen om zijn hals. 'Dank je wel, Victor. Voor alles. Je liefde is een ongelofelijk cadeau.'

Victor kuste haar opnieuw. 'Je hebt geen antwoord gegeven op mijn vraag.'

Judith lachte en fluisterde: 'Je hebt gelijk. En ik zeg ja. Tegen jou, en tegen ons.'

Even lagen ze innig omstrengeld en toen vroeg Judith zacht: 'Victor?'

'Ja?'

'Wat gaan we nu doen? Ik bedoel, wat moet er nu met de chocoladefabriek gebeuren? Als ik niet met Albrecht trouw, gaat mijn vader failliet.'

'Daar heb ik ook al aan gedacht. Zullen we het daar morgen over hebben?'

Victor lag nog een hele tijd wakker, ook toen Judith allang in zijn armen in slaap was gevallen. Hij werkte een plan uit dat hij had bedacht toen hij op het politiebureau op zuster Henny zat te wachten.

Judith verwachtte een kind van Max Ebinger. Deze had zich aan zijn verantwoordelijkheid onttrokken en wanneer dat algemeen bekend werd zou het schandaal de goede naam van de familie Ebinger ernstig aantasten. Nog afgezien van de roddels en de geruchten die rondgingen en nare gevolgen zouden hebben. De oude Ebinger zou er dus alles voor overhebben om te voorkomen dat bekend werd dat zijn zoon een jonge vrouw zwanger had gemaakt.

En daar zag Victor zijn kans: om de chocoladefabriek te redden, Judith en het kind een toekomst te bieden en hen tegelijkertijd tegen Albrecht von Braun en Wilhelm Rothmann te beschermen, moest hij bereid zijn keihard te vechten en zijn troeven uit te spelen.

Dat zou hij doen.

Maar eerst moest hij Edgar alles vertellen en hem laten weten wie de vader van Judiths kind echt was. Zelfs al was de kans dan groot dat hij een heleboel spottende opmerkingen over zich heen zou krijgen.

57

'Wil je Ebinger echt chanteren?' vroeg Judith ontdaan nadat Victor haar die middag had verteld wat hij van plan was.

'Absoluut, en zo snel mogelijk. Judith, we hebben eigenlijk geen keus. Want we gaan trouwen en moeten ergens van leven. Geloof me, ik heb er goed over nagedacht. Hij zal zich verzetten, maar uiteindelijk moet je zulke mensen op hun gevoelige plek treffen: hun eergevoel en hun grenzeloze ijdelheid.'

Judith bleef sceptisch. 'En als hij je laat arresteren? Want de oude Ebinger is niet voor niets de rijkste ondernemer van Stuttgart.'

'Maar goed ook,' zei Victor grijnzend. 'Anders was er niets te halen.'

'Ik had niet verwacht dat je zo gewetenloos kon zijn,' verzuchtte Judith.

'Wel als het om mijn gezin gaat,' zei Victor ernstig, 'want dan ga ik zo nodig over lijken.'

Judith glimlachte ingehouden. 'Ik kan het je vast niet uit je hoofd praten.'

'Zeker weten van niet.' Victor streelde haar wang. 'Maak je geen zorgen, Judith. Ik heb het voordeel dat ik me goed kan voorbereiden op dit gesprek. Vergelijk het maar met een gevecht: de aanvaller heeft het voordeel van het verrassingselement. Dat geldt hier dus ook, dus voordat Ebinger echt kan nadenken, heb ik het mes al tegen zijn keel gedrukt. Figuurlijk gesproken natuurlijk.'

Judith knikte. Natuurlijk maakte ze zich zorgen om hem, maar het werd ook wel tijd dat ze op hem en zijn vaardigheden vertrouwde. Ze kuste hem. 'Pas goed op jezelf, dat moet je me beloven!'

Tegen de avond vertrok Victor. Hij ging ervan uit dat Ebinger niet eerder thuis zou zijn en hij had gelijk.

Een dienstmeisje liet hem binnen. In de fraaie vestibule van de woning zag hij meteen een indrukwekkend olieverfschilderij waar de oude Ebinger zelf op stond. Victor dacht aan Judiths verhalen over het bal van de Ebingers en grijnsde. Hij had meer dan genoeg tijd om het schilderij uitvoerig te bekijken en zijn aanvalsplan nog een keer door te nemen, want hij moest ruim een kwartier wachten tot hij werd ontvangen. Een gebruikelijke wachttijd; Victor had dat vaak meegemaakt als hij op bezoek ging bij mannen die zichzelf heel belangrijk vonden.

Uiteindelijk werd hij opgehaald, meegenomen door een paar gangen en via een dubbele deur naar Ebinger gebracht.

Dit deed hem een beetje denken aan de keer dat hij Wilhelm Rothmann een paar maanden geleden had leren kennen. Een donkere werkkamer met zware meubels en een staande klok die luid tikte. Een op het oog drukbezette magnaat die geen seconde van zijn waardevolle tijd mocht verspillen en zelfs terwijl zijn bezoeker allang voor hem stond nog belangrijke documenten ondertekende. Daarna een eerste blik met half dichtgeknepen ogen, gevolgd door een korte begroeting, zonder dat hem een zitplaats werd aangeboden. Belachelijke rituelen van een kleinzielige man die behoefte had aan erkenning.

Victor was er niet van onder de indruk, integendeel zelfs, want hij wist precies waar hij moest porren om de façade te doorbreken. Hij besefte dat hij zin had om in de aanval te gaan en wist dat hij daar baat bij zou hebben.

'Wel,' zei Ebinger gewichtig. 'Wat kan ik voor u doen, meneer... Rheinberger?' Hij deed alsof hij diep moest nadenken om zich zijn naam te herinneren.

'Victor Rheinberger, inderdaad.'

'Houd het alstublieft zo kort mogelijk, meneer Rheinberger. Het is ongebruikelijk om hier zonder afspraak zomaar naartoe te komen, en ook nog eens buiten mijn kantoor.' Met een weids gebaar over zijn enorme bureau voegde hij eraan toe: 'Zoals u ziet heb ik nog veel werk te doen.'

'Ik zal het kort houden, meneer Ebinger. Het gaat om uw zoon Max.'

Ebingers gezicht betrok. 'Over Max? Wat is er dan?'

'Dat zal ik u zo dadelijk vertellen,' zei Victor veelbetekenend. Hij zag dat de oude Ebinger iets meer rechtop ging zitten en begon, terwijl hij bewust de formulering van een openbaar aanklager gebruikte: 'Uw zoon Max Ebinger heeft Judith Rothmann, de dochter van Wilhelm Rothmann, in de nacht van zaterdag 29 september op zondag 30 september verleid tot onzedelijke handelingen.'

'Dat is een schandelijke insinuatie!' snauwde Ebinger meteen. 'Verdwijn!'

'Nee. U zult naar me moeten luisteren, meneer Ebinger. Anders kan dat onaangename gevolgen hebben voor uw familie en uw onderneming.'

'Wat wilt u? Me chanteren?'

Victor antwoordde bewust kalm: 'Laten we zeggen dat ik graag zaken met u wil doen.'

'Welke zaken zou ú me kunnen aanbieden?' vroeg Ebinger spottend.

Victor legde zijn aas uit: 'U beschouwt uzelf als de grondlegger van een nieuwe dynastie, maar daarvoor is het noodzakelijk dat u een zuiver geweten hebt. En dat is onmogelijk, Ebinger, want uw zoon heeft Judith Rothmann die nacht niet alleen verleid, maar ook zwanger gemaakt.'

'Verlaat onmiddellijk mijn huis, anders laat ik de politie halen! U beledigt mij en mijn gezin, dat zal consequenties hebben.'

Na een berekende pauze zei Victor: 'Er zijn getuigen.'

Ebinger trommelde met zijn vingers op zijn bureau. 'Juist. Getuigen. En wie zou zich voor zo'n poppenkast beschikbaar stellen?'

'De koetsier van de familie Rothmann.'

'Het woord van een bediende tegen het woord van een ondernemer? Laat me niet lachen.'

'De kamenier van juffrouw Rothmann.'

'Maak uzelf niet belachelijk.'

'Judith Rothmann zelf.'

'Een vrouw,' zei Ebinger minachtend. 'Zij heeft zich aan de verkeerde man gegeven en nu wil ze bij mij verhaal halen.'

'Judith Rothmann heeft een goede naam. Zij is niet een van de ontelbare dienstmeisjes die uw zoon in overvloed heeft gebruikt.'

'Ook voor die insinuatie zal ik u ter verantwoording roepen.'

'Dan zal ik nu twee getuigen binnenvragen die onder ede zullen verklaren dat Judith Rothmann door uw zoon is verleid en nu een kind van hem verwacht.' Victor keek Ebinger strak aan. 'Uw kleinkind.'

Ebingers mondhoek vertrok, waaraan Victor kon zien dat hij Ebinger met deze opmerking onzeker had gemaakt.

'Welke getuigen zijn dat dan?' vroeg Ebinger.

'Ten eerste juffrouw Rothmanns kamenier.'

'Zoals gezegd een huisbediende. Daar redt u het niet mee.'

'En ten tweede Edgar Nold, de zoon van de gelijknamige zeepfabrikant, die al jaren bevriend is met uw zoon.'

'Edgar Nold?' vroeg Ebinger ongelovig. 'Waarom zou hij Max van zoiets beschuldigen?'

'Omdat hij de waarheid kent en wil voorkomen dat Judith Rothmann in haar eentje voor de gevolgen van deze ontmoeting moet opdraaien.'

Ebinger brulde opeens: 'Ha, 29 september was de avond van het grote bal in ons huis.' Triomfantelijk voegde hij eraan toe: 'Op die avond werd Judith Rothmann verloofd, en wel met Albrecht von Braun. Wanneer u dus bepaalde eisen wilt stellen, moet u zich maar tot bankier Von Braun wenden en mij en mijn familie met rust laten!'

'Zoals u zich misschien kunt herinneren verdween Judith Rothmann meteen nadat deze verloving bekend werd gemaakt en ze is niet teruggekeerd naar het feest. Ze dwaalde door het huis en ontmoette uw zoon Max. Ze konden het goed met elkaar vinden, met het genoemde gevolg. Ze moest zich in haar beklagenswaardige toestand stiekem door de koetsier van de familie naar huis laten brengen.'

'Waarom,' vroeg Ebinger nadrukkelijk, 'werpt juist u zich op als beschermer van Judith Rothmann?'

Deze vraag had Victor verwacht. 'Laten we zeggen dat ik me in een gelukkige situatie bevind waarin ik geld aan deze situatie kan verdienen en daarbij niets te verliezen heb.' Zijn persoonlijke relatie met Judith verzweeg hij. Gevoelens tonen maakte zwak.

Inmiddels kon Victor bijna letterlijk zien hoe de gedachten in Ebingers hoofd over elkaar heen buitelden.

'Uw zoon, die u op diezelfde avond als uw opvolger hebt benoemd, is er slechts enkele dagen daarna vandoor gegaan, Ebinger,' zei Victor uitdagend. 'Is het mogelijk dat hij op die manier de mogelijke consequenties wilde ontlopen?'

Het bleef even stil. Victor besefte dat hij de man opnieuw op een zwakke plek had geraakt. Toen Ebinger bleef zwijgen zei hij: 'Ik denk dat ik nu die beide getuigen maar ga halen.' Hij verliet de kamer zonder op antwoord te wachten en kwam even later terug met Dora en Edgar, die volgens afspraak voor het huis hadden gewacht.

Ebinger vond de situatie zichtbaar uiterst pijnlijk. Tegen Edgar zei hij: 'Edgar Nold, als ik je vader vertel dat jij je voor een dergelijke kwestie leent, zal hij je onterven!'

'Dat geloof ik niet, meneer Ebinger. Maar zelfs als hij dat zou doen, ik ben gelukkig niet afhankelijk van die erfenis.'

'Ja, dat klopt,' zei Ebinger ironisch. 'Je hebt nu een kleine werkplaats. Verdien je daar zo veel mee?' Hij stond op, kwam achter zijn bureau vandaan, liep naar Edgar toe en keek hem dreigend aan. 'Als je niet onmiddellijk vertrekt, krijg je van mij geen enkele opdracht meer. Begrepen? Bovendien zal ik ervoor zorgen dat de meeste andere klanten van je jou ook geen enkele opdracht meer geven.'

'Max is de vader van Judith Rothmanns kind. Het spijt me, meneer Ebinger, maar veel dingen kunnen niet gewoon worden doodgezwegen. Aangezien juffrouw Rothmann de gevolgen de rest van haar leven moet dragen, heeft zij recht op een gepaste schadevergoeding.'

Ebinger snauwde: 'Waarom beweer je zoiets?'

'Omdat het de waarheid is. Welke redenen zou juffrouw Rothmann kunnen hebben om zoiets te verzinnen? Zij heeft daar geen enkel voordeel van, integendeel zelfs.'

'Omdat ze geld nodig heeft misschien? Wanhopig is? Ach, weet ik veel.' Ebinger keek vol minachting naar Dora en nam niet de moeite haar ook te ondervragen.

Edgar vroeg: 'Waarom denkt u dat uw zoon er na die nacht vandoor is gegaan, meneer Ebinger?'

'Wel...' begon Ebinger, maar opeens was er een zacht geruis te horen.

'Ik geloof Judith Rothmann!' zei een vrouw luid en duidelijk.

Iedereen draaide zich verbaasd om.

Mevrouw Ebinger stond in de deuropening en Victor vroeg zich af hoeveel ze had gehoord.

'Lieve schat, dit is een bijzonder delicate kwestie,' zei Ebinger. 'Wil je je alsjeblieft weer terugtrekken?'

'Nee.' Mevrouw Ebinger kwam langzaam dichterbij. 'Ik ken Judith Rothmann al heel lang, van de handelsschool. Zij zou zoiets nooit verklaren als het de waarheid niet was.' Ze ging naast haar man staan en legde een hand op zijn schouder. 'Bovendien ken ik onze zoon. Er is iets gebeurd in de nacht van ons bal, al wist ik niet wat precies. Judith Rothmann werd overhaast naar buiten gebracht. Later, vlak voordat hij Stuttgart verliet, zei Max iets tegen me wat ik toen niet goed kon plaatsen. Maar nu dus wel.' Ze haalde adem. 'Hij zei dat hij pas zou terugkomen als hij iedereen weer recht in de ogen kon kijken.'

Victor kon zien dat ze Ebinger met deze woorden de wind uit de zeilen nam.

Ebinger haalde diep adem. 'Ik weet niet wat de lieve God heeft gedacht toen hij de vrouw schiep, maar Hij zal er wel een reden voor hebben gehad.'

'Daar ben ik van overtuigd. Net zoals ik ervan overtuigd ben dat jij een goede oplossing zult vinden,' zei mevrouw Ebinger glimlachend, waarna ze hem een tedere kus op de wang gaf. 'Het gaat immers om ons kleinkind.'

Daarna keek ze even peinzend naar Victor.

Hij had het gevoel dat ze precies wist waarom hij hier was gekomen.

'Ik wens u allemaal nog een goede avond,' zei ze ten slotte, waarna ze aanstalten maakte om te vertrekken.

'Nou, dan gaan wij maar met u mee,' zei Edgar terwijl hij naar Victor keek, die knikte. Daarna verliet hij de kamer, samen met mevrouw Ebinger en Dora.

Victor en de oude Ebinger waren weer alleen.

Ebinger schudde zijn hoofd, alsof hij niet kon geloven wat er zojuist was gebeurd.

Victor zweeg en wachtte tot Ebinger zijn gedachten weer enigszins op een rij had.

Opeens schoot Ebinger in de lach en zei gelaten: 'Wat een deugniet. Maar het ziet ernaar uit dat het zo is: Max is de vader van Judith Rothmanns kind.' Hij streek door zijn dikke grijze haar. 'Maar wat is er eigenlijk op tegen dat hij met haar trouwt en het kind erkent?' Hij probeerde de discussie duidelijk in een andere richting te sturen. 'Ik kan de oude Rothmann niet echt mijn vriend noemen, maar mijn vrouw zou dat niet erg vinden.'

'Wat daartegen is? Onder andere het feit dat uw zoon al maanden verdwenen is. Of weet u soms waar u hem snel kunt vinden? Bovendien is Judith niet van adel, terwijl u voor uw dynastie vast een adellijke schoondochter wilt. Nietwaar? En wat zou uw bankier er trouwens van zeggen dat uitgerekend Max de bruid van zijn zoon zwanger heeft gemaakt en haar voor zijn neus wegkaapt?'

Ebinger ging weer achter zijn bureau zitten en bleef een hele tijd voor zich uit staren.

Victor gaf hem de tijd.

'Wat is uw voorstel?' vroeg Ebinger ten slotte.

'Vijftigduizend mark in de vorm van een levenslange uitkering voor het kind. Voor u is dat geen groot bedrag, Ebinger, dat weten we allebei.'

'Ha! Vijftigduizend mark! Daarvoor kan ik het kind een leven lang uitbesteden!'

'Dat zal uw vrouw nooit goedvinden.'

'Nee,' gaf Ebinger toe.

'Maar dat is niet alles.'

'Wat!?'

'U geeft de firma Rothmann een kapitaalinjectie van honderdduizend mark. Alleen uit te betalen aan Judith Rothmann.'

'Wat bent u, Rheinberger? Een fortuinjager?'

'Nee. Daarom doe ik u het volgende aanbod: voor deze honderdduizend mark krijgt u een optie op twee procent van de aandelen in de chocoladefabriek. Ik ben op de hoogte van de financiële situatie van de firma Rothmann en ik kan u verzekeren dat de vraag naar Rothmann-chocolade heel groot is en het bedrijf veel winst maakt. Er is alleen sprake van een tijdelijk geldtekort. Wanneer het lukt dat tekort op te heffen, is chocoladefabriek Rothmann een goudmijn. Met uw kapitaalinjectie kunnen belangrijke investeringen worden gedaan en daar zult u van profiteren, meneer Ebinger. Dit aandeel levert u in de toekomst veel geld op.'

'Ik ben een machinebouwer, geen chocoladefabrikant. Een dergelijke investering kan ik slecht beoordelen.'

'Dat geloof ik niet, Ebinger. Maar u weet in elk geval hoe belangrijk goede machines zijn en met hoeveel de omzet verhoogd kan worden als het bedrijf weer op orde is. Chocoladefabriek Rothmann is bijzonder winstgevend, maar heeft nu even geen liquide middelen.'

Ebinger keek hem onderzoekend aan. 'Welke zekerheden biedt u me?'

'Ik geef u mijn woord. Over twee jaar koopt Rothmann de aandelen terug en wel voor tweehonderdduizend mark. Een dergelijk aanbod zal u niet vaak worden gedaan.'

'Uw woord?' Ebinger schudde luid lachend zijn hoofd. 'Eerst wil ik inzicht in de boeken.'

'Dat kan niet.'

'U denkt toch zeker niet dat ik me zonder zekerheden met een dergelijke zaak inlaat?'

'Ik heb kopieën bij me,' zei Victor, waarmee hij Ebingers tegenargumenten meteen wegnam. 'Hoewel ze natuurlijk vervalst kunnen zijn.' Hij legde een envelop op het bureau. 'Toch laat ik ze hier achter. Dit is uiteindelijk een vertrouwenskwestie.'

Het bleef een paar minuten stil.

Toen vroeg Ebinger: 'Stel dat ik uw aanbod aanneem. Wat krijg ik daar dan voor?'

'Behalve de mogelijkheid een dikke winst te maken? Ik trouw met Judith Rothmann en erken het kind. Niemand zal ooit te weten komen dat uw zoon de vader is.'

'Aha! Zo zit het dus! Misschien hebt u het kind zelf wel verwekt!'

'Ik kan u op de goede naam van Judith Rothmann verzekeren dat dit niet het geval is. Vergeet niet dat iedereen baat zal hebben bij onze afspraak: een schandaal wordt vermeden, het kind krijgt een naam en bovendien sluit u een interessante deal.'

Victor merkte dat Ebinger diep nadacht.

'U bent een uitstekend zakenman, meneer Rheinberger. Ik ga ervan uit dat u me geen lange bedenktijd zult gunnen?'

'Dat ziet u volkomen juist.'

Weer verstreken een paar minuten.

'We stellen een contract op,' zei Ebinger ten slotte. 'In totaal veertigduizend mark voor het kind, in de vorm van een maandelijkse uitkering tot de eenentwintigste verjaardag. Nog eens tachtigduizend als optie op twee procent van het bedrijf.'

Nu lachte Victor. 'Honderdduizend.'

'Negentig.'

'Honderdduizend mark tegen tweeënhalf procent van de aandelen. Maar wanneer u geen gebruikmaakt van uw verkoopoptie en sterft, gaan de aandelen terug naar Rothmann of zijn erfgenamen.'

Ebinger keek hem doordringend aan.

Opnieuw bleef het lang stil.

'U bent een uitstekende onderhandelaar, Rheinberger. Uw aanbod is gezien de omstandigheden aantrekkelijk. We gaan zakendoen, om uw woorden te gebruiken.'

Victor was ontzettend opgelucht, hoewel hij dat niet liet blijken. Hij zei alleen: 'Goed.'

'Weet Rothmann eigenlijk dat u aandelen van hem versjachert?' vroeg Ebinger.

'Hij zal geen andere keus hebben dan hiermee akkoord te gaan.'

'Anders dan ik. Maar ik heb één voorwaarde.'

Victor keek hem vragend aan.

'Dat mijn vrouw haar kleinkind af en toe mag zien.'

Victor glimlachte. 'Uiteraard!'

Victor kwam die avond pas heel laat thuis, met een voorlopig contract waarin de details van de afspraak met Ebinger werden bevestigd. Er stond ook in dat Victor het geheim van de afkomst van het kind nooit zou openbaren en er bovendien persoonlijk op zou toezien dat iedereen die wist dat Max de vader was het stilzwijgen bewaarde.

Ebinger had nog wat tijd nodig om de uitgebreide afspraken vast te leggen, want alles moest notarieel worden vastgelegd en ondertekend. Victor vond dat geen probleem. Ebinger had hem contant een voorschot van drieduizend mark meegegeven. Voor de uitbetaling van de rest van het bedrag hadden ze een gedetailleerd plan opgesteld en verder hadden ze nog enkele andere interessante zaken besproken.

Bij het afscheid had Ebinger hem op zijn schouder geklopt en vriendelijk gezegd dat hij graag een zoon zoals Victor had gehad. Dit gebaar had Victor verbaasd, vooral omdat hij de man zo ongeveer had gechanteerd. Maar hij had ook gemerkt hoe erg Ebinger het vond dat hij zo'n afkeer had van zijn enige kind. Dat herinnerde hem eraan dat hij zelf tevergeefs had gevochten voor de erkenning van zíjn vader, die niet kon begrijpen dat hij niet in diens militaire voetstappen had willen treden. Dat was een diepe teleurstelling voor eerste luitenant Friedrich Rheinberger, want Victor was ook zíjn enige zoon. Vaders zouden hun eigen verlangens niet op hun zoon moeten projecteren, was Victors conclusie. Hij nam zich daarom voor zijn kinderen zelf over hun leven te laten beslissen, welke weg ze ook wensten in te slaan.

Maar eerst moest hij zich met andere dingen bezighouden. Dankzij zijn actie en een grote dosis geluk beschikte hij nu over de middelen om zijn gezin een goede toekomst te bieden én om Judiths grote droom te verwezenlijken.

Nu moest hij alleen nog met Wilhelm Rothmann praten. En dat zou wel de moeilijkste opgave van allemaal worden.

58

Fabriek van Robert Bosch
14 januari 1904

Het betonnen fabrieksgebouw in de Hoppenlaustrasse in Stuttgart was groot en indrukwekkend. De hoofdingang bevond zich in een soort toren en op de gevel stond in grote letters ELEKTROTECHN. FABRIEK ROBERT BOSCH. Het was druk op het fabrieksterrein; je kon wel zien dat dit een florerend bedrijf was.

'Ze sturen ons echt niet weg.' Robert probeerde vooral zichzelf moed in te spreken.

'Nee, vast niet.' Fritz keek eerbiedig naar de gevel van het nog maar drie jaar oude gebouw.

Robert en Fritz liepen al een half uur besluiteloos over het terrein; ze wisten niet zeker of ze hier om werk moesten vragen. Bosch fabriceerde met veel succes magneetontstekingen, wat de beide jongens fascineerde. Bovendien hadden ze gehoord dat de arbeiders bij Bosch beter werden behandeld dan bij veel andere industriële ondernemingen.

'Jij gaat eerst,' zei Fritz tegen Robert.

Robert, die zich niet wilde laten kennen, knikte tegen de jongere Fritz en duwde de deur open. Ze keken vol verbazing naar het lichte en luchtige interieur.

De man die verantwoordelijk was voor het in dienst nemen van nieuw personeel ontving hen vriendelijk. Hij vroeg waar ze vandaan kwamen, wat ze konden en waar ze eerder hadden gewerkt. Ten slotte bood hij Fritz een baan aan als ongeschoold arbeider. Bij Robert dacht hij wat langer na en hij bood uiteindelijk aan hem op proef in een van de werkplaatsen te laten werken. Als Robert voldeed beloofde hij hem een meer verantwoordelijke functie. 'Als je hard werkt, kun je hier echt iets bereiken,' zei hij toen ze afscheid namen.

'Ik kan het niet geloven!' riep Fritz toen ze weer buiten stonden. 'Ik kan het gewoon niet geloven! Stel je voor, Robert, ik begin morgen al!'

'Dat is echt goed. Je moeder kan zich overdag ook wel zonder je redden. Het belangrijkste is dat je geld verdient, want dan kunnen jullie misschien een andere woning zoeken en vooral medicijnen voor haar kopen.'

'Het loon is prima!'

'Inderdaad, dat had ik nooit gedacht.'

Robert, die al een tijdje overwoog om lid van de arbeidersbeweging te worden, was echt onder de indruk. Bosch, die ook nog eens dezelfde voornaam had als hij, deed iets voor zijn mensen, dat viel niet te ontkennen. Hij nam zich wel voor om goed op te letten als hij hier op 1 februari begon te werken. Want het waren natuurlijk wel de arbeiders die hier met hun harde werk het geld verdienden waarmee de hoge pieten een leuk leven leidden.

Hij had de afgelopen tijd niet voor niets met veel moeite de brochure 'De grondbeginselen en eisen van de sociaaldemocratie' doorgespit. Hij had weliswaar niet alles begrepen, maar wat erin stond klonk wel goed. Wat hem vooral aansprak was de tekst dat de onderdrukte klasse de staatsmacht moest veroveren. Daar wilde hij hoe dan ook bij zijn.

Maar voor het zover was kon hij eindelijk iets doen waar hij al heel lang over droomde: Wilhelm Rothmann vertellen dat hij ontslag nam. En dat hij maar een andere gek moest zoeken die zich de hele tijd door hem van hot naar haar liet sturen.

Robert zei: 'Goed dan, Fritz, veel succes morgen! We zien elkaar op het laatst op 1 februari weer! Of in de Goldenen Bären, als je daar een keer naartoe gaat.'

Robert ging zodra het even kon naar het Gasthof zum Goldenen Bären in de Esslinger Strasse, het geliefde ontmoetingspunt voor arbeiders. Ze hadden daar een biljarttafel en een kegelbaan, maar daar kwamen vooral een heleboel gelijkgestemden die met een biertje of een glas Trollinger hun ideeën over een nieuwe, rechtvaardige samenleving bespraken.

Fritz zei: 'Daar zal ik amper tijd voor hebben, want ik heb nu een baan en als ik de hele dag van huis ben, moet ik daarna voor mijn moeder zorgen.'

'Jammer, maar ik snap het wel.' Robert dacht er weer aan dat er nog veel voor arbeiders moest worden gedaan, wát al die sociale verenigingen ook beweerden.

Toen Robert later via de bediende-ingang de villa van Rothmann binnenkwam voelde hij meteen dat er iets niet in orde was. Er hing een vreemd gespannen sfeer. Eerst was hij bang dat ze hadden gemerkt dat hij zo lang afwezig was geweest en nu boos waren, maar hij begreep algauw dat er iets heel anders aan de hand was.

'Deze vrouw zal nooit meer voor de familie Rothmann werken,' zei de huishoudster streng.

Robert loerde voorzichtig vanuit de keuken naar het vertrek ernaast, waar de grote eettafel stond. Hij kon zijn ogen niet geloven, want aan de tafel zat zuster Henny en naast haar, in elkaar gedoken en met een ellendige blik, zat Babette. Zijn Babette.

Ze had haar dus gevonden!

Eerst was hij opgelucht, maar hij werd algauw ongerust. Babette zag er totaal anders uit, ze was onnatuurlijk bleek en mager. Hij zag bijna niets terug van haar natuurlijke lieftalligheid waardoor hij zich altijd zo tot haar aangetrokken had gevoeld. Robert kon bijna niet geloven dat er maar een paar weken nodig waren om een knap meisje zo te veranderen.

De twee vrouwen zaten tegenover de huishoudster, die een opengeslagen schrift voor zich had liggen, vermoedelijk Babettes personeelsdossier. De hele situatie deed hem denken aan een rechtszaak en Robert moest zich beheersen om niet meteen alles te spuien wat zich de afgelopen maanden in hem had opgestapeld aan frustratie en wanhoop. Want wat hij ook voor Babette voelde, uiteindelijk was het haar eigen beslissing geweest om zich in een zogenaamd fantastisch leven te storten en zijn hulp elke keer af te wijzen. Hij realiseerde zich opeens dat zijn bewondering en liefde voor haar waren veranderd in medelijden.

Aangezien geen van de vrouwen hem had gezien hield hij zich op de achtergrond en luisterde het gesprek ongezien af.

‘Heeft Babette Schuster haar werk niet goed gedaan?’ vroeg zuster Henny.

‘Het werk dát ze heeft gedaan was netjes. Minder netjes was haar moraal, met de bekende gevolgen.’

‘Natuurlijk, Babette heeft een fout gemaakt. Maar verdient niet ieder mens de mogelijkheid om een nieuw begin te maken?’

De huishoudster keek zuster Henny sprakeloos aan, alsof ze niet kon begrijpen wat deze vrouw bezielde om zich zo fanatiek in te zetten voor een hoertje. ‘Iedereen bepaalt zijn eigen lot,’ zei ze dan ook koel. ‘Babette Schuster had hier een prima baan en een dak boven haar hoofd. Als ze daar niet tevreden mee was, moet ze daar nu de gevolgen maar van ondervinden.’

‘Jullie betaalden me een hongerloontje en daarvoor moest ik van de vroege ochtend tot de late avond keihard werken!’ riep Babette opeens. ‘Elke stofdoek in dit huis werd beter behandeld dan ik.’

Daar moest Robert haar wel gelijk in geven. Hoewel Dora als kamenier goed werd behandeld, hadden ze Babette tot diep in de nacht allerlei werkzaamheden laten verrichten en van haar geëist dat ze de volgende ochtend heel vroeg weer klaarstond. Of ze genoeg had geslapen of gegeten was niet belangrijk geweest.

‘Ziet u wel, mevrouw Arendt,’ zei de huishoudster, ‘dat is haar dank.’

Zuster Henny antwoordde: ‘U bent zich hopelijk bewust van het feit dat dit precies de verhoudingen zijn die deze meisjes in de armen van schimmige figuren drijven, net zoals Babette is overkomen.’

‘Iedereen kan altijd nee zeggen,’ hield mevrouw Margarete vol. ‘En waag het niet om kritiek te leveren op de verhoudingen in dit huis. Dit is een bijzonder eerbaar huis!’

Bijzonder schijnheilig, kun je beter zeggen, dacht Robert. Hij dacht eraan dat de huishoudster een veel intiemere relatie met de heer des huizes had dan gepast was.

‘Daar twijfel ik niet aan,’ zei zuster Henny sussend. ‘De werkgevers hebben er vaak geen idee van dat de meisjes aan het eind van hun krachten zijn. Zij denken dat een dak boven het hoofd en twee maaltijden per dag een bijzonder gul aanbod is voor die arme kinderen, terwijl ze zelf een bijzonder welvarend leven leiden. Dat wekt hebzucht op.’

‘Iedereen moet zijn plaats weten,’ zei de huishoudster minachtend.

‘Niet iedereen heeft zo’n sterk karakter dat hij weerstand kan bieden aan zijn verlangens en verleidingen,’ zei zuster Henny. ‘Armoede en ontberingen zorgen er vaak genoeg voor dat de mensen van het rechte pad raken.’

‘Uw barmhartigheid is te prijzen, mevrouw Arendt.’ De huishoudster leek zo langzamerhand genoeg te hebben van het gesprek. ‘Maar het is ongehoord om in verband met een baan in dit huis over armoede en ontberingen te praten.’

‘Dan moet u Babette een goede referentie geven. Zodat ik een andere positie voor haar kan zoeken.’

‘Ik ben niet bereid mijn naam op een valse referentie te zetten!’ De huishoudster klapte Babettes dossier dicht en schoof het over de tafel. Door haar weigering zou het voor Babette heel moeilijk zijn om in de toekomst een baan als dienstmeisje te krijgen.

Babette pakte het dossier en zei koppig: ‘Ik ruim nooit meer de troep van zulke hoge heren op.’

Robert zag dat zuster Henny ineenkromp. Hij trok zich behoedzaam terug en toen hij door de keuken liep keek kokkin Gerti hoofdschuddend op; zij had alles ook gehoord. Robert liep naar de gang, waar hij bleef staan tot zuster Henny en Babette hem passeerden om de villa via de zijdeur te verlaten. Hij wilde Babette nog één keer aankijken.

Toen ze hem zag bleef ze even staan en zei minachtend: ‘Hij zat ook steeds achter me aan. Nu krijg ik daar tenminste geld voor.’

‘Babette! Beheers je alsjeblieft!’ Zuster Henny trok haar snel mee.

Robert bleef volkomen ontdaan achter.

59

Chocoladefabriek Rothmann
Dezelfde dag

Wilhelm Rothmann begroette bankier Von Braun bijzonder beleefd en bood hem een zitplaats aan in zijn kantoor. Terwijl zijn gast zijn wandelstok neerzette en ging zitten, liep Rothmann naar zijn kluis, die al openstond. Hij haalde er een paar documenten uit, nam ze mee naar zijn bureau en ging zitten. 'Sigaar?'

'Ja, graag.'

Rothmann bood Von Braun een kostbaar etui met uitgelezen sigaren aan, maar nam er zelf niet een. Terwijl zijn gast de sigaar aanstak, las hij nog een keer de documenten door die hij met zijn bankier wilde bespreken.

Von Braun blies genietend de kruidige tabaksrook uit en zei lovend: 'Uitstekend!'

'U hebt me een bericht gestuurd,' zei Wilhelm Rothmann.

'Inderdaad.'

'Waarin u onze kredietafspraak ter discussie stelt.'

'De zakelijke basis daarvoor is gewijzigd en daar wil ik het met u over hebben.'

'U bedoelt de huwelijksafspraak?'

'Inderdaad. Ik hoorde dat uw dochter is verdwenen?'

'Judith is enige tijd niet thuis, ze is echt niet verdwenen.'

'O, maar dan kunt u haar zeker laten weten dat ze zich binnen drie dagen moet melden.'

Rothmann schraapte zijn keel. 'Natuurlijk.'

Voor het zover was had hij zijn dochter hopelijk opgespoord. Alles leek erop te wijzen dat ze nog in Stuttgart was. Bovendien was hij ervan overtuigd dat haar kamenier wist waar ze was, want Dora gedroeg zich vreemd sinds Judiths verdwijning. Dat was Margarete ook opgevallen en daarover wilde hij haar die avond ondervragen.

'Nu u daarover begint,' zei Rothmann, 'ga ik ervan uit dat uw zoon terug is van zijn zakenreis?'

'Eh... ja. Tenminste, zo goed als.' Von Braun keek naar zijn sigaar.

Rothmann had het gerucht gehoord dat Albrecht von Braun ook was ondergedoken, maar dat wilde hij niet geloven. Von Braun had hem in elk geval verschillende keren verzekerd dat Albrecht gewoon op zakenreis was.

Von Braun zei: 'Ik wil nog even terugkomen op uw dochter. Als ze zich binnen deze drie dagen niet meldt, zie ik me gedwongen de al uitbetaalde bedragen terug te eisen.'

Rothmann stond woedend op. 'Dat kunt u niet doen!'

'Maar natuurlijk kan ik dat doen.'

'Ik heb dat geld al geïnvesteerd! Zo veel contant geld heb ik niet beschikbaar, zoals u heel goed weet!'

'Dat is spijtig.'

'We hebben een contract voor dit krediet en daar zal ik me aan houden.'

'Ik kan dat contract opzeggen, volgens de clausule die daarin is opgenomen. Maar wanneer u Albrecht in de bedrijfsleiding opneemt, ben ik bereid dat te heroverwegen.'

'Nu moet u eens goed naar me luisteren, Von Braun,' brieste Rothmann. 'Zonder die belachelijke vastgoedinvestering die ik op uw advies heb gedaan zou ik nu niet afhankelijk zijn van uw geld!'

'U kende het risico.'

'Dat hebt u wel genoemd, maar u hebt gedaan alsof het risico minimaal was.'

'Dat beweert u!'

'Het wás zo. Ik ben geen gokker, Von Braun, maar ik vertrouwde erop dat u wist wat u deed.'

'U hebt privégeld geïnvesteerd.'

'Geld dat ik uit mijn bedrijf moest halen. Maar de zaak leek zo veilig...'

'Dat was niet handig van u, Rothmann. Ik heb u dat advies naar beste weten gegeven en mij maakt het niet uit waar een belegger zijn geld vandaan haalt. Maar u zou moeten weten dat je zulke dingen alleen kunt doen met geld dat je overhebt, begrijpt u? Wanneer u geld uit uw bedrijf moest halen, hebt u een grote fout gemaakt. En dat is niet mijn schuld.'

'U hebt er geld aan verdiend, Von Braun!'

'Ik verdien altijd, Rothmann! Iedereen is verantwoordelijk voor zijn eigen daden.'

Tijdens deze discussie werd er op de deur geklopt.

'Nu niet!' riep Rothmann.

'Neem me niet kwalijk, meneer,' zei een van de kantoorbedienden. 'Hier is een heer die per se met u wil praten. Nu meteen. Het gaat om uw dochter, zegt hij.'

Rothmann keek Von Braun aan, liep snel naar de deur en deed open.

'Jij!' riep hij toen hij Victor Rheinberger zag.

'U ook een goedendag, meneer Rothmann.' Victor liep langs Rothmann naar binnen. 'Aha, u hebt bezoek. Dat komt uitstekend uit, mijne heren.'

'Wat denkt u wel!' brulde Rothmann.

'Alstublieft, meneer Rothmann, laten we als verstandige mensen met elkaar praten.'

Rothmann snoof, maar deed de deur dicht zodat zijn medewerkers niets meer konden horen. Toen brulde hij: 'Hoe zit het met mijn dochter? Hebt u haar soms ontvoerd?'

'Beheers u alstublieft, meneer Rothmann,' zei Victor kalm. 'Natuurlijk heb ik haar niet ontvoerd.'

'Wat komt u me dan over haar vertellen?'

'Ze kwam naar mij toe. En als u me een paar minuten de tijd geeft, zal ik u alles tot in detail vertellen.'

Von Braun ging belangstellend rechtop zitten.

Rothmann ging weer achter zijn bureau zitten en liet zijn kin op zijn handen rusten. Hij leek wanhopig, ondanks zijn onbeschofte gedrag.

Victor keek om zich heen en nam toen plaats aan een kleine tafel, waar hij al een paar keer zakelijke kwesties met Rothmann had besproken. 'Voordat ik u iets over Judith vertel, wil ik u een aanbod doen. Meneer Rothmann, ik weet dat uw bedrijf bijna failliet is.'

'Wat!?'

'Laat hem uitpraten, Rothmann, dit is bijzonder interessant,' zei Von Braun.

'Dank u,' zei Victor met een knikje naar Von Braun. 'Ten eerste bied ik u honderdduizend mark aan als kapitaalinjectie in ruil voor een evenredige hoeveelheid aandelen én medezeggenschap over alle kwesties die betrekking hebben op de chocoladefabriek.'

Von Braun schoot in de lach. 'Waar wilt u zo veel geld vandaan halen? U bent een oplichter!'

Victor stond op en liet Rothmann, die hem verbaasd aankeek, een document zien.

Toen Von Braun probeerde het document te bekijken, trok Victor het voor zijn neus weg en zei: 'Meneer Von Braun, nu kom ik bij u. U gaat de firma Rothmann helpen het liquiditeitsprobleem op te lossen. Dat bent u meneer Rothmann verschuldigd aangezien u hem waardeloze aandelen hebt verkocht in vastgoed dat nooit heeft bestaan.'

'Hoe dúrft u!' Von Braun werd vuurrood.

'Rothmann is niet de enige die u hebt bedrogen. Datzelfde geldt voor machinefabriek Ebinger,' zei Victor onaangedaan. 'Met als enige verschil dat Ebinger veel minder geld had geïnvesteerd, waardoor hij de verliezen gemakkelijker kon goedmaken.'

'Dat moet u bewijzen!'

'Geloof me, die bewijzen heb ik. Bovendien is er een andere kwestie, meneer de bankdirecteur. U wilt vast niet dat het bedenkelijke gedrag van uw zoon Albrecht bekend wordt bij het algemene en bijzonder geïnteresseerde publiek.'

'Wat bedoelt u met bedenkelijk? Wat dénkt u wel?'

'Uw zoon heeft zwart-op-wit toegegeven dat hij gokverslaafd is. U weet dat, Von Braun, omdat u zijn schulden vaak genoeg hebt afbetaald. En elke keer dat u weigerde hem financieel te helpen, leende hij geld van dubieuze bronnen met als gevolg dat hij daar nog meer schulden heeft, iets wat heel goed slecht kan aflopen. Bovendien heeft hij al heel lang een relatie met een in deze stad algemeen bekende dame van middelbare leeftijd die hem nogal dure pleziertjes gunt. Dat alles bij elkaar was voldoende reden voor Albrecht om Stuttgart in het geheim te verlaten.'

'De zakenreis?' vroeg Rothmann aan Von Braun.

Von Braun schudde zijn hoofd. Heel even leek hij verstard, maar toen stond hij op. Hij pakte zijn wandelstok, zette zijn hoed op en verliet het kantoor.

Rothmann zat volkomen ontdaan achter zijn bureau. 'Is dat waar?' vroeg hij na een tijdje.

'Wat precies?'

'Dat van die papieren! En dat van Albrecht.'

'Dat van die papieren is dubieus. Voor zover ik kon vaststellen wist ook Von Braun niet dat er bedrog in het spel was. Maar toen hij dat later ontdekte, probeerde hij het te verheimelijken in plaats van dat hij zijn klanten hielp uit de problemen te komen.'

'Ik zal zorgen dat hij in de gevangenis terechtkomt.'

'Dat zal niet gemakkelijk zijn, want daarvoor zou alles precies bewezen moeten kunnen worden en dat wordt moeilijk. U hebt die aandelen hoe dan ook op eigen risico gekocht.'

Rothmann knikte.

'Hetzelfde gold voor andere investeerders,' vertelde Victor. 'De bank wordt nergens genoemd.'

'Dat is bedrog.'

'Het wérd bedrog. Maar Von Braun zal daar op een andere manier voor boeten, want wat zijn zoon betreft is alles precies zoals ik zojuist zei.'

Rothmann schudde zijn hoofd. 'Dat had ik niet van Albrecht verwacht. Goed, hij leek niet de slimste, maar ik dacht dat hij wel te sturen zou zijn. En hij komt uit een goede familie.'

'Geld hebben betekent niet automatisch een goed karakter hebben, en dat bewijst Albrecht von Braun helaas.'

'Ik heb mijn dochter dus onrecht aangedaan,' zei Rothmann berouwvol.

Victor was verbaasd over Rothmanns snelle omslag. Hij zei: 'Troost u er maar mee dat u het beste voor haar wilde. Judith heeft echter een uitstekende mensenkennis. Volgens mij was ze nooit met Albrecht getrouwd, ook al had u haar met de ergste dingen bedreigd.'

'Je hebt vermoedelijk gelijk.' Rothmann slaakte een diepe zucht. 'Maar nu moet ik mijn bedrijf verkopen. Zonder het geld van de bank kan ik het niet behouden.'

'Zoals ik al zei, bezit ik een bedrag van honderdduizend mark. Dat geld zal ik trouwens uitbetalen aan Judith, niet aan u.'

'Aan Judith?'

'Judith zal deel gaan uitmaken van de bedrijfsleiding.'

'Wie zegt dat?' Hij kwam nu toch in verzet.

'Ze zal uitstekend werk doen.'

'Ze heeft natuurlijk slimme ideeën en kan goed met de arbeidsters omgaan, maar dat zal niet voldoende zijn om een bedrijf te leiden.'

'Jullie gaan de taken onderling verdelen. En ik weet zeker dat Judith het fijn zal vinden als u haar langzaam maar zeker inwerkt. Ze heeft belangstelling voor het economische aspect en bovendien blijft een deel van het bedrijf van u.'

'Welk deel?'

'Negenenveertig procent.'

'Dan kan Judith overal over beslissen.'

'Dat zou ze kunnen doen.'

'Maar eenenvijftig procent van het bedrijf is veel meer waard dan honderdduizend mark.'

'Dat weet ik. De rest is Judiths erfenis. U hebt op dit moment trouwens geen andere keus. En het gaat om uw dochter. Ik zou toch denken dat u uw onderneming liever in de familie houdt dan dat u die aan vreemden verkoopt. En als u mocht kiezen wie de leiding krijgt, Judith of Albrecht von Braun, wat zou u dan besluiten?'

Rothmann kreunde. 'Ik neem je meteen weer in dienst, Rheinberger! Jij gaat met al mijn leveranciers onderhandelen.'

'Dat zal ik met hart en ziel doen, daar kunt u van op aan!'

'Dat is dus ook al besloten? Wie heeft je eigenlijk aangenomen?'

'Judith.' Victor grijnsde. 'Maar ze heeft me niet alleen in dienst genomen bij de chocoladefabriek, want in de toekomst zal ik haar ook als echtgenoot bijstaan.'

Victor genoot intens van Rothmanns verbijsterde blik; de man kreeg vandaag een heleboel te verwerken.

'Verdorie, Rheinberger. Ik heb je behoorlijk onderschat. Moet je me nog meer uitzonderlijke dingen vertellen? Nu we toch bezig zijn?'

'Het huwelijk zal eind januari plaatsvinden. We zullen in de toekomst een beperkt aantal chocoladeautomaten verkopen, bijzonder exclusieve unica. En in de zomer wordt ons kind geboren.'

60

'En, hoe ging het?' vroeg Edgar toen hij Victor kort daarna ophaalde bij de fabriekspoort.

Victors grijns sprak boekdelen. 'Goed.'

'Hoe goed?'

'Hij heeft alles geaccepteerd. Nu moeten we de zaken natuurlijk nog juridisch vastleggen, maar eigenlijk denk ik dat hij genoeg had van het vechten en gewoon blij is dat hij zich wel móést overgeven. Uiteindelijk was het nog slechts een kwestie van diplomatie.'

'Je hebt al zijn argumenten gewoon onderuitgehaald. Net als bij Ebinger.'

'Je moet het verrassingselement nooit onderschatten, zeg ik altijd.'

'Dan gaan we nu een Trollinger drinken.'

'Ik ga liever naar Judith toe. Ze is al de hele dag vreselijk nerveus over de uitkomst van het gesprek. Ik moet het haar vertellen.'

'Dan gaan we naar huis. Eberle heeft vast nog wel –'

'... wat most in het vat, ik weet het.'

Grapjes makend vertrokken ze naar huis.

De winter hield zich even rustig. Het sneeuwde niet, zodat het nog heel druk was op straat. Meteen toen ze de Hauptstätter Strasse in liepen, zag Victor de man die hem twee dagen eerder ook al zo'n onaangenaam gevoel had bezorgd. Net als die keer slenterde de man in de buurt van Eberles huis heen en weer.

Victor maakte zich meteen ongerust over Judith.

'Die man daar,' zei hij zacht tegen Edgar, 'is een twijfelachtig figuur.'

'Welke?'

'Die man in dat pak en met die bolhoed op. Hij was hier eergisteren ook. Het lijkt wel alsof hij loopt te spioneren.'

Edgar knikte. 'Zullen we hem even onder handen nemen?'

'Dat kan geen kwaad, volgens mij.'

Ze versnelden hun pas, maar op de hoek van de Sophienstrasse en de Hauptstätter Strasse werden ze tegengehouden door een onbekende man.

Victor schrok, voelde onmiddellijk dat hij in groot gevaar verkeerde en stapte achteruit.

'Victor Rheinberger?' De onbekende hief zijn hand en Victor keek recht in de loop van een duelleerpistool.

Judith hoorde het schot toen ze net een paar chocoladerepen voor de automaat uitkoos. Ze vreesde het ergste, liet de repen vallen, pakte haar wollen stola en rende naar de voordeur. Alois Eberle, die een paar meter bij haar vandaan met een vorm bezig was, legde zijn gereedschap neer en volgde haar.

Ze zag dat slechts enkele meters van het huis een groep mensen stond, dat er nieuwsgierige mensen aan kwamen of voor het raam stonden. Iemand riep om een dokter.

Judith kreeg kippenvel. Ze hoopte dat Victor nog niet op de terugweg was, maar toen ze zich een weg baande tussen het groepje omstanders door, zag ze Edgar, die geknield bij iemand zat.

'Victor!' riep ze, buiten zinnen van angst en ontzetting.

Edgar keek naar haar op en schudde zwijgend zijn hoofd.

Judith knielde naast hem, maar het was niet Victor die op de grond lag, maar een andere man. Ze was opgelucht, maar maakte zich meteen weer zorgen. 'Waar is hij?' vroeg ze aan Edgar.

'Ik weet het niet, het ging allemaal zo snel.'

Judith stond meteen op en keek angstig om zich heen. Victor was nergens te zien. Wat was hier aan de hand?

'Judith!' riep Alois.

Opnieuw baande ze zich een weg tussen de mensen door, in de richting van zijn stem. Hij leek haar te zoeken en toen ze bij hem stond wees hij naar de Sophienstrasse. 'Daar!'

In de schaduw van de huizen zag Judith een paar mensen met elkaar vechten, maar toen ze aanstalten maakte om de straat in te lopen pakte Alois haar arm om haar tegen te houden. 'Victor is daar, maar voor jou is het te gevaarlijk.'

Judith stond te trillen op haar benen en keek hulpeloos naar Victor, die niet eens zo ver bij haar vandaan aan het vechten was.

Na een tijdje viel er iemand, die door de andere vechtersbazen op de grond werd geklemd. Doordat het begon te schemeren was het steeds moeilijker voor Judith om te zien wat er precies gebeurde, zodat ze onwillekeurig weer een stap naar Victor toe zette. Alois pakte haar nog steviger vast.

Op dat moment renden een paar politieagenten naar hen toe. Met z'n allen slaagden ze erin om de persoon die op de grond lag definitief te overweldigen. De agenten boeiden de man en trokken hem overeind. De andere mannen leken nog te discussiëren.

Op dat moment zag Judith pas dat Victor met een van de politieagenten stond te praten en haar kant op wees. Toen hij haar zag staan liep hij meteen naar haar toe.

Alois liet haar los en Judith wilde Victor tegemoetlopen, maar ze werd opeens duizelig. Vlak daarna zag ze bijna niets meer, haar hartslag versnelde en haar handen en voeten werden koud en gevoelloos.

'Judith? Gaat het wel goed met je?' Alois' stem leek van heel ver te komen.

Ze probeerde niet flauw te vallen, maar haar benen wilden haar gewoon niet meer dragen.

Voordat ze viel voelde ze opeens twee sterke armen om zich heen, stevig en vertrouwd. 'Het gaat goed met me, lieveling,' zei Victor zacht in haar oor.

'Fijn,' fluisterde Judith, waarna ze haar ogen sloot.

'Niet doen,' zei Victor met een dringende klank in zijn stem, 'je mag nu niet het bewustzijn verliezen, Judith.' Hij hield zijn hand voor haar mond zodat ze haar eigen adem inademde. 'Probeer heel rustig en gelijkmatig adem te halen.'

Judith deed wat hij zei en merkte dat de symptomen langzaam verdwenen.

'Beter?' vroeg Victor.

Ze knikte. 'Ik was zo bang!'

'Het is afgelopen,' zei Victor.

Judith hoorde de vermoeide klank in zijn stem. 'Wat is er gebeurd?' fluisterde ze.

'Iemand had kennelijk nog een rekening met me te vereffenen.' Victor sloeg zijn arm om haar heen. 'Voel je je sterk genoeg om te kijken hoe het met de gewonde man gaat?'

'Dat denk ik wel.'

Toen ze bij de groep toeschouwers kwamen, die nog op dezelfde plek stonden, werd de man die op de grond lag al door een dokter verzorgd.

Edgar zag Victor en liep meteen naar hem toe. 'Het is ernstig, maar niet levensbedreigend,' zei hij.

Judith keek Victor verbaasd aan. 'Wie is die man? Ken je hem?'

Victor knikte. 'Dat is mijn vader.'

Een uur later hadden ze Friedrich Rheinberger naar de werkplaats van Alois Eberle gebracht. De dokter was er nog, net als twee politieagenten. Alois had dekens gebracht, zodat ze de gewonde man daarop konden leggen.

'Victor...' zei de oudere man met een zwakke stem.

'Vader?'

'Hij wilde je...' Het kostte Friedrich Rheinberger moeite om te praten.

'Ik weet het.'

'Een schot dwars door de schouder,' zei de dokter. 'Ik zou hem het liefst naar het Marienhospital brengen, maar hij moet eigenlijk zo min mogelijk bewegen.'

'We houden hem hier,' besloot Victor.

Judith voelde zich al wat beter. 'Ik zal de wond verzorgen,' bood ze aan.

'Goed. Ik heb hem voor vandaag verzorgd, maar voor de komende dagen zal ik kompressen en verbandmateriaal achterlaten. U moet het verband dagelijks verschonen. Bovendien kom ik regelmatig kijken hoe het met hem gaat.' De dokter gaf Judith een flesje ontsmettingsmiddel. 'Gebruik dit voor uw handen.'

Victor pakte het flesje snel van haar af. 'Dat zal ik doen.'

Judith wilde al protesteren, maar Victor schudde zijn hoofd en keek even naar haar buik. Ze begreep het: hij wilde niet dat haar kind iets overkwam.

'Jij mag hem verder helpen,' zei hij verontschuldigend.

'Juist, dan kom ik morgenochtend terug,' zei de dokter, die daarna vertrok.

Judith ging bij Friedrich Rheinberger op een van de dekens zitten. Hij haalde rustig adem en had zijn ogen gesloten.

Victor zei tegen de politieagenten: 'U kunt ons nu ondervragen. Mijn vader zal een verklaring afleggen, voor zover zijn toestand dat toelaat.'

'Natuurlijk,' zei een van de agenten. 'Wilt u ons vertellen wat er volgens u is gebeurd?'

Victor vertelde zacht dat hij door een onbekende met een pistool werd bedreigd en beschoten, en alleen niet gewond was geraakt doordat iemand ertussen was gesprongen.

'Uw vader?'

'Inderdaad, mijn vader. Ik zag alleen een flits, maar het ging heel snel allemaal.'

'Meneer Nold, u was erbij. Klopt dat?'

'Ja.' Edgar kwam dichterbij. 'Die vent had een duelleerpistool, richtte op Victor en haalde de trekker over. Op datzelfde moment duwde iemand Victor opzij, zijn vader, zoals we nu weten. Victor kon zijn evenwicht bewaren, maar meneer Rheinberger viel meteen op de grond.'

'Toen hebt u de achtervolging ingezet, meneer Rheinberger?'

'Ja, samen met een paar andere mensen, die toevallig in de buurt waren.'

'Kunt u de aanvaller beschrijven?'

'Hij was heel slank en groot, en had zijn pet heel ver naar beneden getrokken. Ik denk dat hij bruine ogen had.' Victor probeerde het zich te herinneren.

'We zullen de verdachte vanavond verhoren. Wilt u meteen meekomen, heren? Het zou behulpzaam zijn als u de man kunt identificeren.'

Alois Eberle had ondertussen koffie gemaakt en bood iedereen een beker aan.

Victor nam een grote slok en vroeg ongerust: 'Red jij je hier zolang, Judith?'

'Zeker wel. Ik denk dat het heel belangrijk is dat jullie straks weten wie hij is.'

'Het is... Sawetzki,' mompelde Friedrich Rheinberger, zonder zijn ogen te openen.

'Sawetzki? Weet u dat zeker?' vroeg Victor ongelovig. 'Hoe zou hij kunnen weten waar ik was?'

'Van Roux,' zei zijn vader zwakjes.

'Roux? Wie is Roux?'

'De detective.'

'Heeft hij een detective achter me aan gestuurd? Hoe weet u dat? En trouwens, wat doet u eigenlijk in Stuttgart?'

'Ook Roux.' Friedrich Rheinberger haalde moeizaam adem.

'Hij kan niet meer,' zei Judith met een ongeruste blik op hem. 'Misschien moet hij eerst wat opknappen voordat jullie hem verder ondervragen.'

'Goed, ik zal het samenvatten,' zei Victor. 'U en Sawetzki hebben allebei een detective, ene Roux, achter me aan gestuurd.'

'Victor, die man van net,' zei Edgar.

'Die met die bolhoed?'

'Ja,' fluisterde zijn vader, 'dat was Roux. Hij ging ervandoor toen Sawetzki dat pistool...'

'Maar waarom werkt u eerst samen met Sawetzki en redt u vervolgens mijn leven?'

'Ik wist niet dat hij ook voor Sawetzki... onderzoek doet. Dat begreep ik pas toen ik Sawetzki vandaag... zag.'

'Hij deed dus voor jullie allebei onderzoek en kreeg van jullie allebei geld,' was Victors conclusie.

'Ja.' Friedrich Rheinberger hoestte.

'Victor,' zei Judith waarschuwend, 'laat hem nu alsjeblieft met rust.'

'Deze Roux is in elk geval zakelijk,' zei Edgar.

'Nog één vraag.' Victor keek Judith verontschuldigend aan. 'Komt Roux uit Berlijn?'

Friedrich Rheinberger knikte zwakjes.

'Edgar,' begon Victor, maar Edgar was al opgesprongen. 'Ik ben al weg.'

'Gasthof... Zur Post,' mompelde Friedrich Rheinberger nog.

‘Hoe zit het nu met die identificatie, meneer Nold?’ vroeg een van de agenten, die belangstellend naar dit gesprek had geluisterd.

‘Ik kom straks wel naar het politiebureau. Maar ik zou graag zien dat een van u nu met me meegaat, want volgens mij zal de verklaring van meneer Roux bijzonder interessant zijn.’

De agenten overlegden even met elkaar en daarna liep een van hen naar Edgar toe.

‘Eerst naar het Gasthof en dan naar het station?’ vroeg Edgar.

‘Dat lijkt mij inderdaad het best,’ zei Victor. ‘Hoewel ik niet weet of er vandaag nog een trein uit Stuttgart vertrekt. En Roux zal zeker over alternatieven hebben nagedacht voor het geval hij er snel vandoor moet.’

‘We gaan het proberen,’ zei Edgar, waarna hij samen met de agent vertrok.

‘Wie is deze Sawetzki eigenlijk?’ vroeg Judith.

‘Dat vertel ik je later,’ zei Victor. ‘Ik laat jou en Alois nu alleen en ga die identificatie regelen.’

Judith knikte, waarna Victor de werkplaats samen met de achtergebleven agent verliet.

Zodra hij vertrokken was, opende Friedrich Rheinberger zijn ogen. ‘Jij… mag hem graag.’

‘Ja, heel graag.’

‘Dan… heeft hij geluk… met jou.’

Judith zei glimlachend: ‘En ik met hem.’

‘Heb… fouten gemaakt.’

‘We maken allemaal fouten, meneer Rheinberger. Veel belangrijker is dat we ze onderkennen en, zodra dat is gebeurd, proberen ze te herstellen. Als dat kan.’

‘Ik… zal het proberen.’

‘Vandaag hebt u alles weer goedgemaakt, want zonder u zou Victor waarschijnlijk niet meer leven. Rust nu maar uit. U bent zwaargewond en hebt uw krachten nodig om weer gezond te worden. Zodra het beter met u gaat kunt u alle zaken die u dwarszitten met uw zoon bespreken.’

Rheinberger keek haar met een dankbare glimlach aan. Daarna viel hij echt in slaap.

'Ik denk dat ik je een paar dingen moet vertellen,' zei Victor zacht toen hij ver na middernacht bij Judith in bed glipte.

Ze draaide naar hem toe en zei slaperig: 'Dat denk ik ook.'

Hij sloeg een arm om haar heen. 'Hoe gaat het met mijn vader?'

'Volgens mij heeft hij echt geluk gehad, maar de komende uren zijn zeker nog kritiek. Alois waakt vannacht bij hem.'

'Ik los hem straks af. Weet je wat ik vreemd vind? Al die tijd heb ik mijn vader niet gemist, maar nu, in die ene seconde waarin het om leven en dood ging, was hij er opeens.'

'Godzijdank,' verzuchtte Judith. 'Ik moet er niet aan denken wat er had kunnen gebeuren als hij er niet was geweest!'

Victor kuste haar. 'Om je een beetje af te leiden zal ik je nu een paar dingen over mijn verleden vertellen. Dan kun je altijd nog heroverwegen of je met zo'n man wilt trouwen.'

Judith giechelde. 'Ik zal heel aandachtig naar je luisteren!'

'Voordat ik naar Stuttgart ging, heb ik twee jaar gevangengezeten in de vesting Ehrenbreitstein,' zei Victor. Zacht en zonder iets te verzwijgen vertelde hij haar zijn verhaal. Over zijn jeugd, zijn liefhebbende moeder en strenge vader, aan wiens verwachtingen hij niet kon en wilde voldoen. Over zijn tijd op de militaire academie en het duel waardoor zijn leven opeens totaal was veranderd.

'En deze Sawetzki?' vroeg Judith toen hij uitverteld was.

'Ik herkende hem tijdens de identificatie. Hij is de broer van de man die na het duel is gestorven. Hij was er die ochtend ook bij, maar toen heb ik hem niet echt gezien doordat ik helemaal geen oog had voor mijn omgeving.'

Judith merkte dat deze kwestie Victor nog erg bezighield. 'Als je iemand uitdaagt voor een duel, kan jou ook iets overkomen. En jij hebt hem immers niet doodgeschoten. Hij is gestorven als gevolg van zijn verwonding. Dat had jou net zo goed kunnen overkomen.'

'Dat is misschien wel zo, maar toch had ik liever gezien dat hij het had overleefd.'

'Waarom beweerde dat meisje eigenlijk dat je aan haar zat?'

'In werkelijkheid was zij degene die *míj* elke keer aanraakte. Zij wilde per se met me trouwen en heeft toen bewust een compromitterende situatie gecreëerd. Toen ik weigerde haar ten huwelijk te vragen daagde haar oudere broer me uit.'

'En nu wilde die jongere broer zijn dood wreken.'

'Ik kan het zelf bijna niet geloven, maar het is wel zo.'

Judith volgde met haar vinger de contouren van Victors borst en vroeg: 'En die Roux is ontsnapt?'

'Daar lijkt het wel op. Edgar kon hem niet meer vinden.'

'Ben je van plan het daarbij te laten?'

'Ik heb helemaal geen zin om hem tot in Berlijn achterna te zitten. Hij verdiende gewoon niet genoeg en besloot daarom om van twee walletjes te eten. Niet om mij te benadelen.'

'Maar hij heeft op de koop toe genomen dat er iets kon gebeuren. Dat op zich is al erg genoeg.'

'Ach, dat is nu verleden tijd. Voor ons begint nu iets nieuws, de toekomst. Als je me tenminste nog wilt hebben.'

'Victor...'

'Ja?'

'Sla je armen alsjeblieft om me heen, zoals een man zijn vrouw in zijn armen neemt.'

'Maar de baby dan?'

'Die overkomt niets.'

'Weet je het zeker?'

'Ja.'

Hij hield haar nog steviger vast, kuste haar intens en liet haar merken hoezeer hij naar haar verlangde. En met behoedzame hartstocht maakte hij haar tot zijn vrouw.

61

Villa Rothmann
24 januari 1904

'Dat mogen we niet doen!' zei Anton geschrokken toen hij zag dat Karl het mes erin stak.

'Waarom niet?' vroeg Karl onschuldig. 'Het is toch een soort trouwcadeau?'

'Ja, maar dit is –'

'Stel je niet aan!'

Voor Karl was de discussie beëindigd. Met kinderlijk ontzag stak hij het mes diep in de vijf verdiepingen hoge bruidstaart die op de keukentafel stond tot hij met veel flair naar binnen zou worden gebracht.

De kokkin had er haar uiterste best op gedaan. Ze had dagen achter elkaar gebakken en vanochtend heel vroeg, toen iedereen in huis nog sliep, was ze eindelijk klaar met het eindproduct bestaande uit zandtaartdeeg, biscuit, chocoladebotercrème en slagroom.

'Ik kan heel goed snijden, dat weet jij ook wel,' zei Karl tegen zijn broer. 'Dus ziet het er straks heel mooi uit.' Geconcentreerd kerfde hij in elke laag van de taart een paar letters.

Anton zei sceptisch: 'Dit is geen stok, maar een taart.'

'Dat maakt toch geen verschil.' De uitgesneden stukken verdwenen meteen in Karls mond, waardoor Anton zich gedwongen voelde zijn aandeel op te eisen. 'Laat ook nog wat voor mij over!'

Karls handen zaten onder de room, maar hij gaf hem een klein stukje.

'Dat is niet eerlijk!' zei Anton.

'Jij doet er toch ook niets voor!' Karl werkte gewoon door. Toen hij klaar was stapte hij achteruit en keek naar het eindresultaat.

'Ik zie er niets van,' zei Anton.

'Echt wel!' zei Karl met zijn mond vol taart. 'Je moet er gewoon een beetje moeite voor doen.'

Judith was al heel vroeg opgestaan. Ze was die nacht alleen thuis geweest, zonder Victor. Dat had ze niet gemakkelijk gevonden, maar ze had dit verzoek van haar vader niet willen afwijzen. Hij wilde iets met haar bespreken, ook zaken over de chocoladefabriek. Victor had de vorige avond zijn vrijgezellenavond gevierd met Edgar en Alois. Vanaf vandaag zou hij samen met haar hier wonen, in het huis van haar vader. In de 'Chocoladevilla,' zoals hij het met een knipoog had genoemd.

Vanochtend, meteen nadat ze wakker was geworden, had Judith voor het eerst een heel lichte beweging in haar buik gevoeld. Haar kind. Een nieuw leven. Ze was helemaal blij en opgewonden opgestaan.

Dora was heel lang met haar kapsel bezig geweest. Ze had parelkettinkjes door Judiths haar gevlochten en het mooi opgestoken, en een dunne sluier omlijstte Judiths gezicht. Toen het tijd was had ze haar geholpen met het aantrekken van de trouwjurk, een prachtige ivoorkleurige avondjurk van geborduurde zijde en kant.

Het was Judiths trouwdag.

Theo had de paarden en de arrenslee versierd, omdat hij ondanks de ijskoude winterdag eerst met Victor en Judith een rondrit door het dorp zou maken.

Nu, na de officiële huwelijkssluiting in de kerk van Degerloch, was het kleine gezelschap in de villa van Rothmann. Toen Judith aan Victors arm de vestibule binnenkwam, hadden de bedienden twee rijen gevormd om het bruidspaar te begroeten. De kokkin veegde een paar tranen uit haar ogen en iedereen feliciteerde hen van harte.

Het huis was mooi versierd met groene buxus- en coniferentakken en met ivoorkleurige zijden linten in precies dezelfde kleur als Judiths trouwjurk. De tafel was gedekt met het goede porseleinen servies, zilveren bestek en glazen van Boheems kristal.

De sfeer was ontspannen, iedereen was blij voor het bruidspaar.

Zelfs de oude Ebinger en zijn vrouw, die Victor ondanks de bezwaren van Judiths vader had uitgenodigd en die deze uitnodiging aarzelend hadden aangenomen. Dorothea was alleen gekomen en zat tussen Edgar en Charlotte in aan de eettafel. De familie Nold was ook aanwezig, net als Charlottes ouders, de Wenningers. Maar Judith was vooral blij dat zuster Henny aanwezig was, ook al wilde de vrouw algauw weer vertrekken.

Naast Judith zat Friedrich Rheinberger. Hij was nog altijd zwak en bleek, maar had vandaag per se willen opstaan. Als het toch te vermoeiend voor hem werd, stond in een van de gastenkamers een bed voor hem klaar.

Voor aanvang van het diner stond Wilhelm Rothmann op. Hij hief zijn glas en zei: 'Lieve Judith, lieve dochter. Als iemand me vier weken geleden had verteld dat je vandaag met Victor Rheinberger zou trouwen, had ik hem voor gek verklaard. Maar je bent een vechter, iets wat me in de loop der jaren bijzonder grote zorgen en een paar grijze haren heeft bezorgd.' Iemand lachte zacht. 'Als jouw vader dacht ik dat ik wist wat goed voor je was. Maar ik zat er helemaal naast. Misschien zul je dat later, als jullie eigen kinderen volwassen worden, ook merken.' Hij schraapte zijn keel. 'Je hebt gevochten voor je geluk, Judith. En ik... ik ben trots op de vrouw die je bent geworden. En... je moeder is dat vast en zeker ook.' Hij keek haar aan, onzeker maar vol liefde.

Judith knipperde een traan weg.

Daarna richtte Rothmann het woord tot Victor. 'Weet je, Rheinberger, jij bezit niet minder wilskracht dan mijn dochter. Ik verzoek je als haar vader om goed voor haar te zorgen, beter dan ik heb gedaan.'

Daarna bracht hij met een schorre stem een toost uit: 'Beste gasten, drink met mij op de toekomst van Judith en Victor Rheinberger.'

De glazen rinkelden, een paar mensen juichten, en Victor gaf Judith een liefdevolle kus.

Op dat moment hoorden ze een huiveringwekkende kreet.

Iedereen schrok enorm. Victor en Rothmann sprongen op en renden weg om te kijken wat er was gebeurd.

'Dat was Gerti,' zei Dora, die pas na lang aandringen van Judith bereid was geweest haar bruidsmeisje te zijn.

Een paar minuten lang hoorden ze een klagende stem, de geruststellende stemmen van de mannen en luid gemopper van de huishoudster. Ze hoorden gerinkel en Judith keek naar haar broertjes, die aan de andere kant van de tafel zaten en er in hun matrozenpakje, netjes gekamde haar en schone gezicht uitzagen alsof ze nooit ook maar één kwajongensstreek zouden uithalen.

Ten slotte kwamen Victor en haar vader terug en hielden de deur open voor Robert en Theo, die een enorme schaal droegen. Achter hen, volkomen van slag, liep de kokkin.

Toen Judith zag wat er was gebeurd schoot ze bijna in de lach. Ze ving Victors blik en zag dat ook hij moeite had zijn lachen in te houden. Karl en Anton keken strak naar hun bord.

Op de schaal stond een schitterende bruidstaart, of eigenlijk waren het alleen de restanten ervan. Iemand had er een heleboel gaten en holtes in gesneden, zodat de taart op een paar plekken was ingezakt of afgebrokkeld.

'O, en vanochtend was hij nog zo mooi heel,' jammerde de kokkin. 'Ik heb zo veel moeite gedaan en dit had mijn cadeau moeten zijn...'

Dora sloeg troostend haar arm om haar heen.

'Liefste Judith,' zei Victor met een knipoog naar de tweeling. 'Wil je samen met mij deze prachtige bruidstaart aansnijden?'

Met tranen in haar ogen zag de kokkin dat de restanten van haar taart over de borden werden verdeeld.

Terwijl de gasten hun taart opaten legde Judiths vader zijn vork neer en stond nog een keer op. 'Ik vind deze bruidstaart heerlijk! Dat hij een beetje beschadigd was zijn we allemaal al weer vergeten.' Hij klapte even in zijn handen, alsof hij iemand een teken gaf. 'Maar dít kunstwerk is uitsluitend bedoeld om naar te kijken!'

De deuren gingen opnieuw open en twee werknemers van de chocoladefabriek droegen een schaal naar binnen.

Judith kon haar ogen bijna niet geloven. De gasten om haar heen slaakten verbaasde geluiden en riepen oehs en ahs. Ook Victor was zichtbaar onder de indruk.

Het kunstwerk was de villa van Rothmann, helemaal van chocolade. Alle erkers, ramen met luiken, uitstekende balkons en zelfs de dakpannen waren gedetailleerd nagemaakt.

'Deze creatie is niet bedoeld om van te snoepen,' zei Wilhelm

Rothmann genietend nu zijn verrassing was geslaagd. 'Maar, lief bruidspaar, ze moet jullie er altijd aan herinneren dat je van het leven moet genieten!'

Iedereen applaudisseerde enthousiast. En de ogen van de tweeling schitterden verdacht.

Later nam Victor Karl en Anton even apart. 'Wat was jullie bedoeling eigenlijk met die bruidstaart?' vroeg hij.

'Dat was ons cadeau,' zei Karl.

'Jullie cadeau?'

'Ja. De taart stond in de keuken en we vonden dat hij er een beetje te saai uitzag.'

'Dat vond jij,' verbeterde Anton hem.

'Maar goed, toen heb ik er "van harte gefeliciteerd" in gesneden,' bekende Karl. 'Ik kan eigenlijk heel goed snijden,' zei hij er vlug achteraan.

'Dan heel erg bedankt voor dit cadeau, ook namens jullie zus. Maar dat snijden moeten jullie nog wel een beetje oefenen, akkoord?'

EPILOOG

Martin Friedrich Rheinberger werd geboren op de vroege ochtend van zondag 26 juni 1904. Judith had de hele nacht weeën gehad, maar uiteindelijk ging alles goed.

Zodra Victor het eerste kreetje van de baby hoorde, stormde hij Judiths kamer binnen, waar de vroedvrouw nog bezig was het kind te verzorgen. Heel voorzichtig omhelsde hij zijn vrouw, die een beetje bleek op het bed lag, en streek opgelucht haar bezwete haar uit haar gezicht.

Victor accepteerde het kleine jongetje, dat even later aan Judiths borst werd gelegd, onmiddellijk als zijn eigen zoon. De baby had een plukje blond haar op zijn hoofd en Victor was ervan overtuigd dat hij later op zijn knappe moeder zou lijken. Hij had hem heel graag aan zijn vader laten zien, maar Friedrich Rheinberger was zodra hij genezen was teruggegaan naar Berlijn.

Zodra Judith weer een beetje op krachten was gekomen schreef ze een brief aan haar moeder waarin ze haar vertelde dat ze oma was geworden.

Hélène Rothmann schreef meteen terug dat ze heel blij was met haar kleinkind en nodigde het gezin uit om haar bij het Gardameer te komen bezoeken.

Judith vroeg dit aan Victor, die dit een geweldig idee vond. Ze waren van plan het volgende jaar de reis te maken, niet vermoedend dat Max Ebinger nog altijd een relatie met Hélène Rothmann had, hoewel hij steeds langere reizen naar Italië maakte als voorbereiding op zijn architectuurstudie.

Chocoladefabriek Rothmann had de moeilijke periode achter de rug en bloeide weer. Wilhelm Rothmann had Victor en Judith opgenomen in de bedrijfsleiding en had ieder van hen een eigen onderdeel toegewezen. In de loop van de komende jaren zouden ze steeds meer taken van hem overnemen, maar nu werkte hij nog gewoon mee. Zijn ervaring was onmisbaar.

De chocoladeautomaat die Victor in maart eindelijk in de hal van het station van Stuttgart had mogen plaatsen was een groot succes en de eerste bestellingen voor nieuwe automaten kwamen al binnen. Vooral hôteliers en eigenaren van grote warenhuizen hadden belangstelling voor de exclusieve unieke repen. Victor was ook heel blij dat de oude Ebinger hen inmiddels hielp met de productie, zodat ze in de loop van het jaar steeds grotere aantallen konden leveren.

Inmiddels werkte Victor aan een ijswagen, want hij had gehoord dat Italiaanse ijsmakers in Keulen, Leipzig en Wenen op deze manier ijs verkochten in de steden.

Zeer geliefd bij de klanten waren bovendien Judiths exotische chocoladereepjes met verschillende specerijen die in luxueuze geëmailleerde doosjes werden aangeboden. De door Edgar ontworpen versieringen werden al snel geliefde verzamelobjecten.

Edgar had Dorothea ten huwelijk gevraagd. Ze wilden na hun bruiloft naar München verhuizen om daar een emailleerfabriek te beginnen. Victor vond dat erg jammer, maar hij wist dat Edgar al lang geboeid was door deze Beierse metropool.

Niemand had ooit nog iets van Albrecht gehoord.

Karl en Anton waren ondeugend, zoals altijd, maar Judith had alles op alles gezet om te voorkomen dat ze naar een internaat werden gestuurd. De jongens zaten nu op de basisschool van tante Olga in Degerloch, en zouden daarna hopelijk naar het gymnasium gaan. Het was nu zomer en de lessen vonden plaats in het bos; daar stonden banken, tafels en ook een lessenaar. Deze andere manier van lessen volgen beviel de tweeling goed en hun cijfers waren veel beter. Het enige wat ze irritant vonden was dat hun plaats in de 'klas' nu afhankelijk was van de behaalde cijfers. Doordat Anton veel betere cijfers behaalde dan zijn broer zaten ze bijna nooit meer naast elkaar.

Wilhelm Rothmann miste zijn vrouw nog altijd heel erg. Hij nam echter geen stappen om officieel te scheiden en was met tegenzin akkoord gegaan met haar besluit om in Riva te blijven. Hij hield ontzettend veel van zijn kleinkind en zodra het kon maakte hij tijd voor de kleine Martin, die gezond opgroeide. Troost vond hij nog altijd bij huishoudster Margarete. Hun liaison, waar inmiddels iedereen van op de hoogte was, werd stilzwijgend geaccepteerd.

Robert had de villa kort na Judiths bruiloft verlaten en werkte bij de firma Bosch. Ze hoorden dat hij contacten onderhield met een paar 'socialisten' en dat hij zelfs lid was geworden van de SPD. Maar van Babette hoorde niemand meer iets sinds haar verdwijning uit het verbeteringsgesticht, waar zuster Henny haar naartoe had gestuurd.

Dora was nog altijd een goede vriendin van Judith en fungeerde nu als kindermeisje, aangezien Judith haar zoon aan niemand anders wilde toevertrouwen. Als Judith in de chocoladefabriek aan het werk was reisde Dora vaak met het kind van Degerloch naar Stuttgart. Judith vond het een hele opgave om een werkende moeder te zijn, maar dankzij Victors onvoorwaardelijke steun slaagde ze daar voortreffelijk in. Ze hield van haar leven. En het leven hield van haar.

PERSONAGES

Victor Rheinberger: vrijgelaten gevangene uit Berlijn, die naar Stuttgart gaat om daar een nieuw leven op te bouwen

DE FAMILIE ROTHMANN...

Wilhelm Rothmann: chocoladefabrikant uit Stuttgart. Een patriarch die met grote problemen kampt
Hélène Rothmann: zijn Franse echtgenote, die naar een sanatorium aan het Gardameer is vertrokken en in Riva een nieuw leven wil beginnen
Judith Rothmann: zijn zelfbewuste dochter, die zelf over haar leven wil bepalen en veel van chocolade houdt
Karl en Anton Rothmann: zijn zoons, een tweeling die veel kwajongensstreken uithaalt

... EN HUN BEDIENDEN

Margarete: de huishoudster
Dora: het dienstmeisje en kamenier
Babette: het dienstmeisje
Gerti: de kokkin
Robert: de huisknecht
Theo: de koetsier/chauffeur

DE DRIE VRIENDEN

Max Ebinger: zoon van de eigenaar van een machinefabriek. Een

charmeur met een vlotte babbel en een zwak voor vrouwen, absint en architectuur
Albrecht von Braun: telg uit een rijke bankiersfamilie
Edgar Nold: zoon van een zeepfabrikant, die toevallig carrière maakt als schilder

JUDITHS VRIENDINNEN

Dorothea von Braun: dochter van bankier Von Braun en zus van Albrecht von Braun
Charlotte Wenninger: dochter van een architect

IN RIVA

Georg Bachmayr: sanatoriumgast die belangstelling heeft voor Hélène Rothmann
Egon Leitz: sanatoriumgast en papierfabrikant
De heer en mevrouw Klock-Sander: sanatoriumgasten

IN BERLIJN

Friedrich Rheinberger: Victors vader, eerste luitenant bij het Pruisische leger
Paul Roux (pseudoniem Von Trauntin): privédetective die liever lui is dan moe
Otto Sawetzki: broer van de door Victor tijdens een duel verwonde student van de militaire academie in Berlijn

ANDERE PERSONAGES

Augustin Baldus: auteur en dichter uit Koblenz, familie van Edgar Nold, medegevangene van Victor in Ehrenbreitstein
Böpple-jongens: drie wilde broertjes uit Degerloch
Von Braun: vader van Albrecht, bankier van Wilhelm Rothmann
De oude Ebinger: vader van Max, superrijke machinefabrikant
Mevrouw Ebinger: zijn hartelijke vrouw
Alois Eberle: uitvinder uit Zwaben
Fritz: vijftienjarige arbeider, die net als Robert nadenkt over klassenverschillen
Mevrouw Leitner: Hélènes pensionhoudster in Riva
Vladimir: de rode tijgerkat van de Rothmanns

Historische figuren

Hermione von Preuschen: Deze onconventionele schilderes en auteur leidde inderdaad een spannend en bewogen leven. Het meeste wat in dit verband in dit boek is beschreven is historisch juist. Ze noemde zichzelf een outsider, ook al klinkt dit in dit verhaal misschien bijna te modern. Dat ze in 1903 met kerst in Riva was heb ik zelf verzonnen.

Maximilian Harden: Duitse journalist en uitgever van weekblad *Die Zukunft*, die de (fictieve) privédetective Paul Roux in Berlijn ontmoet. In 1906 gaf Harden een publicatie uit waarin hij hooggeplaatste homoseksuele vrienden van keizer Wilhelm II noemde (onder wie de in dit boek genoemde Philipp zu Eulenburg). Deze publicatie bracht grote schade toe aan de keizer en had vele processen tot gevolg die justitie nog jarenlang hebben beziggehouden.

Christl (Christoph) von Hartungen: zoon van dr. Von Hartungen, eigenaar van het gelijknamige sanatorium in Riva. Hij had inderdaad ongeveer een jaar een relatie met de veel oudere Hermione von Preuschen. Ze verbleven in die tijd in Berlijn en Riva, maar reisden ook veel, onder andere naar Corfu. Christl von Hartungen maakte schriftelijk een einde aan hun affaire nadat hij zich, zoals Hermione al had verwacht, had verloofd met een jongere vrouw. Later schaamde hij zich voor zijn relatie met Hermione von Preuschen.

Henriette Arendt: De tante van de bekende filosofe Hannah Arendt was de eerste vrouwelijke politieagent in het keizerrijk van Wilhelm II: ze kwam in februari 1903 in dienst bij de politie van Stuttgart. De toen negenentwintigjarige verpleegster, die meestal 'zuster Henny' werd genoemd, had nauwe banden met de vrouwenbeweging en ving vooral 'gevallen vrouwen' op. Henriette Arendt oefende haar functie niet uit met de zwijgzame inzet die in die tijd van vrouwen werd verwacht, maar stelde algauw openlijk de misstanden aan de kaak bij de autoriteiten, gemeenteraden en het politiekorps. Ze zette zich met haar betrokkenheid af tegen de gevestigde weldadigheidsverenigingen en maakte ook daar verschillende vijanden. Haar compromisloze en koppige instelling veroorzaakte in 1907 ten slotte een schandaal met als gevolg dat ze werd beschuldigd van van alles en nog wat en werd ontslagen. Vernederd schreef ze in 1910 haar herinneringen op in het boek *Erlebnisse einer Polizeiassistentin,* waarmee ze een schandaal veroorzaakte waarin de politie van Stuttgart centraal stond. Ze werd niet opnieuw aangenomen. Pas twee jaar later werd in het keizerrijk een nieuwe politieassistente in dienst genomen.

De beschikbare informatie over Henriette Arendt gaf me een inkijkje in het Stuttgarter 'milieu' en bovendien in de instelling van de vrouwen die in die tijd op de drempel stonden van een nieuw zelfbewustzijn. De arbeidsters in de chocolade-industrie in Stuttgart verdienden inderdaad zo weinig dat enkelen wel gedwongen waren de prostitutie in te gaan om het hoofd boven water te kunnen houden.

Personen uit Degerloch, zoals dokter Katz, de leraar of de pastoor, zijn geen historische figuren en dus in elk opzicht fictief, hoewel ik me natuurlijk wel heb verdiept in hun beroep.

Verder worden in dit boek een paar succesvolle ondernemers uit Stuttgart genoemd: Robert Bosch, Wilhelm Maybach, Gottlieb Daimler, Wilhelm & Emil Fein.

HISTORISCHE ACHTERGRONDINFORMATIE

STUTTGART ROND DE EEUWWISSELING

In Stuttgart kwam de industrialisatie veel later op gang dan in andere grote steden van het keizerrijk, wat vooral werd veroorzaakt door de ongunstige ligging in een keteldal. Toen de stad eindelijk tot bloei kwam, was dat vooral te danken aan creatieve geesten en moedige ondernemers. Rond de eeuwwisseling zijn grote bedrijven opgericht die voor een deel nog altijd bestaan, zoals het bedrijf van Robert Bosch. Stuttgart had niet alleen machine- en confectiefabrieken, maar was ook een centrum voor de productie van piano's en zoetwaren. Veel chocoladebedrijven die nu nog bestaan zijn daar ontstaan: Moser-Roth, Waldbauer, Eszet, Ritter Sport.

MEER ACHTERGRONDEN VAN DIT VERHAAL

De tandradtram de Zacke reed toen ook al en wordt nog steeds met dit koosnaampje aangeduid.

De fraaie villa's waarop ik de Chocoladevilla en de andere luisterrijke villa's heb gebaseerd, stonden op opvallende plekken in de stad. De Villenkolonie was de naam voor een wijk met moderne woningen in het groen, aan de rand van Degerloch. (Degerloch is in 1908 ingelijfd bij Stuttgart.)

De beschrijving van de chocoladefabriek van de Rothmanns is gebaseerd op de toenmalige bonbon- en chocoladefabriek Moser-Roth.

De beschrijving van warenhuis Breuninger is gebaseerd op de nieuwbouw uit 1903.

De elektromechanische fabriek C. & E. Fein in Stuttgart heeft echt bestaan. Ook de beschreven uitvinding van de eerste elektrische boormachine is juist. Tegenwoordig is het bedrijf gevestigd in het Zwabische Gmünd.

Het stratenplan van Stuttgart is gebaseerd op oude afbeeldingen en beschrijvingen.

Nills Tiergarten bestond van 1871 tot 1906. Alle beschrijvingen van de gebouwen en de dieren van deze dierentuin heb ik gevonden in bronmateriaal. Zelfs het verhaal over de kleine kameel aan het slot van het hoofdstuk over deze dierentuin is afkomstig uit een historische bron (Julius Bazlen: *Beim Nill. Erinnerungen aus den Tiergarten*, 1926).

De Elsässer Taverne in de Esslinger Strasse heeft echt bestaan, maar over de zijkamer waar illegaal werd gegokt is niets bekend. Dit café was een geliefd ontmoetingspunt voor kunstenaars en artiesten.

Tante Olgas Elementarschule, een particuliere basisschool in Degerloch, heeft echt bestaan. Haar concept van lesgeven in de buitenlucht (in de zomer) was indertijd bijzonder progressief.

De adventskalender Im Lande des Christkinds werd in 1903 voor het eerst uitgegeven door Gerhard Lang in München. In 1904 werd hij zelfs als cadeau ingevoegd in het *Stuttgarter Neues Tagblatt.*

De arbeidersbeweging in Stuttgart, waar Robert mee sympathiseert, was weliswaar gematigder en minder radicaal dan in andere gebieden van het keizerrijk, maar wel actief. Gasthaus Zum Goldenen Bären was hun basis.

Anekdotes: Als het regende kregen de passagiers van de Zacke soms echt een schok. De koning reed inderdaad regelmatig met zijn koets door de stad. Het ongeluk van Brandjakob is afkomstig uit: *Alltagskultur, Erinnerungen von Wilhelm Hampp um 1900.*

Historische weersomstandigheden: in de winter van 1903/04 vielen grote hoeveelheden sneeuw in het zuiden en het zuidwesten van Duitsland.

OVER CHOCOLADE

Rond 1890 maakte de firma Stollwerck uit Keulen inderdaad de eerste chocoladeautomaat. Daarmee was het bedrijf ook internationaal heel succesvol, onder andere in New York.

Het idee van de koe is natuurlijk afkomstig van Milka. In 1901 kwam Milka Chocolade (Milka staat voor Milch + Kakao) op de Duitse markt, verpakt in lila papier. De koe was er toen als tekening op gedrukt. De lila koe zoals we die nu kennen bestaat pas sinds 1973.

Chocoladeautomaten in de vorm van een dier werden trouwens vaak gemaakt. Zoals (maar wel een paar jaar na de Chocoladevilla) de kip van de firma Stollwerck, die zelfs kakelde als ze iets van chocolade 'legde'.

RIVA EN HET GARDAMEER ROND DE EEUWWISSELING

Anders dan in het conservatievere Stuttgart legden de intellectuelen in Riva de strakke omgangsvormen en de zedelijkheidsnormen naast zich neer. Thomas en Heinrich Mann, Hermione von Preuschen, Christian Morgenstern, Karl May en zijn vrouw – en later ook Franz Kafka – gingen er allemaal naartoe voor een betere gezondheid en om inspiratie op te doen, met als gevolg een ander beeld van hun lichaam en, voor sommigen, een vrijere seksualiteit. Het sanatorium van Hartungen heeft echt bestaan. Het mooie terrein aan de oever van het Gardameer is nog altijd toegankelijk, maar de gebouwen zijn vervallen.

Riva hoorde in die tijd bij Tirol, was daardoor Duits en Italiaans georiënteerd. Het betaalmiddel was de kroon, soms de lire. Gezien de vele Duitse gasten ben ik ervan uitgegaan dat het geen probleem was om met marken te betalen.

De Piazza Benacense heet tegenwoordig Piazza Tre Novembre. De Torre Apponale (gebouwd in de dertiende eeuw en vergroot in de zestiende eeuw) is nog altijd een van de karakteristieke bouwwerken van Riva.

De boekhandel van G. Georgi was begin twintigste eeuw het 'informatiebureau voor toeristen en reizen'.

HET UITSTAPJE NAAR VENETIË

Caffè Florian op het San Marco-plein onder de bogen van de Procuratie Nuove, de werkvertrekken van de Venetiaanse bouwautoriteiten, werd geopend in 1720 en heeft verschillende eigenaren gehad. Het heeft de wisselende geschiedenis van Venetië van nabij meegemaakt. Het was trouwens een van de weinige cafés die vrouwen toelieten, waardoor het een van Casanova's favoriete cafés was. Florian is door veel beroemdheden bezocht, onder wie Goethe, Lord Byron, Honoré de Balzac, Marcel Proust, Thomas Mann, Richard Wagner, Hugo von Hofmannsthal en Jean Cocteau. De biënnale is daar inderdaad bedacht.

Er zijn geen historische voorbeelden voor de families Rothmann, Rheinberger, Von Braun, Ebinger en Wenninger. Bij hun beschrijving ben ik uitgegaan van de maatschappelijke structuur in Stuttgart in die periode.

DANKWOORD

Dit boek heb ik geschreven in een voor mij bijzonder turbulente periode, die werd gekenmerkt door grote veranderingen, maar ook door een ongelofelijke kracht. Daarom wil ik iedereen hartelijk bedanken die me in die tijd heeft gemotiveerd, met raad en daad heeft bijgestaan en er op veel cruciale momenten voor me is geweest.

Allereerst wil ik mijn kinderen enorm bedanken. Jullie hebben alles ontzettend lief meebeleefd, en hebben geaccepteerd dat jullie moeder ontelbare uren achter haar bureau zat.

Ook mijn ouders en broer en zus, die onvoorwaardelijk geloofden in mij en mijn ideeën voor mijn boeken. Mama, papa, Ursula en Martin, zoals zo vaak hebben jullie veel voor me gedaan als ik weer eens keihard moest werken. Jullie zijn geweldig!

Bovendien ben ik heel blij met mijn geweldige vriendenkring, die me ook blijft steunen als ik weer eens onder tijdsdruk sta en in gedachten heel ergens anders ben.

In de Württembergische Landesbibliothek vond ik steeds opnieuw uitstekende en ongecompliceerde steun, ondanks de grote renovatie van de bibliotheek op dit moment. Ik verheug me er nu al op om mijn onderzoek straks in de nieuwe ruimtes te kunnen doen!

Ook een groot dankjewel aan mijn agent Uwe Neumahr van Agence Hoffman in München, die met zijn ervaring en zijn uitstekende neus voor aangeboden materiaal de weg naar Penguin Verlag voor me heeft geplaveid.

Daar heeft mijn redacteur Britta Claus de 'Chocovilla' onmiddellijk liefdevol en met veel betrokkenheid in haar armen gesloten. Ze heeft me tijdens de schrijffase, waarin ik onder grote druk stond, met haar kennis en een bijzonder gevoel voor de schrijfster en de tekst begeleid.

Friederike Achilles heeft ten slotte de puntjes op de i van het verhaal gezet. Ook bedank ik het hele team bij Penguin en Random House in München. Iedereen heeft eraan bijgedragen dat *De chocoladevilla* en de personages zo levensecht zijn geworden en uiteindelijk in boekvorm zijn verschenen!

Ik kan niet iedereen noemen die me in deze tijd heeft bijgestaan met ideeën, kracht en onverstoorbaar optimisme. Maar iedereen die een band met me heeft kan verzekerd zijn van mijn oprechte dank.

En nu, aan het einde van dit boek, nadat u zo lang met de personages hebt geleefd, ze hebt liefgehad, met ze hebt geleden en vaak ook met ze hebt gestreden, wordt het tijd hen los te laten en erop te vertrouwen dat ze voortaan alleen hun weg zullen vinden.

Ik zou het heel fijn vinden als *De chocoladevilla* u een paar heerlijke uren heeft gegeven. Het liefst met een stukje verrukkelijke chocolade.

Een lieve groet,
Maria Nikolai